本书出版获暨南大学文化素质教育指导委员会资助

暨南大学大学生文化素质教育教材

大学生分级记诵

经典诗文三百篇

JINGDIAN SHIWEN
SANBAIPIAN

主编◎ 赵维江　邵　宜　苏桂宁

暨南大学出版社
JINAN UNIVERSITY PRESS

中国·广州

图书在版编目（CIP）数据

经典诗文三百篇/赵维江，邵宜，苏桂宁主编．—广州：暨南大学出版社，2012.8
（2023.8 重印）
ISBN 978 - 7 - 5668 - 0309 - 2

Ⅰ.①经…　Ⅱ.①赵…②邵…③苏…　Ⅲ.①世界文学—作品综合集　Ⅳ.①I11

中国版本图书馆 CIP 数据核字（2012）第 193055 号

经典诗文三百篇
JINGDIAN SHIWEN SANBAIPIAN
主编：赵维江　邵　宜　苏桂宁

出 版 人：张晋升
策 划 人：史小军
责任编辑：李　艺　冯　琳
责任校对：何　力
责任印制：周一丹　郑玉婷

出版发行：暨南大学出版社（511443）
电　　话：总编室（8620）37332601
　　　　　营销部（8620）37332680　37332681　37332682　37332683
传　　真：（8620）37332660（办公室）　　37332684（营销部）
网　　址：http://www.jnupress.com
排　　版：广州市新晨文化发展有限公司
印　　刷：广东虎彩云印刷有限公司
开　　本：787mm×1092mm　1/16
印　　张：24
字　　数：587 千
版　　次：2012 年 8 月第 1 版
印　　次：2023 年 8 月第 3 次
定　　价：45.00 元

序

在中国古代和近代，书院或私塾都极其强调对经典文献的记诵，有时甚至强调到极端的程度，所谓"书读百遍，其义自见"，说的就是哪怕对文章本身意义尚不理解，但只要读百遍记诵下来，沉潜往复，其意义则自然呈现出来，也就能理解经典的意义了。这本教材就继承和发扬了古代书院强调记诵的优良传统，按由浅入深、由短到长的记诵规律以及先中后外、由文学而文论的次序，将三百篇（段）经典诗文分为六级，提供给在校大学生阅读记诵。我想，如果能真正做到，这在大学生四年学习期乃至今后的阅读生涯中将会起到难以磨灭的蓄水池的作用。朱熹有《观书有感》诗云："半亩方塘一鉴开，天光云影共徘徊。问渠那得清如许，惟有源头活水来。"这三百篇经典诗文若能记诵下来，等大学生将来走向社会，无论是作文、会友，还是演讲、考试和做人，它们都将是活水源头。

我至今记得，我小学四年级时接触到《木兰诗》的情境。当时觉得此诗易读易记，朗朗上口，许多字不认识，查字典弄懂之后，就一口气将它背了下来。第二天到学校，在同学面前露一手都觉得趾高气扬。若干年后，读到苏东坡诗句"腹有诗书气自华"，才觉得读经典确实让人长气。大学时读的是中文系，当时的老师将77级大学生视为珍宝，也就要特别的打磨，背诵的东西特别长，也特别难。比如《诗经》里要背《小雅·七月》，屈原赋要背的是《离骚》的前半部分，刘勰《文心雕龙》要背《神思》篇。考试时记诵就占一定的分数。这虽是带有逼迫的性质，但却受用无穷。由于在一年级培养了好的习惯，到后来自然就会选择一些优秀篇目记诵下来了。

本书除每篇加注释以帮助学生理解之外，还有要言不烦的点评。这点评既是老师的引导，又是能促使学生思考的提示。可以说，其中的不少点评都集中了老师半生阅读与理解乃至生活与研究的思想结晶。读其中的一些精彩点评，都是一种享受哩。切

莫轻易放过。

　　一个人的阅读史就是他的心灵成长史。大学时期正是一个人精力最旺盛、记忆力最好的时期，也是可以有自由选择阅读的时期。试将新水煮新茶，读书趁年华。趁现在还一切觉得新鲜，还有读书的时间与条件，也还有读好书的冲动。赶紧阅读、记诵吧！我相信，你一旦踏上这条记诵之路，就不会轻易放弃的。走你的路，让别人去玩吧。

蒋述卓

2012 年 8 月 10 日于暨南园

目 录

一级120篇（段）

二级60篇（段）

三级 50 篇（段）

四级 40 篇（段）

五级 29 篇（段）

六级 15 篇（段）

一级

120篇（段）

1. 道德经① （节选）

　　道可道，非常道；名可名，非常②名。无名，天地之始；有名，万物之母③。故常无欲，以观其妙④；常有欲，以观其徼⑤。此两者⑥同出而异名，同谓之玄⑦，玄之又玄，众妙之门。（第一章）

　　有物混成，先天地生，寂兮寥兮，独立不改，周行而不殆，可以为天下母⑧。吾不知其名，字之曰道。强为之名曰大⑨。大曰逝，逝曰远，远曰反⑩。故道大，天大，地大，王亦大。域中有四大，而王居其一焉。人法地，地法天，天法道，道法自然。（第二十五章）

　　　　　　　　（选自王弼注《诸子集成》本《老子道德经》，世界书局 1935 年版）

【注 释】

　　①作者老子，姓李，名耳，字聃，楚国苦县人，传与孔子同时，曾为周朝守藏史。

　　②常：《帛书老子》作"恒"，恒久不殆之义。

　　③《老子·四十章》："天下万物生于有，有生于无。"河上公认为"无名"指"道"，而"有名"谓天地，天地养育万物故曰"母"。

　　④无欲：虚静之心也。《庄子·应帝王》："至人之用心若镜，不将不迎，应而不藏，故能胜物而不伤。"妙：妙用无常，深不可识也。

　　⑤徼：河上公谓"归，归趣"，一作"边际"。

　　⑥两者：河上公谓"有欲无欲"，王弼谓"始与母"。

　　⑦玄：河上公谓"天"。王弼云："玄者，冥也，默然无有也，始、母之所出也。"

　　⑧混成：处于混沌状态。寂兮寥兮：寂谓无声，寥谓无形。周：谓周遍，无所不至也。

　　⑨大：形容"道"无所不至，无所不包。

　　⑩逝：行也，谓"道"之流行。反：同"返"。《老子·四十章》："反者道之动，弱者道之用。"

【点 评】

　　老子著五千言，此立言之旨趣也。老庄对语言、文字常持怀疑态度，所谓"知者不言，言者不知"。《庄子·秋水》亦云："可以言论者，物之粗也；可以意致者，物之精也；言之所不能论，意之所不能察致者，不期精粗焉。"而"意之所不能察致者"，常成为后世文人诗歌创作的最高意趣。陶渊明之"此中有真意，欲辨已忘言"；司空图的"象外之象，韵外之致"均导源于此。（宋小克撰）

2. 论语·学而

子曰："学而时习之，不亦说乎①？有朋自远方来，不亦乐乎②？人不知而不愠，不亦君子乎③？"

（选自刘宝楠撰《十三经清人注疏》本《论语正义》，中华书局 1990 年版）

【注 释】

①学：指《诗》、《书》、《礼》、《乐》。习：践行所学。说：通"悦"。

②《里仁》："子曰：'德不孤，必有邻。'"

③《学而》："子曰：'不患人之不己知，患不知人也。'"又《宪问》："子曰：'不怨天，不尤人，下学而上达。知我者其天乎！'"

【点 评】

本章乃叙述一位理想学者之毕生经历，实亦孔子毕生为学之自述。学而时习，乃初学事，孔子十五志学以后当之。有朋远来，则中年成学后事，孔子三十而立后当之。苟非学邃行尊，达于最高境界，不宜轻言人不我知，孔子五十知命后当之。学者惟当牢守学而时习之一境，斯可有远方朋友来之乐。最后一境，本非学者所望。学求深造日进，至于人不能知，乃属无可奈何。圣人深造之已极，自知弥深，自信弥笃，乃曰"知我者其天乎"，然非浅学所当骤企也。（选自钱穆撰《论语新解》，生活·读书·新知三联书店 2002 年版）

3. 论语·里仁

子曰："富与贵，是人之所欲也；不以其道得之，不处也。贫与贱，是人之所恶也；不以其道得之，不去也①。君子去仁，恶乎成名？君子无终食之间违仁，造次必于是，颠沛必于是②。"

（选自刘宝楠撰《十三经清人注疏》本《论语正义》，中华书局 1990 年版）

【注 释】

①《泰伯》："子曰：'邦有道，贫且贱焉，耻也；邦无道，富且贵焉，耻也。'"《述而》："子曰：'饭疏食饮水，曲肱而枕之，乐亦在其中矣。不义而富且贵，于我如浮云。'"

②造次：仓促，匆忙。颠沛：倾覆流离。

〖点 评〗

　　仁善之心，出自天性，非求之难，不去仁之为难也。故孔子曰："仁远乎哉？我欲仁，斯仁至矣。"（《述而》）惟少有安仁者，故孔子见颜回安贫乐道，赞叹："回也，其心三月不违仁，其余则日月至焉而已矣。"（《雍也》）君子，本为在位者之称，在《论语》则为有德者之称。君子安仁，无违于终食之间，仓促之时，颠沛流离之际。孔子厄于陈蔡，"绝粮，从者病，莫能兴。孔子讲诵弦歌不衰。子路愠见曰：'君子亦有穷乎？'孔子曰：'君子固穷，小人穷斯滥矣。'"（《史记·孔子世家》）此仁者之谓也。（宋小克撰）

4. 舍生取义（节选）

孟 子

　　孟子曰："鱼，我所欲也。熊掌，亦我所欲也。二者不可得兼，舍鱼而取熊掌者也①。生，亦我所欲也。义，亦我所欲也。二者不可得兼，舍生而取义者也。生亦我所欲，所欲有甚于生者，故不为苟得也。死亦我所恶，所恶有甚于死者，故患有所不辟也。如使人之所欲莫甚于生，则凡可以得生者，何不用也！使人之所恶莫甚于死者，则凡可以辟患者，何不为也！由是则生而有不用也，由是则可以辟患而有不为也，是故所欲有甚于生者，所恶有甚于死者，非独贤者有是心也，人皆有之，贤者能勿丧耳。一箪食，一豆羹，得之则生，弗得则死，嘑尔而与之，行道之人弗受。蹴尔而与之，乞人不屑也②。

　　万钟③则不辩礼义而受之，万钟于我何加焉？为宫室之美，妻妾之奉，所识穷乏者得我与？乡④为身死而不受，今为宫室之美为之；乡为身死而不受，今为妻妾之奉为之；乡为身死而不受，今为所识穷乏者得⑤我而为之，是亦不可以已乎？此之谓失其本心⑥。"

　　（选自《告子上》，焦循撰《十三经清人注疏》本《孟子正义》，中华书局1987年版）

〖注 释〗

①鱼：士之常食。《国语·楚语下》："士食鱼炙，祀以特牲；庶人食菜，祀以鱼。"

②箪（dān）：盛食物的竹器。豆：盛肉或羹的木器。嘑：同"呼"。蹴（cù）：践踏。

③钟：古代量器，六斛四斗为一钟。卿大夫，禄万钟。

④乡：同"向"，此前。

⑤得：同"德"，感激。

⑥本心：羞恶之心。

《点评》

　　孟子以好辩著称，然孟子曰："予岂好辩哉？予不得已也。"时至战国，诸侯力争，纵横之士朝秦暮楚，罕有言礼义者。梁惠王见孟子，曰："叟！不远千里而来，亦将有以利吾国乎？"苏秦佩六国相印，慨叹："嗟乎！贫贱则父母不子，富贵则亲戚畏惧。人生世上，势位富贵，盖可忽乎哉！"（《战国策·秦策一》）此所谓上下交相利也。孟子申生死、利义之辩，非故作高论，激切于时弊也。（宋小克撰）

5. 濠梁之辩（节选）

庄 子

　　庄子与惠子游于濠梁①之上。庄子曰："儵②鱼出游从容，是鱼之乐也。"惠子曰："子非鱼，安知鱼之乐？"庄子曰："子非我，安知我不知鱼之乐？"惠子曰："我非子，固不知子矣；子固非鱼也，子之不知鱼之乐，全③矣。"庄子曰："请循其本。子曰'汝安知鱼乐'云者，既已知吾知之而问我，我知之濠上也。"

　　（选自《秋水》，郭庆藩撰《新编诸子集成》本《庄子集释》，中华书局 1961 年版）

《注释》

　　①濠：水名。梁：鱼梁，捕鱼的水坝。
　　②儵（tiáo）：即白鲦，一种银白色小鱼，因其小，无网罟之忧。
　　③全：圆满，谓论证完全，无可争辩也。

《点评》

　　庄子善辩，以惠子为"质"，方能运斤成风。濠梁之辩，言语之戏也，终归于得意忘言之旨。二人出游濠梁之上，若鱼之从容，相忘于江湖也。鱼相忘于江湖，非不相知也，各任天机而动也。濠梁之上，人见鱼则喜，鱼见人不惊，从容自然，各自逍遥，一派天真景象，是庄子所谓"本"也。（宋小克撰）

6. 报任少卿书（节选）

司马迁

　　古者富贵而名摩①灭，不可胜记，唯俶傥②非常之人称焉。盖西伯③拘而演《周易》；仲尼厄而作《春秋》；屈原放逐，乃赋《离骚》；左丘失明，厥有

《国语》；孙子膑脚④，《兵法》修列；不韦迁蜀，世传《吕览》⑤；韩非囚秦，《说难》《孤愤》⑥；《诗》三百篇，大氐⑦圣贤发愤之所为作也。此人皆意有所郁结，不得通其道，故述往事，思来者。及如⑧左丘明无目，孙子断足，终不可用，退论书策⑨以舒其愤，思垂空文以自见。

仆窃不逊，近自托于无能之辞，网罗天下放失旧闻，考之行事，稽⑩其成败兴坏之理。上计轩辕，下至于兹，为十表、本纪十二、书八章、世家三十、列传七十⑪，凡百三十篇。亦欲以究天人之际，通古今之变，成一家之言。草创未就，适会此祸。惜其不成，是以就极刑而无愠色。仆诚已著此书，藏之名山，传之其人，通邑大都，则仆偿前辱之责，虽万被戮，岂有悔哉！然此可为智者道，难为俗人言也。

（选自班固著《汉书·司马迁传》，中华书局 1962 年版）

〖注 释〗

①摩：同"磨"，磨去。

②傲倪（tì tǎng）：卓尔不凡。

③西伯：周文王。

④膑脚：古代肉刑之一，削去膝盖骨。《兵法》即《孙膑兵法》。

⑤"不韦"二句：《吕览》即《吕氏春秋》，据《史记·吕不韦列传》，此书乃集门客之论，作于咸阳。迁蜀令下，吕不韦即饮鸩而死，实未贬入蜀。

⑥"韩非"二句：《说难》、《孤愤》，《韩非子》中的两篇。据《史记·老子韩非列传》，实乃入秦前作。

⑦氐：同"抵"。

⑧及如：至如。

⑨退论书策：退而论，书于策。策：古代竹简。

⑩稽：考察。

⑪"上计轩辕"至"列传七十"：据《文选》卷三十一补入。

〖点 评〗

叔孙豹"三不朽"有"立言"，孟子论"天将降大任"则曰"苦其心志，劳其筋骨，饿其体肤，空乏其身，行拂乱其所为"，《惜诵》亦"发愤以抒情"。《报任少卿书》绾合三者，融身世之悲，强调著书立言的深层动力"发愤"及其效果"不朽"，首次建构了"发愤著书"说。

"富贵而名摩灭"者朽，"傲倪非常之人"不朽。所述诸人或被囚禁，或被放逐，或遭厄难，或为残废，皆遭逢困苦，"皆意有所郁结，不得通其道"。郁结即"愤"，因"发愤"、"舒愤"、"通其道"而著书。司马迁建构了"发愤著书"之传统，并以叙事涵抒情的《史记》光大之。前云"左丘失明"、"孙子膑脚"，后云"无目"、"断足"，反复言及，当因"畸人"同感。李陵之祸致宫刑之辱，即后文自述"此祸"、"极刑"、"前辱"，反使司马迁发抒深"愤"，"究天人之际，通古今之变，成一家之言。"知《史记》非仅记史事，亦兼子书立说之意也。

信中史实文理，自刘知几以来，摘议颇多。仅如《史记》所载《吕氏春秋》宾客代笔，《说难》、《孤愤》入秦前作，均与此信自相矛盾。史实文理偶疏，当与司马迁托古立言、突出"发愤"有关。《太史公自序》亦有文字稍异"发愤著书"一段，可知其重要。无论如何，"发愤著书"说一经建构，沾溉深远。（何志军撰）

7. 兰亭集序

王羲之①

永和九年②，岁在癸丑，暮春之初，会于会稽山阴之兰亭③，修禊④事也。群贤毕至，少长咸集。此地有崇山峻岭，茂林修竹，又有清流激湍，映带左右，引以为流觞曲水⑤，列坐其次⑥。虽无丝竹管弦之盛，一觞一咏，亦足以畅叙幽情。

是日也，天朗气清，惠风和畅，仰观宇宙之大，俯察品类⑦之盛，所以游目骋怀⑧，足以极视听之娱，信可乐也。

夫人之相与⑨，俯仰一世，或取诸怀抱，悟言⑩一室之内，或因寄所托，放浪形骸之外。虽趣舍⑪万殊，静躁不同，当其欣于所遇，暂得于己，快然自足，不知老之将至。及其所之既倦，情随事迁，感慨系之矣。向之所欣，俛仰之间⑫，已为陈迹，犹不能不以之兴怀。况修短随化，终期于尽。古人云，死生亦大矣⑬，岂不痛哉！

每览昔人兴感之由，若合一契，未尝不临文嗟悼，不能喻之于怀。固知一死生⑭为虚诞，齐彭殇⑮为妄作。后之视今，亦犹今之视昔。悲夫！故列叙时人，录其所述，虽世殊事异，所以兴怀，其致⑯一也。后之览者，亦将有感于斯文。

（选自房玄龄等撰《晋书·王羲之传》，中华书局 1974 年版）

【注释】

①王羲之（303—361）：字逸少，会稽（今浙江省绍兴市）人。祖籍琅邪（今山东省临沂市）。曾官至右军将军，故世称王右军。他是东晋清谈名士，也是著名的书法家和文学家。

②永和九年：公元 353 年。其年干支纪年为癸丑。永和，东晋穆帝司马聃的年号。

③山阴：县名，在今浙江省绍兴市。兰亭：亭名，地址在绍兴西南的兰渚。

④修禊：古代一种消除不洁的祭礼。古人风习，在农历三月上巳（上旬的巳日，魏以后固定为三月三日）日的水边，举行祭礼，消除不祥，称为修禊。

⑤流觞曲水：引水环为渠，浮酒杯于上，任其流淌，杯停于其前者即饮酒。一种饮酒游戏。

⑥次：旁边。此处指水边。

⑦品类：自然万物。

⑧游目骋怀：极目纵观，舒展胸怀。

⑨相与：相处。

⑩悟言：即晤言。对面谈话。

⑪趣舍：即趋舍，取舍。趣：同"趋"。

⑫俛仰之间：很短暂的时间。俛：同"俯"。

⑬死生亦大矣：语出《庄子·德充符》："仲尼曰：死生亦大矣，而不得与之变。"

⑭一死生：将生与死看做同一。

⑮齐彭殇：将生命的长与短等齐看待。彭：彭祖，古代传说中的长寿者。殇：夭折、短命者。

⑯致：兴致，情致。

〔点评〕

永和九年，王羲之与其朋友谢安、孙绰等人在兰亭雅集，饮酒作诗，各有诗作留下，皆名为《兰亭诗》。王羲之为此雅集而作序。本篇所录乃据《晋书·王羲之传》，但《晋书》为唐人所撰。唐前最早记录此文是《世说新语·企羡篇》的刘孝标注，名为《临河叙》，而且少了从"夫人之相与"到"亦犹今之视昔"一段文字。所以此篇后面一段之真伪引起争议。但无论如何，本篇文字前后皆清新雅致，若出一手，所发感慨也比较符合王羲之等人雅集时的情景。王羲之等人本是清谈名士，对此山水胜景，酒酣耳热之际，个个兴高采烈，挥翰作诗，真正做到"以玄对山水"。山水美景在他们心目中是玄意的诗性表述。此时此刻，此情此景，他们感受到生命的珍贵，又觉得万物皆充满诗意，真的是"天地与我并生，万物与我为一"了。（徐国荣撰）

8. 五柳先生传

陶渊明①

先生不知何许人也，亦不详其姓字。宅边有五柳树，因以为号焉。闲静少言，不慕荣利。好读书，不求甚解②；每有会意，便欣然忘食。性嗜酒，家贫不能常得。亲旧知其如此，或置酒而招之。造饮辄尽，期在必醉；既醉而退，曾不吝情③去留。环堵萧然，不蔽风日。短褐穿结，箪瓢屡空，晏如④也。常著文章自娱，颇示己志。忘怀得失，以此自终。

赞曰：黔娄之妻⑤有言："不戚戚于贫贱，不汲汲于富贵。"极其言⑥，兹若人之俦乎？酣觞赋诗，以乐其志，无怀氏之民欤？葛天氏之民欤⑦？

（选自逯钦立校注《陶渊明集》，中华书局1979年版）

【注 释】

①陶渊明（365—427）：又名潜，字元亮。死后被朋友们私谥为"靖节"，故世称陶靖节。江州寻阳柴桑（今江西九江）人。他生活于晋宋之际，是中国古代第一个大量写作田园诗的文人，其人品与文学成就对后世影响极大。

②不求甚解：不追求对章句的繁琐的解释。这是受当时玄学风气下注重得意忘言的影响，与后来作为成语的"不求甚解"语义有所不同。

③吝情：在意，挂在心上。

④晏如：高兴的样子。此处既是暗用颜回之典，又是其真实生活的写照。

⑤黔娄之妻：黔娄，春秋时鲁国人，一生清贫而不出仕。死后，其妻谥其号曰"康"，曾子吊丧，以为黔娄生前身后均不荣耀，不应谥"康"。其妻曰："彼先生者，甘天下之淡味，安天下之卑位，不戚戚于贫贱，不忻忻于富贵，求仁而得仁，求义而得义，其谥为康，不亦宜乎？"事见西汉刘向《列女传》。戚戚：忧虑貌。忻忻：犹汲汲，匆忙营求貌。

⑥极其言：推究她的话。

⑦无怀氏、葛天氏：均是传说中的上古帝王。

【点 评】

《宋书·隐逸传》称《五柳先生传》乃渊明自况，时人谓之"实录"。细究此文，与渊明一生相联系，此言不虚矣。赞文中黔娄妻之言"不戚戚于贫贱，不汲汲于富贵"，可谓点睛之笔，道出了五柳先生"不慕荣利"而坚守志节的高尚品质，也是陶渊明诗文中常借怀古而抒己情的典范之作。（徐国荣撰）

9. 桃花源记

陶渊明

晋太元①中，武陵②人捕鱼为业；缘溪行，忘路之远近。忽逢桃花林夹岸，数百步中无杂树③，芳草鲜美，落英缤纷。渔人甚异之，复前行，欲穷其林。林尽水源，便得一山。山有小口，仿佛若有光。便舍船，从口入。初极狭，才通人。复行数十步，豁然开朗。土地平旷，屋舍俨然。有良田、美池、桑竹之属。阡陌交通，鸡犬相闻。其中往来种作，男女衣着，悉如外人。黄发垂髫④，并怡然自乐。见渔人，乃大惊。问所从来，具答之。便要⑤还家，为设酒杀鸡作食。村中闻有此人，咸来问讯。自云先世避秦时乱，率妻子邑人，来此绝境，不复出焉，遂与外人间隔。问今是何世，乃不知有汉，无论魏晋。此人一一为具言所闻，皆叹惋。余人各复延至其家，皆出酒食。停数日，辞去。此中人语云："不足为外人道也。"既出，得其船，便扶向路⑥，处处志⑦之。及郡下，诣太守说如此。太守即遣人随其往，寻向所志，遂迷不复得路。南阳刘子骥⑧，高尚士也。闻之，欣然规往⑨，未果，寻⑩病终。后遂无问津⑪者。

（选自逯钦立校注《陶渊明集》，中华书局 1979 年版）

【注释】

①太元：东晋孝武帝司马曜（376—396）的年号。

②武陵：郡名。治所在今湖南省常德市。

③"忽逢"二句：也有断句为"忽逢桃花林，夹岸数百步，中无杂树"。

④黄发垂髫：分别指老人和儿童。黄发：老年人。髫：小儿垂发。垂髫：儿童。

⑤要：同"邀"，邀请。

⑥扶向路：沿着来时的路。

⑦志：做标记。

⑧南阳刘子骥：南阳，郡名，治所在今河南省南阳市。刘麟之，字子骥，东晋末年隐士，曾到衡山采药，深入忘归。

⑨规往：计划前往。

⑩寻：不久。

⑪问津：问路。此处指寻访。津：渡口。

【点评】

桃源是否实有其地，从古至今仍争议不休，实则其真伪已不重要。因为自陶渊明此文后，千百年来，桃花源（或简称"桃源"）已经成为理想国的代名词。这是一个和平的世界，一个和谐的团体，没有等级，没有赋税，人人自得其乐。就陶渊明当时的情形而言，他可能在心目中有某种原型，但也带有自己理想的虚构。现实社会中，人生不如意者十之八九，幸得有此等神仙般的境界给人以安慰，所以，桃花源永远是美好的象征，幸福的彼岸，理想的代称。古今中外，莫不如此。（徐国荣撰）

10. 与宋元思书

吴 均①

风烟俱净，天山共色，从流飘荡，任意东西。自富阳至桐庐②，一百许里，奇山异水，天下独绝。水皆缥碧③，千丈见底，游鱼细石，直视无碍。急湍甚箭④，猛浪若奔。夹嶂高山，皆生寒树。负势竞上，互相轩邈⑤，争高直指，千百成峰。泉水激石，泠泠作响。好鸟相鸣，嘤嘤⑥成韵。蝉则千转⑦不穷，猿则百叫无绝。鸢飞唳天者，望峰息心⑧；经纶世务者，窥谷忘反⑨。横柯上蔽，在昼犹昏；疏条交映，有时见日。

（选自张溥辑《汉魏六朝百三名家集·吴朝请集》，江苏古籍出版社 2002 年版）

《注 释》

①吴均（469—520），字叔庠，吴兴故鄣（今浙江省安吉县）人。他聪颖好学，诗文俱佳，时人效之，号"吴均体"。官至奉朝请，故世称"吴朝请"。本篇或作《与朱元思书》，盖"朱"与"宋"字形相近而然。然据古今学者考证，当时刘峻有《与宋玉山元思书》，"朱元思"其人无考，故今作"宋元思"。

②富阳：今浙江省富阳县。桐庐：今浙江省桐庐县。两者皆在钱塘江沿岸。

③缥碧：苍青色。缥：淡青色。碧：绿色。

④急湍甚箭：急流之水比箭还快。

⑤"负势"二句：两岸之山各自凭借形势，争着攀比高远。轩：高。邈：远。

⑥嘤嘤：形容鸟鸣的声音。

⑦转：同"啭"。本指鸟鸣，此指蝉鸣。

⑧"鸢飞"二句：即使像鸢那样飞得很高的鸟，见到这样的高峰，也息灭了飞越之心。唳：通"戾"，至。

⑨"经纶"二句：有志于世务者，看见如此山谷之美景，也当流连忘返。反：通"返"。

《点 评》

"自富阳至桐庐"一带，历来风景如画，是江南风光的典型代表，六朝名士多所赏之。此段书信体小文，文字清新秀丽，不作雕饰，虽或有对偶之句，但出于自然，毫无斧痕。述美景若叙家常，栩栩如生，似在目前。用笔工整而若天然，直叙中又有比喻，如"鸢飞唳天者，望峰息心"，暗喻追求功名利禄者当窥此而兴自然之心。由此可见六朝散文清丽之风。（徐国荣撰）

11. 师 说

韩 愈

古之学者必有师。师者，所以传道、受业、解惑也①。人非生而知之者，孰能无惑？惑而不从师，其为惑也终不解矣。生乎吾前，其闻道也固先乎吾，吾从而师之；生乎吾后，其闻道也亦先乎吾，吾从而师之。吾师道也，夫庸知其年之先后生于吾乎？是故无贵无贱，无长无少，道之所存，师之所存也。

嗟乎！师道之不传也久矣！欲人之无惑也难矣！古之圣人，其出人也远矣，犹且从师而问焉；今之众人，其下圣人也亦远矣，而耻学于师。是故圣益圣，愚益愚。圣人之所以为圣，愚人之所以为愚，其皆出于此乎！

爱其子，择师而教之；于其身也，则耻师焉，惑矣！彼童子之师，授之书而习其句读者，非吾所谓传其道解其惑者也。句读之不知，惑之不解，或师焉，或不②焉；小学而大遗，吾未见其明也。

巫医、乐师、百工之人，不耻相师。士大夫之族，曰师曰弟子云者，则群聚而笑之。问之，则曰："彼与彼年相若也，道相似也。位卑则足羞，官盛则近谀。"呜呼！师道之不复可知矣！巫医、乐师、百工之人，君子不齿，今其智乃反不能及，其可怪也欤！

圣人无常师。孔子师郯子、苌弘、师襄、老聃③。郯子之徒，其贤不及孔子。孔子曰："三人行，则必有我师。"是故弟子不必不如师，师不必贤于弟子，闻道有先后，术业有专攻，如是而已。

李氏子蟠，年十七，好古文，六艺经传皆通习之，不拘于时，学于余。余嘉其能行古道，作《师说》以贻之。

（选自马其昶校注、马茂元整理《韩昌黎文集校注》，上海古籍出版社1987年版）

【注释】

①道：参《原道》："博爱之谓仁，行而宜之之谓义；由是而之焉之谓道。""非向所谓老与佛之道也。"可知韩愈所谓道，即儒家仁义之道。受：同"授"。曾国藩云："传道，谓修己治人之道；授业，谓古文六艺之业；解惑，谓解此二者之惑。"

②不：同"否"。

③郯子：春秋时郯国国君。苌弘：周敬王时大夫。师襄：鲁国乐官。老聃：老子。据说孔子曾分别向四人问古官名、访乐、学琴、问礼。

【点评】

"说"，古代论说文的一类。此文论述之"师"，非一般之师，而是得"道"之师。"吾师道也"、"道之所存，师之所存"，乃一篇之文眼。师之功用，"传道、受业、解惑"，"道"为核心。所传之"道"，即儒家仁义之道；所授之业，即六艺经传及古文。观篇末赞李蟠"能行古道"、"好古文，六艺经传皆通习之"可知。此说实基于韩愈"文以明道"观，非一般"学以明道"观，更非一般之尊师好学论。以巫医等"不耻相师"，与士大夫"耻师"、"群聚而笑之"对照，可见此文即针对当时士大夫陋风而言，亦有为己陈说之意。《新唐书》本传云："愈成就后进士，往往知名。经愈指授，皆称'韩门弟子'。"柳宗元《答韦中立论师道书》云："今之世不闻有师，有辄哗笑之，以为狂人。独韩愈奋不顾流俗，犯笑侮，收召后学，作《师说》，因抗颜而为师。"应当指出，韩愈虽倡导儒家仁义之道，却并不画地为牢，举孔子所师为例，即有非儒者。文中引古证今，阐述学无常师、师无贵贱少长之别，闻道有先后，术业有专攻，均为"师道"之余论。

古希腊柏拉图曾借苏格拉底之口指出，每个人首先应当为自己找一位最好的老师，然后才是为年轻人找。其求师之意与《师说》可谓暗通。（何志军撰）

12. 诗经·关雎

关关雎鸠①，在河之洲。窈窕淑女②，君子好逑③。

参差荇菜④，左右流之⑤。窈窕淑女，寤寐求之。

求之不得，寤寐思服⑥。悠哉悠哉⑦，辗转反侧。

参差荇菜，左右采之。窈窕淑女，琴瑟⑧友之。

参差荇菜，左右芼⑨之。窈窕淑女，钟鼓乐之⑩。

（选自《周南》，阮元校刻《十三经注疏》本《毛诗正义》，中华书局1980年版）

【注 释】

①关关：鸟的鸣叫声，连续不断之象。雎鸠：即王雎，俗名鱼鹰。

②窈窕：幽静大方的样子。淑：美好。

③好逑（qiú）：好的配偶。

④参差：长短不齐貌。荇（xìng）：水菜，叶浮于水面。

⑤流之：求取之。

⑥服：亦思也。

⑦悠哉：思虑深重貌。

⑧琴瑟：《小雅·常棣》："妻子好合，如鼓瑟琴。"

⑨芼（mào）：错杂，重叠堆放。

⑩钟鼓：婚礼之乐。乐（yào）之：使之喜欢。

【点 评】

孔子曰："《诗》三百，一言以蔽之，曰：'思无邪。'""无邪"者，言其出自至情流溢，无丝毫矫揉造作之态。《毛诗序》云："发乎情，止乎礼义。"发乎情，"寤寐思服"，"辗转反侧"之谓也；止乎礼义，行钟鼓之礼，成琴瑟之好也。（宋小克撰）

13. 诗经·蒹葭

　　蒹葭①苍苍，白露为霜。所谓②伊人，在水一方，溯洄从之，道阻③且长。溯游从之，宛在水中央。

　　蒹葭萋萋，白露未晞④。所谓伊人，在水之湄⑤。溯洄从之，道阻且跻⑥。溯游从之，宛在水中坻⑦。

　　蒹葭采采⑧，白露未已。所谓伊人，在水之涘⑨。溯洄从之，道阻且右⑩。溯游从之，宛在水中沚⑪。

　　（选自《秦风》，阮元校刻《十三经注疏》本《毛诗正义》，中华书局 1980 年版）

〖注释〗

①蒹葭（jiān jiā）：蒹，草名，又称荻。葭：芦苇。
②所谓：心中所念。《小雅·隰桑》："心乎爱矣，遐不谓矣？"
③阻：险阻，难行。
④晞（xī）：晒干，蒸发尽。
⑤湄（méi）：水边。
⑥跻（jī）：升高。
⑦坻（chí）：水中小高地。
⑧采采：众多貌。
⑨涘（sì）：水边。
⑩右：迂回弯曲。
⑪沚（zhǐ）：水中的陆地。

〖点评〗

　　《诗经》中，水之于爱情，常处于"隔"而未"绝"之态。《汉广》曰："汉之广矣，不可泳思。"《河广》云："谁谓河广？一苇杭之。""不可泳思"，相思之苦也；"一苇杭之"，心魂欲奔也。然水愈隔而情愈炽。《蒹葭》一诗，男子相思而生疾，佳人恍若眼前，如梦如幻，一个"宛"字，境界全出。又《西洲曲》曰："南风知我意，吹梦到西洲。"一来一往，有异曲同工之妙。（宋小克撰）

14. 楚辞·橘颂

屈　原

　　后皇①嘉树，橘徕服兮②。受命不迁，生南国兮。深固难徙，更壹志兮。绿叶素荣③，纷④其可喜兮。曾枝剡棘⑤，圆果抟⑥兮。青黄杂糅，文章烂⑦兮。精色内白⑧，类任道⑨兮。纷缊宜修⑩，姱⑪而不丑兮。嗟尔幼志⑫，有以异兮。独立不迁⑬，岂不可喜兮。深固难徙，廓⑭其无求兮。苏⑮世独立，横而不流⑯兮。闭心自慎，不终失过兮。秉德无私，参⑰天地兮。愿岁并⑱谢，与长友兮。淑离不淫⑲，梗其有理⑳兮。年岁虽少，可师长兮。行比伯夷㉑，置以为像兮。

（选自《九章》，洪兴祖撰《楚辞补注》，中华书局 1983 年版）

【注 释】

①后：后土。皇：皇天。

②徕（lái）：同"来"。服：适应。

③素：白。荣：花。

④纷：花、叶繁多貌。

⑤曾：同"层"。剡（yǎn）：尖利。棘：刺。

⑥抟（tuán）：圆。

⑦烂：色彩斑斓貌。

⑧精色：纯粹鲜明貌。内白：指橘之白色内皮。

⑨类：类似。任：担当。道：道义。"任道"，一作"可任"。

⑩纷缊：枝叶繁茂。宜修：橘树修长美好。

⑪姱（kuā）：美好。

⑫幼志：自幼立志。

⑬迁：迁徙。

⑭廓：廓然，谓心胸宽广。

⑮苏：醒。

⑯横：横渡。流：随波逐流。

⑰参：并立。

⑱并：同时。

⑲离：同"丽"。淫：放纵。

⑳梗：橘树的枝干。理：纹理。

㉑行：品行。伯夷：商代贤人，不食周粟，饿死首阳山。

【点 评】

《橘颂》为中国现存第一首咏物诗。橘树生南国，有受命不迁之性，故《晏子春秋》云"橘生淮南则为橘，生于淮北则为枳"。屈原以"后皇嘉树"自喻，咏物、喻人、咏志合一，毫无斧凿痕迹。林云铭《楚辞灯》云："句句是颂橘，句句不是颂橘，但见原与橘，分不得是一是二，彼此互映，有镜花水月之妙。"（宋小克撰）

15. 上 邪

上邪①，我欲与君相知，长命②无绝衰。山无陵③，江水为竭，冬雷震震夏雨④雪，天地合，乃敢与君绝。

（选自郭茂倩编《乐府诗集》，中华书局 1979 年版）

【注释】

①上邪：上天呀。

②长命：永令。

③陵：大土山，此指山峰。

④雨（yù）：降，落。

【点评】

此诗是一位女子热烈奔放的爱情愿望和坚贞不渝的爱情誓言。开篇指天自誓，或请天神见证，此行为在古代常有严肃、正式而不可更改的象征意义。女子的爱情愿望是誓词的中心，即"我欲与君相知，长命无绝衰"。"欲"字既直写女子对君子的痴恋与追求，又曲传君子对女子感情的犹疑不定。如清人陈本礼云："欲字有不敢自必意。君果倾心于我，则我实欲永以为好，窃恐君之未必然耳。"故而女子祈请天神消除君子的犹疑，永令二人之心如一，相知相爱，此生不渝。两情非但不"绝"，"衰"亦不愿，尤写出女子感情之炽热。后五句更进一步，以山崩、水竭、冬雷、夏雪、天地合五种违背自然的现象齐具，才能与君绝。实则自反面表达了女子的坚贞不渝：只有全世界毁灭才能摧毁自己的爱。五种违背自然的现象暗合对偶艺术及心理，如清人沈德潜所言："重叠言之而不见其排，何笔力之横也。"

此诗可与敦煌卷子《菩萨蛮》相参照，以民歌形态体现女子一往情深的爱情誓言："枕前发尽千般愿，要休且待青山烂，水面上秤锤浮，直待黄河彻底枯。白日参辰现，北斗回南面。休即未能休，且待三更见日头。"（何志军撰）

16. 江 南

江南可采莲，莲叶何田田，鱼戏莲叶间。鱼戏莲叶东，鱼戏莲叶西，鱼戏莲叶南，鱼戏莲叶北。

（选自郭茂倩编《乐府诗集》，中华书局 1979 年版）

《点 评》

此诗乃现存采莲歌之祖。《乐府解题》曰："江南古辞，盖美芳晨丽景，嬉游得时。"以隐语悬置人物，曲传情意的民歌艺术手法颇值得注意。

前两句远观。"田田"二字，画出了江南莲叶图：高下圆展、连绵相接，弥望满眼，生意盎然。杜甫"接天莲叶无穷碧"一语或即受此启发。着一"何"字，更包含诗人或歌者的些微讶异、更多欢喜：时光倏忽，莲子渐熟、已可采摘！或许还隐含了女子对自身生命和情感的朦胧期待。后五句近察。层叠莲叶之间、清漱水面之下，鱼群自由嬉戏：瞻之在东，忽焉在西，察之在南，忽焉在北。水下鱼儿嬉戏追逐，暗喻水上男女嬉戏追逐。庄子曾从鱼的"出游从容"体会到"鱼之乐"，而人、鱼之乐在此诗中更是浑融无间。

全诗只写莲叶和鱼儿，却令人感受到采莲女子的情感期盼，即因隐语之使用。通过"莲"（怜）的谐音隐语、"采莲"的举动，以及"鱼"在古代民俗中往往"代替'匹偶'或'情侣'的隐语"（闻一多《说鱼》），巧妙传达了男女之情。此种隐语表达亦影响了后世此类诗歌创作，如鱼玄机《寓言诗》就以"芙蓉叶下鱼戏"反衬"如何作得双成"。至于此诗"莲"、"田"、"间"的押韵，以及后四句的复沓句式，在民歌的素朴之外增添了江南的灵动。（何志军撰）

17. 长歌行①

青青园中葵②，朝露待日晞。
阳春布德泽，万物生光辉。
常恐秋节至，焜黄③华叶衰。
百川东到海，何时复西归。
少壮不努力，老大徒伤悲。

（选自郭茂倩编《乐府诗集》，中华书局1979年版）

《注 释》

①长歌：或解为歌声长短之长，或解为寿命长短之长。多取前解。
②葵：葵菜。
③焜黄：通常解为枯黄貌；或解"黄"通"煌"，焜煌即缤纷灿烂貌。取吴小如后说。

《点 评》

此诗意旨醒豁，即人人皆知的末二句"少壮不努力，老大徒伤悲"。但读诗当读全篇，察其艺术构思及情感表现方式，与摘句易流于说教不同。开篇二句写一日之晨，菜园中葵菜青青，映衬着叶上露珠，青翠欲滴。而露珠"待日晞"显示了青春良时的短暂，又从"日"自然引出下二句，从清晨菜园到日照天下视角的扩展，写一年之春阳，万物之春辉，心胸为之一阔。沈德潜《古诗源》评曰："'阳春'十字，正大光明。谢康乐'皇心美阳泽，万象咸光昭'，庶几相类。"前四句写生命青春良时及其短暂，已隐含后章盛极必衰、一去不复返之意。若生命青春良时永在，又何必"常恐秋节至"？诗人想象：今日青青葵菜及缤纷灿烂之葵花，至秋则将转瞬衰萎，其情可悯。以上收结园中葵之盛衰。下二句接前盛衰之意而转，一转一深，以气势恢宏的百川归海不复返喻一切生命之衰逝如是，非人力可抗拒，又暗含生命即使不复返，亦如百川奔腾永不止息的抗争。笼罩于此情此景中，诗人发出"少壮不努力，老大徒伤悲"的无尽感慨，呈现于一幅景含深情，情生于景的艺术画面中，与单纯摘句的道德说教实不可同日而语。（何志军撰）

18. 行行重行行

行行重行行，与君生别离①。相去万余里，各在天一涯。
道路阻且长②，会面安可知？胡马依北风，越鸟巢南枝③。
相去日已远，衣带日已缓④。浮云蔽白日，游子不顾反。
思君令人老，岁月忽已晚。弃捐勿复道，努力加餐饭。

（选自萧统编、李善注《文选》，上海古籍出版社1986年版）

【注释】

①生别离：《楚辞·九歌·少司命》："悲莫悲兮生别离。"
③"道路"句：《诗经·秦风·蒹葭》："溯洄从之，道阻且长。"
③"胡马"二句：《韩诗外传》："代马依北风，飞鸟栖故枝。"
④缓：宽松。《古乐府歌》："离家日趋远，衣带日趋缓。"

【点评】

思妇恋诗，亦是怨诗。前二句写别离之悲，四个"行"字极言游子路途之远、行路之艰，亦写思妇忧心与悲心。中间四句写已离之念，由路途之远、之险推言，双方互念如在天涯，亦不知何日相聚，更增其悲。"胡马依北风"二句，以禽兽天性恋故土喻人虽南北远隔，当念土怀乡，不忘故人。最后二句写久思之苦。"相去日已远"，刻画思妇细数日子，望穿秋水；"衣带日已缓"，描绘思妇苦思憔悴，形容消瘦。"浮云蔽白日"二句承上"日日思君不见君"之苦而转怨，清人张玉谷云："浮云蔽日，喻有所惑，游不顾返，点出负心，略露怨意。""思君令人老"二句写睽隔既久，时光倏忽而红颜易老。自觉永无重见之日。因结以"弃捐勿复道，努力加餐饭"，设想自己虽被抛弃，仍祝愿游子异乡安好。情深至于此，荡气回肠，令人叹惋。

此诗看似平白如话，实则用典颇多，显示了作者的文人身份。如"生别离"、"阻且长"为《诗》、《骚》成辞，"胡马"、"越鸟"二句脱胎典籍《韩诗外传》、《吴越春秋》等，"相去日已远，衣带日已缓"与《古乐府歌》"离家日趋远，衣带日趋缓"相似，等亦如此。可见用典绵密而如盐入水，截取成词而似如己出，虽非一无依傍之最上品，以情运文，亦臻化境。（何志军撰）

19. 迢迢牵牛星

迢迢牵牛星①，皎皎河汉女②。纤纤擢③素手，札札弄机杼④。
终日不成章⑤，泣涕零⑥如雨。河汉清且浅，相去复几许。
盈盈⑦一水间，脉脉⑧不得语。

（选自萧统编、李善注《文选》，上海古籍出版社1986年版）

〖注 释〗

①迢迢（tiáo tiáo）：遥远。牵牛星：天鹰星座的主星，在银河南。
②皎皎：明亮。河汉：即银河。河汉女，指织女星，天琴星座的主星，在银河北。
③擢（zhuó）：伸出。
④札札（zhá zhá）：织机声。机杼：织布机的梭子。
⑤"终日"句：《诗经·小雅·大东》："不成报章。"
⑥零：落。
⑦盈盈：水清浅。
⑧脉脉（mò mò）：含情相视。

〖点 评〗

十九篇中的思妇诗，此篇别具风情。通篇不直接出现抒情主人公的角色，而借神话中牛郎织女分处银河南北之故事，写人间男女怨慕之情事，赋予虚无缥缈的神话角色以真实的人性。开篇二句是全诗关键，"迢迢"为此篇诗眼。"迢迢"是织女隔皎皎银河而望牛郎之距离，恰因此而不得相聚，而生相思。下四句写织女。两句写手："纤纤"手之形，"素"者手之色，"擢"字勾连"弄"字，调梭之动作，机杼翻飞，札札声起。两句写泪：札札虽响，织布未成，唯见泪落如雨。织布未成恰因相思之苦，深情跃然纸上。后四句写织女隔银河凝望牛郎之深情。银河看似清浅，好像挽起裤腿就可涉河而过，岂不是距离不远么？其实似近实远，一水之隔，可望而不可即、不可语，诗意处处扣"迢迢"二字。由距离而生阻隔，由阻隔而生相思，相思不得而落泪，而遥望，而无言，专从织女下笔，情致缠绵。如视流星为落泪、两星相对为无言的遥望，则星空特性亦融入男女情事，妙在吻合无间。

此诗构思或受《诗经·小雅·大东》启发。《大东》云："维天有汉，监亦有光。跂彼织女，终日七襄。""虽则七襄，不成报章。睆彼牵牛，不以服箱。"但仅用作比喻，发"名不副实"之意，《迢迢牵牛星》则全篇自出机杼也。（何志军撰）

20. 客从远方来

客从远方来，遗我一端①绮。相去万余里，故人心尚尔。
文彩双鸳鸯，裁为合欢②被。著以长相思③，缘以结不解④。
以胶投漆中，谁能别离此？

（选自萧统编、李善注《文选》，上海古籍出版社1986年版）

《注 释》

①端：量词，帛类的长度单位。一端约二丈。
②合欢：花名，又称"夜合"、"合昏"等。汉人常以之为装饰图案。
③长相思：指长棉丝，"思"、"丝"谐音。
④缘：沿边缘装饰。结：缔，一种不能解之结。"结不解"有同心结之意。

《点 评》

古诗十九首，相思之意，多隔、怨、疑、苦。此诗借物传情，情通万里，乃两情不隔不怨不疑而甚乐者。前二句写远客捎送绮布，"绮"即一篇诗眼，下皆从此发生。"相去"二句，写游子身远，心近如昔。思妇睹物生情，情生于绮，系于故人，"故人"二字，透出别离之久。"文彩"四句，常解为绮布已有图案、已塞丝绵、已缝合成被。实则绮布多素纹，解为远赠绮被，不若解为思妇得绮布之想象：若裁绮为被，上绣鸳鸯，中填棉丝，边缝细结，则眼前赠绮，顿成信物，象征合欢、相思、不解之情思。此绮丽之想象，更胜绮丽之缯布也。最后二句直抒其情。两情相悦，如胶似漆，二心相合，不以地远日久而变易也，欢喜之意，坚贞之心，缠绵之思，皆跃然纸上。

此诗章法，以得赠绮为中心，初之惊喜，次之感动，次之想象，申之以坚贞，依次展开。长绵丝、边缘结之谐音双关，又受益于民歌，故声情婉转绵长。说诗者或以裁绮为被乃思妇实际行动，或以"故人"二字论此诗写友情而非爱情，其说亦可参。吴淇评此诗曰："只是'绮'之一意到底。全在'相去'二句，宕出如许态度；'以胶'二字，结得如许精神。"（何志军撰）

21. 步出夏门行（其一）

曹　操[1]

东临碣石[2]，以观沧海。水何澹澹，山岛竦峙。树木丛生，百草丰茂。秋风萧瑟，洪波涌起。日月之行，若出其中。星汉[3]粲烂，若出其里。幸甚至哉，歌以咏志[4]。

（选自中华书局编辑部《曹操集》，中华书局1959年版）

《注 释》

①曹操（155—220）：字孟德，小字阿瞒，沛国谯（今安徽省亳州市）人。年少时有大志，曾起兵镇压黄巾军，迁为济南相，后在董卓之乱中迎汉献帝至许昌，又先后击灭袁术、袁绍等军事力量，成为当时北方的实际统治者。公元220年，其子曹丕称帝，追尊他为武帝。他在政治、军事上大有作为，文学造诣亦颇高，四言诗歌价值尤甚。有《魏武帝集》。《步出夏门行》是乐府曲调，属《相和歌辞》中的《瑟调曲》，曹操此作共四章，本篇是第一章，是他在建安十二年（207）北征乌桓时途经碣石山所作。

②碣石：此处指右北平郡骊成县（今河北省乐亭县西南）西南之大碣石山。此山为曹操北征时所经，后没于海中。

③星汉：指天上银河。

④"幸甚"二句：此二句是乐府演奏时为了合乐而加上的，与正文无关。

《点 评》

曹操戎马倥偬，却非常喜欢歌诗，每至兴高时辄作诗而被之管弦。此诗乃登高望远之作，描写站在高处眺望大海，只见烟涛茫茫，水天一色，不禁怀疑日月星辰皆融入其中。景象阔大，气势磅礴，正合曹操此时之英雄壮志，故清人沈德潜在《古诗源》卷五中谓其"有吞吐宇宙气象"。（徐国荣撰）

22. 短歌行[1]

曹　操

对酒当歌，人生几何！譬如朝露，去日苦多。慨当以慷[2]，忧思难忘。何以解忧，唯有杜康[3]。青青子衿，悠悠我心[4]。但为君故，沉吟至今。呦呦鹿鸣，食野之苹。我有嘉宾，鼓瑟吹笙[5]。明明如月，何时可掇[6]？忧从中来，不可断绝。越陌度阡，枉用相存⑦。契阔⑧谈宴，心念旧恩。月明星稀，乌鹊南飞。绕树三匝，何枝可依⑨？山不厌高，海不厌深。周公吐哺，天下归心⑩。

（选自萧统编、李善注《文选》，上海古籍出版社1986年版）

【注 释】

①短歌行：汉乐府曲调名，属《相和歌》中的《平调曲》。曹操这里用乐府旧题而写实事。

②慨当以慷：即慨而且慷，慷慨之意，指一种带悲忧色彩的情感。

③杜康：传说中周代最早造酒的人。这里代指酒。

④"青青"二句：《诗经·郑风·子衿》中的成句，原句写女子怀人，这里表示自己对贤才的思念。

⑤"呦呦"四句：《诗经·小雅·鹿鸣》中的成句。呦呦：鹿鸣声。瑟、笙：两种乐器名。《鹿鸣》原写宴待宾客，这里指自己礼遇贤才的诚恳态度。

⑥掇：拾取。一作"辍"，"停止"之义，意亦可通。

⑦"越陌"二句：指贤才们远道而来，屈驾服务于己。陌：田间东西向的道路。阡：田间南北向的道路。枉：屈驾。用：以。存：存问，问候。

⑧契阔：聚散。

⑨"月明"四句：用乌鹊在月光下择枝而栖比喻贤才的择主而事。

⑩"吐哺"二句：吐哺，吐掉口中咀嚼着的食物。《史记·鲁周公世家》和《韩诗外传》中都记载周公"一饭三吐哺"的故事，意思是说，周公吃饭时若遇到贤才来访，忙于接待，赶紧吐掉口中食物，表示虚心纳贤。这里借用此典，表示自己愿意像周公那样，希望贤才来投奔。

【点 评】

三国时期，曹魏势力最强，人才亦最盛。曹操一直重视人才的使用，而且根据时势需要，大力吸收各类人才。此诗写出了曹操的求贤若渴之心。他希望全国各地的贤才都来辅佐自己，无论新知还是旧友，只要愿意投奔，他一律欢迎，而且给予优待。此时天下纷争，正是用人之际，曹操忧心忡忡，在几杯淡酒之后，面对着"月明星稀"的具体景象，想到岁月迁逝，人生易老，而壮志未遂，不觉感慨系之，遂成此篇。钟嵘《诗品》谓曹操"颇有悲凉之句"，读此可见矣。（徐国荣撰）

23. 杂诗（其三）

曹 植①

南国有佳人，容华若桃李。朝游江北岸，日夕宿湘沚②。时俗薄朱颜，谁为发皓齿③。俛仰④岁将暮，荣耀⑤难久恃。

（选自萧统编、李善注《文选》，上海古籍出版社 1986 年版）

《注 释》

①曹植（192—232）：字子建，曹操第三子，曹丕同母弟。沛国谯（今安徽省亳州市）人。曾封陈王，死后谥"思"，故世称陈思或陈思王。他的一生以其父曹操之死为界，分为前后两个时期，前期因才思敏捷，颇得其父赏识，故任纵发扬，过着优游俊赏的公子生活。后期在曹丕、曹睿相继为帝时期一直非常压抑，虽时有建功立业之志，但大多抑郁寡欢，所作诗文中亦时有牢骚之言，然多为危苦之词。他虽一生不得志，却在文学上取得极大的成功。后人对其文学成就评价很高，甚至许为建安文学成就第一人，钟嵘《诗品序》中称其为"建安之杰"。

②日夕宿湘沚：一作"夕宿潇湘沚"。比喻自己迁徙不定的情形。沚：水中小洲。

③谁为发皓齿：此句谓为谁而唱歌。比喻时俗不重贤才，自己有才志而难展。发皓齿：张开嘴，露出洁白的牙齿。

④俛仰：俯仰。指俯仰之间，形容短暂的时间。

⑤荣耀：容华。指女子青春时所焕发出的光彩。

《点 评》

美人迟暮，已为凄艳，而美为时俗所薄，不被发现和重视，更是令人扼腕。时光荏苒，岁月不居，美丽的容颜难以持久，正如有才志之士无法施展才华一样，岂非暴殄天物！（徐国荣撰）

24. 咏史（其二）

左　思①

郁郁涧底松，离离山上苗。以彼径寸茎，荫此百尺条。世胄②蹑高位，英俊③沉下僚。地势使之然，由来非一朝。金张④籍旧业，七叶珥汉貂⑤。冯公⑥岂不伟？白首不见招。

（选自萧统编、李善注《文选》，上海古籍出版社 1986 年版）

《注 释》

①左思：字太冲，齐国临淄（今山东省淄博市）人。生卒年不详，约与陆机、潘岳等同时。他的《咏史诗》共八首，这是其第二首。

②世胄：高门大族的世家子弟。

③英俊：有才华的人。

④金张：汉代金日磾和张安世两家族。他们世为权贵。这里代指世家子弟。

⑤珥汉貂：帽子上插上貂鼠尾。指做官。珥：插。汉貂：汉代侍中官冠旁插上貂鼠尾为装饰。

⑥冯公：冯唐。他是汉文帝时人，虽有才华，却一生不得志，到汉武帝时仍居位郎官。

《点 评》

　　左思生活的晋代，"上品无寒门，下品无世族"的门阀政治格局早已形成。像左思这样出身寒门的人，无论怎样努力，在社会上取得成功的机遇都是很少的。而高门大族的世家子弟，虽然未必有什么才能，却能凭借祖上余荫，轻松占据高位。正如生长在山涧中的高大松树一样，无论如何高大，也无法超越山顶上那小小的树苗。这种不平等的社会现象，前代已有，今世更盛，所以左思无可奈何，只能借诗咏史，一吐抑郁不平之气。故名为咏史，实为咏怀。（徐国荣撰）

25. 归园田居（其一）

陶渊明

　　少无适俗韵，性本爱丘山。误落尘网①中，一去三十年②。羁鸟③恋旧林，池鱼思故渊。开荒南野际，守拙④归园田。方宅十余亩，草屋八九间。榆柳荫后檐，桃李罗堂前。暧暧远人村，依依墟里烟。狗吠深巷中，鸡鸣桑树巅。户庭无尘杂，虚室⑤有余闲。久在樊笼里，复得返自然。

（选自逯钦立校注《陶渊明集》，中华书局 1979 年版）

《注 释》

①尘网：尘世的罗网。指仕途。

②三十年：十九年。用"三十"指十，表示夸张。或说，"三十年"当作"十三年"，因为从陶渊明初仕到其归田，前后正好十三年。意亦可通，但若无确切文献依据，不能随意改动原文。

③羁鸟：被束缚在笼中的鸟。

④守拙：坚守自己的拙处。指自己不善逢迎，拙于做官。是自谦而又自傲之词。

⑤虚室：安静的房间。语出《庄子·人间世》："虚室生白"。

《点评》

《归园田居》共五首，本篇是其第一首，乃陶渊明辞彭泽令后归家之作。彻底地抛弃了官场之后，陶渊明觉得自己真切切地回到了大自然的怀抱，就像鸟儿挣脱了樊笼，像鱼儿又游在熟悉的水中。所以，此诗自始至终皆显示出轻松明快的风格。他没有刻意地用语词修饰，连描写的自然景色也是平平淡淡的，但读者却自能于其中读出一片风华。正所谓"绚烂之极，归于平淡"者也。（徐国荣撰）

26. 饮酒①（其五）

陶渊明

结庐在人境，而无车马喧。问君何能尔？心远地自偏。采菊东篱下，悠然见南山②。山气日夕佳，飞鸟相与还。此中有真意，欲辨已忘言。

（选自逯钦立校注《陶渊明集》，中华书局 1979 年版）

《注释》

①饮酒：陶渊明《饮酒》共二十首，并非一时所作，这是其第五首。
②见南山：南山不经意间出现在眼前。南山：指庐山。

《点评》

采菊东篱之下，在悠然自得的心境中，南山于不经意间进入眼帘。傍晚的山气尤其令人沉醉，鸟儿也归巢了。此刻，生命是如此的美好，这一切正好构成了一幅典型的田园牧歌图。心中若有所思，若有所悟，想要表达什么，又不知说些什么，沉默而感动着自己。生活中不缺少诗意，缺乏的是构筑诗意的心灵空间。陶渊明之所以为他人所不及，只被"心远"二字点破。因为"心远"，居住在任何地方都是偏僻的。此可与识"道"者论，难与俗人言也。（徐国荣撰）

27. 拟行路难（其六）

鲍 照①

对案不能食，拔剑击柱长叹息。丈夫生世会几时？安能蹀躞②垂羽翼？弃置罢官去，还家自休息。朝出与亲辞，暮还在亲侧。弄儿床前戏，看妇机中织。自古圣贤尽贫贱，何况我辈孤且直③！

（选自钱仲联增补集说校《鲍参军集注》，上海古籍出版社 1980 年版）

《注释》

①鲍照（414—466）：字明远，东海（今江苏省涟水县北）人。曾为临海王刘子顼的前军参军，故世称鲍参军。他出身贫寒，仕途崎岖，故而对门阀制度所造成的不平等社会现象颇为愤懑，作品中也多有不平之鸣。他诗文俱佳，与颜延之、谢灵运并称为"元嘉三大家"，尤其擅写长言歌行，在七言诗发展史上有比较重要的地位。

②踯躅：小步走路的样子。形容小心谨慎而不敢张扬。

③孤且直：孤寒而正直。

《点评》

鲍照《拟行路难》共十八首，这是其第六首。《行路难》本是乐府旧题，内容亦多写人生之艰难。鲍照此篇，在形式上虽为代拟体，内容上也正好扣住这个主题。他博学多才，本有宏图远志，却无奈出身孤寒，在那讲究等级的门阀社会中，要想出人头地，何其难哉！但他又不愿小心谨慎地"垂羽翼"，这样的性格肯定动辄得咎，满腔怨愤只能"拔剑击柱长叹息"。无可奈何之下，弃官而去，以天伦之乐抚慰内心的伤痛，又想到"自古圣贤尽贫贱"，自己或许得到些许安慰。不平之意，溢于言表。（徐国荣撰）

28. 重别周尚书①（其一）

庾 信

阳关②万里道，不见一人归。

惟有河边雁，秋来南向飞。

（选自倪璠注《庾子山集注》，中华书局 1980 年版）

《注释》

①《重别周尚书》共两首，这是其第一首。周尚书，即周弘正，于陈文帝天嘉元年（560）出使至北周，南归时庾信赠诗以别。

②阳关：地名，在今甘肃省敦煌市西南。此处借指长安。

《点评》

杜甫评庾信诗歌，除了"老成"和"凌云健笔"外，又有"清新"之论。此诗可当"清新"之评。万里阳关大道，偏有一人无法得归。秋雁尚可随季节而南迁，周尚书亦可如秋雁渡河，偏偏又是我只能目送，不能身归。寥寥四句，除了惜别之外，还展露了其乡关之思，凄艳欲滴。形式上亦已类唐人五言绝句。（徐国荣撰）

29. 木兰诗①

唧唧复唧唧，木兰当户织。不闻机杼②声，唯闻女叹息。问女何所思，问女何所忆。女亦无所思，女亦无所忆。昨夜见军帖③，可汗④大点兵。军书十二卷，卷卷有爷名。阿爷无大儿，木兰无长兄。愿为市鞍马，从此替爷征。

东市买骏马，西市买鞍鞯⑤，南市买辔头，北市买长鞭。旦辞爷娘去，暮宿黄河边。不闻爷娘唤女声，但闻黄河流水鸣溅溅。旦辞黄河去，暮至黑山⑥头，不闻爷娘唤女声，但闻燕山⑦胡骑鸣啾啾。

万里赴戎机⑧，关山度若飞。朔气传金柝⑨，寒光照铁衣。将军百战死，壮士十年归。

归来见天子，天子坐明堂⑩。策勋十二转，赏赐百千强⑪。可汗问所欲，"木兰不用尚书郎，愿驰千里足⑫，送儿还故乡"。

爷娘闻女来，出郭⑬相扶将。阿姊闻妹来，当户理红妆。小弟闻姊来，磨刀霍霍向猪羊。开我东阁门，坐我西阁床。脱我战时袍，著我旧时裳。当窗理云鬓，对镜帖花黄。出门看火伴，火伴皆惊惶。同行十二年，不知木兰是女郎。

雄兔脚扑朔⑭，雌兔眼迷离⑮，双兔傍地走，安能辨我是雄雌！

（选自郭茂倩编《乐府诗集》，中华书局 1979 年版）

【注释】

①木兰诗：收于《乐府诗集》"横吹曲辞"中的"梁鼓角横吹曲"，是北朝乐府民歌的代表作。

②杼：织布机上的梭子。

③军帖：征兵的文书。

④可汗：古代西北地区少数民族对君主的称呼。

⑤鞯：马鞍下的垫子。

⑥黑山：在今内蒙古自治区呼和浩特市东南，亦称杀虎山。或说，为今河北省昌平县之天寿山。

⑦燕山：在今内蒙古自治区五原县境。或说，在今河北省蓟县一带。

⑧戎机：战机。此指战争。

⑨朔气传金柝：从金柝的打更声中传来阵阵寒气。朔气：北方的寒气。金柝：即刁斗，一种古代军用品，可用来烧饭，也可用来打更。

⑩明堂：古代皇帝用来祭祀、接见诸侯和大臣等所用的厅堂。此处"天子"即指"可汗"。这首诗本是北方乐府民歌，但收在"梁鼓角横吹曲"中，可能传到南方，经过

改编，故有此称。

⑪"策勋"二句：记有功劳很多，因而赏赐也很多。"十二"是虚数，表示多，前文"十二卷"与后文"十二年"亦如是。转：当时将勋位分为若干等级，根据功劳升级，每升一级叫做一转。百千：表示多。强：有余。

⑫愿驰千里足：此句或作"愿驰明驼千里足"。指希望骑上快捷的骆驼。

⑬郭：外城。

⑭扑朔：形容雄兔脚上的毛蓬松的样子。

⑮迷离：形容雌兔眼睛被蓬松的毛遮蔽而眯起来的样子。

《点 评》

木兰代父从军，巾帼不让须眉，千百年来，故事被反复演绎，戏剧、小说，直到今天的影视作品，皆有此题材，故"木兰"已成为巾帼英雄的代称。此篇即是木兰故事的原作，是南北朝时期北朝乐府民歌中较长的一篇。据古今学者考证，此事原有现实背景，木兰可能属鲜卑族，其家在当时属兵户，平时农耕，但国家有战事，必须从征，所以诗中说"军书十二卷，卷卷有爷名"。虽然当时北方少数民族风俗异于南方，女子操持门户者多见，但像木兰这样女扮男装、代父从军而战功卓著者毕竟不多，故此事在当时亦属传奇，被到处传唱。木兰的具体形象在此传唱中反而越来越不清晰，但其美丽、坚强、英武等象征意义倒是越来越突出。（徐国荣撰）

30. 人日①思归

薛道衡

入春才七日，离家已二年。
人归落雁后，思发在花前。

（选自逯钦立辑校《先秦汉魏晋南北朝诗》，中华书局1983年版）

《注 释》

①人日：农历正月初七。

《点 评》

此诗写思乡别出心裁，篇短情长。首句点题中"人日"，入春七日即正月初七，亦称"人日"。加一"才"字，极言时间之短。次句写离家两年，增一"已"字，极言时间之长。长短对照，诗意一转，由"离家"暗提思乡。三句扣题中"归"字，南雁北归而北人滞南，故人归落后于雁归，可见其迟。四句扣题中"思"字，春花含蕊而思心萌放，故思心早发于花发，可见其速。动身之迟恰衬归心之切，句中意转，句句意转，故而情致委婉。说"雁"说"花"，切合春意，写尽人心。前二句平平家常，后二句得比兴之妙，翻出通篇巧意。

《隋书·薛道衡传》载其使陈"每有所作，南人无不吟诵焉"。唐人刘餗《隋唐嘉话》亦云："薛道衡聘陈，为《人日》诗云：'入春才七日，离家已二年。'南人嘲之曰：'是底言，谁谓北房解作诗？'及云：'人归落雁后，思发在花前。'乃喜曰：'名下固无虚士。'"此诗问世，即获盛名，诗话随之，相得益彰。究其根本，诗作上佳，非仅因人留名也。此诗不仅三、四两句历来被称诵，更兼构思精巧，后人揣摩良多。李商隐《人日即事》"独想道衡诗思苦，离家恨得两年中"，即道出此诗构思用心精苦，可称诗者知音。（何志军撰）

31. 野 望

王 绩

东皋[①]薄暮望，徙倚欲[②]何依。
树树皆秋色，山山唯落晖。
牧人驱犊返，猎马带禽归。
相顾无相识，长歌怀采薇[③]。

（选自韩理洲校点《王无功文集五卷本会校》，上海古籍出版社 1987 年版）

【注 释】

①东皋：王绩《自撰墓志》云"尝耕东皋，世号东皋子"，有《东皋子集》。通常认为在今山西河津县东北黄颊山。或作"薄暮东皋望"，则于律未协。

②欲：或作"将"。

③采薇：《诗经·召南·草虫》："陟彼南山，言采其薇。未见君子，我心伤悲。"《诗经·小雅·采薇》："采薇采薇，薇亦作止。曰归曰归，岁亦暮止。"《史记·伯夷叔齐列传》："登彼西山矣，采其薇矣。"

【点 评】

首联点题，写薄暮之"望"。"东皋"非仅躬耕游憩之地，亦是有归隐意味之地理意象，早见于阮籍"方将耕于东皋之阳"，陶渊明"登东皋以长啸"。"徙倚欲何依"与诗人《自撰墓志》"行若无所之，坐若无所据"合观，可会其徘徊无依之情。颔联写远望之"野"。山、树皆为落晖笼罩，诸色尽去，烘托出冷寂单调的秋色秋意，诗人心境、形象外化。颈联写近观之人。牧人、猎人下山来，人驱牛犊，马驮猎物，皆归其家。山树之静、归人之动、牛马之声，画出顺时而动、各安其所的田园生活。"返"、"归"二字，反衬诗人"何依"。尾联发思古之情。牧猎之人安其所归,而诗人"相顾无相识",恐非仅"不认得",更是"不相知"。唯有长歌浩叹。"采薇"之典甚多,其意亦歧。味其诗意,乃与上句相对,意指现实既无相知,只能追慕采薇之古人情怀,借以发抒其孤寂之意耳。若指实为采薇之某人,或此句必含政治深意甚或朝代更易之谶言,恐如清人沈德潜所批评:"通首只'无相识'意,怀采薇,偶然兴寄古人也。说诗家谓感隋之将亡,毋乃穿凿。"

此诗首句平起,押上平五微韵,讲究粘对,颔联、颈联对仗工整,于律诗艺术为隋唐五律转型之作,于田园题材则上承陶渊明、庾信,下启王维、孟浩然。(何志军撰)

32. 送杜少府之任蜀川①

王 勃

城阙②辅三秦,风烟望五津。
与君离别意,同是宦游人。
海内存知己,天涯若比邻。
无为在歧路,儿女共沾巾。

(选自蒋清翊注《王子安集注》,上海古籍出版社 1995 年版)

【注 释】

①川:或作"州",据蒋清翊考,当为"川"。
②城阙:通常指代京都,此处当指长安。一说指成都,可参。

【点 评】

首联点出送别之地、将至之地。长安送别,繁华之地,三秦为辅,气势顿出。离京远去,风烟相隔,不见五津相聚之"蜀川",极言其远。颔联写客中送客,同感相惜之情。"宦游"二字既点题明"杜少府之任",亦表明诗人游宦长安,故能移情通感,心领神会。颈联写知己如邻之意,"海内"、"天涯"言其相距之远,"知己"则能心灵感通,跨越阻隔,犹如近邻。曹植《赠白马王彪》有"丈夫志四海,万里犹比邻"之句,王勃化用其句而突出"知己"之意,最为世人称道。高适《别董大》其一"莫愁前路无知己,天下谁人不识君"又从此诗中翻出。尾联为劝慰之词,与颈联相对照,画出常人别情,意谓吾辈毋效小儿女别离之态,写出年轻诗人爽朗豪迈之气。

古今送别诗文多伤别。江淹《别赋》至云"黯然销魂者,唯别而已矣","有别必怨,有怨恨必盈"。本篇是王勃诸多送别诗中唯一不涉悲凉伤别之诗,故《唐诗三百首》补注云:"赠别不作悲酸语,魄力自异。"葛兆光说:"人们记不住千篇一律哭哭啼啼的诗反而记住了这首独具一格长歌朗笑的诗。"此诗一反悲凉伤别常态,代之以爽朗豪迈之情,正

如刘禹锡《秋词》"自古逢秋悲寂寞，我言秋日胜春朝"之脍炙人口，是文艺心理学、文学接受史上值得留意的现象。（何志军撰）

33. 度大庾岭①

宋之问

度岭方辞国②，停轺③一望家。
魂随南翥④鸟，泪尽北枝花。
山雨初含霁，江云欲变霞。
但令归有日，不敢恨长沙⑤。

（选自陶敏、易淑琼校注《沈佺期宋之问集校注》，中华书局 2001 年版）

【注 释】

①大庾岭：五岭之一，处江西省大庾县之南，广东省南雄县之北。据《元和郡县志》，大庾岭本名塞上，亦称梅岭，即汉代中原与岭南分界线之一。本诗为诗人流放泷州（今广东省罗定市），途经大庾岭所作数诗之一。

②国：京城、国都。指长安。

③轺（yáo）：小型轻便马车。

④翥（zhù）：高飞。

⑤长沙：《史记·屈原贾生列传》载，贾谊被外放为长沙王太傅，贾谊"闻长沙卑湿，自以寿不得长，又以谪去。意不自得。及渡湘水，为赋以吊屈原"。诗意本此。

【点 评】

此篇为贬谪诗佳作。首联写岭北回望。大庾岭以南地区在地理意义上虽属唐朝，但在文化意义上象征华夷之界线，一过此岭，就算离开文化意义上的国家了，故云"度岭方辞国"。将离未离之际，停车最后一望，去国怀乡之依恋、彷徨跃然纸上。颔联写情。南飞之鸟，来自北国，亦如北人南迁。诗人通感，似魂魄与共。《白孔六帖》卷九九《梅·南枝》载："大庾岭上梅，南枝落，北枝开。"据诗人《题大庾岭北驿》"阳月"可知于十月过岭，岭北梅开，则岭南梅落。诗人睹梅，当念北方故乡之梅开于腊月，己则身系南国。一过岭北，南枝亦落。故"泪尽北枝花"，一望而泪尽，可知情伤。颈联写景。山雨倏来倏去，云收雨霁，天上晴光初现，江中倒映云霞，写出将变未变的山中天气，似有灵性。亦象征诗人命运前景。末联收结。反用贾谊贬谪长沙之典。贾谊南迁，不仅自怜，颇有怨上之意，最终死于贬所。诗人则表明，若能被赦还京，必感念上恩而无贾谊之怨。可见其诗或有表明忏悔、暗诉心曲，以求获赦之用意。

宋之问其人在唐代政坛无特操，谄事权贵，出卖朋友。唐代笔记屡称其杀亲甥刘希夷，仅为窃名而夺诗句"年年岁岁花相似，岁岁年年人不同"，虽无实据，人品可知。然其诗中佳作传诵已久，不应因人废言。（何志军撰）

34. 登幽州台歌①

陈子昂

前不见古人，后不见来者。
念天地之悠悠，独怆然而涕下。

（选自徐鹏校点《陈子昂集》，中华书局 1960 年版）

【注 释】

①幽州台：幽州，唐代属河北道，治所在今北京市大兴县。幽州台，《陈氏别传》称"蓟北楼"，或指其为战国燕昭王为招贤揽士而筑之"黄金台"，所处在幽州，故又称"幽州台"，三者或名异实同耳。

【点 评】

此歌短短数句，悲意磅礴无边。瞻"前"顾"后"，写尽时间绵延。不见"古人"、"来者"，则截断众流，独写出此地、此台之子昂于人类绵延历史中凝固之一霎。"念"为一篇诗眼，同《远游》之"惟"，即自觉或反省之意识，天地之间，唯人有之。天地之"悠悠"固长，唯"念"及于此，方才发生。较诸"天地"之悠悠，此地、此台之子昂乃至人类之渺小、短暂，立时凸显。末句承前之内在感念，发为外在表征，怆然而泪下，无言藏深悲。

"幽州台"不可忽。据子昂《蓟丘览古赠卢居士藏用》序，诗人随军北征，"登蓟丘"，观"燕之旧都"、"轩辕遗迹"，感而作诗，"黄金台"典凡两见。其友卢藏用《陈氏别传》亦载，子昂"登蓟北楼"赋诗数首后，"泫然流涕"而歌此数句。歌之动因或含怀才不遇之感，然发之于歌，即如盐入汤，浑化无迹。无盐汤少味，饮汤非吃盐：诗人之政治抱负、经历、挫折，如盐；诗歌之情感、生命、意义，如汤。大小之辨，吾论如此。

观其文学源流，《楚辞·远游》"惟天地之无穷兮，哀人生之长勤。往者余弗及兮，来者吾不闻"，及"步倚徨而遥思兮"至"形枯槁而独留"一段，阮籍《咏怀诗》"人生若晨露，天道邈悠悠"、"去者余不及，来者吾不留"，皆与此歌相通。（何志军撰）

35. 题破山寺后禅院①

常　建

清晨入古寺，初日照高林。
竹径通幽处，禅房花木深。
山光悦鸟性，潭影空人心。
万籁此都寂，但余钟磬音。

（选自王克让校注《河岳英灵集校注》，巴蜀书社 2006 年版）

【注释】

①破山寺：即兴福寺，在今江苏省常熟县虞山。禅：梵语"禅那"省称，静修冥思。禅院即僧人静修之处。

【点评】

首联写远观之象。初日、高林，可知寺所在山之高、拜山之早，寺古、山高、晨入，诗人敬慕之心可知。颔联写近察之景。竹径之幽、花木之深，引领诗人步入寺中禅房幽静之处，亦写出寺院之广，非一览无遗也，故幽而深。颈联写体悟之意。初日山光，万物怡然，鸟声欣悦，人会此乐。潭影变幻，终归空无，诗人之悟，与此契合。尾联写晨钟磬语。晨钟起，磬语止，悠扬清越，万籁俱寂，万物冥悟，如诗人所会心境也。此诗写破山寺，妙在不直接写具体建筑、具体人事，以诗人入山、行寺之见闻体悟契合山水，以佛寺钟磬之音收结，一切皆在无言中。入情之景，言固知止，意则超胜，此为盛唐之音也。

唐代殷璠《河岳英灵集》列常建于"唐音诗"之首，以此诗颈联为警策。宋代欧阳修则爱此诗颔联，欲仿作一联而不得。历代寺观诗甚多，此篇可列卷首。《唐诗摘钞》以此诗与王维《香积寺》、杜甫《奉先寺》相较，评曰："有右丞《香积寺》之摹写，而神情高古过之；有拾遗《奉先寺》之超悟，而意象浑融过之。'薄暮空潭曲，安禅制毒龙'、'欲觉闻晨钟，令人发深省'，方之此结，功力有余，天然则远矣。"（何志军撰）

36. 岳阳楼①

孟浩然

八月湖水平，含虚混太清②。气蒸云梦泽③，波动④岳阳城。
欲济无舟楫，端居耻圣明。坐观垂钓者，空⑤有羡鱼情。

（选自佟培基笺注《孟浩然诗集笺注》，上海古籍出版社 2000 年版）

《注释》

①诗题《文苑英华》作"望洞庭湖上张丞相"。张丞相,指张九龄,或指张说。

②含:或作"涵"。太清:天。

③云梦泽:古泽薮名。其范围历代所指不同,先秦两汉多指湖北江陵以东,江汉之间。晋以后所指扩大到大江以南,汉水以北,包括洞庭湖。或云江南为"梦",江北为"云"。

④动:或作"撼"。

⑤空:或作"徒"。

《点评》

此诗登楼览胜,写景抒情。前四句写景,后四句抒情。首联写湖水之广与静。八月仲秋之湖水,既非夏水泛滥,亦非冬水低浅,写出秋水平岸如镜,高天似入平湖,一湖竟生大海气势。"含虚",指湖水空阔,气象浑涵,虚实相混。领联写湖水之动与力。以"蒸"写湖面水雾,洞庭湖连云梦泽,亦是"含虚"表现之一。以"动"(或"撼")写湖波涌动,岳阳城如海中舟,自然伟力生宏阔胸怀。此联历来被广为传诵。颈联即景抒情,渡湖、渡河而无桥梁、舟楫,乃古人怀才不遇之常用象征,"端居耻圣明"一句点破其意:以隐居无闻于圣明之世为耻,此则儒家传统之表现:"君子疾乎没世而名不称"、"有道则仕"。亦为盛唐士人常情,如常建"耻作明时失路人"。尾联亦扣景,坐观钓鱼,徒然美慕,反用"临渊羡鱼"典,与"无舟楫"意同。若据"上张丞相"之题,则后四句扣"上"之意,用世之心,求宦之意,纪昀云:"以望洞庭托意,不露干乞之痕。"章法颇密。然诗意平常,胸怀非广,与前四句奇绝超迈似未融洽。前人常推老杜《登岳阳楼》后四句为胜,即因胸襟气度。此乃精益求精之论。诗因时因人因题而异,不必以身经乱离之老杜心怀,衡诸盛世求仕之浩然心态也。诗人短仕长隐,非逐名之徒,世所周知矣。(何志军撰)

37. 过故人庄

孟浩然

故人具鸡黍,邀我至田家。绿树村边合,青山郭外斜。
开筵①面场圃,把酒话桑麻。待到重阳日,还来就菊花。

(选自佟培基笺注《孟浩然诗集笺注》,上海古籍出版社 2000 年版)

《注释》

①开筵:或作"开轩"。

《点评》

首联扣题，写友人、田家之邀，"鸡黍"二字可见田家待客之厚、友情之深、睽别之久。颔联写诗人所见。青山、绿树固然写出了郭外山村自然之貌，"合"、"斜"二字更写出了春夏时节树之生长、山之姿态，亦透露出诗人内心的欢喜，尤能见出诗人遣词传情之妙，情景融合无间。颈联写故人相聚。把酒言欢，即目所见唯场圃，念念不忘话桑麻，不问仕宦之意显然。此自渊明《归园田居》"相见无杂言，但道桑麻长"化来，融合情境，不着痕迹。尾联写兴头再约。秋季重阳，共赏菊花，再叙友情，意犹未尽，别有会心。

此诗用典、对仗、炼字贵在似不用力而自然天成，实则可见诗人驱遣文字功力及上接渊明之田园情怀，在田园诗中堪称佳作，平白如话，诗味隽永。纪昀曾评及王维、孟浩然田园诗之"微别"，颇足细品："王清而远，孟清而切。学王不成，流为空腔；学孟不成，流为浅语。如此诗之自然冲淡，初学遽躐等而效之，不为滑调不止也。"孟浩然虽曾求仕，然短仕即归，长隐乡里，于田园山水，有终焉之志、深情厚意，发之于诗，故清切而非清远也。（何志军撰）

38. 使至塞上①

王 维

单车欲问边，属国②过居延。征蓬③出汉塞，归雁入胡天。
大漠孤烟直，长河落日圆。萧关逢候骑④，都护⑤在燕然。

（选自赵殿成笺注《王右丞集笺注》，上海古籍出版社1998年版）

《注释》

①唐玄宗开元二十五年（737）三月，河西节度副使崔希逸大胜吐蕃。秋，王维奉命出塞慰劳将士，并以监察御史兼任节度判官。
②属国：一说指秦汉官名"典属国"，泛指使臣，此处即王维；一说指地方。
③征蓬：蓬草，白花，子实。或作"征鸿"。
④萧关：今宁夏固原县东南。候骑：侦骑。
⑤都护：边地长官。

《点评》

首联写出使。"单车"言其轻车简从，"欲问边"则点明出使边地。边地已在居延之外，言其远。颔联写至塞之感。蓬草飘飞，身不由己；归雁塞外，自由来去。征蓬喻己，归雁衬人，一过此塞，离汉入胡。前两联尚有形单影只、身离故国之感。颈联写出塞所见。塞外平漠之望，迥异都市习见，无物遮挡，视野开阔：黄沙大漠空旷，黑色狼烟直上高天；黄色长河绵远，红色圆日将坠其间。自然构图，笼天括地，静中有动，诗中有画。

以画意而论，有咫尺千里之势。《唐贤三昧集笺注》指其炼字之妙："'直'、'圆'二字，极锤炼，亦极自然。"此联历来被誉为写景神来妙句，亦知诗人见此，心胸当一转而阔，扫尽单车问边之孤寂。尾联写路遇侦骑。诗藏问而写答，因知将士皆远在燕然山，既用东汉窦宪破匈奴、刻石铭功于燕然山之典，写唐朝军队之胜吐蕃，味其章法，则借颈联塞外异景之壮阔气势，烘托唐朝将士逐敌之气势也。后两联虚实相生，诗境壮阔，诗意无穷。

《唐诗评选》云其章法开阔："右丞每于后四句入妙，前以平语养之，遂成完作。""一结平好，蕴藉遂已迥异。盖用景写意，景显意微，作者之极致也。"（何志军撰）

39. 山居秋暝

王 维

空山新雨后，天气晚来秋。明月松间照，清泉石上流。
竹喧归浣女，莲动下渔舟。随意春芳歇，王孙自可留①。

（选自赵殿成笺注《王右丞集笺注》，上海古籍出版社1998年版）

【注释】

①"随意"二句：淮南小山《楚辞·招隐士》："王孙游兮不归，春草生兮萋萋"，"王孙兮归来，山中兮不可以久留。"

【点评】

首联写山雨晚秋。"空山"唐诗常用，王维似于"空"境别有钟情，如"作暮雨兮愁空山"、"夜静春山空"、"空山不见人"、"空山五柳春"等。上承屈骚《山鬼》、佛境空义，亦契山居情景。"空山"非无人之山，荒寂之山，观"浣女"、"渔舟"可知。山中少人，或为实景；尘念澄空，当为心境。雨洗空山，日暮而凉，方觉秋意。雨而曰"新"，亦诗人之感。颔联写山居入夜。仰观明月，松枝掩映，俯视清泉，石上漫流，亦雨后山景，层次丰富，明澈动人。"明月松间照"与同代常建"松际露微月"一朗彻，一幽寂，异曲同工。颈联写山民夜归。因竹林之声，莲叶之动，遥知浣女、渔舟之归，空山人意，油然而生。若居名山，人众声杂，恐无此境。倒装句式，窥此知彼；恰合平仄，诗法之妙。尾联抒情收结。反用《楚辞·招隐士》之典，言秋山花草萎落，一任自然，空山亦足流连也，暗寓诗人晚年半官半隐之行志。

《唐诗矩》云："右丞本从工丽入，晚岁加以平淡，遂到天成。如'明月松间照，清泉石上流'，此非复食烟火人能道者。今人不察其渐老渐熟乃造平淡之故，一落笔便想作此等语，以为吾以王、孟为宗，其流弊可胜道哉！"于王诗平淡天成中，窥其化自工丽老熟，可谓有见。（何志军撰）

40. 凉州词

王之涣

黄河远上①白云间，一片孤城万仞山。

羌笛何须怨杨柳②？春风不度玉门关③。

[选自《全唐诗》（增订本），中华书局1999年版]

【注 释】

①黄河远上：或作"黄沙（砂）直上"。

②羌笛：羌族竹笛，双管竖吹，与汉族习用之单管横吹者不同。北朝乐府《鼓角横吹曲》有《折杨柳》："上马不捉鞭，反折杨柳枝。下马吹长笛，愁杀行客儿。"

③玉门关：汉代设置，位于今甘肃省敦煌县西。古代边塞乃实际地理，诗人用之则常为空间性意象，取其荒远，未必实指，不必拘泥。

【点 评】

首句写塞外远景。黄河九曲，绵远无尽，直上云霄，似连天地，气势雄壮，意境阔大。太白"黄河之水天上来"，重在动态，黄河落九天，势不可挡。此句则重在静态，黄河入白云，荒远冷寂。次句写山下孤城。戍城多依山，"孤城"已觉其单，"一片"复觉其薄，盖因万仞高山相形也。第三句写孤城笛声。由前之静态视觉，转为动态听觉。羌笛吹奏《折杨柳》，似诉离情，思念故园，亦似怨柳，未发春枝。则塞外孤城，荒寂冷落，闻声而知。"何须"二字，似宽慰语，而诗意挪移，怨情东指。末句点出旨意。玉门关远，春风不至，故柳枝绿迟也。不怨杨柳怨春风，则言外虚指，人情冷暖，皆在其中。征戍怨情，寓于悲壮苍凉，乃盛唐边塞诗之气象。

此诗历来被人称诵，据唐人薛用弱《集异记》"旗亭画壁"轶事，可知当时已广为传唱。明人王世懋《艺圃撷余》更推之为唐人七绝压卷之作。最有趣的是，此诗首句异文（唐人芮挺章《国秀集》录为次句），历代争议纷纭，持地理写实观者，多以"黄沙直上"为原作；持文学诗意观者，多以"黄河远上"为佳，成为文学接受史一桩公案，详可参看陈良运《接受美学与〈凉州词〉》一文。（何志军撰）

41. 终南望余雪

祖 咏

终南阴岭秀，积雪浮云端。
林表明霁色，城中增暮寒。

〔选自《全唐诗》（增订本），中华书局 1999 年版〕

《点评》

首联扣题，皆远观之景。上句写山，下句写雪。长安在终南之北，山南为阳，山北为阴，阴岭即终南山北面，一"秀"字写出山木葱茏之貌。积雪与白云相接，其色相近，其高相连，若浮于云端，既写雪之色，亦写山之高，诗意丰厚。尾联写日光衬寒。"霁色"谓雪后初晴，林表生辉，似铺暖色，而京城中人，反觉暮寒，一则日光初起，积雪始消，余雪未尽，俗语所谓"下雪不冷化雪冷"之时也。二则冷暖对照，山林日光，视觉之暖意，反衬城中暮寒，触觉之冷甚，亦为诸种感觉相及之例。

《唐诗纪事》载："有司试《终南望余雪》诗，咏赋……四句，即纳于有司。或诘之。咏曰：'意尽'。"此佳话与诗共传，相得益彰。若以试题论，此诗首联先咏"积雪"，尾联暗含"余雪"，其意已至。唐代科举试五言排律，六韵十二句也，此诗不合试律规矩。然于森严考场，以"意尽"搁笔，不顾形制，不问结局，洒然而去，反成佳话。（何志军撰）

42. 出塞二首（其一）

王昌龄

秦时明月汉时关，万里长征人未还。
但使龙城飞将在[①]，不教胡马度阴山。

（选自胡问涛、罗琴校注《王昌龄集编年校注》，巴蜀书社 2000 年版）

《注释》

①龙城：唐代营州旧治龙城，即今辽宁省朝阳县。大致相当于汉郡右北平辖区，李广曾为右北平太守，匈奴称之为"飞将军"。"龙城"或作"卢城"，唐代北平郡旧治卢龙县。

《点评》

全诗感古伤今。首联触目伤怀。秦、汉、明月、关，诗中互文，浑而言之，诗人所见明月、所过关塞，自秦汉已然。出征将士，曾照此月，曾过此关，一去不返，自秦汉已然。上句明月、关塞仍在，下句将士不还，相对而成，物是人非，似同宿命，今古同悲，油然而生。下联意气感发。若使飞将军李广尚在，虽胡马彪悍，岂能度越阴山？诗人英雄之气、失道之悲皆在其中。《唐诗摘钞》云："中晚唐绝句涉议论便不佳，此诗亦涉议论，而未尝不佳。此何以故？风度胜故，气味胜故。"不仅如此，试观龙城、飞将、胡马、阴山，皆与边塞相关之鲜明形象，乃寓议论于形象中，形象感染之力与议论风发之气相互激荡，因而风度超胜，与一味议论者固异。

此诗尾联"龙城"、"卢城"地名之争颇久，实则有地理考实与文学用典之别，地理考实必求地名之实，文学用典则常为泛指，各有其用，不易轩轾。诗中地名，既有实指者，亦有泛指者，不可一概而论。检《全唐诗》，用"龙城"者颇多，用"卢城"者无一。此诗中"龙城"若释为泛指北方边塞（金性尧先生即释为泛指"辽西地区"），实不影响诗意；若"龙城"真能考实为具体某地，则诗意发于此地，而未必限于此地也。诗中地理，吾论如此。（何志军撰）

43. 闺怨

王昌龄

闺中少妇不知①愁，春日凝妆上翠楼。
忽见陌头杨柳色，悔教夫婿觅封侯。

（选自胡问涛、罗琴校注《王昌龄集编年校注》，巴蜀书社2000年版）

《注释》

①不知：或作"不曾"。

《点评》

首联写不知愁。闺中少妇，天真烂漫，心如少女。春日凝妆，妆似少女，青春爱美，再上翠楼，少妇期盼。《唐诗合选详解》、《而庵说唐诗》均指"凝妆"为少女妆，乃以花上黄粉涂月牙状于额际，似忘已为人妇，尤见其不知愁，其说可参。尾联写愁。"忽见"转折，路旁柳青，春意撩人，妆成谁怜？孤寂立生。"悔"字最妙，画出少妇心理转折：昔日"教"夫婿觅封侯，出于己意，今日"悔"夫婿觅封侯，亦是己心。此心一起，天真烂漫之少女时代真正过去，忧愁相思之少妇时代正式来临。欲抑先扬，章法尤奇，写出人间女子不可逆转之心路历程。

《古诗十九首》之《青青河畔草》写闺中少妇"娥娥红粉妆",春日登楼临窗,望"郁郁园中柳",发"荡子行不归,空床难独守"之感慨,或为此诗所本。而诗人推陈出新,扣征人闺怨,短章情长,不仅妙写女子心理,亦暗透唐代边塞风云,可谓高明。《唐诗摘钞》云:"感时恨别,诗人之作多矣。此却以'不知愁'三字翻出后二句,语境一新,情思婉折。闺情之作,当推此首为第一。"(何志军撰)

44. 梦游天姥吟留别

李 白①

海客谈瀛洲②,烟涛微茫信难求。越人语天姥③,云霓明灭或可睹。天姥连天向天横,势拔五岳掩赤城④。天台四万八千丈,对此欲倒东南倾。我欲因之梦吴越,一夜飞度镜湖⑤月。湖月照我影,送我至剡溪⑥。谢公宿处今尚在⑦,渌水⑧荡漾清猿啼。脚著谢公屐⑨,身登青云梯。半壁见海日,空中闻天鸡⑩。千岩万转路不定,迷花倚石忽已暝。熊咆龙吟殷⑪岩泉,栗深林兮惊层巅。云青青兮欲雨,水澹澹兮生烟。列缺霹雳⑫,丘峦崩摧。洞天⑬石扉,訇然⑭中开。青冥浩荡不见底,日月照耀金银台⑮。霓为衣兮风为马⑯,云之君兮纷纷而来下。虎鼓瑟⑰兮鸾回车,仙之人兮列如麻。忽魂悸以魄动,恍惊起而长嗟。惟觉时之枕席,失向来之烟霞。世间行乐亦如此,古来万事东流水。别君去时何时还?且放白鹿⑱青崖间,须行即骑访名山。安能摧眉⑲折腰事权贵,使我不得开心颜!

(选自詹锳主编《李白全集校注汇释集评》,百花文艺出版社 1996 年版)

【注释】

①李白(701—762):字太白,号青莲居士,祖籍陇西郡成纪县(今属甘肃),出生于蜀郡绵州昌隆县(今属四川),唐代著名浪漫主义诗人,后人称之为"诗仙",有《李太白集》传世。《旧唐书》卷一九〇、《新唐书》卷二〇二有传。

②瀛洲:传说中东海三神山之一。

③天姥:山名,在今浙江省新昌县东。

④赤城:山名,在今浙江省天台县北。其为天台山的一部分。

⑤镜湖:即鉴湖,在今浙江省绍兴县。

⑥剡(shàn)溪:即曹娥江上游,在今浙江省嵊县。

⑦谢公宿处:谢灵运《登临海峤》:"暝投剡中宿,明登天姥岑。"

⑧渌(lù)水:清澈的水。

⑨谢公屐:谢灵运为游山特制的一种木屐。

⑩天鸡：《述异记》："东南有桃都山，上有大树，名曰桃都，枝相去三千里，上有天鸡。日初出照此木，天鸡则鸣，天下之鸡皆随之鸣。"

⑪殷（yǐn）：声大而震动。

⑫列缺：闪电。霹雳：雷声。

⑬洞天：道教称神仙居处为洞天。

⑭訇（hōng）然：大声。

⑮金银台：神仙所居宫阙。郭璞《游仙诗》："神仙排云出，但见金银台。"

⑯风为马：或作"凤为马"。

⑰虎鼓瑟：张衡《西京赋》："白虎鼓瑟。"

⑱白鹿：传说中仙人的坐骑。《楚辞·哀时命》："骑白鹿而容与。"

⑲摧眉：低头。

〔点评〕

留别是行者留诗而别，梦游天姥为诗之内容。可分三节。开篇至"送我至剡溪"为一节，因越人之语而欲梦吴越。越人之语，催生太白之梦。"湖月照我影"至"仙之人兮列如麻"为第二节，写梦游天姥，几至仙境。"忽魂悸以魄动"至篇末为第三节，写梦醒人间。枕席冷然，烟霞泯灭，自梦境跌落凡间，自奇幻回归真情，犹如《离骚》"忽临睨乎旧乡"之转折。"别君"三句，点出"留别"诗题。对天姥梦境的不同解读，引发诗意解读的两种异说。若以梦中仙境不可美而可畏，则联系诗中用典，如谢灵运、陶渊明，或被贬，或自放，而皆为寄情山水者，用典亦含共鸣。太白曾受玄宗"降辇步迎"、"御手调羹"之礼遇，而宫中谗毁不断，终被赐金放还，真成"谪仙人"。故末二句效渊明，不为五斗米折腰，有仙乡无望，仕途多险，不如归隐之意。若以梦中仙境可望不可即，联系"世间行乐亦如此，古来万事东流水"二句及后文"白鹿青崖"、"访名山"，则解读此诗为太白不慕人间荣华富贵之乐，遍访名山求道心笃之表现。吾以为第一解较为合适。

《唐诗别裁》评此诗"诗境虽奇，脉理极细"，《唐宋诗醇》亦指出："因语而梦，因梦而悟，因悟而别，节次相生，丝毫不乱。"诗理脉络，揭之甚当。（何志军撰）

45.陪侍御叔华登楼歌①

李 白

弃我去者，昨日之日不可留；
乱我心者，今日之日多烦忧。
长风万里送秋雁，对此可以酣高楼。
蓬莱②文章建安骨，中间小谢③又清发。
俱怀逸兴壮思飞，欲上青天览明月④。

抽刀断水水更流，举杯消愁愁更愁。

人生在世不称意，明朝散发弄扁舟。

（选自詹锳主编《李白全集校注汇释集评》，百花文艺出版社 1996 年版）

【注释】

①诗题"陪侍御叔华登楼歌"：原作"宣州谢朓楼饯别校书叔云"，据詹锳先生考证，当以《文苑英华》所载诗题为确，故改。李华，字遐叔，曾任侍御史等职。以《含元殿赋》、《吊古战场文》著称，亦擅碑版文字。

②蓬莱：《后汉书·窦章传》载："是时学者称东观为老氏藏室，道家蓬莱山。"东观乃东汉洛阳南宫内观名，明帝曾为修撰《东观汉记》之所，后为朝廷藏书之地。唐代常指代秘书省，如杨炯《登秘书省阁诗序》："周王群玉之山，汉帝蓬莱之室。"《文苑英华》"蓬莱"作"蔡氏"。

③小谢：指谢朓。与同族谢灵运并称"大小谢"。

④览明月：览同"揽"，此处有揽月挽时之意。其想象或源于《楚辞》，如《远游》"揽彗星"、"举斗柄"，《离骚》"拂日"等。

【点评】

此诗通常归类于七古，长短错落，平仄韵转，情随声动。开篇奇绝，杂言排比，破空而来，写时光飞逝。昨日之日，一切已逝之日；今日之日，一切正历之日。今日之日亦将化昨日之日。"弃"我"乱"心，则不仅写时光飞逝，时光亦深具灵性如人也。时不可留，念之多忧，太白一生心绪写照。"长风"二句，写空间之阔。秋雁南飞，长风相送，意在万里之外。登楼远眺之景壮，则心胸为之一阔，因曰"酣高楼"，时之逝、愁之多，暂不萦怀。"蓬莱"四句，写酣饮纵论，寄情前代。太白诗中仙人，李华亦文章名家，故二人纵论历代诗文，自"蓬莱文章"至"建安风骨"，刚健遒丽。汉魏风衰，小谢挺秀，清新俊发。叔侄二人逸兴飞扬，不觉时移，前之长风秋雁，已化青天明月，由日入夜，壮思欲飞，揽月挽时。末四句写乐极生愁，不可止歇。逸兴壮思，神驰千载，不过一瞬。时光飞逝，挟愁带恨，如抽刀断水，斩之不断；举杯消愁，愁思转深，承上之"酣高楼"，转出"多烦忧"。因发浩叹，人生在世，多不称意，明朝散发，脱去簪缨，卸此仕服，扁舟自去，五湖西东。詹锳先生认为此诗作于天宝十二载（753），时李白被赐金放还已十年，壮志难申，而族叔李华亦受权臣排斥，沉忧不解。故短乐恰翻长忧，心绪起落，声情相应，浑化深愁，触目皆是，不可一一拈出也。（何志军撰）

46. 望 岳

杜 甫

岱宗①夫如何？齐鲁青未了。造化钟神秀，阴阳割昏晓。
荡胸生层云，决眦②入归鸟。会当凌绝顶，一览众山小。

（选自仇兆鳌注《杜诗详注》，中华书局 1979 年版）

【注 释】

①岱宗：即泰山。泰山旧谓居五岳之首，为诸山所宗，故称。

②眦（zì）：眼眶。

【点 评】

全诗皆扣"望"字，远近虚实。前二句写远望。起句颇奇，发问开端，散文入诗，古风常见。自答亦奇，泰山南为鲁，北为齐，自齐鲁之境，皆可望泰山之郁郁葱葱，其山之高峻，其地之平阔，皆在一句中。下二句写近望。天地钟情于此山，赋予神奇秀丽之姿，一山分割晨昏，其山之大可想而知。五、六句写通感。泰山之云，似生于吾胸怀；归林之鸟，如入于吾眼中，皆久望而入神之状态。末二句写登临。望之不足，定要登顶，如孔夫子登泰山而小天下，写出岱宗气势，透露诗人情怀。

此诗乃杜甫早年之作。虽为五言八句，中间四句皆对偶，"荡胸"二句尤工整。但不合诗律，不论粘对，韵脚皆仄。如"岱宗"、"荡胸"句均为"仄平平平平"，三平脚是古体特有。仍属古体诗而非律诗。《杜诗详注》云："此章格似五律，但句中平仄未谐，盖古诗之对偶者。而其气骨峥嵘，体势雄浑，能直驾齐梁之上。"（何志军撰）

47. 赠卫八处士①

杜 甫

人生不相见，动如参与商②。今夕复何夕，共此灯烛光。
少壮能几时，鬓发各已苍。访旧半为鬼③，惊呼热中肠。
焉知二十载，重上君子堂。昔别君未婚，儿女忽成行。
怡然敬父执④，问我来何方。问答乃未已，驱儿罗酒浆。
夜雨剪春韭，新炊间黄粱⑤。主称会面难，一举累十觞。
十觞亦不醉，感子故意长。明日隔山岳，世事两茫茫。

（选自仇兆鳌注《杜诗详注》，中华书局1979年版）

【注 释】

①处士：隐居不仕的人，"八"是处士的排行。

②参（shēn）、商：二星宿名，参星在西而商星在东，当一个上升时，另一个下沉，故不相见。

③半为鬼：彼此打听故旧亲友，竟已半数亡故。

④父执:《礼记·曲礼》:"见父之执。"意即父亲的执友。执为接之借字,接友,即常相接近之友。

⑤黄粱:黄米,小米。

【点评】

这首五言古诗作于"安史之乱"发生之后,写的是杜甫与少年朋友卫八久别重逢时悲喜交集的情景。开头四句写二十年后老友相聚的极喜之情。接下来四句,则笔锋掉转,喜极生悲,感慨人生的无常,其中透露出对干戈乱离、人命危浅的惊悸。"焉知"至"意长"十四句转叙二十年朋友的变化与眼前的情景,抒写对于美好生活与人情美的赞赏之情。末二句又语转低回,感伤人生的别易会难,与诗首相呼应。在老杜诗中,这类表现人生感慨和人情之美的作品往往是最感人的,其情感真挚自然,语言朴质平易,在深层次上体现了"浓郁顿挫"的风格,因而也特别受人喜爱。(赵维江撰)

48. 登岳阳楼

杜 甫

昔闻洞庭水,今上岳阳楼。吴楚东南坼①,乾坤日夜浮。
亲朋无一字,老病②有孤舟。戎马③关山北,凭轩涕泗流。

(选自仇兆鳌注《杜诗详注》,中华书局 1979 年版)

【注 释】

①坼(chè):分裂。
②老病:其年杜甫 57 岁,有"坐痹"、"头风"、"肺气"、"眼暗"、"耳聋"诸病。
③戎马:其年吐蕃数次入侵,与唐兵交战。

【点评】

代宗大历三年(768)春,杜甫携家自夔州出峡。其年冬,流寓岳州,寄居舟中,直至大历五年(770)辞世。前四句写景。首联扣题,句势平起,而暗藏今昔之感。颔联气象壮阔,写洞庭雄奇,唯孟浩然"含虚混太清"一句笔力略似。洞庭一湖,剖判吴楚二国;天地日月,日夜若浮其中。故冯舒云:"目之所见,心之所思,已不在岳阳矣。""坼"、"浮"二字,于雄奇壮阔中,隐含乱离漂泊之意,章法绵密,以起下文。后四句抒情。颈联写己。内外交困,音信断绝,孤舟漂泊,老病无依。尾联写国。凭窗北望,戎马倥偬,家国乱离,皆在泪中,不分彼此。今之亲见,气象或胜昔闻;老之所感,沉痛尤甚壮年。颠沛流离,家愁国恨,念兹在兹,何时可掇?老杜晚年写照也。对读《夜闻觱篥》

"君知天地干戈满，不见江湖行路难"，最见老杜心迹。唐人已谓杜诗为"诗史"，"诗史"可作国史参，然首当为家庭行迹史、个人心灵史也。

《杜诗说》云："前半写景，如此阔大；五六自叙，如此落寞。诗境阔狭顿异，结语凑泊极难，转出'戎马关山北'五字。胸襟气象，一等相称，宜使后人搁笔也。"只阔不狭，近太白；只狭不阔，近东野。出入狭阔，方为老杜矣。（何志军撰）

49. 秋兴八首① （其一）

杜 甫

玉露②凋伤枫树林，巫山巫峡③气萧森。
江间波浪兼④天涌，塞上风云接地阴。
丛菊两开他日⑤泪，孤舟一系⑥故园心。
寒衣处处催刀尺⑦，白帝城高急暮砧⑧。

（选自仇兆鳌注《杜诗详注》，中华书局1979年版）

【注 释】

①本篇是组诗《秋兴八首》中的第一首，作于唐大历元年（766）秋，杜甫寓居夔州期间。秋兴：秋日感兴。

②玉露：指霜。

③巫山巫峡：这两处均在今四川省巫山县。

④江间：指巫峡。兼：连。

⑤两开：两次开放。他日：往日。

⑥一系：长系。

⑦刀尺：指做衣裳的工具。

⑧白帝城：在今四川省奉节县。砧：捣衣石。

【点 评】

杜甫寓居夔州近两年，这是他贫病交加、生活极度困顿的时期，也是他诗歌创作的丰收期，特别是他的七律达到了炉火纯青的水平，这组《秋兴八首》是其代表作品。此诗为组诗的第一首，也是整个组诗的序曲。诗人在悲凉萧瑟的秋景描写中表达了自己思念故土、期盼早日归乡的心情。首联直接点题，交代了诗人身处的时节和地点，将浓郁的伤感渗透在这萧瑟的秋景中，奠定了全诗的感情基调。颔联景色既是诗人所见，又暗寓不平静的心境和国家动荡不安的形势。"兼"、"接"二字，连天地为一体，给人以浑厚苍茫之感。颈联为全诗关纽，"开"字一语双关，既指菊花盛开，又指诗人泪随花落。诗人流落夔州，菊花两开，却归乡不得，故有"他日泪"落；"系"字同样也语关两意：孤舟系岸

不发，同时又暗示诗人归乡的心结系而难解。尾联在一片急急的"暮砧"声中收束全诗，"刀尺"、"暮砧"的意象仍然是指向客愁与乡思，至此诗人之"秋兴"在萧森冷寂的景象中得以圆满表出。（赵维江撰）

50. 滁州西涧①

韦应物

独怜幽草涧边生，上有黄鹂深树鸣。
春潮带雨晚来急，野渡无人舟自横。

（选自孙望编著《韦应物诗集系年校笺》，中华书局 2002 年版）

【注释】

①滁州：韦应物于唐德宗建中二年（781）任滁州刺史，治所在今安徽省滁县，州城西门外有西涧，宋时已淤塞。

【点评】

此诗写西涧春景，取象精细，意境幽寂。首联写涧边。城外西涧，幽草丛生，诗人偏爱，油然而生，此为视觉。忽闻鸟鸣，空谷传音，仰观则深树，辨音则黄鹂，春意幽寂，一鸣顿活。尾联写涧水。涧水急而成潮，夹春雨之故也。野渡无人，轻舟自横，皆幽寂之象，纯任自然。《庄子·列御寇》云："巧者劳而知者忧，无能者无所求，饱食而遨游，泛若不系之舟，虚而遨游者也。"与作者另一首诗中"扁舟不系与心同"合参，则"舟自横"之景，或含诗人"虚而遨游"之闲散心态。

诗意诗境，不即不离。此诗有人格之影，而非政治之实。比兴说诗，有其限度，过求深解，反陷穿凿，常失诗意。如宋人杨万里以为末句"喻仁人之不见用"，元人赵章泉、赵润泉以为首联乃"君子在下，小人在上"之喻。王士祯《唐人万首绝句选》凡例则批评："以此论诗，岂复有风雅邪！"《唐诗别裁》亦称元人"此辈难与言诗"。古之诗人或从政，但若所言所作，一举一动，皆指为政治寄托，则灵动之诗与复杂之人，俱被狭化。袁枚《再答李少鹤书》云："诗人有终身之志，有一日之志，有诗外之志，有事外之志，有偶然兴到、流连光景、即事成诗之志。"可供三反。（何志军撰）

51. 游子吟

孟 郊

慈母手中线，游子身上衣。

临行密密缝，意恐迟迟归。

谁言寸草心，报得三春晖。

（选自华忱之、喻学才校注《孟郊诗集校注》，人民文学出版社 1995 年版）

《点评》

前二句如蒙太奇，勾勒出两幅画面：慈母缝衣图、游子远行图。而慈母、游子之情意，于一线一衣之中，自然呈现，无须解之，人皆会之。中二句写慈母意。密密缝、迟迟归，无一语，"意恐"二字，写尽慈母忧与盼。据施蛰存先生《唐诗百解》，临行密密缝，有民俗意义，针脚若不细密，则出行人将迟归，吴越乡间尚有此风俗，其说可参。末二句写游子心。春阳普照，春草乃生。"寸草心"喻游子心，"三春晖"喻慈母意，此心虽孝，不如慈母之爱也。末二句似《诗经·蓼莪》"欲报之德，昊天无极"之意，而形象生动过之。

韩愈称孟郊诗"横空盘硬语，妥帖力排奡"，苏轼则称"郊寒岛瘦"。此篇古诗不然，语言平易，取象朴素平常，诗艺未必精巧，孟郊诗中少见。然而历来流行最广，几于人口能言，则与"慈"、"孝"的形象表达、诗意的真诚不欺有关。写出人人意中皆有，人人口中难言之情，此之谓佳作。《寒瘦集》云："此诗从苦吟中得来，故辞不烦而意尽，务外者观之，翻似不经意。""苦吟"之说，颇得孟诗他作用心，然未必适用于此诗也。（何志军撰）

52. 江 雪

柳宗元

千山鸟飞绝，万径人踪灭。

孤舟蓑笠[①]翁，独钓寒江雪。

（选自吴文治等校点《柳宗元集》，中华书局 1979 年版）

《注释》

①蓑笠：蓑衣、笠帽。以棕榈皮、竹篾编成，防雨。

《点评》

首二句写雪，雪笼山径图，冷寂阔大。千山万径，天上地下，举目苍茫，鸟飞人踪，俱皆泯灭。末二句写人，孤舟独钓图，风骨立出。寒江孤舟，唯有一翁，披蓑戴笠，独钓风雪，生机盎然。两句写大写远，两句画小画近，以大衬小，以远衬近，层次丰富，主角突出。若以画意论，堪称诗中有画。画中有孤清身影，透孤傲人格也。郑谷《雪中偶题》

诗"江上晚来堪画处，渔人披得一蓑归"，效仿《江雪》诗中画意，而近于村景常画，据《洪驹父诗话》，东坡评郑谷诗为"村学中诗"，赞柳诗为"有格"。《唐绝诗钞注略》拈四句首字，成"千万孤独"，云"两两对说亦妙"，似以偶合为藏字游戏，殊失诗意。《诗境浅说续编》品此诗"天怀之淡定，风趣之静峭"，乃"志和《渔父词》所未道之境"，则于相同题材比较中出新见。

此诗押仄韵，"绝"、"灭"、"雪"均入声"屑"部。句与句对，联与联失粘。可称古绝。（何志军撰）

53. 赋得古原草送别①

白居易

离离原上草，一岁一枯荣。野火烧不尽，春风吹又生。
远芳侵古道，晴翠接荒城。又送王孙去，萋萋满别情。

（选自朱金城笺注《白居易集笺校》，上海古籍出版社 1988 年版）

《注释》

①赋得：赋，分。古代命题诗之一类，或分韵，或分题，以为限定。此诗即分题得"古原草"，写送别之意。

《点评》

首四句写原野之草。两句总写，原野草长，秋枯春荣，似合天道。两句分接，一句写枯，一句写荣。野火燎原，烧尽万物，草根不尽；春风一吹，绿草遍野。查慎行品前四句意脉甚当："人但知三、四之佳，不知先有'一岁一枯荣'句紧接上，方更精神。试置他处，当亦索然。"末四句写古道送别。五六句"远芳"、"晴翠"，皆指野草，而有不同：与道延伸，草香无尽，故曰"远芳"；与城相接，日照其叶，故曰"晴翠"。一重其香，一重其色。荒城、古道，别离之地。《诗境浅说》评此二句"琢句尤工"，"侵"、"接"二字"绘其虚神，善于体物"。末二句点出送别。化用《楚辞·招隐》"王孙游兮不归，春草生兮萋萋"，王孙远去，春草萋萋，随道远送，似有人意，不胜别情。

赋得诗，即命题作诗，本不易佳，而此诗句句扣题，几于句句写草。古原、野草、送别，层次分明，转合自如，意境浑成，可称佳作。前四句语言浅易，余味无穷。"野火"二句，范晞文《对床夜话》称之"语简而思畅"，历来脍炙人口。唐人笔记所载佳话，顾况戏言"居弗易"到赞赏"居即易"，即由此诗。轶事非实，但知流传甚早。（何志军撰）

54. 过华清宫① 绝句三首（其一）

杜 牧

长安回望绣成堆②，山顶千门次第开。

一骑红尘妃子笑，无人知是荔枝来。

（选自冯集梧注《樊川诗集注》，上海古籍出版社 1998 年版）

【注 释】

①华清宫：玄宗行宫，故址在今陕西省临潼县东南骊山。

②绣成堆：骊山右有东绣岭，左有西绣岭。岭上广植林木花卉，色彩斑斓，望之若绣。

【点 评】

七绝小诗，不宜铺展，贵在含蓄。首联写华清宫。一句写骊山，而取"长安回望"远视，整体观照，骊山之美，若铺锦列绣，雍容华贵。一句写华清宫，骊山之顶，千门万户，宫门鳞次而开，其盛况可知。尾联写杨贵妃。两幅画面，皆为近观。一在山下：驿马飚红尘，极言其速。承上句宫门次第之预开，似紧急军情。一在山上：宫妃嫣然笑，刻画其乐。一句二画，句中意转，似无预国事。末句揭出旨意。"无人知"，则妃子独知、独笑、独乐可知，宫门之开，驿马之速、妃子之笑，皆因"荔枝来"。前后对照，悬殊不称，喜剧讽刺之意，毋庸辞费，自然出焉。（何志军撰）

55. 无题（相见时难别亦难）

李商隐

相见时难别亦难，东风无力百花残。

春蚕到死丝方尽，蜡炬成灰泪始干。

晓镜但愁云鬓改，夜吟应觉月光寒。

蓬山此去无多路，青鸟①殷勤为探看。

［选自刘学锴、余恕诚著《李商隐诗歌集解》（增订重排本），中华书局 2004 年版］

【注 释】

①青鸟：传说中的神鸟，西王母的使者。

【点评】

无题而有意，不质言之耳。与《诗经》、《古诗十九首》无题不同。首联写暮春伤别。首句诗意，虽略蕴于《邶风·燕燕》"瞻望弗及，伫立以泣"，而未有明白揭之如义山者，且以情人之别代同性之别，更为贴切。无怪乎柳永"执手相看泪眼，竟无语凝噎"，同一机杼。次句写暮春花残之凄景，衬黯然销魂之别时也。颔联写情深不渝。蚕丝情思，谐音绾合；烛泪别泪，织成一片。思无尽，泪不干，唯"到死"、"成灰"而后已，刻骨铭心，情深至此。颈联写别后相思。"晓镜"句，男思女；"夜吟"句，女思男。云鬓之改，东风摧百花；月光之寒，烛泪近天明。日夜相思，形神憔悴。尾联写青鸟传情。蓬山仙境，情人所居，似近实远，望而难即，观《无题》"刘郎已恨蓬山远，更隔蓬山一万重"可知。唯求青鸟，尝试探听，曲传心声，暂解相思也。缠绵之意，溢于言外。

此诗颔联古今传诵，而尊之、抑之，别如天壤，或谓之"千秋情语，无出其右"（《精选七律耐吟集》），或谓其"太纤近鄙，不足存耳"（《玉谿生诗说》）。此或在于论诗者情感表达、诗语浓淡之不同倾向耳。（何志军撰）

56. 锦 瑟

李商隐

锦瑟无端五十弦[①]，一弦一柱[②]思华年。
庄生晓梦迷蝴蝶[③]，望帝春心托杜鹃[④]。
沧海月明珠有泪[⑤]，蓝田日暖玉生烟[⑥]。
此情可待成追忆，只是当时已惘然。

[选自刘学锴、余恕诚著《李商隐诗歌集解》（增订重排本），中华书局2004年版]

【注释】

①锦瑟：瑟上绘纹如锦。无端：没来由的。五十弦：据《史记·封禅书》，古瑟五十弦。

②柱：瑟上支弦的木柱，一弦对应一柱。

③"庄生"句：典出《庄子·齐物论》。庄周梦化蝶，梦中栩栩然，醒觉蘧蘧然。

④"望帝"句：典出《华阳国志·蜀王本纪》。古蜀帝杜宇禅位，死化杜鹃，二月则啼。

⑤"沧海"句：典出《博物志》。南海鲛人泪落化明珠。

⑥"蓝田"句：戴叔伦云："蓝田日暖，良玉生烟，可望而不可置于眉睫之前也。"

《点 评》

此诗取发端二字为题，如《诗经》诗篇之无题，不过有意无意而已。首联以锦瑟起兴，追忆华年。"无端"二字为此篇诗眼。五十弦柱，极言其多，繁音促节，百感交会，恰似人生，声感心通，追忆华年。颔联、颈联托象寄意，用典遥深。"晓梦"、"春心"，华年心绪，无端而生，不可自抑者也，故迷蝴蝶之轻盈，托杜鹃之啼鸣。沧海深青，恰对蓝田；月明清冷，亦对日暖；珠有泪、玉生烟，则珠玉化生，皆有情之物也。然珠泪藏海，月明如水；玉烟蕴山，日照而生。晓梦、春心、珠泪、玉烟，幽微之象，浑化无迹，似有似无，岂可细辨？尾联承上写追忆心绪。"此情"即"思华年"之情，亦即颔联、颈联托象寄意之情。此时已是追忆，空蒙迷象，且待将来追忆，岂非梦中之梦乎？无他，身经华年，当时已自惘然。生命情感，来去无端，非可以事理解纷者也。捉不住、放不下、忆不得，无限感慨，略事写情，虽不质言，皆在其中。故说诗者异解纷呈，政治感怀、悼亡之诗、失恋之作、咏物之诗、诗境总纲，不一而足。"独恨无人作郑笺"、"一篇《锦瑟》解人难"，相关歧解，可参《集解》笺评所引。（何志军撰）

57. 约 客

赵师秀①

黄梅时节②家家雨，青草池塘处处蛙。
有约不来过夜半，闲敲棋子落灯花③。

（选自赵平校注《永嘉四灵诗集》，浙江大学出版社 2010 年版）

《注 释》

①赵师秀（？—1219）：字紫芝，又字灵秀，别号天乐，永嘉（今浙江温州）人。与徐照、徐玑、翁卷合称"永嘉四灵"。其诗在四灵中成就最高。著有《清苑斋集》。

②黄梅时节：江南立夏后多雨，此时正是梅子成熟的季节，故称。

③灯花：古时用油灯，灯芯余烬结成花状物，称灯花。

《点 评》

这首诗写初夏夜晚候客而客不至的情景。开头二句，以连绵雨声与喧闹蛙声的室外描写将读者带入江南的梅雨季节，向来为人们津津乐道。后二句细致入微地描写了室内情状，静静的室内，作者在等待客人的到来，百无聊赖，敲动着棋子，震落了灯花。这一静一动的细节描写，反映了诗人心中的焦急和孤寂。结句一"闲"字则又放慢了诗的节奏，同时也舒缓了作者此刻不安的等客心理。（张振谦撰）

58. 山园小梅二首(其一)

林 逋①

众芳摇落独暄妍②,占尽风情向小园。

疏影横斜水清浅,暗香浮动月黄昏。

霜禽欲下先偷眼,粉蝶如知合③断魂。

幸有微吟可相狎④,不须檀板⑤共金樽。

(选自沈幼征校注《林和靖诗集》,浙江古籍出版社 1986 年版)

〖注 释〗

①林逋(967—1028):字君复,钱塘(今浙江杭州)人,他终生不娶不仕,喜欢种梅养鹤,自称"以梅为妻,以鹤为子"。一生清苦,卒年六十二,赐谥号"和靖先生"。其诗多写杭州美景及隐居生活,尤以咏梅诗著称。有《林和靖诗集》四卷,现存诗近三百首。

②暄妍:明媚艳丽,形容花开得非常茂盛。

③合:应该。

④狎:亲近。

⑤檀板:檀木制成的拍板,唱歌时用来打拍子。此处指歌唱。

〖点 评〗

林逋一生爱梅,作有不少梅花诗,以此诗最脍炙人口。其中"疏影"一联更为历代诗家拍案叫绝。欧阳修云:"前世咏梅者多矣未有此句矣。"(《归田录》卷二)苏轼《书林逋诗后》:"先生可是绝伦人,神清骨冷无尘俗。"南宋姜夔则以"暗香"、"疏影"作为自己两首咏梅自度曲的调名。宋末张炎《词源》说:"诗之赋梅,唯和靖一联而已。世非无诗,不能与之齐驱耳。"经过欧阳修、司马光、苏轼、陈与义、辛弃疾、朱熹、张炎等人的盛赞,令其愈益深入人心。高超的艺术表现,加上名句效应和名人效应,"疏影"一联与《山园小梅》一起,遂成咏梅经典。全诗借物抒怀,借景抒情,将梅之品格传神地体现出来,同时寄托了作者高雅闲逸、超然物外的理想化人格。构思新颖,旋律优美,语言精美,意境淡远。(张振谦撰)

59. 戏答元珍①

欧阳修

春风疑不到天涯，二月山城未见花。

残雪压枝犹有橘，冻雷惊笋欲抽芽。

夜闻归雁生乡思，病入新年感物华②。

曾是洛阳花下客③，野芳虽晚不须嗟。

（选自洪本健校笺《欧阳修诗文集校笺》，上海古籍出版社 2009 年版）

【**注 释**】

①元珍：丁宝臣，字元珍，宋仁宗景祐元年（1034）进士，时任峡州判官。

②物华：美好的事物。

③"曾是"句：宋仁宗天圣八年（1030）至景祐元年，欧阳修曾任西京（今河南洛阳）留守推官，故云。洛阳以花著称，欧阳修《洛阳牡丹记风俗记》："洛阳之俗，大抵好花。春时，城中无贵贱皆插花，虽负担者亦然。花开时，士庶竞为游邀。"

【**点 评**】

宋仁宗景祐三年（1036），作者降职为峡州夷陵（今湖北宜昌）县令。这首诗乃次年春在夷陵所作。诗中表现迁谪山乡的寂寞心情及其自为宽解之意。诗题既是"戏答"，便以轻松而带有调侃的笔调开始，作者怀疑春风吹不到这边远的山城，与唐王之涣《凉州词》"春风不度玉门关"异曲同工。方回《瀛奎律髓》称这两句"以后句句有味"。诗的后半部分转入春思，夜晚听到北归的大雁，自然生发思乡的情思，何况作者自去冬至新春一直生病，在异乡的他怎能不感伤呢？但诗意又转，说自己见惯了洛阳牡丹花盛开的场面，此地野花未开也不必伤心叹息，为自我宽解之语。这首诗在艺术上情景交融、构思缜密、语言清新明白，对扭转宋初西昆诗风有着较大影响。（张振谦撰）

60. 泊船瓜洲

王安石

京口①瓜洲②一水间，钟山③只隔数重山。

春风又绿江南岸，明月何时照我还？

（选自宋李壁笺注《王荆文公诗笺注》，中华书局 1958 年版）

【注释】

①京口：即今江苏省镇江市。

②瓜洲：在今江苏扬州市南，是长江北岸的渡口，隔江与京口相对。

③钟山：一名紫金山，在江苏省南京市东北。

【点评】

这首诗写于宋神宗熙宁八年（1075）王安石第二次拜相入京时期。诗中写出了作者复相时的喜悦心情，同时表达了功成身退的心愿。此诗之所以千古流传，还在于它是宋人炼字的典型例子。据南宋洪迈《容斋续笔》卷八载，吴中人士藏有王安石原稿，"初云'又到江南岸'，圈去'到'字，注曰：'不好'。改为'过'，复圈去而改为'入'，旋改为'满'，凡如是十许字，始定为'绿'"。这一"绿"字，形象地将春风的作用表现出来，呈现出了春风带来的万象更新、生机勃勃的视觉画面，同时也暗合了作者当时的欣喜心理。全诗意境深远、布局巧妙，具有很高的艺术造诣，宋人许顗《彦周诗话》中称曰："超然迈伦，能追逐李杜、陶谢。"（张振谦撰）

61. 题西林①壁

苏 轼

横看成岭侧成峰，远近高低总不同。

不识庐山真面目，只缘②身在此山中。

（选自清王文诰辑注、孔凡礼点校《苏轼诗集》，中华书局1982年版）

【注释】

①西林：寺名。始建于晋太和三年（368），宋时又名乾明寺。

②缘：因为。

【点评】

这首诗作于宋元丰七年（1084），时苏轼离开黄州（今属湖北），赴汝州（今属河南）团练副使任。途中，游庐山，至西林寺，题诗于壁，即此诗。该诗突破了山水诗写景抒情的传统写法，而是另辟蹊径，以理取胜。正如清人赵翼《瓯北诗话》所云："庐山名作如林，若再实作，断难出色。坡公想落天外，巧于以偏师取胜。"作者通过看山得出了"不识庐山真面目，只缘身在此山中"，即当局者迷、旁观者清的人生哲理，这首诗也因此成为后世家喻户晓、妇孺皆知的哲理诗。（张振谦撰）

62. 雨中登岳阳楼望君山二首（其一）

黄庭坚

投荒①万死鬓毛斑，生出瞿塘滟滪②关。

未到江南先一笑，岳阳楼上对君山。

（选自宋任渊等注、刘尚荣校点《黄庭坚诗集注》，中华书局2003年版）

《注释》

①投荒：贬谪到荒远地区。

②瞿塘滟滪（yàn yù）：瞿塘，长江三峡之一。西起今重庆市奉节县白帝城，东至巫山县大溪。滟滪：在瞿塘峡口，为长江江心突起的巨石，是三峡险滩之一。

《点评》

黄庭坚曾被贬为涪州别驾，安置在黔州（今属四川），后被赦，于宋崇宁元年（1102）经过岳阳，准备回家乡。这首诗主要写作者离开贬谪之地，能够回乡的喜悦心情。与李白获赦后写下的《早发白帝城》"朝辞白帝彩云间，千里江陵一日还"可谓异代同感。（张振谦撰）

63. 闲居初夏午睡起二绝句（其一）

杨万里①

梅子留酸软齿牙，芭蕉分绿与窗纱。

日长睡起无情思，闲看儿童捉柳花②。

（选自辛更儒笺校《杨万里集笺校》，中华书局2007年版）

《注释》

①杨万里（1127—1206）：字廷秀，号诚斋，吉州吉水（今江西省吉水县）人。与陆游、范成大、尤袤合称南宋"中兴四大诗人"。诗从江西诗派入，但摆脱了江西诗派的束缚，讲求活法，诗风清新跳脱，构思新巧，富有灵趣，号"诚斋体"。有《诚斋集》。

②"闲看"句：化用白居易《前日别柳枝绝句梦得和又复戏答》诗句："谁能更学孩童戏，寻逐春风捉柳花。"

〖点 评〗

这首诗作于绍兴年间，时作者在永州零陵（今属湖南）任上。起首写初夏情景，营造出惬意静谧的氛围。第三句细写午睡起来后的慵懒情态。结句最灵动，其关键在一"捉"字。生动而形象地将儿童嬉闹稚气的动作再现出来，收到了静中见动的艺术效果。宋人周密称赞此诗"极有思致。诚斋亦自语人曰：'工夫只在一"捉"字上。'"（《浩然斋雅谈》卷中）（张振谦撰）

64. 游山西村①

陆 游

莫笑农家腊酒②浑，丰年留客足鸡豚。
山重水复疑无路，柳暗花明又一村。
箫鼓追随春社③近，衣冠简朴古风存。
从今若许闲乘月，拄杖无时④夜叩门。

（选自钱仲联校注《剑南诗稿校注》，上海古籍出版社 2005 年版）

〖注 释〗

①山西村：在山阴（今浙江绍兴）鉴湖附近。
②腊酒：腊月酿制的酒。
③春社：古代在春天祭祀土地和五谷神的日子。
④无时：不定时，随时。

〖点 评〗

宋乾道二年（1166），陆游自隆兴通判罢官归乡，这首诗主要写他罢官后的赋闲生活。诗中对家乡的山间景物、农村风光发出了由衷的喜爱之情。"以游村情事作起，徐言境地之幽，风俗之美，愿为频来之约。"（方东树《昭昧詹言》卷二十）颔联为千古传诵之名句，对仗工稳，自然明白，且包含深刻的哲理，暗示绝境往往是转机的开始，不仅反映了诗人对前途所拥有的信心和希望，而且道出了人间万物消长变化之道理。激励读者不要被一时的困难、挫折所吓倒，经历一番苦难后，只要努力进取，自然会豁然开朗，别有一番天地。该诗鲜明地体现了宋诗富于理趣的艺术特征，历来被视为陆游七律诗之代表作。（张振谦撰）

65. 书　愤

陆　游

早岁那知世事艰，中原北望气如山。

楼船①夜雪瓜洲渡，铁马秋风大散关②。

塞上长城③空自许，镜中衰鬓已先斑。

《出师》一表④真名世，千载谁堪伯仲⑤间。

（选自钱仲联校注《剑南诗稿校注》，上海古籍出版社 2005 年版）

注　释

①楼船：高大的战船。

②大散关：在今陕西宝鸡西南大散岭上，为宋前线重镇。

③塞上长城：据唐李延寿《南史·檀道济传》载，南朝宋文帝杀其大将檀道济，道济投帻怒叱文帝："乃坏汝万里长城！"这里代指国家栋梁。

④《出师》一表：诸葛亮在蜀汉后主建兴五年（227）出师北伐魏国时，曾向后主刘禅上《出师表》，表示自己恢复中原的决心。

⑤伯仲：兄弟次序，长为伯，次为仲。后人用以评量人或物差不多、不相上下为伯仲。

点　评

此诗作于宋孝宗淳熙十三年（1186），时陆游奉祠，闲居家乡山阴。这首诗是作者爱国主义诗篇的代表作。方东树《昭昧詹言》卷二〇云："志在立功，而有才不遇；奄忽就衰，故思之而有'愤'也。"揭示出了陆游《书愤》的题意，即写"我"心中深深的悲愤和激愤。前四句写往昔自己豪气干云，亲身投入战斗行列。"楼船"一联全用名词组成，与唐五代温庭筠《商山早行》诗中"鸡声茅店月，人迹板桥霜"句法相同。后四句写如今，叹息自己壮志落空，年事已高，只能期望如诸葛亮之类的将领出兵北伐，收复失地。全诗抚今追昔，抒发了岁月蹉跎、年华已逝而报国之志难以实现的悲愤之情，以及对南宋统治者妥协投降的愤慨之情。艺术上感情沉郁顿挫，气韵浑厚，语言自然流畅、高度凝练，意境壮阔，清人李慈铭称赞说："全首浑成，风格高健，置之老杜集中，直无愧色。"（《越缦堂诗话》）（张振谦撰）

66. 咏煤炭

于 谦①

凿开混沌得乌金②，藏蓄阳和③意最深。

爝火燃回春浩浩④，洪炉照破夜沉沉。

鼎彝元赖生成力⑤，铁石犹存死后心⑥。

但愿苍生俱饱暖，不辞辛苦出山林。

（选自于谦著《忠肃集》，《四库明人文集丛刊》，上海古籍出版社1991年版）

《注释》

①于谦（1398—1457）：字廷益，号节庵，钱塘（今浙江杭州）人，明代政治家、军事家，历任御史、兵部侍郎、兵部尚书职。于谦是一位民族英雄，"土木堡之变"后，瓦剌军逼近京师，他亲自督战，功绩卓然，加封少保。明天顺元年（1457）被诬以"谋逆"罪冤杀，弘治谥"肃愍"，万历改谥"忠肃"。其诗作多抒发自己忧国忧民的情怀。著有《于肃愍公集》。

②混沌：指世界还没有开辟之前的原始状态。在古人想象中，天地未开时"混沌如鸡子"。乌金：指煤炭。

③阳和：本意指阳光的温暖，此处借指煤炭。

④"爝（jué）火燃回"句：煤炭燃烧时让人们感到温暖，仿若无边无际的春光回到大地。爝火：小火把。浩浩：广阔无际。

⑤鼎彝：古代烹饪工具，后专指帝王宗庙的祭器。鼎：炊具。彝：古代宗庙中的酒器。元：通"原"。生成力：煤炭燃烧时的力量。

⑥"铁石"句：古人以为铁石蕴藏在地下可以变成煤炭。作者自比煤炭，此句与上句诗意即自己以国家社稷为己任，即便死去也仍然不忘为国家作贡献。

《点评》

于谦的《咏煤炭》名为咏物，意在明志。作者以煤炭自喻，表现出其忧国爱民、纵使历经千辛万苦也要为国家付出所有的忠贞节操。全诗运用比喻、双关的艺术手法，运笔自如，情感深沉，意蕴浑然。（蔡亚平撰）

67. 海上（选一）

顾炎武[1]

日入空山海气侵，秋光千里自登临。
十年天地干戈老[2]，四海苍生痛哭深。
水涌神山来白鸟，云浮仙阙见黄金[3]。
此中何处无人世，只恐难酬烈士心。

（选自华忱之点校《顾亭林诗文集·亭林诗集》，中华书局 1959 年版）

《注释》

①顾炎武（1613—1682）：本名继坤，改名绛，字忠清，明亡后更名炎武，字宁人，号亭林，被尊为亭林先生，江南昆山（今属江苏省）人。青年时曾参加抗清义军，康熙年间被举鸿博，坚拒不就。顾炎武是明末清初著名的思想家、史学家、语言学家，与黄宗羲、王夫之并称"清初三大儒"。学术著作有《天下郡国利病书》、《日知录》等。文学创作主张抒发真性情，重视实用价值。诗尊杜甫，多感喟兴亡之作。有诗文集《顾亭林诗文集》。

②"十年"句：长年累月的战乱。老：长久。

③"水涌神山"二句：描绘海上仙境。意出《史记·封禅书》："此三神山（指蓬莱、方丈、瀛洲）者，其传在渤海中……诸神仙及不死之药皆在焉。其物禽兽尽白，而黄金银为宫阙。未至，望之如云。"这两句和下两句是作者想象明鲁王可以凭借海岛继续进行反清斗争，又担心复国愿望最终无法实现。

《点评》

《海上》组诗共四首，此处所选为第一首。清顺治二年（1645），南明福王（弘光帝）朱由崧、潞王朱常淓分别投降清廷，鲁王朱以海监国于浙江绍兴。次年六月清军渡钱塘江，鲁王弃绍兴由江门遁海。同年秋，作者登山临海，感叹明王朝的衰败，心知反清复明的愿望难以达成，却又难以放弃，内心茫然，满怀忧思，遂作《海上》组诗。诗作沉郁悲怆，清林昌彝《射鹰楼诗话》谓其"无限悲浑，故独迈千古，直接老杜"。（蔡亚平撰）

68. 论诗（选一）

赵翼[1]

李杜诗篇万口传，至今已觉不新鲜。
江山代有才人出，各领风骚数百年。

（选自李学颖、曹光甫校点《瓯北集》，上海古籍出版社 1997 年版）

《注 释》

①赵翼（1727—1814），字云崧，一字耘崧，号瓯北，晚号三半老人，江苏阳湖（今江苏常州）人，清初著名文学家、史学家。历任翰林院编修、贵西兵备道等职，辞官后主讲于扬州安定书院。长于史学，考据精准，著有史学名著《廿二史札记》。论诗与袁枚相近，主独创，重"性灵"，反对摹拟。有诗集《瓯北集》。

《点 评》

《瓯北集》录赵翼论诗绝句共四首，本篇是第二首。赵翼反对明代前、后七子的复古倾向，认为"力欲争上游，性灵乃其要"，提倡独抒性灵的风格。本诗代表了作者的文学创作观念，指出每个时代的诗作都各具风格，每个时期都有杰出的诗人，无须把李白、杜甫的诗篇奉为圭臬。（蔡亚平撰）

69．菩萨蛮

无名氏

枕前发尽千般愿，要休①且待青山烂。水面上秤锤浮，直待黄河彻底枯。白日参辰②现，北斗③回南面。休即④未能休，且待三更见日头。

（选自曾昭岷等编著《全唐五代词》，中华书局 1999 年版）

《注 释》

①休：罢休，双方断绝关系。

②参辰：星宿名。参星在西方，辰星在东方，晚间此出彼灭，不能并见；白日一同隐没，更难觅得。

③北斗：星座名，以位置在北、形状如斗而得名。

④即：同"则"。

《点 评》

这首词是敦煌曲子词的名作。词作通过对一连串根本不可能出现的事实的描绘，表达出女主人公对爱情的坚贞不渝。这种忠贞热烈的感情激发的想象是这首词激动人心、千古不衰的主要原因。词中想象多样而新奇，以自然界之永恒不变衬托出爱情的地久天长，道出了爱情的真谛。纵观全词，其最大的特点是连用比喻（博喻），继承了汉乐府民歌的优良传统。该词无论是内容还是艺术特点都与汉乐府鼓吹曲辞《汉铙歌十八首》其一《上邪》颇为相似："上邪！我欲与君相知，长命无绝衰。山无陵，江水为竭，冬雷震震，夏雨雪，天地合，乃敢与君绝。"二者可相参看。作为早期的民间词作，其具有的自然质朴

风格也是值得我们重视的艺术特征。（张振谦撰）

70. 忆秦娥①

李 白

箫声咽，秦娥②梦断秦楼月。秦楼月，年年柳色，灞桥③伤别。　　乐游原④上清秋节，咸阳古道音尘绝。音尘绝，西风残照，汉家陵阙⑤。

（选自曾昭岷等编著《全唐五代词》，中华书局1999年版）

《注释》

①此词始见于宋人邵博《邵氏闻见后录》卷一九。其引此词原文后云："李太白词也。予尝秋日伧客咸阳宝钗楼上，汉诸陵在晚照中，有歌此词者，一座凄然而罢。"宋末《唐宋诸贤绝妙词选》、《草堂诗余》等词选本亦作李白词收入，传播遂广。明胡应麟《少室山房笔丛》卷四一始疑其伪，清王琦辑注《李太白文集》时亦以为"其真伪未易定决"。今人证真、辨伪者皆有，迄无定论。兹从宋人之说作李白词。

②秦娥：生长在秦地（今陕西西安一带）的美女。

③灞桥：在汉文帝刘恒墓陵附近，汉人送客至此，折柳送别。

④乐游原：在今西安市南，是唐时登高游玩的胜地。

⑤陵：指帝王的坟墓。阙：此指墓道前的石牌坊。长安城周围有汉代陵墓。

《点评》

这首词的本意，当与词调名有关，专咏秦娥。长安古为秦地，该词就是从长安女子的秋思落笔，并刻意渲染秦地的特有氛围。上阕写离情，箫声、残梦、明月、灞桥柳，用环境的凄清衬托她内心的孤独。下阕写秋望。乐游原是昔日同游之地，而今冷落萧瑟；咸阳道是情人离去之路，至今音信全无。望中所见，只有作为历史遗迹的汉家墓陵静静矗立在西风落日之中，这怎能不使她倍感孤独和哀伤呢？这首词因秦娥广及秦汉古都之名胜古迹，伤今怀古，寄寓深远。历来读此词者，对于其中的山河兴废之感，尤为重视。元代著名画家王蒙谓李白此词乃"北方怀古"，依调别写一首以临安为背景的"南方怀古"，以悼宋亡。并据词作画，跋曰："自太白创此曲之后，继踵者甚众，不过花间月下男女悲欢之情。……自完颜位中土，其歌曲皆淫哇喋亵之音，能歌《忆秦娥》者甚少。有能歌者求余画，故为画此词之意。"（明朱存理《铁网珊瑚》卷一三）王国维《人间词话》认为"太白纯以气象胜。'西风残照，汉家陵阙'，寥寥八字，遂关千古登临之口"，将这首词推举为怀古词之极致。（张振谦撰）

71. 菩萨蛮

温庭筠①

小山②重叠金明灭，鬓云③欲度香腮雪。懒起画蛾眉，弄妆梳洗迟。　　照花前后镜，花面交相映。新帖④绣罗襦，双双金鹧鸪⑤。

（选自刘学锴校注《温庭筠全集校注》，中华书局 2007 年版）

【注释】

①温庭筠（约812—870）：本名岐，字飞卿，太原祁（今山西祁县）人，花间词派的重要作家之一。诗词兼工，诗与李商隐齐名，并称"温李"；词与韦庄齐名，并称"温韦"。有《温庭筠诗集》、《香奁集》，存词七十余首。

②小山：指屏风。也有人说指眉额或山枕。

③鬓云：浓云一般的鬓发。

④帖：通"贴"，即贴金。与后文之"金"字相接。

⑤金鹧鸪：指罗衣上用金箔贴成的鹧鸪图样。

【点评】

这首词截取独处闺中少妇日常生活中晨起梳妆这一片断，通过描写其容貌、动作、服饰，从中体现她的处境和心情。自唐代诗人常咏的"宫怨"、"闺怨"以来，这类题材在诗词中颇为常见，但温庭筠把闺怨写得绮绣凄艳，与众不同。整首词写闺中少妇之幽怨，却未直接暴露，而是隐约地通过一系列的细节描写，暗示其心理活动。意象之间若断若续，几乎看不到缝缀的针线，中间留有可供读者想象的空间。俞陛云《唐词选释》指出："飞卿词极流丽，为《花间集》之冠。《菩萨蛮》十四首，尤为粗精之作。"这种精致绮丽、含蓄蕴藉之词，与敦煌民间曲子词自然质朴的风格大异其趣，对后世词风影响深远。（张振谦撰）

72. 梦江南

温庭筠

梳洗罢，独倚望江楼。过尽千帆皆不是，斜晖脉脉①水悠悠，肠断白蘋洲②。

（选自刘学锴校注《温庭筠全集校注》，中华书局 2007 年版）

《注释》

①脉脉：含情相视貌。《古诗十九首·迢迢牵牛星》云："盈盈一水间，脉脉不得语。"

②白蘋洲：长满白蘋的沙洲。蘋，水草，叶浮水面，夏秋开小白花。唐赵微明《思归》诗中云："犹疑望可见，日日上高楼。惟见分手处，白蘋满芳洲。"

《点评》

此词在以密丽著称的飞卿词中别具一格，显现出清新自然的疏淡风格。这首词选择"望江楼"为思妇活动空间，用江上景物烘托其心境，曲折地表现出其思念之切和用情之专。词中具体记述了思妇晨起梳妆打扮，登楼望归舟，期待情人归来。从朝至暮，千帆过尽，江水东流，不见踪影。凝望既久，思念愈深，唯有脉脉斜晖，悠悠绿水，江天极目，情何能已！（张振谦撰）

73. 鹊踏枝

冯延巳①

谁道闲情抛掷久，每到春来，惆怅还依旧。日日花前常病酒②，敢辞镜里朱颜③瘦。　　河畔青芜④堤上柳，为问新愁，何事年年有。独上小楼风满袖，平林新月人归后。

（选自曾昭岷等编著《全唐五代词》，中华书局 1999 年版）

《注释》

①冯延巳（903—960）：又名延嗣，字正中，五代广陵（今江苏省扬州市）人。曾为南唐平章事（宰相）。其词多写闲情逸致，文人气息颇浓，对北宋初期词人有较大影响。有词集《阳春集》传世。

②病酒：饮酒沉醉如病。

③朱颜：红润的面容。

④青芜：形容草色碧绿、嫩青。

《点评》

这是一首闲情词。起句开门见山，道出了欲抛弃闲情而不得的郁闷纠结心声，接着以切身体验说明抛掷闲情之难。"日日花前"二句进一步表现出其惆怅的心绪。常饮酒消愁，可见其内心惆怅之烈、闲情之浓，而"朱颜瘦"想必定是为闲情折磨的缘故。下阕首句表面上描写春景，实际上，词人之闲情也暗寓其中。作者以春柳隐喻闲情的年年滋生，与日

俱增，挥之不去。结尾二句写出了在万籁俱寂的凄寒夜晚，词人孤寂落寞的自我形象。而正是这一形象，将缠绕良久的"闲情"、郁结深重的"新愁"体现得淋漓尽致。这一词中赋闲说愁的手法对宋词影响深远，梁启超曾云："稼轩《摸鱼儿》起处从此脱胎，文前有文，如黄河伏流，莫穷其原。"（《艺蘅馆词选》乙卷）（张振谦撰）

74. 浣溪沙

李　璟①

菡萏②香销翠叶残。西风愁起绿波间。还与容光共憔悴，不堪看。　　细雨梦回鸡塞③远。小楼吹彻玉笙寒。多少泪珠何限恨，倚阑干。

（选自曾昭岷等编著《全唐五代词》，中华书局 1999 年版）

【注释】

①李璟（916—961）：字伯玉，原名李景通，徐州（今属江苏）人，南唐烈祖李昪长子，升元七年（943）李昪过世，李璟继位，改元保大。后因受后周威胁，削去帝号，改称国主，史称南唐中主，庙号元宗。好读书，多才艺，具有较高的文学艺术修养。常与其宠臣韩熙载、冯延巳等饮宴赋诗。其词感情真挚，风格清新，语言不事雕琢，对南唐词坛有一定影响。

②菡萏（hàn dàn）：荷花的别称，《尔雅》："荷芙蕖，其花菡萏。"古人也称未开的荷花为菡萏。唐李商隐《赠荷花》诗云："惟有绿荷红菡萏，卷舒开合任天真。"

③鸡塞：即鸡鹿塞，在今内蒙古鄂尔多斯右翼黄河西北岸。《汉书·地理志·朔方郡窳浑》载："有道西北出鸡鹿塞，屠申泽在东。"《水经注》亦云："自窳（yǔ）浑县（今属内蒙古）西北出鸡鹿塞。"这里借指北周。

【点评】

此词因秋景而怀人，又因怀人而感伤。首句以眼前景物起兴，写秋景之凄凉。从"香"、"翠"到"销"、"残"，不禁令人感时伤逝。再由"西风"想起时光易逝，勾起无限哀愁情绪。一个"共"字，悄然将人与物联结起来。景物凄凉已足以动人伤感，再加上身世之感，愁之重、伤之深何等强烈！"不堪"二字写出了作者无可奈何、寂寞苦闷的神情和心态。深夜细雨，更加重了苦闷的气氛。在这令人窒息的环境中，听到宫人们吹起的笙声，尤觉凄凉，无法开怀。此时此地，何以为情？"倚阑干"既是痴想的象征，又透露出词人力求摆脱小楼窒息环境的意蕴，然而，阑干外仍是凄残之景象，不是早就"不堪看"了吗？（张振谦撰）

75. 乌夜啼

李　煜①

　　无言独上西楼，月如钩。寂寞梧桐深院锁②清秋。　　剪不断，理还乱③，是离愁。别是一番滋味在心头。

（选自曾昭岷等编著《全唐五代词》，中华书局 1999 年版）

【注释】

　　①李煜（937—978）：字重光，初名从嘉，号钟隐、莲峰居士。彭城（今江苏徐州）人。南唐元宗李璟第六子，901 年嗣位，史称南唐后主。后为宋所俘至汴梁（今河南开封），封违命侯、陇西公，42 岁那年生辰（七月七日），宋太宗派人将其毒死。他文学、艺术修养颇深，工书善画，尤精音律。其词凄婉真切，词史地位显著，王国维《人间词话》云："词至李后主而眼界始大，感慨遂深，遂变伶工之词为士大夫之词。"

　　②锁：禁闭。

　　③理还乱：刚才整理过，很快又紊乱了。

【点评】

　　这是词人自述囚居生活，抒写离愁别绪的名篇。宋人黄昇《唐宋诸贤绝妙词选》卷一云："南唐李后主重光，名煜，作《乌夜啼》一词，最为凄婉，词曰：……所谓'亡国之音哀以思'也。"在一个秋天的晚上，词人想起了故国的山河，满腹愁恨，无法排遣，于是独上西楼。"举头望明月，低头思故乡"，天上明月依旧，人间已物是人非，楼下深院梧桐，大门紧闭，一片凄清。下阕以麻丝喻离愁，将抽象的情感具体化，历来为人们所称道。然而，更见作者艺术造诣的是结句"别是一番滋味在心头"。唐宋诗词中形象化写愁的作品很多，如李白《秋浦歌》"白发三千丈，缘愁似个长"，秦观《千秋岁》"春去也，飞红万点愁如海"，李清照《武陵春》"只恐双溪舴艋舟，载不动许多愁"。作者此句则别具一格，写出愁之滋味。其味植根于词人内心深处，无法驱散。读后使人会情不自禁地结合自身体验而感同身受，产生共鸣，这种写作手法独具匠心，可谓词之妙处。（张振谦撰）

76. 虞美人

李　煜

　　春花秋月何时了？往事①知多少。小楼昨夜又东风，故国②不堪回首月明中。　雕栏玉砌③依然在，只是朱颜改。问君都有几多愁，恰似一江春水向东流。

（选自曾昭岷等编著《全唐五代词》，中华书局1999年版）

【注 释】

①往事：指作者过去为帝王时的种种事情。

②故国：指旧都金陵（今江苏南京市）。

③雕栏玉砌：泛指精美的宫殿建筑。

【点 评】

这首词主要抒写亡国后的惨痛心情。上阕触景伤怀；下阕多忧易老，将满腔悲愤，运以婉曲之笔，喷薄而出。从金陵到汴梁，由国君变囚犯，作者不能忘怀的是自己的故国和昔日豪华享乐的宫廷生活，因此，整日以泪洗面，生发出无限的哀愁。而正是由于其身世与遭遇的巨变，感同身受的悲惨经历使其写出了"问君都有几多愁，恰似一江春水向东流"的千古名句，贴切、生动地将抽象的情感形象化、具体化，产生了一种凄婉、动人的艺术魅力，对后世词人有较大影响。秦观《千秋岁》"春去也，飞红万点愁如海"，贺铸《青玉案》"试问闲愁都几许，一川烟草，满城风絮，梅子黄时雨"等名句均受其影响。（张振谦撰）

77. 浪淘沙

李 煜

帘外雨潺潺①，春意阑珊②。罗衾③不耐五更寒。梦里不知身是客，一晌④贪欢。　独自莫凭栏。无限江山⑤，别时容易见时难。流水落花春去也，天上人间！

（选自曾昭岷等编著《全唐五代词》，中华书局1999年版）

【注 释】

①潺潺（chán）：雨水声，象声词。

②阑珊：衰落、将尽。

③罗衾：丝织品做的被子。

④一晌：片刻，一会儿。指时间很短。

⑤江山：指原属南唐的国土。

《点评》

这首词抒写亡国忧生的悲慨心情。作者以囚徒的苦痛生活与片刻的梦境欢乐对比，表现出思念故国的哀痛心情。下阕继承上阕情感，对自己作出了告诫，同时也是亲身经历的体验得来的教训。一旦临眺，就会怆然伤怀。作者认识到凭栏对于失去的江山已无补于事，而正是这种清醒的认识更加重了他哀伤绝望的心情。"别时容易见时难"正是这种认识和心情的自然流露，在此基础上，词人更为清醒地认识到过去的生活再也回不来了，现在的处境再也变不了了。发出了"流水落花春去也，天上人间"的感叹。作者在总结历史教训的同时，不再幻想，留下的只是无限的哀伤。烛尽泪干，其人生旅程也将走向终点，因此，有人认为该词为李煜的绝笔之作。（张振谦撰）

78. 八声甘州

柳 永

对潇潇、暮雨洒江天，一番洗清秋。渐霜风凄惨，关河①冷落，残照当楼。是处红衰翠减②，苒苒③物华休。惟有长江水，无语东流。　　不忍登高临远，望故乡渺邈④，归思难收。叹年来踪迹，何事苦淹留⑤。想佳人、妆楼颙望⑥，误几回、天际识归舟。争知我、倚阑干处，正恁凝愁。

（选自薛瑞生校注《乐章集校注》，中华书局1994年版）

《注释》

①关河：此处泛指江山。

②红衰翠减：红花绿叶，凋残零落。唐李商隐《赠荷花》诗云："此荷此叶常相映，翠减红衰愁煞人。"

③苒苒（rǎn rǎn）：茂盛的样子。一说通"冉冉"，指光阴的流逝。

④渺邈（miǎo）：遥远。

⑤淹留：久留。

⑥颙（yóng）望：举首凝望。

《点评》

这首词也是柳永的名作，与《雨霖铃》堪称柳永羁旅行役词之双璧。整首词以"望"为红线，将作者的羁旅之愁、漂泊之恨贯串起来。上阕写作者登楼而望，所望之景物都笼罩在悲凉的氛围中，抒发了词人的归思。"渐霜风"三句，境界高远雄浑，且暗寓着游子的羁旅思乡情怀，具有颇高的艺术造诣。宋人赵令畤《侯鲭录》引苏轼言云："世言柳耆卿词俗，非也。如《八声甘州》云：'霜风凄紧，关河冷落，残照当楼'，此语于诗句不减唐人高处。"词的下阕由景入情，主要写望中所思，从自己的望乡联想到情人的望归。最后申诉自己欲归未得、思念不已之情。值得注意的是，词人此处是从对面着笔，设想情人"妆楼颙望"，将本来的独自怅望变成了双方的千里相望，反映了作者对对方的关心与体贴。更见出作者相思之深、归家之切，这种笔法与杜甫《月夜》诗中设想妻子望月的"香雾云鬟湿，清辉玉臂寒"可谓一脉相传。此外，该词多处运用双声叠韵词，以声传情，声情并茂的艺术特点也值得我们重视。（张振谦撰）

79. 浣溪沙

晏 殊①

一曲新词酒一杯②。去年天气旧亭台③。夕阳西下几时回。　　无可奈何花落去，似曾相识燕归来。小园香径④独徘徊。

（选自张草纫笺注《二晏词笺注》，上海古籍出版社 2008 年版）

【注释】

①晏殊（991—1055）：字同叔，抚州临川（今属江西）人。14 岁即以神童入试，赐同进士出身。政治上无甚建树，然喜奖掖后进，范仲淹、欧阳修、王安石等名臣皆出其门下。晏殊一生富贵优游，其词擅长小令，多表现歌酒风月、闲情别绪，语言婉丽，为北宋婉约词派重要词人。主要作品有《珠玉词》。

②一曲句：此句化用唐白居易《长安道》诗："花枝缺处青楼开，艳歌一曲酒一杯。"

③去年句：语本唐郑谷《和知己秋日伤怀》诗："流水歌声共不同，去年天气旧亭台。"意谓天气、亭台与去年一样。

④香径：散发着花香味的小路。

【点评】

这首词是晏殊的代表作，主旨是伤春怀人。上阕通过对眼前景物的咏叹，把怀旧、伤今、惜时之感情交融起来。饮酒作词、暮春天气、亭台楼阁酷似去年光景，但人事变迁，光阴流转，自己若西下之夕阳，年华不在，同时暗示意中人亦杳无音信。此三句明写伤春，暗抒怀人之情。下阕"无可奈何"二句属对工切，声韵和谐，委婉含蓄，成为后世传诵之名句。明人杨慎赞曰："'无可奈何'二语工丽，天然奇偶。"（《词品》卷五）人间生死，同花开花落，不由自主，故曰"无可奈何"。故地重游，前尘影事，若幻似真，所以说"似曾相识"。透过此句，我们可以看出，作者在抒情的同时，也阐明了一些人生哲理。（张振谦撰）

80. 生查子

欧阳修①

去年元夜②时，花市③灯如昼。月上柳梢头，人约黄昏后。　　今年元夜时，月与灯依旧。不见去年人，泪满春衫袖。

（选自黄畬笺注《欧阳修词笺注》，中华书局 1986 年版）

【注释】

①欧阳修（1007—1073）：字永叔，号醉翁，又号六一居士。吉安永丰（今属江西）人。谥号"文忠"，世称欧阳文忠公。他在政治与文学方面都主张革新，既是范仲淹庆历新政的支持者，也是北宋古文运动的领导者。词集有《六一词》、《欧阳文忠公近体乐府》、《醉翁琴趣外编》。

②元夜：元宵节之夜。

③花市：卖花的街市。

【点评】

这首词描写一位少女不顾封建礼教的束缚，追求自由恋爱的种种表现。她回想起去年元宵节之夜观灯的欣悦心情，再面对今年元宵节之夜观灯的情境，触景生情，抚今思昔，景物依旧，而情人不在，昔日的欢乐却变成了今日的苦痛，想着想着，泪如雨下，不由得泪水竟打湿了衣袖。全词的艺术构思与唐人崔护《题都城南庄》诗"去年今日此门中，人面桃花相映红。人面不知何处去，桃花依旧笑春风"颇为相似，二者可相参看。（张振谦撰）

81. 临江仙

晏几道①

梦后楼台高锁，酒醒帘幕低垂。去年春恨却来②时。落花人独立，微雨燕双飞③。　　记得小苹④初见，两重心字罗衣⑤。琵琶弦上说相思。当时明月在，曾照彩云⑥归。

（选自张草纫笺注《二晏词笺注》，上海古籍出版社 2008 年版）

〖注 释〗

①晏几道（1038？—1110？）：字叔原，号小山。临川（今江西省抚州市）人。晏殊第七子，能文善词，与其父合称"二晏"。词擅长小令，多写人生聚散与爱情离合之悲欢，情韵凄婉，文辞清丽。有《小山词》。

②却来：再来，又来。

③落花二句：本五代翁宏《春残》诗："落花人独立，微雨燕双飞。"

④小苹：作者熟悉的歌女，在其作品中多次提及。

⑤心字罗衣：有"心"字图案的丝绸衣服。一说衣领屈如心形。

⑥彩云：比喻小苹。唐李白《宫中行乐词》云："只愁歌舞散，化作彩云飞。"

〖点 评〗

这首词是为怀念歌女小苹而写的念旧怀人之作。因怀人而梦，为解愁而饮酒，梦后酒醒，愈发孤寂，在深夜无人之时，不觉凄然生悲。"去年春恨"句回忆往事，说明春天引发的伤感年复一年，与日俱增。而通过"人独"与"燕双"的对比，更显出词人之寂寞，更令人伤情。清人谭献称赞曰："'落花'二句，名垂千古，不能有二。"（《谭评·词辩》）作者虽援引五代诗人原句入词，但与全词浑然天成，如同己出，使原被湮没的诗句顿生光彩，流传千古。词中情景交融、意象空灵、韵味悠长，艺术效果绝佳。陈廷焯《白雨斋词话》卷一评价该词云："既闲婉，又沉着，当时更无敌手。"（张振谦撰）

82. 江城子

苏 轼①

乙卯正月二十日夜记梦

十年生死两茫茫。不思量，自难忘。千里孤坟②，无处话凄凉。纵使相逢应不识，尘满面，鬓如霜。　　夜来幽梦忽还乡。小轩窗③，正梳妆。相顾无言，惟有泪千行。料得年年肠断处④，明月夜，短松冈⑤。

（选自龙榆生校笺《东坡乐府笺》，上海古籍出版社2009年版）

〖注 释〗

①苏轼（1037—1101）：字子瞻，又字和仲，号东坡居士，世人称苏东坡。眉州（今四川眉山）人。与其父苏洵，弟苏辙合称"三苏"。北宋著名文学家、书画家、词人、诗人。其诗、词、文均成就极高，且善书法和绘画。其散文与欧阳修并称"欧苏"；诗与黄庭坚并称"苏黄"；词与辛弃疾并称"苏辛"；书法与黄庭坚、米芾、蔡襄并称北宋四大书法家。有词集《东坡乐府》，存词三百余首。

②千里孤坟：苏轼妻王弗葬于四川彭山县，距苏轼为官的山东密州相距千里。

③小轩窗：指小屋的窗下。

④肠断处：据孟棨《本事诗·征异》载："开元中，有幽州衙将姓张者，妻孔氏，生五子，不幸去世。……忽于冢中出……题诗赠张曰：'欲知肠断处，明月照松冈。'"这里设想妻子年年为怀念自己而悲伤。

⑤短松冈：栽有矮松的山冈，这里指作者妻子的墓地。

《点 评》

这首词是为悼念亡妻王弗而作。王弗，眉州青神乡人，十六岁与苏轼结婚，生子苏迈。二十七岁病逝于汴京（今河南开封）。王弗生前知书能诗，夫妻琴瑟和鸣，甘苦与共，情深意笃。因此，王弗死后，苏轼时时追念。该词写于宋熙宁八年（1075），即王弗死后十年，苏轼在密州一次梦见王弗后写下了这篇悼亡名作。夫妻二人虽早已阴阳相隔，但感情的纽带仍丝丝相连。这种感情虽不如青年男女爱情的浪漫、热烈，但后而弥永，久而弥坚。看似平淡无奇，却胜似一切情感。全篇由梦前到梦中再到梦后，以平实的语言抒写夫妻至情，凄婉动人，感人肺腑。唐圭璋《唐宋词简释》评论该词云："真情郁勃，句句沉痛，而音响凄厉，诚后山所谓'有声当彻天，有泪当彻泉'也。"全篇将悲喜、生死、真幻、今昔交织融合，情意真切，沉郁深厚，因而被古今词论家推为千古第一悼亡词。（张振谦撰）

83. 定风波

苏 轼

三月七日，沙湖道中遇雨，雨具先去，同行皆狼狈，余独不觉。已而遂晴，故作此。

莫听穿林打叶声，何妨吟啸①且徐行。竹杖芒鞋②轻胜马，谁怕？一蓑烟雨任平生。　　料峭③春风吹酒醒，微冷，山头斜照却相迎。回首向来萧瑟处，归去，也无风雨也无晴④。

（选自龙榆生校笺《东坡乐府笺》，上海古籍出版社2009年版）

《注 释》

①吟啸：放声吟咏。《晋书·阮籍传》："登山临水，啸咏自若。"

②芒鞋：草鞋。

③料峭：形容春风略带寒意。《五灯会元》十九法泰禅师云："春风料峭，冻杀年少。"

④"回首"句：意谓归去时再看遇雨的地方，风雨已过，落日也收起了斜晖。苏轼《独觉》诗中亦云："回首向来萧瑟处，也无风雨也无晴。"

《点 评》

　　这首词作于宋神宗元丰五年，苏轼贬谪黄州的第三年。词序交代了写作的缘由。三月七日，作者从沙湖归来途中遇雨，其他人狼狈不堪，苏轼却毫不介意，反而觉得雨中竹杖芒鞋、吟啸徐行，别有一番乐趣。作者借这件生活小事，表达其豪放通达乐观的人生态度。人生旅途中有顺有逆，自古而然，在所难免。而这时的苏轼刚刚经历了"乌台诗案"，贬谪黄州，但他不以物喜，不以己悲，乐观向上，信念十足。该词以婉曲的笔调抒写心志，在平常的生活小事中蕴涵深邃的人生哲理，耐人寻味、发人深省。故近人郑文焯评曰："此足征是翁坦荡之怀，任天而动。琢句亦瘦逸，能道眼前景。以曲笔直写胸臆，倚声能事尽之矣。"（《手批东坡乐府》）（张振谦撰）

84. 水调歌头

苏 轼

　　丙辰中秋，欢饮达旦，大醉，作此篇，兼怀子由。

　　明月几时有，把酒问青天①。不知天上宫阙，今夕是何年②。我欲乘风归去③，惟恐琼楼玉宇，高处不胜寒④。起舞弄清影，何似在人间。　　转朱阁，低绮户，照无眠。不应有恨，何事长向别时圆。人有悲欢离合，月有阴晴圆缺，此事古难全。但愿人长久，千里共婵娟⑤。

（选自龙榆生校笺《东坡乐府笺》，上海古籍出版社 2009 年版）

《注 释》

　　①"明月"二句：化用唐李白诗《把酒问月》："青天明月来几时，我今停杯一问之。"

　　②"不知"二句：天上宫阙，指月宫。唐牛僧孺《周秦纪行》诗中云："香风引到大罗天，月地云阶拜洞仙。共道人间惆怅事，不知今夕是何年。"或为苏轼所本。

　　③乘风归去：《列子·黄帝》云："乘风而归……不知风乘我耶，我乘风耶。"

　　④高处不胜寒：不胜，经不住。据唐郑处诲《明皇杂录》载，中秋夜，道士叶静能邀唐玄宗游月宫，到月宫后，玄宗感觉"寒凛特异"，忍受不住。这里暗用此典。

　　⑤"但愿"二句：意谓但愿双方都能永葆健康，虽远隔千里，仍可共沐月光清辉。这一写法前人较为常用，如南朝谢庄《月赋》有"隔千里兮共明月。"唐孟郊《古怨别》诗云："别后唯所思，天涯共明月。"许浑《怀江南同志》："唯应洞庭月，万里共婵娟。"苏词融会点化，超越前人，遂成千古名句。

【点评】

这首词作于宋神宗熙宁九年（1076），时苏轼知密州（今山东诸城）。苏轼政治上与变法派意见每有不合，便请外调，遂官密州，失意在所难免。加之七年未与其弟苏辙（子由）相见，时值中秋，"每逢佳节倍思亲"，因此在明月下饮酒时，禁不住千头万绪萦绕心间，进而浮想联翩，感慨万千，写下了这首千古名作。该词被宋人誉为中秋词之绝唱，"中秋词自东坡《水调歌头》一出，余词尽废"（胡仔《苕溪渔隐丛话》后集卷三九）。在艺术构思方面，作者驰骋想象，驱遣神话传说，点化前人咏月诗句，营造了一个清旷澄澈、神奇瑰丽的艺术境界。正如郑文焯《手批东坡乐府》所评："从太白仙心脱化，顿成奇逸之笔。"（张振谦撰）

85．念奴娇·赤壁怀古

苏　轼

大江东去，浪淘尽、千古风流人物。故垒西边，人道是、三国周郎①赤壁。乱石崩云，惊涛拍岸，卷起千堆雪②。江山如画，一时多少豪杰。　　遥想公瑾当年，小乔③初嫁了，雄姿英发。羽扇纶巾④，谈笑间、樯橹⑤灰飞烟灭。故国神游，多情应笑我，早生华发。人生如梦，一樽还酹⑥江月。

（选自龙榆生校笺《东坡乐府笺》，上海古籍出版社2009年版）

【注释】

①周郎：周瑜，字公瑾。东吴名将，24岁做吴国中郎将，人称周郎。

②千堆雪：形容浪花如堆堆白雪。南唐李煜《渔父词》云："浪花有意千重雪。"

③小乔：东吴乔玄有两女，人称大、小乔，皆国色。小乔嫁周瑜在建安三年（198），为赤壁之战十年前事。

④羽扇纶（guān）巾：儒者之服。这里指周瑜赤壁之战时的儒将打扮。

⑤樯橹：船的桅杆和大桨。代指船。

⑥酹（lèi）：以酒洒地或水中，以示祭奠或发誓。

【点评】

这首词作于宋神宗元丰五年（1082）七月，时苏轼因"乌台诗案"被贬黄州（今属湖北）已两年有余。政治上的重大挫折使其思想异常苦闷，因而往往在登山临水和凭吊古迹中寻求解脱。该词就是在这一背景下写成的。上阙咏赤壁，下阙怀周瑜，最后以自身感慨作结。四十七岁的苏轼此时不但功业未成，反而被贬黄州，与二十多岁就功成名就的周瑜相比，不禁深感惭愧。《东坡题跋》卷一引李邦直语曰："周瑜二十四岁经略中原，今吾四十，但多睡善饭，贤愚相远如此。"东坡与此心戚戚然。因而从怀古到伤己，自叹"人生如梦"，唯有举杯消愁。全词情绪激昂又跌宕起伏，气象雄浑，境界壮阔，虽有感伤之气，但不掩其豪放本色，历来被认为是东坡豪放词的代表作品。（张振谦撰）

86. 卜算子

李之仪①

我住长江头②，君住长江尾③。日日思君不见君，共饮长江水。　此水几时休，此恨何时已。只愿君心似我心，定不负相思意④。

（选自唐圭璋编《全宋词》，中华书局 1999 年版）

【注释】

①李之仪（1038—1117）：字端叔，自号姑溪居士、姑溪老农。沧州无棣（今属山东）人。词以小令见长。著有《姑溪词》一卷。

②长江头：长江上游。

③长江尾：长江下游。

④"只愿"句：化用唐末五代顾夐《诉衷情》："换我心，为你心，始知相忆深。"

【点评】

借水寄情，始于建安诗人徐幹《室思》："思君如流水，何有穷已时。"唐宋诗词对这种手法运用得更加娴熟，该词是其中的佼佼者。上阕以长江作媒介，表现两地双方刻骨铭心的相思之情。下阕抒发女主人公对爱情的忠贞不渝。期望心上人与自己一样心无旁骛，专情不移。全词以女子口吻抒写，借鉴民歌风调，清新活泼，自然天成。明人毛晋推举作者"长于淡语、景语、情语"，并称该词"真是古乐府俊语矣"，可谓的论。（张振谦撰）

87. 鹊桥仙

秦 观①

纤云弄巧②，飞星传恨③，银汉迢迢暗度。金风玉露④一相逢，便胜却、人间无数。　柔情似水，佳期如梦，忍顾鹊桥归路。两情若是久长时，又岂在、朝朝暮暮⑤。

（选自徐培均笺注《淮海居士长短句笺注》，上海古籍出版社 2008 年版）

【注释】

①秦观（1049—1100）：字少游，一字太虚，号淮海居士，别号邗沟居士。扬州高邮（今属江苏）人。诗文兼擅，惜为词名所掩。其词淡雅轻柔，情韵兼胜，被誉为婉约之宗。有词集《淮海居士长短句》。

②纤云弄巧：云彩巧于变幻，俗称"巧云"。这里暗示七月初七乞巧节。

③飞星传恨：意谓流星为牛郎织女传递离恨。

④金风玉露：指秋风露珠。唐李商隐《辛未七夕》诗云："由来碧落银河畔，可要金风玉露时。"这里化用此句意。

⑤朝朝暮暮：指朝夕厮守。语出战国楚宋玉《高唐赋》："妾在巫山之阳，高丘之阻，旦为朝云，暮为行雨，朝朝暮暮，阳台之下。"

【点评】

以七夕题材写人间悲欢离合之情，古已有之。自《古诗十九首》中"迢迢牵牛星"后，曹丕、李商隐、欧阳修、苏轼、张先等人都曾吟咏这一题材，但大多沿袭传统主题，抒写两地遥隔的离愁别绪。而秦观此词独出机杼，不落俗套，以命意超妙成为七夕词之绝唱。明人李攀龙评曰："七夕歌以双星会少别多为恨，独少游此词谓'两情若是久长'二句，最能醒人心目。"（《草堂诗余隽》卷三）只要两情忠贞不渝，何必贪求卿卿我我的终日厮守呢？这一惊世骇俗、掷地有声的爱情宣言使全词升华到了一个新的思想高度。因此，这两句也成为千古警策，流传百世。（张振谦撰）

88. 青玉案

贺　铸①

凌波②不过横塘路，但目送、芳尘③去。锦瑟华年④谁与度？月桥花院，琐窗⑤朱户，只有春知处。　　飞云冉冉蘅皋⑥暮，彩笔⑦新题断肠句。试问闲愁都几许⑧？一川⑨烟草，满城风絮，梅子黄时雨⑩。

（选自钟振振校注《东山词》，上海古籍出版社 1989 年版）

【注释】

①贺铸（1052—1125）：字方回，号庆湖遗老。卫州（今河南卫辉）人。其词内容与辞藻并重，风格多样。有《东山词》传世。

②凌波：形容女子走路轻盈。三国魏曹植《洛神赋》云："凌波微步，罗袜生尘。"

③芳尘：美人经过时扬起的灰尘。借指美人。

④锦瑟华年：美好的青春时期。语出唐李商隐《锦瑟》："锦瑟无端五十弦，一弦一

柱思华年。"

⑤琐窗：刻有连琐形花纹的窗户。

⑥蘅皋：生长着香草的水边高地。

⑦彩笔：据《南史·江淹传》载，南朝江淹有一枝五色笔，写诗多佳句。晚年他梦见自己将五色笔取还给郭璞，"尔后为诗，绝无美句"。因此，时人谓"江郎才尽"。

⑧都几许：总共有多少。

⑨一川：遍地。

⑩梅子黄时雨：江南一带初夏阴雨连绵，此时正值梅子成熟的季节，故称梅雨。

〔点评〕

这首词是贺铸的代表作，主要抒写作者对意中人的眷恋以及不能相守的思愁。该词语言典丽，风格华美，虽暗用了不少典故，却十分自然妥帖。词人还巧妙地用美好的景色来衬托自己的心情。良辰美景而无赏心乐事，更显出愁苦之重。黄庭坚在《寄方回》诗中称赞说："解道江南断肠句，只今惟有贺方回。"本词艺术上最大的特点是比喻新巧贴切。主要体现在末四句，以反问呼起，以一系列的比喻自答，将纷乱杂多、迷茫无边、连绵不休的愁思形象地描绘出来，如此新颖奇妙的比喻得到了南宋罗大经的高度评价："诗家有以山喻愁者，杜少陵云：'忧端如山来，澒洞不可掇。'赵嘏云：'夕阳楼上山重叠，未抵闲愁一倍多'是也。有以水喻愁者，李颀云：'请量东海水，看取浅深愁。'李后主云：'问君能有几多愁？恰似一江春水向东流。'秦少游云：'落红万点愁如海'是也。贺方回云：'试问闲愁都几许？一川烟草，满城风絮，梅子黄时雨。'盖以三者比愁之多也，尤为新奇；兼兴中有比，意味更长。"（《鹤林玉露》卷七）（张振谦撰）

89．醉花阴

李清照①

薄雾浓云愁永昼②，瑞脑③消金兽④。佳节又重阳，宝枕纱厨，半夜凉初透。东篱⑤把酒黄昏后，有暗香盈袖。莫道不销魂，帘卷西风⑥，人比黄花瘦。

（选自徐培均笺注《李清照集笺注》，上海古籍出版社2002年版）

〔注释〕

①李清照（1084—1155）：济南章丘（今属山东）人，号易安居士。宋词婉约派代表词人之一。其前期词多写闺情相思，后期词融入家国之恨和身世之感，风格迥异。有《漱玉词》。

②永昼：漫长的白天。

③瑞脑：即龙脑，一种名贵的香料。

④金兽：兽形的铜香炉。

⑤东篱：东晋陶渊明《饮酒》诗："采菊东篱下，悠然见南山。"这里借指种菊之地。

⑥帘卷西风：即"西风帘卷"之倒装。

《点 评》

这首词写于北宋末期，是作者重阳节思念丈夫赵明诚而作。上阕借景寓情，抒写离愁。首句曲折地写出词人无聊、无奈之感，表达相思嫌日长的思念之情。"佳节"二字反衬其愁苦，"夜凉"则烘托其内心的凄凉和孤寂。下阕写主人公之感受。开头既写出了词人淡雅如菊的情怀，又暗用古诗句"馨香盈怀袖，路远莫致之"（《古诗·庭中有奇树》）之意，寄寓夫妻离别带来的牵挂和思念之情。结尾三句，借物拟人，比喻新奇，情景交融，意境全出，遂成千古名句。此词成功地刻画了一个多愁善感的少妇形象，历来被奉为名篇佳构，对后世影响深远，正如清人陈廷焯所评："无一字不秀雅，深情苦调，元人词曲往往宗之。"（《云韶集》卷十）（张振谦撰）

90. 声声慢

李清照

寻寻觅觅，冷冷清清，凄凄惨惨戚戚。乍暖还寒时候，最难将息①。三杯两盏淡酒，怎敌他、晓来风急。雁过也，正伤心，却是旧时相识。　　满地黄花堆积，憔悴损，如今有谁堪摘？守着窗儿，独自怎生得黑②。梧桐更兼细雨，到黄昏、点点滴滴。这次第③、怎一个愁字了得！

（选自徐培均笺注《李清照集笺注》，上海古籍出版社2002年版）

《注 释》

①将息：调养。

②怎生得黑：怎样才能挨到天黑。

③这次第：这情形。

《点 评》

这首悲秋词抒发了作者后半生饱经忧患的身世之感。篇末的"愁"字乃本词词眼。然而这种愁非她前期词中轻淡的伤春之愁、离别之愁，而是融合了亡国之痛、孀居之悲、流落之苦的深广、厚重之愁。开头连用七组叠字，营造出一种令人难以忍受的孤独悲凉气氛。接着以忽冷忽热的天气、骤冷的秋风、天上的过雁、满地的黄花、窗外的梧桐、黄昏的细雨进一步烘托词人因国破家亡而产生的绝望悲苦心情。尤其是结句，作者发出了无奈

又无助的哀鸣，令人撕心裂肺，收到了极富感染力的艺术效果。清代彭孙遹《金粟词话》评曰："用浅俗之语，发清新之思，词意并工，闺情绝调。"可谓中的之言。（张振谦撰）

91. 钗头凤

陆　游[1]

红酥[2]手，黄縢酒[3]，满城春色宫墙[4]柳。东风恶，欢情薄，一怀愁绪，几年离索[5]，错、错、错。　　春如旧，人空瘦，泪痕红浥鲛绡[6]透。桃花落，闲池阁，山盟虽在，锦书[7]难托，莫[8]、莫、莫。

（选自夏承焘、吴熊和笺注《放翁词编年笺注》，上海古籍出版社 1981 年版）

〖注释〗

①陆游（1125—1210）：字务观，号放翁，越州山阴（今浙江绍兴）人。南宋杰出的爱国诗人，著有《剑南诗稿》、《渭南文集》、《放翁词》。其诗以豪迈雄放为主导风格，词则兼具豪放、婉约之长。

②酥：柔软细嫩。

③黄縢（téng）酒：即黄封酒。京师官酒以黄纸或黄丝绢密封瓶口，故名。

④宫墙：沈园墙壁。南宋山阴（今浙江绍兴）曾为陪都，故云。

⑤离索：分离。

⑥浥（yì）鲛绡（jiāo xiāo）：浥，湿润。鲛绡：古代传说中鲛人所织的绡，这里指丝绸手帕。

⑦锦书：情书。

⑧莫：罢了。

〖点评〗

陆游与原配夫人唐婉本来情投意合，感情甚笃。然而，陆游母亲不喜欢唐婉，逼迫陆游休妻再娶，在父母包办婚姻的宋代社会，陆游只好同其妻离异，后另娶，唐氏也改嫁赵士程，这对原本和睦恩爱的伉俪被活活拆散，之后彼此杳无音信。若干年后的一个春日，陆游在家乡山阴禹迹寺附近的沈园与唐婉邂逅，唐婉遣人送酒肴款待陆游，聊表其抚慰之情。陆游百感交集，莫名惆怅，就在沈园墙壁上挥笔写下此词。唐婉见后曾和曰："世情薄，人情恶，雨送黄昏花易落。晓风干，泪痕残。欲笺心事，独语斜栏。难、难、难。人成各，今非昨，病魂常似秋千索。角声寒，夜阑珊。怕人寻问，咽泪装欢。瞒、瞒、瞒。"这两阕《钗头凤》可谓字字心血，声声涕泪，令读者为之怆然！具有极强的艺术感染力，因此历代脍炙人口，传诵不绝。（张振谦撰）

92. 一剪梅

李清照

红藕香残玉簟①秋，轻解罗裳，独上兰舟。云中谁寄锦书②来？雁字回时，月满西楼。　　花自飘零水自流。一种相思，两处闲愁。此情无计可消除，才下眉头，却上心头。

（选自徐培均笺注《李清照集笺注》，上海古籍出版社 2002 年版）

【注释】

①玉簟（diàn）：光滑如玉的竹席。

②锦书：十六国时期，前秦苏若兰寄给丈夫窦滔一首丝锦回文诗，后世多称夫妻间的书信为"锦书"。

【点评】

这首词仍写作者与丈夫分别后的相思之情。起句领起全篇，上半句写户外之景，下半句状室内之物，以红荷之凋谢和竹席之发凉点染清秋季节，烘托词人的悲伤情怀。接下来五句写从朝至暮，主人公痴情等待，"月满"、"雁回"反衬其孤独与失望，借景抒情，凄楚动人。下阕直抒离情，落花流水兼具比兴，年华易逝，红颜易老，不堪离别。结拍化用范仲淹《御街行》"都来此事，眉间心上，无计相回避"，表达出刻骨铭心的相思和无计消除的离愁。艺术上既工巧又明白如话，绘形传神，遂成离人常咏之名句。（张振谦撰）

93. 南乡子·登京口北固亭有怀

辛弃疾

何处望神州？满眼风光北固楼①。千古兴亡多少事，悠悠，不尽长江滚滚流②。

年少万兜鍪③，坐断④东南战未休。天下英雄谁敌手？曹刘⑤。生子当如孙仲谋⑥。

（选自邓广铭笺注《稼轩词编年笺注》，上海古籍出版社 1987 年版）

《注释》

①北固楼：在江苏镇江北固山绝顶。

②不尽长江滚滚流：化用唐杜甫《登高》诗句："无边落木萧萧下，不尽长江滚滚来。"

③兜鍪（móu）：战士的头盔，这里指代士兵。

④坐断：占据，有割据之义。

⑤"天下"句：典出《三国志·蜀书·先主传》："是时，曹公从容谓先主（刘备）曰：'今天下英雄以使君与操耳，本初（袁绍）之徒，不足数也。'"

⑥孙仲谋：孙权。

《点评》

这首词没有描绘北固山之壮丽景色，而是抒发作者登临时的感怀。首句运用倒装句法，表达词人对国家命运的关怀。接下来二句则通过人生短暂与历史悠久作对比，千古兴亡事总在变化，而唯有长江之流水永恒不变，将自身置于江流永不停息的感慨中，实际上包含了作者奋发图强、只争朝夕的决心与勇气。下阕缅怀孙权，表面上是在歌颂孙权的自强自立精神，实则讽刺和贬斥了当时南宋朝廷的无能。"生子当如孙仲谋"一句意味深长，讥讽当今皇帝不如东吴孙权，也流露出对懦夫的鞭笞和对自我的勉励，体现了词人强烈的爱国主义精神。（张振谦撰）

94. 青玉案·元夕

辛弃疾

东风夜放花千树①。更吹落、星如雨②。宝马雕车香满路。凤箫声动，玉壶③光转，一夜鱼龙④舞。　　蛾儿雪柳黄金缕⑤，笑语盈盈暗香去。众里寻他千百度，蓦然⑥回首，那人却在，灯火阑珊⑦处。

（选自邓广铭笺注《稼轩词编年笺注》，上海古籍出版社1987年版）

《注释》

①"东风"句：元夕赏灯，灯如火树银花。唐苏味道《正月十五夜》："火树银花合，星桥铁锁开。"

②星如雨：形容空中烟花或彩灯众多。宋孟元老《东京梦华录》卷六载："各以竹竿出灯球于半空，远近高低，若飞星然。"

③玉壶：比喻月亮。一说玉制的灯。南宋周密《武林旧事》卷二《元夕》："灯之品极多……福州所进，则纯用白玉，晃耀夺目，如清冰玉壶，爽彻心目。"

④鱼龙：鱼形、龙形的花灯。

⑤"蛾儿"句：蛾儿、雪柳、黄金缕均是妇女佩戴的头饰。

⑥蓦然：忽然，猛地。

⑦阑珊：形容灯火渐渐衰歇。

《点评》

这是一首咏元夕的节序词。上阕侧重写灯，运用夸张、比喻等修辞方法把灯市夜色写得绚烂多彩。下阕写观灯之人，在热闹的灯市中着力表现一位独立"阑珊处"的伊人。将女子孤高淡泊、甘于寂寞、不同凡俗、别具情趣的形象刻画得栩栩如生。而作者苦苦寻觅的美女正寄托了他政治失意、功业无成的落寞孤愤，也象征着作者对高洁人格的不懈追求。梁启超就曾指出其寄托之深意："自怜幽独，伤心人别有怀抱。"（《艺蘅馆词选》丙卷）（张振谦撰）

95. 满江红

岳 飞①

怒发冲冠②，凭阑处、潇潇雨歇。抬望眼、仰天长啸，壮怀激烈。三十功名尘与土，八千里路云和月。莫等闲、白了少年头，空悲切。　靖康耻③，犹未雪；臣子恨，何时灭？驾长车踏破、贺兰山④缺。壮志饥餐胡虏肉，笑谈渴饮匈奴血⑤。待从头、收拾旧山河，朝天阙⑥。

（选自唐圭璋编《全宋词》，中华书局1999年版）

《注释》

①岳飞（1103—1141）：字鹏举，相州汤阴（今河南汤阴）人，南宋著名抗金将领，后为秦桧所害，冤死狱中，年仅39岁。孝宗时谥武穆，有《岳武穆集》，存词三首。

②怒发冲冠：语本《史记·廉颇蔺相如列传》："相如因持璧却立，倚柱，怒发上冲冠。"又，唐骆宾王《于易水送人一绝》诗云："此地别燕丹，壮士发冲冠。"

③靖康耻：靖康二年（1127），金兵攻陷汴京，徽、钦二帝被俘，北宋灭亡。

④贺兰山：在今宁夏西北部与蒙古接界处。

⑤"壮志"二句：语出《汉书·王莽传》韩威进曰："以新室之威而吞胡虏，无异口中蚤虱。臣愿得勇敢之士五千人，不赍斗粮，饥食虏肉，渴饮其血，可以横行。"

⑥天阙：宫门，代指朝廷。

《点评》

这是一首传诵极广的爱国词章。起首寥寥数语，即勾勒出热血沸腾的英雄形象。而

"怒发冲冠"、"壮怀激烈"则定下了全词的感情基调。接着作者回顾自己的人生经历，透出无限的感伤和忧虑。"莫等闲"三句，则直抒胸臆，既是对世人的劝告，也是对自己的砥砺，表现出振兴民族的高度使命感和紧迫感。下阕抒怀，准备雪耻消恨，长驱破敌，重整山河，上朝报捷。满腔忠愤，喷薄而出，声情激越，气势磅礴，具有撼人心魄的艺术感染力，清人陈廷焯赞曰："何等气概，何等志向，千载下读之，凛凛有生气焉。"（《白雨斋词话》）是为的评。后世广为传诵，世代激发着人们的爱国热情和报国志向。（张振谦撰）

96. 扬州慢

姜　夔[1]

淳熙丙申至日，予过维扬。夜雪初霁，荠麦弥望。入其城则四顾萧条，寒水自碧。暮色渐起，戍角悲吟。予怀怆然。感慨今昔，因自度此曲。千岩老人[2]以为有黍离之悲也。

淮左名都[3]，竹西[4]佳处，解鞍少驻初程。过春风十里[5]，尽荠麦青青。自胡马、窥江去后，废池乔木，犹厌言兵。渐黄昏、清角吹寒，都在空城。杜郎[6]俊赏，算而今、重到须惊。纵豆蔻词工，青楼梦好[7]，难赋深情。二十四桥[8]仍在，波心荡、冷月无声。念桥边红药[9]，年年知为谁生。

（选自陈书良笺注《姜白石词笺注》，中华书局2009年版）

【注释】

①姜夔（1155—1221）：字尧章，号白石道人，饶州波阳（今属江西）人。擅长诗词，精通音律，喜爱书法。其词风清空骚雅，格调古雅峭拔。有《白石道人歌曲》。

②千岩老人：南宋诗人萧德藻，字东夫，自号千岩老人。姜夔曾学诗于他。

③淮左名都：淮左，宋时称淮南东路，其首府设在扬州，故称。

④竹西：亭名，为扬州名胜古迹之一。唐杜牧《题扬州禅智寺》："谁知竹西路，歌吹是扬州。"这里指扬州。

⑤春风十里：杜牧《赠别》诗云："春风十里扬州路，卷上珠帘总不如。"此处借指扬州。

⑥杜郎：即杜牧。杜牧常游赏扬州，留下许多优美诗句。

⑦豆蔻词工，青楼梦好：豆蔻，形容少女美艳；青楼，妓院。分别化用杜牧诗《赠别》："娉娉袅袅十三余，豆蔻梢头二月初"和《遣怀》："十年一觉扬州梦，赢得青楼薄幸名。"

⑧二十四桥：杜牧《寄扬州韩绰判官》诗云："二十四桥明月夜，玉人何处教吹箫。"

⑨红药：红色的芍药花。

〔点评〕

　　宋淳熙三年（1176）冬至，作者来到两历金兵战火而一片荒凉的扬州，面对眼前情景，再联想晚唐杜牧笔下繁华的扬州，不禁怆然有感，于是写下这首词以抒发此时之感。开篇点明扬州昔日之繁盛，接着大笔勾勒今日之荒凉，词人选择荠麦、废池、乔木、空城等最能表现战后萧条的典型事物，点染出扬州城此时残破荒凉的情景，勾起了战乱兵火给人们留下的痛苦记忆。陈廷焯《白雨斋词话》云："'犹厌言兵'四字，包括无限伤乱语，他人累千百言，亦无此韵味。"可见作者用词之精确。下阕写对扬州的感受，妙在运用虚拟手法，设想杜牧重来，心境迥异，以杜牧诗境与扬州现实对比，构思奇妙，浑然无迹。结尾写桥虽在却月冷夜寂，花虽红而无人欣赏，充满了时过境迁、物是人非的伤感与哀思。（张振谦撰）

97. 卜算子·咏梅

陆　游

　　驿外断桥边，寂寞开无主①。已是黄昏独自愁，更著②风和雨。　　无意苦争春，一任群芳③妒。零落成泥碾作尘④，只有香如故。

　　（选自夏承焘、吴熊和笺注《放翁词编年笺注》，上海古籍出版社1981年版）

〔注释〕

　　①无主：没有人过问。
　　②著：兼，加上。
　　③群芳：意本屈原《离骚》："众女嫉余之蛾眉兮，谣诼谓余以善淫。"这里比喻政敌。
　　④"零落"句：碾，被车轮轧碎。唐白居易《惜牡丹花》："晴明落地犹惆怅，何况飘零泥土中。"宋王安石《北陂杏花》："纵被春风吹作雪，绝胜南陌碾作尘。"

〔点评〕

　　这首词的写作年代不能确定。一般认为写于陆游在蜀为官时期，为遭谗免官而抒情言志。赞叹梅花，实际就是诗人的自我遭遇与精神的写照。梅花入诗词，以宋代为最盛。宋人或将梅花作为美景的点缀，或作为友情的寄寓，或作为人格的象征。陆游该词结句"零落成泥碾作尘，只有香如故"，则歌颂梅花化作泥土，其芬芳依然不灭的品格，象征孤傲纯洁、超凡脱俗、不畏权贵的气节和人格。上阕以梅花的遭遇作比，写自己被朝廷所弃，孤独落寞，遭谗言摧残的际遇。下阕以梅花的品性自喻，书写自己的精神境界：追求的不是虚名官爵，而是抗敌复国、造福人民。燕雀安知鸿鹄之志哉！因此，任凭小人嫉妒进谗，依然傲然屹立，既是化为泥土，也精神永存、流芳千古。词人运用拟人手法，借梅花以自喻，将自己之人生遭遇与理想人格投影至梅花，托物寄意，物我相融，可谓古代文人咏物诗词的上乘之作。（张振谦撰）

98. 长相思

纳兰性德①

　　山一程，水一程，身向榆关②那畔行。夜深千帐灯。　　风一更，雪一更，聒碎乡心梦不成③。故园无此声。

（选自赵秀亭、冯统一笺校《饮水词笺校》，中华书局 2005 年版）

【注释】

　　①纳兰性德（1655—1685）：初名成德，避太子讳改名，字容若，号楞伽山人，满族正黄旗人。其出身贵族家庭，武英殿大学士明珠之子，是康熙帝器重的随身重臣。纳兰性德才华超逸，多愁善感，诗文俱能，词作尤佳，在清代词坛享有极高声誉。词风清丽凄婉，情真意切。有词集《饮水词》，亦称《纳兰词》。

　　②榆关：即山海关，在今河北省秦皇岛市，古名榆关，明代改称山海关。

　　③"风一更"三句：风雪声吵扰于耳，让人满怀思乡之愁，辗转难眠。聒（guō）：声音嘈杂。

【点评】

　　清康熙二十一年（1682）早春，纳兰性德作为贴身侍卫随康熙帝东巡，《长相思》作于去往山海关途中。全词清新雅致，意蕴隽永，用荡气回肠的咏叹抒发了词人远离故园时的绵长乡愁。"山一程，水一程"、"风一更，雪一更"，充满民歌风味，韵律优美，缠绵悱恻。词人更以非凡的艺术表现力营造出"夜深千帐灯"的绝妙意境：寒冷的深夜，营帐中透出点点灯光，仿若星辰。王国维《人间词话》谓其堪与前人"明月照积雪"、"大江流日夜"、"中天悬明月"、"长河落日圆"等千古壮观境界媲美。（蔡亚平撰）

99. ［越调·天净沙］秋思

马致远①

　　枯藤老树昏鸦②，小桥流水人家。古道③西风瘦马。夕阳西下，断肠人④在天涯。

（选自隋树森编《全元散曲》，中华书局 1964 年版）

《注 释》

①马致远（约1251—1321至1324间）：字千里，号东篱，大都（今北京）人，元代著名杂剧家、散曲家。明朱权《太和正音谱》谓其"宜列群英之上"，与关汉卿、郑光祖、白朴并称为"元曲四大家"。创作的杂剧今存《汉宫秋》、《青衫泪》等六种，并与李时中、红字李二、花李郎合作《黄粱梦》。散曲有辑本《东篱乐府》一卷，词风典雅清丽，现存小令一一五首，套曲十余篇。

②昏鸦：黄昏时的乌鸦。

③古道：古老驿道。

④断肠人：伤心悲痛到极点的人。此谓飘零天涯的旅人，由于思乡而愁肠寸断。

《点 评》

此为马致远的著名小令，寥寥数语勾画出一幅羁旅荒郊图。枯萎的秋藤、苍老的树、黄昏鸦影、小桥流水、隐约可见的住户、古老的驿道，秋日景物的层层交叠，创造出如同水墨画般的意境。天涯游子牵着他的瘦马，寥落身影让整个画面更加萧瑟迷离。曲作文辞精洁，韵味隽永，元人周德清《中原音韵》赞其为"秋思之祖"。（蔡亚平撰）

100. 我读一本小书同时又读一本大书① （节选）

沈从文②

我生活中充满了疑问，都得我自己去找寻解答。我要知道的太多，所知道的又太少，有时便有点发愁。就为的是白日里太野，各处去看，各处去听，还各处去嗅闻，死蛇的气味，腐草的气味，屠户身上的气味，烧碗处土窑被雨以后放出的气味，要我说来虽当时无法用言语去形容，要我辨别却十分容易。蝙蝠的声音，一只黄牛当屠户把刀刺③进它喉中时叹息的声音，藏在田塍④土穴中大黄喉蛇的鸣声，黑暗中鱼在水面泼剌⑤的微声，全因到耳边时分量不同，我也记得那么清清楚楚。因此回到家里时，夜间我便做出无数稀奇古怪的梦。经常是梦向天上飞去，一直到金光闪烁中，终于大叫而醒。这些梦直到将近二十年后的如今，还常常使我在半夜里无法安眠，既把我带回到那个"过去"的空虚里去，也把我带往空幻的宇宙里去。

在我面前的世界已经够宽广了，但我似乎就还得一个更宽广的世界。我得用这方面得到的知识证明那方面的疑问。我得从比较中知道谁好谁坏。我得看许多业已由于好询问别人，以及好自己幻想所感觉到的世界上的新鲜事情新鲜东西。结果能逃学时我逃学，不能逃学我就只好做梦。

［选自《从文自传》，收入《沈从文全集（第13卷）》，北岳文艺出版社2002年版］

《注释》

①本文收于《从文自传》，1934年7月由上海第一出版社出版，1943年开明书店出版改订本。

②沈从文（1902—1988）：原名沈岳焕，湖南凤凰人。小说家、散文家、文物研究者。少年入行伍，1923年赴京，开始文学生涯，创作以中短篇小说和散文为主，作为1930年代"京派"的代表作家，沈从文一般被推为现代乡土文学的集大成者。有三十二卷本《沈从文全集》（北岳文艺出版社，2002年出版）。

③劐（tuán）：割断，截断。

④田塍（chéng）：一种方言词，即田埂，意思是田间的土埂子。

⑤泼剌（pō là）：拟声词，形容鱼在水里跳跃的声音。

《点评》

少年时的沈从文，按现在的眼光来看，绝对是令人头疼的"问题少年"，"野性"十足，对功课毫无兴趣，逃学成了家常便饭，就是为了"各处去看，各处去听，还各处去嗅闻"。换一个角度，我们说作者不满足于读课堂里的"小书"，而热衷于包含了"自然"与"人情"的"大书"。

第一段相当细致地展现了沈从文先生敏锐的观察力、惊人的记忆力，还有高度敏感的精神世界。这是堪比鲁迅先生笔下"百草园"的文字。由于视觉、嗅觉、听觉的敏感，各种气味、声音，形成"无数稀奇古怪的梦"，缠绕作者多年，让他失眠，带他穿梭时空、思绪翱翔于天地之间。

这些一次次的逃学行为，直接催生了第二段里的"后果"，那就是：做梦。由于不满足于"面前的世界"，为了答解"疑问"，为了追寻一个"更宽广的世界"，促使他走出闭塞的凤凰，走出湘西，走向北京。于是，逃学儿童"沈岳焕"成了我们所熟知的作家"沈从文"。（黄勇撰）

101. 江南的冬景① （节选）

郁达夫②

江南河港交流，且又地滨大海，湖沼特多，故空气里时含水分；到得冬天，不时也会下着微雨，而这微雨寒村里的冬霖景象，又是一种说不出的悠闲境界。你试想想，秋收过后，河流边三五家人家会聚在一道的一个小村子里，门对长桥，窗临远阜，这中间又多是树枝槎丫的杂木树林；在这一幅冬日农村的图上，再洒上一层细得同粉也似的白雨，加上一层淡得几不成墨的背景，你说还够不够悠闲？若再要点景致进去，则门前可以泊一只乌篷小船，茅屋里可以添几个喧哗的酒客，天垂暮了，还可以加一味红黄，在茅屋窗中画上一圈暗示着灯光的月晕。人到了这一个境界，自然会得胸襟洒脱起来，终至于得失俱亡，死生不问了；我们总该还记得唐朝那位诗人做的"暮雨潇潇江上村"的一首绝句罢？诗人到此，连对绿林豪客都客气起来了，这不是江南冬景的迷人又是什么？

　　一提到雨，也就必然的要想到雪："晚来天欲雪，能饮一杯无？"自然是江南日暮的雪景。"寒沙梅影路，微雪酒香村"，则雪月梅的冬宵三友，会合在一道，在调戏酒姑娘了。"柴门村犬吠，风雪夜归人"，是江南雪夜，更深人静后的景况。"前村深雪里，昨夜一枝开"，又到了第二天的早晨，和狗一样喜欢弄雪的村童来报告村景了。诗人的诗句，也许不尽是在江南所写，而做这几句诗的诗人，也许不尽是江南人，但假了这几句诗来描写江南的雪景，岂不直截了当，比我这一枝愚劣的笔所写的散文更美丽得多？

（选自《郁达夫散文》，人民文学出版社 2005 年版）

【注 释】

　　①《江南的冬景》写于 1935 年 12 月 1 日，原载 1936 年 1 月 1 日《文学》第六卷第一号。

　　②郁达夫（1896—1945）：小说家、散文家。原名郁文，字达夫，浙江富阳人。早年留学日本，为创造社主要创立人（1921 年）。早期富有自传性质的小说创作，如《沉沦》、《银灰色的死》等，由于大胆的"自我暴露"和表现青年的性苦闷，产生了较大的争议与影响。其散文和诗歌创作亦传世。

【点 评】

　　郁达夫生长于江南，他的爱写江南，和他笔下的江南一样的久负盛名。

　　文章写于 1935 年冬，恰逢郁达夫亲自设计的、与妻子王映霞共筑的爱巢"风雨茅庐"兴建之时。此时作者的心境大概颇佳，上文节选的两段，大谈景致诗酒，透露出郁达夫以传统名仕自居的文人雅致。

　　第一段有三层递进关系，由"景"入"致"，最后以"情"终。先从自然界的河港、湖沼写起，到微雨、东霖。第二步由写自然景致，转入到"小桥流水人家"的文人意象中来：主要道具是"泊一只乌篷小船"，到茅屋里小酌几杯，最好吟诗作对一番。第三步便是感情上的升华洒脱："终至于得失俱亡，死生不问"。

　　第二段则用诗、用典，旁征博引，进一步挥洒方道，写雪景、村童、村景。

　　我们知道郁达夫平素好美酒、擅作古体诗。文章里，作者以"呼尔将出换美酒，与尔同消万古愁"的豪气，着力营造一种文人山水画的意境与情调。自然，你说这是文人墨客的雅兴也好，陋习也罢，见仁见智罢了。

文章美则美矣，似总难以摆脱一点"有意为之"的造作之感。（黄勇撰）

102. 苦雨①（节选）

周作人②

伏园兄③：

北京近日多雨，你在长安道上不知也遇到否，想必能增你旅行的许多佳趣。雨中旅行不一定是很愉快的，我以前在杭沪车上时常遇雨，每感困难，所以我于火车的雨不能感到什么兴味，但卧在乌篷船里，静听打篷的雨声，加上欸乃④的橹声，以及"靠塘来，靠下去"的呼声，却是一种梦似的诗境。倘若更大胆一点，仰卧在脚划小船内，冒雨夜行，更显出水乡住民的风趣，虽然较为危险，一不小心，拙劣地转一个身，便要使船底朝天。二十多年前往东浦吊先父的保姆之丧，归途遇暴风雨，一叶扁舟在白鹅似的波浪中间滚过大树港，危险极也愉快极了。我大约还有好些"为鱼"时候——至少也是断发文身时候的脾气，对于水颇感到亲近，不过北京的泥塘似的许多"海"实在不很满意，这样的水没有也并不怎么可惜。你往"陕半天"去似乎要走好两天的准沙漠路，在那时候倘若遇见风雨，大约是很舒服的，遥想你胡坐骡车中，在大漠之上，大雨之下，喝着四打之内的汽水，悠然进行，可以算是"不亦快哉"之一。但这只是我的空想，如诗人的理想一样也靠不住，或者你在骡车中遇雨，很感困难，正在叫苦连天也未可知，这须等你回京后问你再说了。

（选自《周作人散文》，人民文学出版社 2005 年版）

【注 释】

①《苦雨》是周作人 1924 年夏在北京写给友人孙伏园的一封信，原信尾署："十三年七月十七日在京城书。"

②周作人（1885—1967）：字起孟、启明，号知堂。浙江绍兴人，鲁迅之弟，散文家、文学翻译家，其散文创作代表了现代白话散文的最高峰。著有《周作人自编文集》等多种。

③伏园兄：指孙伏园（1894—1962），小说家、翻译家，湖南隆回人。周作人的朋友。

④欸（ǎi）乃：象声词，摇橹声。

　　江南多烟雨，生长于水乡绍兴的周作人，在他早期的散文里，尤其喜欢谈"雨"，不仅书房名为"苦雨斋"，还著有《雨天的书》、《风雨谈》等文集，《苦雨》即是《雨天的书》首篇。作为周作人早期散文代表作，《苦雨》采用"书信体"方式，其语言平实而不失生动，语气平淡而不乏诙谐，读来自然流畅，因此向来传诵极广。

　　此处节选其第一段，从"北京近日多雨"开篇，在信谈的语调中，各式各样的"雨"娓娓道来——看似有心，又若无意。看得出精心营构，却又难寻斧凿。

　　《苦雨》、《喝茶》时期的周氏散文，大多谈身边琐事，写作技巧娴熟，闲适而从容，具有浓郁的士大夫趣味。在平静似水的叙述中，知人论世，摹画风物，纵论文史掌故，间或褒贬时政，颇显出一种智者的"理性"与"博识"。表达方面不求情感的宣泄，而讲究一种适度的含蓄，文字上大巧若拙，营造一种平静冲淡之境界，若作者笔下清茶之"涩"。而间或有调皮、幽默之惊喜，如"危险极也愉快极了"一句，读至此，会者恐必莞尔一笑。（黄勇撰）

103. 中国的日夜（节选）

张爱玲①

……

　　再过去一家店面，无线电里娓娓唱着申曲②，也是同样的入情入理有来有去的家常是非。先是个女人在那里发言，然后一个男子高亢流利地接口唱出这一串："想我年纪大来岁数增，三长两短命归阴，抱头送终身啥人？"我真喜欢听，耳朵如鱼得水，在那音乐里栩栩游着。街道转了个弯，突然荒凉起来。迎面一带红墙，红砖上漆出来栲栲大的四个蓝团白字，是一个小学校。校园里高高生长着许多萧条的白色大树；背后的莹白的天，将微欹③的树干映成了淡绿的。申曲还在那里唱着，可是词句再也听不清了。我想起在一个唱本上看到的开篇："谯楼初鼓定天下——隐隐谯楼二鼓敲……谯楼三鼓更凄凉……"第一句口气很大，我非常喜欢那壮丽的景象，汉唐一路传下来的中国，万家灯，在更鼓声中渐渐静了下来。

……

（选自《张爱玲散文全编》，浙江文艺出版社1992年版）

【注释】

　　①张爱玲（1920—1995）：原名张瑛，著名现代作家，著有《金锁记》、《倾城之恋》等名篇。

②申曲:"沪剧"的别称,中国传统地方戏曲之一,流行于上海、苏南及浙江杭、嘉、湖等地。

③敧(qí):倾斜。

〖点 评〗

这个小小的片段,依然能显示出张爱玲笔力的非凡:细腻精致、声色杂间,水墨的"皴"、剪纸的红绿、油画的斑斓被调成一体,徐徐流出笔端,五色参差、五味杂陈,浸透着生存与生命的温暖、苍凉。然而,这次张爱玲独具功力的文笔,好像却不与男男女女的情情爱爱相关,而是与"中国"这个大词直接联系在了一起,读来更觉温暖、沧桑。不过这张爱玲的"中国的日夜",仍然有着一个个体在国难之际苟且偷生、为个人安稳寻寻觅觅的背景。

多灾多难的中国人,今天终于能够同时容纳、同时欣赏慷慨激昂与婉转低回,只是那许许多多林林总总的参差中国,好像只能于抚卷间想象、感怀……(姚新勇撰)

104. 雪花的快乐①

徐志摩②

假如我是一朵雪花,
翩翩的在半空里潇洒,
我一定认清我的方向——
飞扬③,飞扬,飞扬,——
这地面上有我的方向。

不去那冷寞的幽谷,
不去那凄清的山麓,
也不上荒街去惆怅——
飞扬,飞扬,飞扬,——
你看!我有我的方向!

在半空里娟娟的飞舞,
认明了那清幽的住处,
等著她来花园里探望——
飞扬,飞扬,飞扬,——
啊,她身上有朱砂梅的清香!

那时我凭籍我的身轻，
凝凝的④，沾住了她的衣襟，
贴近她柔波似的心胸——
消溶，消溶，消溶——
溶入了她柔波似的心胸！

（选自《志摩的诗》，人民文学出版社 1983 年版）

〖注 释〗

①《雪花的快乐》写于 1924 年 12 月 30 日，原载 1925 年 1 月 7 日《现代评论》第一卷第六期。

②徐志摩（1897—1931）：诗人、散文家。原名徐章垿，字志摩，浙江海宁人。1920 年入剑桥大学，开始写作新诗。曾主编《晨报》副刊《诗镌》，开展新诗格律化运动，为"新月派"代表诗人。"作品多为抒情诗，章法整饬，形式富有变化，讲究意境和形象，善于用细腻笔触表现丰富复杂的感情，……语言自然纯熟，具有清莹流丽的情致。"（《中国现代文学词典》，上海辞书出版社，1990 年版）

③飞扬：一作"飞飏"。

④凝凝的：一作"盈盈的"。

〖点 评〗

本诗诞生于徐志摩与陆小曼展开热恋之时，此时的浪漫诗人徐志摩，热切而焦灼，然碍于当时"使君有妇罗敷有夫"的窘境。于是，诗人暂时只能在诗歌中展开瑰丽的想象，化身为能"溶入了她柔波似的心胸"的快乐幸福的雪花。

《雪花的快乐》是颇能代表徐志摩早期诗歌特色的诗作，其特色主要体现在结构、语言及"音乐性"上。诗歌四行一节，共分四节，分布整齐匀称，恍似交响乐的四个乐章。语言方面，没有难懂晦涩的意象或隐喻，采用了生动而浅白易懂的词语，凭借诗人敏锐的语言感觉力，令诗歌具有很强的节奏感与旋律感，朗朗上口。

《雪花的快乐》又是诗人性格与命运的生动写照，他是才气横溢、一袭白衣的布尔乔亚诗人，以轻盈、柔美的"雪花"自拟，来书写爱情和宣告理想。"雪花"有轻盈、飘逸、空灵、潇洒而无比浪漫的一面，但，雪花也是缥缈、短暂和脆弱的，而终必"消溶"——不是消溶在"她柔波似的心胸"里——"想飞"的诗人，最终消逝在空难里：是巧合，还是宿命？（黄勇撰）

105. 断 章

卞之琳①

你站在桥上看风景，
看风景人在楼上看你。

明月装饰了你的窗子，
你装饰了别人的梦。

（选自黎娜编《人一生要读的经典大全集》，华文出版社 2009 年版）

《注 释》

　　①卞之琳（1910—2000）：著名现代诗人、新月派的代表诗人之一，文学评论家、翻译家，著有诗集《三秋草》、《鱼目集》、《十年诗草》等。

《点 评》

　　《断章》可能是中国新诗中最短且得到解读、赞赏最多的作品。《断章》的众多评论虽各有差异，但主体思路则不外是对它蕴涵的存在哲理进行深度挖掘。比如著名学者孙玉石先生就说过，《断章》所营造的象征性画面，表面上看去明晰而朴素，但细读却可以体味出："这宇宙与人生中，一切事物都是'相对'的，而一切事物又是互为关联的。是啊，当'你'站在桥上看风景的时候，'你'理所当然的是看风景的主体，那些美丽的'风景'则是被看的'客体'；到了第二行诗里，就在同一个时间与空间里，人物与景物依旧，而他们的感知地位却发生了变化。同一时间里，另一个在楼上'看风景人'已经变成了'看'的主体，而'你'这个原是看风景的人物此时又变成被看的风景了，主体同时又变成了客体。"（孙玉石：《中国现代诗导读》）

　　其实，如果仅就诗歌所蕴涵的宇宙、人生哲理来说，《断章》并没有多么幽玄、深邃，更谈不上独创，但其之所以能激发如此多的现代诗人、学者的解读兴趣，实在是有赖于它对中国诗歌传统与西方现代哲理的化合。这一点孙玉石先生也有详细解读。只不过孙先生的解读，可能多少有点发挥过度。（姚新勇撰）

106. 古 寺

北 岛①

消失的钟声

结成蛛网，在裂缝的柱子里

扩散成一圈圈年轮

没有记忆，石头

空濛的山谷里传播回声的

石头，没有记忆

当小路绕开这里的时候

龙和怪鸟也飞走了

从房檐上带走喑哑的铃铛

荒草一年一度

生长，那么漠然

不在乎它们屈从的主人

是僧侣的布鞋，还是风

石碑残缺，上面的文字已经磨损

仿佛只有在一场大火之中

才能辨认，也许

会随着　道生者的目光

乌龟在泥土中复活

驮着沉重的秘密，爬出门槛

（选自阎月君等编选《朦胧诗选》，时代春风文艺出版社 1985 年版）

《注 释》

①北岛（1949—　）：原名赵振开，"今天派"诗派的创始者、领袖，著有诗集《峭壁上的窗户》、《在天涯》，小说《波动》，散文《午夜之门》等。

《点 评》

北岛最广为人知的诗作是《回答》（原名《我不相信》），但这首《古寺》更能体现经过了青春的反叛和狂喜之后而来的情感的凝练、思想的沉潜与艺术的成熟。不过尽管如此，它仍然蕴涵着毁灭与再生的渴望，渴望用一场大火烧毁这死寂的古寺，换来灿然一新的天地。

诗作的题目是"古寺"，但萦绕于我们耳边、呈现在我们面前的则是结成为蛛网、扩散为年轮的古寺钟声。"屈从"于荒草的"主人"年复一年地践履，但"古寺"依然荒芜破败。是废弃"古寺"的荒草湮没了消失的钟声，还是遥远的迟暮的钟声永恒地窒息了民族家园的生机？（姚新勇撰）

107. 死 水

闻一多[1]

这是一沟绝望的死水，
清风吹不起半点漪沦。
不如多扔些破铜烂铁，
爽性泼你的剩菜残羹。

也许铜的要绿成翡翠，
铁罐上锈出几瓣桃花；
再让油腻织一层罗绮，
霉菌给他蒸出些云霞。

让死水酵出一沟绿酒，
飘满了珍珠似的白沫；
小珠笑一声变成大珠，
又被偷酒的花蚊咬破。

那么一沟绝望的死水，
也就夸得上几分鲜明。
如果青蛙耐不住寂寞，
又算死水叫出了歌声。

这是一沟绝望的死水，
这里断不是美的所在，
不如让给丑恶来开垦，
看他造出个什么世界。

（选自北京大学等主编《中国现代文学史参考资料·新诗选》，上海教育出版社 1979年版）

〔注 释〕

①闻一多（1899—1946）：原名闻家骅，著名中国现代诗人，前期新月派的重要代表、

段）

新格律诗的奠基者、学者。著有《红烛》、《死水》、《闻一多诗文选集》、《楚辞校补》等。

【点评】

闻一多的诗常从两个方面被肯定：一是作为"新月诗人"对于新诗现代格律性的追求，二是他深挚的爱国主义情怀。《死水》充分体现了这两方面的统一。全诗五节、每节四句、每句九字，仅此一点就极不同于《女神》式的汪洋恣肆、天马行空。而这整齐严谨的形式所包含的、绝望的"死水"所反向象征的爱国主义情怀，却未必比《女神》少，可谓是"以深沉的思索代替情感的宣泄，以客观化的手法冷静地抒写激情"（朱栋霖、丁帆等主编《中国现代文学史》），达到了相当程度的形式与内容的统一。不过闻一多先生取"死水"这一意象作象征，并非偶然得之，其中不仅有着深刻的思想情感原因，还有着对于西方唯美主义、象征主义诗艺的学习。所以即便读者对《死水》的写作背景毫不了解，除了可以体味该诗的形式意蕴美外，或许也会由衷地赞叹，诗人竟然将一汪发臭的死水写得如此的醒目、别样，如此的美。而这正与波德莱尔所代表的法国象征主义的"恶之花"精神相通。（姚新勇撰）

108. 亚洲铜

海 子①

亚洲铜，亚洲铜
祖父死在这里，父亲死在这里，我也会死在这里
你是唯一的一块埋人的地方

亚洲铜，亚洲铜
爱怀疑和爱飞翔的是鸟，淹没一切的是海水
你的主人却是青草，住在自己细小的腰上，守住野花的手掌和秘密

亚洲铜，亚洲铜
看见了吗？那两只白鸽子，它是屈原遗落在沙滩上的白鞋子
让我们——我们和河流一起，穿上它吧

亚洲铜，亚洲铜
击鼓之后，我们把在黑暗中跳舞的心脏叫做月亮
这月亮主要由你构成

（选自金肽频主编《海子纪念文集　海子诗歌读本》，合肥工业大学出版社 2009 年版）

《注释》

①海子（1964—1989）：原名查海生，当代诗人，"第三代"诗歌的代表人物之一，著有《海子诗全编》等。

《点评》

这是海子被人广为传诵的诗作，有关它的评论也已经很多很多了。但同所有精粹之作一样，《亚洲铜》可能也不需分析，更不用什么研究，我们只需要大声朗读、反复朗读，去感受它的坚硬、深厚、明丽与飞扬：历史、土地的厚重、绵延，构思的新颖，声音的铿锵有力，色彩的鲜亮、夺目。（姚新勇撰）

109. 狮子、狼和狐狸

伊　索①

年迈的狮子病卧在山洞里，除了狐狸，所有的动物无一不来探视他们的君王。狼感到有机可乘，便在狮子面前诽谤狐狸，说道："狐狸没把你和你的政绩放在眼里，所以从不来看望你。"

狼正说在兴头上，狐狸来了，听到了这番话。此时，狮子对着狐狸怒吼起来。狐狸为自己辩解道："所有到这儿来过的动物，有哪一个像我那样竭诚为陛下效劳呢？我四处奔走，遍访名医，为你的病寻求良方，现在总算找到一个了。"

狮子让狐狸立即献上找到的方子。狐狸说："你得把一只狼活剥了，趁热取下他的皮裹在自己身上。"

狮子下令马上把狼拖出去给活剥了。狼被带走时，狐狸笑着对他说："你在陛下面前应该说我好话，而不应该说我坏话。"

本则寓言意谓：言人之不善，当如后患何。

（选自李汝仪、李怡萱译《伊索寓言全集》，译林出版社 2002 年版）

《注释》

①伊索（Aesop，约公元前 620—约公元前 560）：古希腊寓言作家。据希罗多德记载，他原是萨摩斯岛雅德蒙家的奴隶，后来被解放而成为平民，最终被德尔菲人杀害。伊索聪明过人，善于讲拟人化的动物故事，表现平民和奴隶的思想感情，被称为"希腊寓言之父"。现存的三百余篇《伊索寓言》是后人根据拜占庭僧侣普拉努德斯收集的寓言以及陆续发现的古希腊寓言抄本编订的，我国第一个伊索寓言译本是 1625 年在西安刊印的《况义》。伊索寓言篇幅短小，故事生动，想象丰富，寓教于乐，融思想性和艺术性于一体。

其中《农夫和蛇》、《狐狸和葡萄》、《狼和小羊》、《龟兔赛跑》、《牧童和狼》等已成为全世界家喻户晓的故事。

《点评》

伊索寓言讲的大多是动物故事，但反映的都是人际关系，结尾一般都会点明其中意谓，本篇即是一例。狮子为百兽之王，象征着至高无上的统治者（国王），狼一般是指统治者的帮凶——具有欺上压下的特征，狐狸则代表芸芸众生中的佼佼者——有极强的应对危机的能力。狐狸在危急关头的辩解可谓聪明绝顶，一箭三雕：既使自己摆脱了困境，又获得了狮子的欢心，更是把强大的敌手置之死地。本则寓言可谓意味深长，至今仍不失其现实意义，它给职场上那些爱说同事坏话、给领导打小报告的人敲响了警钟：当心招致像狐狸一样的对手之致命反击。（黄汉平撰）

110. 聪明的爱国者

比尔斯①

一个聪明的爱国者获准觐见国王，他从衣袋里取出一张纸条，说："禀告陛下，我这里有一种配方，可以制造任何武器都不能穿透的装甲钢板。如果皇家海军采用这种钢甲，我们的战舰将坚不可摧，战无不胜。这还有宫内大臣的报告，鉴定了这项发明的价值。我愿以 100 万当当②的价钱出让这项专利。"

国王仔细审阅文件，然后把它们放在一边，许诺他一张支票，可以向勒索部的财务大臣提取 100 万当当。

"还有呢，"这个聪明的爱国者从另一个口袋里拿出一张纸条，"这是我发明的一种武器的制造方案，可以穿透那种钢甲。陛下的兄弟——邦国皇帝——急欲购买这项专利。但出于对陛下的王位和臣民的忠诚，我首先向陛下出售。价钱嘛，还是 100 万当当。"

得到了另一张支票的许诺，他又把手伸进另一个口袋，谈论道：

"陛下，对付那种钢甲，我还有一种特殊的新方法，这是一种不可抗拒的武器。有鉴于此，它的价格要昂贵得多——"

国王对杂役总管作了一个要他过来的手势。"搜查这个家伙，"国王说，"报告他有多少个口袋。"

细查完毕，杂役总管说："陛下，43 个。"

"禀告陛下，"聪明的爱国者惊慌地叫道，"有一个口袋装着香烟。"

"把他的两只脚脖子倒挂起来，摇一摇。"国王说，"给他一张 4200 万当当

的支票，然后处死他。发布一项法令，把聪明列为一大罪状。"

（选自黄汉平编著《外国文学名著导读》，暨南大学出版社 2005 年版）

〖注 释〗

①比尔斯（Ambrose Bierce，1842—1914?）：美国作家，出身于俄亥俄州一个农民家庭。他曾在肯塔基军事学院学习过一年。1861 年 4 月，他参加南北战争，投身北军，因作战英勇而晋升为少校。战争结束后从事新闻工作，渐以写作闻名。1891 年出版短篇小说集《在人生中间》，形成了自己独特的风格。以后出版的作品有《幻想式的寓言》（1899）、《魔鬼词典》（1911）等。1913 年，他进入动乱中的墨西哥，不久失踪。比尔斯的作品多以亲身经历过的南北战争为题材，多写死亡和恐怖，风格阴冷奇诡，其中包含深刻的讽刺。

②当当（tum tum）：象声词，指弹拨弦乐器所发之声。作者别出心裁，把它当做一种货币单位。

〖点 评〗

《聪明的爱国者》是比尔斯的一篇小小说，它的讽喻性显而易见，颇似中国古代寓言中"自相矛盾"的故事（见《韩非子·难势》），然而作者立意不止于此。故事结尾奇突懍然，爱国者之聪明反被聪明误固然可悲，但在统治者眼中，"聪明"竟为一大罪状。文字如此警策，足以发人深省。（黄汉平撰）

111．雅歌（节选）①

〔耶路撒冷的众女子〕
那靠着良人从旷野上来的是谁呢？
〔新娘〕
我在苹果树下叫醒你，
你母亲在那里为你劬劳，
生养你的在那里为你劬劳。
求你将我放在心上如印记，
带在你臂上如戳记；
因为爱情如死之坚强，
嫉恨如阴间之残忍。
所发的电光，是火焰的电光，
是耶和华的烈焰。

爱情，众水不能息灭，

大水也不能淹没，

若有人拿家中所有的财宝要换爱情，

就全被藐视。

（选自《圣经》，南京：中国基督教协会 1998 年版）

《注 释》

①《雅歌》（Song of Songs，希伯来文读作 "Shir Hashirim"，意为 "歌中之歌"），不但是圣经文学中一枝独放异彩的奇葩，也堪称世界诗歌宝库中无与伦比的艺术珍品。传统认为本书为所罗门所作或后人为他而作，以志他和牧羊女书密拉之间的爱情。余也鲁教授担任总编辑的《圣经（启导本）》指出："智慧与爱情都是天父赐给他所造的人类的礼物。《箴言》教导生活上的智慧，做个有德行的人。《雅歌》教导世上男女相爱之道，享受美满婚姻幸福。书中没有宗教上的名词术语，也一字未提到神，是六十六卷圣经正典中特色独具的一部，有'诗歌中的诗歌'之称。"

《点 评》

这里选录的是《雅歌》第八章 5～7 节，为本书的高潮，也提示全书的主旨。爱情威力无穷，坚强无比。死亡虽大有压倒和毁灭之力，但它不能胜过爱情；洪水会淹没一切，但无法熄灭爱情之火。没有任何东西——包括世上的财富——可以替代爱情，真正的爱情不存在嫉妒，是无价之宝。书中所歌颂的是一种田园牧歌式的爱情，纯朴无瑕，坚贞不渝，灵与肉的结合和人与自然的和谐融为一体。值得注意的是，本书并非 "一字未提到神"，"耶和华的烈焰" 乃是本书中上帝的名字出现的唯一地方，用来形容爱情，寓意其并非只是纯粹的男女恋爱，而更具有一种伟大而圣洁的神性。（黄汉平撰）

112. 贝雅特丽丝的魅力

但 丁①

她是多么高雅，多么纯洁，

我的姑娘，当她向人们施礼，

每个人都惶乱无神地垂下眼帘，

嘴唇颤颤栗栗，羞赧地沉寂。

她淡装素裹，翩然远去，

带走了声声惊奇，

啊，她恍若上界的一位天使，
降临人间，把奇迹向我们展示。

瞻仰她的丰姿，飘飘欲仙，
甜蜜穿过眼睛，流淌进心底，
幸福的水柱岂能在局外人的心湖升起。

她的口唇里一个灵魂游动，
温柔亲切，又充溢着爱意，
它对我的心说："渴求吧，你!"

[选自陈敬容、刘湛秋编，吕同六译《世界抒情诗选（续编）》，春风文艺出版社 1987
年版]

《注 释》

①但丁（Dante Alighieri, 1265—1321）：意大利从中世纪到文艺复兴的过渡时期最具
代表性的作家，被恩格斯称为"中世纪的最后一位诗人，同时又是新时代的最初一位诗
人"。出生于佛罗伦萨一个没落的小贵族家庭。少年时得到大学者布鲁内托·拉丁尼的指
导，博览群书，通晓各门类知识，成长为一个博学多才之士。但丁不仅潜心研究学问，而
且积极投身政治斗争，坚定地站在代表新兴市民阶级利益的政治派别一边，为此他被教皇
所支持的佛罗伦萨贵族政权驱逐出境，并判处终生流放（1302），最后客死拉文纳。但丁
最伟大的作品是用意大利语写作的《神曲》（1307—1321），全诗长达 14233 行，由《地
狱》、《炼狱》和《天堂》三部组成。其他著作包括《新生》（1292—1293）、《论俗语》
（1304—1305）、《飨宴》（1304—1307）和《帝制论》（1310—1312）。

《点 评》

从第一部作品《新生》到最后一部作品《神曲》，但丁的创作都跟一位女性息息相
关，她简直成了爱情与信仰的化身，成为诗人创作灵感的源泉，她就是但丁一生念念不忘
的恋人——贝雅特丽丝。大约在 1274 年，但丁在一次春宴上初识贝雅特丽丝，从此"将
她可爱的倩影铭刻在心"，薄伽丘在《但丁传》中写道，"这种感情究竟有多深，无人知
晓，但有一点是肯定的，那就是但丁很早就成了一个最炽热的爱情奴仆……他用截然不同
的方式去爱，于是变成了奇迹，成了旷世未有的奇事"。这种截然不同的爱不在人间，而
在天堂；不是世俗的男欢女爱，而是柏拉图式的精神恋爱。1290 年，一如但丁曾经梦中所
见，贝雅特丽丝离开人世飞向了天国。但丁悲痛欲绝，他把自己 1283 年以来所写的献给
贝雅特丽丝的 31 首抒情诗，用散文的形式（诗人对自己的诗作进行阐释）连缀起来，题
名为《新生》，这是欧洲文学史上第一部向读者剖露作者最隐秘的思想感情的自传性作品。

这首诗选自《新生》，属于意大利早期的十四行诗，具有"温柔的新体"风格。诗人歌咏了贝雅特丽丝超凡脱俗的魅力，她是降临人间向人们显示"奇迹"的天使，也是《神曲》中诗人走向天路历程的向导。（黄汉平撰）

113. 往昔的时光

彭　斯[1]

老朋友哪能遗忘，
哪能不放在心上？
老朋友哪能遗忘，
还有往昔的时光？
合唱：
为了往昔的时光，老朋友，
为了往昔的时光，
再干一杯友情的酒，
为了往昔的时光。

你来痛饮一大杯，
我也买酒来相陪。
干一杯友情的酒又何妨？
为了往昔的时光，
合唱：
为了往昔的时光，老朋友，
为了往昔的时光，
再干一杯友情的酒，
为了往昔的时光。

我们曾遨游山岗，
到处将野花拜访。
但以后走上疲惫的旅程，
逝去了往昔的时光！
合唱：
为了往昔的时光，老朋友，

为了往昔的时光，
再干一杯友情的酒，
为了往昔的时光。

我们曾赤脚蹚过河流，
水声笑语里将时间忘。
如今大海的怒涛把我们隔开，
逝去了往昔的时光！
合唱：
为了往昔的时光，老朋友，
为了往昔的时光，
再干一杯友情的酒，
为了往昔的时光。

忠实的老友，伸出你的手，
让我们握手聚一堂，
再来痛饮一杯欢乐酒，
为了往昔的时光！
合唱：
为了往昔的时光，老朋友，
为了往昔的时光，
再干一杯友情的酒，
为了往昔的时光。

(选自王佐良译《爱情与自由》，人民文学出版社 1987 年版)

《注释》

①彭斯（Robert Burns，1759—1796）：苏格兰有史以来最杰出的诗人，19 世纪英国浪漫主义诗歌的先驱。他出身于农民家庭，辛勤从事田间劳动二十余年，年仅 37 岁就在贫病交迫中离开人世。彭斯一生创作了六百多首诗，优秀诗篇有《自由树》、《苏格兰人》、《一朵红红的玫瑰》、《往昔的时光》和《爱情与自由：大合唱》等。他的诗歌反映了民族、民主革命的浪潮，充满了激进的民主、自由的思想。他的许多诗篇出色地抒写了劳动者纯朴的友谊和爱情，歌颂了故国家乡的秀美风光，并吸收了古歌谣的精华，富于风趣和幽默感，通俗流畅，可吟可唱，因而在民间流传极广。彭斯的诗歌具有很高的艺术价值，他是马克思最喜爱的诗人之一。当代彭斯研究专家詹姆士·巴克说："彭斯是最伟大的天

才——贝多芬、莎士比亚、伦勃朗等一群中的一员。"这不是过誉。

《点评》

彭斯的成功之作都是用苏格兰方言写成的，这些诗仿佛不是写出来的文字，而是从心底流出来的音乐，毫无雕饰痕迹，近乎天籁，譬如这首《往昔的时光》。它的艺术特色首先体现在音乐性上，诗中的音乐效果主要依靠重复、规则整齐的诗行和固定的押韵，再三再四的"合唱"大大强化了诗歌的音乐性和表现力；其次是戏剧性，主要体现在戏剧性时间、人物、故事动作以及以问句的形式起句等方面，如此展现诗歌主题的手法给诗作带来极强的戏剧效果；最后，诗的语言朴实无华，清新自然，具有浓郁的民歌风味。这首诗被谱成歌曲在世界各国广泛传唱，20世纪好莱坞经典电影《魂断蓝桥》以它作为插曲，这支"友谊地久天长"的曲子，仿佛已成了全世界的"国歌"。（黄汉平撰）

114. 雅典的少女

拜 伦①

你是我的生命，我爱你。

雅典的少女②呵，在我们分别前，
把我的心，把我的心交还！
或者，既然它已经和我脱离，
留着它吧，把其余的也拿去！
请听一句我临别前的誓语：
你是我的生命，我爱你。

我要凭那无拘无束的鬈发，
每阵爱琴海的风都追逐着它；
我要凭那墨玉镶边的眼睛，
睫毛直吻着你颊上的嫣红；
我要凭那野鹿似的眼睛誓语：
你是我的生命，我爱你。

还有我久欲一尝的红唇，
还有那轻盈紧束的腰身；

我要凭这些定情的鲜花，

它们胜过一切言语的表达；

我要说，凭爱情的一串悲喜：

你是我的生命，我爱你。

雅典的少女呵，我们分了手；

想着我吧，当你孤独的时候。

虽然我向着伊斯坦堡飞奔，

雅典却抓住我的心和灵魂：

我能够不爱你吗？不会的！

你是我的生命，我爱你。

（一八一〇年，雅典）

（选自查良铮译《拜伦诗选》，上海译文出版社 1984 年版）

〖注 释〗

①拜伦（George Gordon Byron，1788—1824）：英国浪漫主义文学的杰出代表。出生于伦敦一个贵族家庭。十岁时，拜伦家族的世袭爵位及产业落到他身上，成为拜伦第六世勋爵。哈罗公学毕业后，进入剑桥大学学习文学及历史。1809 年大学毕业后进入上议院，支持民主派。1809—1811 年游历葡萄牙、西班牙、马耳他、希腊、土耳其等国家，在旅途开始写作《恰尔德·哈洛尔德游记》第一、二章，1812 年 2 月问世，轰动了文坛。1812—1816 年，创作了一组"东方叙事诗"，包括《异教徒》、《阿比托斯的新娘》、《海盗》等六篇，这些作品主人公身上明显具有诗人生活的印迹和个性气质，富于叛逆精神，所以被称为"拜伦式英雄"，并且在欧洲的一代青年和民主人士中引起强烈共鸣。1916 年 4 月永远离开了英国，在旅居国外期间，陆续写成《恰尔德·哈洛尔德游记》第三、四章（1816、1818 年）、故事诗《锡雍的囚徒》（1816）、悲剧《曼弗雷德》（1817）和长诗《青铜世纪》（1923）等。长篇叙事诗《唐璜》（1818—1823）是拜伦未完成的杰作。1824 年 4 月 19 日，拜伦在支持希腊的民族独立斗争中以身殉志。

②拜伦旅居雅典时，住在一个名叫色欧杜拉·马珂里寡妇的家中，她有三个女儿，长女特瑞莎即诗中的"雅典的少女"。

〖点 评〗

这是一首热情奔放的爱情诗，写于诗人第一次旅居雅典期间，也是《恰尔德·哈罗德游记》中的一个篇章。诗人以一句"你是我的生命，我爱你"贯穿全诗，直接而热烈地倾吐出对雅典少女浓郁的爱恋。这是爱的心声，也是爱的誓言，使人读来无不受到强烈的感染。诗作的二、三节以动人的笔触描绘了雅典少女的美丽风姿，一个天真活泼的少女形象随着诗行的展开而跃然纸上，"无拘无束的鬈发"、"墨玉镶边的眼睛"和"野鹿似的眼睛"，比喻新颖别致，令人难忘。值得注意的是，诗人对雅典少女的爱也融合着对整个希腊的爱。诗人酷爱这个文明古国，时刻关注着在土耳其统治下的希腊人民的命运，在其未完成的杰作《唐璜》中的《哀希腊》篇章，字里行间处处可见诗人那种深入骨髓的爱。可以说，这首关于别离的爱情诗并没有真正结束。13 年后，诗人毅然回到希腊，积极投身于希腊的民族独立运动，并为之献出了宝贵的生命。至此，诗人把心和灵魂永远留在那个让他魂牵梦萦的国度。（黄汉平撰）

115. 驾着歌声的羽翼

海 涅①

驾着歌声的羽翼，
亲爱的，我带你飞去，
飞向恒河的原野，
有个地方风光绮丽。

化园里姹紫嫣红
沐浴着月夜幽微，
莲花朵朵在等待
她们亲爱的妹妹。

紫罗兰娇笑调情
抬头仰望星空；
玫瑰花悄声耳语，
说得香雾迷濛濛。

驯良聪慧的羚羊
跳过去侧耳倾听，
圣河的滚滚波涛
在远方奔流喧腾。

我们要在那里降落
憩息在棕榈树下面，

畅饮爱情、宁静，

做着美梦香甜。

（选自张玉书译《青春的烦恼》，人民文学出版社1987年版）

〖注　释〗

①海涅（Heinrich Heine，1797—1856）：德国诗人、思想家。生于莱茵河畔杜塞多夫城一个破落的犹太商人家庭。先后在波恩、哥廷根、柏林等地学习法律，并于1825年获哥廷根大学法学博士学位。从15岁开始写诗，很快就在诗坛崭露头角。1927年，他把以前已经发表的诗歌和诗集如《青春的烦恼》（1821）、《抒情的插曲》（1822—1823）、《还乡集》（1823—1824）、《北海集》（1825—1826）等以"诗歌集"为名结集出版，奠定了他作为德国伟大的抒情诗人的地位。这部诗集和以后出版的两部诗集《新诗集》（1844，包括长诗《德国——一个冬天的童话》）和《罗曼采罗》（1851）代表了海涅诗歌方面的主要成就。此外，他还有《论德国宗教和哲学的历史》（1833—1834）等大量著作。《简明不列颠百科全书》高度评价海涅："他不仅是19世纪而且也许是自从彼特拉克以来全欧文学中最著名的爱情诗人。他写过种类繁多的韵文和散文作品，作为讽刺作家，雅、谑均不同凡响。他还抨击政治和针砭时弊，反对压迫，这方面的努力今天已成为对他进行重新评价的基础。"

〖点　评〗

人们常说，少年情怀总是诗。那么，最初究竟是什么让少年海涅成为一名诗人的呢？毫无疑问是爱情——给他带来深深烦恼的爱情。爱情孕育出诗人，对海涅来说尤其如此。海涅的每一首爱情诗几乎都隐藏着难以言说的心路历程。从19岁起，海涅的目光就被一个年轻姑娘的倩影所牵引，她就是叔父的第三个女儿阿玛丽。事实上，阿玛丽或许对海涅表示过好感，但她似乎从来没有爱上过海涅（她后来成了别人的新娘，1821年嫁给了尼希堡的一个庄园主）。执着的海涅在诗中用无数的名字（玛丽、舒莱玛、摩莉、艾威莉、狄奥莉等等）来描写这位梦中情人。他毫不疲倦地描绘了阿玛丽的魅力，她散发着美的光辉，宛如维纳斯女神；她的眼睛、嘴唇和两颊可以和科伦大教堂中的圣母像相媲美；她的眼睛是紫罗兰，她的手是百合花，等等。诗人深深地爱恋着阿玛丽，爱到欲罢不能的地步。在这首诗中，诗人想象着自己驾着歌声的羽翼，与意中人一起飞翔，飞到那遥远的恒河岸边，畅饮温馨的爱情，做着香甜美梦。

海涅的诗歌，尤其是他的抒情诗极富音乐性，历代大音乐家都喜爱为其诗篇谱曲。门德尔松曾为此诗谱曲，即著名的《歌之翼》，成为世界名曲。据说海涅的诗已被谱成三千首以上的歌曲（一说五千首），他的诗篇早已"驾着歌声的羽翼"，为世界人民所喜闻乐诵，在这方面即便大诗人歌德也望尘莫及。难怪狂妄的尼采如是写道："是海涅使我懂得了抒情诗人的最高意境。我上溯几千年，在所有的古老帝国里，都无法找到像他的那种悦耳而热情奔放的音乐。……总有一天，人们会宣称海涅和我是德语世界里最伟大的艺术

家。"（黄汉平撰）

116. 如果生活将你欺骗

普希金[①]

如果生活将你欺骗，

不必忧伤，不必悲忿！

懊丧的日子你要容忍：

请相信，欢乐的时刻会来临。

心灵总是憧憬着未来，

现实总让人感到枯燥：

一切转眼即逝，成为过去；

而过去的一切，都会显得美妙。

（选自乌兰汉译《自由颂》，人民文学出版社 1987 年版）

〖注 释〗

①普希金（Aleksaneer Sergeyevich Pushkin，1799—1837）：俄国浪漫主义文学主要代表，现实主义文学的奠基人。生于莫斯科一个贵族家庭，在浓厚的文学氛围中长大。1811年，进入贵族子弟学校皇村学校学习，年仅 12 岁就开始了其文学创作生涯，还接受了法国启蒙思想的熏陶，并结交了一些后来成为十二月党人的禁卫军军官，逐渐形成了反对沙皇专制制度，追求自由的思想。主要作品有历史剧《鲍利斯·戈都诺夫》（1825），诗体小说《叶甫盖尼·奥涅金》（1830），塑造了俄国文学中第一个"多余人"形象。他以笔名发表的《别尔金小说集》（1830）标志着俄国现实主义散文小说的开端。长篇历史小说《上尉的女儿》（1836）是俄国文学中第一部描写农民起义的现实主义作品。1836 年 4 月，创办《现代人》杂志，为俄国现实主义文学开辟了重要阵地。普希金在诗歌、小说、戏剧乃至童话等文学各个领域都给俄罗斯语言文学提供了典范，被高尔基誉为"一切开端的开端"。

〖点 评〗

这首"无题"诗在许多选本里常以诗中第一句"如果生活将你欺骗"为题，成为广大读者耳熟能详的励志诗篇。然而，其写作背景恐怕鲜为人知。该诗写于 1825 年，正是普希金流放南俄敖德萨同当地总督发生冲突后，被押送到其父亲的领地米哈伊洛夫斯科耶村幽禁期间所作。从 1824 年 8 月至 1826 年 9 月，这是诗人的一段极为孤独寂寞的生活。

面对十二月党人起义前后剧烈动荡的社会风云，诗人不仅同火热的斗争相隔绝，而且与众多亲密无间的挚友亲朋相分离。孤寂之中，除了读书、写作，幸亏有终生挚爱的奶妈相伴，讲故事为他消愁解闷；白天，他常常到集市上去，与纯朴的农民为友，和他们谈话，听他们唱歌。邻近庄园奥西波娃一家也给诗人愁闷的幽禁生活带来了一片温馨和慰藉，这首诗就是他为奥西波娃16岁的女儿叶·尼·沃尔夫（1809—1883）所写的，题写在她的纪念册上，这既是对一位俄罗斯少女的寄语，更是表达了诗人在艰难时刻对未来的信心。（黄汉平撰）

117. 自己之歌（节选）

惠特曼[1]

1

我赞美我自己，歌唱我自己，
我所讲的一切，将对你们也一样适合，
因为属于我的每一个原子，也同样属于你。

我邀了我的灵魂同我一道闲游，
我俯首下视，悠闲地观察一片夏天的草叶。

我的舌，我的血液中的每个原子，都是由这泥土，这空气构成，
我在这里生长，我的父母在这里生长，他们的父母也同样在这里生长，
我现在是三十七岁了，身体完全健康，
希望继续不停地唱下去直到死亡。

教条和学派且暂时搁开，
退后一步，满足于现在它们所已给我的一切，但绝不能把它们全遗忘，
不论是善是恶，我将随意之所及，
毫无顾忌，以一种原始的活力述说自然。

（选自楚图南译《草叶集选》，人民文学出版社 1978 年版）

【注释】

[1]惠特曼（Walt Whitman, 1819—1892）：美国诗人。出生于美国纽约长岛的一个农

民家庭。因家庭经济拮据，他只读过几年小学，11岁就辍学了，做过勤杂工、学徒、排字工人、乡村小学教师、记者、编辑等。1855年《草叶集》的第1版问世，共收诗12首，到1892年诗人临终前出的第9版时共收诗401首。他一生热爱意大利歌剧、演讲术和大海的滔滔浪声，西方学者指出这是惠特曼诗歌的音律的主要来源。《草叶集》除了具有浪漫主义诗歌的一般特点以外，还打破了长期以来统治美国诗坛的英诗模式，独辟蹊径地创造了后来被称为"惠特曼式"的自由体诗，其在韵律节奏、句段格式的表现手法等方面都别树新帜，不仅奠定了美国现代诗歌发展的基础，而且对世界各国诗坛也产生了重大而深远的影响。

《点 评》

　　《自己之歌》是《草叶集》中最长的一首，共1 336行。这首诗的内容几乎包括了惠特曼毕生的主要思想，是作者最重要的诗歌之一。"我赞美我自己，歌唱我自己"，该诗第一节开篇就鲜明地表达了诗人的主体性或自我意识，这是浪漫主义诗歌的一个基本特征，然而，诗人接着表明他的诗歌属于"你们"，属于人民大众。的确，民主性是惠特曼诗歌的最大特点。诗人在《草叶集》伦敦版的序言中说，如果要用一个确切的字眼来概括《草叶集》的各部分内容的话，那么，"那个字眼应该是'民主'一词"。而诗人之所以把他的诗集取名为"草叶"，是因为在他看来，"草是自然界最普通、最平凡的东西"，"哪里有土，哪里有水，那里就长着草"，它"在宽广的地方和狭窄的地方都一样发芽，在黑人和白人中间都一样生长"（《自己之歌》）。因此，在诗人的心目中，这富有强大生命力的"不朽的草"就是普通人民的象征，是当时蓬勃发展中的美国的象征，同时也是诗人追求民主、自由的理想和希望的象征。（黄汉平撰）

118. 自由与爱情

裴多菲①

自由，爱情！
我都为之倾心，
为了我的爱情，
我牺牲我的生命，
为了自由，
我将我的爱情牺牲。

（选自黎华选编、兴万生译《外国哲理诗精选》，百花文艺出版社1991年版）

【注 释】

①裴多菲（Petöfi Sándor, 1823—1849）：匈牙利诗人，也是匈牙利民族文学的奠基人。出生于多瑙河畔的阿伏德平原上的一个小城萨堡德沙拉斯，父亲是一名贫苦的斯拉夫族屠户，母亲是马扎尔族的一名农奴，按照当时的法律，他的家庭处在社会最底层。他少年时期过着流浪生活，做过演员，当过兵。1842 年发表诗歌《酒徒》，开始写作生涯。早期作品中有《谷子成熟了》、《我走进厨房》、《傍晚》等 50 多首诗被李斯特等作曲家谱曲传唱，已经成了匈牙利的民歌。1844 年从故乡来到首都佩斯，担任《佩斯时装报》助理编辑，在诗人弗勒斯马尔蒂的资助下，出版第一本《诗集》以及散文作品《旅行札记》等，奠定了他在匈牙利文学中的地位，并受到德国大诗人海涅的高度评价。短暂的一生中写了 800 多首短诗和 8 部长篇叙事诗，还写有政论、戏剧、小说和散文等多种，著名长诗有《亚诺什勇士》（1844）、《使徒》（1848）等。1849 年 7 月 31 日，在瑟克什堡大战中同入侵的沙俄军队作战时牺牲，年仅 26 岁。

【点 评】

《自由与爱情》是裴多菲最著名的诗篇之一，这里选录的是一个新译本。对于中国读者而言，白莽（殷夫）的旧译似乎更有韵味而深入人心：生命诚可贵，爱情价更高；若为自由故，二者皆可抛！该诗写于 1846 年底，当时裴多菲整理诗稿，准备出版诗歌全集，于是在自序中写下了这首诗，这可以看做是诗人走向革命的标志，也是他随时准备为民族解放和民主自由而献身的誓言。一个多世纪以来，这首脍炙人口的诗篇被广为传诵，作者裴多菲作为匈牙利伟大的爱国诗人和英雄，也得到了全世界进步人士的敬仰。（黄汉平撰）

119. 毛诗序（节选）

　　诗者，志之所之①也，在心为志，发言为诗。情动于中而形②于言，言之不足故嗟叹之，嗟叹之不足故永歌之，永歌之不足，不知手之舞之，足之蹈之也。

　　情发于声，声成文③谓之音。治世之音安以乐，其政和；乱世之音怨以怒，其政乖④；亡国之音哀以思，其民困。故正得失，动天地，感鬼神，莫近⑤于诗。先王以是经⑥夫妇，成孝敬，厚人伦，美教化，移风俗。

　　（选自阮元校刻《十三经注疏》本《毛诗正义》，中华书局 1980 年版）

【注 释】

①志：志向、抱负。所之：所往、所向。

②形：表现。

③文：曲调。

④乖：乖戾、反常。

⑤莫近：莫过。

⑥经：本义是织布，有经纬、治理之意。

《点 评》

　　汉人传诗有鲁（申公所传）、齐（辕固生所传）、韩（韩婴所传）、毛（赵人毛苌所传）四家。诗有今古文之分，鲁、齐、韩三家为今文，毛诗为古文。三家诗序均亡佚，而毛诗序独存。这里节选了两段。第一段指出了诗歌言志抒情的特点以及诗产生之初与歌、舞之间的密切关系。第二段讨论了诗歌、音乐是时代政治的反映，不同时代的作品有不同的特点，时代状况、政治民情都会通过音乐、诗歌反映出来。因此，统治者往往会用诗歌、音乐来教育民众、移风易俗。（朱巧云撰）

120．诗品序（节选）

　　若乃春风春鸟，秋月秋蝉，夏云暑雨，冬月祁寒，斯四候之感诸诗者也。嘉会寄诗以亲，离群讬诗以怨。至於楚臣①去境，汉妾②辞宫；或骨横朔野，或魂逐飞蓬；或负戈外戍，杀气雄边；塞客③衣单，孀闺④泪尽；或士有解佩⑤出朝一去忘返；女有扬蛾⑥入宠，再盼倾国。凡斯种种，感荡心灵，非陈诗何以展其义；非长歌何以骋其情？故曰："诗可以群，可以怨。"使穷贱易安，幽居靡闷，莫尚于诗矣。

（选自何文焕辑《历代诗话》，中华书局 1981 年版）

《注 释》

①楚臣：指流放去国的楚大夫屈原。

②汉妾：指远嫁匈奴的汉王昭君。

③塞客：从军边塞的人。

④孀闺：此处指独处中的寡妇。

⑤解佩：佩是古代文官朝服上的饰物，因谓脱去朝服辞官为"解佩"。

⑥扬蛾：亦作"扬娥"。指美女扬起娥眉的娇态。

《点 评》

　　作者以诗的语言，说明了自然环境和现实生活对诗人情感的冲击会有多么强烈，诗人的创作冲动和灵感也是产生在观于外物和体验人生之后。在此钟嵘尤其强调了"怨"，即

悲怨之情事对于作诗的激发作用。此说由孔子"兴观群怨"说发展而来，但孔子之"怨"因为与"事父""事君"有关，含有一定政治教化色彩，钟嵘之"怨"，则完全着眼于个体的精神痛苦，更他举了屈原流放、昭君辞汉、征夫戍边、闺妇伤别等事为例，说明人生的别愁离怨，只有赋诗放歌才能抒泄出来，因此诗歌有着"使穷贱易安，幽居靡闷"的意义。（赵维江撰）

二级

60篇（段）

121. 四端说

孟 子

孟子曰:"人皆有不忍人①之心。先王有不忍人之心,斯有不忍人之政矣;以不忍人之心,行不忍人之政,治天下可运之掌上。所以谓人皆有不忍人之心者,今人乍见孺子将入于井,皆有怵惕恻隐②之心,非所以内交于孺子之父母也,非所以要誉于乡党③朋友也,非恶其声而然也。由是观之:无恻隐之心,非人也;无羞恶之心,非人也;无辞让之心,非人也;无是非之心,非人也。恻隐之心,仁之端也;羞恶之心,义之端也;辞让之心,礼之端也;是非之心,智之端也。人之有是四端也,犹其有四体也。有是四端而自谓不能者,自贼④者也;谓其君不能者,贼其君者也。凡有四端于我者,知皆扩而充之矣,若火之始然⑤,泉之始达。苟能充之,足以保四海;苟不充之,不足以事父母。"

(选自《公孙丑上》,焦循撰《十三经清人注疏》本《孟子正义》,中华书局 1987 年版)

《注 释》

①忍人:见人遭遇痛苦而无动于衷。

②怵惕:恐惧也。恻隐:内心深痛。

③乡党:同"乡",乡邻。

④贼:伤害,败坏。

⑤然:同"燃",燃烧。

《点 评》

孟子言性善,曰:"求则得之,舍则失之。"荀子言性恶,曰:"圣人化性而起伪,伪起而生礼义。"(《荀子·性恶论》)孔子罕言性与天道,曰:"性相近也,习相远也。"三人持论虽异,然伤世道败坏,务于救世之心则同,所谓天下一致而百虑,同归而殊途也。(宋小克撰)

122. 秋日登洪府滕王阁[①]饯别序

王 勃

豫章[②]故郡，洪都新府。星分翼轸[③]，地接衡庐[④]。襟三江而带五湖[⑤]，控蛮荆而引瓯越[⑥]。物华天宝，龙光射牛斗之墟[⑦]；人杰地灵，徐孺下陈蕃之榻[⑧]。雄州雾列，俊采星驰。台隍[⑨]枕夷夏之交，宾主尽东南之美。都督阎公[⑩]之雅望，棨戟[⑪]遥临；宇文新州之懿范，襜帷[⑫]暂驻。十旬休假[⑬]，胜友如云；千里逢迎，高朋满座。腾蛟起凤[⑭]，孟学士之词宗；紫电青霜[⑮]，王将军之武库[⑯]。家君作宰[⑰]，路出名区；童子何知，躬逢胜饯。

时维九月，序属三秋[⑱]。潦水[⑲]尽而寒潭清，烟光凝而暮山紫。俨骖騑[⑳]于上路，访风景于崇阿。临帝子之长洲[㉑]，得天人之旧馆。层台耸翠，上出重霄；飞阁翔丹[㉒]，下临无地。鹤汀凫渚，穷岛屿之萦回；桂殿兰宫，即冈峦之体势[㉓]。披绣闼，俯雕甍。山原旷其盈视，川泽纡其骇瞩。闾阎[㉔]扑地，钟鸣鼎食之家；舸舰[㉕]迷津，青雀黄龙[㉖]之轴。云销[㉗]雨霁，彩彻区[㉘]明。落霞与孤鹜齐飞，秋水共长天一色[㉙]。渔舟唱晚，响穷彭蠡之滨；雁阵惊寒，声断衡阳[㉚]之浦。

遥襟甫畅，逸兴遄飞。爽籁[㉛]发而清风生，纤歌凝而白云遏。睢园[㉜]绿竹，气凌彭泽[㉝]之樽；邺水朱华[㉞]，光照临川[㉟]之笔。四美[㊱]具，二难[㊲]并。穷睇眄于中天[㊳]，极娱游于暇日。天高地迥，觉宇宙之无穷；兴尽悲来，识盈虚之有数。望长安于日下[㊴]，目吴会于云间[㊵]。地势极而南溟深，天柱高而北辰[㊶]远。关山难越，谁悲失路之人；萍水相逢，尽是他乡之客。怀帝阍[㊷]而不见，奉宣室[㊸]以何年？嗟乎！时运不齐，命途多舛；冯唐易老[㊹]，李广难封[㊺]。屈贾谊于长沙，非无圣主；窜梁鸿于海曲，岂乏明时[㊻]。所赖君子见机[㊼]，达人知命[㊽]。老当益壮[㊾]，宁移白首之心；穷且益坚，不坠青云之志[㊿]。酌贪泉[51]而觉爽，处涸辙[52]而相欢。北海虽赊，扶摇[53]可接；东隅已逝，桑榆[54]非晚。孟尝[55]高洁，空余报国之情；阮籍[56]猖狂，岂效穷途之哭！

勃，三尺微命，一介书生。无路请缨，等终军[57]之弱冠[58]；有怀投笔[59]，爱宗悫[60]之长风。舍簪笏于百龄[61]，奉晨昏[62]于万里。非谢家之宝树[63]，接孟氏之芳邻[64]。他日趋庭，叨陪鲤对[65]；今兹捧袂[66]，喜托龙门[67]。杨意[68]不逢，抚凌云[69]而自惜；钟期相遇，奏流水以何惭。呜呼！胜地不常，盛筵难再；兰亭[70]已矣，梓泽[71]丘墟。临别赠言，幸承恩于伟饯；登高作赋，是所望于群公。敢竭鄙怀，恭疏短引[72]；一言均赋[73]，四韵俱成[74]。请洒潘江，各倾陆海云尔[75]。

（选自蒋清翊注《王子安集注》，上海古籍出版社1995年版）

〔注 释〕

①滕王阁：滕王李元婴曾任洪州都督，建阁于治所南昌，故称洪府滕王阁。

②豫章：汉郡名。唐改置洪州，设都督府。后避唐代宗李豫之讳，"豫章"被改为"南昌"。

③星分翼轸：翼、轸是二星宿名，意谓从天空分野看，与翼、轸相分界。

④衡庐：衡山、庐山，分别指代唐代衡州、江州。

⑤三江：长江过彭蠡湖，分三道入海，故称三江。泛指长江中下游。五湖：洞庭、青草、鄱阳、彭蠡、太湖。泛指南方之大湖。

⑥蛮荆：古称楚国为蛮荆。瓯越：古东越王都于东瓯，故称瓯越。

⑦龙光射牛斗之墟：用丰城宝剑之典。据《晋书·张华传》，牛、斗二星之间常有紫气，循迹于丰城（古属豫章郡）得宝剑龙泉、太阿，后双剑化双龙而去。

⑧徐孺下陈蕃之榻：据《后汉书·徐稚传》，陈蕃为豫章太守，为隐士徐稚专设一榻，去则悬之。

⑨台隍：台为亭台，隍为护城河，合指城池。

⑩都督阎公：与下之宇文新州、孟学士、王将军，名皆不详。

⑪棨（qǐ）戟：以赤黑色缯作套的木戟，古代大官出行时所用仪仗之一。

⑫襜（chān）帷：车上的帷幕，此处指代车马。

⑬十旬休假：唐制，十日为一旬，遇旬日则官员休沐，称"旬休"。假，或作"暇"。

⑭腾蛟起凤：宛如蛟龙腾跃、凤凰起舞，喻文章之美。《西京杂记》："董仲舒梦蛟龙入怀，乃作《春秋繁露》。""扬雄著《太玄经》，梦吐凤凰集《玄》之上，顷而灭。"

⑮紫电青霜：古宝剑名。

⑯武库：武器库。借指军事韬略。据《晋书·杜预传》，杜预号曰"杜武库"。

⑰家君作宰：王勃之父任交趾县的县令。宰：官吏通称。

⑱三秋：古人称七、八、九月为孟秋、仲秋、季秋，三秋即季秋，九月。

⑲潦（lǎo）水：雨后积水。

⑳俨：同"严"，整齐。骖𬳿（cūn fēi）：驾车四马，左右两边称骖或𬳿，此处指代马车。

㉑帝子：与下之"天人"皆指滕王李元婴。长洲：滕王阁前赣江中的沙洲。

㉒飞阁翔丹：飞檐涂饰红漆。翔，或作"流"。

㉓即冈峦之体势：依山冈的地形而高低起伏。

㉔闾阎：里门，此处指住宅。

㉕舸（gě）舰：大船。迷：同"弥"，满。

㉖青雀黄龙：船的装饰形状。轴：通"舳"，船尾把舵处，此处指代船只。

㉗销：同"消"，消散。

㉘彩：日光。彻：通贯。区：天空。

㉙"落霞"二句：句式化用北周庾信《马射赋》："落花与芝盖同飞，杨柳共春旗一

色。"一说落霞是鸟类。

㉚声断衡阳：衡阳有回雁峰，相传秋雁至此不再南飞，待春而返。

㉛爽籁：管子参差不齐的排箫。

㉜睢园：即汉梁孝王菟园，睢水流经，其中有竹。

㉝彭泽：县名，在今江西湖口县东，此处指彭泽令陶渊明。《归去来兮辞》："有酒盈樽。"

㉞邺水：流经邺下（今河北省临漳县）。朱华：荷花。三国曹植《公宴诗》："秋兰被长坂，朱华冒绿池。"

㉟临川：郡名，治所在今江西省抚州市，此处指临川太守谢灵运。

㊱四美：指良辰、美景、赏心、乐事。一说，四美指音乐、饮食、文章、言语之美。

㊲二难：指贤主、嘉宾难得。

㊳睇眄（dì miǎn）：极目而视。中天：长天。

㊴日下：古代以太阳喻帝王，帝王所在称"日下"。与下之"云间"皆典出《世说新语·排调》。

㊵吴会（kuài）：吴郡和会稽郡。云间：松江县古称。

㊶天柱：传说中昆仑山高耸入天的铜柱。北辰：北极星，喻国君。

㊷帝阍：天帝的守门人。此处借指朝廷。

㊸奉宣室：指入朝做官。宣室：汉未央宫正殿，皇帝召见大臣议事之处。贾谊迁谪长沙，四年后，汉文帝复召回长安，于宣室中问鬼神之事。

㊹冯唐易老：据《史记·冯唐列传》，冯唐在文帝、景帝时不被重用，武帝时被举荐，已九十余岁。

㊺李广难封：据《史记·李广列传》，李广，汉武帝时名将，多次与匈奴作战，军功卓著，但始终未获封爵。

㊻梁鸿：东汉人，作《五噫歌》讽刺朝廷，因而得罪汉章帝，避居齐鲁、吴中。明时：汉章帝号称明主。

㊼机：通"几"，预兆，细微的征兆。《易·系辞下》："君子见几而作。"

㊽达人：通达事理的人。知命：《易·系辞上》："乐天知命故不忧。"

㊾老当益壮：年纪虽老而志气壮盛，干劲更足。《后汉书·马援传》："丈夫为志，穷当益坚，老当益壮。"

㊿青云之志：青云有仕途亨通义，亦有隐士高洁义，此处指后者。《续逸民传》："嵇康早有青云之志。"

(51)贪泉：在广州附近的石门，传说饮此水即贪得无厌，东晋廉吏吴隐，特饮此水，且为诗表明心志不改。事载《晋书·良吏传》。

(52)涸辙：干涸的车辙，喻困厄的处境。语出《庄子·外物》。

(53)赊：远。扶摇：飓风。语出《庄子·逍遥游》。

(54)东隅：日出处，表示早晨，引申为"早年"。桑榆：日落处，表示傍晚，引申为

"晚年"。《后汉书·冯异传》:"失之东隅,收之桑榆。"

⑤孟尝:据《后汉书·孟尝传》,孟尝字伯周,东汉会稽上虞人。曾任合浦太守,以廉洁奉公著称,后因病隐居。桓帝时,虽屡被荐举,终不见用。

⑤阮籍:据《晋书·阮籍传》,籍"时率意独驾,不由径路。车迹所穷,辄恸哭而反"。

⑤终军:据《汉书·终军传》,终军字子云,济南人。武帝时出使南越,自请"愿受长缨,必羁南越王而致之阙下",时仅二十余岁。

⑤弱冠:古人二十岁行冠礼,表示成年,称"弱冠"。

⑤投笔:据《后汉书·班超传》班超投笔从戎的故事。

⑥宗悫(què):据《宋书·宗悫传》,宗悫字元干,南朝刘宋南阳人,年少自述志向云:"愿乘长风破万里浪。"后因战功受封。

⑥簪笏:冠簪、手版。官吏用物,此处指代官职。百龄:百年,犹"一生"。

⑥奉晨昏:侍奉父母。据《礼记·曲礼上》:"凡为人子之礼……昏定而晨省。"

⑥谢家之宝树:喻优秀子弟。据《世说新语·言语》:"谢太傅问诸子侄'子弟亦何预人事,而正欲使其佳?'诸人莫有言者。车骑答曰:'譬如芝兰玉树,欲使其生于庭阶耳。'"

⑥孟氏之芳邻:据刘向《列女传·母仪篇》,孟轲之母为教育儿子而三迁择邻,后定居于学宫附近。

⑥趋庭:受父亲教诲。鲤:孔鲤,孔子之子。典出《论语·季氏》。

⑥捧袂:举起双袖,是表示恭敬的姿势。

⑥龙门:据《后汉书·李膺传》:"膺以声名自高,士有被其容接者,名为登龙门。"

⑥杨意:杨得意的省称。曾举荐同郡人司马相如。

⑥凌云:指司马相如所作《大人赋》。据《史记·司马相如列传》:"相如既奏《大人》之颂,天子大悦,飘飘有凌云之气。"

⑦兰亭:在今浙江省绍兴市西南。晋穆帝永和九年(353)三月三日上巳节,王羲之与群贤宴集于此,行修禊礼,并赋诗以志。

⑦梓泽:西晋石崇金谷园的别称,故址在今河南省洛阳市西北,石崇曾聚友宴饮赋诗于此。

⑦疏:录、写。引:序。

⑦一言均赋:每人分得一字为韵,作诗一首。赋即分。

⑦四韵俱成:一韵二句,四韵八句,王勃所成即《滕王阁诗》:"滕王高阁临江渚,佩玉鸣鸾罢歌舞。画栋朝飞南浦云,珠帘暮卷西山雨。闲云潭影日悠悠,物换星移几度秋。阁中帝子今何在?槛外长江空自流。"

⑦潘江、陆海:据南朝钟嵘《诗品》:"陆才如海,潘才如江。"

《点评》

　　骈文作序，最忌板滞。此文章法绵密，环环相扣，层进转折，写景抒情，细若织锦。开篇不直写滕王阁，而扣题"洪府"二字，辟出阔境。以"人杰地灵"为纲，写地理，颂人文，溯古今，画出洪府壮阔图景。重臣文武，宾主会饯；作者省亲，恰逢盛会。二节扣题"秋日登滕王阁"数字，返阔入细。暮秋九月，登滕王阁。视角随步变，写出楼阁气势、秋景壮丽。自洲而观，仰视则阁高入九霄，俯视则下深若浮空。登楼而观，山川原野，岸上人家，江中舟船，历历在目。"落霞"、"秋水"二句，秋景壮丽，历来传诵。"渔舟唱晚"、"雁阵惊寒"，人歌鸟鸣，画出秋声。三节扣题"饯"字，抒盛筵感怀。欢歌酣宴，文采并驰，兴尽悲来，序意亦转。地虽有灵，远离京城。虽称人杰，或怀才不遇，或贬谪海外，似为其父鸣不平者。意一转而悲，再转又振，即"老当益壮"、"穷且益坚"四句，颇发本心。四节扣题"别"字，托出序意。兰亭金谷，雅集盛筵，恰如今日，终有别时。临别赠言，自序遭际，谦词自抑；称颂宾主，托意龙门。可谓善颂善祷者也。

　　"层台"、"飞阁"四句，"落霞"、"秋水"二句，句式句意，前人早发，王勃心摹手追，推陈出新，后来居上，虽关文字意境，亦由通篇气脉贯通也。（何志军撰）

123. 少年中国说（节选）

梁启超[1]

　　梁启超曰：造成今日之老大中国[2]者，则中国老朽之冤业也[3]。制出将来之少年中国者，则中国少年之责任也。彼老朽者何足道？彼与此世界作别之日不远矣。而我少年乃新来而与世界为缘。如僦[4]屋者然，彼明日将迁居他方，而我今日始入此室处。将迁居者，不爱护其窗棂[5]，不洁治其庭庑[6]，俗人恒情，亦何足怪。若我少年者前程浩浩，后顾茫茫。中国而为牛为马为奴为隶，则烹脔鞭棰[7]之惨酷，惟我少年当之；中国如称霸宇内[8]，主盟地球，则指挥顾盼之尊荣，惟我少年享之。于彼气息奄奄与鬼为邻者何与焉！彼而漠然置之，犹可言也；我而漠然置之，不可言也。使举国之少年而果为少年也，则吾中国为未来之国，其进步未可量也。使举国之少年而亦为老大也，则吾中国为过去之国，其渐[9]亡可翘足而待也。故今日之责任，不在他人，而全在我少年。少年智则国智，少年富则国富，少年强则国强，少年独立则国独立，少年自由则国自由，少年进步则国进步，少年胜于欧洲，则国胜于欧洲，少年雄于地球，则国雄于地球。红日初升，其道大光；河出伏流，一泻汪洋；潜龙腾渊[10]，鳞爪飞扬；乳虎啸谷，百兽震惶；鹰隼[11]试翼，风尘吸张；奇花初胎，矞矞[12]皇皇；干将发硎[13]，有作其芒；天戴其苍[14]，地履其黄[15]；纵有千古，横有八荒[16]，前途似海，来日方长！美哉我少年中国，与天不老！壮哉我中国少年，与国无疆！

（选自《饮冰室合集·文集》，中华书局 1989 年版）

【注释】

①梁启超（1873—1929）：字卓如，号任公，别号饮冰室主人、沧江、饮冰子、哀时客、中国之新民等，广东新会人。早年师从康有为，后与康有为一起成为戊戌变法的领袖人物。曾主编《时务报》，创办《清议报》、《新民丛报》、《新小说》等报刊。梁启超在近代文坛上具有重要地位，是"诗界革命"、"小说界革命"的主要倡导者。他著述宏富，创作有诗歌、小说、散文、戏剧等多种作品，其中散文成就最为突出。有《饮冰室合集》。

②老大中国：当时日本人对中国的称呼。《少年中国说》开头云："日本人之称我中国也，一则曰老大帝国，再则曰老大帝国。"

③"则中国"句：是中国老朽官僚的冤孽罪恶。

④僦（jiù）：租赁。

⑤栊（lóng）：窗棂木，窗子。

⑥庑（wǔ）：四周的廊屋。

⑦脔（luán）：肉。鞭棰（chuí）：鞭打。

⑧宇内：整个世界、天下。古代以宇指空，以宙指时间。

⑨澌（sī）：尽。

⑩腾渊：从深渊中腾起。此处比喻中国崛起。

⑪隼（sǔn）：猛禽之一，翅膀长而尖，尾巴长而灵活，飞行迅速，嘴和趾爪锐利。

⑫矞（yù）矞：象征祥瑞的彩云。

⑬干将：相传为春秋末吴国人，善于铸造兵器，曾替吴王阖闾铸成两柄剑，名干将、莫邪。此处借指宝剑。硎（xíng）：磨。

⑭天戴其苍：头顶青天。

⑮地履其黄：脚踏黄土大地。

⑯八荒：也称八方，指东、西、南、北、东南、东北、西南、西北八个方向。此处泛指周围、各地。

【点评】

《少年中国说》创作于维新变法失败后的清光绪二十六年（1900），是当时"新文体"的代表作之一，其时梁启超 27 岁，正值风华正茂。他在文中对"老大中国"进行层层解剖，从而批判腐朽没落的体制礼仪和昏庸无能的"握国权者"，憧憬少年中国的美好前景。此处所选为文章最后一段，从中可以看出这篇政论文鲜明的创作特色。作者采取对比分析的手法，表达出他对少年的希望以及对少年中国的热切期待。文章多次运用比喻与排比，特别是结尾的一连串比喻，更是生动传神、饱含激情地勾画出作者心目中的少年与少年中国形象。文章气势磅礴，笔力雄健，最后以一段四言韵语收结，具有强烈感染力，将情感

推向高潮。（蔡亚平撰）

124. 诗经·黍离

彼黍离离①，彼稷②之苗。行迈靡靡③，中心摇摇④。知我者，谓我心忧；不知我者，谓我何求⑤。悠悠⑥苍天，此⑦何人哉？

彼黍离离，彼稷之穗。行迈靡靡，中心如醉。知我者，谓我心忧；不知我者，谓我何求。悠悠苍天，此何人哉？

彼黍离离，彼稷之实。行迈靡靡，中心如噎⑧。知我者，谓我心忧；不知我者，谓我何求。悠悠苍天，此何人哉？

（选自《王风》，阮元校刻《十三经注疏》本《毛诗正义》，中华书局 1980 年版）

【注 释】

①彼：那个地方。黍：黏性谷类作物，籽粒黄色。离离：茂盛的样子。

②稷：谷子。

③行迈：步行。靡靡：迟缓。

④摇摇：心神不定的样子。

⑤何求：有什么追求。

⑥悠悠：深远之象。

⑦此：眼前景象。

⑧噎：有东西堵住喉咙。

【点 评】

《毛诗序》云："《黍离》，闵宗周也。周大夫行役至于宗周，过宗庙宫室，尽为禾黍。闵宗周志颠覆，彷徨不忍去，而作是诗也。"后稷以农立国，黍稷为生民之本，今黍稷丛生殿上，悠悠苍天，何其有常？"知"与"不知"，非一人也，亡国之恨也。自此"黍离之悲"，便成哀悼故国之典故。"悠悠苍天，此何人哉？"苍天无语，千载之后，方得陈子昂回应，"前不见古人，后不见来者，念天地之悠悠，独怆然而泣下"。（宋小克撰）

125. 诗经·鹿鸣

呦呦鹿鸣①，食野之苹②。我有嘉宾，鼓瑟吹笙③。吹笙鼓簧④，承筐是将⑤。人之好我⑥，示我周行⑦。

呦呦鹿鸣，食野之蒿⑧。我有嘉宾，德音孔⑨昭。视民不恌⑩，君子是则是效⑪。我有旨酒⑫，嘉宾式燕以敖⑬。

呦呦鹿鸣，食野之芩⑭。我有嘉宾，鼓瑟鼓琴。鼓瑟鼓琴，和乐且湛⑮。我有旨酒，以燕乐嘉宾之心。

（选自《小雅》，阮元校刻《十三经注疏》本《毛诗正义》，中华书局 1980 年版）

〔注 释〕

①呦（yōu）呦：鹿鸣叫之声。

②苹：草名，今名扫帚草。

③鼓：弹奏。瑟：一种弦乐器。笙：一种管乐器。

④鼓：振动。簧：乐器里用于发声的薄片，用竹、苇等制成，这里指笙管发音部件。

⑤承：捧着。将：奉献。

⑥人：客人。好我：喜欢我，对我友好。

⑦示：指示。周行（háng）：本指通往周朝的宽广大道，这里指人世大道。

⑧蒿（hāo）：草名，指青蒿。

⑨德音：美好的声望。孔：大，很。

⑩视民：向百姓显示。视：显示。不恌（tiāo）：不轻佻，沉稳。

⑪则：准则，这里作动词，即作为准则。效：效法。

⑫旨酒：美酒。

⑬式：语助词，以。燕：同"宴"，指宴饮。敖：同"遨"，指游乐。

⑭芩（qín）：草名。

⑮湛（dān）：沉浸，一说指长久。

〔点 评〕

《鹿鸣》，周王宴饮群臣嘉宾时所唱之诗。方玉润《诗经原始》云："夫嘉宾即群臣，以名分言曰臣，以礼义言曰宾。文武之待群臣如待大宾，情意既洽而节文又敬，故能成一时盛治也。《传》曰：'宾臣者帝，师臣者王。'周之宾臣，周之所以王耳。若后世则直以奴隶视之，何宾之有？无怪其治不古若也。"（宋小克撰）

126. 有所思

有所思，乃在大海南。何用问遗①君？双珠玳瑁②簪，用玉绍缭③之。闻君有他心，拉杂摧烧④之。摧烧之，当风扬其灰。从今以往，勿复相思。相思与君绝！鸡鸣狗吠，兄嫂当知之。妃呼豨⑤！秋风肃肃晨风⑥飔，东方须臾高⑦

知之。

（选自郭茂倩编《乐府诗集》，中华书局1979年版）

〖注 释〗

①何用：用何。问遗（wèi）：馈赠。

②玳瑁（dài mào）：龟类，其甲壳可打磨制作饰品。

③绍缭：缠绕。

④摧烧：折断、烧毁。

⑤妃呼豨（beī xī xū）：音据闻一多《乐府诗笺》。

⑥晨风：雉鸟。

⑦高：同"皓"，白，天亮。

〖点 评〗

此诗写女子心理，妙在以极恨写极爱，以决绝写缠绵。全诗叙事与情感有两处转折。第一转折在"闻君有他心"。此前女子的极爱、缠绵，全见诸日夜摩挲的爱情信物：玳瑁簪、珍珠镶、玉线缠。此后女子的极恨、决绝，则见诸爱情信物玳瑁簪的即刻摧毁：一折断、二烧毁、三扬灰、四立誓——相思有若风中灰，自此与君绝！步步转，层层深，愈转愈深。由极爱、缠绵到极恨、决绝，全系诸爱情信物的存、毁，最能以小见大，表现出女子"闻君有他心"前后情感心态的巨大变化和转折。

第二转折在"鸡鸣狗吠"。此前，极恨、决绝之情于扬灰立誓时已达巅峰。此后，女子情感自巅峰回落，感知、理性亦稍恢复：院中鸡鸣狗吠，激烈毁簪动静，兄嫂当早已知之，这可怎么办？仅提兄嫂，不及父母，则女子极可能依附兄长生活，故有畏责心理。"妃呼豨"三字虽为表声词，却隐隐包含了女子爱、恨、畏纠结的复杂感喟。门外秋风渐紧，雉鸟相鸣求偶，声闻心摇。女子或陷入微妙矛盾：传闻非亲见，谁定真或假？彻底决裂，是否真愿？东方微明天即亮，一切都将揭晓。结尾悬念意味深长，谁也不知女子的抉择和命运，正是这一点紧紧抓住读者的心。《古诗源》评曰："怨而怒矣。然怒之切，正怨之深。末段余情无尽。"（何志军撰）

127. 陌上桑①

日出东南②隅，照我秦氏楼。秦氏有好女，自名为罗敷③。罗敷喜蚕桑，采桑城南隅。青丝为笼系，桂枝为笼钩。头上倭堕髻④，耳中明月珠。缃绮⑤为下裙，紫绮为上襦⑥。行者见罗敷，下担捋髭须；少年见罗敷，脱帽著帩头⑦。耕者忘其犁，锄者忘其锄。来归相怨怒，但坐⑧观罗敷。

使君从南来，五马立踟蹰。使君遣吏往，问是谁家姝？"秦氏有好女，自名为罗敷。""罗敷年几何？""二十尚不足，十五颇有余。"使君谢^⑨罗敷："宁可共载不？"罗敷前置辞："使君一何愚！使君自有妇，罗敷自有夫。"

"东方千余骑，夫婿居上头。何用识夫婿，白马从骊驹^⑩。青丝系马尾，黄金络马头。腰中鹿卢剑^⑪，可直^⑫千万余。十五府小史，二十朝大夫。三十侍中郎，四十专城居^⑬。为人洁白皙，鬑鬑^⑭颇有须。盈盈公府步，冉冉府中趋。坐中数千人，皆言夫婿殊。"

（选自郭茂倩编《乐府诗集》，中华书局 1979 年版）

【注 释】

①此诗有《艳歌罗敷行》、《日出东南隅行》等题，今名《陌上桑》出自晋代崔豹《古今注》，后多沿用。

②东南：偏义复词，指东方。

③自名：本名。罗敷：汉代女子常用名。

④倭堕髻：即"堕马髻"，发髻偏于一侧，似堕非堕。汉代女子流行发式。

⑤缃：杏黄色。绮：有花纹的丝织品。

⑥襦（rú）：短袄。

⑦著：束、戴。帩（qiào）头：束发的纱巾。古代男子先束发，再戴帽。

⑧坐：因。

⑨谢：问。

⑩骊驹：毛色黑的小马。

⑪鹿卢：即辘轳，井上汲水的用具，绳子缠绕其上。鹿卢剑：指剑的把手用丝绦缠绕起来，像鹿卢的样子。或云剑的把手以玉制成鹿卢形。

⑫直：价值。

⑬专城居：一城之主。在汉代通常指太守、刺史等。

⑭鬑鬑（lián lián）：胡须疏朗的样子。

【点 评】

此诗叙事具有喜剧色彩，有戏剧冲突而不激烈，可分三节。第一节罗敷采桑，最具喜剧性和艺术性。白描罗敷发型、饰品及穿着的讲究，而无一字涉及容貌形体，通过观者的动态反应侧写罗敷之美，给读者提供了广阔的想象空间，避实就虚，传神写照。行者、少年、耕者、锄者的不同反应，以及归家之后的喜剧怨怒，既观察细致，又带有下层民众的喜剧口味倾向。第二节是戏剧冲突转折点。太守惊艳，遣吏传语，企图携美而归，遭罗敷拒斥。三问三答，表现不同立场的对立和冲突。第三节则纯为罗敷铺陈夸耀夫君，以坚其拒斥之意。

此诗交织着美的主题和道德主题。所有观者皆为罗敷之美吸引。太守与劳动者的不同举动，则体现出不同社会阶层的道德观念。"桑林之遇"主题，自《诗经》（《桑中》等）到《楚辞》（如《登徒子好色赋》章华大夫桑林之遇），再到《陌上桑》，从自由的男女情爱，到大夫的"目欲其颜、心顾其义"和女子的"意密体疏"，再到权贵的目欲其颜，权欲其身和女子的道德拒斥，颇有历史意味。平心品味，最打动历代读者的，或许还是那充满无限想象空间的美的罗敷。正如布鲁克斯所云："文学处理特别的道德题材，但文学的目的却不必是传道或说教。"道德的立场不能也不应限制美的主题。（何志军撰）

128. 十五从军征

十五从军征，八十始得归。道逢乡里人："家中有阿谁①？"
"遥看是君家，松柏冢累累。"兔从狗窦②入，雉从梁上飞。
中庭生旅谷，井上生旅③葵。春谷持作饭，采葵持作羹。
羹饭一时熟，不知饴④阿谁？出门东向看，泪落沾我衣。

（选自郭茂倩编《乐府诗集》，中华书局1979年版）

【注释】

①阿谁：谁。阿：语助词。
②狗窦：狗洞。
③旅：植物野生称旅生。
④饴：通"贻"，送。

【点评】

此诗以征戍与室家互衬，而征戍劳苦、室家悲思并出。叙事可分三节。开篇两句为第一节："十五"黑发少年出门，"八十"白发老翁归乡，既写尽征人一生戎马，又暗叙亲人一世睽隔。至于征人之从军、征战、幸存、独归，不着一字，句短情深。第二节写老翁、乡人之遇及问答，一问一答，写出乱世生死无常，而深藏无言沉痛。八十老翁之问点出了归来前、归途中念兹在兹的问题："家里还有谁（活着）？"乡人之答似乎牛头不对马嘴，"往远处看是您家。松柏成行，乱坟累累"。实为诗歌叙事避烦琐求精练而常用的互文手法。世乱之中，市朝桑田，非但不知家人存，亦忘家在何处。从乡人之答可逆知老翁之问已包含"家在何处"，可称"藏问"法。而"松柏冢累累"不仅是对"家中有阿谁"的委婉回应，更是乱世人命如草芥的真实写照，答者愈视为平常，愈是惊心动魄。第三节详叙老翁回家所见。无论野兔、野雉或野谷、野葵，都是叙说荒败"无人"，可与《东山》二章"果蠃之食"几句相参。"不知饴阿谁"则是对"家中有阿谁"的沉痛印证。诗至末章，画出破屋外老翁东望无人的荒寂图景，归家而失家的无穷悲意，与此刻的沾衣泪珠一并涌出。此诗可与《幽

风·东山》相媲美，杜甫《无家别》则脱胎于此。（何志军撰）

129. 上山采蘼芜①

上山采蘼芜，下山逢故夫。长跪问故夫："新人复何如？""新人虽言好，未若故人姝。颜色类相似，手爪②不相如。""新人从门入，故人从阁③去。""新人工织缣，故人工织素④。织缣日一匹，织素五丈余。将缣来比素，新人不如故。"

（选自徐陵编、吴兆宜注《玉台新咏笺注》，中华书局 1985 年版）

《注释》

①蘼芜：一种香草，可作香料。
②手爪：手艺、技艺。
③阁：小门。
④缣：色黄的绢。素：色白的绢。缣贱素贵。

《点评》

此诗堪称弃妇诗之奇格。叙事奇，写人奇。叙事奇在弃妇与前夫之偶遇，写人奇在弃妇与前夫之问答，均颇有戏剧性。弃妇长跪而问新妇如何，"长跪"礼仪写弃妇外在谦恭，而一"复"字，却泄露了弃妇些微怨情，并自然引起前夫比较新妇旧人的答语。全诗以前夫答语侧写弃妇正面形象，亦刻画前夫反面形象，写人奇。前夫答语比较新人旧人的妇容略似、妇功悬殊，其重心在妇功"手爪不相如"，于汉人最重之妇德、妇言竟无一涉及。弃妇听至此，怨情亦一转而深："迎娶新妇可风光，旧人凄然小门去。"前夫之答似不相及，而遥接"手爪"意：无论质或量，新妇织缣不如弃妇织素，因此"新人不如故"！既活现了小市民锱铢必较的功利心态，亦暗示其情感上的首鼠两端。

此诗异解颇多，仅就"蘼芜"而言，自余冠英先生《乐府诗选》提出"古人相信蘼芜可使妇人多子"，信从者颇多；弃妇"无后被弃"说亦因此生发。细察文本，"蘼芜"首应协韵需要，芜、夫、如、姝、去、素、余、故，音韵谐和。若韵脚变则"蘼芜"亦变。次则以蘼芜的香草性质比喻弃妇的品性，并无微言大义。过求比兴寄托，于民歌未必皆合。此诗断句，"新人从门入"二句划归弃妇或故夫，效果不同。王夫之等主张归故夫，其说亦可参。（何志军撰）

130. 回车驾言迈

回车驾言迈①，悠悠涉长道。四顾何茫茫，东风摇百草。

所遇无故物②，焉得不速老？盛衰各有时，立身苦不早。

人生非金石，岂能长寿考③？奄忽随物化④，荣名以为宝。

（选自萧统编、李善注《文选》，上海古籍出版社 1986 年版）

【注 释】

①言：语助词。迈：远行。

②故物：旧时的景物。

③寿考：高寿。考：老。

④物化：化为异物，死亡之讳称。《庄子·刻意》言："圣人之生也天行，其死也物化。"

【点 评】

此诗融一生抉择于行道感时之中，意味深长。首二句最关键，而"回车"二字又最吃紧。有释"回"为回曲之道者，或当脱胎于《离骚》"回朕车以复路兮，及行迷之未远"，即回转之意。回转车头，行于归乡长路，已交代隐退之抉择。下四句写归途所见所感。四望原野茫茫，春风摇动百草。"摇"胜"吹"。万物更新之时，亦是旧物衰逝之时，正如旧草已枯、新草方生。诗人归时所见与来时异，触发不胜今昔、新旧、盛衰之感。而今昔、新旧、盛衰的叠加，更产生"速老"的心理错觉。下二句写立身良时已过，虽不无悔意，亦只得随身之渐老而归乡。后四句是自我劝慰之词。比之金石永固，人生岂能长命无疆？暗含立身亦空之意。从今而后，可以劝慰自己的是，隐退保证了自己身后声名的高洁和荣耀。此诗有幡然醒悟却悟之太迟的深切感慨，因而其回车复路，并无屈子自明自守之决绝，而多了几分盛时已过、衰颓将临的无奈和自慰。可窥见一般士人真实的心态。

《世说新语·文学》载："王孝伯在京，行散至其弟王睹户前，问：'古诗中何句为最？'睹思未答。孝伯咏'所遇无故物，焉得不速老？'此句为佳。"可见此诗于东晋已广为人知，且成抒情达意之摘句对象，或因其真情涵真景，颇鸣士人之心也。（何志军撰）

131. 步出城东门

步出城东门，遥望江南路。前日风雪中，故人从此去。

我欲渡河水，河水深无梁。愿为双黄鹄①，高飞还故乡。

（选自逯钦立辑校《先秦汉魏晋南北朝诗》，中华书局 1983 年版）

【注 释】

①黄鹄：鸟名，似鹤而大，善高飞。

〖点 评〗

　　此诗忆客中送客，发不胜思乡之感。首二句写眼前所见，信步而出都城东门，遥望平野茫茫，小路蜿蜒通往江南，可知诗人滞留北方城市。"城东门"与"江南路"自然对仗而非雕琢工对，若为"上东门"之略写，或指东汉洛阳。下二句忆前日送客，上承"江南路"而起故思：前日此路，惜送故人归乡去，渐行渐远，隐没于风雪之中。江南游子孤寂之情，北方雪景冷寂之感，于"故人"、"风雪"对比中油然而生。叙事而含抒情，妙在风雪景象浑涵，尤衬客中送客之感，一则忧心故人，一则顾影自怜。此二句古今称诵。下二句写阻隔，承"遥"而来，以黄河深浑，无桥可渡，象征异乡与故乡之阻隔。末二句写破隔之愿。当与故人化为双黄鹄，则漫卷之风雪、深浑之黄河岂能阻隔高飞九天之翅乎？凡此类展翅高飞之想象，多透露身不由己之现实，因而使得诗歌具有包含复杂心绪的张力。它皆类此。

　　此诗虽为五言八句，但韵兼平仄，通篇换韵，乃典型古诗，风格浑涵自然。（何志军撰）

132. 今日良宴会

今日良宴会，欢乐难具陈。弹筝奋逸响，新声妙入神。
令德①唱高言，识曲听其真。齐心同所愿，含意俱未申。
人生寄一世，奄忽若飙②尘。何不策高足③，先据要路津④。
无为⑤守穷贱，轗轲⑥长苦辛。

（选自萧统编、李善注《文选》，上海古籍出版社 1986 年版）

〖注 释〗

①令德：善德，此处指贤者。
②奄忽：急遽。飙：暴风。
③策：挥鞭。高足：指快马。
④要路津：必经之路口、渡头。此处喻高官显位。
⑤无为：不要。
⑥轗轲（kǎn kē）：车行不平貌，引申为不得志。

〖点 评〗

　　此诗妙在抓住欢宴乐极之一瞬，抒将转之悲情，并以文字艺术呈现。前六句写良宴欢会。以感发志意之筝曲笼罩全场听众，逸响新声，神妙莫测而极之欢乐。正如善德高言有深意，筝曲乐音亦当明其真意也。中间二句为欢会巅峰而含转折之意，弹筝者、听曲者俱于此气场之中移情感通，共会人人之所愿，而此愿未明言。后六句则发众人荣华富贵之心愿，而与一己坎坷穷贱之悲情相并，情意深远。人生如寄，亦如狂风吹尘，极言其短、其速。共此短暂人生，却衍生两种不同的人生观：一种是蓄势以待，伺机抓住荣华富贵的"尾巴"，翻身上马，据权位，享极乐。一种是苦守穷贱，一生坎坷而不预争权逐利之列。品味"何不"、"无为"之意，可窥知诗人心中的天人交战，即逐富贵欢乐而不能与守穷贱苦辛亦不愿的矛盾，此诗以高妙的文字艺术将此内心矛盾形象外化，因而包含了深刻的社会意义与丰富的艺术魅力。诗人并不刻意把自我塑造成颜回一样箪食瓢饮、自乐其道的高士，这反而深刻显示了俗世中一般士人的真实心态。历来解诗者多云此诗乃反讽，朱自清先生辩曰，所谓"'反辞'、'诡辞'，是'讽'是'谲'那是弊于儒家的成见"。善体诗情而不曲为之说，甚当。（何志军撰）

133. 明月何皎皎

明月何皎皎，照我罗床帏①。忧愁不能寐，揽衣起徘徊。
客行虽云乐，不如早旋归。出户独彷徨，愁思当告谁？
引领②还入房，泪下沾裳衣。

（选自萧统编、李善注《文选》，上海古籍出版社1986年版）

《注 释》

①罗床帏：罗绮所制床帐。
②引领：伸长脖子，远望貌。

《点 评》

此诗辞气不定，难有确解。或解为思妇望远之作，或解为游子思归之诗，均可自圆其说。此处取方东树"客子思归"说。方廷珪亦云："久客思归而作。凡商贾仕宦，俱可以类相求。"前四句写游子夜不成眠、揽衣徘徊。月光皎皎，清亮胜昔，当为月圆时节，罗帐难遮，孤枕难眠，皆因忧愁，揽衣徘徊，景中蕴情。"客行"二句，直抒其愁，而与"乐"相形，更见其愁。即便众人异口同赞客行之乐，一"虽"字写出游子"独在异乡为异客"之复杂心迹，此乐暂而不久，似有而非真乐。东汉游子，多仕途不顺、功业不成，及时行乐，反增长忧，故云不如早归故土。"出户"四句，写愁无可诉。此时彷徨，前之徘徊，皆独行身姿，透内心重忧，而归家之念，亦增新忧，或有情怯矣。举头望月，愁思难诉，归期难定，反身入房，泪落沾裳。叙事中蕴深情。

张庚云："此诗以'忧愁'为主，以'明月'为因。""因忧愁而不寐，因不寐而起，既起而徘徊，因徘徊而出户，既出户而彷徨，因彷徨无告而仍入房，十句中层次井然，一节紧一节，直有千回百折之势。"论章法气脉颇细。古诗写明月者多，即十九篇中亦有他篇涉及，然皆非通篇主体。此诗句句不离明月、忧愁，天然凑泊，自成境界，实开后世明

月寄情诗法门。（何志军撰）

134. 七哀诗①

曹　植

明月照高楼，流光正徘徊。上有愁思妇，悲叹有余哀。

借问叹者谁？言是客子②妻。君行逾十年，孤妾常独栖。

君若清路尘，妾若浊水泥；浮沉各异势，会合何时谐③？

愿为西南风，长逝入君怀。君怀良不开，贱妾当何依？

（选自萧统编、李善注《文选》，上海古籍出版社 1986 年版）

〖注 释〗

①《七哀诗》是汉末乐府题目，内容多以抒发伤感为主。曹植此篇作于曹丕为帝时期，以游子思妇之男女关系喻示君臣关系。

②客子：作客在外的人，即游子。客：或作"宕"，即"荡"。宕子，亦即荡子、游子。

③"君若"四句：君，明指游子，喻示君主，即曹丕。妾：曹植自比。清路尘：大路上飞扬的尘土，与浊水泥分道扬镳，一浮一沉，所以两者无法会合。

〖点 评〗

明月，高楼，游子，思妇，语句平淡，意象不奇，但组合在一起，整首诗竟浑然天成，不露斧凿之痕，颇类《古诗十九首》之情调。以男女喻君臣，源于屈骚，而曹植以盖世之才，藩王之重，兄弟之情，发此悲音，哀而不怒，尤足令人悲惋。（徐国荣撰）

135. 咏怀诗（其一）

阮　籍①

夜中不能寐，起坐弹鸣琴。薄帷鉴明月，清风吹我衿。

孤鸿号外野，朔鸟②鸣北林。徘徊将何见？忧思独伤心。

（选自萧统编、李善注《文选》，上海古籍出版社 1986 年版）

〖注 释〗

①阮籍（210—263）：字嗣宗，陈留尉氏（今河南省尉氏县）人，"竹林七贤"之一，

"建安七子"中阮瑀之子。曾为步兵校尉，故世称阮步兵。所作五首《咏怀诗》共八十二首，这是其第一首。

②朔鸟：寒鸟，或作"翔鸟"。

《点评》

阮籍少有大志，但处于魏晋易代之际，政治上颇多忌讳，他只能发言谨慎，从不轻易品评人物。《咏怀诗》八十二首，虽曰"咏怀"，却从不坐实，当时人已觉难解。唐人李善注此诗时说："嗣宗身仕乱朝，常恐罹谤遇祸，因兹发咏，故每有忧生之嗟。虽志在刺讥，而文多隐避。百代之下，难以情测。"虽然此诗难以指实，但其表达的情绪却是明确的，就是：孤独。清风明月之下，孤独的鸟儿，声声哀号，此情此景，自己一个人独自徘徊，只能"忧思独伤心"了。（徐国荣撰）

136. 移居（其一）

陶渊明

昔欲居南村①，非为卜其宅。闻多素心人②，乐与数晨夕③。
怀此颇有年，今日从兹役。弊庐何必广，取足蔽床席。
邻曲时时来，抗言④谈在昔。奇文共欣赏，疑义相与析。

（选自逯钦立校注《陶渊明集》，中华书局1979年版）

《注释》

①南村：地名，在今江西省九江市西南。陶渊明大约在东晋义熙七年（411）移居于此，时年四十八岁。

②素心人：心地淡泊纯朴的人。

③数晨夕：朝夕相处。

④抗言：高谈阔论。

《点评》

陶渊明《移居》共二首，这是其第一首。移居南村，并非这里有什么好风水，而是这里有很多"素心人"，他们纯朴善良，淡泊宁静，正是我辈中人。陶渊明是这么想的，也是这么做的。人的一生，需要朋友，更需要知音，闲暇时日，与二三芳邻，共赏文义，高谈阔论，回忆过去的好时光。这些景象，本身就是一首令人回味无穷的好诗。（徐国荣撰）

137. 五君咏·嵇中散

颜延之①

中散不偶世②，本自餐霞人③。形解验默仙④，吐论⑤知凝神。
立俗迕流议⑥，寻山洽隐沦⑦。鸾翮有时铩，龙性谁能驯⑧？

（选自萧统编、李善注《文选》，上海古籍出版社1986年版）

【注释】

①颜延之（384—456）：字延年，琅琊临沂（今山东省临沂市）人。博览好学，性情偏激，敢肆意直言，也因而被黜为永嘉太守。其当时与谢灵运齐名，并称"颜谢"，但两人诗风并不相同。本篇即是其为永嘉太守时的怨愤之作。

②中散不偶世：谓嵇康有着不合世俗的性格。嵇康曾官至魏中散大夫，故曰"嵇中散"。

③餐霞人：指仙人。相传古代仙人有餐霞之法，不食人间烟火。嵇康在当时及六朝时曾被不少人认为类似于神仙。

④形解验默仙：谓他的尸解证实了他默然仙去。形解：尸解。嵇康死后，传说并非真死，而是尸解成仙。

⑤吐论：指嵇康所作的论文，如《养生论》等。

⑥立俗迕流议：处身世俗之中，却违背流俗的议论。

⑦寻山洽隐沦：到深山中与隐士在一起和洽相处。嵇康常与王烈等隐士入山采药，见到当时大隐孙登，与之相处有日。

⑧"鸾翮"两句：鸾凤的羽翼虽然受到摧残，但龙的秉性又有谁能够驯服呢？

【点评】

咏"竹林七贤"而只曰"五君"，因山涛、王戎两人先后投靠司马氏，与其他五人在人生选择和性情上已分道扬镳，故辍而不论。这种选择本身就是一种价值判断，也符合颜延之的个性。而他对嵇康的歌咏不仅出于个人的景仰之情，其实也是整个六朝时期绝大多数名士的心声。在他们看来，嵇康已去，但神仙般的风姿却令人艳羡不已。欲知何为魏晋风度和名士风流，观之嵇康足矣。（徐国荣撰）

138. 别范安成诗

沈约①

生平少年日，分手易前期②。及尔同衰暮，非复别离时③。

勿言一樽酒，明日难重持④。梦中不识路，何以慰相思⑤？

（选自萧统编、李善注《文选》，上海古籍出版社 1986 年版）

【注释】

①沈约（441—513）：字休文，吴兴武康（今浙江德清）人。历仕宋、齐、梁三代，官至尚书令，封建昌县侯，卒后谥为"隐"，故世称"沈隐侯"。他曾是竟陵王萧子良"竟陵八友"之一，也是"永明体"代表诗人。他提倡"四声八病"，对后世格律诗的形成有很大影响。

②"生平"二句：少年时，总认为来日方长，与朋友分手时觉得重逢是件容易的事。

③"及尔"二句：等到彼此年老，因来日无多，恐别后不能再会，故离别非复如年轻时。

④"勿言"二句：不要轻言眼前这杯送别酒微薄，或许明日分手之后将再难得了。

⑤"梦中"二句：《文选》李善注引《韩非子》曰："六国时，张敏与高惠二人为友，每相思不能得见，敏便于梦中往寻，但行至半道，即迷不知路，遂回，如此者三。"这里用此典表达对朋友离别的相思。

【点评】

沈约追求新体诗，又是当时文坛领袖，喜奖掖后进，故而在当时颇有影响。此篇为赠别之作，用语浅白，以少年与"衰暮"时离别的不同感受表达与朋友的依依惜别之情，婉曲至微，深得其衷，钟嵘《诗品》评其诗"长于清怨"，观此诗可知矣。故清人沈德潜《古诗源》卷十二评此篇曰："一片真气流出，句句转，字字厚，去《十九首》不远。"（徐国荣撰）

139．蜀道难

李 白

噫！吁嚱①！危乎高哉！蜀道之难，难于上青天！蚕丛及鱼凫②，开国何茫然！尔来四万八千岁，不与秦塞通人烟。西当太白有鸟道③，可以横绝峨眉④巅。地崩山摧壮士死，然后天梯石栈相钩连。上有六龙回日之高标，下有冲波逆折之回川。黄鹤之飞尚不得过，猿猱欲度愁攀援。青泥何盘盘，百步九折萦岩峦。扪参历井仰胁息⑤，以手抚膺坐长叹。问君西游何时还？畏途巉⑥岩不可攀。但见悲鸟号古木，雄飞雌从绕林间。又闻子规啼夜月，愁空山。蜀道之难，难于上青天！使人听此凋朱颜。连峰去天不盈尺，枯松倒挂倚绝壁。飞湍瀑流争喧豗⑦，砯⑧崖转石万壑雷。其险也若此，嗟尔远道之人，胡为乎来哉！

剑阁峥嵘而崔嵬，一夫当关，万夫莫开。所守或匪亲，化为狼与豺⑨。朝避猛虎，夕避长蛇，磨牙吮血，杀人如麻。锦城虽云乐，不如早还家⑩。蜀道之难，难于上青天！侧身西望长咨嗟。

（选自詹锳主编《李白全集校注汇释集评》，百花文艺出版社 1996 年版）

《注释》

①噫（yī）：惊叹词，当为蜀地方言。吁嚱（wū hū）：即"呜呼"，叹词。

②蚕丛、鱼凫：传说中古蜀国国王。

③鸟道：一说喻穿云入雾、险峻狭窄的山路，《华阳国志》载"鸟道四百里"。一说为虚空鸟飞之路，方可自太白山之西"横绝"峨眉山巅。

④峨眉：一说即四川峨眉山市峨眉山。一说乃四川广元县峨眉山，与白居易《长恨歌》"峨嵋山下少人行"同，是古蜀道所经之山。

⑤胁息：敛息、屏息。胁：敛。

⑥畏：艰难。巉（chán）：险峻。

⑦瀑：原作"暴"。豗（huī）：撞击。

⑧砯（pīng）：水击岩石之声。

⑨"一夫当关"四句：化自晋人张载《剑阁铭》："一人荷戟，万夫趑趄。形胜之地，匪亲勿居。"

⑩"锦城"二句：此二句当化自《明月何皎皎》"客行虽云乐，不如早旋归"。

《点评》

开篇奇崛，三字惊叹，当即篇末"侧身西望"之"长咨嗟"声也。"蜀道"至"钩连"，写蜀地古远荒敻，孤悬世外。早自传说时代，不通人烟，唯有鸟道，上下对举，或即谢朓"风烟有鸟路"之意。五丁开山，山道始连。"上有"至"朱颜"，写山高路曲，极尽夸张之能事。羲和龙车，望山而返；冲波逆折，撞壁而回。黄鹤难越，猿猴愁攀。出秦入蜀，青泥山路，九曲回肠；行人登顶，可摸星辰，横跨秦蜀，仰面触天，艰于呼吸，唯坐地抚胸长叹。铺写山高路险，中忽出"问君"一句，安置奇特，而去难归难之意皆在其中。路险岩高，古木参天，雌雄失途悲号，子规望月愁啼，鸟鸣空山，"不如归去"，闻之色变。"连峰"至篇末，写剑阁之险。于绝壁枯松、飞瀑雷鸣之险外，化用《剑阁铭》，蜀道险要，剑阁崔嵬，恃之常乱。锦城虽乐，而世乱道险，不如还家。"蜀道之难"，一篇三叹，西望咨嗟，余意悠长。

自梁简文帝以来《蜀道难》同题，皆五古四句或八句，篇幅既短，仅写地险。李诗长篇杂言歌行，铺写地险过之，且增世乱新意，开乐府旧题之新调、奇境，同时引发诗意阐释歧解：送别说、讽时说、仕途坎坷说等诸说迭出，影响较著者，如明人胡震亨"别无寓意说"，今人安旗"比兴言志说"。（何志军撰）

140. 月 夜

杜 甫

今夜鄜州①月，闺中只独看。

遥怜小儿女，未解忆长安。

香雾云鬟湿，清辉玉臂寒。

何时倚虚幌，双照泪痕干？

（选自仇兆鳌注《杜诗详注》，中华书局 1979 年版）

【注 释】

　　①鄜（fū）州：古县名，今陕西省延安富县。

【点 评】

　　唐天宝十五年（756），肃宗即位于灵武（今宁夏灵武县），时杜甫携家避难鄜州。七月，杜甫扔下家眷而只身投奔肃宗，途中被安史叛军所俘，滞留长安数月，次年四月逃至凤翔，八月方回鄜州。此诗即作于滞留长安时。首联遥想。月夜则一，身隔两地，写鄜州独看，而长安独看亦在意中，曲传情意，老杜之能。再读颔联。妻儿俱在，何言独看？儿女尚幼，未识离情耳。茹苦兼离情，妻深于夫矣，而老杜空忧，自然呈露。颈联写妻望月形象。独看夜月，风露中宵，云鬟染雾而湿，玉臂洒月而寒，遗貌写神，独望之久，情意之深，自不待说。《杜臆》评此联"语丽而情更悲"，甚当。尾联虚涵。由今夜独看，设想它日同看，月夜似一，看月成双，共倚薄幌，泪痕始干。则今夜双泪，可想而知。乱离之悲翻成重逢之喜，设想之喜反衬今夜之悲，人生况味，老杜深尝而活画也。末联如梦非真见，与《羌村》其一"相对如梦寐"之真见似梦，笔力相当。

　　清人许印芳云："少陵此等诗从《陟岵》篇化出，对面着笔，不言我思家人，却言家人思我。又不直言思我，反言小儿女不解思我，而思我者之苦衷已在言外……结语'何时'与起句'今夜'相应，'双照'与起句'独看'相应。首尾一气贯注，用笔精而运法密，宜细玩之。"（何志军撰）

141. 西塞山怀古①

刘禹锡

王濬②楼船下益州，金陵王气黯然③收。

千寻铁锁沉江底，一片降幡出石头。

人世几回伤往事，山形依旧枕寒流。

今逢四海为家日，故垒萧萧芦荻秋。

（选自瞿蜕园笺证《刘禹锡集笺证》，上海古籍出版社 1989 年版）

《注释》

①西塞山：位于今湖北省黄石市西塞山区，又名道士洑矶、矶头山。东吴孙皓曾于此设军营，铁锁横江，为晋军所破。唐穆宗长庆四年（824），刘禹锡调任和州（今安徽和县）刺史，途经西塞山，感古而作。

②王濬：本作"西晋"，据瞿校引改。

③黯然：本作"漠然"，据瞿校引改。

《点评》

此诗为七律怀古。前六句怀古，后两句感今。首联怀古，西晋灭吴，益州金陵，长江两头，上游下游。着一"下"字，便借长江浩荡东流，写出王濬楼船势不可挡。着一"收"字，画出金陵王气黯然衰飒，国破家亡。颔联承上，点西塞山，写东吴之败。西塞山前，千寻铁锁，横绝大江，何其险也！楼船直下，铁锁沉江，降幡出城，何其速也！感慨寓于其间。颈联概写前代兴亡，不须实写，"几回"虚涵，而六朝兴亡，后之哀前，循环往复，皆在其中也。山形、寒流，萧飒不变，国亡几回，物是人非。尾联感今。今则四海一统，李家天下，故垒荒弊，无所用也，似赞太平。而芦荻秋声，呜咽无言，似含悲音，篇终浑茫，无尽感伤。

怀古之诗，皆因感今。西晋灭吴，一统天下，未久再裂，南北对峙，割据混战。诗人身处大唐一统之世，而有藩镇割据之祸，诗中沉忧，并不说破，于"几回"、"依旧"、"萧萧"、"秋"中暗透。怀古感今，浑然一体，是为高妙之作。据《鉴戒录》，白居易、元稹、韦应物、刘禹锡共作《金陵怀古》，刘"一笔而成"，白评之"探骊得珠"，余人搁笔。《诗境浅说》评此诗云："一气灌注，非但切定本题，且七律能四句专咏一事，而劲气直达……梦得独能方美前贤，故乐天有骊珠之叹也。"（何志军撰）

142. 酬乐天扬州初逢席上见赠①

刘禹锡

巴山楚水②凄凉地，二十三年③弃置身。

怀旧空吟闻笛赋④，到乡翻似烂柯人⑤。

沉舟侧畔千帆过，病树前头万木春。

今日听君歌一曲，暂凭杯酒长精神。

（选自瞿蜕园笺证《刘禹锡集笺证》，上海古籍出版社 1989 年版）

《注释》

①酬：答。唐敬宗宝历二年（826）冬，刘禹锡罢和州刺史，召返洛阳，白居易自苏州归洛，初逢扬州。席间，白赠刘诗《醉赠刘二十八使君》："为我行杯添酒饮，与君把箸击盘歌。诗称国手徒为尔，命压人头不奈何。举眼风光长寂寞，满朝官职独蹉跎。亦知合被才名折，二十三年折太多。"刘作答诗。

②巴山楚水：刘禹锡曾贬谪夔州（今四川省奉节县）、郎州（仅湖南省常德县）等地。

③二十三年：自唐宪宗永贞元年（805）贬谪连州，至宝历二年（826）应诏还京，宝历四年（828）至洛阳，共二十三年。

④闻笛赋：指向秀《思旧赋》，序云："余逝将西迈，经其旧庐。于时日薄虞渊，寒冰凄然。邻人有吹笛者，发音寥亮。追思曩昔游宴之好，感音而叹，故作赋云。"旧庐指友人嵇康、吕安山阳故居，其时已逝。

⑤烂柯人：《述异记》载，樵夫王质入山观棋，一局既终，斧柯已烂，返顾故乡，百年已过。

《点评》

此篇答诗，与赠诗相关。首联写贬谪生涯。一句写贬谪边地之荒远凄凉，一句写贬谪时间之漫长，并答白诗末句，身世之感尽在其中。颔联写还乡感旧。用魏晋典故，皆与时世流逝相关，前句重在故友凋零，后句重在恍若隔世，一一契合诗人身世。颈联写己退人进。喻己为"沉舟"、"病树"，喻人为"千帆过"、"万木春"，感慨宦海风波，枯荣无定，答白诗颈联，而雄爽之气更胜沉郁之意。尾联写初逢答谢。"今日"扣题"初逢"，乐天赠诗，杯酒和歌，精神自振也。答白诗首联。

诗歌用典，最忌隔膜。刘诗不然，古典今心，浑然一体。《思旧赋》闻笛而作，刘诗则酬答乐天赠诗"把箸击盘歌"；向秀被征至洛，不由自主，与刘禹锡被征还洛，异代同心。至于颈联，称道者如白居易以为如有神助，贬抑者如魏泰以为不过常语。后人摘赏，亦多脱略诗人心迹，而推言泛论时代潮流变迁，此或为文学接受之个体选择及时代选择也。（何志军撰）

143. 早 雁

杜 牧

金河①秋半虏弦开，云外惊飞四散哀。

仙掌月明孤影过，长门灯暗数声来。

须知胡骑纷纷在，岂逐春风一一回？

莫厌潇湘少人处，水多菰米岸莓苔②。

（选自冯集梧注《樊川诗集注》，上海古籍出版社 1998 年版）

《注 释》

①金河：今大黑河，内蒙古自治区呼和浩特市南。

②菰米：菰为水草，秋季结实，称"菰米"、"雕胡米"。莓苔：青苔。

《点 评》

此诗为七律咏物诗。咏物诗佳者，非仅雕画事物，多托物言志，暗寄情意。唐武宗会昌二年（848）八月，回纥南侵，边民流离，此诗即咏雁寄意之作。首联写北雁惊飞，暗扣边事风云。金河秋半，射猎时地，虏弦已开，危机四伏。云外早雁，惊弓之鸟，或应弦而落，或四散哀飞。《求阙斋读书录》云："雁为虏弦所惊而来，落想奇警，辞亦以是达人。"颔联写雁过中原。仙掌高峰、长门深宫，唐都长安之代也；月明灯暗，孤影数声，惊雁失群之少也。《唐诗笺注》称此联"语在景中，神游象外"。颈联写南雁不得北归。射猎胡骑，纷然而在，明春归时，雁岂皆回？明写大雁，暗写边民，流离失所，不得返归。尾联发劝慰之意。如韩愈《鸣雁》"江南水阔朔云多"、"草长沙软无网罗"。雁虽不得北归，而潇湘南地，水多人少，可保自由，菰米莓苔，亦足为食也。"须知"，忧雁不能北回之忧；"莫厌"，慰雁安处即尔乡。咏雁语雁，心系羁旅流民，平易亲切，情深意长，透出诗人悯世情怀。（何志军撰）

144. 重过圣女祠①

李商隐

白石岩扉碧藓滋，上清沦谪得归迟。

一春梦雨常飘瓦，尽日灵风不满旗。

萼绿华②来无定所，杜兰香③去未移时。

玉郎④会此通仙籍，忆向天阶问紫芝⑤。

［选自刘学锴、余恕诚著《李商隐诗歌集解》（增订重排本），中华书局 2004 年版］

《注 释》

①圣女祠：或云为武都秦冈山壁之"圣女神"，或谓为玉阳山玉真公主灵都观。

②萼绿华：传说中仙女。自言是九嶷山中得道女子罗郁。晋穆帝时，夜降羊权家，赠

权诗一篇，火澣手巾一方，金玉条脱各一枚。见梁陶弘景《真诰·运象》。

③杜兰香：传说中仙女。《墉城仙录》云："杜兰香幼为渔父拾于湘江边，十余岁，忽有青童降自天，携女飞升。杜谓渔父曰：'我仙女也，有过，谪人间，今去矣。'"

④玉郎：传说中掌仙人名籍者。

⑤天阶：仙宫台阶。紫芝：似灵芝之仙草。

〖点评〗

首联写圣女沦谪之久。白石门扉，碧苔暗生，则圣女祠幽寂荒敝、人迹罕至可知。上清圣女，下谪凡尘，久不得归，"得归迟"为一篇诗眼。颔联写即目风弱雨细，衬托圣女祠境。"梦雨"二字，义山常有，春雨迷蒙，若有若无，似真似幻，飘瓦笼祠，视如梦境。"灵风"，春风也，既避上句"春"字，亦接"上清"而有灵性矣。灵风自天，弱不动旗，亦"归迟"之讯也。颈联用典，反衬圣女。萼绿华、杜兰香二女，皆降自天，而终归于天，反衬圣女"沦谪得归迟"，幽怨转深。尾联写圣女忆昔。承二女已归，追忆旧事，曾在仙籍，天阶会玉郎、问紫芝、求长生，着一"忆"字，则全篇皆如梦幻，今昔之感顿出。

此诗写圣女被谪归迟，或寓诗人身世之感，有《离骚》之意致。然情思含蓄，意象迷离，诗境自辟，则贬谪之事、身世之感虽具，而于诗境，亦如"梦雨"、"灵风"，浑化无迹，不可亦无需拈出也。（何志军撰）

145. 和子由渑池怀旧

苏 轼

人生到处知何似？应似飞鸿踏雪泥。

泥上偶然留指爪，鸿飞那复计①东西。

老僧已死成新塔，坏壁无由见旧题②。

往日崎岖还记否，路长人困蹇驴嘶③。

（选自王文诰辑注、孔凡礼点校《苏轼诗集》，中华书局1982年版）

〖注释〗

①计：想到。

②"老僧"二句：苏辙原韵第六句自注："辙昔与子瞻应举，过宿县中寺舍，题其老僧奉闲之壁。"僧人奉闲死后，其遗体火化葬于塔中。因奉闲死去不久，塔新建，故云"成新塔"。

③"往日"二句：此句后苏轼自注云："往岁，马死于二陵，骑驴至渑池。"蹇：

跛足。

〔点评〕

宋嘉祐六年（1061）冬，苏轼赴凤翔府节度判官任上，苏辙送其至郑州后，返回京师，写下了《怀渑池寄子瞻兄》："相携话别郑原上，共道长途怕雪泥。归骑还寻大梁陌，行人已度古崤西。曾为县吏民知否？旧宿僧房壁共题。遥想独游佳味少，无言骓马但鸣嘶。"并将它寄与苏轼，苏轼次其韵，即本诗。这首诗前四句写人生阅历无数，而某个经历就仿佛鸿雁飞来，在雪地上留下一足半爪，然后又飞走了。将这种偶然性经历看做人生痕迹，成为后来可资回忆的东西。比喻新颖而形象，奇妙而警策，因而后人将"雪泥鸿爪"作为成语，比喻往事所留下的记忆，又象征人生之飘忽不定。诗的后半部分则凸显苏轼的人生哲见，人的行动不能不受客观环境的限制，很多事都身不由己，以此来宽慰苏辙，离别是常有之事，不必伤情。对于二十六岁的苏轼来说，能写出思想境界如此之高、领悟能力之超常、人生哲理之深刻的作品，是难能可贵的。（张振谦撰）

146. 上京即事①

萨都剌②

牛羊散漫落日下，野草生香乳酪甜。
卷地朔风沙似雪，家家行帐③下毡帘。

（选自顾嗣立辑《元诗选》，中华书局 1985 年版）

〔注 释〕

①上京即事：在上京看到的景物。上京：即元代之上都（于今内蒙古自治区锡林郭勒盟正蓝旗境内），与当时大都（今北京）并称两都。

②萨都剌：生卒年不确考，字天锡，号直斋，本答失蛮氏（回族），后其祖父徙居河间，萨都剌出生于雁门（今山西省代县）。他博学有文采，其诗作俊逸清新，尤善描绘北国的壮丽风光，不少作品细腻确切而富于生活气息。著有《雁门集》与《西湖十景词》。

③行帐：指蒙古包。因可以随处搬移故有此别称。

〔点评〕

这首小诗充满动感。落日的余晖下草原分外安详恬静，饱餐后的牛羊正悠闲地散步，空气中到处弥漫着野草的清香和乳酪的甜香，突然之间狂风大作，吹得沙尘像雪一般四处飞散，于是家家都把帐篷的毡帘放了下来。诗作旷放自然，向读者生动地呈现出北方边塞大草原的独特风光。（蔡亚平撰）

147. 墨 梅①

王 冕②

我家洗砚池头树③，个个④花开淡墨痕。
不要人夸好颜色，只留清气满乾坤⑤。

（选自《竹斋诗集》，清光绪年间刻本）

【注释】

①墨梅：水墨画的梅花。

②王冕（1287—1359）：字元章，号竹斋，别号煮石山农、饭牛翁、会稽外史、梅花屋主、梅叟等，诸暨（今属浙江省）人，元代画家、诗人。王冕以画梅著称，尤擅画墨梅，他出身农家，贫而好学，屡次参加科举不第，遂绝意功名，隐居会稽（今浙江绍兴）九里山。其诗作多同情民生苦难、描写田园生活。著有《竹斋集》。

③我家洗砚池：相传东晋书法家王羲之"临池学书，池水尽黑"，此处化用这个典故。作者与王羲之同姓，又同居会稽，故称"我家"。

④个个：《全明诗》本作"朵朵"。

⑤清气：清新淡雅的香气。亦喻人不同流俗的高洁品格。满乾坤：《全明诗》本作"满柴门"。

【点评】

这是王冕四首题画诗中的第三首，风格冲淡质朴。墨梅外表并不娇艳，但清雅洒脱，具有高洁超逸的气质。诗人赞美墨梅只愿给人间留下清香，实际是借梅自喻，表达自己孤高自赏，不向世俗谄媚的人生态度。（蔡亚平撰）

148. 珠江春泛作

屈大均①

珠水烟波接海长，春潮微带落霞光。
黄鱼日作三江②雨，白鹭天留一片霜。
洲爱琵琶风外语，沙怜茉莉月中香③。
斑枝④况复红无数，一棹依依⑤此夕阳。

（选自欧初、王贵忱主编《屈大均全集·翁山诗外》，人民文学出版社1996年版）

《注释》

①屈大均（1630—1696）：初名绍隆，字翁山，又字介子、骚余，号泠君，番禺（今属广东广州）人。清军入粤时曾参加抗清义军，与顾炎武、陈恭尹、李因笃、朱彝尊等人有交往。屈大均作诗宗法屈原、杜甫，而又自铸伟辞，开创出独具风格的"翁山诗派"。其诗语言瑰丽多彩、情感浓烈真挚。著有《道援堂集》、《翁山诗外》、《翁山文补》、《皇明四朝成仁录》等。因其反清复明思想，著述在雍正、乾隆诸朝多被禁毁。

②黄鱼：又名黄花鱼，雨前常浮在水面呼吸。三江：即珠江。珠江是西江、北江和东江三条江的总称。

③"洲爱"二句：描绘珠江两岸的美景。珠江之东是琵琶洲，之西是茉莉沙。

④斑枝：指木棉花。一种落叶大乔木，每年三至四月份开花，多呈红色。

⑤棹（zhào）：船。依依：形容依恋不舍的样子。

《点评》

珠江旧称粤江，全长两千多公里，是中国第三大河，也是中国南方第一大河。它水资源丰富，航运发达，是华南主要水上交通动脉。岭南诗人屈大均满怀对家乡的热爱，描绘出珠江这条母亲河的春日美景：诗人泛舟江上，看到珠江水面烟波浩瀚，一望无垠，春潮涌动，披着落霞的余光。江面上黄花鱼成群结队地浮出水面，激起片片涟漪，白鹭自由自在地飞翔在天空。一株株木棉花迎风开放，红艳艳的树叶犹如一团团火焰在枝头燃烧，火苗跳跃不息，显得非常热烈奔放。这是幅多么美丽动人、令人神往的画面！诗人笔下充满着浓郁的岭南气息，琵琶洲、茉莉沙是珠江两岸特有的景观，木棉花更是岭南常见的花，这些地名、意象融于诗歌之中，使全诗洋溢着独特的岭南风情。（蔡亚平撰）

149. 马嵬（选一）

袁　枚①

莫唱当年《长恨歌》②，人间亦自有银河。

石壕村里夫妻别③，泪比长生殿④上多。

（选自周本淳标校《小仓山房诗文集·小仓山房诗集》，上海古籍出版社1988年版）

《注释》

①袁枚（1715—1798）：字子才，号简斋，一号存斋，晚年自号仓山居士、随园老人、随园主人，钱塘（今浙江杭州）人。曾任溧水、沭阳、江浦、江宁等县县令，为政颇有贤名。告归后于江宁（今江苏南京）小仓山下筑随园，专事著述讲学。袁枚性格旷放，富于才情，论诗主性灵，重视性情的真实流露。诗作多抒写个人意趣，清新率性，流畅自然。

古文与骈文亦工，尤擅骈体。著有《小仓山房诗文集》、《随园诗话》、《随园随笔》、《子不语》等。

②《长恨歌》：唐代诗人白居易所作七言歌行，描写唐玄宗李隆基与杨贵妃之间的爱情悲剧。

③"石壕村"句：指杜甫《石壕吏》诗中所叙安史之乱时一对老夫妇因县吏征丁而被迫离别事。石壕村：在今河南陕县。

④长生殿：唐代华清宫殿名。《长恨歌》谓其为李、杨二人定情密誓的场所。

【点评】

《马嵬》组诗作于清乾隆十七年（1752）袁枚赴陕西任职途中，共四首，本篇列第二。作者路经唐明皇、杨贵妃二人永别的马嵬驿时，联想到白居易《长恨歌》对李、杨情事的渲染，不禁满怀感慨，遂作此诗。诗作将皇家爱情与百姓所遭受的苦难相比，认为民间夫妻生离死别的悲剧更是不胜枚举，更加值得同情。全诗旨意深远，极具感染力。（蔡亚平撰）

150. 己亥①杂诗（选一）

龚自珍

浩荡离愁白日斜②，吟鞭东指即天涯③。
落红④不是无情物，化作春泥更护花。

（选自《龚自珍全集》，上海人民出版社1975年版）

【注释】

①己亥：指清道光十九年（1839）。

②"浩荡"句：在无边无际的离愁别绪中，看到夕阳缓缓西下。浩荡：本义指水势广阔无边，这里用来形容无限的离愁。

③吟鞭：诗人的马鞭。天涯：此指远在天涯的故乡。

④落红：飘落的花。

【点评】

清道光十九年（1839），龚自珍厌倦仕途辞官归乡，不久又北上接家眷。在往返南北的途中，他陆续写成七言绝句三百五十首，因当年为己亥年，故总题为《己亥杂诗》。它是近代著名的大型组诗，题材广泛，内容丰富，以作者的一生经历为主线，多角度地反映他所处的社会，并抒发作者的理想、情怀与人生感悟。此处所选为其中第五首，写出了诗人离别京城时的惆然，以及随之而来的乐观精神。诗人化用宋代陆游的词"零落成泥碾作尘，只有香如故"，自喻甘化春泥的落花，不仅保持不同流俗的节操，而且要发挥余力，为国家社稷作最后贡献。本诗融抒情与议论为一体，传神地表达出作者的复杂心绪，而"化作春泥更护花"的情怀更是令人感动。（蔡亚平撰）

151. 有感一首

谭嗣同①

世间无物抵春愁，合向苍冥一哭休②。
四万万人齐下泪，天涯何处是神州③。

（选自蔡尚思、方行编《谭嗣同全集·拾遗》，中华书局1981年版）

《注释》

①谭嗣同（1865—1898）：字复生，号壮飞，又号华相众生、通眉生、寥天一阁主等，湖南浏阳人。中国近代资产阶级思想家，政治家，维新派志士。清光绪二十四年（1898）被征入京，参与变法，是年九月慈禧太后发动政变，谭嗣同慷慨赴死，世称"戊戌六君子"之一。谭嗣同诗作多抒发其救国济世之抱负，风格慷慨豪迈。文重说理。著有《寥天一阁文》、《莽苍苍斋诗》、《远遗堂集外文》、《仁学》等。

②"世间"二句：没有任何事物能够安慰春日的愁绪，因而应当向着苍天痛哭一场。春愁：春日的愁绪。这里指心忧国家危难而难以宣泄的哀愁，合：应当。苍冥：苍穹、苍天。

③"天涯"句：天下之大，却不知国家的未来何去何从。

《点评》

清光绪二十年（1894），日本发动侵华战争（即甲午中日战争），清政府惨败。次年春，清政府与日本签订了丧权辱国的《马关条约》，谭嗣同这首诗即创作于此时。面对国土被侵、主权旁落的深重民族危机，诗人满怀悲痛和无助，虽身处阳光和煦的春日，仍无法慰藉内心深处的愁绪。诗人忧国忧民，感怀于国家的懦弱与苦难，困惑国家的出路到底在何方，不禁与同胞们一起潸然泪下。全诗风格悲怆苍凉，情感浓烈真挚，闪烁着爱国精神之光。（蔡亚平撰）

152. 雨霖铃

柳永①

寒蝉凄切。对长亭②晚，骤雨初歇。都门帐饮③无绪④，留恋处、兰舟催发。

执手相看泪眼，竟无语凝噎⑤。念去去⑥、千里烟波，暮霭⑦沉沉楚天阔⑧。

多情自古伤离别。更那堪、冷落清秋节。今宵酒醒何处，杨柳岸、晓风残月。此去经年，应是良辰、好景虚设。便纵有、千种风情，更与何人说。

（选自薛瑞生校注《乐章集校注》，中华书局 1994 年版）

【注 释】

①柳永（984—1053）：祖籍河东（今属山西），后移居崇安（今属福建）。原名三变，字景庄、耆卿。排行老七，故称柳七。宋景祐元年（1034）进士，官至屯田员外郎，世称柳屯田。他是北宋第一个大量写作慢词的文人，在词史上有重要地位。其词以写羁旅行役、离情别绪见长，善于运用铺叙和白描手法，加之善于从民间曲子词中汲取养料，其词表现出质朴自然的通俗化、口语化特征。有《乐章集》传世。

②长亭：古代驿路每五里一短亭，十里一长亭，供行人休息、送别。

③都门帐饮：在京城野外，设置帐幕，宴饮送人。

④无绪：没有情绪。

⑤凝噎：悲伤之极，气结声阻于喉，一时说不出话来。

⑥念：设想。去去：远远离去。

⑦暮霭：本指云气，这里指晚上的烟霭。

⑧楚天阔：傍晚时分，天气阴沉，南天空阔无边。古时楚国拥有湘、鄂、江、浙之地，非常辽阔。楚国在南方，故南天亦称楚天。

【点 评】

这首词是柳永的代表作，抒写了作者离京南下时长亭送别的情景。上阕依次描述了离别的场面与双方惜别的情态，好像一个故事，铺叙了令人伤心的情节序曲。下阕述怀，设想离别后的情景。"今宵"二句以景染情，融情入景。"今宵酒醒何处"遥接上阕之"帐饮"，将作者借酒消愁以致沉醉的情态刻画得如在眼前。"杨柳岸，晓风残月"则集中诸多离愁意象，营造出一个凄清的怀人境界。柳词之所以在当时流传甚广，"凡有井水饮处，即能歌柳词"（叶梦得《避暑录话》）与他这种明白晓畅、情事俱显的词风有很大关系。

（张振谦撰）

153. 望海潮

柳 永

东南形胜，江吴①都会，钱塘②自古繁华。烟柳画桥，风帘翠幕，参差③十万人家。云树绕堤沙。怒涛卷霜雪，天堑无涯。市列珠玑，户盈罗绮竞豪奢。

重湖叠巘清嘉④。有三秋桂子，十里荷花⑤。羌管弄晴，菱歌泛夜，嬉嬉钓叟莲娃。千骑拥高牙⑥。乘醉听箫鼓、吟赏烟霞。异日图将⑦好景，归去凤池⑧夸。

（选自薛瑞生校注《乐章集校注》，中华书局 1994 年版）

《注 释》

①江吴：时苏州属两浙路，为吴郡，故云"江吴"。

②钱塘：本县名，此指杭州。

③参差：大约，将近。南宋吴自牧《梦粱录》卷一九："柳永《咏钱塘》词曰'参差十万人家。'此元丰前语也。自高庙车驾自建康幸杭驻跸，几近二百余年，户口蕃息，近百万余家。"一说指依山建筑之高低不齐。

④重湖：西湖分外湖、内湖，故称双湖。叠巘（yǎn）：重叠的山峰。清嘉：秀丽。

⑤三秋：指秋季三个月。十里荷花：唐白居易《余杭形胜》诗云："绕郭荷花三十里，拂城松树一千株。"

⑥高牙：军前大旗。

⑦图将：画出。

⑧凤池：即凤凰池。皇帝禁苑池沼，中书省所在地，唐宋时多以凤池指代宰相。此处泛指朝廷。

《点 评》

《望海潮》是柳词中广为传诵的名篇。着力描写了钱塘（即杭州）的繁盛与富丽。钱塘在唐宋时期是著名的大都市，柳永在此生活过一段时间，对钱塘的山水名胜、风土人情有着真切的体验和深厚的感情，因此，在这首词中，他以生动、形象的笔墨，将钱塘描绘得繁华无比。上阕，"钱塘自古繁华"点名词旨。接下来的九句具体铺叙钱塘都市之盛、商业繁荣、士民富庶。下阕则侧重描写西湖美景和欢乐的生活。从湖山全景、四时风光、昼夜笙歌、湖中人物四方面展示西湖之壮丽。尤其是"三秋桂子，十里荷花"捕捉到西湖最美的特征，并作了高度的形象概括，可谓此词之秀句。据罗大经《鹤林玉露》卷十三载："此词流播，金主亮闻歌，欣然有慕于'三秋桂子，十里荷花'，遂起投鞭渡江之志。"此说虽属夸张，却说明此句之艺术魅力。在艺术手法上，该词鲜明地体现了柳永以赋法为词的特征。（张振谦撰）

154. 蝶恋花·槛菊愁烟兰泣露

晏 殊

槛①菊愁烟兰泣露。罗幕②轻寒，燕子双飞去。明月不谙③离恨苦，斜光到晓穿朱户④。　　昨夜西风凋碧树。独上高楼，望尽天涯路。欲寄彩笺兼尺素⑤，山长水阔知何处。

（选自张草纫笺注《二晏词笺注》，上海古籍出版社 2008 年版）

〖注　释〗

①槛（jiàn）：窗户下或长廊边的栏杆。

②罗幕：丝绸做的帷幕。

③谙：熟悉。

④朱户：朱红色的门户，指富贵人家。

⑤彩笺：古代用来题诗的一种精美的纸，后称书信为笺。尺素：汉代往往用长约一尺的白绢写信，故称尺素。

〖点　评〗

　　这首词主要写离别相思的痛苦。时间自深夜至清晨，地点从室内到室外，空间由平地到高楼，一切景物都布满了凄楚、冷漠、荒远的色调，以此渲染离愁别恨的主题。主人公觉得秋菊和兰草与她一样愁苦，想与心上人通信，却又不知对方在何处。接着又引出明月进一步烘托离别的哀伤情绪。古代文人往往视明月为遥寄相思的意象，如张九龄《望月怀远》："海上生明月，天涯共此时。"孟郊《古怨别》："别后唯所思，天涯共明月。"主人公埋怨明月"不谙离恨苦"则暗示其为情所困，忧愁感伤之心境。词的下阕写登楼远望及所思所感。凛冽的西风、凋落的树叶使本来就苍茫凄迷的氛围更加萧瑟、荒凉。此时主人公独自登上高楼，一个"独"字形象地说明主人公之寂寞，在结构上又恰与上阕之"双飞"对应。结尾两句写其本想寄信于意中人，却由于山长水阔而无可奈何，生动地表现了主人公此时思念而又怅惘的心情。（张振谦撰）

155. 蝶恋花·花褪残红青杏小

苏　轼

　　花褪①残红青杏小。燕子飞时，绿水人家绕。枝上柳绵②吹又少，天涯何处无芳草。　　墙里秋千墙外道。墙外行人，墙里佳人笑。笑渐不闻声渐悄，多情却被无情恼。

（选自龙榆生校笺《东坡乐府笺》，上海古籍出版社 2009 年版）

〖注　释〗

①褪（tuì）：掉落。

②柳绵：柳絮。

〖点评〗

苏词以豪放著称，而这首词则是他清新婉约词风的代表。词借"佳人"惜春伤春抒发胸中郁结之情和失意心态，词人暗喻自己在仕途上是个失意的匆匆过客。面对残红褪尽、春意阑珊的美景，作者惋惜韶光易逝，感慨宦海沉浮，将身世之感并入词中，艺术构思颇为新颖。（张振谦撰）

156. 永遇乐·元宵

李清照

落日熔金①，暮云合璧，人在何处？染柳烟浓，吹梅笛怨②，春意知几许。元宵佳节，融和天气，次第③岂无风雨。来相召，香车宝马④，谢他酒朋诗侣。

中州⑤盛日，闺门多暇，记得偏重三五⑥。铺翠冠儿、撚⑦金雪柳，簇带争济楚⑧。如今憔悴，风鬟雾鬓，怕见夜间出去。不如向，帘儿底下，听人笑语。

（选自徐培均笺注《李清照集笺注》，上海古籍出版社 2002 年版）

〖注释〗

①熔金：形容落日火红，犹如金属熔化。

②吹梅笛怨：笛子吹出《梅花落》的哀怨曲调。宋郭茂倩《乐府诗集》卷二四《横吹曲辞》："《梅花落》，本笛中曲也。"

③次第：转眼，形容时间很短。

④香车宝马：华美的车马。

⑤中州：河南为古豫州，居九州之中，故称中州。此处指汴京（今河南开封）。

⑥三五：旧历每月十五日。此处指正月十五。

⑦撚（niǎn）金：金线撚丝。

⑧簇带：满头插戴。争济楚：争着看谁打扮得漂亮。

〖点评〗

这首词是李清照晚年所写的元宵词，借避难江南孤身度元宵来寄托深沉的故国之思。词的上阕写元宵佳节寓居异乡的悲凉心情，开头浓墨重彩地描写元宵节的美好景色。接着转而写出"元宵佳节，融和天气，次第岂无风雨"，元宵节天气虽好，但谁敢说不会有风云突变呢？此言看似突兀，实则有感而发，写出了造成词人孀居异乡的主要原因——靖康之难与丈夫病故，而这些都是始料未及啊！在这样的背景下，尽管酒朋诗友以华美车马相邀，她还是谢绝了。下阕抚今追昔，回忆当年汴京元宵节的盛况，那时的自己是何等尽兴与狂欢，如今却风烛残年，面色憔悴，因此害怕在这繁华之夜让人见笑，还不如呆在家里，听取他人的欢声笑语。通过今昔对比，他人之乐与自己之苦的对比，抒发了作者往事难追的感伤情怀。全词通过个人身世遭际的抒写，表现了国家沦丧给人民带来的深重苦难和精神创伤，有极强的艺术感染力，南宋刘辰翁《永遇乐·璧月初晴》序中曾云："余自辛亥（1275）上元诵李易安《永遇乐》，为之涕下，今三年矣，每闻此词，辄不自堪。"（张振谦撰）

157. ［越调·凭阑人］寄征衣

姚燧①

欲寄君衣君不还，不寄君衣君又寒。寄与不寄间，妾身②千万难。

（选自隋树森编《全元散曲》，中华书局 1964 年版）

【注释】

①姚燧（1238—1313）：字端甫，号牧庵，原籍营州柳城（今辽宁朝阳），迁居河南洛阳，元代文学家。姚燧以散文见称，《元史》称他的文辞豪而不宕，刚而不厉，"有西汉风"。著有《牧庵文集》五十卷，已失，今存清人所辑《牧庵集》三十六卷。散曲成就与卢挚齐名，曲风清新开阔，多抒发个人情怀。摹写爱情之曲则风格隽永雅致，文辞浅近畅晓，在散曲发展史上有着一定影响。

②妾身：古代妇女的自称。

【点评】

中国古代诗词中有不少以思妇、怨妇为主题的作品，而屡屡发生的战争是这类作品产生的现实根源之一。每逢战乱，即有不少家庭家破人亡，不少征夫游子背井离乡，饱受与家人分离的苦痛。姚燧这首《寄征衣》表现了在战争的背景下，爱情这一亘古不变的主题。散曲描写妻子想给被征去远方的丈夫寄御寒衣服时的复杂心情：寄去怕他因为感觉不寒冷了而不思返家，不寄又心疼他怕他会受冻。在寄与不寄的两难之间，妻子来回权衡，不知如何是好。作者以浅显口语把少妇的心情勾画得极其委曲深刻，妻子对丈夫的体贴和思念在微妙的心理活动中表露无遗。曲作情感真挚，言短意深，卢前《论曲绝句》谓其"熨贴温存，缠绵尽致"，令人读之难忘。（蔡亚平撰）

158. ［中吕·山坡羊］潼关怀古

张养浩①

峰峦如聚，波涛如怒，山河表里②潼关路。望西都③，意踌蹰④。伤心秦汉经行处⑤，宫阙万间都做了土。　　兴，百姓苦；亡，百姓苦。

　　　　　　　　　　（选自隋树森编《全元散曲》，中华书局1964年版）

【注释】

　　①张养浩（1270—1329）：字希孟，号云庄，山东济南人，元代散曲作家。曾为官，以正直敢谏著称，谥"文忠"。文集有《归田类稿》，散曲集有《云庄休居自适小乐府》。其散曲作品多为弃官归隐时寄情山水之作，间有作品关心民生疾苦，表达了忧国忧民的态度。今有小令161首，套数2篇存世。

　　②山河表里：指潼关一带地势险峻，外有黄河，内有华山。表里：内外。

　　③西都：指长安（今陕西西安）。

　　④踌躇：徘徊犹豫。这里指情绪的剧烈变化。

　　⑤"伤心"句：意谓路经秦汉故地时感伤不已。

【点评】

　　《元史》卷一七五载："天历二年，关中大旱，饥民相食。特拜张养浩为陕西行台中丞，登天就道，遇饥者则赈之，死者则葬之。"张养浩在赈灾途中，眼见百姓颠沛流离，饿殍遍野，不禁满怀悲怆，念古思今，写下《潼关怀古》。潼关内有层峦叠嶂的包围，外临波涛汹涌的黄河，地势险峻，由于其地理位置的重要性，曾经历过无数次战争，散曲开篇三句即是历史意象的再现。于是作者西望长安，陷入历史的沉湎之中，想起秦汉时华丽壮观的宫殿现在都已化为尘土，作者唏嘘不已。但他并未只停留在抒发兴亡的感慨上，"兴，百姓苦；亡，百姓苦"才是全文所要表达的主旨，无论如何改朝换代，饱受苦难的总是百姓，皇朝稳固会受苦，皇朝覆灭还是受苦。此曲曲风沉郁，情感浓厚，用字精辟，意蕴深邃，极能勾起读者内心的叹息。（蔡亚平撰）

159.〔越调·凭阑人〕江夜

张可久①

江水澄澄江月明，江上何人搊②玉筝？隔江和泪听，满江长叹声。

　　　　　　　　　　（选自隋树森编《全元散曲》，中华书局1964年版）

【注释】

　　①张可久（约1270—1348后）：号小山，庆元（今浙江省宁波）人，元代散曲作家。他多年担任下层官吏，一生坎坷不得志，晚年居住在杭州，寄情于西湖山水。张可久擅长摹写江南景色，明朱权《太和正音谱》谓其作品"清而且丽，华而不艳"。他作曲讲究格

律，用字精致典雅，是元代散曲清丽派的代表作家。现有小令 855 首，套数 9 篇存世，数量为元人之首。

②搊（chōu）：拨动，弹拨。

《点评》

水月相映的江面明净澄澈，月色下响起玉筝空灵的声音，在静谧的夜晚格外清亮。对岸的作者感受到筝声所表达的哀婉情感，不禁和泪倾听，此时江面上浪涛声声，仿佛也在轻轻叹息。此曲将写景与抒情自然融合，清雅韵致，意蕴悠长，非常感人。明朱权《太和正音谱》"善歌之士"条载："善歌者蒋康之，于癸未春渡南康，夜泊澎蠡之南。其夜将半，江风吞波，山月衔岫，四无人语。康之叩舷而歌'江水澄澄江月明'之词，湖上之民莫不拥衾而听，推窗出户，是听者杂合于岸，少焉，满江如有长叹之声。自此声誉愈远矣。"（蔡亚平撰）

160. ［正宫·绿幺遍］自述

乔 吉①

不占龙头②选，不入名贤传③。时时酒圣，处处诗禅④。烟霞状元，江湖醉仙。笑谈便是编修院。留连，批风抹月⑤四十年。

（选自隋树森编《全元散曲》，中华书局 1964 年版）

《注释》

①乔吉（约 1280—1345）：字梦符，号笙鹤翁、惺惺道人，山西太原人，寄居于杭州，元代戏曲作家，钟嗣成《录鬼簿》谓其"美容仪，能词章"。他曾提出创作乐府要遵循"凤头、猪肚、豹尾"的章法，对后世产生很大影响。撰有杂剧 11 种，有《两世姻缘》等三种存世。散曲成就尤高，与张可久同为元后期重要的散曲作家，创作风格以清丽为主，注意格律和辞藻的锤炼，呈现出雅化倾向。今存小令 209 首，套数 11 篇。

②龙头：指科举考试的榜首。

③名贤传：记载名人贤者的册簿。

④诗禅：以诗谈禅，以禅喻诗。即以禅语、禅趣入诗。

⑤批风抹月：犹言吟风弄月。指诗人以风花雪月为吟诵的题材以状其闲适。宋苏轼《和何长官六言次韵》其四云："贫家何以娱客，但知抹月批风。"

《点评》

乔吉一生穷困不得志，这首小令是其自述心志的作品，从中可见这位客居他乡数十载落魄文人的漂泊生涯。怀才不遇对任何人来讲都是悲剧，但作者没有沉浸在不得志的郁愤之中，而是表现出随景自适的情调。他浪迹江湖，寄情山水，吟风弄月，诗酒为伴，谈笑之间颇为放达。读者在体会散曲所蕴涵的人生哲理的同时，也能感受到深藏其中的心酸与无奈。（蔡亚平撰）

161. ［中吕·红绣鞋］

贯云石①

挨着靠着云窗②同坐，偎着抱着月枕双歌，听着数着愁着怕着早四更过。四更过情未足，情未足夜如梭③。天哪，更闰一更儿④妨甚么！

（选自隋树森编《全元散曲》，中华书局 1964 年版）

《注释》

①贯云石（1286—1324）：字浮岑，号酸斋、成斋、疏仙，辞官归隐时改名"易服"，自号"芦花道人"，本名小云石海涯，出身于高昌回鹘畏吾儿人贵胄，因父名贯只哥，遂以贯为姓。贯云石是元代后期著名的散曲作家，创作风格豪放俊爽，与徐在思（号"甜斋"）互有唱和，后人辑两人作品为《酸甜乐府》。今存小令79首，套数8篇。

②云窗：镂刻着云形花纹的窗户。

③夜如梭：夜间的时光如同梭织一般飞逝。

④闰一更儿：增加一个更次。

《点评》

这首小令非常有趣，元胡存善所辑《乐府群珠》中题为"欢情"。小令模拟陶醉在与情人欢会中少女的口吻，娇嗔夜晚为何不能再多一个更次呢，让人忍俊不禁。重叠、顶真等手法的运用使此曲具有民歌的清新风味。（蔡亚平撰）

162. 我们天天走着一条小路

冯 至①

我们天天走着一条熟路
回到我们居住的地方；
但是在这林里面还隐藏
许多小路，又深邃、又生疏。

走一条生的，便有些心慌，

怕越走越远，走入迷途，

但不知不觉从树疏处

忽然望见我们住的地方，

像座新的岛屿呈在天边。

我们的身边有多少事物

向我们要求新的发现。

不要觉得一切都已熟悉，

到死时抚摸自己的发肤

生了疑问：这是谁的身体？

（选自《十四行集》^②，解放军文艺出版社 2000 年版）

〖注 释〗

①冯至（1905—1993）：原名冯承植，字君培，河北涿县人。诗人、翻译家、学者。早年留学德国，回国后曾参加浅草社、沉钟社等诗歌社团。1939 年起任西南联大外文系教授，1964 年后任中科院外国文学研究所所长。其文学创作以诗歌、散文为主，作品有诗集《昨日之歌》、《北游及其他》、《十四行集》，小说《伍子胥》，学术专著《杜甫传》，译著《海涅诗选》等。

②《十四行集》：写于抗战期间的诗集，共收 27 首十四行诗，桂林明日社 1942 年初版。十四行诗：Sonnet，又译"商籁体"，是欧洲一种抒情诗体，每首十四行，格律有多种。十四行诗传入我国，以冯至先生的创作为代表。

〖点 评〗

冯至本以抒情见长，20 世纪 30 年代留德期间，深受德语诗人里尔克影响，诗风由浪漫的抒情转为哲理的沉思，《十四行集》27 首诗就是这种尝试的结晶。《我们天天走着一条小路》是诗集中相对质朴浅白的一首，没有过多的意象与隐喻，但其同样具有一种穿透表象世界洞见事物核心与本质的效果。原野、森林、小路、岛屿，这些看似凡俗的意象，在诗人"沉思"的观照和体验中，带有了启示和哲理的意味。

每天信步于昆明近郊山间小路上的冯至，发现其既熟悉又陌生，于是便有了对"熟悉"与"陌生"这一对辩证关系的思索。尤其在前十一行朴实无华的叙述后，忽然不动声色地来了一个转折，一个有力的叩问："不要觉得一切都已熟悉/到死时抚摸自己的发肤/生了疑问：这是谁的身体？"

最后的三行，成了全诗的飓风眼，它让"熟悉"与"陌生"这一关系和临终前的疑问衔接起来，达到了情感与哲思的升华，发人深思。使全诗跃入一个新的高度——这是十四行诗的通例，更是十四行诗的魅力。（黄勇撰）

163. 致橡树①

舒 婷②

我如果爱你——
绝不像攀援的凌霄花
借你的高枝炫耀自己；
我如果爱你——
绝不学痴情的鸟儿
为绿荫重复单调的歌曲；
也不止像泉源
长年送来清凉的慰藉；
也不止像险峰
增加你的高度，衬托你的威仪。
甚至日光，
甚至春雨。
不，这些都还不够！
我必须是你近旁的一株木棉，
作为树的形象和你站在一起。
根，紧握在地下
叶，相触在云里。
每一阵风吹过
我们都互相致意，
但没有人
听懂我们的言语。
你有你的铜枝铁干，
像刀，像剑，
也像戟；
我有我的红硕花朵
像沉重的叹息，
又像英勇的火炬。
我们分担寒潮、风雷、霹雳；
我们共享雾霭、云霞、虹霓。

仿佛永远分离，

却又终身相依。

这才是伟大的爱情，

坚贞就在这里：

不仅爱你伟岸的身躯，

也爱你坚持的位置，脚下的土地！

（选自洪子诚、程光炜编选《朦胧诗新编》，长江文艺出版社2004年版）

【注 释】

①《致橡树》："朦胧诗"代表作品之一，1978年发表于《今天》创刊号，1979年《诗刊》刊发，在20世纪80年代影响了一代人的爱情观。

②舒婷（1952—　）：原名龚佩瑜，出生于福建石码镇，1969年下乡插队，1972年返城当工人，1979年开始发表诗歌作品，为"朦胧诗"代表诗人之一。主要著作有诗集《双桅船》（1982）、《会唱歌的鸢尾花》（1987）、《始祖鸟》（1992）、《舒婷的诗》（1994），散文集《心烟》等，其诗歌以细腻的抒情见长，深受读者喜爱。

【点 评】

舒婷的《致橡树》，堪称20世纪中国新诗史上最优秀的爱情诗。它属于"朦胧诗"的范畴，但诗作很少"朦胧"的意味：诗人所采用的橡树、木棉等意象，明丽而隽美，其思维与逻辑结构缜密而流畅。诗歌提出了明确的爱情准则：独立、平等，相互理解、依恋、担当，爱人与自爱的爱情观。

应该说，这首表述普遍诉求的爱情诗，所表达的思想观念难言新颖，甚少独创性，其对执着爱情的理解，并不比"在天愿做比翼鸟，在地愿为连理枝"高明许多。但在"根，紧握在地下/叶，相触在云里/每一阵风吹过/我们都互相致意/但没有人/听懂我们的言语"这样的诗句里，我们还是折服于诗人对爱情的想见与祈望。

诗歌最引人入胜之处，除了语言清新精美、意象真切丰美之外，或在其对微妙、复杂情感的把握拿捏，而且这种把握，是以委婉曲折的内心独白式的抒情表述出来的。作为一个本色与敏感的女诗人，舒婷比较成功地衔接了中国诗词中婉约、忧郁、节制一脉的抒情传统：从古典的李商隐、李煜、李清照，到现代的何其芳、戴望舒等。这不，在木棉与橡树的窃窃絮语中，我们充分领略到了诗歌所倡导的平等爱情的魅力。（黄勇撰）

164. 明月降临

韩　东①

月亮

你在窗外

在空中

在所有的屋顶之上

今晚特别大

你很高

高不出我的窗框

你很大

很明亮

肤色金黄

我们认识已经很久

是你吗

你背着手

把翅膀藏在身后

注视着我

并不开口说话

你飞过的时候有一种声音

有一种光线

但是你不飞

不掉下来

在空中

静静地注视我

无论我平躺着

还是熟睡时

都是这样

你静静地注视我

又仿佛雪花

开头把我灼伤

接着把我覆盖

以至最后把我埋葬

（选自洪子诚、程光炜编选《第三代诗新编》，长江文艺出版社 2006 年版）

《注 释》

　　①韩东（1961—　）：当代作家，"第三代"诗歌的代表人物之一，著有诗集《吉祥的老虎》、《爸爸在天上看我》，长篇小说《扎根》等。

月亮可以说是中国诗人永恒的情人。千百年来咏月的杰作可谓是层出不穷，举头望月、伤秋感怀，几乎成了中华民族的"集体无意识"了。素以反传统著称的韩东，也"学着"无数前辈的模样，爬到窗边看月亮。然而年轻的韩东，却以口语化、非描写、非抒情的文字，在那里说明月，将附着于明月上面的千年忧郁一洗而空，还原了月亮与具体个体之间的直接的对应关系。用陈中义先生的话说就是，给月亮松了绑。正是在这种松弛的状态下，汉语本身的非意识形态、"非文化"的自在魅力——亲近你我，亲近每一个个人的魅力，就被释放了出来，但同时，传统也得以在解脱、松绑中承传。（姚新勇撰）

165. 弃 妇

李金发[1]

长发披遍我两眼之前，
遂隔断了一切羞恶之疾视，
与鲜血之急流，枯骨之沉睡。
黑夜与蚊虫联步徐来，
越此短墙之角，
狂呼在我清白之耳后，
如荒野狂风怒号：
战栗了无数游牧。
靠一根草儿，与上帝之灵往返在空谷里。
我的哀戚惟游蜂之脑能深印着；
或与山泉长泻在悬崖，
然后随红叶而俱去。
弃妇之隐忧堆积在动作上，
夕阳之火不能把时间之烦闷
化成灰烬，从烟突里飞去，
长染在游鸦之羽，
将同栖止于海啸之石上，
静听舟子之歌。
衰老的裙裾发出哀吟，
徜徉在丘墓之侧，
永无热泪，

点滴在草地

为世界之装饰。

（选自王嘉良、颜敏主编《中国现当代文学作品选读》（修订版），上海教育出版社
2009 年版）

【注 释】

①李金发（1900—1976）：原名李淑良，笔名金发等，中国著名象征主义诗人，著有
诗集《微雨》、《食客与凶年》等。

【点 评】

中国新文学的发端启迪于西方现代思想文化与文学，李金发虽不能说是学习西方现代
主义诗歌的第一人，但他不仅是最早自觉尝试象征主义诗歌的诗人，而且是新诗历史中最
早用汉语真正传达、表现出象征主义精髓的第一人。不过长期以来对李金发的评价并不是
很高，有人认为他的诗歌模仿痕迹太强，且存在语言的欧化与文言的掺杂，读之不说佶屈
聱牙，至少也是晦涩不清。这类评价虽不能说是毫无道理，但至少是不了解象征主义诗歌
的隔膜之见。

以马拉美、波德莱尔等法国诗人为代表的象征主义诗歌，本身就是西方审美传统的叛
逆，其对世界、存在之玄妙的刹那闪现的象征化捕捉，其对朽败、丑陋之象的颓废、精致
地艺术呈现，本身就是传统审美所难以理解并反感的，更何况素有文以载道、诗言志传统
的中国。其实如果我们能够暂时放下传统的审美习惯，仔细品味、反复咀嚼《弃妇》，应
该是可以捕捉到它的微妙而幽玄的象征义涵；而且或许还可以体味出现代汉语、文言、西
式表达法杂糅所带来的独特的语言审美效果。（姚新勇撰）

166. 狩 猎

阿库乌雾①

随那只大红公鸡的鲜血
裹挟着朝花似的咒辞
冥中指引把一种心境全投入
山林期渴的深处
宛然一叶木舟荡进无边的水域
大清晨　山神
饮下你祭献的大碗玉米酒
不会不醉

傍晚　一定会有一个女人

目击那正在被追猎的野物

一场生命与生命的游戏结束

青烟送来余晖般无盐的肉香

女人顿觉自己有了

身孕　于是

在这片多情的土地上

神话重新上台演出！

（选自《阿库乌雾诗歌选》，四川民族出版社出版2004年版）

《注释》

①阿库乌雾（1964—　）：彝族，汉名罗庆春，彝汉双语诗人，少数族裔文学理论家，学者。著有诗集《冬天的河流》、《阿库乌雾诗歌选》，评论集《灵与灵的对话——中国当代少数民族汉语诗论》等。

《点评》

阿库的诗作，可能是当代彝族或整个中国少数族裔诗歌中，最富于现代主义品质的，而且诗人将彝文化元素与现代品质的成功交融，塑造了一种独具特色的"传统—现代"品质。

《狩猎》开篇诗人把彝人传统中毕摩杀鸡占卜的描写，凝化为鲜血之红、朝花之彩，可谓美丽之极。而"冥中……荡进无边的水域"三句，则营造出一种幽静的驰入感，与头两句热烈的色彩互映。这短短八行诗，不仅将猎人们出发前的宗教仪式到入山打猎的过程浓缩为生动的意象，而且也将彝人文化信息的传达，毕摩、猎人、自然之间的神灵相通，空旷而寂静的山林与猎人行进其间等各种原本是热烈的活动，做了柔静化的处理，渗透出幽幽的神秘感。

按照常规思路，接下来应该叙写白天狩猎的具体过程，然而，时间一跳就进入到第二天傍晚，家中的妻子等待着猎人归家，原本可能是激烈而又血腥的猎杀场面被略去，被化成妻子等待的柔软的目光，化成袅袅青烟中的柔情蜜意。"一场生命与生命的游戏结束"于另一场孕育生命的游戏间。神灵、自然、野兽、人、家，就如此诗意地环成了一个生生不息、周而复始的整体。我们又一次看到，宇宙原初生命循环节律的感悟，使动态而流血的活动，化做静谧的意向。（姚新勇撰）

167. 想象大鸟

周伦佑①

鸟是一种会飞的东西

不是青鸟和蓝鸟。是大鸟
重如泰山的羽毛
在想象中清晰的逼近
这是我虚构出来的
另一种性质的翅膀
另一种性质的水和天空
大鸟就这样想起来了
很温柔的行动使人一阵心跳
大鸟根深蒂固，还让我想到莲花
想到更古老的什么水银
在众多物象之外尖锐的存在
三百年过了，大鸟依然不鸣不飞
大鸟有时是鸟，有时是鱼
有时是庄周似的蝴蝶和处子
有时什么也不是
只知道大鸟以火焰为食
所以很美，很灿烂
其实所谓的火焰也是想象的
大鸟无翅，根本没有鸟的影子
鸟是一个比喻。大鸟是大的比喻
飞与不飞都同样占据着天空
从鸟到大鸟是一种变化
从语言到语言只是一种声音
大鸟铺天盖地，但不能把握
突如其来的光芒使意识空虚
用手指敲击天空，很蓝的宁静
任无中生有的琴键落满蜻蜓
直截了当的深入或者退出
离开中心越远和大鸟更为接近
想象大鸟就是呼吸大鸟
使事物远大的有时只是一种气息
生命被某种晶体所充满和壮大
推动青铜与时间背道而驰
大鸟硕大如同海天之间包孕的珍珠

我们包含于其中

成为光明的核心部分

跃跃之心先于肉体鼓动起来

现在大鸟已在我的想象之外了

我触摸不到，也不知它的去向

但我确实被击中过，那种扫荡的意义

使我铭心刻骨的疼痛，并且冥想

大鸟翱翔或静止在别一个天空里

那是与我们息息相关的天空

只要我们偶尔想到它

便有某种感觉使我们广大无边

当有一天大鸟突然朝我们飞来

我们所有的眼睛都会变成瞎子

[选自周伦佑主编《非非》（1992年复刊号）]

《注 释》

①周伦佑（1952— ）：先锋诗人，先锋文艺理论家，"非非"诗派领袖，"红色写作"与"体制外写作"的倡导者。曾于1989年6月至1991年期间在西昌仙人洞、峨山打锣坪等地被逍遥居。主持编辑《非非》杂志，著有《在刀锋上完成的句法转换》（诗集）、《反价值时代》（理论文集）等。

《点 评》

这首《想象大鸟》和于坚的那首《对一只乌鸦的命名》可能是中国新诗史上最杰出的诗章，无论是对时代的回应与反抗、自由灵魂的飞扬、汉语诗性的解放，这两首诗几乎可以说是前无古人的。正是因为有了这两首诗（或许还应该加上同期《非非》上的一些诗作），中国新诗一跃而到了一个崭新的高度，一个既无愧于世界优秀现代诗歌，也无愧于中国传统诗歌完美性的高度。

庄子有《逍遥游》，那大鹏若垂天之云翼，曾给予中国文人士子以无尽的奔放之想象。数千年后，周伦佑在一个特定的时间、特定的地点，想象大鸟，与庄子做旷代之呼应，再一次用自由之鹏的巨翼，遮蔽开启我们的双目。（姚新勇撰）

168. 野 兽①

穆 旦②

黑夜里叫出了野性的呼喊，

是谁，谁噬咬它受了创伤？
在坚实的肉里那些深深的
血的沟渠，血的沟渠灌溉了
翻白的花，在青铜样的皮上！
是多大的奇迹，从紫色的血泊中
它抖身，它站立，它跃起，
风在鞭挞它痛楚的喘息。
然而，那是一团猛烈的火焰，
是对死亡蕴积的野性的凶残，
在狂暴的原野和荆棘的山谷里，
像一阵怒涛绞着无边的海浪，
它拧起全身的力。
在暗黑中，随着一声凄厉的号叫，
它是以如星的锐利的眼睛，
射出那可怕的复仇的光芒。

1937 年 11 月

（选自《蛇的诱惑》，珠海出版社 1997 年版）

《注 释》

①《野兽》：收入作者第一部诗集《探险队》，为《探险队》篇首之作。诗集于 1945 年 1 月由昆明文聚社出版，署名"穆旦"。扉页题有"献给友人董庶"，收入诗作 25 首，其中《神魔之争》一诗空缺。此后作者的诗歌创作基本使用笔名"穆旦"。——李方《穆旦诗全集》本注。

②穆旦（1918—1977）：原名查良铮，杰出的中国现代诗人，著名翻译家。1940 年毕业于西南联大并留校任教，1942 年 2 月投笔从戎，报名参加中国入缅远征军，以中校翻译官的身份随军进入缅甸抗日战场，经历了震惊中外、残酷异常的野人山战役。后于 1945 年，根据入缅作战的经历，创作了《森林之魅——祭胡康河上的白骨》等相关诗作。而这里所选的《野兽》一诗，既是诗人对中华民族不屈精神的写照，也可以看成是对个体命运惊人的预感。

《点 评》

穆旦的好友著名诗人、翻译家、英国文学研究专家王佐良认为：穆旦"一方面最善于表达中国知识分子的受折磨而又折磨人的心情，另一方面他的最好的品质却全然是非中国的"（《一个中国诗人》）。此可谓中的之评，短诗《野兽》就充分体现了这种最为中国却又最非中国的诗歌品质。

我们知道，在中国的文化传统中，"野兽"基本只拥有负面的价值，虽然进入现代以后也有人从正面的角度肯定"野性的力量"，如曹禺的《原野》、路翎的《饥饿的郭素娥》等，但是似乎还没有人如穆旦这样，如此纯然而直接地将一个复仇的野兽从血泊中诞生的过程与形象，凝练而充满力度地、色彩鲜明地（请注意此诗中的红、白、黑、紫的色彩感）刻画出来，这绝对是全然非中国性的。但是"1937年11月"这个写作时间所暗示的这头凌厉的"野兽"之苦难中国、觉醒中国的象征意义，则又是再恰当不过地表现了那个时代中国人民所遭受的苦难以及奋起反抗的决心。（姚新勇撰）

169. 沙枣① （节选）

高尔泰②

须臾月出，大而无光，暗红暗红的。荒原愈见其黑，景色凄厉犷悍。想到一些迷路者死在戈壁沙漠里的故事。想到生命的脆弱和无机世界的强大。想到故乡和亲人，都没来头。

……

新挖的排碱沟③中，一泓积水映着天光，时而幽暗，时而晶亮，像一根颤动的琴弦，刚劲而柔和。沿着它行进，我像一头孤狼。想到在集体中听任摆布，我早已没了自我，而此刻，居然能自己掌握自己，忽然有一份感动，一种惊奇、一丝幸福的感觉掠过心头。像琴弦上跳出几个音符，一阵叮叮咚咚，复又无迹可求。

拥有了自我，也就拥有了世界。这种与世界的同一，不就是我长期以来一直梦想着的自由吗？

月冷笼沙，星垂大荒。一个自由人，在追赶监狱。

（选自《寻找家园》④，花城出版社 2004 年版）

《注释》

①沙枣：落叶灌木或小乔木，分布于西北、华北地区，常用于沙漠地区作水土保持、防沙造林，其果实可生食。

②高尔泰（1935— ）：著名美学家，现居美国。1935年生于江苏高淳，1955年毕业于江苏师范学院。1957年因发表《论美》一文而被打成"右派"，送至甘肃酒泉夹边沟农场"劳动教养"。著有《论美》、《美是自由的象征》等。

③排碱沟：在盐碱地所挖的沟渠。下雨或灌溉后，碱溶到了地下水里，通过排碱沟把流动的地下碱水排出去，从而达到降低土地含碱量、利于耕种的目的。

④《寻找家园》：为高尔泰自传性叙事散文集，卷1追忆孩提时代的美好，卷2写20

世纪 20 年代至 80 年代流放西北、坎坷跌宕的经历。因其文字醇美，叙述从容，反思深切，出版后广获好评。

《点评》

　　故事发生在甘肃酒泉夹边沟农场——一个位于沙漠与戈壁之间，土地贫瘠，环境、气候恶劣的农场，在 1960 年前后的"大饥荒"中，饿死在此的"劳动教养"的"右派知识分子"过半。

　　高尔泰于 20 世纪 50 年代末期被划为"右派"，被强制送至该农场，每天大强度劳动，晚上政治学习，食不果腹。某天他见到一棵沙枣，勾起食欲。当天晚上他为了吃沙枣故意掉队，但却因此迷路，"一阵恐怖袭来"，于是有了首段叙述里"凄厉犷悍"的"荒原"场景。

　　幸而找到了能辨别路径的"排碱沟"，此时笔调稍转，对当时的处境作了颇具哲学意味的追述。在"孤狼"与"集体"、"自由"与"监狱"等词汇对照下，作者为我们展现了一个疯狂的社会集体，以及集体里个人的真实境况：管制、劳动、饥饿，在强大专政机器下被物化的个人，如木偶般"听任摆布"、"没了自我"。唯有在迷路的片刻，在荒无人烟的荒原上，短暂地找回自我。

　　只是，现实的残酷并不允许"自我"的存在，在其"掠过心头"之后，"复又无迹可求"，一个暂时"自由"的人，最终还得"追赶监狱"，回归"集体"——在一个高度组织化的社会里，"集体"对于"个人"的强势，跃然纸上。

　　《寻找家园》书写苦难胜在文字与叙述举重若轻，相对于呼天抢地的控诉，平静从容的追忆，更加隽永深刻，引人深思。（黄勇撰）

170．创世记（节选）①

　　起初，神创造天地。地是空虚混沌，渊面黑暗；神的灵运行在水面上。

　　神说："要有光。"就有了光。神看光是好的，就把光暗分开了。神称光为昼，称暗为夜。有晚上，有早晨，这是头一日。

　　神说："诸水之间要有空气，将水分为上下。"神就造出空气，将空气以下的水、空气以上的水分开了。事就这样成了。神称空气为天。有晚上，有早晨，是第二日。

　　神说："天下的水要聚在一处，使旱地露出来。"事就这样成了。神称旱地为地，称水的聚处为海。神看着是好的。神说："地要发生青草和结种子的菜蔬，并结果子的树木，各从其类，果子都包着核。"事就这样成了。于是地发生了青草和结种子的菜蔬，各从其类；并结果子的树木，各从其类，果子都包着核。神看着是好的。有晚上，有早晨，是第三日。

神说："天上要有光体，可以分昼夜，作记号，定节令、日子、年岁，并要发光在天空，普照在地上。"事就这样成了。于是神造了两个大光，大的管昼，小的管夜，又造众星，就把这些光摆列在天空，普照在地上，管理昼夜，分别明暗。神看着是好的。有晚上，有早晨，是第四日。

神说："水要多多滋生有生命的物，要有雀鸟飞在地面以上，天空之中。"神就造出大鱼和水中所滋生各样有生命的动物，各从其类；又造出各样飞鸟，各从其类。神看着是好的。神就赐福给这一切，说："滋生繁多，充满海中的水，雀鸟也要多生在地上。"有晚上，有早晨，是第五日。

神说："地要生出活物来，各从其类；牲畜、昆虫、野兽，各从其类。"事就这样成了。于是神造出野兽，各从其类；牲畜，各从其类；地上一切昆虫，各从其类。神看着是好的。

神说："我们要照着我们的形象，按着我们的样式造人，使他们管理海里的鱼、空中的鸟、地上的牲畜和全地，并地上所爬的一切昆虫。"神就照着自己的形象造人，乃是照着他的形象造男造女。神就赐福给他们，又对他们说："要生养众多，遍满地面，治理这地；也要管理海里的鱼、空中的鸟，和地上各样行动的活物。"神说："看哪，我将遍地上一切结种子的菜蔬，和一切树上所结有核的果子，全赐给你们作食物。至于地上的走兽和空中的飞鸟，并各样爬在地上有生命的活物，我将青草赐给它们作食物。"事就这样成了。神看着一切所造的都甚好。有晚上，有早晨，是第六日。

天地万物都造齐了。到第七日，神造物的工已经完毕，就在第七日歇了他一切的工，安息了。神赐福给第七日，定为圣日，因为在这日神歇了他一切创造的工，就安息了。

......

（选自《圣经》，南京：中国基督教协会 1998 年版）

《注释》

①《创世记》（Genesis）：是新旧约《圣经》66 卷中的第一卷，犹太人称这卷书为"Bereshfth"（古希伯来文意指"起初"），相传为摩西所作，旧约《圣经》前五卷通常被称为"摩西五经"。《创世记》是前五卷中的引导书，如同它的名字一样"创世记"：记录了世界万物的起源，理所当然也记录了宇宙、生命、人类、工作和休息、婚姻和家庭、文学和艺术、科学和技术、暴力、战争、民族、国家以及语言分化等的起源，至于原罪、人类的堕落、上帝的诅咒、死亡、上帝的拯救以及选择等神学的概念也初次在书中出现。

【点评】

《创世记》第一章堪称古希伯来人的"创世神话"。"神"（或称"上帝"）在六天之内气势磅礴地创造包括人类在内的天地万物：第一天创造了光明，区分了昼夜；第二天创造了空气和天空；第三天创造了大地和海洋，并使地上生长出青草和树木等；第四天，造了两个大光体——太阳和月亮；第五天，"神就造出大鱼和水中所滋生各种有生命的动物，各从其类；又造出各样飞鸟，各从其类"；第六天，神照着自己的形象造人，并赐福给他们。第七天为安息日。于是我们看到，这是一个和谐、完整的世界，一个息息相关的生态系统，天地万物自由发展，和平共处，各自发挥着自己的作用，每一个都构成这个世界不可缺少的一部分。（黄汉平撰）

171. 燕谈录（节选）

塞尔登①

[国　王]

经文上说"把凯撒的东西还给凯撒"，这话对国王有利，也不利，因为这明明是说有些东西不是凯撒的。教会专爱用这句话，首先是为了拍国王的马屁，然后指出下一句："把上帝的东西还给上帝"，就是交给教会。

[明　智]

在乱世，聪明人一言不发。你知道，狮子把羊叫来，问她，他是否口臭，羊说"是的"，狮子就把她的傻瓜脑袋咬掉。狮子又把狼叫来问，狼说"不臭"，狮子把他咬成碎块，因为他阿谀。最后狮子把狐狸叫来问，狐狸说，它感冒得厉害，闻不出来。

[衡　量]

我们总用自己以为自己有的某些长处去衡量别人。纳施是位诗人，很穷（诗人总是穷的），他看见一位市议员挂着金项链，骑着高头大马，便用不屑的口气对一个同伴说，"你看见那家伙了吗？多了不起？可惜啊，他却做不出一句无韵诗来。"

[意　见]

古时的柏拉图信徒有个很妙的想法：天神位在人类之上，他们有些品德，人类也有，那就是理性、知识，但天神安安静静地循规蹈矩。禽兽位在人类之下，但禽兽也安安静静地过日子。但是人类有一种品质，却是天神和禽兽都没有的，它给人类带来无穷的困扰，是世界上一切混乱的根源，那就是人类的"意见"。

（选自王佐良主编、杨周翰译《并非舞文弄墨：英国散文名篇新选》，生活·读书·新知三联书店 1994 年版）

〖注 释〗

①塞尔登（John Selden，1584—1654）：英国人文主义学者、历史学家、作家。他著述甚多，却只有一部传世，即《燕谈录》（1689）。燕谈录即席上谈，由门徒或友辈记录下来，编成了书，成为散文的一个门类。塞尔登此书就是根据一位叫理查德·弥尔沃德的人的记录，在他死后才出版的。这本《燕谈录》共分 155 个题目，每个题目下列一至十几条言论，都不甚长。这本书出版之后，颇受欢迎。

〖点 评〗

这里选录塞尔登的四条言论，不难发现，其中既有伊索寓言式的微言大义，又具英国小品文的幽默机敏。关于塞尔登及其《燕谈录》，这里不妨引用历代英国人所作的一些评论。同时代的历史学家克莱伦敦勋爵认为塞尔登的学术文章写得晦涩古奥，但"他的谈话却是最清楚不过的"。17 世纪大诗人弥尔顿称其"本国以博学传世的第一人"。18 世纪的约翰逊博士认为这本书"超过法国同类著作，比他们任何一部都好"。19 世纪的柯尔律治认为"它比任何一个有灵感的作者写的同样厚的书里有着更多有分量的、金条般的常理"。约翰逊和柯尔律治都是善谈之人，有他们自己的著名的"燕谈录"，但也对塞尔登推崇如此。（黄汉平撰）

172. 在我看来那人有如天神

萨 福①

在我看来那人有如天神②，
他能近近坐在你面前，
听着你甜蜜
谈话的声音，
你迷人的笑声，我一听到，
心就在胸中怦怦跳动。
我只要看你一眼，
就说不出一句话，
我的舌头像断了，一股热火
立即在我周身流窜，
我的眼睛再看不见，
我的耳朵也在轰鸣，

我流汗，我浑身打战，
我比荒草显得更加苍白，
我恹恹的，眼看就要死去。③
……

但是我现在贫无所有，只好隐忍。

（选自水建馥译《古希腊抒情诗选》，人民文学出版社 1988 年版）

【注 释】

①萨福（Sappho，约公元前 630 或者前 612—约前 592 或者前 560）：古希腊诗人。一般认为她出生于莱斯波斯岛（Lesbos）一个贵族家庭。萨福在她那个年代就已声名远播，后来被柏拉图称为"第十位缪斯"（掌管文艺的缪斯共有九位）。据说她共有九卷作品，但流传至今的完整诗作只有四首，其他的只有零碎的片段。萨福的诗体富于独创性，西方诗歌史上把这种诗体称之为"萨福体"。诗体篇幅短小，以抒情和倾述内心情怀为主，音节单纯、明澈。萨福不仅在技巧上创立了"萨福体"，而且在内容上把咏唱的对象从神转移到人，并用第一人称来抒发个人的情感，这具有划时代的革新意义。

②有如天神：指有如天神一般幸福。在古希腊人看来，幸福是神的属性之一。

③有的版本到此为止。这篇译文是根据勒布丛书本，标明下面残缺一行，最后一句以下也残缺。

【点 评】

《在我看来那人有如天神》是萨福的代表作，因古罗马的朗吉努斯在《论崇高》中引用而得以留传下来。朗吉努斯认为这首诗很高妙。诗人能把心灵、体肤、听觉、视觉等细致的感受都表达出来。这都是情人的常态，但一件件地道出，浑然成为一体，这就产生出非凡的效果。我们进一步分析，还可以看到一层写法上的高明之处。诗人并未直接描写那主角的容颜，但是从"我"得以接近那主角，显得像天神一样幸福，间接地使人可以感觉出那主角的风姿和魅力。（黄汉平撰）

173. 劳拉的面纱

彼特拉克①

我忍心的美人呀，你说吧，
为什么总不肯揭开你的面纱？
不论晴空万里，骄阳呆呆的日子，
或是浓云密布，天空阴沉的日子，

你明明看透我的心，明明知道

我是怎样等待着要看你的爱娇。

当初我暗藏着脉脉的柔情，

快乐的心被搅扰得昼夜不安，

你的脸用怜悯、甜蜜的光照进我的心；

可是现在我已经表白了热烈的爱情，

反而不能再见你那光辉的两鬓，

也不能再见你那微笑的眼睛；

我所长期渴望的美呀，啊，

都退隐到那可恶的阴云后面去啦。

一条面纱竟能支配我的命运？

残忍的面纱呀，不管是热是冷，

反正都已经证明我阴暗的命运，

遮盖了我所爱的，一切的光明。

（选自辜正坤主编、朱维之译《世界名诗鉴赏词典》，北京大学出版社 1991 年版）

【注 释】

①彼特拉克（Francesco Petrarch，1304—1374）：意大利诗人、人文主义者。出生于阿雷佐，其父是佛罗伦萨著名的公证人，和但丁同时被放逐。中学毕业后，曾先后在法国蒙特波利大学和意大利博洛尼亚大学学习法律。1326 年父亲病故后，他专心从事文学活动，勤奋研读古典著作，广泛搜求古希腊、罗马典籍，首先提出要研究人文学科，因此被称为第一个人文主义者。彼特拉克用拉丁语写了许多诗歌、散文、书信。拉丁史诗《阿非利加》（1338—1342）是其得意之作，他也因此获得了桂冠诗人的荣誉。但他最优秀的作品是用意大利语写作的抒情诗集《歌集》，它收入了诗人在 1330 年前后至他逝世前 40 多年间的 366 首诗歌，其中 317 首是十四行诗，这部诗集在内容和形式方面都为欧洲近代抒情诗的发展开辟了道路。

【点 评】

《歌集》中绝大部分诗歌是关于彼特拉克对劳拉的爱情咏叹，其中《劳拉的面纱》即是诗人对"不肯揭开面纱"的恋人如怨如诉的告白。劳拉其人一直是文学史上的不解之谜，其真实名字不是劳拉。据说她是一个贵妇人，死于 1348 年欧洲流行的黑死病（大瘟疫），年仅 40 岁。诗人生前从不向人谈论他与劳拉真实的爱情故事，不过，在一本维吉尔诗歌手抄本的扉页上，诗人写下了他与劳拉的关系："劳拉自身的美德使她光彩照人，并且使我在诗歌中永久地为之歌颂。1327 年 4 月 6 日，在阿维尼翁的克莱尔教堂做早祷时，我第一次见到她，那时我很年轻。1348 年，也是 4 月 6 日这一天，在同一时辰，同一城市，她的光彩被从这个世界上劫去了……"她生前接受了诗人的爱情，但拒绝与他发生肉体上的亲密关系。这种柏拉图式的爱情主宰了彼特拉克一生的感情，成为他诗歌创作的灵感源泉。难怪英国大诗人拜伦在他的《唐璜》中不无幽默地写道："彼特拉克一生诗笔生灵，只因与情侣劳拉好梦难成。"（黄汉平撰）

174. 多情牧童致爱人

马 洛①

与我同居吧，做我的爱人，
我们将品尝一切的欢欣，
凡河谷、平原、森林所能献奉，
或高山大川所能馈赠。
我们将坐在岩石上，
看着牧童们放羊，
小河在我们身边流过，
鸟儿唱起了甜歌。
我将为你铺玫瑰为床，
一千个花束将作你的衣裳，
花冠任你戴，长裙任你拖曳，
裙上绣满了爱神木的绿叶。
最细的羊毛将织你的外袍，
剪自我们最美的羊羔，
无须怕冷，自有衬绒的软靴，
上有纯金的扣结。
芳草和常春藤将编你的腰带，
琥珀为扣，珊瑚作钩，
如果这些乐事使你动心，
与我同居吧，做我的爱人。
牧童们将在每个五月天的清早，
为使你高兴，又唱又跳，
如果这类趣事使你开心，
与我同居吧，做我的爱人。

（选自王佐良主编《英国诗选》，上海译文出版社1988年版）

【注释】

①马洛（Christopher Marlowe，1564—1593）：英国剧作家、诗人。出生于英格兰东南部坎特伯雷的一个鞋匠家庭，1584年毕业于剑桥大学。他生前曾为英国政府完成了一项秘密使命，之后不久因在酒店与人口角，当场被刺身亡。马洛是"大学才子派"中最重要的剧作家，代表作有《帖木尔大帝》、《马尔他岛的犹太人》和《浮士德博士的悲剧》。马洛发展了英国的戏剧艺术，他使塑造典型性格成为戏剧的中心任务，以无韵诗代替有韵诗，解放了戏剧语言。马洛的戏剧艺术对莎士比亚有直接的启发作用。他也是一个描写爱情和美人的能手，牧歌体情诗《多情牧童致爱人》脍炙人口。

【点评】

这首情诗利用了牧歌形式，诗人自比为牧童，而以所爱姑娘为牧羊女，这样就把背景放在美丽的山水之间。这是古典文学的一种手法，用意在使爱情去掉俗气而表现纯真，就像《雅歌》中的爱情一样纯真。马洛之不同凡俗处在于写得音乐性强，自然生动，美丽的描写中看出气魄，而其关键的一行——"与我同居吧，做我的爱人"——又大胆直言，几乎是一种挑战，曾引起许多同时代诗人的注意，至少有三人——多恩、赫里克、劳莱——写诗应和，以劳莱所作最好，其答诗的结句是：

如果青春长存，爱情繁茂，

欢乐不逝，老年无忧，

那么这类乐事会使我动心，

我就与你同居，做你的爱人。（黄汉平撰）

175. 感　应

波德莱尔①

自然是一座神殿，那里有活的柱子②
不时发出一些含糊不清的语音；
行人经过该处，穿过象征的森林，
森林露出亲切的眼光对人注视。
仿佛远远传来一些悠长的回音，
互相混成幽昧而深邃的统一体，
像黑夜又像光明一样茫无边际，
芳香、色彩、音响全在互相感应。
有些芳香新鲜得像儿童肌肤一样③，
柔和得像双簧管④，绿油油像牧场⑤，

——另外一些，腐朽、丰富、得意扬扬，

具有一种无限物的扩展力量，

仿佛琥珀、麝香、安息香和乳香，

在歌唱着精神和感官的热狂。

（选自钱春绮译《恶之花　巴黎的忧郁》，人民文学出版社 1991 年）

〔注 释〕

①波德莱尔（Charles Pierre Baudelaire，1821—1867）：法国最伟大的诗人之一，象征主义诗歌的先驱，20 世纪现代主义文学的鼻祖。生于巴黎。幼年丧父，母亲改嫁。继父欧皮克上校后来擢升将军，在第二帝国时期被任命为法国驻西班牙大使。波德莱尔与继父不和，对母亲感情深厚。这种不正常的家庭关系，不可避免地影响诗人的精神状态和创作情绪。他 1841 年开始诗歌创作，1857 年出版震惊世界文坛的诗集《恶之花》，此外还有散文诗集《巴黎的忧郁》（1868），以及文艺评论集《美学探奇》（1868）和《浪漫派艺术》（1868）。《恶之花》是孤独的诗人在光明与黑暗、灵与肉、堕落与升华之间挣扎求生的极其矛盾痛苦的心灵记录。诗人善于从丑恶、病态中去发掘美。波德莱尔有这样的名言："透过粉饰，我发掘地狱""给我粪土，我变它为黄金"。

②将自然比作神殿，是法国文学中常见的比喻。

③嗅觉与触觉通感。

④嗅觉与听觉通感。

⑤嗅觉与视觉通感。

〔点 评〕

《感应》直接发表于初版《恶之花》，约作于 1845 年左右，亦说作于 1855 年左右。这首十四行诗可以说是"感应论"的形象表述。"感应"的概念表达了波德莱尔的美学思想，是象征主义的重要理论基础。波德莱尔常重复论述这一主题，参看《浪漫派艺术：瓦格纳和汤豪塞》、《一八五五年博览会》。在《一八四六年的沙龙》中，他曾引用 E. T. A. 霍夫曼《克莱斯列里阿那》中的一节："我发现色、声、香之间有某种类似性的和某种秘密的结合……"在《德拉克洛瓦的作品与生活》一文中，波德莱尔指出："整个可以看得见的宇宙不过是一个形象和符号的仓库而已，而这些形象和符号应由（诗人的）幻想力来给予相应的位置和价值。它们是（诗人的）幻想力应该消化和加以改造的。"（黄汉平撰）

176. 风　灵

瓦雷里①

无影也无踪，

我是股芳香，

活跃和消亡，

全凭一阵风！

无影也无踪，

神工呢碰巧？

别看我刚到，

一举便成功！

不识也不知？

超群的才智，

盼多少偏差！

无影也无踪，

换内衣露胸，

两件一刹那！

［选自袁可嘉、董衡巽、郑克鲁选编，卞之琳译《外国现代派作品选（第一册)》，上海文艺出版社1980年版］

〈注 释〉

①瓦雷里（Paul Valéry，旧译梵乐希，1871—1945）：法国诗人、思想家。生于地中海沿岸的塞特港，父亲是海关职员。曾攻读法律，但爱好诗歌和建筑。他最欣赏的诗人是爱伦坡和马拉美，曾与后者过往甚密。主要作品有长诗《年轻的命运女神》（1917）、诗集《旧诗集存》（1920）、《幻美集》（1922）、《诗选》（1923）、《杂文集》5卷（1924—1944）等。《海滨墓园》（1920）表达了诗人经常涉及的主题——生与死、灵与肉、变化与永恒的冲突等哲理问题，给象征主义诗歌树立了一块新的里程碑，被译成世界各大语种，几乎"收入了所有的诗选"。瓦雷里1925年当选为法兰西学院院士。1945年7月20日在巴黎逝世，法国为他举行了国葬。

〈点 评〉

写诗需要灵感，但其中的艰辛非一般人所能体会。瓦雷里说过："诗是一种从苦工里得来的杰作，也是一种智慧和毅力所造成的大建筑。诗是一种意志和分析力的产品，我们若想把它用作表达欢欣鼓舞的工具不知要费多少步骤和多少力量。"诗人花费了多少力气写作《风灵》，我们不得而知，但可以肯定的是，这首十四行诗以风灵——中世纪凯尔特和日尔曼民族的空气精——喻诗人的灵感。它飘忽无定，出于偶然或出于长期酝酿，苦功神通，突然出现，水到渠成。它莫测高深，捉摸不定；最后一转，神奇地出现了一个形象，一个女子换内衣的一瞥，一纵即逝。由此我们或许会想起一句中国古诗词：蓦然回首，那人却在灯火阑珊处。瓦雷里这路象征诗，意义层出不穷，这里也不一定限于诗创

作，也可以引申到一切创造性劳动。（黄汉平撰）

177. 论语·诗三百（节选）

　　子曰：《诗三百》，一言以蔽之，曰：思[1]无邪。（《为政》）

　　子曰：《关雎》乐而不淫[2]，哀而不伤[3]。（《八佾》）

　　子曰：兴[4]于诗，立[5]于礼，成于乐[6]。（《泰伯》）

　　子曰：小子！何莫学夫诗？诗可以兴，可以观[7]，可以群[8]，可以怨[9]。迩之事父，远之事君；多识于鸟兽草木之名。（《阳货》）

　　　　　（选自阮元校刻《十三经注疏》本《论语注疏》，中华书局 1980 年版）

【注　释】

　　①思：原作语助词，无意义，但后人多解释为"思想"或"意思"。

　　②淫：过分。

　　③哀：悲伤、悲痛。伤：伤害。

　　④兴：起，启，启蒙。

　　⑤立：立身。

　　⑥成于乐：谓音乐有助于人格修养与生命的圆融。成：成性、圆成。

　　⑦观：考察、了解，谓考察天地万物、风俗人情、社会百态。

　　⑧群：群居切磋。

　　⑨怨：讽谏，即怨刺上政。

【点　评】

　　《论语》是用语录体写的最早的一部儒家经典，现存二十篇。节选的这几则从不同的角度反映了孔子对诗歌的看法。第一则反映了孔子很重视诗与德的联系，他以"无邪"二字概括了《诗三百》全部内容，这种阐释与他所宣扬的"仁"、"礼"等相一致。第二则体现了孔子崇尚中和之美，这与他宣扬的中庸之道相契合，是"温柔敦厚"诗教的体现。第三则讨论了"诗"、"礼"、"乐"在人成长过程中修身养性的作用。第四则是孔子对诗歌作用的深刻认识。（朱巧云撰）

178. 文心雕龙·知音（节选）

刘　勰

　　知音其难哉！音实难知，知实难逢。逢其知音，千载其一乎！夫古来知音，多贱同^①而思古，所谓日进前而不御，遥闻声而相思也^②。

……

凡操千曲而后晓声，观千剑而后识器。故圆照之象^③，务先博观。阅乔岳以形培塿，酌沧波以喻畎浍^④，无私于轻重，不偏于憎爱，然后能平理若衡^⑤，照辞如镜矣。是以将阅文情，先标六观^⑥：一观位体^⑦，二观置辞^⑧，三观通变，四观奇正^⑨，五观事义^⑩，六观宫商^⑪。斯术既形^⑫，则优劣见矣。

（选自范文澜注《文心雕龙注》，人民文学出版社1958年版）

【注 释】

①同：同时代。

②"日进"两句：语出《鬼谷子》。御：进用。

③圆照之象：圆满观照物象，即从多个角度全面观照物象。

④乔岳：高山。培塿：小山。沧波：碧波。畎浍：田间水沟。

⑤衡：秤。

⑥文：作品的文辞。情：作品反映的生活和情感。观：看法、观点。六观指六种评价作品的标准。

⑦位体：安排、确定体裁。

⑧置辞：安排、运用文辞。

⑨奇正：表现手法的奇诡和思想内容的雅正。一说，奇与正是两种不同的表现方法。

⑩事义：事理。

⑪宫商：音律。

⑫斯术：指上述六观。形：显现、显露。

【点 评】

《知音》篇专论文学批评。首先批评了贵古贱今、崇己抑人、信伪迷真等错误态度，分析了从主观成见出发进行批评的片面性和文学批评难以正确的原因，提出了达至正确批评的"六观"标准，指出作为批评家所具备的条件以及要能设身处地体会作家艺术构思的过程，如此，才能得出全面的结论。节选的第一段感叹知音难觅，指出贵古薄今之弊。第二段提出公正、全面评价作品的几点意见：一是要博观，才能达到圆照；二是不偏私，才能公正地衡量作品；三是从六个方面来观照作品，以分优劣。（朱巧云撰）

179. 沧浪诗话·诗辨（节选）

严 羽^①

夫诗有别材^②，非关书也；诗有别趣^③，非关理也。然非多读书，多穷理，则不能极其至。所谓不涉理路，不落言筌者④，上也。诗者，吟咏性情也。盛唐诸人惟在兴趣，羚羊挂角⑤，无迹可求。故其妙处透彻玲珑，不可凑泊⑥，如空中之音，相中之色，水中之月，镜中之象，言有尽而意无穷⑦。

（选自郭绍虞校释《沧浪诗话校释》，人民文学出版社 1961 版）

〖注 释〗

①严羽（生卒年不详）：字仪卿，一字丹丘，自号沧浪逋客。邵武（今属福建）人。生活在南宋末年。他与同宗严仁、严参齐名，号"三严"；又与严肃、严参等八人，均有诗名，号"九严"。一生未曾出仕，大半隐居在家乡。有《沧浪先生吟卷》（或名《沧浪吟》、《沧浪集》）2 卷，共收入古、近体诗 146 首。他最重要的成就在于诗歌理论，著有《沧浪诗话》。

②别材：指作诗者要有一种特别的才能。材，才也。

③别趣：谓诗歌有一种特别的审美趣味。

④不落言筌：不落言筌，谓在文辞运用上不留下用工的痕迹。语出《庄子·外物》："筌者所以在鱼，得鱼而忘筌……言者所以在意，得意而忘言。"筌：捕鱼的竹器。言筌：指解释说明。

⑤羚羊挂角：羚羊在晚间双角挂在树上栖息，以避免被猎狗扑捉。喻诗歌意境超脱，不着痕迹。

⑥凑泊：拼凑、凑合。谓诗歌高妙处在于透彻玲珑，是神来之笔，而非人为苦吟雕琢、刻意营造出来的。

⑦"空中之音"五句：如空中的声音、外观的色彩、水中的月亮、镜中的形象，空灵玄远，言有尽而意无穷也，令人品味不尽。

〖点 评〗

严羽的《沧浪诗话》是一部系统性、理论性较强的论诗著作，是宋代最负盛名、对后世影响最大的一部诗话。全书分为《诗辨》、《诗体》、《诗法》、《诗评》和《考证》。严羽论诗标榜盛唐，主张诗有别裁、别趣之说，重视诗歌的艺术特点，反对"以文字为诗"、"以议论为诗"、"以才学为诗"的不良倾向，对江西诗派多有诟病。又以禅喻诗，强调"妙悟"，这对明清的诗歌评论影响颇大。所选部分阐述了诗歌的"不落理路，不涉言筌"的别材别趣说，以形象的比喻将诗歌"言有尽而意无穷"的超脱、自然、空灵、蕴藉的妙处做了极致的描绘，成为诗歌批评史上的精彩之笔。（朱巧云撰）

180. 诗品（节选）

司空图①

典　雅

玉壶买春②，赏雨茅屋。坐中佳士，左右修竹。白云初晴，幽鸟相逐。眠琴绿阴，上有飞瀑③。落花无言，人淡如菊。书之岁华，其曰可读④。

自　然

俯拾即是，不取诸邻。俱道适往，著手成春⑤。如逢花开，如瞻岁新。真与不夺，强得易贫⑥。幽人空山，过雨采蘋⑦。薄言情悟，悠悠天钧⑧。

含　蓄

不著一字，尽得风流⑨。语不涉己，若不堪忧⑩。是有真宰，与之沉浮⑪。如渌满酒，花时返秋⑫。悠悠空尘，忽忽海沤。浅深聚散，万取一收⑬。

（选自郭绍虞集解《诗品集解》，人民文学出版社 1963 年版）

【注 释】

①司空图（837—908）：字表圣，自号知非子，又号耐辱居士。晚唐人。祖籍临淮（今安徽泗县东南），自幼随家迁居河中虞乡（今山西永济）。唐懿宗咸通年间进士，官中书舍人。农民大起义后，隐居中条山王官谷。朱温代唐后，佯装老朽不任事，908 年绝食而死。著有《司空表圣文集》十卷、《诗集》三卷、《诗品》。

②玉壶买春：提着酒壶去买酒。玉壶：酒器。春：唐人往往称酒为"春"。

③"眠琴"二句：郭绍虞《诗品集解》："眠琴，犹言横琴，言琴之眠于绿阴也，但比横琴更妙。横琴可以弹，眠琴却不一定弹，犹渊明抚无弦之琴，但得琴中趣也。这样，与下句'上有飞瀑'自相配合、相掩映，可以看到人境双清，自然典雅。"

④"书之"二句：谓将如此之情景写入书中，值得后人反复阅读。岁华：时光。

⑤"俱道适往"二句：顺随自然规律前行，落笔出便呈现出美妙的诗境。

⑥"真与不夺"二句：自然赐予的不会丧失，勉强做作的难免枯窘。

⑦"幽人空山"二句：幽人在空山中信步漫行，雨后采蘋，出于自然。

⑧"薄言情悟"二句：偶然间的诗情适有所悟，悠悠乎自然天成。薄言：语助词。钧：制陶器所用的转轮。天钧：自然陶铸。

⑨"不著一字"二句：谓不著一字于纸上，但已尽风流之致。

⑩"语不涉己"二句：谓言语不露己忧之迹象，却已使人不胜其忧。

⑪"是有真宰"二句：谓仿佛有主宰者在其中隐现沉浮。

⑫"如渌满酒"二句：谓就像渌满的酒醇美含蓄其内，花开时遇到秋气将开复闭。谓诗歌言尽意余、欲露还藏的特点。渌：渗滤。

⑬"悠悠空尘"四句：谓世间万象变化多端，如空中之尘、海中之沤之无穷无尽、或浅或深、或聚或散，因此要博采精收，以一驭万。沤：水泡。

【点 评】

《诗品》亦称《二十四诗品》，以诗的形式和形象化的比喻讨论了诗歌的风格和艺术表现手法，从中可见司空图的审美倾向。所选之"典雅"章，用比喻来摹状典雅之特点，从诗句中可以看出，司空图的"典雅"包含了高雅之情、闲逸之趣、淡泊之志。"自然"一章，表现了司空图对诗美的基本要求：不强求、不做作、不刻意，如花开，如岁新，自然而然，归于天成。这是贯通于《二十四诗品》中的主要诗歌理想。"含蓄"章，对意在言外的风格做了形象的摹写，指出了含蓄风格的特点"不著一字，尽得风流"，言有尽而意无穷、欲露还藏，阐明了含蓄之由"是有真宰，与之沉浮"，总结了含蓄之法"万取一收"。（朱巧云撰）

三级

50篇（段）

181. 赤壁赋

苏 轼

壬戌①之秋，七月既望，苏子与客泛舟，游于赤壁之下。清风徐来，水波不兴。举酒属客，诵明月之诗，歌窈窕之章②。少焉，月出于东山之上，徘徊于斗牛③之间。白露横江，水光接天。纵一苇之所如，凌万顷之茫然。浩浩乎如凭虚御风，而不知其所止，飘飘乎如遗世独立，羽化而登仙。

于是饮酒乐甚，扣舷而歌之。歌曰："桂棹兮兰桨，击空明兮溯流光。渺渺兮予怀，望美人兮天一方。"客有吹洞箫者，倚歌④而和之。其声呜呜然，如怨如慕，如泣如诉。余音袅袅，不绝如缕。舞幽壑之潜蛟，泣孤舟之嫠妇⑤。

苏子愀然⑥，正襟危坐，而问客曰："何为其然也？"客曰："'月明星稀，乌鹊南飞。'此非曹孟德之诗乎？西望夏口，东望武昌。山川相缪，郁乎苍苍。此非孟德之困于周郎者乎？方其破荆州，下江陵，顺流而东也，舳舻千里⑦，旌旗蔽空，酾酒临江，横槊⑧赋诗，固一世之雄也，而今安在哉？况吾与子渔樵于江渚之上，侣鱼虾而友麋鹿。驾一叶之扁舟，举匏尊⑨以相属。寄蜉蝣于天地，渺沧海之一粟⑩。哀吾生之须臾，羡长江之无穷。挟飞仙以遨游，抱明月而长终。知不可乎骤得，托遗响于悲风。"

苏子曰："客亦知夫水与月乎？逝者如斯，而未尝往也；盈虚者如彼，而卒莫消长也。盖将自其变者而观之，则天地曾不能以一瞬；自其不变者而观之，则物与我皆无尽也，而又何羡乎？且夫天地之间，物各有主，苟非吾之所有，虽一毫而莫取。惟江上之清风，与山间之明月。耳得之而为声，目遇之而成色。取之无禁，用之不竭。是造物者之无尽藏也，而吾与子之所共适。"

客喜而笑，洗盏更酌。肴核既尽，杯盘狼藉。相与枕藉乎舟中，不知东方之既白。

（选自孔凡礼点校《苏轼文集》，中华书局1986年版）

【注释】

①壬戌：即宋神宗元丰五年（1082）。

②"诵明月"二句：指《诗经·陈风·月出》篇。一说指曹操《短歌行》，中有"明明如月，何时可掇"及"月明星稀，乌鹊南飞"之句。窈窕之章：指《诗经·陈风·月出》之第一章，中有"月出皎兮，佼人僚兮，舒窈纠兮，劳心悄兮"之句。一说指《诗经·周南·关雎》篇，首章有"窈窕淑女，君子好逑"之句。

③斗牛：星宿名，即斗宿、牛宿。

④倚歌：按着歌曲的曲调。

⑤"舞幽壑"句：使潜伏在深渊里的蛟龙飞舞起来，使孤舟上的寡妇哭泣起来。幽壑：深谷。嫠（lí）妇：寡妇。

⑥愀（qiǎo）然：形容神色变得忧郁的样子。

⑦舳舻（zhú lú）：长方形的大船。千里：形容船多，前后相接，连绵不绝。

⑧槊（shuò）：长矛。

⑨匏（páo）尊：用葫芦制成的酒器。

⑩"寄蜉蝣（fú yóu）"二句：像蜉蝣一样短暂地生长在天地之间，像大海中的一粒米那样渺小。蜉蝣：一种昆虫，早上生，晚上死，生命极短。

【点 评】

宋神宗元丰三年（1080），苏轼因"乌台诗案"被贬为黄州团练副使。元丰五年，他与友人游览赤壁，写下了这篇佳作。当时苏轼在黄州已度过两年苦闷贫困的谪居生活，内心郁积了不为时用的悲慨，正是在这样的背景下，全文通过对赤壁秋夜泛舟和主客间的对话描写，表达了作者内心苦闷而又乐观旷达的复杂、矛盾心情。本文以泛舟夜游赤壁为线索，紧密围绕作者思想感情的起伏变化而逐次展开，首段写作者陶醉于江南美景之中，从而引发"羽化而登仙"的超然之感；次段写友人通过凭吊历史人物而产生对人生无常的惆怅与感慨，情绪由喜而悲，跌入现实人生的苦闷之中；末段针对友人的怀古抒发，从眼前水、月出发，阐释了"变"与"不变"、短暂与永恒的哲理，由旷达开朗的心胸消释哀伤和忧愁，气氛又由悲到喜，以振奋精神尽情欢乐收束全篇，既反映了作者思想中的矛盾冲突，也显示了苏轼在厄运中坚持的人生理想和生活信心。本文在艺术特征上最大的特点是"以文为赋"，融入了清新活泼的散文笔法，骈散结合，参差错落之间不失整饬之致，使文章内容和形式达到了完美的融合。全篇写景、抒情、说理融为一体，将夜游赤壁写得诗情、画意、理趣相互辉映，令人拍案叫绝。该文与作者的《后赤壁赋》为姊妹篇，均为苏轼赋作之代表作。时人唐庚赞曰："东坡《赤壁》二赋，一洗万古，欲仿佛其一语，毕世不可得也。"（《唐子西文录》）（张振谦撰）

182. 西湖（二）

袁宏道①

西湖最盛，为春为月②。一日之盛，为朝烟，为夕岚③。今岁春雪甚盛，梅花为寒所勒④，与杏桃相次开发⑤，尤为奇观。石篑数为余言："傅金吾园中梅，张功甫家故物也，急往观之。"余时为桃花所恋，竟不忍去。湖上由断桥至苏堤一带，绿烟红雾⑥，弥漫二十余里。歌吹为风，粉汗为雨，罗纨⑦之盛，多于堤畔之草，艳冶极矣。

然杭人游湖，止午、未、申三时，其实湖光染翠之工，山岚设色之妙，皆在朝日始出，夕春⑧未下，始极其浓媚。月景尤不可言，花态柳情，山容水意，别是一种趣味。此乐留与山僧游客受用⑨，安可为俗士道哉！

（选自钱伯城笺校《袁宏道集笺校》，上海古籍出版社1979年版）

〖注 释〗

①袁宏道（1568—1610）：字中郎，号石公，又号六休，公安（今湖北省公安县）人，"公安派"的创始者之一。袁宏道曾两次问学于李贽，受其思想影响较深，主张文学创作要"独抒性灵，不拘格套"，反对"文必秦汉，诗必盛唐"的复古文风。其作品语言清新，意韵隽永。有《袁中郎全集》。

②为春为月：是春天，是月下。

③夕岚：暮霭，傍晚山林中的雾气。唐王维《崔濮阳兄季重前山兴》诗云："残雨斜日照，夕岚飞鸟还。"

④勒：抑制。

⑤相次开发：一个接一个地依次开放。

⑥绿烟红雾：指绿柳红桃，叶繁花茂，连成一片如同云雾。

⑦罗纨：精美的丝织品。

⑧夕春：夕阳。

⑨受用：享受。

〖点 评〗

本文是袁宏道青年时期游览西湖时所作的四篇同题游记之一。文章用清爽生动的笔墨描摹出西湖六桥一带的春色月景，从初春时节梅、杏、桃的争妍斗艳，到赏湖人的华妆丽服、袅袅歌声；从朝日始出、夕阳将下时山岚的妩媚，到月色下花态柳情的别样风致，无不趣意盎然，令人神往。（蔡亚平撰）

183. 湖心亭①看雪

张 岱②

崇祯五年十二月，余住西湖。大雪三日，湖中人鸟声俱绝。是日更定③矣，余拏④一小舟，拥毳衣⑤炉火，独往湖心亭看雪。雾凇沆砀⑥，天与云、与山、与水，上下一白，湖上影子，惟长堤一痕、湖心亭一点、与余舟一芥、舟中人两三粒而已。

到亭上，有两人铺毡对坐，一童子烧酒炉正沸。见余，大喜曰："湖中焉得更有此人！"拉余同饮。余强饮三大白⑦而别。问其姓氏，是金陵人，客此。及下船，舟子喃喃曰："莫说相公痴，更有痴似相公者！"

（选自《陶庵梦忆》，上海古籍出版社1982年版）

《注 释》

①湖心亭：在今浙江省杭州西湖中。

②张岱（1597—1679）：字宗子，又字石公，号陶庵、蝶庵居士，山阴（今浙江绍兴）人。其先世为蜀之剑州人，故其《自为墓志铭》自称"蜀人张岱"。其出身官宦家庭，早年生活优裕，明亡后避居山林从事著述，生活贫窘。他的小品文成就很高，文笔优美传神，多追忆往昔生活、西湖风光之作。有《琅嬛文集》、《石匮书后集》、《陶庵梦忆》、《西湖梦寻》等著作存世。

③更定：即定更。古时一更为两个小时，每夜有五更次，初更时间是戌时，约为当晚八点。打鼓报告初更开始，称为定更。

④拏（ná）：牵引。

⑤毳（cuì）衣：毛皮所制的大衣。

⑥雾凇沆（hàng）砀（dàng）：意思是水汽凝结的冰花在树上弥漫着白气。雾凇：俗称树挂，北方冬季常见的一种类似霜降的自然现象。在零摄氏度以下，雾滴随风在树枝等物体上不断积聚冻粘成为晶体，是一种冰雪美景。

⑦大白：酒杯名。宋司马光《昔别赠宋复古张景淳》诗云："须穷今日欢，决意浮大白。"

《点 评》

本文语言极其凝练，寥寥百余字即惟妙惟肖地勾画出西湖雪夜的诗意美景。"天与云、与山、与水"，长堤"一痕"、湖心亭"一点"、舟"一芥"、舟中人"两三粒"，摹形写神，仅用白描，精洁生动，令人拍案称绝。（蔡亚平撰）

184. 病梅馆记

龚自珍①

江宁之龙蟠，苏州之邓尉，杭州之西溪，皆产梅。或曰：梅以曲为美，直则无姿；以欹②为美，正则无景；梅以疏为美，密则无态。固也。此文人画士，心知其意，未可明诏大号③，以绳④天下之梅也；又不可以使天下之民，斫⑤直，删密，锄正，以夭梅、病梅为业以求钱也。梅之欹、之疏、之曲，又非蠢蠢求

钱之民⑥，能以其智力为也。有以文人画士孤癖之隐⑦，明告鬻⑧梅者，斫其正，养其旁条，删其密，夭其稚枝，锄其直，遏其生气，以求重价，而江浙之梅皆病。文人画士之祸之烈至此哉！

予购三百盆，皆病者，无一完者。既泣之三日，乃誓疗之、纵之、顺之，毁其盆，悉埋于地，解其棕缚；以五年为期，必复之全之。予本非文人画士，甘受诟厉⑨，辟病梅之馆以贮之。呜呼！安得使予多暇日，又多闲田，以广贮江宁、杭州、苏州之病梅，穷予生之光阴以疗梅也哉？

（选自《龚自珍全集》，上海人民出版社 1975 年版）

【注释】

①龚自珍（1792—1841）：字璱（sè）人，更名易简，字伯定，又更名巩祚，号定庵，晚年又号羽琌山民，仁和（今浙江杭州）人，中国改良主义运动先驱者。龚自珍是新文学的先行者，认为文学必须有用于世，文学的作用是批评历史与社会。其诗注重创新，想象奇异，极富浪漫主义色彩，对晚清"诗界革命"诸家及南社诗人产生很大影响。为文承先秦两汉古文而自成一家，语言活泼多彩，立意新颖，情感率真。有《定庵文集》。

②欹（qī）：歪斜，倾斜。

③明诏大号：光明正大地诏告宣扬。

④绳：此处作动词，衡量。

⑤斫（zhuó）：大锄，引申为用刀、斧等工具砍。

⑥蠢蠢求钱之民：以种梅为业的人。

⑦孤癖之隐：怪异的嗜好、隐衷。

⑧鬻（yù）：售卖。

⑨诟厉：讥评，辱骂。

【点评】

本文是一篇优秀的政论文，创作于清道光十九年（1839）。文章叙江南产梅一带，"文人画士"不以健康自然的梅为美，而是主张用外力强制梅树使其枝干扭曲、花稀叶疏，才能称之为有景致、有美态。针对这种审美情趣，文中直斥为"孤癖之隐"，明确反对为满足一些人的病态嗜好而摧残梅树。作者对病梅深怀怜惜，决心穷其一生治疗梅树，让其恢复生机，自在生长。全文借梅讽政，抒发了作者对晚清政府愚昧人之思想、扭曲人之本性、压制人之才华的强烈不满，也表达了他追求个性自由的决心。（蔡亚平撰）

185. 诗经·采薇

采薇采薇①，薇亦作止②。曰归曰归，岁亦莫③止。靡室④靡家，玁狁⑤之故。不遑启居⑥，玁狁之故。

采薇采薇，薇亦柔止。曰归曰归，心亦忧止。忧心烈烈⑦，载饥载渴。我戍未定⑧，靡使归聘⑨。

采薇采薇，薇亦刚⑩止。曰归曰归，岁亦阳⑪止。王事靡盬⑫，不遑启处。忧心孔疚⑬，我行不来⑭！

彼尔⑮维何？维常之华⑯。彼路⑰斯何？君子之车。戎车既驾⑱，四牡业业⑲。岂敢定居？一月三捷。

驾彼四牡，四牡骙骙⑳。君子所依㉑，小人所腓㉒。四牡翼翼㉓，象弭鱼服㉔。岂不日戒㉕？玁狁孔棘㉖！

昔我往㉗矣，杨柳依依㉘。今我来思㉙，雨雪霏霏㉚。行道迟迟，载渴载饥。我心伤悲，莫知我哀！

（选自《小雅》，阮元校刻《十三经注疏》本《毛诗正义》，中华书局 1980 年版）

【注 释】

①薇：野菜名，又名野豌豆，冬天发芽，春天长大，可食。

②作：生出。止：语气词。

③莫：古"暮"字。

④靡（mǐ）：没有，无。室：亦指家。

⑤玁狁（xiǎn yǔn）：北方民族名。

⑥遑（huáng）：闲暇。启居：安居，古人跪坐称为启。

⑦烈烈：强烈。

⑧戍：防守，守边。未定：地点变动不定。

⑨使：使者。聘：探问。

⑩刚：坚硬，薇菜长大变老。

⑪阳：天暖。

⑫盬（gǔ）：休止。

⑬孔：很，非常。疚：痛苦。

⑭我行：指出征。不来：不返。来：谓返回。

⑮尔：同"薾"，花草繁盛之貌。

⑯常：同"棠"，指棠棣，谓山樱桃，一说指棠梨树。华：花。

⑰路：指战车。

⑱戎车：兵车，战车。驾：俗谓套车，使驾车的马各就其位。

⑲牡：雄马。业业：高大之象。

⑳骙（kuí）骙：战车前进之象。

㉑依：凭借。

㉒腓（féi）：庇。周代作战，将官乘作战，步兵借战车作掩护。

㉓翼翼：整齐的样子。

㉔象弭（mí）：象牙装饰弓弭。弓的两端缚弦处为弭，镶上象牙称为象弭。服：同"箙"，装箭的袋子。鱼服：鱼皮做成的箭袋，一说箭袋为鱼形，或说上面画有鱼鳞图案。

㉕日戒：每天都处在戒备状态。

㉖棘：通"急"，一说指难以对付。

㉗往：指当初出征。

㉘依依：茂盛的样子。

㉙来：返回。思：语气词。

㉚雨（yù）：作动词，降落。霏（fēi）霏：纷纷落下的样子。

《点评》

《采薇》之妙，尽在张弛、迟速之间。边疆将士疲于奔命，"不遑启居"，而不经意间，薇菜已悄然老去。前五章写战事频仍，曰"不遑启居"、"我戍未定"、"不遑启处"、"岂不日戒"，而最后一章，节奏陡然舒缓，曰"雨雪霏霏"、"行道迟迟"，长久积郁之情亦得以抒发。人知"杨柳依依"之妙，却不知"莫知我哀"之深痛。汉诗《十五从军征》，云："羹饭一时熟，不知贻阿谁？"差能得其仿佛。（宋小克撰）

186. 楚辞·山鬼

屈 原

若有人兮山之阿①，被薜荔兮带女萝②。既含睇兮又宜③笑，子慕予兮善窈窕④。

乘赤豹兮从文狸⑤，辛夷车兮结桂旗⑥。被石兰⑦兮带杜衡，折芳馨兮遗⑧所思。余处幽篁⑨兮终不见天，路险难兮独后来⑩。

表⑪独立兮山之上，云容容⑫兮而在下。杳冥冥兮羌⑬昼晦，东风飘⑭兮神灵雨。留灵修兮憺忘归⑮，岁既晏兮孰华予⑯？

采三秀⑰兮于山间，石磊磊⑱兮葛蔓蔓。怨公子兮怅忘归，君思我兮不得闲。

山中人兮芳杜若⑲，饮石泉兮荫松柏。君思我兮然疑作。

雷填填⑳兮雨冥冥，猨啾啾兮又㉑夜鸣。风飒飒兮木萧萧，思公子兮徒离㉒忧。

（选自《九歌》，洪兴祖撰《楚辞补注》，中华书局1983年版）

【注 释】

①若：仿佛。阿：弯曲之处。

②被：通"披"。薜荔：常绿灌木。带：以……为衣带。女萝：又名菟丝子，蔓生。

③睇（dì）：斜视，流盼。宜：适宜。

④慕：爱慕。善：好。窈窕：体态美好。

⑤赤豹：毛赤而有黑纹的豹。从：使……跟从。文狸：有花纹的狸猫。

⑥辛夷：香木名。结：编织。桂旗：用桂树枝编织的旗。

⑦石兰：香草名。

⑧遗（wèi）：赠送。

⑨篁（huáng）：竹丛。

⑩后来：迟来。

⑪表：突出。

⑫容容：云涌动貌。

⑬杳（yǎo）：深远貌。冥冥：昏暗貌。羌：发语词。

⑭飘：疾风。

⑮灵修：山鬼思慕之人。憺（dàn）：安乐。

⑯晏：晚。华予：使我恢复青春。

⑰三秀：指灵芝草。

⑱磊磊：山石重叠貌。

⑲山中人：山鬼自谓。杜若：香草名。

⑳填填：雷声连续不断。

㉑又：一本作"狖"，长尾猿。

㉒离：遭遇。

【点 评】

《山鬼》之妙，在曲尽苦恋女子之心也。"含睇"、"宜笑"，女子顾影自怜之态；"被石兰"、"带杜衡"，写"女为悦己者容"也；"路险难兮独后来"，爱意正浓，心有灵犀也；"岁既晏兮孰华予"，时不可骤得，美人迟暮也；"君思我兮不得闲"，稍有失落，自我宽慰之词也。"君思我兮然疑作"，自坚其志，而初不自信也；"猨啾啾兮又夜鸣"，肝肠寸断也。一个"徒"字，若凄风苦雨，扫去残存之幻映，空留寂寞如影相随。（宋小克撰）

187. 归田赋

张 衡

游都邑①以永久，无明略以佐时。徒临川以羡鱼②，俟河清③乎未期。感蔡子之慷慨，从唐生以决疑④。谅天道之微昧⑤，追渔父⑥以同嬉。超埃尘以遐逝⑦，与世事乎长辞。

于是仲春令月⑧，时和气清。原隰⑨郁茂，百草滋荣。王雎⑩鼓翼，鸧鹒⑪哀鸣。交颈颉颃⑫，关关嘤嘤。于焉逍遥，聊以娱情。

尔乃⑬龙吟方泽，虎啸山丘。仰飞纤缴⑭，俯钓长流。触矢而毙，贪饵吞钩。落云间之逸禽，悬渊沉之鲨鰡⑮。

于时曜灵俄景⑯，系以望舒⑰。极般游⑱之至乐，虽日夕而忘劬⑲。感老氏之遗诫⑳，将回驾乎蓬庐。弹五弦之妙指，咏周孔之图书。挥翰墨以奋藻，陈三皇之轨模。苟纵心于物外，安知荣辱之所如㉑？

（选自萧统编、李善注《文选》，上海古籍出版社 1986 年版）

〖注 释〗

①都邑：东汉京都洛阳。

②徒临川以羡鱼：引《淮南子·说林训》云："临河而羡鱼，不如归家织网。"

③河清：古以黄河水清为政治清明的标志。《左传·襄公八年》："俟河之清，人寿几何！"

④"感蔡子"二句：战国燕人蔡泽、梁人唐举，蔡泽曾请唐举看相问寿，后入秦代范雎为秦相。参看《史记·范雎蔡泽列传》。慷慨：壮士不得志于心。

⑤谅：确实。微昧：幽隐。

⑥渔父：王逸《渔父章句序》："渔父避世隐身，钓鱼江滨，欣然自乐。"

⑦超尘埃：即游乎尘埃之外。遐逝：远去。

⑧令月：吉日。令：善。

⑨原：宽阔平坦之地。隰（xí）：低湿之地。

⑩王雎：鸟名，即雎鸠。

⑪鸧鹒（cāng gēng）：鸟名，即黑枕黄鹂。

⑫颉颃（xié háng）：鸟飞上飞下貌。

⑬尔乃：于是。

⑭纤缴（zhuó）：指箭。纤：细。缴：射鸟时系在箭上的丝绳。

⑮鲨鰡（shā liú）：一种小鱼，常伏在水底沙上。

⑯曜灵：日。俄：斜。景：同"影"。

⑰系：同"继"。望舒：神话中月之御者，指月亮。

⑱般（pán）游：游乐。般：乐。

⑲劬（qú）：劳苦。

⑳老氏之遗诫：指《老子》十二章："驰骋田猎，令人心发狂。"

㉑如：往，到。

《点评》

读此赋，可留意真假"归田"之别。张衡自入仕途，再无归隐之举。此赋可说是假归田、真归心，与陶渊明《归去来兮辞》乃真归田实录不同。

首段发归田之意。作者久处东都，置身浊世，有心无力。因感前人卜问去留，思"追渔父"、"超埃尘"归田。二段写归田之景。作者想象仲春良时归田所见，草木繁茂，群鸟交鸣，万物皆自得其所。三段写日间游猎之乐。作者想象自己摆脱樊笼的自由，吟啸山泽，仰射飞鸟，俯钓游鱼，意兴发越。原本自由之鱼鸟（逸禽）无端受害，暗含万物皆在不同樊笼之意。四段写纵心物外之超然。日暮止田猎，回驾栖蓬庐。琴书自娱，妙手著文，以道家荣辱两忘之心超越一己得失，以儒家"知其不可而为之"之意上书议政。

归隐田园乃仕途受挫士人常见之补偿心态，亦不乏真归田如陶潜者。或有热衷名利之徒为文造情以图高名，即刘勰《情采》所批评者："志深轩冕，而泛咏皋壤；心缠几务，而虚述人外。"张衡既非真归田，亦非图高名，而是有真归心，故而是因情为文。张衡最后的选择，以朱光潜之语总结即"以出世之精神，做入世之事业"，这几乎是古代士人协调仕隐穷达矛盾的不二法门。此赋篇短情真，骈而不滞，平易流转，其文体形态是东汉体物大赋向抒情小赋转变之标志。（何志军撰）

188. 西北有高楼

西北有高楼，上与浮云齐。交疏结绮窗①，阿阁三重阶②。
上有弦歌声，音响一何悲！谁能为此曲？无乃杞梁妻③。
清商④随风发，中曲⑤正徘徊。一弹再三叹⑥，慷慨有余哀。
不惜歌者苦，但伤知音稀。愿为双鸣鹤⑦，奋翅起高飞。

（选自萧统编、李善注《文选》，上海古籍出版社1986年版）

《注释》

①"交疏"句：镂木为窗格，木条交错，刻画绮丽。

②阿阁：四面有曲檐回廊之阁楼，是古代最考究的楼阁建筑式样。三重阶：三重台阶。

③杞梁妻：见典故，春秋齐国大夫杞梁死，其妻哭，城墙崩。有琴曲《杞梁妻叹》。

④清商：乐曲名。商为五音之一，五行对应秋季，其声多低回婉转。

⑤中曲：曲子中段。或云即"曲中"倒文。

⑥叹：乐曲的和声。

⑦鸣鹤：《玉台新咏》作"鸿鹄"。

此诗写行者为弦歌悲音驻足，发知音之叹。首四句写楼。行者自远处观之，已粗见其高，直入云霄；行而近之，则详察其丽，精雕细刻之绮窗、曲檐回廊之楼阁、重重而上的台阶。此富丽华贵之楼，所属既非帝王诸侯，亦非商家大贾。下八句铺写楼上弦歌，行者驻足。如此富丽华贵之楼，却传慷慨悲哀之曲。行者不禁驻足听，其悲真切感人，仿佛琴曲《杞梁妻叹》，莫非杞梁妻亲手弹奏。"无乃"二字写行者出神之想象。"随风发"，曲音之初起，"正徘徊"，曲中之长转，"再三叹"，曲音之渐终。"清商"本悲音，曲终有余哀。既写楼上歌者，亦画楼下听者。后四句从驻足听者发知音之叹。歌声悲、歌者苦，不自知其于楼下得知音也。行者悲、听者苦，而移情通感，知楼上歌者之音与心也。云"不惜"而"但伤"，写出行者欲共歌者化身双鹤，鸣和相得于高天之愿望。然高楼阻隔歌者与行者于两个世界，因而愿望徒增悲情，情致所起，亦含深沉，可品味诗篇包蕴之深情无尽。

刘勰《文心雕龙》专列《知音》一章，开篇感叹："知音其难哉！音实难知，知实难逢。逢其知音，千载其一乎。夫古来知音，多贱同而思古。"此诗作者独能知同时之音，可称"慷慨者逆声而击节"也。（何志军撰）

189. 燕歌行① （其一）

曹　丕②

　　秋风萧瑟天气凉，草木摇落露为霜。群燕辞归雁南翔，念君客游思断肠。慊慊③思归恋故乡，何为淹留寄他方？贱妾茕茕④守空房，忧来思君不敢忘，不觉泪下沾衣裳。援琴鸣弦发清商⑤，短歌⑥微吟不能长。明月皎皎照我床，星汉西流夜未央。牵牛织女遥相望，尔独何辜限河梁⑦。

（选自萧统编、李善注《文选》，上海古籍出版社 1986 年版）

　　①燕歌行：《燕歌行》是曹丕自创的拟燕地歌曲，共二首，是中国古代最早、最完整的文人七言诗。这是其第一首。

　　②曹丕（187—226）：字子桓，沛国谯（今安徽省亳州市）人，曹操次子。公元220年，他在其父曹操死后嗣位为丞相魏王，接着逼迫汉献帝禅位，建立魏朝，庙号高祖，谥号文皇帝。他虽位为帝王，但亦很有文学才华，诗文俱佳，其《典论·论文》是中国古代文学理论史上的一篇重要论文。《三国志·魏志》卷二有传，《全三国文》卷四到卷八收其文。

　　③慊慊：空虚而心不满足之貌。

　　④茕茕：孤单貌。

⑤清商：商声，古代五音之一。因声音清越，故名。适于表达悲愁之情。

⑥短歌：汉乐府中因歌声长短而有长歌、短歌之别。或说，因清商声过于悲伤，不能长吟，只能短歌。义亦可通。

⑦"牵牛"二句：牵牛、织女分别指银河两边的牵牛星和织女星。此二句说牛郎与织女为什么为银河所限而不能会面，只能"遥相望"呢？

《点 评》

曹丕此篇为妇人代笔，写女子怀念远在他乡的丈夫。借秋风萧瑟、草木摇落的自然背景，用雁南飞的景象喻示作客他乡之人应该回家。全诗环环相扣，将思妇在夜晚思念远方亲人的微妙心理描绘得栩栩如生。另外，此诗每句用韵，虽然是早期七言诗的特点，还体现出文人七言诗不太成熟的特征，但急管繁弦，却正好适于表达强烈的思念之情。曹丕诗作本有轻俊流畅的风格，此诗所写感情虽非亲身经历，但他常有此类"代"作，故其体现妇女委婉细致之情感往往信手拈来，并不费力。（徐国荣撰）

190. 白马篇①

曹 植

白马饰金羁，连翩西北驰。借问谁家子？幽并②游侠儿。少小去乡邑，扬声沙漠垂③。宿昔秉良弓，楛矢④何参差。控弦破左的⑤，右发摧月支⑥。仰手接⑦飞猱，俯身散马蹄⑧。狡捷过猴猿，勇剽若豹螭⑨。边城多警急，胡虏数迁移。羽檄⑩从北来，厉马登高堤。长驱蹈匈奴，左顾凌鲜卑。弃身锋刃端，性命安可怀？父母且不顾，何言子与妻。名编壮士籍，不得中顾私。捐躯赴国难，视死忽如归。

（选自萧统编、李善注《文选》，上海古籍出版社1986年版）

《注 释》

①白马篇：曹植新创的乐府题目。本篇又作《游侠篇》。

②幽并：幽州和并州。现在的河北、山西和陕西的部分地方，属古代燕赵之地，多任侠之士。

③垂：通"陲"。边远之地。

④楛矢：用楛木作箭杆的箭。

⑤的：箭靶。

⑥月支：本西域古国名，这里指箭靶名。

⑦接：迎面而射。

⑧马蹄：一种箭靶之名。

⑨螭：一种传说中的黄色猛兽，形状如龙。

⑩羽檄：古代插上鸟羽的公文。汉以前常用，表示情况紧急。

【点评】

曹植后期备受压抑，但一直希望能够建功立业，为国出力。此篇是其后期为数不多的情绪高亢之作。开头四句，轻俊爽朗，突出了一个满怀豪情的白马少年，故明人谢榛在《四溟诗话》卷一称其类于"盛唐绝句"。曹植诗歌已颇注重文采，包括句中运用对偶等手法，但并不刻意为之，尚有天然之美，不伤真气，钟嵘《诗品》称其"骨气奇高，辞采华茂"，观此诗可见一斑。（徐国荣撰）

191. 赠秀才入军（其十五）

嵇　康①

息徒兰圃，秣马华山②。流磻③平皋，垂纶长川。目送归鸿，手挥五弦④。俯仰自得，游心泰玄⑤。嘉彼钓叟，得鱼忘筌⑥。郢人逝矣，谁与尽言⑦？

（选自萧统编、李善注《文选》，上海古籍出版社1986年版）

【注释】

①嵇康（224—263）：字叔夜，三国时期魏国谯郡铚县（今安徽省宿县）人，"竹林七贤"之一。曾为中散大夫，故世称"嵇中散"。他才华横溢，风度翩翩，为当时名士，颇受当时青年士子崇拜。但他为人刚直，颇有侠气，又为曹魏宗室女婿，在魏晋易代之际，宣称自己"非汤武而薄周孔"，"越名教而任自然"，最终不容于司马氏，被司马昭杀害。此篇或题作《兄秀才公穆入军赠诗》，为一组诗，共十九首，此处所选为其第十五首。公穆，其兄嵇喜之字。

②华山：花山。华：通"花"。

③磻：系在箭后丝绳下的石块。

④五弦：指琴。

⑤泰玄：即太玄，指他欲追寻的玄远之道。

⑥"嘉彼"二句：此用《庄子·外物》典故。其云："筌者所以在鱼，得鱼而忘筌；蹄者所以在兔，得兔而忘蹄；言者所以在意，得意而忘言。"筌，一种捕鱼之具；蹄，一种捕兔之具，《庄子》用此两者比喻得意忘言。嵇康用此典，亦表得意忘言之旨。

⑦"郢人"二句：此用《庄子·徐无鬼》典故。其云："郢人垩慢其鼻端若蝇翼，使匠石斫之。匠石运斤成风，听而斫之。尽垩而鼻不伤，郢人立不失容。"《庄子》中本意说明庄子与惠子互为知己。嵇康此处表示对其兄嵇喜入军后的思念。

〖点 评〗

　　此篇乃嵇康赠其兄从军之作，所写场景皆为想象其兄在军中从容洒脱之行为，实则乃嵇康夫子自道。他追求潇洒飘逸的风度，不喜俗务，欲游心玄远大道，在生活中常常弹琴吟诗，希望诗意地栖居。目送归鸿，手挥五弦，日常生活在他那里皆诗意盎然。观此诗，可知六朝时期视其为高雅之典型，良有以矣。（徐国荣撰）

192. 晚登三山还望京邑

谢　朓①

灞涘望长安②，河阳视京县③。白日丽飞甍④，参差皆可见。
余霞散成绮⑤，澄江静如练⑥。喧鸟覆春洲，杂英满芳甸。
去矣方滞淫⑦，怀哉罢欢宴。佳期怅何许⑧，泪下如流霰。
有情知望乡，谁能鬒不变⑨？

（选自萧统编、李善注《文选》，上海古籍出版社 1986 年版）

〖注 释〗

　　①谢朓（464—499）：字玄晖。陈郡阳夏（今河南省太康县）人，与谢灵运同族，又同以山水诗闻名，故并称"大小谢"。齐明帝建武二年（495）出任宣城太守，故世称"谢宣城"。他早以文学知名，为竟陵王萧子良西邸"竟陵八友"之一，与沈约等人同为"永明体"代表诗人。本篇是其离开京邑（当时的金陵，今江苏省南京市）时登山远望之作，写其乡国之思。

　　②灞涘望长安：此用东汉王粲《七哀诗》"南登灞陵岸，回首望长安"之典故。

　　③河阳视京县：此用西晋潘岳《河阳县作》"引领望京室，南路在伐柯"之典故。以上两句引用古诗典故，说明自己登上离京城不远的三山"还望京邑"。三山，在今南京市西南长江南岸。

　　④白日丽飞甍：阳光照在远处的屋脊上，显得色彩斑斓。丽：作动词用，使……丽。飞甍：形容远处京城的屋脊两檐如飞翼。

　　⑤绮：有花纹的丝织品。

　　⑥练：白色的熟绢。

　　⑦去矣方滞淫：要离开了，有所留恋而久久停留。

　　⑧佳期怅何许：归来之期不知何时，故而怅恨。

　　⑨"有情"二句：如果人真的有情，如此思乡，谁能不使黑发变白呢？鬒：同"鬓"，黑发。

《点评》

　　谢朓诗歌，工于发端，但也存在有句无篇的缺点，少有全篇一气呵成之感。本篇写离开京邑之伤感情绪，用典贴切，写景也较细腻，但所发之情却与景有些难于融合。不过，他的山水诗已经没有了玄言诗的尾巴，纯为叙事抒情，其中有些句子在描绘景物时不仅清新工整，而且口吻流利，圆美流转，是后世律诗的先声。如本篇中的"余霞散成绮，澄江静如练"，历来为人赞赏，李白《金陵城西楼月下吟》有云"解道澄江静如练，令人长忆谢玄晖"，正谓此也。（徐国荣撰）

193. 拟咏怀①（其十一）

庾　信

摇落秋为气②，凄凉多怨情。啼枯湘水竹③，哭坏杞梁城④。
天亡遭愤战⑤，日蹙⑥值愁兵。直虹朝映垒⑦，长星夜落营⑧。
楚歌饶恨曲⑨，南风多死声⑩。眼前一杯酒，谁论身后名⑪。

（选自倪璠注、许逸民校点《庾子山集注》，中华书局1980年版）

《注释》

　　①庾信（513—581）：字子山，南阳新野（今河南省新野县）人。早年出入梁朝宫廷，与其父庾肩吾、徐摛父子一起，善作宫体诗，风格华艳，号为"徐庾体"。梁元帝时出使西魏，梁亡后被强留在北方。北周代魏后，他官至骠骑大将军、开府仪同三司。故世称"庾开府"。他文学修养很高，在北方虽居高位，却常有乡关之思。故晚年诗文风格苍凉沉郁，不同于前，即其成就而言，可谓集南北文学之大成。其《拟咏怀》共二十七首，本篇是其第十一首。

　　②摇落秋为气：语出宋玉《九辩》："悲哉秋之为气也！"

　　③啼枯湘水竹：用娥皇、女英之典故。相传舜出巡死于苍梧，两妃娥皇、女英寻之不得，其泪洒竹而成斑，自沉湘水。

　　④哭坏杞梁城：典出刘向《列女传》：春秋时齐大夫杞梁殖战死，其妻往哭于杞城，遇者无不挥涕。十日而城为之崩。

　　⑤天亡遭愤战：典出《史记·项羽本纪》：项羽自刎前对替他准备渡船的乌江亭长说："天之亡我，我何渡为？"认为他的失败出于天意，非战之罪。此处指梁元帝承圣三年（554）西魏攻入江陵，元帝出降而被杀之事。

　　⑥日蹙：语出《诗经·大雅·召旻》："今也日蹙国百里。"意谓国土一天天缩小。

　　⑦直虹朝映垒：古人认为虹落军营是兵败流血之象。直虹：长虹。垒：军营。

　　⑧长星夜落营：长星落营，古人认为是主将败亡之兆。诸葛亮最后一次伐魏时，驻军

五丈原，夜有长星赤而芒角，坠落营中，不久亮死。此处指当时江陵防守战中，梁朝大将胡僧佑中流矢而死之事。

⑨楚歌饶恨曲：据《史记·项羽本纪》，项羽被困垓下时，四面楚歌，不久败亡。

⑩南风多死声：典出《左传·襄公十八年》："晋人闻有楚师。师旷曰：'不害。吾骤歌北风，又歌南风。南风不竞，多死声，楚必无功。'"此句谓梁朝终被灭亡。

⑪"眼前"二句：典出《世说新语·任诞》："张季鹰纵任不拘，时人号为江东步兵。或谓之曰：'独不为身后名邪？'答曰：'使我有身后名，不如即时一杯酒。'"此处谓以酒浇愁，不顾身后之名。

〖点评〗

杜甫《戏为六绝句》有曰："庾信文章老更成，凌云健笔意纵横。"读此诗可见一斑。庾信学力丰厚，诗文皆好用典。用典有时会妨碍诗之真气，但遇到感情深沉、一言难尽、难以直白表达者，可起到特别效果。此诗句句用典，皆为突出"悲"意，字面上使用"啼"、"哭"、"愤"、"恨"等表示强烈感情的语词，若非如此，刻骨铭心的亡国之痛何以得释！（徐国荣撰）

194. 春江花月夜

张若虚

春江潮水连海平，海上明月共潮生。
滟滟随波千万里，何处春江无月明？
江流宛转绕芳甸，月照花林皆似霰。
空里流霜不觉飞，汀上白沙看不见。
江天一色无纤尘，皎皎空中孤月轮。
江畔何人初见月？江月何年初照人？
人生代代无穷已，江月年年望相似。
不知江月待何人，但见长江送流水。
白云一片去悠悠，青枫浦①上不胜愁。
谁家今夜扁舟子？何处相思明月楼？
可怜楼上月徘徊，应照离人妆镜台。
玉户帘中卷不去，捣衣砧上拂还来。
此时相望不相闻，愿逐月华流照君。
鸿雁长飞光不度，鱼龙潜跃水成文。
昨夜闲潭梦落花，可怜春半不还家。

江水流春去欲尽，江潭落月复西斜。

斜月沉沉藏海雾，碣石潇湘②无限路。

不知乘月几人归？落月摇情满江树。

（选自郭茂倩编《乐府诗集》，中华书局 1979 年版）

【注释】

①青枫浦：一名双枫浦。位于今湖南省浏阳县浏水中，此处泛指遥远荒僻的水边。

②碣石：山名，位于今河北省昌黎县北。潇湘：潇水、湘水。此处以"碣石"指北方，"潇湘"指南方。

【点评】

乐府藏旧题，张诗开新境。诗题五字，字字诗情。炀帝诸人，同题在先，或五古四句，或五律六句，格局小而难生发。张诗七言三十六句，铺写流丽，既扣题目，亦巧主次。"春"为一年之首，"夜"为一日之末，皆时间名词，无形象可言，必托诸他物。"花"虽有色之象，至夜难摹。故此诗取象，尤重"月"、"江"，月移江流，而"春"、"夜"之来去，"花"之盛衰，如香象渡河，浑化无迹矣。四句一韵，共转九韵，韵转意随，声情摇曳。九韵九图，依次可拟：春江生明月、江月照花林，写景；江畔人望月、月照古今人，写情；扁舟明月楼，写两处相思；月照妆镜台、望月寄此心，写深闺之怨；闲潭梦落花、月落辉摇树，写游子之思，绾合诗人情怀。自开篇江流、月生、夜至、花放、春来，至篇末月落、夜隐、春去、花落、水去，虽似一夜之间，颇感千古情事。"江畔"数句，如《齐物论》"日月相代乎前，而莫知其所萌"之哲思，而声情形象过之。男女相思之情，人生流逝之意，往古来今之心，天地恒久之奇，俱在其中。此诗情真景阔，虚实相生，清人王闿运谓之"孤篇横绝，竟为大家"，闻一多先生赞此诗为"诗中的诗，顶峰中的顶峰"，实非过誉。程千帆先生则辨其为非宫体之爱情诗，可参。（何志军撰）

195. 燕歌行① 并序

高 适

开元二十六年，客有从元戎②出塞而还者，作《燕歌行》以示适，感征戍之事，因而和焉。

汉家烟尘在东北，汉将辞家破残贼。

男儿本自重横行③，天子非常赐颜色。

摐④金伐鼓下榆关，旌旆逶迤碣石间。

校尉羽书飞瀚海，单于猎火照狼山。

山川萧条极边土，胡骑凭陵杂风雨。

战士军前半死生，美人帐下犹歌舞！

大漠穷秋塞草腓⑤，孤城落日斗兵稀。

身当恩遇常轻敌，力尽关山未解围。

铁衣远戍辛勤久，玉箸⑥应啼别离后。

少妇城南欲断肠，征人蓟北空回首。

边庭飘飖那可度，绝域苍茫更何有⑦！

杀气三时作阵云，寒声一夜传刁斗。

相看白刃血纷纷，死节从来岂顾勋？

君不见沙场征战苦，至今犹忆李将军！

（选自刘开扬笺注《高适诗集编年笺注》，中华书局 1981 年版）

《注 释》

①燕歌行：乐府旧题，出《相和歌·平调曲》。《乐府广题》云："燕，地名也，言良人从役于燕而为此曲。"燕即今河北北部。

②元戎：本义指大的兵车，引申为大军、主将。四部丛刊影明本《高常侍集》等版本，"元戎"作"御史大夫张公"，后人因之，多以"张公"为张守珪，或云张说。傅璇琮《唐代诗人丛考》、蔡义江《高适〈燕歌行〉非刺张守珪辨》则考证非张守珪。

③横行：《史记·季布传》："单于尝为书嫚吕后，不逊，吕后大怒，召诸将议之。上将军樊哙曰：'臣愿得十万众，横行匈奴中。'"唯中郎将季布斥樊哙为"面欺"、"面谀"。

④搅（chuāng）：与"伐"均为"击打"之义。

⑤腓：草木枯萎。隋虞世基《陇头吟》："穷秋塞草腓，塞外胡尘飞。"

⑥玉箸：思妇之泪。南朝刘孝威《独不见》："谁怜双玉箸，流面复流襟。"

⑦何有：犹言何在。

《点 评》

前八句写出师边塞。用汉指唐，唐诗常例。四句写辞行，将帅"横行"之气，天子非常厚望，伏下之败绩、困守，欲抑先扬。四句写行军，耀武扬威，军众步缓；敌军之攻，侵掠如火，已照狼山。羽檄飞传，见其紧急，敌速我迟，对照鲜明。"山川"四句写败绩。阵前胡骑如风雨，我军亡过半；阵后将营美人舞。"横行"成空言，"轻敌"乃实际，反差鲜明。"大漠"四句写被围。塞外草衰，孤城人稀，颓日西下，景含哀情。"身当恩遇"遥接"天子非常赐颜色"，"常轻敌"暗合"重横行"，写志大才疏之将帅。"力尽关山"，写有心杀贼，无力回天之战士，困守孤城。"铁衣"四句写双城之怨。"铁衣"、"征人"句，长安思妇所想；"玉箸"、"少妇"句，孤城征人所思，错综而成，战愈烈，思愈深。末八句写征战惨烈。白昼杀气凝云，黑夜刁斗声寒。战士赴死，保家卫国，岂念功勋？末句之意，同王昌龄《出塞》"但使龙城飞将在"，托古伤今，篇终无尽。

自曹丕以来，文人同题，多写闺怨，偶及征战；王褒、萧绎、庾信唱和，闺怨、征战分量略等；高适此诗，主写征战，兼及闺怨，乃边塞诗而非闺怨诗，亦属盛唐之音，雄深悲慨胜宛弱闺情。全诗换韵六部，平仄错综。平韵句亦合平仄，乃歌行律化之征。（何志军撰）

196. 将进酒

李　白

君不见，黄河之水天上来，奔流到海不复回。君不见，高堂明镜悲白发，朝如青丝暮成雪。人生得意须尽欢，莫使金樽空对月。天生我材必有用，千金散尽[①]还复来。烹羊宰牛且为乐，会须一饮三百杯。岑夫子、丹丘生[②]，将进酒，杯莫停。与君歌一曲，请君为我倾耳听。钟鼓馔玉[③]不足贵，但愿长醉不复醒。古来圣贤皆寂寞，唯有饮者留其名。陈王昔时宴平乐[④]，斗酒十千恣欢谑。主人何为言少钱，径须沽取对君酌。五花马，千金裘，呼儿将出换美酒，与尔同销万古愁。

（选自詹锳主编《李白全集校注汇释集评》，百花文艺出版社 1996 年版）

【注释】

①千金散尽：唐李白《上安州裴长史书》："曩昔东游维扬，不逾一年，散金三十余万，有落魄公子，悉皆济之。"

②岑夫子：岑勋，年长故称夫子。丹丘生：元丹丘，道士。二人皆李白好友。

③钟鼓馔玉：钟鸣鼎食之家，既指音乐、美食，与太白独重酒相对，亦指代富贵。

④陈王：陈思王曹植。平乐：平乐宫。三国曹植《名都篇》："归来宴平乐，美酒斗十千。"

【点评】

此诗开篇奇崛。两句境阔势沉，两句境狭意深，对比强烈，悲剧底色，渗透全篇。河坠天穹，至海不回，喻时光之去，非人力可挽；堂上镜中，白发惊心，暮忆青丝，似在今朝。"人生"两句点题，长悲之中，且求暂欢，不如饮酒。"天生"至"倾耳听"，写豪饮尽欢。太白自负己材，驱金如奴，可谓"材大气雄"。参其书信，知其真行，非大言也。与友人豪宴，烹羊宰牛、倾杯三百，可见一斑，如《西门行》"饮醇酒，炙肥牛"，而大不同于渊明"欢然酌春酒，摘我园中蔬"、老杜"夜雨剪春韭，新炊间黄粱"、孟浩然"故人具鸡黍，邀我至田家"。殷勤劝酒，酒助歌兴，"钟鼓"至"对君酌"，歌中之歌。钟鼓之乐，如玉之食，不如长醉；圣人贤者，寂寞身后，不如饮者。陈王之宴，美酒价重，倾杯尽欢；主人今宴，何须惜钱，只管买酒。吾之肥马轻裘，尽可将去，万古深愁，皆当于酒中暂销耳。

乐府旧题，第三人称，化作歌行，第一人称。诗中写景用典，如黄河流经、陈王封地，皆与饮宴之地非远，有实景切典之效，兼意气豪迈，实中涵虚，往古来今，驱遣纵横，故实景切典不为累。严羽评曰："一结豪情，使人不能句字赏摘。盖他人作诗用笔想，太白但用胸口一喷即是，此其所长。"（何志军撰）

197. 走马川行奉送出师西征①

岑 参

君不见走马川，雪海边②，平沙莽莽黄入天。轮台③九月风夜吼，一川碎石大如斗，随风满地石乱走。匈奴草黄马正肥，金山④西见烟尘飞，汉家大将西出师。将军金甲夜不脱，半夜军行戈相拨，风头如刀面如割。马毛带雪汗气蒸，五花连钱⑤旋作冰，幕中草檄砚水凝。虏骑闻之应胆慑，料知短兵不敢接，车师⑥西门伫献捷。

（选自陈铁民、侯忠义校注《岑参集校注》，上海古籍出版社2004年版）

【注释】

①清人沈德潜增"封大夫"三字于"奉送"后。走马川：据柴剑虹考，当为轮台以西之玛纳斯河，秋冬枯涸，河床见底。

②"君不见"二句：原作"君不见走马川行雪海边"，"行"当为衍文，因本诗是三句一韵。

③轮台：唐代属庭州，隶北庭都护府，在今新疆库车县之东。

④金山：即阿尔泰山。突厥语呼"金"为"阿尔泰"。此处泛指塞外山脉。

⑤五花：毛色斑驳。连钱：圆形斑纹。或指名贵之马。

⑥车师：安西都护府所在地，今新疆维吾尔自治区吐鲁番县。

【点评】

边塞西征，作诗敬赠，故多奇险豪壮之语。首三句扣题，写白昼送行。川涸可行马，远山连雪海，黄沙上云天，则大风卷沙，雪白沙黄，弥望苍凉，皆塞外秋景。以下想象西征途中经历。"轮台"三句，写黑夜行军。狂风夜吼，更甚白昼，碎石如斗，随风乱走，荒绝凶险，可想而知。"匈奴"三句，倒写之法，西征缘由，因草黄马肥，匈奴东侵，借汉写唐，师出有名。"将军"三句，写军情紧急，连夜急行，上下肃然，唯戈撞金声，见偶然趔趄，因夜行难视、狂风如割也。"马毛"三句，极写严寒。汗融落雪，旋即化冰，凝结马鬃；幕府草檄，砚墨成冰，笔无所施。末三句预作捷语，军容声势，夹风雪俱至，故军胆寒，望风而逃，吾等将立于敌军王庭，频献捷报。

此诗效李斯《峄山刻石》三句一韵之法，且句句用韵。节奏急促，韵转意随，声情顿挫。《唐诗别裁》称之"势险节短"，《唐贤三昧集笺注》评云："其精悍处似辟一面目，杜亦未有此。老杜《饮中八仙歌》中，多用三句一解而不换韵，此首六解换韵，平仄互用，别自一奇格。"（何志军撰）

198. 白雪歌送武判官归京

岑 参

北风卷地白草①折，胡天八月即飞雪。

忽如一夜春风来，千树万树梨花开。

散入珠帘湿罗幕，狐裘不暖锦衾薄。

将军角弓不得控，都护②铁衣冷难着。

瀚海阑干百丈冰③，愁云惨淡万里凝。

中军④置酒饮归客，胡琴琵琶与羌笛。

纷纷暮雪下辕门，风掣红旗冻不翻。

轮台东门送君去，去时雪满天山路。

山回路转不见君，雪上空留马行处。

（选自陈铁民、侯忠义校注《岑参集校注》，上海古籍出版社 2004 年版）

【注释】

①白草：芨芨草。颜师古注："白草似莠而细，无芒，其干熟时正白色。"王先谦补注："冬枯而不萎，性至坚韧。"

②都护：古代官名。唐置六都护府，各有大都护一名。此处与上句"将军"皆泛指。

③瀚海：通常解为沙漠，然沙漠无冰，或为湖泊俱冻，或为远山凝冰，方称"百丈冰"。

④中军：主帅亲率之部队，此处指中军统帅的营帐。

【点评】

此诗虽为送别，却以写雪著称，歌行体式，故名"白雪歌"。两句一韵，或四句一韵，韵转意随。首二句写塞外风雪。风吹草折，既见风狂，更兼草僵，冷意已露；八月飞雪，胡地早寒，萧飒之意顿出。"忽如"二句写雪之白，设喻奇特，如春风一夜，梨花漫树。此则以南方之春色，写北国之寒秋，千树万树，则壮阔过之，异域之感顿出。"散入"四句写雪之冷，转入人居。湿透珠帘、帐幕，寒入狐裘、锦衾；角弓难控、铁衣难著，气血僵扑可知。"瀚海"二句写雪已成冰。远山相连，纵横如海，冰厚百丈；寒扫天地，万里凝云，云而曰"愁"，引起末八句送别之意。"中军"二句写帐内别宴，归客点题，武判官也。管弦胡乐，别意乡思。"纷纷"二句写帐外风雪。风吹辕门，雪落纷纷，红旗凝冰，吹之不动。末四句悬想送别。轮台城门，送君东去，雪满天山，归途难行。山回路转，风吹雪落，归客渐隐，唯见马蹄之印。别情托之风雪，浑化无迹，机杼与古诗《步出城东门》相似，"步出城东门，遥望江南路。前日风雪中，故人从此去"。不过一预想，一追忆耳。

《唐贤清雅集》评曰："看他如此杂健，其中起伏转折一丝不乱，可谓刚健含婀娜。后人竞学盛唐，能有此否？"于此诗章法、风格所见颇精。（何志军撰）

199. 听颖师①弹琴

韩　愈

昵昵儿女语，恩怨相尔汝②。
划然③变轩昂，勇士赴敌场。
浮云柳絮无根蒂，天地阔远随飞扬。
喧啾百鸟群，忽见孤凤凰。
跻攀分寸不可上，失势一落千丈强。
嗟余有两耳，未省听丝篁。
自闻颖师弹，起坐在一旁。
推手遽止之，湿衣泪滂滂。
颖乎尔诚能，无以冰炭④置我肠！

（选自钱仲联集释《韩昌黎诗系年集释》，上海古籍出版社1994年版）

〖注　释〗

①颖师：天竺僧人，名颖。师即上师，僧人尊称。唐李贺《听颖师弹琴歌》："竺僧前立当吾门，梵宫真相眉棱尊。"

②尔汝：古代江南情歌《尔汝歌》，以"尔"、"汝"表示亲昵。

③划然：忽然。

④冰炭：《庄子·人间世》："喜惧战于胸中，固已结冰炭于五藏矣。"

〖点　评〗

前四句写琴声之变，或有叙事之意。一、二句写轻音细碎，如儿女絮语，情话呢喃，

私恩轻怨，尔汝纠缠，似情人话别图。三、四句写高音激昂，突尔一变，如年少气盛，诀别情人，飞赴沙场，似奔赴沙场图。接下来两句写高音转缓。既已别矣，情丝暂解，豪气稍落，浮云柳絮，皆无根蒂，如同此身，随风飞扬，任意西东，移情感通，寄诸云絮也。四句写乱弦清音，一转而悲。如百鸟群聚，喧啾满天，凤凰虽贵，孤身只影。百鸟，敌军群集也，凤凰，前之勇士也，千里征战，失势难挽，高飞力疲，一落千丈，身陨沙场。后八句写诗人听琴，不能自己。"嗟余"二句，素不知音；"自闻"二句，感音起坐；"推手"二句，失神失态；末二句"无以"祈求，音动深悲，心不能堪。不知音之诗人，听琴乃至于冰炭置肠，泪湿青衫，不忍再听，则颖师琴音奇效，每变惊人，皆烘托而出。

参读李贺《听颖师弹琴诗》，可知颖师之琴、琴声，皆与众不同。"古琴大轸长八尺，峄阳老树非桐孙"，琴为奇制；"凉馆闻弦惊病客，药囊暂别龙须席"，音为奇音。清人方扶南评此诗及李贺《李凭箜篌引》、白居易《琵琶行》云："皆摹写声音之至文。韩足以惊天，李足以泣鬼，白足以移人。"苏轼曾以《水调歌头》词隐括此诗，可参。（何志军撰）

200. 无 题

晏 殊

油壁香车①不再逢，峡云②无迹任西东。
梨花院落溶溶月，柳絮池塘淡淡风。
几日寂寥伤酒③后，一番萧瑟禁烟中。
鱼书④欲寄何由达？水远山长处处同。

（选自傅璇琮等编《全宋诗》，北京大学出版社 1991 年版）

《注 释》

①油壁香车：女子所乘的车，车壁用油漆涂刷。

②峡云：巫峡之云。宋玉《高唐赋》记载巫山神女受楚王宠幸，曾有"妾在巫山之阳，高丘之岨，旦为朝云，暮为行雨"之语。后来以巫山云雨来指男女爱情。

③伤酒：喝醉。

④鱼书：书信。古乐府《饮马长城窟行》："客从远方来，遗我双鲤鱼。呼儿烹鲤鱼，中有尺素书。"后世将"鱼书"代指书信。

《点 评》

晏殊这首诗无论风格还是主题均学习了李商隐的无题诗。运用含蓄的手法，借景抒情，表达与情人离别后留下的无尽相思。而与李诗不同的是，此诗清而不丽，无晦涩难懂之嫌，而是呈现出淡雅和疏宕的风格特点。宋诗以理趣见长，风怀之作不多，抒写男女爱情的就更少之又少了，钱钟书在《宋诗选注·序》中指出："宋人在恋爱生活里的悲欢离合不反映在他们的诗里，而常出现在他们的词里。"该诗可谓宋代爱情诗的代表作之一。（张振谦撰）

201. 寄黄几复①

黄庭坚②

我居北海君南海③，寄雁传书谢不能④。
桃李春风一杯酒，江湖夜雨十年灯。
持家但有四立壁⑤，治病不蕲三折肱⑥。
想得读书头已白，隔溪猿哭瘴溪⑦藤。

（选自宋任渊等注、刘尚荣校点《黄庭坚诗集注》，中华书局2003年版）

【注 释】

①黄几复：即黄介，字几复，南昌人，与黄庭坚同科出身，时为四会县（今属广东）县令。

②黄庭坚（1045—1105），字鲁直，自号山谷道人，晚号涪翁，又称豫章黄先生，洪州分宁（今江西修水）人。江西诗派的代表人物，诗、词、文、书均造诣颇高，其诗变俗为雅、避熟就生，注重使事用典，风格奇崛生硬。有《山谷集》。

③"我居"句：用《左传》僖公四年"君处北海，寡人处南海"句，说自己在山东，黄几复在广东，均临海，但南北相隔，遥遥万里。

④"寄雁"句：古人有雁足传书之说，又云雁南飞至湖南衡阳为止，黄几复为官地四会在衡阳之南，故云。极言距离迢迢，通信不易。

⑤四立壁：《史记·司马相如传》中形容司马相如家贫，云："家居徒四壁立。"

⑥三折肱：《左传》定公十三年："三折肱，知为良医。"意谓人断了三次手臂，他就成了治疗骨折的行家。这里指黄几复不去苛求升官发财的诀窍。

⑦瘴溪：指古时岭南有瘴气的溪水。韩愈《左迁蓝关示侄孙湘》诗中有"好收吾骨瘴江边"。

【点 评】

这首诗作于宋神宗元丰八年（1085），时作者在山东德州德平任上。首二句述说二人南北相隔，用典贴切自然，如盐入水。三、四句为历代传诵之名句，用对比手法写出了往昔京城相聚时的欢乐与别后索居的落寞。清人方东树称这两句"浩然一气涌出"（《昭昧詹言》卷二〇）。五、六句写黄几复虽家徒四壁，但他却勤于政事，高度赞其美德。结句遥想对方，读书读到头发变白的黄几复并不孤独与寂寞，其读书声与野猿之悲泣声相呼

应，形成了一种悲壮的气氛和苍凉的意境。（张振谦撰）

202. 登太白楼^①

王世贞^②

昔闻李供奉^③，长啸独登楼。此地一垂顾，高名百代留。

白云海色曙，明月天门秋。欲觅重来者，潺湲济水流^④。

（选自《弇州山人四部稿》，文渊阁《四库全书》本）

〖注 释〗

①太白楼：故址在今山东济宁，原是唐代贺兰氏经营的酒楼。唐开元二十四年（736），李白由湖北安陆迁居任城（今山东济宁），"其居在酒楼前"，每日至此饮酒。咸通二年（861），沈光敬为该楼题"太白酒楼"匾额，酒楼由此便名为太白酒楼。明洪武年间重建时依原楼样式迁于南城，更名为"太白楼"。

②王世贞（1526—1590）：字元美，号凤洲，又号弇州山人，太仓（今属江苏省）人，明代著名文学家、史学家，出身于著名的太仓王氏家族。王世贞才高位显，学识渊博，在当时文坛影响极大。他倡导文学复古运动，认为"文必秦汉、诗必盛唐"，与李攀龙同为"后七子"领袖。其诗吸收众长，颇见才思。诗文集有《弇州山人四部稿》、《弇州山人续稿》和《艺苑卮言》等。

③李供奉：李白。李白曾于天宝元年（742）应召入京，为供奉翰林，三年后被玄宗"赐金放还"。

④"潺湲（yuán）"句：济河的水缓缓流动着。济水：古河名，发源于今河南，流经山东入渤海。今河南济源，山东济南、济宁、济阳，均从济水得名。潺湲：水缓慢流动的样子。

〖点 评〗

《登太白楼》是缅怀李白之作。诗人登楼后追忆前贤，对昔日"谪仙人"潇洒旷放的风姿赞叹不已；凭楼远眺，诗人面对海阔天空的秋色月景，内心产生天才不再的憾然之感。诗作风格洒脱，情景相依，意蕴天成。（蔡亚平撰）

203. 海上（选一）

顾炎武^①

日入空山海气侵，秋光千里自登临。十年天地干戈老^②，四海苍生痛哭深。

水涌神山来白鸟，云浮仙阙见黄金^③。此中何处无人世，只恐难酬烈士心。

（选自华忱之点校《顾亭林诗文集·亭林诗集》，中华书局1959年版）

〖注 释〗

①顾炎武（1613—1682）：本名继坤，改名绛，字忠清，明亡后更名炎武，字宁人，号亭林，被尊为亭林先生，江南昆山（今属江苏省）人。青年时曾参加抗清义军，康熙年间被举鸿博，坚拒不就。顾炎武是明末清初著名思想家、史学家、语言学家，与黄宗羲、王夫之并称"清初三大儒"。学术著作有《天下郡国利病书》、《日知录》等。文学创作主张抒发真性情，重视实用价值。诗尊杜甫，多感喟兴亡之作。有诗文集《顾亭林诗文集》。

②"十年"句：长年累月的战乱。老：长久。

③"水涌神山"二句：描绘海上仙境。意出《史记·封禅书》："此三神山（指蓬莱、方丈、瀛洲）者，其传在渤海中……诸神仙及不死之药皆在焉。其物禽兽尽白，而黄金银为宫阙。未至，望之如云。"这两句和下两句是作者想象明鲁王可以凭借海岛继续进行反清斗争，又担心复国愿望最终无法实现。

〖点 评〗

《海上》组诗共四首，此处所选为第一首。清顺治二年（1645），南明福王（弘光帝）朱由崧、潞王朱常淓分别投降清廷，鲁王朱以海监国于浙江绍兴。次年六月清军渡钱塘江，鲁王弃绍兴由江门遁海。同年秋，作者登山临海，感叹明王朝的衰败，心知反清复明的愿望难以达成，却又难以放弃，内心茫然，满怀忧思，遂作《海上》组诗。诗作沉郁悲怆，清林昌彝《射鹰楼诗话》谓其"无限悲浑，故独迢千古，直接老杜"。（蔡亚平撰）

204. 山居杂咏（选一）

黄宗羲①

锋镝牢囚取次过②，依然不废我弦歌③。

死犹未肯输心去，贫亦其能④奈我何？

廿两棉花装破被，三根松木煮空锅。

一冬也是堂堂地⑤，岂信人间胜着多！

（选自《南雷集·南雷诗历》，《四部丛刊》本）

〖注 释〗

①黄宗羲（1610—1695）：字太冲，号南雷，浙江余姚人，晚年自称梨洲老人，学界尊为梨洲先生。明末复社领导人之一，清军南下时曾组织"世忠营"抗清，明亡后屡拒清廷征召，隐居著述讲学。黄宗羲学识渊博，思想深邃，是杰出的经学家、史学家、思想

家。文学创作主张表达真情实感，反对刻意模拟。著有《明儒学案》、《宋元学案》、《明夷待访录》、《行朝录》、《四明山志》、《南雷文定》等。

②"锋镝（dí）"句：曾无数次经历战争和牢狱的危难。锋镝：泛指兵器，也喻指战争。锋：刀口。镝：箭头。取次：依次。

③"依然"句：意谓受尽苦难仍坚持自己的信仰。典出《孔子家语·在厄第二十》，陈蔡派兵包围孔子后，"孔子不得行，绝粮七日，外无所通，藜羹不充，从者皆病。孔子愈慷慨讲诵，弦歌不绝"。弦歌：咏诵。

④其能：岂能。

⑤"一冬"句：堂堂正正度过一生。一冬：终生。冬：古谓"终"。

《点评》

清顺治十六年（1659），郑成功北伐受挫。黄宗羲于当年秋徙居化安山，深感复明无望，过着"出而耕樵，入而诵读"的隐居生活，《山居杂咏》组诗即创作于这个时期。此处所选为六首诗中的第一首，诗人回顾了自己饱受苦难的战斗历程，面对贫寒，表达出至死不渝的爱国信念。诗作慷慨激昂，气势宏大，充满强烈的民族精神。（蔡亚平撰）

205. 秋柳（选一）

王士禛①

秋来何处最销魂，残照西风白下门②。
他日差池春燕影③，只今憔悴晚烟痕。
愁生陌上黄骢曲，梦远江南乌夜村④。
莫听临风三弄笛，玉关哀怨总难论⑤。

（选自李毓芙、牟通、李茂肃整理《渔洋精华录集释》，上海古籍出版社1999年版）

《注释》

①王士禛（1634—1711）：原名士禛，避清雍正帝讳改名，字子真、贻上，号阮亭，别号渔洋山人，新城（今山东省桓台县）人。王士禛是清初诗坛重要人物，与朱彝尊并称"南朱北王"。他提出"神韵"诗论，以"不著一字，尽得风流"为作诗要诀。作诗宗法王维、孟浩然，多摹写山水，清新悠远，独具特色，尤擅七言绝句。著有《带经堂集》、《带经堂诗话》等。

②白下：旧时南京的别称。此处白下门代指柳树。古诗词中常将柳树与白下联系在一起，如唐李白《金陵白下留别诗》："驿亭三杨柳，正当白下门。"

③"他日"句：往昔春意盎然，燕子在柳丝中穿翔。他日：往日。差（cī）池：参差

不齐，此处用来形容春燕不时掠过的身影。《诗经·邶风》云："燕燕于飞，差池其羽。"梁沈约《阳春曲》云："杨柳垂地燕差池。"

④"愁生陌上"二句：柳树站立在阡陌上好像在忧愁地倾听着黄骢（cōng）曲，又仿若在睡梦中忆起昔日的受宠时光。黄骢曲：曲名。《唐书·礼乐志》载："唐太宗破窦建德，乘马名黄骢骠，及征高丽，死于道。颇哀惜之，命乐工制黄骢叠曲。"黄骢：毛色黄白相间的马。乌夜村：在今江苏吴江县南。相传东晋名士何准曾寓居于此，某夜一群乌鸦飞临村中啼叫，何准的女儿在这时出生，后来此女受到晋穆帝宠爱，封为皇后。

⑤"莫听临风"二句：面对柳枝的憔悴之态，更不忍倾听秋风中幽怨的笛声了。三弄笛：反复出现的笛声。古诗词中抒发离愁的笛曲往往与柳树联系起来。三：多次，反复。玉关哀怨：意出唐王之涣《凉州词》诗："羌笛何须怨杨柳，春风不度玉门关。"

【点评】

《秋柳》组诗是王士祯的成名诗作。清顺治十四年（1657）秋，作者客居济南，一日与友人相聚游览明湖时，看到湖边亭下的千余株杨柳，"披拂水际，叶始微黄，乍染秋色，若有摇落之态"，内心惆怅不已，遂赋《秋柳》四首。此处所选为第一首，追忆春日时柳树的摇曳多姿，哀叹秋日时柳叶的泛黄飘落，感怀韶光易逝，美人迟暮。全诗风格清雅，意蕴含蓄，世人最称赞其句句咏柳却句句不见"柳"字。此诗成后广为传诵，有多家唱和之作。（蔡亚平撰）

206. 癸巳①除夕偶成（选一）

黄景仁②

千家笑语漏迟迟③，忧患潜从物外知④。
悄立市桥人不识，一星如月看多时。

（选自李国章校点《两当轩集》，上海古籍出版社1983年版）

【注释】

①癸巳：指清乾隆三十八年（1773）。

②黄景仁（1749—1783）：字仲则，一字汉镛，号鹿菲子，武进（今江苏常州）人，北宋诗人黄庭坚后裔。少时即负才名，十五岁应童子试列第一，后屡试不第，为人作幕僚，一生穷困潦倒。黄景仁诗作古风学李白、韩愈，近体尊李商隐，多抒写落拓不遇、寂寞凄怆之情怀，笔调清婉，为时人所赞赏。间有关注现实、揭露社会弊端之作。亦能词，擅白描而含蓄不足。著有《两当轩集》。

③"千家"句：在家家户户的欢声笑语中，时间渐渐流逝。漏迟迟：时间一点点流逝。漏：古代计时的仪器。

④"忧患"句：危机似乎正从不可名状的世外之境悄悄地袭来。物外：世外、未可知之境。

《点评》

《癸巳除夕偶成》共二首，此篇为第一首。诗人一生落魄，有着敏锐的感知力与忧患意识，在除夕夜这个普天同欢庆的时刻，他却感受到了风雨欲来的隐患。"悄立市桥人不识"，寂寥萧瑟的气息扑面而来，诗人的身影在欢乐背景的映衬下更显落寞。全诗感伤低沉，韵味悠长。（蔡亚平撰）

207. 咏　史

龚自珍

金粉东南十五州①，万重恩怨属名流。
牢盆狎客操全算，团扇才人踞上游②。
避席畏闻文字狱，著书都为稻粱谋。
田横五百人安在，难道归来尽列侯③？

（选自《龚自珍全集》，上海人民出版社1975年版）

《注释》

①"金粉"句：意谓繁华富庶的长江中下游一带。金粉：古代妇女装饰用的铅粉，此处借指富庶绮丽的景象。

②"牢盆"二句：意谓各类小人投机钻营，名高位显。牢盆：煮盐用的工具，此处代指把控盐政的官僚。狎客：攀权附贵的门客帮闲。团扇才人：原意是手持团形宫扇在皇宫侍奉的女官，此处借指故作风雅、腐化放荡、对国政茫然无知的贵族子弟。典出《古今乐录》，谓东晋重臣王导之孙王珉，喜手执白团扇作风雅之态，由于出身豪门，弱冠之年便做了中书令，实则他只知谈玄说佛、流连声色，对国事一窍不通。

③"田横"二句：据《史记·田儋侯列传》载，田横为秦末时人，曾占据齐地，汉朝建立后率部逃入海岛，刘邦许封田横为列侯以召其降。田横耻于臣服，在去洛阳途中自刎，所带二随从也随即自刎，留在海岛上的五百余部下获悉这一消息后，全部自刎。用此典故，意谓社会需要田横那样不为功名利禄而丧失气节的人来挽救衰世。

《点评》

此诗题为咏史，实则讽今，作者激愤地描述自古富庶的"东南十五州"，如今窃居高位的全是些不学无术的贵族子弟；盐官的幕僚帮闲们在此飞扬跋扈，文人也只知埋头考据，明哲保身，全无忧国忧民的责任感。全诗情感强烈，富有力度，传神地刻画了官场的黑暗和士人的颓废，表达出龚自珍对腐朽的清王朝鞭笞不已的斗志。（蔡亚平撰）

208. 新 雷

张维屏①

造物②无言却有情，每于寒尽觉春生。
千红万紫安排著③，只待春雷第一声。

（选自陈宪猷标点《张南山全集·听松庐诗钞》，广东高等教育出版社1994年版）

【注 释】

①张维屏（1780—1859），字子树，号南山、松心子，晚年自号珠海老渔，番禺（今属广东广州）人。张维屏少负才名，工诗文，与黄培芳、谭敬昭号称"粤东三子"。早期诗多咏吟山水、唱和酬答之作，鸦片战争爆发后诗情激昂，写出《三元里》等一系列爱国诗篇。著有《松心草堂集》、《听松庐诗钞》、《松心诗集》等，另辑有《国朝诗人征略》。

②造物：犹言"造物主"，万物的创造者，此指大自然。

③安排著：准备好。

【点 评】

这首诗创作于清道光四年（1824）早春，抒写了诗人对春天将至的喜悦。诗人赞美大自然于无言中饱含深情，在寒冬的尽头悄悄准备就绪，只待第一声春雷响起，姹紫嫣红的春花都将盛放。小诗寓理于情，趣致盎然，流露出诗人对大自然的热爱和对新时代的隐约期盼。（蔡亚平撰）

209. 玉楼春

宋 祁①

东城渐觉风光好，縠皱波纹②迎客棹。绿杨烟外晓寒轻，红杏枝头春意闹③。　　浮生④长恨欢娱少，肯爱⑤千金轻一笑。为君持酒劝斜阳，且向花间留晚照⑥。

（选自唐圭璋编《全宋词》，中华书局1999年版）

〖注 释〗

①宋祁（998—1061）字子京，安州安陆（今湖北安陆）人，后徙居开封雍丘（今河南杞县）。宋天圣二年（1024）与兄庠同登进士第，时号"大小宋"。谥"景文"。与欧阳修等合修《新唐书》。其词多抒写个人生活情怀，词风闲雅艳丽。清人孙星华辑有《宋景文集》。

②縠皱波纹：形容波纹细密如皱纱织纹。縠（hú）：皱纱。

③闹：这里指浓盛。

④浮生：指漂浮不定的短暂人生。《庄子·刻意》云："其生若浮，其死若休。"

⑤肯爱：岂肯吝惜。

⑥晚照：落日的余晖。

〖点 评〗

这首词是当时誉满词坛、后世为人称颂的传世名作。上阕写绚丽多彩的春光景色，将红杏闹春的喧嚣气氛刻画得淋漓尽致。尤其是"闹"字，化静为动，化虚为实，将蓬勃的春意、烂漫的春光以及红杏蕴涵的勃勃生机生动地呈现在读者面前，因此，"闹"可谓该词词眼。王国维《人间词话》云："'红杏枝头春意闹'，着一'闹'字，而境界全出。"也正是因为这一"闹"字，使宋祁在当时赢得了"红杏尚书"的雅号。词的下阕，转而感叹浮生苦短，欢娱无多，透露出珍惜时光、及时行乐的心声。（张振谦撰）

210. 凤栖梧

柳 永

　　独倚危楼①风细细。望极春愁，黯黯②生天际。草色烟光残照里。无言谁会凭阑意。　　拟把③疏狂图一醉。对酒当歌④，强乐还无味。衣带渐宽⑤终不悔，为伊消得人憔悴。

（选自薛瑞生校注《乐章集校注》，中华书局 1994 年版）

〖注 释〗

①危楼：高楼。

②黯黯：愁闷惆怅。

③拟把：打算

④对酒当歌：语出曹操《短歌行》："对酒当歌，人生几何。"

⑤衣带渐宽：指人逐渐消瘦。语本《古诗十九首·行行重行行》："相去日已远，衣带日已缓。"

《点评》

这首词亦作《蝶恋花》，采用代言体，以女性口吻写女主人公寂寞、悔恨、期盼等心里。上片登高望远，离愁别恨油然而生。下片欲借酒消愁，但"春愁"浓重深厚，难以排遣。结尾二句以健笔写柔情，表现了主人公对爱情坚毅执着的态度。此两句也因此成了表达爱情的千古名句。王国维《人间词话》曾借用这两句形容"古今之成大事业，大学问者，必经过三种境界"的"第二境界"，所强调的正是其表现的锲而不舍的精神。（张振谦撰）

211. 桂枝香

王安石①

登临送目，正故国②晚秋，天气初肃③。千里澄江似练④，翠峰如簇。征帆去棹残阳里，背西风，酒旗斜矗。彩舟云淡，星河鹭起，画图难足。　　念往昔，繁华竞逐。叹门外楼头⑤，悲恨相续。千古凭高对此，漫嗟荣辱。六朝旧事随流水，但寒烟、衰草凝绿。至今商女，时时犹唱，《后庭》遗曲⑥。

（选自唐圭璋编《全宋词》，中华书局 1999 年版）

《注释》

①王安石（1021—1086）：字介甫，号半山，封荆国公。临川（今江西省抚州市）人，北宋杰出的政治家、思想家、文学家。谥"文"，赠太师，崇宁间追封舒王。词作风格高峻，瘦削雅素。有《王文公集》，存词二十余首。

②故国：旧都，这里指金陵（今江苏省南京市）。

③初肃：初凉。

④澄江似练：化用谢朓《晚登三山还望京邑》："澄江静如练。"练：白色的绢纱。

⑤门外楼头：相传隋朝大将韩擒虎率兵攻入朱雀门，陈后主还与爱妃张丽华在楼阁中寻欢作乐。唐杜牧《台城曲》诗云："门外韩擒虎，楼头张丽华。"这里化用杜牧诗意。

⑥《后庭》遗曲：指陈后主陈叔宝所作的《玉树后庭花》。据《隋书·五行志》载，祯明（587—589）初，陈后主作新歌，歌词中有"玉树后庭花，花开不复久"之句，时人认为这是陈亡的不祥之兆，后人遂将此曲作为亡国之音。唐杜牧《泊秦淮》诗云："商女不知亡国恨，隔江犹唱后庭花。"词中即化用此诗句。

《点评》

此词上阕取金陵景物入词，以"登临送目"领起，次第写了江景、山景，直至斜阳下小舟、西风酒旗、白鹭，一连串的镜头，极富美感，构成了色彩斑斓、境界壮阔的画面，同时显示出作者的立足之高、胸怀之广。下阕转入怀古，由"念往昔"总摄，追叙六朝帝王穷奢极欲而导致亡国的历史往事。结尾两句化用小杜诗意，表达了伤今的词旨，感慨时人未能从六朝覆亡中吸取教训。由于作者思想深刻，胸襟阔大，而又笔力劲健，感叹深沉，遂成宋词名篇。《历代诗余》卷一一四引《古今词话》云："金陵怀古，诸公寄调《桂枝香》者三十余家。惟王介甫（王安石）为绝唱。"苏轼见之赞叹曰："此老乃野狐精也。"（张振谦撰）

212. 兰陵王

周邦彦①

柳阴直②，烟里丝丝弄碧。隋堤③上，曾见几番，拂水飘绵送行色。登临望故国，谁识，京华倦客④。长亭路、年去岁来，应折柔条过千尺。　　闲寻旧踪迹，又酒趁哀弦，灯照离席，梨花榆火⑤催寒食。愁一箭风快，半篙波暖⑥，回头迢递便数驿，望人在天北。　　凄恻，恨堆积，渐别浦萦回，津堠⑦岑寂，斜阳冉冉春无极。念月榭携手，露桥闻笛。沉思前事，似梦里，泪暗滴。

（选自罗忼烈笺注《清真集笺注》，上海古籍出版社 2008 年版）

【注 释】

①周邦彦（1056—1121）：字美成，号清真居士。浙江钱塘（今浙江杭州市）人。他精于音律，长于创调。词风浑厚典雅，富丽精工，是北宋婉约词派之集大成者。词集有《清真词》，又名《片玉集》。

②柳阴直：一道长堤，两行垂柳，远远望去像直线。

③隋堤：隋代开凿通济渠，沿岸筑堤，称隋堤。

④京华倦客：作者自谓。

⑤榆火：古代一年之中取火用不同的木材，春取榆、柳，夏取枣、杏，故有改火之称。唐宋时期朝廷在清明节取榆、柳之火以赐百官，故有"榆火"之说。

⑥半篙波暖：竹篙没入水中，因时近暮春，水波已暖。

⑦津堠：码头上供瞭望或休息之处。

【点 评】

这是一首著名的送别词。据宋人毛开《樵隐笔录》记载，该词在南宋绍兴年间（1131—1162）颇为流行，人们常以此唱曲送别，与唐王维《阳关三叠》齐名，可见其广播程度。这首词借咏柳写离别之苦。古代有折柳送别的习俗，因此诗词中往往以柳渲染别情。《诗经·小雅·采薇》云："昔我往矣，杨柳依依；今我来思，雨雪霏霏。"较早运用这一手法。隋代无名氏《送别》诗："杨柳青青著地垂，杨花漫漫搅天飞，柳条折尽花飞尽，借问行人归不归。"也是我们熟悉的例子。周邦彦此词也是如此，开头便以柳阴、柳丝、柳絮、柳条渲染其离别情绪。接着镜头切入眼前辞别的情景。词人闲时常来此地寻觅送人的踪迹，此刻被送者竟是自己。"愁"领起以下四句，传达出作者异于常人的特殊心理：唯恐船速过快而不能与友人或情人相视寄意。最后写离别后的凄凉感受以及对往事不胜忧伤的回忆。全篇章法井然而多变，情感深沉，音调和美，具有极佳的艺术效果。（张振谦撰）

213. 水龙吟·登建康赏心亭

辛弃疾[1]

楚天千里清秋，水随天去秋无际。遥岑远目，献愁供恨，玉簪螺髻[2]。落日楼头，断鸿[3]声里，江南游子。把吴钩[4]看了，阑干拍遍，无人会，登临意。

休说鲈鱼堪脍，尽西风，季鹰归未[5]？求田问舍，怕应羞见，刘郎才气[6]。可惜流年，忧愁风雨，树犹如此[7]！倩何人、唤取红巾翠袖，揾英雄泪[8]？

（选自邓广铭笺注《稼轩词编年笺注》，上海古籍出版社 1987 年版）

〖注 释〗

①辛弃疾（1140—1207）：字幼安，号稼轩，历城（今山东济南）人。现存词 620 余首，是宋代存词最多的作家。其与苏轼齐名，多写报国之志。词风豪放，沉郁悲壮，爱用典故是辛词之一大特征。有《稼轩词》、《稼轩长短句》。

②玉簪螺髻：比喻山。这些山有的像美人头上的碧玉簪，有的像螺旋形的发髻。唐韩愈《送桂州严大夫同用字》诗中云："水作青罗带，山如碧玉簪。"

③断鸿：失群的孤雁。

④吴钩：春秋时期吴国制造的一种兵器，似剑而曲。

⑤"休说"三句：这三句的意思是说，不要说鲈鱼味美，尽管秋风吹来，我怎能像季鹰那样弃官还乡呢？典出《世说新语·识鉴》："张季鹰辟吴王东曹掾，在洛，见秋风起，因思吴中莼菜羹、鲈鱼脍，曰：'人生贵得适意尔，何能羁宦数千里以要名爵？'遂命驾便归。"

⑥"求田"三句：三国时，许汜去看望陈登，陈登对他很冷淡，"自上大床卧，使客（许汜）卧下床"。后来许汜把这件事告诉了刘备，刘备云："今天下大乱，帝王失所，望君忧国忘家，有救世之意，而君求田问舍，言无可采，是元龙所讳。何缘当与君语？如小人，欲卧百尺楼上，卧君于地，何但上下床之间耶？"（《三国志·魏书·陈登传》）求田问舍：指求田地、置房舍。

⑦"可惜"三句：《世说新语·言语》载，桓公北征，途径金城（今江苏镇江附近），见当年所种柳树"皆已十围，慨然曰：'木犹如此，人何以堪！'攀枝执条，泫然流泪。"意谓年华流逝，风雨飘摇，树犹如此，何况人呢！

⑧倩：请求。红衣翠袖：代指美女。揾：擦抹。

《点评》

这首词约作于宋孝宗乾道年间，时作者在建康通判任上。期间他沉沦下僚，满腔报国之志无从施展，于是登临作词，以宣泄胸中愤懑。上阕即地写景，从旷远的秋空到江北的山峦，由无我之景到有我之景，由远及近，从景到人，最后笔锋落到词人自我。看吴钩、拍阑干显示其忧国襟怀之焦灼；"无人会"则表现出作者知音难觅的惆怅心理。下阕借历史人物以发牢骚之气，连用三个典故，显示出词人无可奈何、报国无路的情态。最后发问，有谁能唤来美女将失意英雄的泪水擦干呢？侧面烘托了英雄潦倒之极和愤恨悲慨之致。（张振谦撰）

214. 摸鱼儿①

辛弃疾

淳熙己亥，自湖北漕移湖南，同官王正之置酒小山亭，为赋。②

更能消、几番风雨，匆匆春又归去。惜春长恨花开早，何况落红无数。春且住！见说道、天涯芳草迷归路。怨春不语，算只有殷勤，画檐蛛网，尽日惹飞絮。　　长门事，准拟佳期又误，蛾眉曾有人妒③。千金纵买相如赋，脉脉此情谁诉？君莫舞！君不见、玉环飞燕④皆尘土。闲愁最苦，休去倚危阑，斜阳正在，烟柳断肠处。

（选自邓广铭笺注《稼轩词编年笺注》，上海古籍出版社1987年版）

《注释》

①摸鱼儿：来自唐教坊曲《摸鱼子》，应是民间捕鱼时所歌。

②淳熙六年（1179），辛弃疾从湖北转运副使调任湖南，将从鄂州至潭州主持漕运。小山亭在湖北转运使官署内。

③"长门事"三句：司马相如《长门赋序》中写陈皇后失宠后，用百金为酬让相如作文以悟主上而终得宠。此事与史实有出入。准拟：约定。蛾眉：喻美好的才情。

④玉环飞燕：杨贵妃小字玉环；汉成帝宠爱赵后，号飞燕。

《点评》

这首词先写惜春的情绪，后又用美人遭妒而失意的典故，抒发对时局的忧虑以及受小人阻挠的抑郁。"更能消"句，为下面"惜春"做好铺垫。"春且住"喝住，"怨春不语"，将"怨春"意表述得极富层次感。下阕开头"长门事"承"怨春"而咏宫怨。"君莫舞"以下用宠姬失宠，死无葬身之地的史实，警告朝廷奸佞。"闲愁最苦"北上恢复之望遥远。"斜阳"句则叹惋南宋朝廷国事将危。通篇采用比兴象征和以古喻今的艺术手法，曲折地反映了当时的社会现实，昭示出词人复杂的心理活动，回肠荡气、沉郁顿挫。全词字面上伤春宫怨，骨子里忧国忧时。摧刚为柔，沉郁顿挫。回肠荡气，低回无已。夏承焘先生曾以"肝肠似火，色笑如花"八字赞誉此词，推为词中极品。（赵维江撰）

215. 摸鱼儿·雁丘词

元好问[1]

问世间，情为何物？直教生死相许。天南地北双飞客，老翅几回寒暑。欢乐趣，离别苦，就中[2]更有痴儿女。君应有语。渺万里层云，千山暮雪，只影为谁去。 横汾路[3]，寂寞当年箫鼓，荒烟依旧平楚。招魂楚些[4]何嗟及，山鬼[5]自啼风雨。天也妒，未信与、莺儿燕子俱黄土。千秋万古。为留待骚人，狂歌痛饮，来访雁丘处。

〔选自姚奠中主编、李正民增订《元好问全集》（增订本），山西古籍出版社 2004 年版〕

《注释》

①元好问（1190—1257）：字裕之，号遗山，山西秀容（今山西忻州）人，世称遗山先生。金元之际著名文学家。著作有《中州集》、《南冠录》、《壬辰杂编》等。

②就中：是中与"就中"同义。

③横汾路：汾河岸，当年汉武帝巡幸处，帝王游幸欢乐的地方。

④楚些：《楚辞·招魂》中多以"些"为句末助词。如："魂兮归来，南方不可以止些。"后以楚些为楚辞或招魂的代称。

⑤山鬼：根据於字古音读"巫"推断於山即巫山，山鬼乃楚地（今湖南、湖北）民间传说中的一位美丽女神。认为山鬼史传即巫山神女。巫山是楚国境内的名山，巫山神女是楚民间最喜闻乐道的神话。

《点评》

金泰和五年（1205），十六岁的元好问到并州（太原）应试，感于大雁殉情事，葬雁于汾水之滨，垒石为坟，曰"雁丘"，并与同行的朋友赋诗以志。后来元好问又将诗改写成这首《摸鱼儿》。首句"问世间，情为何物"，痛问悬设，领起全篇。词中对大雁殉情故事的赞颂，也就是对"情为何物"的回答。词人没有直接去写那撕裂心肺的死别之痛，而是从反面入手，先描摹了一番双雁相聚时的欢爱情景，以反衬后面死别之痛切。接着作者推出了一幅丛山暮云图，将弱小的孤雁"只影"置于"万里"、"千山"之上，由此形成一种强烈的反差，将孤雁失伴的极度痛楚和孤独，以及那不可避免的悲剧命运尽显于行间。下片，虽为雁事续写，但情为主体，着重抒写作者对雁事的感怀。作者首先暗用当年汉武帝行经"横汾路"的典故，以当年那"箫鼓"声喧来反衬如今雁丘的冷落；接着又以《楚辞》里的《招魂》、《山鬼》感慨双雁之生不可复；接着以"未信与、莺儿燕子俱黄土"一句揭示出大雁与执着于理想的屈原一样"千秋万古"而不朽的题旨。因此，这情雁也值得"骚人"们为它"狂歌痛饮"。现代文化已使性爱的追求和模式多元化，但"生死相许"的至诚之爱毕竟是人类两性关系的至境，从这个意义上看，这首《雁丘词》古辞也给今人提供了有关爱情的某些启示。（赵维江撰）

216. 窦娥冤（第三折节选）

关汉卿[1]

【正宫·端正好】没来由犯王法，不提防遭刑宪[2]，叫声屈动地惊天！顷刻间游魂先赴森罗殿[3]，怎不将天地也生埋怨。

【滚绣球】有日月朝暮悬，有鬼神掌着生死权。天地也，只合把清浊分辨，可怎生糊突了盗跖、颜渊[4]？为善的受贫穷更命短，造恶的享富贵又寿延。天地也，做得个怕硬欺软，却原来也这般顺水推船！地也，你不分好歹何为地？天也，你错勘贤愚枉做天！哎，只落得两泪涟涟。

（选自臧晋叔编《元曲选》，中华书局1958年版）

《注释》

①关汉卿（约1234年—1297至1307年间）：号已斋叟，大都（今北京）人，元代戏曲作家，与郑光祖、白朴、马致远并称为"元曲四大家"。元代钟嗣成《录鬼簿》著录其杂剧六十余种，数量为诸家之冠，现存约十八种。王国维《宋元戏曲考·元剧之文章》云："关汉卿一空倚傍，自铸伟词，而其言曲尽人情，字字本色，故当为元人第一。"亦擅作散曲，作品风格朴素自然，与其杂剧相一致。有小令五十余首，套数十多篇存世。

②不提防：意想不到。脉望馆藏《古名家杂剧》本、明孟称舜编《古今名剧酹江集》本作"葫芦提"。遭刑宪：触犯刑法之意。

③森罗殿：即阎王殿，亦称森罗宝殿、阎罗殿。民间传说中有人死后魂魄归至阴曹地府受审判的说法，地府的最高统治者是阎罗王，他审案之处称为森罗殿。

④ "可怎生糊突" 句：怎么会把盗跖（zhí）、颜渊两人都搞糊涂了？糊突：糊涂。"怎生糊突"，脉望馆藏《古名家杂剧》本作 "知道错看"。盗跖：又名柳下跖，春秋末期奴隶起义领袖，在先秦典籍中被侮称为 "盗跖"。颜渊：孔子最得意的弟子，贫而好学。古时常以这两人作为坏人与好人的典型。

【点 评】

《窦娥冤》是关汉卿的代表剧作，《元曲选》本题为《感天动地窦娥冤杂剧》。剧叙书生窦天章因无力偿还高利贷，将其女窦娥卖作童养媳，窦娥长大后受地痞流氓欺压诬陷，最终惨遭昏庸州官处斩事。剧作通过窦娥的冤死，寄托了剧作家对封建社会丑恶面的批判与暴露。本剧是中国古典悲剧的典范性作品，王国维《宋元戏曲考·元剧之文章》云："关汉卿之《窦娥冤》……即列之于世界大悲剧中，亦无愧色也。" 第三折为全剧矛盾冲突最强烈的一折，此处所选窦娥临刑前的唱词，"词调快爽，神情悲吊"，对日月鬼神、天与地的斥责，实质是指向最高统治者以及地方贪官污吏的有力控诉。（蔡亚平撰）

217. 单刀会（第四折节选）

关汉卿

【双调·新水令】大江东去浪千叠，引着这数十人驾着这小舟一叶。又不比九重龙凤阙①，可正是千丈虎狼穴。大丈夫心别②，我觑这单刀会似赛村社③。

（云）好一派江景也呵！（唱）

【驻马听】水涌山叠，年少周郎④何处也？不觉的灰飞烟灭，可怜黄盖⑤转伤嗟。破曹⑥的樯橹一时绝，鏖兵⑦的江水犹然热，好教我情惨切！

（云）这也不是江水，（唱）二十年流不尽的英雄血！

（选自宁希元、宁恢选注《中国古代戏剧选》，人民文学出版社 2003 年版）

【注 释】

① 九重龙凤阙：指皇宫。九重：多重，极言皇宫之深。龙凤阙：皇帝的居所。

② 心别：心胸与众不同。此处指英雄豪气。

③ 赛村社：古时农村在社日时的迎神赛会。社：古代指土地神和祭祀土地神的地方、日子以及祭礼。

④ 周郎：即周瑜，字公瑾，汉末三国时期东吴名将。

⑤ 黄盖：字公覆，汉末三国时期东吴名将。

⑥ 曹：指曹操，字孟德，三国时期魏国的奠基人。

⑦ 鏖（áo）兵：两军激战。鏖：激烈地战斗。

〔点评〕

《单刀会》是关汉卿著名的历史剧作，其本事出于《三国志·吴书·鲁肃传》，《脉望馆抄校本古今杂剧》本标目《关大王独赴单刀会》。剧叙三国时吴将鲁肃为索回荆州，定计约蜀将关羽过江赴宴欲行加害，关羽单刀匹马从容赴会，捍卫蜀汉对荆州的主权事。此处所选为关羽赴宴途中在舟上的唱词，融入了剧作者对历史的体悟与感叹，苍凉悲壮，激昂慷慨，历来为世人所赞赏。二曲从宋苏轼词《念奴娇·赤壁怀古》脱化而来，然化用自然，犹如己出，清杨恩寿《词馀丛话》卷二称其"声情激越，不减东坡'酹江月'。当场高唱，几欲裂铁笛而碎唾壶"。（蔡亚平撰）

218. 雪①（节选）

鲁　迅②

　　暖国的雨，向来没有变过冰冷的坚硬的灿烂的雪花。博识的人们觉得他单调，他自己也以为不幸否耶？江南的雪，可是滋润美艳之至了；那是还在隐约着的青春的消息，是极壮健的处子的皮肤。雪野中有血红的宝珠山茶，白中隐青的单瓣梅花，深黄的磬口的蜡梅花；雪下面还有冷绿的杂草。蝴蝶确乎没有；蜜蜂是否来采山茶花和梅花的蜜，我可记不真切了。但我的眼前仿佛看见冬花开在雪野中，有许多蜜蜂们忙碌地飞着，也听得他们嗡嗡地闹着。

　　……

　　但是，朔方的雪花在纷飞之后，却永远如粉，如沙，他们决不粘连，撒在屋上，地上，枯草上，就是这样。屋上的雪是早已就有消化了的，因为屋里居人的火的温热。别的，在晴天之下，旋风忽来，便蓬勃地奋飞，在日光中灿灿地生光，如包藏火焰的大雾，旋转而且升腾，弥漫太空，使太空旋转而且升腾地闪烁。

（选自《鲁迅散文》，人民文学出版社 2005 年版）

〔注释〕

①原文写于 1925 年 1 月 18 日，最初发表于 1925 年 1 月 26 日《语丝》周刊第十一期。后收入散文诗集《野草》。

②鲁迅（1881—1936）：中国杰出的文学家、思想家。原名周树人，字豫才，浙江绍兴人。其对 20 世纪中国文学、思想等方面影响甚巨。文学创作以小说、散文为主，著有《呐喊》、《彷徨》、《朝花夕拾》、《华盖集》等，作品今多收入《鲁迅全集》。

〖点 评〗

　　有人认为，相对于其他作品，散文诗集《野草》是鲁迅的想象才能发挥得最为充分的作品，是仅属于鲁迅"私己"的精神世界，是一部充满了"鲁迅式的想象"的作品，因此，《野草》也是较难理解与研读的鲁迅作品。这里所选的《雪》，也许是《野草》中最为明朗的一篇。

　　作品开篇挑明了"雨"与"雪"在质感与气质上的对立：相对产于暖地的、单调的"雨"，"雪"不仅"冰冷"，而且"坚硬"。接下来，冷峻的鲁迅少见地写到了青春、极健壮的处子的皮肤、山茶、梅花、蝴蝶、蜜蜂这些"温情"的意象，写到了被消融的、褪去风采的雪罗汉——"这如水般美而柔弱的生命的消亡，令人惆怅。但是，还有'朔方的雪花'在"。（钱理群语）

　　与前述包蕴水润的意象与氛围不同，从"朔方的雪花"开始，是粉，是沙，是地，是枯草等截然相反的、不含"水气"的语词，是火、晴天、旋风、日光、火焰，是不同于"滋润美艳"的"江南的雪"，是雄浑有力、大刀阔斧之美。这旋转而且升腾闪烁的，不正是鲁迅先生的精魂？（黄勇撰）

219. 雪落在中国的土地上

艾　青①

雪落在中国的土地上，
寒冷在封锁着中国呀……

风，
像一个太悲哀了的老妇，
紧紧地跟随着
伸出寒冷的指爪
拉扯着行人的衣襟，
用着像土地一样古老的话
一刻也不停地絮聒着……

那从林间出现的，
赶着马车的
你中国的农夫
戴着皮帽
冒着大雪

你要到哪儿去呢?

告诉你
我也是农人的后裔——
由于你们的
刻满了痛苦的皱纹的脸
我能如此深深地
知道了
生活在草原上的人们的
岁月的艰辛。

而我
也并不比你们快乐啊
——躺在时间的河流上
苦难的浪涛
曾经几次把我吞没而又卷起——
流浪与监禁
已失去了我的青春的
最可贵的日子,
我的生命
也像你们的生命
一样的憔悴呀

雪落在中国的土地上,
寒冷在封锁着中国呀……
沿着雪夜的河流,
一盏小油灯在徐缓地移行,
那破烂的乌篷船里
映着灯光,垂着头
坐着的是谁呀?
——啊,你
蓬发垢面的少妇,
是不是
你的家

——那幸福与温暖的巢穴——
已被暴戾的敌人
烧毁了么？
是不是
也像这样的夜间，
失去了男人的保护，
在死亡的恐怖里
你已经受尽敌人刺刀的戏弄？

咳，就在如此寒冷的今夜，
无数的
我们的年老的母亲，
都蜷伏在不是自己的家里，
就像异邦人
不知明天的车轮
要滚上怎样的路……
——而且
中国的路
是如此的崎岖
是如此的泥泞呀。

雪落在中国的土地上，
寒冷在封锁着中国呀……
透过雪夜的草原
那些被烽火所啮啃着的地域，
无数的，土地的垦殖者
失去了他们所饲养的家畜
失去了他们肥沃的田地
拥挤在
生活的绝望的污巷里：
饥馑的大地
朝向阴暗的天
伸向乞援的
颤抖着的两臂。

中国的苦痛与灾难

像这雪夜一样广阔而又漫长呀！

雪落在中国的土地上

寒冷在封锁着中国呀……

中国

我的在没有灯光的晚上

所写的无力和诗句

能给你些许的温暖么？

一九三七年十月二十八日夜间

（选自《北方》，江苏文艺出版社 2010 年版）

【注 释】

①艾青（1910—1996）：原名蒋正涵，号海澄，杰出的中国现代诗人。著有诗集《大堰河——我的保姆》、《我爱这土地》，长诗《向太阳》等。

【点 评】

艾青是中国现代诗歌最为杰出的代表之一，在很长的一段时间内，甚至现在，许多人都将《大堰河——我的保姆》、《向太阳》等诗篇视作艾青的代表作，这实际上是非常错误的，是极"左"时代狭隘的眼光，是对伟大诗人品质的贬低。《雪落在中国的土地上》，无论是在艾青的作品中，还是在整个中国新诗史中，绝对都是最为优秀的篇章。它既无《大堰河——我的保姆》的某些粗糙，也无《向太阳》等诗作的过分豪情。在抗战情绪激昂高涨的 1937 年，艾青却以沉郁、雄浑的诗笔，为苦难、广袤、悲壮的祖国谱写了一曲浑厚而忧伤的恋曲。可以说正是在《雪落在中国的土地上》这里，西方象征主义的养分、现实主义诗歌的品质、对劳动人民的挚爱、爱国主义的情怀、革命豪情等诸因素才化为无形，结成完美的艺术晶体。（姚新勇撰）

220. 野草·题辞

鲁 迅

当我沉默着的时候，我觉得充实；我将开口，同时感到空虚。

过去的生命已经死亡。我对于这死亡有大欢喜①，因为我借此知道它曾经存活。死亡的生命已经朽腐。我对于这朽腐有大欢喜，因为我借此知道它还非空虚。

生命的泥委弃在地面上，不生乔木，只生野草，这是我的罪过。

野草，根本不深，花叶不美，然而吸取露，吸取水，吸取陈死人②的血和肉，各各夺取它的生存。当生存时，还是将遭践踏，将遭删刈，直至于死亡而朽腐。

但我坦然，欣然。我将大笑，我将歌唱。

我自爱我的野草，但我憎恶这以野草作装饰的地面。

地火在地下运行，奔突；熔岩一旦喷出，将烧尽一切野草，以及乔木，于是并且无可朽腐。

但我坦然，欣然。我将大笑，我将歌唱。

天地有如此静穆，我不能大笑而且歌唱。天地即不如此静穆，我或者也将不能。我以这一丛野草，在明与暗，生与死，过去与未来之际，献于友与仇，人与兽，爱者与不爱者之前作证。

为我自己，为友与仇，人与兽，爱者与不爱者，我希望这野草的死亡与朽腐，火速到来。要不然，我先就未曾生存，这实在比死亡与朽腐更其不幸。

去罢，野草，连着我的题辞！

一九二七年四月二十六日，鲁迅记于广州之白云楼
（选自《鲁迅全集》，人民文学出版社 1993 年版）

《注 释》

①"大欢喜"，佛教用语，表示目的实现后随之而来的一种极度满足的境界。

②陈死人：指已经死了很久的人。

《点 评》

曾几何时，鲁迅的文字在中国几乎是除了"伟大领袖"的著作之外唯一允许被阅读的，这当然荒唐，但如今否定鲁迅、告别鲁迅的声音则不绝于耳，文人雅士纷纷宣布告别鲁迅，教科书也逐渐将鲁迅的作品删除；而在文学方面，不论是专业人士还是靓女帅哥，大多对张爱玲甚至胡兰成更为津津乐道。鲁迅真的过时了吗？鲁迅真的偏激、可怕似毒药吗？那想唤起熊熊大火烧毁一切丑恶、腐朽之物的"野草"，真的已经枯萎了吗？我们日渐无聊的心灵，真的不再需要这坦然、决绝、义无反顾之音的震撼了吗？这曾经给了无数中国人以精神与文学营养的诗性文字，真的已经成了烂古董了吗？

请听，当年那无边暗夜中的呐喊、反抗、宣告，正穿过无边的旷野在我们的耳边回响："当我沉默着的时候，我觉得充实；我将开口，同时感到空虚。"（姚新勇撰）

221. 在暗夜（节选）

筱 敏①

自从权杖和锁链被发明了出来，自从美丽的珍珠贝被串成一种交易的凭证，自从一双闪烁的眼睛不敢直视另一双明净的眼睛，灵魂的霉变就已经开始了。人——竟然是人，率先学会了下跪，学会了出卖，学会了无耻和苟且偷生。你是不该吃惊的啊，我们不是早就读到过的么？在《圣经》里，在人类有文字以来的灵魂档案里。我能说什么呢？你还是被击倒了。那一击是猝然而至的。在你专注地倾听人间的苦难，举头仰望展示着人类的崇高的星空，并伸出柔弱的手臂承接星光的时候，你被出卖了。你体内那声砰然的断裂，骤然使一百年的时空簌簌发抖，我们同时从理想主义的高处被扔进龌龊的泥沼……那是没顶之灾啊，妃格念尔②！我真的渴望就此结束，结束一切。究竟是什么，把你从死的欲望中拦截出来，残忍地逼迫你在泥沼里挣扎，只为把共同的厄运承受到底呢？

风暴熄灭了，生命的钟停了，铁与血的伤口合拢，于是你像一块失散了的弹片，被闭锁在暗夜的伤口里面了。历史是从不感伤的，他漠漠然走远了。世上究竟还有什么更令人悲痛？当你被绑缚在废墟之上，日日被饿鹰啄食五脏，却眼看着历史从废墟上踏过，毫不动情地越走越远。还有什么比这更令人绝望的呢？妃格念尔！

死一般的静寂。

一片树影，纠缠不清，模糊虚幻，一种暗哑的恐怖，渐渐围拢，钻进你身体的每一个毛孔，钻进你的理性，钻进你的灵魂。一切都令人感觉着人生的最后一个所在——坟。

就在这一个夜晚，时钟开始倒退着行走，没有萤火，而铜锈如青苔一样茸密，门洞中的窥探如一种夜间觅食的昆虫卑琐的呻吟。就是这一个无月的夜晚，有一滴星光忽然落在我的颊上，沁凉如水。当我用双手接住她的时候，一簇火苗就无端燃烧，并迅速植入体内。此时仰望星空，我认出了你的方位。即使在燃烧的时刻，我们也并不拒绝流泪的，是么？妃格念尔！

夜间的涅瓦河水总是低声吼叫，总是翻沸不宁。一只白色的小火轮，向着未知的远方急急驶去。你告诉我，你突然间听见了船轮击水的声音。在夜的深处，竟然有船轮击水的声音！是的，是的，我们从不认为自己坚强如钢，从不。满天星光之夜，蓦然降雨是何等的美丽——

妃格念尔啊!

（选自铁凝等著《梦妖女性主义文学》，春风文艺出版社1993年版）

注释

①筱敏（1955— ）：当代作家，著有散文集《喑哑群山》、《女神之名》、《理想的荒凉》、《阳光碎片》、《风中行走》、《记忆的形式》，长篇小说《幸存者手记》等。

②妃格念尔：指薇拉·妃格念尔（1852—1942），是19世纪70年代俄国革命团体民意社的成员。因参与刺杀俄皇亚历山大二世事件而被捕判刑，在狱中度过22年时光。其代表作《狱中二十年》记述了狱中的生活经历。

点评

这是自由心灵之间的跨时空的交流。进行这样的交流，需要对自由的渴求以及叛逆与坚守的勇气，当然还需要穿越性的文字。在这个虚假、浅薄四溢的时代，抬起瘦弱而坚定的头颅仰望星空已实不易，而在仰望之际，还能用火焰般精粹的中文，与遥远的自由之光相互辉映，则就更令人钦佩了!（姚新勇撰）

222. 田园中的音响

桑 丹①

田园金黄
这是深秋紧束的明艳
我在最黄的尽头把堆积的马车打开
石头的水纹逐渐干枯
迎着朝露
流水就缓缓停下
从父亲的身影漫出
如一匹落地时花朵繁荣的布
把我风雨招展的哀伤
飘扬在田园的八月
让碧空里掀动的双手，猎猎作响

曾经颗粒饱满的田园
在我体内金黄而轻盈地倒伏

225

此时，我居住的岁月或力量

透明无尘

阳光和田园

是涉水的骏马

一群滔滔的鸟阵

八月之后，我感受了它们

静静地，想起这使人难忘的地方

像一柄游水的利刃

切断所有金黄的音响

（选自色波编《前定的念珠·诗歌卷》，四川文艺出版社2002年版）

【注释】

①桑丹（1963—　）：当代诗人。

【点评】

桑丹在藏族诗坛中受到的评价并不太高，而且她的作品也不多，但她很可能如同旺秀才丹一样，是藏族诗人中最优秀、最富艺术精纯性的诗人。仅以她的《田园中的音响》和《河水把我照耀》这两首诗，就可以确定她作为转型期中国汉语诗界优秀诗人的地位。桑丹的诗最令人赞叹的是细腻、精致与大气的结合，不合常规出人意表的词语、意象组合，读来又是那样自然贴切，细腻、精致、清亮的语言间，不时闪现出极薄极薄的锋刃的切割感。尽管因篇幅所限，《田园中的音响》无法像她的《河水把我照耀》那样尽显其诗歌才华，但由此亦不难感受桑丹诗情的精纯。

例如诗作的开篇三句，直接看去，好像没有什么特别的，但"紧束的明艳"一句，就将金秋田野的清亮、明丽饱满而又娇艳地搁在眼前。"最黄的尽头"造成视觉的延伸，漫野的金黄铺展并集聚，越来越浓，直堆积到马车前。车厢打开，哗——满车的金黄（麦粒）瀑泄。这堆满明艳、飞瀑金黄的仅仅是马车吗？难道它不是贮满千言万语、万端感受的诗人的心房吗？（姚新勇撰）

223. 雅典人为公众服务的精神（节选）

狄摩西尼①

雅典人从不向专横无义的政权卑躬屈膝，以求安逸。不，我们历史记载的是一系列英勇杰出的事迹：立国以来，我们一直勇敢地克服艰险以保持国家荣誉。你们极其崇敬这类行为，认为这是雅典精神的特征。在这方面有超卓表现的先辈，历来是最受颂扬的人物。你们的想法有道理。对于那些宁愿离乡背井，远航他方而不愿俯首听命于异族的人，谁能不讶异于他们的崇高举动呢？当日的雅典人并未渴求什么议长或将军为他们谋取不难忍受的奴隶地位。他们具有生而不得自由毋宁死去的精神。牢固于每人心底的原则是人生来不仅属于父母，且属于国家，请注意其间的差别。如果一个人认为自己生来仅为父母，他就只会被动地静待自然死亡。可是，如果他认为自己也属国家的儿女，便会自愿赴死，也不愿看到自己的国家沦为附庸。国家处于被奴役的地位时，他会感到所蒙受的侮辱与羞耻比死亡更难忍受。

……

（选自石幼珊译、张隆溪校《名人演说一百篇》，中国对外翻译出版公司1987年版）

【注 释】

①狄摩西尼（Demosthenes，约公元前384—前322）：古希腊演说家、政治家。他幼年丧父，因遗产被监护人侵吞，乃立志学习修辞和演讲，克服先天口吃，终于站到法庭上为自己辩护，在遗产案中胜诉，并成为出类拔萃的演说家。他曾讲授修辞和代人写诉状，继而从政，为雅典后期民主派代表人物和实际领袖。他深感当时崛起的马其顿王国对希腊的威胁，主张雅典与各城邦联合，共同抗击马其顿王腓力二世的入侵。公元前338年，他带领的希腊军队在喀罗尼亚一役失利，因而被迫逃亡。公元前322年他重返雅典，组织反马其顿运动，未果，饮鸩而亡。狄摩西尼共留下61篇演说辞，以一系列"反腓力辞"最为著名。西方语言中通用的"phillipic"（猛烈抨击）一词即源出于此。

【点 评】

本篇节选自狄摩西尼反对马其顿王腓力二世的演讲词，他谴责马其顿王腓力为野心家和暴君，号召人民起来保卫雅典和希腊自由。狄摩西尼不愧为当时全希腊最伟大的演说家和意见领袖，他的演讲词立论明确，简洁流畅，说理透彻，气势磅礴犹如排山倒海，极富抨击力和鼓动性。他所倡导的"国家荣誉"以及"不自由，毋宁死"的精神，不仅在当时具有巨大的感召力，也深刻地影响了后来一代又一代的人们，以抵抗外来侵略、保卫国家和民族独立为己任。（黄汉平撰）

224. 丽达与天鹅

叶 芝①

猝然一攫，巨翼犹兀自拍动
扇着欲坠的少女，他用黑蹼

摩挲她的双股，含她的后颈在喙中
且拥她无助的乳房在他的胸脯
惊骇而含糊的手指怎能推拒
她松弛的股间，那羽化的宠幸？
白热的冲刺下，被扑倒的凡躯
怎能不感到那跳动着的心？
腰际一阵颤抖，从此便种下
败壁颓垣，屋顶与城楼焚毁
而亚嘉门农②死去

就这样被抓
被自天而降的暴力所凌驾
她可曾就神力吸神的智慧
乘那冷漠云喙尚未将她放下？

（选自张良村、黄汉平主编，叶维廉译《外国文学阅读与欣赏》，天津人民出版社
1994 年版）

《注 释》

①叶芝（William Butler Yeats，1865—1939）：爱尔兰诗人、剧作家、神秘主义者。生
于都柏林一个画师家庭，自小喜爱诗画艺术，并对乡间的秘教法术颇感兴趣。1884 年就读
于都柏林艺术学校。他是爱尔兰凯尔特文艺复兴运动的领袖，艾比剧院的创建者之一，也
曾担任爱尔兰国会参议员一职。他早年的创作仍然具有浪漫主义的华丽风格，然而进入不
惑之年后，在现代主义诗人伊兹拉·庞德等人的影响下，其创作风格更加趋近现代主义。
主要诗剧有《胡里痕的凯瑟琳》（1902）、《黛尔丽德》（1907）等，另有诗集《芦苇中的
风》（1899）、《在七座森林中》（1903）、《责任》（1914）等，并陆续出版了多卷本的诗
文全集。1928 年发表诗集《古堡》，这是他创作上进入成熟期的峰巅之作，内有著名诗篇
《驶向拜占廷》、《丽达与天鹅》和《古堡》等。晚年的重要诗集有《回梯》（1929）、《新
诗集》（1938），另有散文剧《窗棂上的世界》（1934）、诗剧《炼狱》（1938）等。叶芝
于 1923 年获得诺贝尔文学奖，获奖的理由是"以其高度艺术化且洋溢着灵感的诗作表达
了整个民族的灵魂"。

②亚嘉门农：据希腊神话，丽达怀孕后产了两个蛋，蛋中产出的是海伦和克吕泰涅斯
特拉，前者的私奔导致了特洛伊战争，后者则和奸夫合谋杀害了丈夫亚嘉门农。

《点 评》

这首诗堪称叶芝后期象征主义诗歌的代表作，在一定程度上表达了诗人对第一次世界

大战后西方文明的绝望心理。此诗因其象征含意极其复杂而众说纷纭。按照叶芝神秘的象征体系，历史每一循环是两千年。纪元前的那一番循环是由化身为天鹅的希腊众神之主宙斯与少女丽达的结合作为历史的开端。此诗的象征意蕴极为深刻，人与神的结合并未使人升华为神，神性与人性始终在人的身上冲突，构成了人类的本质，同时也构成了人类的悲剧。战争、罪恶、阴谋与疾病，伴随着一部人类文明史，人类注定要在永恒的"我是谁"的困惑、在天堂与地狱的冲突中延续。（黄汉平撰）

225. 绝命书：我愿为文化而死①

茨威格②

"在我自觉自愿、完全清醒地与人生诀别之前，还有最后一项义务亟须我去履行，那就是衷心感谢这个奇妙的国度巴西，它如此友善、好客地给我和我的工作以憩息的场所。我对这个国家的热爱与日俱增。与我操同一种语言的世界对我来说业已沉沦，我的精神故乡欧罗巴亦已自我毁灭，从此以后，我更愿在此地重建我的生活。但是一个年逾六旬的人再度从头开始是需要特殊的力量的，而我的力量却因长年无家可归、浪迹天涯而消耗殆尽。所以我认为还不如及时不失尊严地结束我的生命为好。对我来说，脑力劳动是最纯粹的快乐，个人自由是这个世界上最崇高的财富。我向我所有的朋友致意！愿他们经过这个漫漫长夜还能看到旭日东升！而我这个过于性急的人要先他们而去了！"

斯特凡·茨威格
1942 年 2 月 22 日于彼德罗保里斯

（选自夏中义主编、张玉书译《大学人文读本：人与自我》，广西师范大学出版社 2003 年版）

《注释》

①题目为编者所加。

②茨威格（Stefan Zweig, 1881—1942）：奥地利小说家、传记作家。生于维也纳一个富裕的犹太工厂主家庭。青年时代在维也纳和柏林攻读哲学和文学，1903 年获博士学位。后到世界各地游历，结识罗曼·罗兰和罗丹等人，并受到他们的影响。第一次世界大战时从事反战工作，成为著名的和平主义者。20 年代赴苏联，认识了高尔基。1934 年遭纳粹驱逐，先后流亡英国、巴西。1942 年与妻子双双自杀。一生著有 12 部传记、9 部散文集、7 部戏剧、6 本小说集、2 部长篇小说（一部未完成）以及 1 部自传。脍炙人口的名篇有《一个女人一生中的二十四小时》（1922）、《一个陌生女人的来信》（1922）、《象棋的故事》（1941）等。他擅长细致的性格刻画和深刻的心理分析，作品拥有广泛的读者，在世

界范围都有着经久不衰的魅力。他的作品《伟大的悲剧》（选自《人类的群星闪耀时》）被选入我国人教版《语文》七年级下册，《列夫·托尔斯泰》也被选入人教版八年级下册。

《点评》

　　自从 1942 年 2 月 23 日突然传出茨威格和他的妻子在巴西服毒自杀的消息，半个多世纪以来，许多研究者纷纷探讨这位作家的死因，提出种种疑问，作出种种解释。为什么茨威格会走上这条绝路？莫非他流亡国外，生计无着，穷愁潦倒？抑或看不见前途，悲观绝望？其实，"穷愁潦倒"说不靠谱，"悲观绝望"说过于简单化。

　　从 1934 年到 1940 年，茨威格一直侨居英国（1940 年取得英国国籍），最后前往美洲，住在巴西。在这期间，直到他生命的最后一刻，茨威格在物质方面没有任何匮乏，而且也绝不缺乏荣誉。他在美洲的演讲旅行和作品朗诵会，总是万人空巷，深受欢迎。他有英国国籍，不像一些流亡的犹太人处处受到歧视，在饥饿线上挣扎；他拥有巴西的长年签证，是受到特殊礼遇的共和国的贵宾。茨威格去世后，巴西总统下令为这位文学大师举行国葬。巴西政府决定把茨威格生前最后几天住过的那幢坐落在彼德罗保里斯的别墅买下来，作为博物馆供人参观。

　　茨威格在自杀之前写的自传《昨日的世界》实际上是一份更详细的绝命书。他在回顾一生时描写了那个昨日的世界，他自己就属于那个世界。在那个世界里，他作为作家可以影响人们的思想，触动人们的感情。而在这个现实世界里，他感到无能为力。他的著作被纳粹法西斯焚毁。尽管他在流亡期间不乏物质上的优越条件，然而物质毕竟不是决定一个人幸福还是不幸的主要原因和条件。精神上的折磨往往甚于肉体上的酷刑，对于思想敏锐、感情细腻的人，更是如此。再加上茨威格为人正直，考虑的不仅仅是个人的安危荣辱。他身在国外，虽然没有遭受他的亲友们遭到的厄运，但他去国离家，内心同样备受折磨。他那敏感的心灵既承担着自己的痛苦，也分担着在祖国受迫害的亲友和同胞的忧患。于是，他感到心力交瘁。这不是肉体的疲劳，而是心灵的疲惫。他的"精神故乡欧罗巴"的沉沦，他的人道主义理想被世界大战炮火摧毁，人类已堕落成自相残杀的野兽，如此种种，都使他深感绝望，万念俱灰。从更深层次上看，他是为他所赖于安身立命的文化和信仰而殉道的，犹如中国大学者王国维的自杀，是一种文化的殉道者。（黄汉平撰）

226.　诗人之死（节选）

莱蒙托夫 [1]

　　诗人死了！——光荣的俘虏 [2]——
　　倒下了，为流言蜚语所中伤，
　　低垂下他那高傲不屈的头颅，

胸中带着铅弹和复仇的渴望！……
诗人的心灵再也不能够容忍
那琐细非礼的侮辱和欺压了，
他挺身而起反抗人世的舆论，
依旧是匹马单枪……被杀了！
被杀了……如今哀泣悲痛
和怨诉的剖白、辩解的空谈、
空洞的同声赞扬，又有何用？
命运的最后的决定已经宣判！
不正是你们首先这样凶狠地
迫害了他那自由勇敢的天才、
而你们为了给自己寻欢作乐
又把那将熄灭的大火煽扬起来？
好？称心了……他已经
再也不能忍受这最后的苦难；
稀有的天才已像火炬般熄灭，
那辉煌壮丽的花冠已经凋残。
……

你们，以下流和卑贱著称的
先人们孳生下的傲慢无耻的后代儿孙，
你们用你们那奴隶的脚踵践踏蹂躏了
幸运的角逐中败北的那些人们的迹踪！
你们，这蜂拥在宝座前的贪婪的一群，
扼杀"自由"、"天才"、"光荣"的屠夫啊！
你们躲在法律的荫庇下，对你们
公正和正义——一向是噤口无声！……
但还有神的裁判啊，荒淫无耻的嬖人！
严厉的裁判者等着你们；
他决不理睬金银的清脆声响，
他早已看透你们的心思和你们的行径。
那时你们想求助于诽谤也将徒然无用：
那鬼蜮伎俩再不会帮助你们，
而你们即使用你们那所有的污黑的血
也洗涤不净诗人正义的血痕！

（选自余振译《诗选》，上海译文出版社 1984 年版）

〖注 释〗

①莱蒙托夫（Mikhail Yurievich Lermontov，1814—1841）：俄国诗人、小说家。生于莫斯科一个小贵族家庭。上中学时开始写诗。1830 年考入莫斯科大学，课余写了近 300 首抒情诗和几首长诗，绝大多数在生前没有发表。1835 年发表长诗《哈吉－阿勃列克》，引起文坛注意。同年创作剧本《假面舞会》，展现了一个勇于同上流社会对抗的悲剧人物。1837 年初，普希金在决斗中重伤后去世，莱蒙托夫愤然作《诗人之死》一诗，强烈谴责沙皇的专制暴政，莱蒙托夫因此被捕并被流放到高加索，四年后同样死于决斗。他的代表作是长篇叙事诗《童僧》（1839）、《恶魔》（1841）以及长篇小说《当代英雄》（1840），后者塑造了愤世嫉俗、苦闷彷徨的"多余人"毕巧林的形象。

②普希金在长诗《高加索的俘虏》中曾用这样的诗句歌唱他的主人公："无情的光荣的俘虏看见他的末日近在眼前，在决斗中刚强而镇静地等待着致命的铅弹。"莱蒙托夫这里引用普希金用过的"光荣的俘虏"来歌颂普希金。

〖点 评〗

1837 年 1 月末，沙皇政府收买的法国流亡贵族丹特士在决斗中杀害了普希金，俄国人民为之震怒。莱蒙托夫的这首诗就是在这时候写的。它深刻而真实地写出了俄国人民思想上和感情上的反应。普希金安葬后几天，莱蒙托夫听说上流社会竭力为凶手丹特士辩护，而又多方面诬蔑普希金。莱蒙托夫更加愤怒，又续写这一首诗最后的十六行。很快，这篇附有最后十六行的诗稿也在群众中传抄开了，在社会上引起了很大的波动。宪兵总监下肯多尔夫还没有向沙皇呈报以前，已经有人把这篇诗寄给了沙皇尼古拉一世，并且加了"革命檄文"四字作为标题。的确，《诗人之死》不仅是纪念和歌颂普希金诗歌的名篇，也是号召俄罗斯人民起来推翻沙皇专制暴政的革命宣言书。（黄汉平撰）

227. 文心雕龙·神思（节选）

刘 勰①

古人云：形在江海之上，心存魏阙之下②，神思之谓也。文之思也，其神远矣③。故寂然凝虑，思接千载；悄焉动容，视通万里；吟咏之间，吐纳珠玉之声；眉睫之前，卷舒风云之色；其思理之致④乎。故思理为妙，神与物游⑤。神居胸臆，而志气⑥统其关键；物沿耳目，而辞令管其枢机⑦。枢机方通，则物无隐貌；关键将塞，则神有遁⑧心。是以陶钧⑨文思，贵在虚静，疏瀹五藏、澡雪精神⑩，积学以储宝，酌理以富才⑪，研阅以穷照，驯致以怿辞⑫，然后使玄解之宰，寻声律而定墨⑬；独照之匠，窥意象而运斤⑭；此盖驭文之首术，谋篇之大端⑮。

（选自范文澜注《文心雕龙注》，人民文学出版社 1958 年版）

〖注 释〗

①刘勰（约 465—520）：字彦和，东莞莒人（今山东省莒县北部的东莞镇）。南北朝时期人。梁初入仕，后出家，改名慧地。《梁书》卷五十、《南史》卷七十二有传。著《文心雕龙》五十篇。

②"形在江海之上"二句：出自《庄子》。原文指身在野而心怀朝廷。此处指想象是不受自身局限的一种活动。魏阙：古代君王的宫门，代指朝廷。

③其神远矣：想象可以无往不达。

④致：意态、情况。

⑤思理：艺术想象。神：想象。物：物象。游：活动，此处指神与物之交接、融汇。

⑥志气：情志气质。

⑦枢机：关键。

⑧遯：遁。

⑨陶钧：制造陶器的转轮，此处用为动词，意为想象、构思。

⑩瀹：疏通。五藏：五脏，即肝心肺肾脾。澡雪：以雪洗身，净化之意。

⑪"积学"二句：谓平时努力学习积累知识，分析事理以丰富才能。酌：斟酌，分析。

⑫"研阅"二句：谓仔细观察各种物象，寻根究底，沿着思路理顺文辞。致：情致。怿：通"绎"，理顺、运用。

⑬玄解：指懂得深奥的道理。宰：主宰，此处指心。定墨：落笔写作。

⑭独照之匠：指独自明察、有独到见解的人。意象：想象中的事物形象。斤：斧头；运斤，指运用工具，此处指写作。

⑮驭文：驾驭文思。首术：首要的方法。谋篇：谋划安排篇章。端：头，头绪；大端，意谓重要之处。

〖点 评〗

《文心雕龙》是我国第一部系统论述文学理论的专著。全书 50 篇，分上、下两编。上编论述文学的基本原则和阐述各种文体的源流，下编专论文学创作，是全书的精华所在。《神思》是下编之首，集中探讨了艺术想象的诸多问题，如艺术想象的特性、作用、作家进行艺术想象前的准备、想象的不同情形等。刘勰对想象的论述虽然受到陆机的影响，但他对想象问题作了更深入、更系统的探讨。节选的这一段涉及想象的内涵、特性、想象时的心境、想象前的积累等问题，"思理为妙，神与物游"，是刘勰想象论的重要观点，不但阐明了想象与现实的关系，也道出了艺术想象是形象思维这一实质。（朱巧云撰）

228. 童心说（节选）

李贽①

……夫童心者，真心也。若以童心为不可，是以真心为不可也。夫童心者，绝假纯真，最初一念之本心也②。若失却童心，便失却真心；失却真心，便失却真人。人而非真③，全不复有初矣。

童子者，人之初也；童心者，心之初也。夫心之初曷可失也！然童心胡然而遽失也？盖方其始也，有闻见从耳目而入，而以为主于其内而童心失。其长也，有道理从闻见而入，而以为主于其内而童心失。其久也，道理闻见日以益多，则所知所觉日以益广，于是焉又知美名之可好也，而务欲以扬之而童心失；知不美之名之可丑也，而务欲以掩之而童心失。……童心既障，于是发而为言语，则言语不由衷；见而为政事，则政事无根柢④；著而为文辞，则文辞不能达。非内含以章美也⑤，非笃实生辉光也⑥，欲求一句有德之言，卒不可得。所以者何？以童心既障而以从外入者闻见道理为之心也。

（选自《焚书》，中华书局 1974 年版）

【注释】

①李贽（1527—1602）：字宏甫，号卓吾，又号温陵居士、百泉居士等。福建泉州晋江人。明嘉靖三十一年举人，官至姚安知府。后弃官寓居湖北麻城等地。李贽是明代著名的思想家，大胆抨击假道学，公开以"异端"自居。在麻城讲学时，从者数千人，影响颇大。被诬，下狱，自刎而死。曾评点《水浒传》、《西厢记》等，著有《焚书》、《续焚书》、《藏书》、《李氏文集》等约三十种。《明史》有传。

②"绝假纯真"二句：谓童心即杜绝虚假的、纯净真诚的、未受外界熏染的、最初的本真之心。

③人而非真：谓人不真诚。

④见：通"现"。根柢：根基、基础。

⑤非内含以章美：不是内含美质而辞章华美。

⑥非笃实生辉光：不是实在真诚而熠熠生辉。

【点评】

《童心说》是李贽讨伐假文学的一篇檄文，思想深刻，文辞犀利。文章首先阐明了何谓"童心"："童心"就是"绝假纯真最初一念之本心"。这种"本心"是最纯洁的，未受一切污染的，因而也是最完美的，最具一切美好的可能性的。其次，他认为文学应该抒真情、说真话，对假人、假言、假事予以斥责。再次，他质疑"文必秦汉，诗必盛唐"的理论以及《论语》、《孟子》等经书，认为文学在不断变化和发展中产生出好的作品，传奇、院本、杂剧、《西厢记》、《水浒传》等出自"童心"者，皆为"古今至文"。这些观点在当时具有振聋发聩之作用，对文艺创作和批评也有积极意义。所选两段讨论了三个问题：一是何谓"童心"；二是"童心"之失的缘由；三是失却"童心"之表现。（朱巧云撰）

229. 闲情偶寄·词曲部（节选）

李 渔①

立主脑②

古人作文一篇，定有一篇之主脑。主脑非他，即作者立言之本意也。传奇亦然。一本戏中，有无数人名，究竟俱属陪宾；原其初心，止为一人③而设。即此一人之身，自始至终，离合悲欢，中具无限情由，无穷关目④，究竟俱属衍文；原其初心，又止为一事⑤而设。此一人一事，即作传奇之主脑也。然必此一人一事，果然奇特，实在可传，而后传之，则不愧传奇之目，而其人其事与作者姓名，皆千古矣。

密针线⑥

编戏有如缝衣，其初则以完全者剪碎，其后又以剪碎者凑成。剪碎易，凑成难。凑成之工，全在针线紧密。一节偶疏，全篇之破绽出矣。每编一折，必须前顾数折，后顾数折。顾前者，欲其照映；顾后者，便于埋伏。照映埋伏，不止照映一人，埋伏一事，凡是此剧中有名之人，关涉之事，与前此后此所说之话，节节俱要想到。宁使想到而不用，勿使有用而忽之。

（选自《闲情偶寄》，中国戏曲研究院编《中国古典戏曲论著集成》（七），中国戏剧出版社 1959 年版）

《注释》

①李渔（1611—1680）：初名仙侣，后改名渔，字笠鸿，又字谪凡，号笠翁。浙江兰溪人。明末清初文学家、戏曲家。在明代中过秀才，入清后无意仕进，家设戏班，从事著述和指导戏剧演出。著有《奈何天》、《怜香伴》、《风筝误》、《意中缘》等十种戏曲，合称《笠翁十种曲》。有短篇小说集《十二楼》等以及杂著《闲情偶寄》等。《国朝耆献类徵初编》卷四百二十六有传。

②主脑：即作者创作之本意，也即主题思想。

③一人：指剧中主要人物。

④关目：剧中的重要情节。

⑤一事：指主要事件。

⑥密针线：指要精心布局结构，使得结构严密，符合逻辑。针线：穿针引线，谓剧中的情节结构。

《点评》

李渔于1667—1671年间创作了《闲情偶寄》。这部杂著包括"词曲部"、"演习部"、"声容部"、"居室部"、"器玩部"、"饮馔部"、"种植部"、"颐养部"。前三部分涵括了戏剧创作论、导演论、表演论、观众论、舞台效果论、教学论等，体系完整，内容丰富。李渔的戏剧理论承继了前人的成果，更是他创作经验的总结。他一生沉迷于戏曲艺术，既是创作者、导演，又是演员。他曾说："笠翁手则握笔，口却登场，全以身代梨园，复以神魂四绕，考其关目，试其声音，好则直书，否则搁笔，此其所以观听咸宜也。"这部著作虽然宣扬经世致用的目的，提倡戏剧为当时的政治统治服务，但更重要的是，它明确提出了要为戏剧立法，提高戏剧的地位，这在中国古代戏剧理论史上有突破性的意义。我国古典戏剧理论，到李渔才真正建立起来。所选两段都是出自"词曲部"，《立主脑》强调主题思想的重要和主要人物事件的突出意义。《密针线》主张布局严谨，前后照应，思虑周密，不出破绽。（朱巧云撰）

230. 论崇高（节选）

郎加纳斯

所谓崇高，不论它在何处出现，总是体现于一种措辞的高妙之中，而最伟大的诗人和散文家之得以高出侪辈并获享不朽的盛誉，总是因为有这一点，而且也只有因为有这一点。崇高的语言对听众的效果不是说服，而是狂喜。……而崇高却起着横扫千军、不可抗拒的作用；它会操纵一切读者，不论其愿从与否。有创见，善于安排和整理事实，不是在一两段文章里所能觉察出来，而是要在作品的总体里才显示得出。但是一个崇高的思想，如果在恰到好处的场合提出，就会以闪电般的光彩照彻整个问题，而在刹那之间显出雄辩家的全部威力。

（选自伍蠡甫主编《西方文论选》，上海译文出版社1979年版）

《点评》

朗加纳斯（Longinus，出生年月不详）是罗马帝国时期的文艺理论家，《论崇高》首次从审美范畴提出了崇高的概念，讨论了崇高的含义、构成因素及其社会文化背景等问题。尽管他的文艺观与亚里士多德的《诗艺》有相似的古典主义倾向，但不乏批判性和超越性。他尊重古代传统，突出天才、激情和想象，推崇强烈的艺术效果，具有某种浪漫主义观念的成分。朗加纳斯认为崇高语言的主要来源有五个方面：①最重要的是庄严伟大的思想；②强烈而激动的情感；③运用藻饰的技术；④高雅的措词；⑤整个结构的堂皇卓越。其文艺理论和批评实践标志着一代风气的转变：文艺动力的重点由理智转向感情，学习古典的重点由规范法则转到具体作品的分析和比较，文艺创作方法的重点由贺拉斯的平易清浅的现实主义倾向转到要求精神气魄宏伟的浪漫主义倾向。（傅莹撰）

四级

40篇（段）

231. 论语·先进

子路、曾皙、冉有、公西华侍坐。子曰："以吾一日长乎尔，毋吾以也。居①则曰：'不吾知②也！'如或知尔，则何以哉？"子路率尔而对曰："千乘之国，摄乎大国之间，加之以师旅，因之以饥馑。由也为之，比及三年，可使有勇，且知方③也。"夫子哂之。

"求！尔何如？"对曰："方六七十，如五六十，求也为之，比及三年，可使足民④。如其礼乐，以俟君子。"

"赤！尔何如？"对曰："非曰能之，愿学焉。宗庙之事⑤，如会同⑥，端章甫⑦，愿为小相⑧焉。"

"点！尔何如？"鼓瑟希⑨，铿尔，舍瑟而作，对曰："异乎三子者之撰⑩。"子曰："何伤乎？亦各言其志也。"曰："莫⑪春者，春服既成，冠者五六人，童子六七人，浴乎沂，风乎舞雩⑫，咏而归。"夫子喟然叹曰："吾与点也！"

（选自刘宝楠撰《十三经清人注疏》本《论语正义》，中华书局 1990 年版）

〈注　释〉

①居：平日，平时。

②不吾知：不知吾，谓当政者任用我辈。

③方：义方也。《论语·阳货》："子路曰：'君子尚勇乎？'子曰：'君子义以为上。君子有勇而无义为乱；小人有勇而无义为盗。'"

④足民：谓衣食足也。《汉书·食货志》："三年耕，则余一年之蓄，衣食足而知荣辱，廉让兴而争讼息，故三载考绩。"

⑤宗庙之事：谓祭祀、朝聘。

⑥会同：诸侯会盟之事。

⑦端：玄端，一种礼服。章甫：一种礼帽。

⑧相：赞礼、司仪等职位。

⑨希：同"稀"，指瑟声稀疏，间歇。

⑩撰：撰述，陈说。

⑪莫：通"暮"。

⑫舞雩（yú）：祭天祈雨之台。

〈点　评〉

孔子抱行道救世之心，周游列国，然伐树于宋，削迹于卫，厄于陈蔡，七日不火食，因生"道不行，乘桴浮于海"之叹。三人皆务仕进，而世道凌乱，所抱志向恐难实现。鲁哀公十一年，孔子自卫返鲁，自此结束周游，开始晚年教育生活，时年六十八岁。孔子曰："吾自卫反鲁，然后乐正，雅颂各得其所。"孔子以《诗》、《书》、《礼》、《乐》教，有若、曾参、言偃、卜商等皆于此时先后从学。所谓"冠者五六人，童子六七人，浴乎沂，风乎舞雩，咏而归"，盖孔子晚年理想生活之写照。（宋小克撰）

232. 逍遥游

庄 子

北冥有鱼，其名为鲲①。鲲之大，不知其几千里也。化而为鸟，其名为鹏。鹏之背，不知其几千里也；怒②而飞，其翼若垂天之云。是鸟也，海运则将徙于南冥。南冥者，天池也。《齐谐》者，志怪者也。《谐》之言曰："鹏之徙于南冥也，水击三千里，抟扶摇而上者九万里，去以六月息③者也。"野马④也，尘埃也，生物之以息相吹也。天之苍苍，其正色邪？其远而无所至极邪？其视下也，亦若是则已矣。且夫水之积也不厚，则其负大舟也无力。覆杯水于坳堂之上，则芥为之舟；置杯焉则胶，水浅而舟大也。风之积也不厚，则其负大翼也无力。故九万里，则风斯在下矣，而后乃今培风⑤；背负青天而莫之夭阏⑥者，而后乃今将图南。

蜩与学鸠笑之曰："我决⑦起而飞，抢榆枋⑧，时则不至而控⑨于地而已矣，奚以之九万里而南为？"适莽苍⑩者，三飡⑪而反，腹犹果然⑫；适百里者，宿春粮⑬；适千里者，三月聚粮。之二虫又何知？小知不及大知，小年不及大年。奚以知其然也？朝菌不知晦朔⑭，蟪蛄⑮不知春秋，此小年也。楚之南有冥灵者，以五百岁为春，五百岁为秋；上古有大椿者，以八千岁为春，八千岁为秋。而彭祖乃今以久特闻，众人匹之，不亦悲乎！

（选自郭庆藩撰《新编诸子集成》本《庄子集释》，中华书局 1961 年版）

〈注 释〉

①鲲：古代传说中的大鱼。

②怒：奋力。

③抟（tuán）：聚集。扶摇：旋风。息：风也。

④野马：游气。春天阳气上扬，远望田野林泽，状若奔马，故曰野马。

⑤培风："培"通"凭"，指乘风而行。

⑥夭：挫折。阏（è）：阻塞。

⑦决：迅疾貌。

⑧抢：又作"枪"，突过。枋：檀树。

⑨控：落下。

⑩莽苍：郊野之色，代指郊野。

⑪飡：同"餐"。

⑫果然：饱足貌。

⑬宿舂（chōng）粮：出发前夜，捣米备粮。

⑭朝菌：朝生暮死之菌。晦：农历每月最后一天。朔：农历每月第一天。

⑮蟪蛄：夏蝉也，夏生而秋死。

【点评】

《逍遥游》一篇之宗旨，无待而逍遥也。蝴蝶欲翩翩而飞，必先破茧而出；庄周若欲逍遥，必先解除生命所受之束缚。人所不能逃者，莫过于躯体、天地与生死。庄子盛言，广数千里之鹏鸟，高九万里之苍天，以八千岁为春秋之大椿，超越数尺之微躯，打破日月里数之时空，开辟全新的自由精神境界。庄周胸中天地，岂燕雀、学鸠所能知？（宋小克撰）

233．项脊轩志

归有光①

项脊轩，旧南阁子也。室仅方丈，可容一人居。百年老屋，尘泥渗漉，雨泽下注，每移案，顾视无可置者。又北向，不能得日，日过午已昏。余稍为修葺，使不上漏；前辟四窗，垣墙周庭，以当南日；日影反照，室始洞然。又杂植兰桂竹木于庭，旧时栏楯②，亦遂增胜。借书满架，偃仰③啸歌，冥然兀坐。万籁有声，而庭阶寂寂，小鸟时来啄食，人至不去。三五之夜，明月半墙，桂影斑驳，风移影动，珊珊可爱。然余居于此，多可喜，亦多可悲。

先是，庭中通南北为一。迨诸父异爨④，内外多置小门墙，往往而是。东犬西吠，客逾庖而宴⑤，鸡栖于厅。庭中始为篱，已为墙，凡再变矣。家有老妪，尝居于此。妪，先大母⑥婢也，乳二世，先妣抚之甚厚。室西连于中闺，先妣尝一至。妪每谓余曰："某所，而母立于兹。"妪又曰："汝姊在吾怀，呱呱而泣；娘以指扣门扉曰：'儿寒乎？欲食乎？'吾从板外相为应答。"语未毕，余泣；妪亦泣。

余自束发读书轩中。一日，大母过余曰："吾儿，久不见若影，何竟日默默在此，大类女郎也？"比去，以手阖门，自语曰："吾家读书久不效，儿之成，则可待乎！"顷之，持一象笏⑦至，曰："此吾祖太常公宣德间执此以朝，他日汝当用之。"瞻顾遗迹,如在昨日,令人长号不自禁。

轩东故尝为厨。人往,从轩前过。余扃牖而居⑧,久之能以足音辨人。轩凡四遭火,得不焚,殆有神护者。

项脊生曰:蜀清守丹穴,利甲天下,其后秦皇帝筑女怀清台⑨。刘玄德与曹操争天下,诸葛孔明起陇中⑩。方二人之昧昧于一隅也,世何足以知之? 余区区处败屋中,方扬眉瞬目⑪,谓有奇景。人知之者,其谓与坎井之蛙何异!

余既为此志后五年,吾妻来归。时至轩中从余问古事,或凭几学书。吾妻归宁⑫,述诸小妹语曰:"闻姊家有阁子,且何谓阁子也?"其后六年,吾妻死,室坏不修。其后二年,余久卧病无聊,乃使人复葺南阁子,其制稍异于前。然自后余多在外,不常居。庭有枇杷树,吾妻死之年所手植也,今已亭亭如盖矣。

(选自周本淳校点《震川先生集》,上海古籍出版社 1981 年版)

【注 释】

①归有光(1506—1571):字熙甫,号项脊生,又号震川,人称震川先生,昆山(今江苏昆山)人。出身于累世不第的寒儒家庭,少年好学,弱冠时尽通"五经"、"三史"和唐宋八大家文,曾参与撰修《世宗实录》。他在文学创作方面反对前后七子的盲目拟古,与当时主张"文必西汉"的王世贞意见不合,世贞始大憾,后亦对其推重。归有光提倡唐宋古文,是"唐宋派"中成就最高、影响最大的作家。其文淡然朴素,叙事委婉。著有《震川文集》、《震川尺牍》、《三吴水利录》等。

②栏楯(shǔn):栏杆。纵为栏,横为楯。

③偃仰:指读书时的俯仰体态。

④诸父:父亲的兄弟们。异爨(cuàn):分家各起炉灶。

⑤"东犬"二句:西家一有响动,东家的狗就对之吠叫;因为到处都有小门墙,宴请宾客时客人要穿过厨房去赴宴。

⑥先大母:已故的祖母。

⑦象笏(hù):象牙手板。古时大臣上朝时皆持手板,用玉、象牙或竹片制成,用以指划或记事。

⑧扃(jiōng)牖(yǒu)而居:关闭门窗待在里面。扃:关闭。牖:窗户。

⑨"蜀清"三句:典出《史记·货殖列传》:"巴(蜀)寡妇清,其先得丹穴,而擅其利数世,家亦不訾(zī)。清,寡妇也,能守其业,用财自卫,不见侵犯。秦皇帝以为贞妇而客之,为筑女怀清台。"丹穴:朱砂矿。

⑩陇中:隆中。诸葛亮隐居的地方。在今湖北省襄阳县西。

⑪扬眉瞬目:指扬眉眨眼的得意表情。瞬目:眨眼睛。

⑫归宁:旧时称已嫁女子回家探省父母为归宁。

《点评》

《项脊轩志》是一篇优秀的抒情散文，《震川先生集》目录中题为"项脊轩记"，前部分为本记，作于明嘉靖三年（1524），最后一段为补记，作于十数年后。项脊轩是归有光青少年时期的书斋，因而作者自称"项脊生"。文章用沉静的语气讲述了项脊轩的兴废历程，通过对一项项家庭琐事以及相关人事变迁的描述，读者仿若随同作者一起回到记忆中的项脊轩，体会到轩中读书的安宁快乐，体会到弥漫在亲人之间的温情与呵护。而如今物是人非，记忆中清晰如昨的情景永不复还，祖母、母亲和妻子相继逝去，只有妻子生前所植的枇杷树，现在已是亭亭玉立，繁叶如盖。文章抒发了作者对世事沧桑的感怀以及对亲人的无限思念和眷恋，语言质朴流畅，情感浓郁，意蕴悠远。（蔡亚平撰）

234. 诗经·氓

氓之蚩蚩①，抱布②贸丝。匪来贸丝，来即我谋。送子涉淇，至于顿丘③。匪我愆④期，子无良媒。将⑤子无怒，秋以为期。

乘彼垝垣⑥，以望复关⑦。不见复关，泣涕涟涟。既见复关，载笑载言。尔卜尔筮，体⑧无咎言。以尔车来，以我贿⑨迁。

桑之未落，其叶沃若。于嗟鸠⑩兮！无食桑葚。于嗟女兮！无与士耽⑪。士之耽兮，犹可说⑫也。女之耽兮，不可说也。

桑之落矣，其黄而陨。自我徂⑬尔，三岁食贫。淇水汤汤，渐车帷裳⑭。女也不爽⑮，士贰其行。士也罔极⑯，二三其德。

三岁为妇，靡室劳矣。夙兴夜寐，靡有朝⑰矣。言既遂⑱矣，至于暴矣。兄弟不知，咥⑲其笑矣。静言思之，躬自悼矣。

及尔偕老，老使我怨。淇则有岸，隰则有泮⑳。总角㉑之宴，言笑晏晏㉒，信誓旦旦，不思其反㉓。反是不思，亦已㉔焉哉！

（选自《诗经·卫风》，阮元校刻《十三经注疏》本《毛诗正义》，中华书局1980年版）

《注释》

①氓（méng）：民也。蚩蚩：笑貌。

②布：布匹，一说为货币。

③顿丘：卫国地名。

④愆（qiān）：拖延。

⑤将：请求。

⑥乘：登上。垝（guǐ）：高而危。垣：墙。

⑦复：返回。关：车厢，这里指车。

⑧体：指卜和筮所得到的兆体和卦象。

⑨贿：财物。

⑩于嗟：感叹词。鸠：指鸠鸟，布谷鸟一类。

⑪耽（dān）：沉浸，迷恋。

⑫说：通"脱"，摆脱。

⑬徂（cú）：前往，这里指出嫁。

⑭渐：被水浸湿。帷裳：车围子。

⑮爽：差错，过失。

⑯罔：无。极：准则。

⑰靡有朝：日日如此，无朝夕之暇。

⑱遂：成，指家业成功。

⑲咥（xì）：讥笑貌。

⑳隰（xí）：低湿之地。泮（pàn）：边际。

㉑总角：古代少年儿童头发束结，形似牛角。

㉒晏晏：和柔貌。

㉓反：同"返"，这里指兑现先前的承诺。

㉔已：停止。

〖点评〗

　　"蚩蚩"而来，愠恼而归，乍喜乍怒，反复之人，一望而知也。女子望穿秋水，泣涕涟涟，如鸠食桑葚，如痴如醉也。人亦有言，"恋爱之人皆傻瓜"，诚哉斯言。然爱情之于男子，不过生命中一段插曲，而于女子却往往是整个生命，所谓"女之耽兮，不可说也。"（宋小克撰）

235. 楚辞·离骚（节选）

屈 原①

　　帝高阳②之苗裔兮，朕皇考曰伯庸③。摄提贞于孟陬兮④，惟庚寅吾以降⑤。皇览揆余初度⑥兮，肇锡⑦余以嘉名：名余曰正则兮，字余曰灵均。

　　纷吾既有此内美⑧兮，又重之以修能⑨。扈江离与辟芷兮⑩，纫秋兰以为佩⑪。汩⑫余若将不及兮，恐年岁之不吾与⑬。朝搴阰之木兰⑭兮，夕揽洲之宿莽⑮。日月忽其不淹⑯兮，春与秋其代序⑰。惟⑱草木之零落兮，恐美人之迟暮。不抚壮⑲而弃秽兮，何不改乎此度？乘骐骥以驰骋兮，来⑳吾道夫先路！

　　昔三后㉑之纯粹兮，固众芳㉒之所在。杂申椒与菌桂㉓兮，岂维纫夫蕙茝㉔！

彼尧、舜之耿介兮，既遵道而得路。何桀纣之猖披^㉕兮，夫唯捷径以窘步^㉖。惟夫党人之偷乐^㉗兮，路幽昧以险隘。岂余身之惮殃^㉘兮，恐皇舆之败绩^㉙！忽奔走以先后兮，及前王之踵武^㉚。荃^㉛不察余之中情兮，反信谗以齌怒^㉜。余固知謇謇^㉝之为患兮，忍而不能舍也。指九天以为正^㉞兮，夫唯灵修^㉟之故也。曰黄昏以为期兮，羌^㊱中道而改路！初既与余成言^㊲兮，后悔遁而有他。余既不难夫离别兮，伤灵修之数化^㊳。

余既滋兰之九畹^㊴兮，又树蕙之百亩。畦留夷与揭车^㊵兮，杂杜衡^㊶与芳芷。冀枝叶之峻茂兮，愿俟时乎吾将刈^㊷。虽萎绝^㊸其亦何伤兮，哀众芳之芜秽^㊹。

（选自洪兴祖撰《楚辞补注》，中华书局1983年版）

〖注 释〗

①屈原（前340—前278）：名平，字原，战国时期楚国人。楚王同姓贵族，曾任左徒、三闾大夫。

②高阳：古帝颛顼（zhuān xū）在位时的称号。

③朕：我。皇：美也。考：父死曰考。伯庸：字也。

④摄提：摄提格的简称，古代纪年术语。贞：正当。孟：始也。陬（zōu）：正月。

⑤庚寅：以干支记日的术语。降：降生。

⑥皇：指父亲。揆（kuí）：审度。度：容貌，气度。

⑦肇：始也。锡：同"赐"。

⑧纷：众多貌。内美：天生之质美。

⑨重：加上。修能：后天所习之才。

⑩扈：披，楚方言。江离：川芎，香草名。辟：幽也。芷（zhǐ）：白芷，香草。

⑪纫：连缀。佩：佩饰。

⑫汩（yù）：迅疾貌。

⑬与：等待。

⑭搴（qiān）：拔取。阰（pí）：山名。木兰：树名，又名木莲、紫玉兰。

⑮宿莽：一种经冬不死的草。王逸注："木兰去皮不死，宿莽遇冬不枯。"

⑯淹：久留。

⑰代序：时序更迭。

⑱惟：思。

⑲抚壮：谓趁壮年之时。抚：持有。

⑳来：呼楚王之词。

㉑三后：谓禹、汤、文王。

㉒众芳：喻贤臣。

㉓申椒：花椒，一种香木。菌桂：香木名。

㉔蕙：香草，似兰，亦名薰草。茝（chǎi）：白芷。

㉕猖披：衣不扎带之貌，谓放肆无礼。

㉖捷：速也。径：小路。窘步：谓举步维艰。

㉗党人：结党营私之人。偷：苟安。乐：享乐。

㉘悍（dàn）：害怕。殃：灾祸。

㉙舆：车。败绩：翻车。

㉚踵（zhǒng）武：足迹。

㉛荃（quán）：香草，俗名菖蒲，喻楚王。

㉜斋（jì）怒：暴怒。

㉝謇謇：难言貌。

㉞正：通"证"。

㉟灵修：指楚王。

㊱羌：发语词。

㊲成言：约定。

㊳数（shuò）化：多次变化。

㊴滋：培养。畹：田十二亩曰畹，或曰三十亩。

㊵畦（qí）：分畦种植香草。留夷：即芍药。揭车：香草名。

㊶杜衡：香草，亦名杜葵。

㊷俟（sì）：等候。刈（yì）：收割。

㊸萎绝：枯萎凋落。

㊹芜秽：长满杂草。

〖点评〗

司马迁在《史记·屈原贾生列传》（中华书局1963年版）中说：离骚者，犹离忧也。夫天者，人之始也；父母者，人之本也。人穷则反本，故劳苦倦极，未尝不呼天也；疾痛惨怛，未尝不呼父母也。屈平正道直行，竭忠尽智以事其君，谗人间之，可谓穷矣。信而见疑，忠而被谤，能无怨乎？屈平之作离骚，盖自怨生也。国风好色而不淫，小雅怨诽而不乱。若离骚者，可谓兼之矣。上称帝喾，下道齐桓，中述汤武，以刺世事。明道德之广崇，治乱之条贯，靡不毕见。其文约，其辞微，其志洁，其行廉，其称文小而其指极大，举类迩而见义远。其志洁，故其称物芳。其行廉，故死而不容。自疏濯淖污泥之中，蝉蜕于浊秽，以浮游尘埃之外，不获世之滋垢，皭然泥而不滓者也。推此志也，虽与日月争光可也。（宋小克撰）

236. 赠妇诗

秦 嘉

秦嘉，字士会，陇西人也，为郡上掾。其妻徐淑，寝疾还家，不获面别，赠诗云尔。

人生譬朝露，居世多屯蹇①。忧艰常早至，欢会常苦晚。

念当奉时役②，去尔日遥远。遣车迎子还③，空往复空返。

省书情凄怆，临食不能饭。独坐空房中，谁与相劝勉？

长夜不能眠，伏枕独展转。忧来如寻环④，匪席不可卷⑤。

（选自徐陵编、吴兆宜注《玉台新咏笺注》，中华书局 1985 年版）

【注 释】

①屯蹇（zhūn jiǎn）：屯、蹇，《周易》二卦名，皆艰难不顺之意。

②奉时役：指为上计吏，被派遣入京。

③"遣车"句：徐淑卧病娘家，秦嘉入京，派车相迎，并作《与妻徐淑书》。

④寻环：循环。

⑤"匪席"句：借用《诗经·邶风·柏舟》："我心匪席，不可卷也。"匪：同"非"。

【点 评】

据小序及诗意，秦嘉时任陇西郡上计吏，岁末将至京都洛阳述职，而妻子徐淑卧病娘家。秦嘉遣车相迎，唯得一信，因作此诗。别离情事可参看二人往来诗、信，诗入《玉台新咏》，信载《全后汉文》。

首四句概写人生短暂忧艰之感。朝露喻人生短暂，汉人常用。处世艰辛，以《易》之二卦屯、蹇涵括。忧愁艰辛之早，欢乐相会之晚，承"朝露"、"屯蹇"而发。下四句实写触发所感之情事。本已暌隔，此去益远。一"车"，两"空"，活画诗人期盼与失落。下六句抒写情转凄惨。徐淑《答夫秦嘉书》云："身非形影，何得动而辄俱？体非比目，何得同而不离？"其《答夫诗》则曰："思君兮感结，梦想兮容晖。君发兮引迈，去我兮日乖。"秦嘉读信，益增悲戚，食不下咽，独坐空屋，孤枕难眠。末二句遥承"忧艰"而大之，点出无尽忧愁循环相接，此情无计可消除。化用《诗经》成句而了无痕迹，篇终无尽情意。

钟嵘《诗品》列秦嘉夫妇于中品，评曰："夫妻事既可伤，文亦凄怨。二汉为五言诗者，不过数家，而妇人居二。徐淑叙别之作，亚于《团扇》矣。""凄怨"二字评此诗风格甚当。魏晋名士王衍云："情之所钟，正在我辈。"此论可于此诗、此人、此事发之。

（何志军撰）

237. 秋日诗

孙 绰[①]

萧瑟仲秋月，飚戾[②]风云高。山居感时变，远客兴长谣。
疏林积凉风，虚岫[③]结凝霄。湛露洒庭林，密叶辞荣条。
抚菌悲先落，攀松羡后凋[④]。垂纶在林野，交情远市朝。
澹然古怀心[⑤]，濠上[⑥]岂伊遥。

（选自逯钦立辑校《先秦汉魏晋南北朝诗》，中华书局 1983 年版）

《注释》

①孙绰（314—371）：字兴公，太原中都（今山西平遥）人。他与许询并称"孙许"，是东晋玄言诗的代表人物。

②飚戾：风疾而厉。

③虚岫：空旷的山谷。

④"攀松羡后凋"句：抚着松树，艳羡其不凋落。语出《论语·子罕》："子曰：岁寒然后知松柏之后凋也！"

⑤古怀心：怀古之心。

⑥濠上：濠梁之上，这里指庄子。《庄子·秋水》记载庄子与惠子游于濠梁（濠水之堤坝）之上，看见水中鱼儿自由自在地游乐，以此为题展开争论。

《点评》

孙绰是东晋玄言诗的代表人物。玄言诗是阐发玄理的一种诗歌，钟嵘《诗品序》中称其"理过其辞，淡乎寡味"，也就是缺乏形象性，所以诗味不足。但东晋时也有不少描写山水景物的玄言诗歌，作者目的固然是"以玄对山水"，即在山水胜景中体味玄理，并非纯粹欣赏山水美景，但在阐发玄理的同时，也描绘了自然之美，风格也显得自然清新，与后世山水诗的距离已经很近了。或者说，这些已是山水诗的前奏。本篇正是此类玄言诗的典型代表。（徐国荣撰）

238. 白头吟

皑如山上雪，皎若云间月。闻君有两意，故①来相决绝。

今日斗酒会，明旦沟水头。躞蹀②御沟上，沟水东西流③。

凄凄复凄凄，嫁娶④不须啼。愿得一心人，白头不相离。

竹竿何袅袅⑤，鱼尾何簁簁⑥。男儿重意气，何用钱刀⑦为！

（选自郭茂倩编《乐府诗集》，中华书局 1979 年版）

【注 释】

①故：特地。

②躞蹀（xiè dié）：徘徊。

③东西流。沟水反向流，或解为偏义复词，即东流或西流。

④嫁娶：偏义复词，女子出嫁。

⑤袅袅：随风摆动。

⑥簁簁（shai shai）：鱼跃貌。

⑦钱刀：刀型钱币，泛指钱。

【点 评】

汉代男子常因游学、经商等久住京城，夫妻两地分居，有移情别恋乃至别娶他人者。此诗当是叙写弃妇得知丈夫有他心，特地从家乡赶来京城（由"御沟"可知）与丈夫正式决绝。首二句起兴兼用比，以雪、月的皎洁比喻爱情或当初誓言的纯洁和专一，既反衬后两句丈夫如今的变心，亦突出弃妇决绝勇气背后对誓言的坚守。斗酒相会了恩爱，分道扬镳各西东，似突出弃妇的决绝干脆，而"躞蹀"御沟的徘徊形象，又透露出弃妇内心的复杂情绪。"凄凄"以下四句，借新嫁娘墨守习俗的假哭嫁反衬弃妇的真伤心，"一心"、"白头"与"两意"相对，表达了弃妇对纯洁爱情和专一婚姻的追求始终不渝。"竹竿"、"鱼尾"两句是民歌中的钓鱼隐语，比喻男女之间情投意合。弃妇回忆当年重"意气"的可亲爱人，对比今日重"钱刀"的变心丈夫，无限伤悲跃然纸上。

《西京杂记》载："司马相如将聘茂陵女为妾，卓文君作《白头吟》以自绝，相如乃止。"其说附会，不可信。徐师曾《文体明辨》评此诗云："其格韵不凡，托意婉切，殊可讽咏。后世多有拟作，方其简古，未有能过之者。"（何志军撰）

239. 四愁诗

张 衡

　　张衡不乐久处机密①，阳嘉②中，出为河间相③。时国王骄奢，不遵法度，又多豪右④并兼之家。衡下车，治威严，能内察属县，奸猾行巧劫，皆密知名。下吏收捕，尽服擒。诸豪侠游客，悉惶惧逃出境。郡中大治，争讼息，狱无系囚。时天下渐弊，郁郁不得志，为《四愁诗》。屈原以美人为君子，以珍宝为仁义，以水深雪雾⑤为小人。思以道术相报，贻于时君，而惧谗邪不得以通。其辞曰：

　　一思曰：我所思兮在太山⑥，欲往从之梁父⑦艰。侧身东望涕沾翰⑧。美人赠我金错刀⑨，何以报之英琼瑶⑩？路远莫致倚⑪逍遥，何为怀忧心烦劳？

　　二思曰：我所思兮在桂林⑫，欲往从之湘水⑬深。侧身南望涕沾襟。美人赠我金琅玕⑭，何以报之双玉盘？路远莫致倚惆怅，何为怀忧心烦伤？

　　三思曰：我所思兮在汉阳⑮，欲往从之陇阪⑯长。侧身西望涕沾裳。美人赠我貂襜褕⑰，何以报之明月珠？路远莫致倚踟蹰，何为怀忧心烦纡？

　　四思曰：我所思兮在雁门⑱，欲往从之雪纷纷。侧身北望涕沾巾。美人赠我锦绣段，何以报之青玉案⑲？路远莫致倚增叹，何为怀忧心烦惋？

（选自萧统编、李善注《文选》，上海古籍出版社1986年版）

〖注 释〗

①机密：张衡时任太史令，掌天文玄象，故称机密。

②阳嘉：汉顺帝年号（132—135）。据《后汉书·张衡传》，张衡任河间相于永和年间。

③河间相：河间国之相，治所在乐成（今河北献县）。国王为河间孝王刘开，或云河间惠王刘政。

④豪右：豪强大族。

⑤雪雾：雪纷飞貌。

⑥太山：泰山。

⑦梁父：亦称"梁甫"，泰山附近的一座小山。

⑧翰：笔。一说，据下文襟、裳、巾，此处"翰"借指衣襟。

⑨金错刀：刀环或刀柄用黄金镀过的佩刀。一说指刀型钱币。

⑩英：同"瑛"，美石似玉者。琼瑶：两种美玉。

⑪倚：一解为"猗"，语助词。一解为"徙倚"，低回之意。

⑫桂林：汉郡名，郡治在今广西桂林市。

⑬湘水：源出广西兴安县阳海山，东北流入湖南省，会合潇水，入洞庭湖。

⑭琅玕（láng gān）：一种似玉的美石。《玉台新咏》作"琴琅玕"，以琅玕装饰之琴。

⑮汉阳：东汉郡名，郡治在今甘肃省甘谷县南。

⑯陇阪：山坡为"阪"。汉阳郡有大阪，名陇阪。

⑰襜褕（chān yú）：直襟单衣。

⑱雁门：汉郡名，今山西省西北部。

⑲案：放食器的小几，形如有脚的托盘。

【点 评】

　　因小序之有无、所在总集的倾向差异，对此诗遂有两种相反的理解和阐释：一为有政治寓意的比兴寄托诗，一为无政治寓意的爱情诗或企慕诗。

　　小序所述史实，源自《后汉书·张衡传》，仅增比兴寄托之说，论者多定其伪托，实可视为此诗最早之政治阐释。若抽离史实背景及政治寓意，则爱情诗或企慕诗之说盛。《玉台新咏》选录"无参于雅颂，亦靡滥于风人"的"艳歌"为主，则选者徐陵视为情诗。此书所录晋代傅玄、张载《拟四愁诗》，拟作者亦未以《四愁诗》有政治寓意，如傅玄即云"昔张平子作《四愁诗》，体小而俗"。至于鲁迅《我的失恋》乃戏仿之作，虽形式相似而意旨不类。若与《蒹葭》并观，此诗所写欲往从之、报之而不可从、不可至的"美人"，亦如"伊人"，或代表某种可望不可即的理想，即钱钟书先生所云"企慕之情境"，亦可通。知人论世，此诗当有寄托，但情事融汇无痕，不可扯出，反成就此诗深情婉转、荡气回肠的艺术风神。

　　傅玄称此诗为"七言类"，明人许学夷更推为"七言之祖"。胡应麟《诗薮》云："其章法实本风人，句法率由骚体，但结构天然，绝无痕迹，所以为工。"可见此诗取法《诗》、《骚》，而整齐七言，三、四换韵，渐逸二者旧轨，显示了七言诗旧胎新生的特点。（何志军撰）

240. 庚戌岁①九月中于西田获早稻

陶渊明

　　人生归有道，衣食固其端。孰是都不营，而以求自安。开春理常业②，岁功③聊可观。晨出肆微勤，日入负禾还。山中饶霜露，风气亦先寒。田家岂不苦？弗获辞此难。四体诚乃疲，庶无异患干④。盥濯息檐下，斗酒⑤散襟颜。遥遥沮溺⑥心，千载乃相关。但愿长如此，躬耕⑦非所叹。

（选自逯钦立校注《陶渊明集》，中华书局 1979 年版）

【注 释】

①庚戌岁：晋义熙六年（410）。其年陶渊明四十六岁。

②常业：经常要做的事，此处指农活。

③岁功：一年的收成。

④"庶无"句：总算没有意外之祸。庶：庶几。干：干犯。

⑤斗酒：少而薄的酒。

⑥沮溺：长沮、桀溺是春秋时楚国的两个隐士，躬耕而不愿出仕。

⑦躬耕：亲自耕田。

【点 评】

陶渊明志趣高远，却每从最为朴素说起，故论人生之道，不说豪言，也不谈玄语，只道穿衣吃饭。非仅如此，还亲自参加体力劳动，体会到"四体诚乃疲"的艰苦。但若非如此，又岂能体验到"斗酒散襟颜"的快乐呢？或许，平日在书本上读到的一切，此刻经过亲身体验，才觉得历史离自己并不遥远，也更加理解了长沮、桀溺何以被人反复提及。所以说"遥遥沮溺心，千载乃相关"。（徐国荣撰）

241. 西洲曲①

忆梅下西洲，折梅寄江北。单衫杏子红，双鬓鸦雏色②。西洲在何处，两桨桥头渡。日暮伯劳③飞，风吹乌臼④树。树下即门前，门中露翠钿⑤。开门郎不至，出门采红莲。采莲南塘秋，莲花过人头。低头弄莲子⑥，莲子青如水。置莲怀袖中，莲心⑦彻底红。忆郎郎不至，仰首望飞鸿⑧。鸿飞满西洲，望郎上青楼⑨。楼高望不见，尽日栏杆头。栏杆十二曲，垂手明如玉。卷帘天自高，海水摇空绿。海水梦悠悠，君愁我亦愁。南风知我意，吹梦到西洲。

（选自郭茂倩编《乐府诗集》，中华书局 1979 年版）

【注 释】

①西洲曲：本篇收入《乐府诗集》之"杂曲歌辞"类，为南朝乐府民歌的代表作。

②鸦雏色：像雏鸦羽毛那样乌黑发亮的颜色。形容年轻女子头发的亮泽。

③伯劳：鸟名，仲夏时始鸣，好单栖。这里用"伯劳飞"既表示是仲夏季节，又暗喻女子之孤单处境。

④乌臼：亦作乌桕。一种落叶乔木，夏月开花。

⑤翠钿：镶嵌翠玉的首饰。

⑥莲子：谐音"怜子（爱你）"。

⑦莲心：谐音"怜心（爱怜之心）"。

⑧飞鸿：飞鸟和书信的双关语。古代有鸿雁传书的传说。

⑨青楼：古时通称女子之住所。唐以后始称妓女居所。

《点评》

  扑朔迷离，摇曳生姿，声情并茂，余音袅袅，本篇从一开始即显出这样的特点。一个年轻女子，头发乌黑发亮，穿着引人注目的衣服，为何"忆梅"？又为何要"寄江北"？为什么又突然要问"西洲在何处"？诗中没有答案，或许那些只是她心中不断变换的意象。接下来，她的思绪是诗意般的意识流：伯劳飞、乌臼树、回忆、采莲、再忆。采莲故事令人涌起温馨的幻想，"莲子"、"莲心"的谐音正是南朝乐府民歌的一大特色。但甜蜜的回忆带来伤感的失望，回到现实，伫立窗前，天依然高朗，江水依旧绿波荡漾，人却还是形单影只。无可奈何之下，只能联想"君愁我亦愁"，希望南风也像我一样多情，把我的梦吹到西洲。季节的变换，景物的不同，带来的是思绪的起伏，不变的永远是无尽的思念。故此诗非现实之叙事，而是"心"事的百转千回，是多情女子怀春的蒙太奇。（徐国荣撰）

242. 长恨歌

白居易

汉皇重色思倾国①，御宇多年求不得。
杨家有女初长成，养在深闺人未识。
天生丽质难自弃，一朝选在君王侧。②
回眸一笑百媚生，六宫粉黛③无颜色。
春寒赐浴华清池④，温泉水滑洗凝脂。
侍儿扶起娇无力，始是新承恩泽时。
云鬓花颜金步摇⑤，芙蓉帐暖度春宵。
春宵苦短日高起，从此君王不早朝。
承欢侍宴无闲暇，春从春游夜专夜。
后宫佳丽三千人，三千宠爱在一身。
金屋⑥妆成娇侍夜，玉楼宴罢醉和春。
姊妹弟兄皆列土⑦，可怜⑧光彩生门户。
遂令天下父母心，不重生男重生女⑨。
骊宫高处入青云，仙乐风飘处处闻。
缓歌慢舞凝丝竹，尽日君王看不足。
渔阳鼙鼓⑩动地来，惊破霓裳羽衣曲⑪。
九重城阙⑫烟尘生，千乘万骑西南行⑬。

翠华^⑭摇摇行复止，西出都门百余里^⑮。

六军不发无奈何，宛转娥眉马前死。

花钿^⑯委地无人收，翠翘金雀玉搔头^⑰。

君王掩面救不得，回看血泪相和流。

黄埃散漫风萧索，云栈萦纡登剑阁。

峨嵋山^⑱下少人行，旌旗无光日色薄。

蜀江水碧蜀山青，圣主朝朝暮暮情。

行宫见月伤心色^⑲，夜雨闻铃肠断声^⑳。

天旋日转回龙驭^㉑，到此踌躇不能去。

马嵬坡下泥土中，不见玉颜空死处。

君臣相顾尽沾衣，东望都门信马归。

归来池苑皆依旧，太液芙蓉未央^㉒柳。

芙蓉如面柳如眉，对此如何不泪垂。

春风桃李花开夜，秋雨梧桐叶落时。

西宫南苑^㉓多秋草，宫叶满阶红不扫。

梨园^㉔弟子白发新，椒房阿监青娥^㉕老。

夕殿萤飞思悄然，孤灯挑尽^㉖未成眠。

迟迟钟鼓初长夜，耿耿^㉗星河欲曙天。

鸳鸯瓦^㉘冷霜华重，翡翠衾寒谁与共？

悠悠生死别经年，魂魄不曾来入梦。

临邛道士鸿都^㉙客，能以精诚致魂魄。

为感君王展转思，遂教方士殷勤觅。

排空驭气奔如电，升天入地求之遍。

上穷碧落下黄泉^㉚，两处茫茫皆不见。

忽闻海上有仙山，山在虚无缥缈间。

楼阁玲珑五云起，其中绰约多仙子。

中有一人字太真，雪肤花貌参差^㉛是。

金阙西厢叩玉扃^㉜，转教小玉报双成^㉝。

闻道汉家天子使，九华帐^㉞里梦魂惊。

揽衣推枕起徘徊，珠箔银屏^㉟迤逦开。

云鬓半偏新睡觉^㊱，花冠不整下堂来。

风吹仙袂飘飘举，犹似霓裳羽衣舞。

玉容寂寞泪阑干，梨花一枝春带雨。

含情凝睇谢君王，一别音容两渺茫。

昭阳殿㊲里恩爱绝，蓬莱宫㊳中日月长。

回头下望人寰处，不见长安见尘雾。

唯将旧物㊳表深情，钿合金钗寄将去。

钗留一股合一扇，钗擘㊵黄金合分钿㊶。

但令心似金钿坚，天上人间会相见。

临别殷勤重寄词，词中有誓两心知。

七月七日长生殿㊷，夜半无人私语时。

在天愿作比翼鸟㊸，在地愿为连理枝㊹。

天长地久有时尽，此恨㊺绵绵无绝期。

（选自朱金城笺注《白居易集笺校》，上海古籍出版社 1988 年版）

〔注 释〕

①汉皇：汉武帝。倾国：绝色美女。"再顾倾人国"出自李夫人兄李延年歌《北方有佳人》。

②"杨家有女"四句：此为讳言，因杨玉环曾为寿王李瑁妃，即玄宗儿媳。

③六宫：皇帝有六宫，正寝一，理政之地，燕寝五，休息之地。粉黛：女性化妆品，用于抹脸、描眉，此处借指美女。

④华清池：位于昭应县（今陕西省临潼县）东南骊山上，有温泉。

⑤金步摇：一种金钗，上缀珠玉，插于发鬓，步则摇曳生姿。

⑥金屋：用汉武帝"金屋藏娇"之典。

⑦"姊妹兄弟"句：杨玉环被册封贵妃，三个姐姐被分别"封韩、虢、秦三国为夫人"，堂兄杨铦官鸿胪卿，杨锜官侍御史，堂兄杨钊赐名国忠，后官右丞相。列土：裂土受封。列：同"裂"。

⑧可怜：可爱。

⑨"不重"句：据陈鸿《长恨歌传》，当时民谣有"生女勿悲酸，生男勿喜欢""男不封侯女作妃，看女却为门上楣"等语。

⑩渔阳：唐郡名。鞞（pí）鼓：军中小鼓。据《旧唐书·安禄山传》，安禄山"反于范阳"。

⑪霓裳羽衣曲：舞曲名，相传玄宗以西凉节度使杨敬述所献西域乐曲加工润色而成。

⑫九重城阙：皇宫九重门，此处借指长安。

⑬"千乘"句：天宝十五年（756）六月，安禄山破潼关，逼近长安。玄宗向西南方逃往蜀中。

⑭翠华：以翠羽为饰之旗，皇帝仪仗之一。

⑮"西出"句：百余里，指马嵬驿（今陕西省兴平县）。

⑯花钿：用金翠珠宝等制成的花朵形首饰。

⑰翠翘：像翠鸟长尾一样的头饰。金雀：雀形金钗。玉搔头：玉簪。

⑱峨嵋山：参《蜀道难》注。

⑲行宫：皇帝离京出行在外的临时住所。

⑳"夜雨"句：《明皇杂录·补遗》云："明皇既幸蜀，西南行。初入斜谷，霖雨涉旬，于栈道雨中闻铃音与山相应。上既悼念贵妃，采其声为《雨霖铃曲》以寄恨焉。"

㉑天旋日转：喻时局好转。肃宗至德二年（757），郭子仪军收复长安。龙驭：皇帝车驾。

㉒太液：汉建章宫中有太液池。未央：汉未央宫。

㉓西宫南苑：太极宫、兴庆宫。

㉔梨园：唐玄宗曾选宫女数百，亲教歌舞，称"梨园弟子"。

㉕椒房：后妃居所，以花椒和泥抹墙，故称。阿监：宫中女官。青娥：年轻宫女。

㉖孤灯挑尽：上挑油灯灯草，使之持续照明。唐时宫廷夜间燃烛，不点油灯。即使点灯，亦有宫女代劳，无需玄宗亲为。此类皆艺术手法，不必坐虚成实，亦不必因实责虚。

㉗耿耿：微明的样子。

㉘鸳鸯瓦：屋顶上俯仰相对合在一起的瓦。

㉙临邛（qióng）：县名，今四川邛崃县。鸿都：东汉都城洛阳宫门名，此处借指长安。

㉚碧落：道教称天界为碧落。黄泉：指地下。

㉛参差：仿佛，差不多。

㉜金阙：金碧辉煌的神仙宫阙。玉扃（jiōng）：玉石门环。

㉝小玉：吴王夫差女。双成：传说中西王母的侍女。借指杨贵妃在仙山的侍女。

㉞九华帐：九即多，九华即多重绣饰。

㉟珠箔：珠帘。银屏：饰银的屏风。

㊱觉：醒。

㊲昭阳殿：汉成帝宠妃赵飞燕的寝宫。借指杨贵妃住过的宫殿。

㊳蓬莱宫：传说中的海上仙山。指杨贵妃在仙山的居所。

㊴旧物：指生前与玄宗定情的信物。即下之"钿合金钗"。

㊵擘（bò）：分开。

㊶"钗留"二句：把金钗、钿盒分成两半，自留一半。合分钿：将钿盒上的图案分成两部分。

㊷七月七日：七夕。长生殿：骊山华清宫中祭神之殿。此句至结尾均为诗人虚拟之词。

㊸比翼鸟：传说中的鸟名，雌雄不比不飞。

㊹连理枝：草木不同根，枝干相连而生。

㊺恨：遗憾。

【点评】

　　此歌行体长诗，声情婉转，兼传奇叙事之妙，乃古来名篇。可分四节。开篇至"惊破霓裳羽衣曲"为一节，写明皇重色、贵妃擅宠。"重色"二字，一篇纲领。既扣汉皇宠李夫人事，下之求色、得色、宠色、失色、忆色，亦于开端暗发之。于"缓歌慢舞"、"霓裳羽衣"，寻欢作乐，嵌入"渔阳鼙鼓"，惊破节奏，诗意自转，巧无痕迹。"九重宫阙烟尘生"至"夜雨闻铃肠断声"为二节，写避乱入蜀，马嵬赐死。行宫月、夜雨铃，声色含悲，领起下之长恨。"天旋日转回龙驭"至"魂魄不曾来入梦"为三节，写乱定返京，南宫长恨。龙驭踌躇，行路之悲。睹物思人，春秋循环，孤灯挑尽，皆写明皇南宫长悲。"魂魄不曾来入梦"，既扣汉皇招李夫人魂魄事，亦领起下文。"临邛道士鸿都客"至篇末为四节，写方士招魂，蓬莱相思。贵妃闻使者，下堂之急，梨花带雨，寄物托词，皆写相思。末四句昔誓之深深，恰衬长恨之绵绵。

此诗主题，异解纷纭，以讽喻说、爱情说最常见。诗人之友陈鸿《长恨歌传》末云："不但感其事，亦欲惩尤物，窒乱阶，垂于将来也。"则诗人既有主观讽喻意图，亦有客观同情倾向，前者出于国事层面，后者出于李、杨情事层面。论诗之形象及叙事艺术，后者当胜前者。（何志军撰）

243. 李凭箜篌引①

李 贺

吴丝蜀桐张高秋，空山凝云②颓不流。
江娥啼竹素女愁，李凭中国③弹箜篌。
昆山④玉碎凤凰叫，芙蓉泣露香兰笑。
十二门⑤前融冷光，二十三丝动紫皇⑥。
女娲炼石补天处，石破天惊逗⑦秋雨。
梦入神山教神妪⑧，老鱼跳波瘦蛟舞。
吴质⑨不眠倚桂树，露脚斜飞湿寒兔。

（选自吴企明笺注《李长吉歌诗编年笺注》，中华书局2012年版）

《注释》

①李凭：以善箜篌著称。箜篌：弦乐器之一，李凭所弹为二十三弦之竖箜篌。
②凝云：暗用《列子·汤问》"响遏行云"之典。
③中国：即国中，指京都长安。
④昆山：昆仑山，产玉之地。
⑤十二门：指长安，城四面，每面三门，共十二门。
⑥紫皇：道教所尊至高天神。
⑦逗：引。

⑧神姬：王琦注引《搜神记》："永嘉中，有神见兖州，自称樊道基。有姬号成夫人。夫人好音乐，能弹箜篌。闻人弦歌，辄便起舞。"

⑨吴质：吴刚。《神嘉记尊之述异记》载，樵夫王质，乃"志和《渔父词》所未道之境"。

《点评》

长吉歌诗，此编卷首。前四句起意奇特，器、时、景、情、人、地，倒出交互，点出箜篌李凭之奇。首句先器后时，器聚吴蜀之精，时会九月高秋。"张"、"高"二字，有空间伸展意。故次句写景，山为之空，云为之凝，天地静听也。三句写情，如江娥啼竹，素女愁瑟。四句写人、地。景、情之变，皆因李凭长安弹箜篌。中四句写音声高下动人。山崩玉碎，乱弦高音；凤凰鸣叫，单弦清越。状音声之高扬。芙蓉泣露，其声幽咽；香兰展笑，其声轻快。摹音声之低回。长安城内，箜篌声融冷月光；九天之上，音动天神紫皇心。变气候、动天心，声之奇效也。后四句承上写声动神界。女娲补天，闻之出神，石破天惊，遂漏秋雨。梦入神山，传艺神姬，鱼精蛟怪，听之乱舞。末二句写音声之收，余味无穷。吴刚倚树，中夜不眠；清风吹叶，露飞湿兔。闻之既久皆入神，不觉中宵月在天也。

清人王琦云："初弹之时，凝云满空。继之而秋雨骤作，洎乎曲终声歇，则露气已下，朗月在天。皆一时实景也。而自诗人言之，则以为凝云满空者，乃箜篌之声遏之而不流；秋雨骤至者，乃箜篌之声感之而旋应。似景似情，似虚似实，读者徒赏其琢句之奇，解者又昧其用意之巧，显然明白之辞，而反以为在可解不可解之间，误矣。"（何志军撰）

244. 过零丁洋①

文天祥②

辛苦遭逢起一经③，干戈寥落四周星。
山河破碎风飘絮，身世浮沉雨打萍。
皇恐滩④头说皇恐，零丁洋里叹零丁。
人生自古谁无死，留取丹心照汗青⑤。

（选自《文天祥全集》，中国书店 1985 年版）

《注释》

①零丁洋：一作"伶仃洋"，在广东省中山市珠江口外。

②文天祥（1236—1283）：名云孙，字天祥，号文山，吉州（今江西吉安）人。宋理宗宝祐四年（1256）进士，官至右丞相兼枢密使。临安陷，起兵抗元，景炎三年（1278）兵败被俘，三年后被杀于大都（今北京市）。其诗多感慨时事，风格悲凉沉郁，著有《文

山诗集》。

③经：经书。

④皇恐滩：在江西省万安县的赣江上，以水流湍急、中多危石而著称。

⑤汗青：古人写字在竹简上，为使竹简干燥易写且不被虫蛀，先用火烤竹简使之出汗，故称汗青。后人以代指史册。

《点评》

这首诗是文天祥于景炎三年正月十二日经零丁洋时所作，以此表明殉国死节的决心。诗的前四句回顾以往经历，格调悲壮，饱含血泪。五、六句写自己的感触，以往事为基础，以地名和感受作巧对，语意双关。结句见出诗人喷薄而出的凛然正气，遂成千古绝唱。此句高昂激烈，荡气回肠，折射出作者光辉的人格，呈现出一种悲壮美的艺术境界。（张振谦撰）

245. 登金陵雨花台①望大江

高 启②

大江来从万山中，山势尽与江流东。钟山如龙独西上③，欲破巨浪乘长风④。江山相雄不相让，形胜争夸天下壮。秦皇空此瘗黄金⑤，佳气葱葱⑥至今王。我怀郁塞何由开，酒酣走上城南台⑦。坐觉苍茫万古意，远自荒烟落日之中来。石头城⑧下涛声怒，武骑千群谁敢渡。黄旗入洛⑨竟何祥，铁锁横江⑩未为固。前三国，后六朝⑪，草生宫阙何萧萧！英雄乘时务割据，几度战血流寒潮。我生幸逢圣人起南国⑫，祸乱初平事休息，从今四海永为家，不用长江限南北。

（选自《高青丘集》，上海古籍出版社1985年版）

《注释》

①金陵：今江苏省南京市。雨花台：位于南京南聚宝山。

②高启（1336—1374）：字季迪，号青丘子、槎轩，长洲（今江苏苏州）人，明初曾参与修撰《元史》。高启主张文学创作应取法于汉魏晋唐各代，他的文学成就很高，与杨基、张羽、徐贲并称"吴中四杰"。其诗歌兼古人之所长，又能自出新意，风格飘逸清俊。《四库全书总目》谓其"天才高逸，实据明一代诗人之上"。诗集有《高太史大全集》，文集有《凫藻集》。

③"钟山"句：《太平御览》卷一五六引晋张勃《吴录》载："刘备曾使诸葛亮至京，因睹秣陵（今南京）山阜，叹曰：'钟山龙盘，石头虎踞，此帝王之宅。'"钟山：今南

京紫金山。

④"欲破"句：此句化用《南史·宗悫（què）传》"愿乘长风破万里"语。

⑤"秦皇"句：宋山谦之《丹阳记》曰："秦始皇埋金玉杂宝以压天子气，故名金陵。"瘗（yì）：埋。

⑥葱葱：茂盛的样子。此处指气象旺盛。

⑦城南台：即雨花台。

⑧石头城：古城名，故址在今南京清凉山，山势险峻。

⑨黄旗入洛：三国时吴王孙皓听术士说自己有天子气象，喜曰："此天命也。"遂率家人及官女数千人西上洛阳，"以顺天命"。途中遭遇大雪，士兵怨怒，不得不返。事见《三国志·吴书》注引《江表传》。"黄旗入洛"其实是吴被晋灭的先兆，故诗谓"竟何祥"。

⑩铁锁横江：晋太康元年（280），吴军为阻挡晋兵进攻，于险要处以铁锥铁锁横截长江，被晋兵用火破之，吴王遂降。事见《晋书·王濬传》。

⑪前三国，后六朝：三国时吴建都金陵，六朝指吴、东晋、宋、齐、梁、陈，皆建都金陵。

⑫圣人起南国：指明太祖朱元璋当年于南方起兵。

〖点评〗

这首七言歌行创作于明洪武二年（1369），其时明朝开国未久，气象更新。作者登上金陵雨花台，眺望长江，思潮澎湃。诗人看到江水从重峦叠嶂中呼啸东下，钟山似乘风的蟠龙破浪西上，他想起秦始皇曾在此地埋下金玉杂宝以镇压金陵的天子之气，但金陵依然"佳气葱葱"，此时更是成为新建朱明王朝的京都。接着，诗人又笔锋一转，写出自己的感慨，六朝都曾建都金陵，而朝代的兴废却并未因江山的险固有所保障。最后诗人回到现实，他曾在改朝换代之际饱受战乱之苦，对于来之不易的和平局面，内心有着真诚的喜悦，分外珍惜。在对盛世的赞颂中，也蕴涵了诗人对明朝是否会重蹈历史覆辙的担忧。全诗矫健雄杰，气势磅礴，卷舒自然，不愧为大家手笔。（蔡亚平撰）

246. 赴戍登程口占示家人（选一）

林则徐①

力微任重久神疲，再竭衰庸定不支。

苟利国家生死以②，岂因祸福避趋之。

谪居正是君恩厚，养拙刚③于戍卒宜。

戏与山妻谈故事，试吟断送老头皮④。

（选自《林则徐诗集》，海峡文艺出版社1987年版）

①林则徐（1785—1850）：字元抚、少穆、石麟，晚年号竢村散人、竢村老人、竢村退叟等，侯官（今福建福州）人。林则徐是清后期著名政治家、思想家和诗人，与龚自珍、魏源、张维屏等人均有交往，并组织"宣南诗社"。其政论文挥洒自如，文理兼备。其诗多感怀时事、抒写济世之抱负，气势壮阔，笔力雄健，文采斐然。有《云左山房文钞》、《云左山房诗钞》等。

②"苟利"句：如若能对国家有利，我可以将生死置之度外。此句化用《左传·昭公四年》中春秋时郑国大夫子产语。子产因改革军赋受国人诽谤，曾云："苟利社稷，死生以之。"

③养拙：亦称守拙。古时指官吏安守本分，退隐不仕。刚：恰好。

④"戏与"二句：我开玩笑地告诉妻子：你也吟诵一首"断送老头皮"那样的诗送给我吧。此用宋苏轼事。作者自注："宋真宗闻隐者杨朴能诗，召对问：'此来有人作诗送卿否？'对曰：'臣妻有一首，云：更休落魄耽杯酒，且莫猖狂爱咏诗。今日捉将官里去，这回断送老头皮。'上大笑，放还山。东坡赴诏狱，妻子送出门，皆哭。坡顾谓曰：'子独不能如杨处士妻作一首诗送我乎？'妻子失笑，坡乃出。"事见苏轼《东坡志林》卷二。山妻：对自己妻子的谦称。

【点评】

清道光十九年（1839），林则徐受命为钦差大臣赴广东禁烟，雷厉风行，功绩卓著。鸦片战争后他遭到投降派诬陷，道光二十二年（1842），皇帝下旨将其"发往伊犁效力赎罪"。是年七月，林则徐登程赴戍，口吟两首诗留别家人，此处所选为第二首。诗作表现了林则徐虽因禁毒招致重大打击，但仍将个人生死置之度外、以国家利益为重的高尚节操。诗人开篇自谦，说自己衰弱而平庸，早已无法为国担负重任，这与孟浩然的"不才明主弃"相似，都表达了一种隐忍的愤怒。而"苟利国家生死以，岂因祸福避趋之"则是全诗情感的高潮，它集中抒发了诗人忠诚无私的爱国情怀。虽然诗人对遭受的不公待遇也心存不平，但这种情绪在诗中表达得委婉得体，结尾对苦难进行戏谑的调侃，更是表现了他的乐观与旷达。全诗用典稳妥，对仗工整，风格高壮而又含蓄蕴藉，显示出诗人深厚的文学素养。（蔡亚平撰）

247. 出都留别诸公（选一）

康有为①

天龙作骑②万灵从，独立飞来缥缈峰。怀抱芳馨③兰一握，纵横宙合雾千重④。眼中战国成争鹿⑤，海内人才孰卧龙⑥？抚剑长号归去也，千山风雨啸青锋！

（选自蒋贵麟主编《康南海先生遗著汇刊·汗漫舫诗集》，台北宏业书局1987年版）

《注释》

①康有为（1858—1927）：原名祖诒，字广厦，号长素，又号更生、西樵山人等，晚年别署天游化人，广东佛山南海人，世称南海先生。康有为是中国近代资产阶级改良派政治家与思想家，于清光绪二十四年（1898）领导了戊戌变法。著有《新学伪经考》、《孔子改制考》、《日本变政考》、《大同书》等。文学成就主要体现于诗歌创作，其诗多反映社会现实，抒写自身救世抱负，气势宏大，文辞富丽。有《康南海先生诗集》。

②作骑（jì）：作为坐骑。

③芳馨：香草。

④宙合：宇宙。引《管子·宙合第十一》："宙合之意，上通于天之上，下泉于地之下，外出于四海之外，合络天地，以为一裹。"雾千重：喻时局昏暗迷茫。

⑤战国：秦始皇统一六国之前，七国混战，史称战国。这里代指帝国主义列强。争鹿：即逐鹿。喻争夺天下。《史记·淮阴侯列传》云："秦失其鹿，天下逐之。"此句描述列强对中国的瓜分。

⑥卧龙：诸葛亮之别号。此为作者隐以自喻。

《点评》

清光绪十四年（1888），康有为入京参加乡试，时逢中法战争，清政府落败。他上书光绪皇帝，提出"变成法，通下情，慎左右"的改革主张，但其建议未被采纳，反遭到保守派的排挤，遂于次年愤然离京。《出都留别诸公》组诗即创作于他离京之际。组诗共五首，此篇为第二首。诗人壮志未酬，内心郁愤，想象自己乘坐天龙，群仙伴随，怀抱香草，在天地之间上下求索；面对列强争相瓜分中国的民族危亡局面，诗人期待人才的出现，在风雨飘摇中积极寻求救世之道。全诗抒写了诗人的爱国情怀，仿若仙人之境，实取《离骚》之意，气势豪迈，想象奇特，辞采瑰丽，具有浓郁的浪漫主义色彩。（蔡亚平撰）

248. 黄海舟中日人索句并见日俄战争地图

秋　瑾①

万里乘风去复来②，只身东海挟春雷③。
忍看图画移颜色④？肯使江山付劫灰⑤！
浊酒不消忧国泪，救时应仗出群才。
拚将⑥十万头颅血，须把乾坤力挽回。

（选自《秋瑾集》，中华书局1960年版）

〈注 释〉

①秋瑾（1877—1907）：原名闺瑾，字璿卿，又字竞雄，别署鉴湖女侠，祖籍山阴（今浙江绍兴）。秋瑾是民族英雄，清光绪三十年（1904）赴日留学，次年加入光复会与同盟会。回国后于上海创办《中国女报》，宣传妇女解放，主张提倡女权，宣传革命。光绪三十三年（1907），她与徐锡麟策划在浙江、安徽起义，事泄被捕，就义于浙江绍兴轩亭口。秋瑾诗词皆工，亦善文。有后人所辑诗、词、文集《秋瑾集》。

②去复来：指秋瑾于清光绪三十年与次年两次往返日本。

③"只身"句：描述诗人单身乘船赴日留学。挟春雷：比喻内心怀有远大的志向。

④图画移颜色：疆域之图改换了颜色。意即国土被侵占。

⑤劫灰：劫火余灰。佛教用语，比喻战乱。

⑥拚（pàn）：舍弃，不顾惜。将：语气助词。

〈点 评〉

清光绪三十年二月，日本和沙俄为重新瓜分朝鲜与中国东北，在东北领土上爆发了侵略战争，而腐败的清政府竟毫无廉耻地宣布"中立"。是年春，秋瑾东渡日本留学，同年冬因事回国。次年春，秋瑾再次赴日途中，在黄海船上面对已然"舆图换稿"的地图，难抑悲愤，写下这首诗篇。诗作表达了对侵略者的痛恨，并号召同胞们不要沉浸在难过之中，而应团结一致，同心协力，誓死拯救民族于危亡。全诗格调高亢，情感充沛，语句铿锵，极具感染力。（蔡亚平撰）

249. 圆圆①曲（节选）

吴伟业②

若非壮士③全师胜，争得蛾眉④匹马还。蛾眉马上传呼进⑤，云鬟不整惊魂定。蜡炬迎来⑥在战场，啼妆满面残红印。专征箫鼓向秦川，金牛道上车千乘。斜谷云深起画楼，散关月落开妆镜⑦。传来消息满江乡，乌柏红经十度霜⑧。教曲妓师怜尚在，浣纱女伴忆同行。旧巢共是衔泥燕，飞上枝头变凤凰。长向尊前悲老大⑨，有人夫婿擅侯王。当时只受声名累，贵戚名豪竞延致。一斛明珠⑩万斛愁，关山漂泊腰支细。错怨狂风飏落花，无边春色来天地。尝闻倾国与倾城，翻使周郎⑪受重名。妻子岂应关大计，英雄无奈是多情。全家白骨成灰土⑫，一代红妆照汗青。君不见馆娃⑬初起鸳鸯宿，越女⑭如花看不足。香径尘生鸟自啼，屟廊⑮人去苔空绿。换羽移宫万里愁，珠歌翠舞古梁州。为君别唱吴宫曲，汉水东南日夜流⑯！

（选自李学颖集评标校《吴梅村全集》，上海古籍出版社1990年版）

【注 释】

①圆圆：陈圆圆。本姓邢，名沅，字畹芬，明末苏州名妓。"秦淮八艳"之一。

②吴伟业（1609—1672）：字骏公，号梅村，别署鹿樵生、灌隐主人，江南太仓（今江苏省太仓县）人。自幼聪慧，为复社领袖张溥入室弟子，名列复社"十哲"。吴伟业博学多才，诗词文画皆工，其中诗的成就最大。作诗主要取法盛唐及元白诸家，早期作品风流绮丽，明亡后多悲壮苍凉之作。尤擅七言歌行，取材多用正史，后人称之为"梅村体"。著有《梅村家藏稿》，传奇《秣陵春》，杂剧《通天台》、《临春阁》等。

③壮士：指吴三桂，明末辽东总兵，纳陈圆圆为妾。吴出镇山海关时李自成领导的农民起义军攻占北京，圆圆被俘。吴怒极，遂乞降于清，引清军入关攻陷北京，吴被清廷封为平西王。后圆圆随吴三桂入云南，晚年出家为道。

④争得：怎么能够。蛾眉：指陈圆圆。

⑤"蛾眉"句：吴三桂部将在京城搜到陈圆圆后即刻飞骑相送。传呼：喝道。

⑥蜡炬迎来：东晋王嘉《拾遗记》谓魏文帝在接常山美女薛灵芸入宫时，京师数十里外即燃有膏烛相迎。此处借指吴三桂迎接陈圆圆时的隆重场面。

⑦"专征"四句：叙陈圆圆随吴三桂由秦川到汉中。专征：古代皇帝授予将帅自主征伐的特权。秦川：指今陕西、甘肃的秦岭以北平原地带。金牛道：古栈道，是古代由陕西入四川的要道。斜（yé）谷：山谷名，金牛道的一段，在今陕西省眉县西南。散关：即大散关，也是川陕要道，在今陕西宝鸡西南大散岭。

⑧"乌桕（jiù）"句：意谓过去了十年。乌桕：一种落叶乔木，树叶秋日经霜会变红。

⑨"长向"句：空对着酒杯悲叹自己的年老无成。尊，同"樽"，酒杯。这几句是借旧日歌伎女伴的悲叹来衬托陈圆圆拥有的荣华富贵。

⑩一斛明珠：典出宋传奇《梅妃传》，唐玄宗因思念梅妃，将外国进贡的宝珠赐一斛给梅妃。此处借指陈圆圆因色艺获得的赏赐。

⑪周郎：周瑜，其妻小乔也是绝色美女。此处代指吴三桂。

⑫"全家"句：李自成曾让吴三桂之父吴襄写信招降吴三桂，吴因陈圆圆被掠而拒降，李自成遂杀吴襄全家。

⑬馆娃：指馆娃宫，在今苏州市灵岩山上，是吴王夫差为西施所建。

⑭越女：指西施。

⑮屧（xiè）廊：春秋时吴王馆娃宫中的曲廊名，相传以梗梓铺地，西施穿着木鞋在上面行走会响起悦耳的脚步声。

⑯"换羽移宫"四句：意谓吴三桂的得势不会长久。换羽移宫：乐调的变奏。此处喻朝代的风云变幻。羽、宫是中国古代五音中的两音。古梁州：明清时期的汉中府为古梁州所在地，在今陕西省南郑。吴三桂自顺治五年（1648）至八年（1651）镇守于此。"汉水"句意出唐李白《江上吟》诗："功名富贵若常在，汉水亦应西北流。"

《点 评》

　　《圆圆曲》是"梅村体"的代表作，与唐代白居易的《长恨歌》相似，也是事据正史，并以情爱作为诗歌主线，畅晓如话，婉转似歌。明崇祯十七年（1644）三月，辽东总兵吴三桂投降李自成农民起义军后，将山海关防务交由起义军接管，率领部下前往北京"朝见新主"。行至河北省玉田县时，吴获悉其父吴襄被捕、爱妾陈圆圆被掠，即刻杀回山海关，引清军入关攻陷北京，陈圆圆复归吴三桂。清军入关后的残暴行径使汉民族经历了空前浩劫，而吴三桂则是难咎其责的民族罪人。《圆圆曲》记载了这一明清易代时期的关键事件，采用明扬实抑的笔法暗讽吴三桂为一己之欲叛国降清的失节罪行。此处所选《圆圆曲》后半部分，叙吴三桂"冲冠一怒为红颜"夺回陈圆圆后的情景。诗歌韵致温婉，音调和谐，文辞清丽，用典自然。（蔡亚平撰）

250. 寰海（选一）

魏　源[1]

城上旌旗城下盟[2]，怒潮已作落潮声[3]。
阴疑阳战玄黄血[4]，电挟雷攻水火并[5]。
鼓角岂真天上降[6]？琛珠合向海王倾[7]。
全凭宝气销兵气，此夕蛟宫万丈明[8]。

（选自《魏源集》，中华书局 1976 年版）

《注 释》

　　[1]魏源（1794—1857）：初名远达，字默深、墨生，晚年皈依佛教，法名承贯，湖南邵阳人。中国近代启蒙思想家、政治家、爱国学者，与龚自珍齐名，世称"龚魏"。魏源学识渊博，著述甚丰，有《书古微》、《诗古微》、《圣武记》、《海国图志》等。诗作笔调雄浑，多反映鸦片战争时期的社会现实，有《古微堂诗集》、《清夜斋诗稿》等。

　　[2]"城上"句：指清道光二十一年（1841），英国侵略军包围广州，守城清兵将领奕山一触即溃，与英军签订《广州和约》事。旌旗：战旗。城下盟：敌人兵临城下时被迫签订的屈辱条约。

　　[3]"怒潮"句：抗议侵略军的怒潮已经渐渐低沉。

　　[4]阴疑阳战：语出《周易·坤》："阴疑于阳必战。"意谓阴盛必为阳所疑，阳乃发动以除阴，阴不愿退让，则会发生战斗。此处喻英军恃强凌弱，发动了侵略战争。玄黄血：语出《周易·坤》："龙战于野，其血玄黄。"玄黄：杂色。

　　[5]"电挟"句：极言战争的激烈。

　　[6]"鼓角"句：意谓英军轻易取得胜利，难道真的是如有神助而无法抵御吗？《汉

书·周勃传》载，汉景帝三年（前154），周勃之子周亚夫奉命平"七国之乱"，按赵涉建议，率部由敌人无防备之路"直入武库，击鸣鼓，诸侯闻之，以为将军从天而下也"。此句讽刺清军的懦弱无能。

⑦琛（chēn）珠：珠宝。合：应该。海王：海中的龙王。这里比喻称雄海上的英国侵略军。此句讽刺奕山用巨额财物来向英军摇尾乞和。

⑧"全凭"二句：全靠赔款换来了战争的暂时平息，而英国侵略者的驻地正灯火辉煌，庆祝胜利。蛟宫：龙王的宫殿，此喻英军营地。

【点评】

《寰海》组诗共十一首，内容抒写鸦片战争时期的广东战事，魏源自注创作日期为"道光二十年"，但从内容来看，有部分诗篇实作于清道光二十一年。此处所选为第九首，反映了道光二十一年"靖逆将军"奕山以五倍兵力在广州与英国侵略军交战，旋大溃乞降事。是年五月，奕山与英军签订屈辱的《广州和约》，承诺迅速撤兵，并向英军缴纳巨额赔款数百万银元。全诗风格辛辣，笔力纵肆，诗人通过比喻、用典和反语怒斥了清军的懦弱无能与投降派的卖国嘴脸。（蔡亚平撰）

251. 以诗并画留别汤国顿

苏曼殊①

其 一
蹈海鲁连不帝秦②，茫茫烟水着浮身③。
国民孤愤英雄泪，洒上鲛绡赠故人④。

其 二
海天龙战血玄黄⑤，披发长歌览大荒⑥。
易水萧萧人去也⑦，一天明月白如霜。

（选自柳亚子编《苏曼殊全集·诗集》，当代中国出版社2007年版）

【注释】

①苏曼殊（1884—1918）：原名戬，字子谷，后更名元瑛（亦作玄瑛），法号曼殊，香山（今广东中山）人，出生于日本横滨，父亲为旅日茶商，母亲是日本人。曾任教师、报刊编辑等职，数次出家，游历南洋各地，宣扬民主革命思想，民国元年（1912）加入南社。苏曼殊诗作文辞清丽，风格兼有幽怨凄恻与苍凉悲壮，前者多感怀之作，充满自感身世的无奈与叹息，后者多抒发爱国之情。有《苏曼殊全集》。

②鲁连：即鲁仲连，战国时齐人。公元前258年，他到赵国游历，遇上秦兵围攻赵都邯郸。魏王派辛垣衍劝赵王尊秦昭襄王为帝，以求秦退兵。鲁仲连往见魏使，陈说尊秦为帝的弊处，并表示如果秦真的统治了天下，"则连有蹈东海而死耳！吾不忍为之民也"！事见《史记·鲁仲连邹阳列传》。诗人用此典故表达不向列国侵略者屈服的决心。

③"茫茫"句：宁愿到无边无垠的大海之中寻找自己的归宿。

④鲛（jiāo）绡：一种不透水的纱，此处指诗人赠予友人的绢画。传说南海有鲛人，水居如鱼，能纺织，曾寄寓岸上人家卖绡。临别时，泣泪变成满盘宝珠赠于主人。见《文选·吴都赋》李善注。故人：旧友，指汤国顿。汤国顿，或谓汤睿，号荷庵，广东番禺人，诗人居留日本时的好友。

⑤"海天"句：极言战争的惨烈。龙战血玄黄：语出《周易·坤》："龙战于野，其血玄黄。"此处借喻帝国列强侵略中国而造成的战乱。

⑥"披发"句：语出宋苏轼《潮州修韩文公庙记》："公不少留我涕滂，翩然披发下大荒。"大荒：旷远之地。此句用以表现一种苍茫无着的悲愤之情。

⑦"易水"句：化用荆轲刺秦前所作歌："风萧萧兮易水寒，壮士一去兮不复还。"事见《史记·刺客列传》。诗人以荆轲自比，表达了一种视死如归的抗争精神。

《点评》

这两首诗作于清光绪二十九年（1903），系苏曼殊现存最早的作品。是年作者正在日本留学，因加入拒俄义勇队而遭其表兄林紫垣反对，中断对他的学费支持，作者不得已辍学归国，临别时创作这组诗连同一幅绢画赠予好友。这组诗表达了诗人与好友之间依依惜别的感情，同时也抒发了他的爱国热情以及誓死抗争侵略者的精神与决心。全诗轻灵而悲凉，感情真挚自然，别具特色。正如柳亚子《苏曼殊之我观》谓其诗"好在思想的轻灵，文辞的自然，音节的和谐。总之，是好在自然的流露"。（蔡亚平撰）

252. 六丑·蔷薇谢后作

周邦彦

正单衣试酒，恨客里、光阴虚掷。愿春暂留，春归如过翼①，一去无迹。为问花何在，夜来风雨，葬楚宫倾国②。钗钿③坠处遗香泽，乱点桃蹊，轻翻柳陌，多情为谁追惜。但蜂媒蝶使④，时叩窗隔。　　东园岑寂，渐蒙笼暗碧⑤。静绕珍丛底、成叹息。长条故惹行客⑥，似牵衣待话，别情无极。残英小、强簪巾帻⑦。终不似、一朵钗头颤袅，向人欹侧。漂流处、莫趁潮汐。恐断红、尚有相思字⑧，何由见得。

（选自罗忼烈笺注《清真集笺注》，上海古籍出版社2008年版）

【注释】

①过翼：飞鸟掠翼而过。比喻时间过得很快。

②楚宫倾国：以楚王宫里的美女比喻蔷薇花。倾国：容貌绝代的美人。语出李延年歌："北方有佳人，绝世而独立。一顾倾人城，再顾倾人国。"

③钗钿：首饰。这里以美女遗落的钗钿比喻飘落的花瓣。

④蜂媒蝶使：指蜜蜂、蝴蝶像媒人、使者。

⑤蒙笼暗碧：草木茂密，绿树成荫，环境显得幽暗。

⑥"长条"句：蔷薇有刺，会勾住人的衣服。唐储光羲《蔷薇歌》诗中云："高处红须欲就手，低边绿刺已牵衣。"

⑦强簪巾帻：把残花勉强插在头巾上。

⑧恐断红、尚有相思字：本句化用"红叶题诗"故事。唐代诗人卢渥到长安应举，在御沟中捡到一片红叶，上有宫女题诗云："流水何太急，深宫竟日闲。殷情谢红叶，好去到人间。"后娶遣放宫女为妻，恰好是题诗者。见范摅《云溪友议》卷下。

【点评】

这首词通过写凋谢后的蔷薇，抒发伤春惜花之情，同时也寄托一些身世感受。上阕起写客中伤春。"愿春"三句一语一转，道出了"愿春暂留"、"流春不住"、"春去无迹"三层意思，点出了伤春的主题。周济《宋四家词选》评曰："十三字千回百折，千锤百炼。"接着写蔷薇花谢景象，以美人比落花，并发出疑问，暗示了词人的惜花心理。最后以问答的形式，通过写蜂蝶恋落花的有情反衬无人惜谢后蔷薇的无情，借花喻人，引出下阕词人深沉的感慨。下阕含蓄委婉，精深华妙，深刻揭示了伤春怀人、借花喻己的词旨。清人黄苏《蓼园词选》评曰："自叹年老远宦，意境落寞；借花起兴，以下是花、是自己，比兴无端；指与物化，奇情四溢，不可方物，人巧极而天工生矣！结处意致尤缠绵无已。"全词构思精微，情深意切，善于铺叙，结构严谨，缠绵婉转，令人动容。（张振谦撰）

253. 暗 香

姜 夔

辛亥之冬，予载雪诣石湖。止既月，授简索句，且征新声。作此两曲，石湖把玩不已，使工妓隶习之，音节谐婉，乃名之曰《暗香》、《疏影》①。

旧时月色，算几番照我，梅边吹笛。唤起玉人，不管清寒与攀摘。何逊②而今渐老，都忘却、春风词笔。但怪得、竹外疏花，香冷入瑶席③。 江国正寂寂。叹寄与路遥④，夜雪初积。翠尊⑤易泣，红萼无言耿相忆，长记曾携手处，千树⑥压、西湖寒碧。又片片吹尽也，几时见得。

（选自陈书良笺注《姜白石词笺注》，中华书局2009年版）

《注释》

①《暗香》、《疏影》：词调名。用宋林逋《梅花》诗："疏影横斜水清浅，暗香浮动月黄昏。"

②何逊：南朝梁诗人，曾在扬州作《咏早梅》诗。

③瑶席：坐席的美称。

④寄与路遥：路途遥远，难以寄赠。暗用南朝陆凯《赠范晔》诗："折梅逢驿使，寄与陇头人。"

⑤翠尊：翠玉制成的酒杯。

⑥千树：指梅林。宋苏轼《和秦太虚梅花》诗云："江头千树春欲暗，竹外一枝斜更好。"

《点评》

这是一首著名的咏梅词，与《疏影》一道，是作者应范成大之请而作的自度曲。宋人张炎认为这两首咏梅词"前无古人，后无来者，自立新意，真为绝唱"。（《词源》）后人对此词的题旨理解众说纷纭，愚以为，当以咏梅怀人为主题。起首便回忆月下梅边吹笛的美好往事。接着写在月光如水的夜晚美人折梅相赠，悠扬的笛声和清新的花香随风飘荡，此境界美妙无比，何等浪漫！"何逊"句，笔锋骤转，如今自己已日渐老去，不复当年何逊咏早梅的才情和雅兴了。下阕写寄梅、忆梅和惜梅，抒发词人一往情深又情深难寄的感慨之情。艺术方面，通篇运用对比，从"疏花"到"千树"，由盛开到片片落尽，由共同摘梅、赏梅到渐老渐衰、路遥难寄，借古伤今，抒发了作者悠悠不尽的情思和郁郁寡欢的孤寂情怀。以玉人衬映梅花，由梅花念及玉人，咏物寄情，形神兼备，境界高洁，构思精巧。（张振谦撰）

254. 贺新郎·纤夫词

陈维崧①

战舰排江口。正天边、真王拜印，蛟螭蟠钮②。征发棹船郎十万，列郡风驰雨骤③。叹闾左、骚然鸡狗④。里正前团催后保⑤，尽累累锁系空仓后。捽⑥头去，敢摇手？　稻花恰趁霜天秀⑦。有丁男、临歧诀绝⑧，草间病妇。此去三江牵百丈，雪浪排樯夜吼。背耐得、土牛鞭否⑨？好倚后园枫树下，向丛祠乞情巫浇酒。神祐我，归田亩。

（选自陈乃乾辑《清名家词·湖海楼词》，上海书店1982年版）

《注释》

①陈维崧（1625—1682）：字其年，号迦陵，宜兴（今江苏宜兴）人。出身于具有民族气节的文学世家，自幼聪颖，入清后曾参与修纂《明史》。与吴伟业、冒襄、龚鼎孳、姜宸英、王士禛、邵长蘅、彭孙遹等人均有交往。擅长骈文，与吴绮、章藻功合称"骈体三家"。尤擅作词，其词风格豪放，多抒发身世、咏古怀旧之作，也有一些作品反映社会现实与民生疾苦。有《湖海楼诗集》、《迦陵文集》、《湖海楼词》等。

②天边：指云南。吴三桂降清后，被封为平西王镇守云南。真王拜印：指吴三桂起兵反清。真王：《史记·淮阴侯列传》载，韩信平定齐国以后，自恃功高，欲封王，请为"假王"以镇服齐人。刘邦云："大丈夫定诸侯，即为真王可耳，何以假为？"因封韩信为齐王。此处指吴三桂。蛟螭（chī）蟠（pán）钮：指印章上铸成的蛟龙图案。

③棹船郎：船夫。风驰雨骤：形容征集船夫一事十分紧急。

④间左：秦代指主要由雇农、佃农等构成的贫苦左戍。据《汉书·食货志》载，古代以强为右，以贫弱为左。此处代指贫苦百姓。骚然鸡狗：鸡犬不宁。

⑤里正：古代一里单位的长官为里正。保：古代实行保甲制度，若干甲为一保。这里指保长。

⑥捽（zuó）：揪，抓。

⑦秀：吐穗开花。

⑧丁男：被抓去服役的男子。临歧：歧，歧路、岔路，古人送别往往在岔路口分手，因此常将临别称作临歧。

⑨"背耐得"二句：被抓丁去做船夫的人，后背是否禁得住那鞭打土牛的鞭子？土牛：用泥土制成的牛。古代立春时常造土牛以劝农耕，象征着春耕开始。

《点评》

陈维崧作词摒弃"词为艳科"的传统观念，继承《诗经》、杜甫以及白居易的"新乐府"精神，注重反映社会现实，刻画民生疾苦，可谓"词史"之作。《贺新郎·纤夫词》集中体现出他的创作观念、词史意识和时代精神，是其代表作之一。清初为镇压南方的抗清力量，统治者强征大批民夫给运兵粮的木船拉纤，这首词就描写了老百姓被抓丁服役的悲惨情形。全词沉郁苍凉，用笔简练，刻画生动，多处出现场面描绘，如上阕写抓壮丁的场面"列郡风驰雨骤"、"叹间左、骚然鸡狗"、"里正前团催后保"，极为传神；下阕写夫妻分别，"有丁男、临歧诀绝，草间病妇"，其情其景令人感伤。同时作品又注重人物的心理描写，如"捽头去，敢摇手"、"背耐得、土牛鞭否"、"神祐我，归田亩"等，深刻反映出战争给人民带来的沉重灾难。（蔡亚平撰）

255. ［南吕·一枝花］不伏老①（节选）

关汉卿

【梁州】我是个普天下郎君②领袖，盖世界浪子班头。愿朱颜不改常依旧，花中消遣，酒内忘忧。分茶攧竹③，打马藏阄④，通五音六律滑熟，甚闲愁到我心头。伴的是银筝女银台前理银筝笑倚银屏，伴的是玉天仙携玉手并玉肩同登玉楼，伴的是金钗客歌金缕⑤捧金樽满泛金瓯。你道我老也，暂休。占排场风月功名首，更玲珑又剔透。我是个锦阵花营都帅头，曾玩府游州。

【尾】我是个蒸不烂煮不熟捶不扁炒不爆响珰珰一粒铜豌豆⑥，恁子弟每谁教你钻入他锄不断斫不下解不开顿不脱慢腾腾千层锦套头⑦。我玩的是梁园月，饮的是东京酒，赏的是洛阳花，攀的是章台柳⑧。我也会围棋会蹴鞠会打围会插科，会歌舞会吹弹会咽作会吟诗会双陆⑨。你便是落了我牙歪了我嘴瘸了我腿折了我手，天赐与我这几般儿歹征候，尚兀自不肯休⑩！则除是阎王亲自唤，神鬼自来勾，三魂归地府，七魄丧冥幽，天哪，那其间才不向烟花路儿上走！

（选自隋树森编《全元散曲》，中华书局1964年版）

【注释】

①不伏老：此套曲的题目，即不服老。

②郎君：元曲中常用以指爱冶游的花花公子。

③分茶：约始于北宋初年的一种茶道，以开水注入茶碗之技艺，是一种独特的烹茶游艺。宋杨万里《澹庵坐上观显上人分茶》诗称："分茶何似煎茶好，煎茶不似分茶巧。"攧（diān）竹：博戏名。颠动竹筒使筒中某支竹签首先跌出，视签上标志以决胜负。

④打马：古代博戏名。宋李清照《打马图经序》云："按打马世有二种：一种一将十马者，谓之关西马；一种无将二十马者，谓之依经马。"可略窥其制。今已失传。藏阄（jiū）：类似于猜谜，是一种猜别人手中藏物的游戏。

⑤金缕：唐曲调名，即《金缕曲》，又名《贺新郎》。

⑥铜豌豆：元代青楼勾栏中对风月场老狎客的昵称。此处包含性格坚强的意思，暗指自己能够经受得起一切磨难。

⑦恁（nín）：同"您"，你们。锦套头：美丽的网套，喻妓女笼络嫖客时表面殷勤而内里狠毒的手段。

⑧梁园：汉代梁孝王刘武所建园囿，在今河南开封附近，也称"兔园"。此处代指名胜之地。东京：汉时以洛阳为东京；五代至宋，皆以汴州（今开封市）为东京。此处指汴州。洛阳花：牡丹，古人谓洛阳牡丹甲天下。隐喻美妓。章台柳：妓女。章台，汉时长安街道名，娼妓集居之处，故旧时常用作妓院的代称。相传唐韩翃与妓女柳氏有婚姻之约，后两人分别三载韩翃因思念赋词《寄柳氏》："章台柳，章台柳，昔日青青今在否？纵使长条似旧垂，亦应攀折他人手。"事见唐许尧佐《柳氏传》。

⑨咽作：歌唱。双陆：古代博戏名，一种棋盘游戏，今已失传。

⑩歹征候：犹云"恶疾"，此指对前面诸种技艺的癖好之深。尚兀自：仍然。尚、兀都是犹、还要的意思，同义词连用以加强语气。

本曲被看做是关汉卿带有自述心志性质的著名套曲，语言诙谐辛辣，气势狂放恣肆，历来为世人所激赏。此曲作于关汉卿中年以后，其时元蒙统治者对汉人的歧视，加上元代数十年对科举的废置，使汉族知识分子仕进无路，社会地位堪比乞丐。在这种状况下，作者风月笑谈，诗酒为伴，选择了不同于传统文人"求仕"的另一种追求，元末熊自得《析津志》云其"生而倜傥，博学能文，滑稽多智，蕴藉风流，为一时之冠"。曲中"浪子"毫不讳言自己"半生来折柳攀花，一世里眠花卧柳"的放荡不羁，折射出元王朝统治下苦闷满怀的文人故作玩世不恭的心态，而对诸种才艺的尽情渲染，又蕴藏了一种豪情，显示出作者的叛逆精神与高傲个性。关汉卿作为剧作家，"躬践排场，面敷粉墨，以为我家生活"（明臧晋叔《元曲选序》），与艺妓之间不可避免地有着事业上的亲密关系，所以不能通过此曲就把他看做一名不务正业的浪子。"我是个蒸不烂煮不熟捶不扁炒不爆响珰珰一粒铜豌豆"，用幽默乐观而又倔强的语气，表明了决不向世俗妥协的意志，从中或可窥见关汉卿的心灵世界。（蔡亚平撰）

256. ［双调·夜行船］秋思

马致远

【夜行船】百岁光阴一梦蝶①，重回首往事堪嗟。今日春来，明朝花谢，急罚盏夜阑灯灭。

【乔木查】想秦宫汉阙②，都做了衰草牛羊野。不恁么渔樵没话说。纵荒坟横断碑，不辨龙蛇。

【庆宣和】投至狐踪与兔穴梦蝶，多少豪杰③！鼎足三分半腰折，魏耶？晋耶④？

【落梅风】天教你富，莫太奢，没多时好天良夜。富家儿更做道⑤你心似铁，争辜负了锦堂风月⑥。

【风入松】眼前红日又西斜，疾似下坡车。不争镜里添白雪，上床与鞋履相别⑦。休笑巢鸠计拙⑧，葫芦提⑨一向装呆。

【拨不断】利名竭，是非绝。红尘不向门前惹，绿树偏宜屋角遮，青山正补墙头缺，更哪堪竹篱茅舍。

【离亭宴煞】蛩⑩吟罢一觉才宁贴，鸡鸣时万事无休歇。何年是彻？看密匝匝蚁排兵，乱纷纷蜂酿蜜，闹攘攘蝇争血。裴公绿野堂⑪，陶令白莲社⑫。爱秋来时那些：和露摘黄花，带霜分紫蟹，煮酒烧红叶。想人生有限杯，浑几个重阳节。人问我顽童记者：便北海探吾来，道东篱醉了也⑬！

（选自隋树森编《全元散曲》，中华书局 1964 年版）

〖注 释〗

①"百岁"句：百年光阴如同一梦。梦蝶：指庄周梦蝶事，见《庄子·齐物论》。

②秦宫汉阙：互文见义，秦汉两朝所建的华丽宫殿。

③"投至"二句：历史上的英雄豪杰，最终不过化作一片荒坟，与狐狸和野兔做伴。

④"鼎足三分"三句：魏、蜀、吴曾经三国鼎立，各领风骚，但现在魏在哪儿？晋又在哪儿呢？一切都如同浮云罢了。

⑤更做道：即使。

⑥风月：此处谓男女情爱之事。

⑦"上床"句：晚上脱鞋上床，尚不知次日能否再穿上它们。极言人生之短暂、无常。

⑧巢鸠计拙：相传斑鸠不善营巢，常占据喜鹊的巢穴。《诗经·召南·鹊巢》云："维鹊有巢，维鸠居之。"此处谓自己生性疏懒，不会钻营。

⑨葫芦提：糊涂。宋元市井口语，元曲中常见。

⑩蛩（qióng）：蝗虫的别名，古代亦指蟋蟀。

⑪绿野堂：唐人裴度的别墅名，故址在今河南省洛阳市南。裴度为唐宪宗时宰相，晚年因宦官专权辞官退居洛阳，于午桥建别墅，种花木万株，筑燠（yù）馆凉台，名曰绿野堂。自此裴度野服萧散，与白居易、刘禹锡等人作诗酒之会，穷昼夜相欢，不问人间事。事见《新唐书·裴度传》。

⑫陶令：陶渊明，曾任彭泽令。白莲社：东晋释慧远于庐山东林寺同慧永、慧持等人结社精修，因掘池植白莲而得名。陶渊明曾受邀入社，却并未真正加入。事见晋无名氏《莲社高贤传·不入社诸贤传》。

⑬"人问我"三句：童子记好，无论何人来访，均告之我已醉了！北海：指汉末孔融，曾任北海太守，常自述其愿曰："座上客常满，樽中酒不空。"事见《后汉书·孔融传》。东篱：作者之号。

〖点 评〗

　　本曲是元曲中非常有名的套数，这一套曲将功名富贵如烟云、远离官场与是非的处世哲学寄托在叹古讽今的牢骚里，表现出作者因半生蹉跎、参透世事而形成的纵情诗酒、超然出尘的人生态度。在元代，文人被打入社会的最底层，因而他们看待现实大多是消极而绝望的，马致远的《秋思》套曲正是反映了元代文人所共有的愤世嫉俗心态，认为世间的名利争斗不过如同蚁搬食、蝇逐血，"绿野堂"和"白莲社"才是理想净土与心灵归宿。曲子风格豪放而清丽，谐谑的语气与悲凉的感慨自然相融，语言超逸流畅，末尾两组鼎足对的运用，把极丑与极美对举，更是将感情和气势表达得酣畅淋漓。"和露摘黄花，带霜分紫蟹，煮酒烧红叶"，描绘出浓郁醉人的秋意，非常清爽悦目。曲作风神潇洒，用字雅正，对仗工整，声调和谐，元人周德清誉其为"万中无一"，确非溢美。（蔡亚平撰）

257. 西厢记（第二本第一折节选）

王实甫①

【仙吕】【八声甘州】恹恹②瘦损，早是伤神，那值残春。罗衣宽褪，能消几度黄昏③？风袅篆烟④不卷帘，雨打梨花深闭门；无语凭阑干⑤，目断行云。

【混江龙】落红成阵，风飘万点正愁人⑥。池塘梦晓，阑槛辞春；蝶粉轻沾飞絮雪，燕泥香惹落花尘。系春心情短柳丝长，隔花阴人远天涯近。香消了六朝金粉，清减了三楚精神⑦。

（红云）姐姐情思不快，我将被儿薰得香香的，睡些儿。（旦唱）

【油葫芦】翠被生寒压绣裀，休将兰麝⑧薰；便将兰麝薰尽，则索自温存。昨宵个锦囊佳制⑨明勾引，今日个玉堂人物难⑩亲近，这些时坐又不安，睡又不稳，我欲待登临又不快，闲行又闷。每日价情思睡昏昏。

（选自王季思校注《西厢记》，上海古籍出版社 1978 年版）

【注 释】

①王实甫：生卒年不详，大都（今北京）人，名德信，字实甫，元代戏曲作家，创作活动大约在元贞、大德年间（1295—1307）。其剧作常化用古诗词入曲，辞采华美，开戏曲文采派之先河。明朱权《太和正音谱·古今群英乐府格式》赞曰："王实甫之词如花间美人。铺叙委婉，深得骚人之趣，极有佳句，若玉环之出浴华清，绿珠之采莲洛浦。"钟嗣成《录鬼簿》著录其杂剧十四种，现存完整剧作三种。另有一些散曲存世。

②恹（yān）恹：精神萎靡，病弱貌。

③"能消"句：化用宋赵令畤《清平乐》词："断送一生憔悴，只消几个黄昏。"

④篆烟：薰香的烟像篆文一样盘绕曲折。

⑤"无语"句：意出宋孙光宪《临江仙》词："含情无语，延伫倚阑干。"

⑥"落红"二句：一片片落花在风雨中四散飘零，引人心生愁绪。意出唐杜甫诗《风雨看舟前落花戏为新句》。

⑦"香消了"二句：金粉香消，精神清减。"六朝"、"三楚"只是用以装点字面，晚唐黄滔的《秋色赋》中即以三楚与六朝对举。

⑧兰麝（shè）：兰花和麝香，指名贵的香料。

⑨锦囊佳制：指隔墙酬和之诗。宋计有功《唐诗纪事》载："李贺每旦出，骑弱马，从小奚奴，背锦囊，遇所得，赋诗书投囊中。"

⑩玉堂人物：宋太宗淳化年间赐翰林"玉堂之署"，后遂用"玉堂"代称翰林院。元剧中故多称文士为玉堂人物。

《点评》

《西厢记》是王实甫的代表剧作，也是中国戏曲史乃至中国文学史上最优秀的作品之一，明贾仲明《录鬼簿续编》中吊王实甫曲云："新杂剧，旧传奇，《西厢记》天下夺魁。"赵景深先生在《明刊本西厢记研究序》中将之与《红楼梦》并称为"中国古典文艺中的双璧"。《西厢记》本于唐人元稹的传奇小说《会真记》，亦吸收了金代董解元《西厢记诸宫调》中的一些剧情。剧叙书生张君瑞与相国之女崔莺莺一见钟情，并冲破封建礼教约束追求美好爱情事，王实甫在剧中提出"愿普天下有情的都成了眷属"的美好愿望。此处所选唱词表达了莺莺对张生动心后，少女情怀无法排解的忧愁。唱词文辞优美，诗意浓厚，同时又生动传神，"坐又不安，睡又不稳，我欲待登临又不快，闲行又闷"，把一名怀春少女愁眉微蹙、满腹心事、坐立不安的神态勾画得细致入微。（蔡亚平撰）

258. 西厢记（第四本第三折节选）

王实甫

【正宫】【端正好】碧云天，黄花地①，西风紧，北雁南飞。晓来谁染霜林醉②？总是离人泪。

【滚绣球】恨相见得迟，怨归去得疾。柳丝长玉骢③难系，恨不倩④疏林挂住斜晖。马儿迍迍的行，车儿快快的随⑤，却告了相思回避，破题儿又早别离⑥。听得道一声去也，松了金钏⑦；遥望见十里长亭，减了玉肌：此恨谁知？

（红云）姐姐今日怎么不打扮？（旦云）你那知我的心里呵？（旦唱）

【叨叨令】见安排着车儿、马儿，不由人熬熬煎煎的气；有甚么心情花儿、靥⑧儿，打扮得娇娇滴滴的媚；准备着被儿、枕儿，只索昏昏沉沉的睡；从今后衫儿、袖儿，都揾做重重迭迭的泪。兀的不闷杀人也么哥？久已后书儿、信儿，索与我恓恓惶惶的寄。

（选自王季思校注《西厢记》，上海古籍出版社 1978 年版）

《注释》

①"碧云天"二句：化用宋范仲淹《苏幕遮》词："碧云天，黄叶地。"
②霜林醉：枫叶经霜变为红色，就像人喝醉了酒一样。
③玉骢（cōng）：一种青毛与白毛相间的马，今名菊花青。
④倩：请求。
⑤"马儿"二句：意思是张生骑着马慢慢前行，莺莺坐着车快快相随。意谓二人不欲分离。迍（zhūn）迍：慢腾腾的样子。
⑥"却告"二句：才结束了相思，又开始了别离。却：恰好，刚刚，元剧中"却"、

"恰"二字可以通用。回避：此是抛却的意思。破题儿：唐宋人谓诗赋之起首为破题，故常用"破题儿"指代事情的开始。

⑦松了金钏：由于消瘦了很多，手腕上金镯子都松落了。与下文"减了玉肌"对举。

⑧靥（yè）：古代妇女面颊上所用的一种妆饰。

〖点评〗

张生和崔莺莺的恋情被老夫人发觉后，老夫人要求张生赴京应试，得中状元两人才能正式成亲。《西厢记》第四本第三折描绘莺莺在长亭送别张生一幕，此处所选唱词凄婉感人，表现出莺莺在面临诀别时柔肠寸断的心情。离别发生在暮秋的黄昏时节，"碧云"、"黄花"、"西风"、"飞雁"、"霜林"，这些渗透主人公离愁别恨的暮秋景物，共同营造出萧瑟悲凉的戏剧氛围。唱词缠绵悱恻，情辞相依，具有催人泪下的艺术感染力。（蔡亚平撰）

259. 长生殿惊变（节选）

洪　昇①

【北中吕粉蝶儿】天淡云闲，列长空数行新雁。御园中秋色斓斑：柳添黄，萍减绿，红莲脱瓣。一抹雕栏，喷清香桂花初绽。

（到介）（丑②）请万岁爷娘娘下辇③。（生、旦下辇介）（丑同内侍暗下）（生）妃子，朕与你散步一回者。（旦）陛下请。（生携旦手介）（旦）

【南泣颜回】携手向花间，暂把幽怀同散。凉生亭下，风荷映水翻翻。爱桐荫静悄，碧沉沉并绕回廊看。恋香巢秋燕依人，睡银塘鸳鸯蘸眼④。

（选自徐朔方校注《长生殿》，人民文学出版社1980年版）

〖注释〗

①洪昇（1645—1704）：字昉思，号稗畦、稗村、南屏樵者，钱塘（今浙江杭州）人，清代戏曲作家。其戏剧成就很高，与孔尚任合称"南洪北孔"。今存传奇剧《长生殿》与杂剧《四婵娟》。另有诗集《稗畦集》及续集《啸月楼集》存世。

②丑：戏曲表演中插科打诨的角色，由宋金杂剧院本中杂班之"纽元子"省文而来。此处指高力士扮演者。

③辇（niǎn）：古代用人拉着行走的车子，后多指皇帝或王室成员乘坐的车。

④"睡银塘"句：鸳鸯依偎在波光粼粼的池塘里，分外引人注目。银塘：池塘里的水波光粼粼，仿若银子反射出的光。蘸眼：耀眼，引人注目。

《点 评》

《长生殿》是洪昇的代表作，作者自云该剧"按白居易《长恨歌》、陈鸿《长恨歌传》为之，而中间点染处，多采《天宝遗事》、《杨妃全传》"，再次演绎唐明皇与杨贵妃的生死之恋。剧作场面壮阔，排场讲究，句精字研，音律和谐，从而"爱文者喜其词，知音者赏其律。以是传闻益远，畜家乐者攒笔竞写，转相教习"。《惊变》一出在全剧起承上启下的作用，写李、杨二人于七月七日晚相互承诺要厮守终生之后，乐极哀至，安史叛军杀过潼关，李隆基惊吓不已，决定出宫入蜀以避战祸。此处所选唱词描绘变故前的祥和，景中抒情，优美雅致，读之令人满口生香。（蔡亚平撰）

260. 被埋葬的词

吉狄马加[①]

我要寻找
被埋葬的词
你们知道
它是母腹的水
黑暗中闪光的鱼类

我要寻找的词
是夜空宝石般的星星
在它的身后
占卜者的双眸
含有飞鸟的影子

我要寻找的词
是祭司梦幻的火
它能召唤逝去的先辈
它能感应万物的灵魂

我要寻找
被埋葬的词
它是一个山地民族
通过母语，传授给子孙的

那些最隐秘的符号

（选自《吉狄马加诗选》，四川文艺出版社 1992 年版）

〖注 释〗

①吉狄马加（1961— ）：当代诗人，著有诗集《吉狄马加诗选》等。

〖点 评〗

吉狄马加是开启当代少数族裔文学转型——重返本民族文化家园之潮的两位诗人之一（另一位是伊丹才让）。《被埋葬的词》在吉狄马加的诸多作品中可能是最富现代特征的，具有较为明显的隐喻性。不过对于稍微了解文学"母语性"追求的读者来说，此诗的所指并不难理解。在现代语境中，少数族裔或土著民族的语言、文化，往往被"国语"、"通用语"所挤压、替代、遮蔽，或如此诗所言——"埋葬"。但是它们并非彻底死去、消亡，而是以隐秘的方式存在着，影响着其所属的族群，等待着被重新激活、敞亮。

这首诗的句式较为淳朴，明显带有传统诗歌递进、铺陈的遗痕，但其对母语的那一系列物象的设喻，则颇具智慧、文化与词语的"闪光"性。不过正如整个"新时期"以来的中国文学受到境外文学的强大影响一样，吉狄马加和其他众多少数族裔作家的写作，也明显受到了海外尤其是拉丁美洲等第三世界作家的影响。（姚新勇撰）

261. 帕斯捷尔纳克①

王家新②

不能到你的墓地献上一束花
却注定要以一生的倾注，读你的诗
以几千里风雪的穿越
一个节日的破碎，和我灵魂的颤栗

终于能按照自己的内心写作了
却不能按一个人的内心生活
这是我们共同的悲剧
你的嘴角更加缄默，那是

命运的秘密，你不能说出
只是承受、承受，让笔下的刻痕加深
为了获得，而放弃

为了生，你要求自己去死。彻底地死

这就是你，从一次次劫难里你找到我
检验我，使我的生命骤然疼痛
从雪到雪，我在北京的轰响泥泞的
公共汽车上读你的诗，我在心中

呼喊那些高贵的名字
那些放逐、牺牲、见证、那些
在弥撒曲的震颤中相逢的灵魂
那些死亡中的闪耀，和我的

自己的土地！那北方牲畜眼中的泪光
在风中燃烧的枫叶
人民胃中的黑暗、饥饿，我怎能
撇开这一切来谈论我自己？

正如你，要忍受更剧烈的风雪扑打
才能守住你的俄罗斯，你的
拉丽萨，那美丽的、再也不能伤害的
你的，不敢相信的奇迹

带着一身雪的寒气，就在眼前！
还有烛光照亮的列维坦的秋天
普希金诗韵中的死亡、赞美、罪孽
春天到来，广阔大地裸现的黑色

把灵魂朝向这一切吧，诗人
这是幸福，是从心底升起的最高律令
不是苦难，是你最终承担起的这些
仍无可阻止地，前来寻找我们

发掘我们：它在要求一个对称
或一支比回声更激荡的安魂曲

而我们，又怎配走到你的墓前？
这是耻辱！这是北京的十二月的冬天

这是你目光中的忧伤、探询和质问
钟声一样，压迫着我的灵魂
这是痛苦、是幸福、要说出它
需要以冰雪来充满我的一生

[选自周伦佑主编《非非》（1992年复刊号）]

〔注释〕

①鲍利斯·列奥尼多维奇·帕斯捷尔纳克（1890—1960）：苏联著名作家，杰出诗人，诺贝尔文学奖获得者。帕斯捷尔纳克的写作，继承了伟大的"俄罗斯良心"的传统，在严酷的红色苏联时期，他以满含俄罗斯黑土地浑厚的笔，直书那个时代的苦难，表达对生活、土地、人民的坚韧挚爱，富于深厚的人道主义情怀。主要作品有诗集《云雾中的双子座星》、《生活是我的姐妹》，长篇小说《日瓦戈医生》等。

②王家新（1957—　）：当代诗人，诗歌评论家，出版有诗集《游动悬崖》、《王家新的诗》等。

〔点评〕

这首诗与《想象大鸟》、《对一只乌鸦的命名》写于同一个时期，同为那个独特岁月中国诗人良心的见证。不过《帕斯捷尔纳克》更富所谓第三代诗人"知识分子"写作一派的特点，这突出表现于它对于域外经典的学习与演化及其浓郁的抒情风格。（姚新勇撰）

262. 听一位老人谈雪

阿苏越尔①

想起记忆中的人
目光清晰
年老的雪是黑色的

用石头计算空间
泪水是光的泪水
时间在森林里迅捷消失

汽笛声由远而近
老的雪张开远大的灵魂
吞噬石头上温暖的一切

其实一切均告结束
石头如空空的肠胃
寒冷多么猖獗

冬天的内心流血流泪
也流下我们中一个怀旧的人
想起雪起先该是黑色的

雪是黑色的鹰也是黑色的
石头在洁白之乡写下零
你听我说，我便说

这个零与我们相依为命
这个零与雪有关，只是今天
鹰用奇异的死亡承认雪

唯有雪穿过寒冷之翅
在石头和鹰的头顶盘旋
我们齐声朗诵神灵

羊毛怀孕
心儿泪痕斑斑
这易逝的森林，这老头

冬天依旧那么美丽
森林重新郁郁葱葱，而我却
在洁白之乡与你相遇

（选自鲁弘阿立主编《第三座慕俄格——21 世纪彝人诗选》，作家出版社 2009 年版）

〖注 释〗

①阿苏越尔（1966— ）：当代诗人，著有诗集《我已不再是雨季》、《阿苏越尔诗选》等。

〖点 评〗

彝族尚黑，而且有万物有灵的传统。在彝族的神话传说中，有许多图腾：老虎、鹰、葫芦、蜘蛛，当然还有雪。新时期以来的彝族诗人们，大量吸收了传统文化资源，在自己的诗歌中，让这些传统的图腾再次复活、再次飞扬。这其中诗人阿苏越尔对雪图腾的反复、集中的想象、描写，就颇为引人注目。《听一位老人谈雪》将作为生命本体、族群本体的雪与彝族最为崇尚的颜色——黑色——不可思议地连成了一个整体，而且奇妙地将雪与寒冷这似乎不可分解的经验分解开来了。诗一开始为雪给出了一个不合"常识"的判断——"雪是黑色的"，但这绝非白雪融化之后变为脏水意义上的黑，而是彝族最高贵的黑色之黑。接着诗歌逐渐将我们引向彝人的经验世界——"雪是黑色的鹰也是黑色的"。这以高贵黑色为基色的白色世界，再经由"石头"之中介，突然幻化出了这样的天句："鹰用奇异的死亡承认雪//唯有雪穿过寒冷之翅/在石头和鹰的头顶盘旋。"就这样，雪竟然超越了鹰，拥有了鹰的翅膀而翱翔——是翱翔，而不是下、落、飘、纷飞。（姚新勇撰）

263. 我用残损的手掌

戴望舒①

我用残损的手掌
摸索这广大的土地：
这一角已变成灰烬，
那一角只是血和泥；
这一片湖该是我的家乡，
（春天，堤上繁花如锦障，
嫩柳枝折断有奇异的芬芳）
我触到荇藻和水的微凉；
这长白山的雪峰冷到彻骨，
这黄河的水夹泥沙在指间滑出；
江南的水田，你当年新生的禾草
是那么细，那么软……现在只有蓬蒿；
岭南的荔枝花寂寞地憔悴，
尽那边，我蘸着南海没有渔船的苦水……

无形的手掌掠过无限的江山，

手指沾了血和灰，手掌黏了阴暗，

只有那辽远的一角依然完整，

温暖，明朗，坚固而蓬勃生春。

在那上面，我用残损的手掌轻抚，

像恋人的柔发，婴孩手中乳。

我把全部的力量运在手掌

贴在上面，寄与爱和一切希望，

因为只有那里是太阳，是春，

将驱逐阴暗，带来苏生，

因为只有那里我们不像牲口一样活，

蝼蚁一样死……那里，永恒的中国！

（选自《望舒草》，中国戏剧出版社 2001 年版）

《注 释》

①戴望舒（1905—1950）：原名戴朝安，又名戴梦鸥，著名现代诗人、翻译家。著有诗集《我的记忆》、《望舒草》等。

《点 评》

戴望舒拥有"雨巷诗人"之雅号，即便是他那一系列向西方现代派学习的诗歌，也大都沿袭了中国诗词的主流传统，细腻柔弱，而且基本是纯美诗歌意境的营造，多多少少给人以阴柔之感。但是这首在抗战期间写于狱中的爱国诗章，却一洗诗人先前之阴柔，代之以深沉、阔大、浑厚。这只无限沧桑、满含深情的残损手掌的象征魅力，绝非那带着淡淡丁香芬芳的雨巷所能比拟的。（姚新勇撰）

264. 哈姆莱特（节选）

莎士比亚①

第三幕
第一场　城堡中一室

……

哈姆莱特：生存还是毁灭，这是一个值得考虑的问题；默然忍受命运的暴虐的毒箭，或是挺身反抗人世的无涯的苦难，通过斗争把它们扫清，这两种行为，哪一种更高贵？死了；睡着了；什么都完了；要是在这一种睡眠之中，我们心头的创痛，以及其他无数血肉之躯所不能避免的打击，都可以从此消失，那正是我们求之不得的结局。死了；睡着了；睡着了也许还会做梦；嗯，阻碍就在这儿：因为当我们摆脱了这一具朽腐的皮囊以后，在那死的睡眠里，究竟要做些什么梦，那不能不使我们踌躇顾虑。人们甘心久困于患难之中，也就是为了这个缘故；谁愿意忍受人世的鞭挞和讥嘲、压迫者的凌辱、傲慢者的冷眼、被轻蔑的爱情的惨痛、法律的迁延、官吏的横暴和费尽辛勤所换来的小人的鄙视，要是他只要用一柄小小的刀子，就可以清算他自己的一生？谁愿意负着这样的重担，在烦劳的生命的压迫下呻吟流汗，倘不是因为惧怕不可知的死后，惧怕那从来不曾有一个旅人回来过的神秘之国，是它迷惑了我们的意志，使我们宁愿忍受目前的磨折，不敢向我们所不知道的痛苦飞去？这样，重重的顾虑使我们全变成了懦夫，决心的赤热的光彩，被审慎的思维盖上了一层灰色，伟大的事业在这一种考虑之下，也会逆流而退，失去了行动的意义。且慢！美丽的奥菲利娅！——女神，在你的祈祷之下，不要忘记替我忏悔我的罪孽。

……

奥菲利娅：啊，一颗多么高贵的心是这样殒落了！朝臣的眼睛、学者的辩舌、军人的利剑、国家所瞩望的一朵娇花；时流的明镜、人伦的雅范、举世注目的中心，这样无可挽回地殒落了！我是一切妇女中间最伤心而不幸的，我曾经从他音乐一般的盟誓中吮吸芬芳的甘蜜，现在却眼看着他的高贵无上的理智，像一串美妙的银铃失去谐和的音调，无比的青春美貌，在疯狂中凋谢！啊！我好苦，谁料过去的繁华，变作今朝的泥土！

……

（选自朱生豪译、吴兴华校《莎士比亚全集》，人民文学出版社1986年版）

【注释】

①莎士比亚（William Shakespeare，1564—1616）：英国最杰出的戏剧家、诗人。出身于伦敦西北部雅芳河畔斯特拉福德镇的一个富裕市民家庭，曾在当地文法学校学习。后来家道中落，大约在1580年辍学。约1586年前往伦敦，先后成为剧院的杂役、演员、剧作家和股东。1611年前后回到老家享受乡村生活的宁静。1616年4月23日，他52岁生日，在与本·琼生等朋友共度了"一个欢快的晚会"之后溘然长逝。他给世界留下了154首《十四行诗》（1592—1598），两首长诗《维纳斯与阿多尼斯》（1592—1593）和《鲁克丽丝受辱记》（1593—1594），以及包括"四大悲剧"——《哈姆莱特》（1601）、《奥瑟罗》（1604）、《李尔王》（1606）和《麦克白》（1606）——在内的38部戏剧。本·琼生高度

评价莎士比亚："他不只属于一个时期，而且属于所有时代！"马克思也称颂他是"人类最伟大的戏剧天才"。

【点评】

莎士比亚成功地塑造了哈姆莱特这个具有丰富内涵的悲剧典型。哈姆莱特是一个充满矛盾的人文主义者形象，其性格有一个发展和转变的过程：快乐的王子→忧郁的王子→延宕的王子→复仇的王子。他的性格复杂多变，思路敏捷，品德高尚，有先进的理想和高度的社会责任感，但是他善于思考而不善于行动，更何况势单力薄，尽管最终报了杀父之仇，却无法完成"重整乾坤"的使命。他的忧郁与延宕表明他内心的矛盾和对人类前途的迷惘。这里选录的哈姆莱特关于"生存还是毁灭"的独白，或许是世界文学中最著名的六字箴言，成为一切有思想的人们都无法回避的问题。奥菲利娅为恋人哈姆莱特之"疯狂"而叹惜的话语同样震撼人心，天真无邪的她不知道最终疯狂的是她自己，无可挽回地陨落的"一朵娇花"原来是她自己，成为那个邪恶的黑暗社会的牺牲品。这何尝不是一出悲剧？（黄汉平撰）

265. 论书（节选）

蒙　田①

······

倘若我使自身陷入困境，或者说，我的推论中存在着某种空洞而荒谬的东西，却不曾为我所察觉抑或为我视而不见，那么我必须要对此作一说明。我们经常忽略错误，如有人已给我们指出而我们仍熟视无睹，这就是判断力低下的明证。没有判断，我们可以占有知识和真理；没有知识和真理，我们也可以作出判断。认识人的无知，的确是我所知道的最好的、最可靠的判断的一种表现。我在创作中，从不挖空心思，只是顺其自然。某些想法一闯入我的脑海，我就使其累积起来。它们时而如潮水般涌来，时而如涓涓细水缓缓流来。即使我已经偏离了轨道，我也仍要他人看到我自身的发展过程。我只走我自己的路。顺便说一下，这些当然不是关于无知抑或关于随意漫谈之间孰是孰非的问题。

诚然，我希望自己能够更加完美地领悟事物；但我不希望为此付出过高的代价。我的目的是愉快地安度余生，而不是疲于奔命。没有什么东西能令我煞费心思，即使它是最可宝贵的知识。

读书，我只寻求那些能够令人愉快且又朴实无华的篇章；学习，我只学习这样的知识：它能够告诉我，我当如何认识我自身；我当如何对待生和死。

（选自辛见、沉晖译《我知道什么呢——蒙田随笔集》，上海三联书店1988年版）

【注释】

①蒙田（Michel de Montaigne，1533—1592）：法国人文主义思想家、散文家。生于法国波尔多市一个新兴贵族家庭，自幼受到良好教育。21 岁起当了 13 年法官。1581—1585 年，连续两次当选为波尔多市长，工作认真负责，但缺乏热情。他最喜欢的还是在家中赋闲，安安静静地读书和写作。他也喜欢出游，曾游历瑞士、意大利等地，留意各地人情风俗。他把读书心得、旅行见闻、日常感想记录下来，日积月累，写成《随笔集》（Les Essais）三卷共 107 章（前两卷于 1580 年出版，第三卷于 1588 年出版）。"Essai"一词的原意是"尝试"，蒙田把它用作书名，开创了"随笔"这一文学形式。《随笔集》各章的篇幅长短不一，文章之间结构随意自然，内容广博多姿，语言平易通畅，不加雕饰，亲切活泼，妙趣横生。全书充满了作者对人类感情的冷静观察，被誉为"世界各国正直人的枕边书"。

【点评】

蒙田以博学著称，一辈子同书本打交道，已经到了嗜书如命的地步。有人曾开玩笑地问他一个问题："假如你必须作出选择，你是让你的孩子还是让你的书籍烧掉呢？"他竟回答让孩子烧掉。蒙田把人生追求的友谊、爱情和读书相提并论，称之为个人的三种基本交往，认为能满足他一生需要的是第三种——"与书本的交往伴随着我的一生，并处处给我以帮助"，"它是我人生旅途中最好的食粮，我非常可怜那些缺乏这种食粮的聪明人"。

"我知道什么呢？"是蒙田的一句名言，它与苏格拉底的"我一无所知"有异曲同工之妙。蒙田强调和研究人类包括他自己的"无知"。他说的"无知"并非"大字不识的无知"，而是"博学的无知"。知道自己无知算不得无知，"完全的无知，是不知道自己无知的无知"，"所以我学习的唯一成果便是深感需要学习的东西还太多"。

令人诧异的是，蒙田"最爱读的书是有关死的叙述"。他认为，"谁教会人死亡，就是教会人生活"。蒙田在他书房的顶梁上刻有一行希腊文，是欧里庇得斯的话："谁知道生是不是就是死，死就是生？"他更认定西塞罗提出的命题："探究哲理就是学习死亡。"蒙田并不像有些人文主义者那样高唱人的赞歌，颂扬"巨人"的无穷力量，而是把目光转向了人自身的局限性，揭示人对于宇宙之渺小，信仰失落时的丑恶，人与人的陌生、隔阂与孤独。他作品中表现的怀疑论思想，显示了文艺复兴后期思想家对人自身认识的深化。（黄汉平撰）

266. 秋天的日落

梭 罗①

最近十一月的一天，我们目睹了一个极其美丽的日落。方当我仍然漫步于一道小溪发源处的草地之上，那天际的太阳，终于在一个凄苦的寒天之后，暮夕之前，涌出云层，骤放澄明。这时但见远方天幕下的衰草残茎，山边的木叶橡丛，登时沉浸在一片最柔美也最耀眼的曙光般的绮照之中，而我们自己的身影也长长伸向东边草地，仿佛是那缕斜辉中仅有的点点微尘。周围的风物是那么妍美，一晌之前还是难以想象，空气也是那么和暖纯净，一时这普通草原实在无异天上景象。但是当我想到，这眼前之景又岂必是绝不经见的特殊奇观？说不定自有天日以来，许许多多个暮夕便都是如此，因而连跑动在这里的孩童也会觉着自在欣悦，想到这些，这副景象也就益发显得壮丽。

此刻那落日的余辉正以它全般的灿烂与辉煌，并不分城市还是乡村，甚至以往日也少见的艳丽，尽情斜映在一带境远地僻的草地之上；这里没有一间房舍——茫茫之中只瞥见一头孤零零的沼鹰，背羽上染尽了金黄，一只麝香鼠正探头穴外，另外在沼泽之间望见了一股水色黝黑的小溪，蜿蜒而前，绕行于一堆残株败根之旁。我们漫步于其中的光照，是这样的纯美与熠耀，满目衰草木叶，一片金黄，晃晃之中又是这般柔和恬静，没有一丝涟漪，一息咽呜。我想我从来不曾沐浴于这么幽美的金色光汛之中。西望林薮丘岗边际，彩焕烂然，恍若仙境边陲一般，而我们背后的秋阳，仿佛一个慈祥的牧人，正趁薄暮时分，赶送我们归去。

我们在踯躅于天国的历程当中也是这样。总有一天，太阳的光辉会照耀得更加妍丽，会照射进我们的心扉灵府之中，会使我们的生涯汛满了更彻悟的奇妙光照，其温煦、恬澹与金灿熠耀，恰似一个秋日的岸边那样。

［选自高健译注《英美散文名作一百篇》（英汉对照），中国对外翻译出版公司 2002 年版］

〖注释〗

①梭罗（Henry David Thoreau，1817—1862）：美国作家、哲学家，生于美国马萨诸塞州康科德镇。1837 年毕业于哈佛大学，是个品学兼优的学生。1838—1841 年间，与兄约翰在康科德镇经营一所私立学校，期间两人曾乘船去康科德及梅里马克河探险，之后出版了其著名的《在康科德与梅里马克河上一周》（1849）。1841 年起他不再教书而转为写作，在爱默生的支持下，起先给超验主义刊物《日晷》写稿，其后各地的报纸杂志上都有他的文章问世。他的《论公民的不服从权利》（1849）影响了托尔斯泰和圣雄甘地的思想。1845 年 7 月，他在瓦尔登湖滨建起木屋，花了两年两个月时间进行回归自然的实验，过着自给自足的简朴生活，写出了其不朽之作《瓦尔登湖》（1854）。他强调亲近自然、学习自然、热爱自然，追求"简单些，再简单些"的质朴生活，提倡短暂人生因思想丰盈而臻于完美，这使他被尊称为"第一个环境保护主义者"，并成为美国最具有世界影响力的作家之一。

〖点评〗

本文出自梭罗的《漫步篇》（1861）。作者漫步在秋阳余晖下的草地上，情迷于自然

中的一树一草，一鸟一兽，思接千载，感悟人生。寥寥数笔，而情景如绘，文字清丽可诵，结语意境尤高，实属梭罗文中上品。（黄汉平撰）

267. 文心雕龙·体性（节选）

刘　勰

　　夫情动而言形，理发而文见，盖沿隐以至显[1]，因内而符外者也。然才有庸俊，气有刚柔，学有浅深，习有雅郑，并情性所铄，陶染所凝[2]，是以笔区云谲，文苑波诡者矣[3]。故辞理庸俊，莫能翻其才[4]；风趣刚柔，宁或改其气；事义浅深，未闻乖其学；体式雅郑，鲜有反其习；各师成心[5]，其异如面。若总其归途，则数穷八体：一曰典雅，二曰远奥，三曰精约，四曰显附，五曰繁缛，六曰壮丽，七曰新奇，八曰轻靡。

　　……

　　若夫八体屡迁[6]，功以学成，才力居中，肇自血气[7]；气以实志，志以定言，吐纳英华[8]，莫非情性。

（选自范文澜注《文心雕龙注》，人民文学出版社 1958 年版）

【注 释】

　　①隐：内心的情和理。显：表现于外在的言辞。

　　②情性：指上文说的才和气。铄：渗入、影响。陶染：指上文说的学和习。凝：凝成。

　　③"笔区"二句：笔区、文苑是互文，指文学创作。云谲、波诡，指千变万化的情状。

　　④"故辞理"二句：此句谓辞理之庸俊与作者才能是一致的。翻：与下文中的"改"、"乖"、"反"同义，指变更、违反、变化之意。

　　⑤成心：本心、本性。《左传·襄公三十一年》："人心之不同，如其面焉。"

　　⑥八体屡迁：八种风格的变化。

　　⑦"功以学成"三句：谓成功由于学养，亦与才力有关，才力不同，又源于不同的气质。才力居于学养和气质之间。肇：始。血气：气质。

　　⑧吐纳：表达。英华：精华。

《点 评》

《体性》篇专论文学风格。作者认为作品的风格与作家的性格关系密切，作品的风格不同，主要是由作者才能、气质、学养、习染等不同所致，所谓"各师成心，其异如面"，"吐纳英华，莫非情性"。刘勰把风格分成八类，一正一反共四组。他指出，虽然风格变化无穷，但努力学习就会融会贯通。（朱巧云撰）

268. 诗学（节选）

亚里士多德[①]

悲剧是对于一个严肃、完整、有一定长度的行动的摹仿；它的媒介是语言，具有各种悦耳之音，分别在剧的各部分使用；摹仿方式是借人物的动来作表达，而不是采用叙述法；借引起怜悯与恐惧来使这种情感得到陶冶。

……

诗人的职责不在于描述已发生的事，而在于描述可能发生的事，即按照可然律或必然律可能发生的事。历史家与诗人的差别不在于一用散文，一用"韵文"；希罗多德的著作可以改写为"韵文"，但仍是一种历史，有没有韵律都是一样；两者的差别在于一叙述已发生的事，一描述可能发生的事。因此，写诗这种活动比写历史更富于哲学意味，更被严肃的对待；因为诗所描述的事带有普遍性，历史则叙述个别的事。

（选自伍蠡甫主编《西方文论选》，上海译文出版社 1979 年版）

《注 释》

①亚里士多德（Aristotélēs，公元前 384—公元前 322）：古希腊斯基塔拉人，世界古代史上最伟大的哲学家、科学家、教育家与文艺理论家之一。是柏拉图的学生，亚历山大的老师。公元前 335 年，他在雅典办了一所叫吕克昂的学校，被称为逍遥学派。马克思曾称亚里士多德是古希腊哲学家中最博学的人物，恩格斯称他是古代的黑格尔。其文艺理论著作有《修辞学》和《诗学》，以及一篇对话《格律罗斯》和一篇论文《俄得克忒亚》。其《诗学》内容涉及诗（即文学）的起源、分类、真实性，以及悲剧观念等问题。

《点 评》

亚里士多德给悲剧下了个定义，他认为悲剧的效果是引起观众的恐惧和怜悯，使人的心灵得到陶冶；悲剧各要素（形象、性格、思想、情节、言辞、歌曲）中，情节是最重要的，人物性格居第二，一个不好不坏的善良人是悲剧人物的最佳选择。（傅莹撰）

269. 审美教育书简·第二七封信（节选）

约翰·克里斯托弗·弗里德里希·冯·席勒①

在令人恐惧的力量的王国与神圣的法律的王国之间，审美的创造形象的冲动不知不觉地建立起一个第三种王国，即欢乐的游戏和形象显现的王国，在这个王国里它使人类摆脱关系网的一切束缚，把人从一切物质的和精神的压力中解放出来。

如果在权利的力量的王国里，人和人以力相遇，他的活动受到了限制，如果在职责的伦理的王国里，人和人凭法律的威严相对，他的意志受到了束缚，在美的社交圈子里，在审美的王国里，人就只须以形象的身份显现给人看，只作为自由游戏的对象而与人对立。通过自由去给与自由，这是审美的王国中的基本法律。……如果需要迫使人进入社会生活，理性在人身上栽种社会原则的根苗，拿一种社会的性格交给人的却只有美。只有审美趣味才能给社会带来和谐，因为它在个别成员身上建立起和谐。

（选自朱光潜著《西方美学史》，人民文学出版社 1979 年版）

【注释】

①席勒（Friedrich Schiller，1759—1805）：德国著名诗人、剧作家，狂飙突进运动的主要代表人物之一。作有《欢乐颂》、《强盗》及《阴谋与爱情》等作品。其文艺思想见于《审美教育书简》和《论素朴的诗与感伤的诗》等。

【点评】

席勒《审美教育书简》共二十七封信，本文是最后一封信的其中一部分。这一段主要论述文学作品的审美特性，即自由精神。

选文从三个王国（权力王国、法律王国、审美王国）的对比，充分论证了其"美是自由的"这一论点。在以法为暴力的国家里，人与人彼此力量相对，他的作用受到限制；在奉义务为神圣的伦理国家中，人臣屈服于道德之下，他的意志受到限制；在审美国家中，人不仅作为游戏的客体显现为形象，而且他作为富有生命的形象更是美的灵魂。（傅莹撰）

270．人间词话（节选）

王国维①

词以境界②为最上。有境界则自成高格，自有名句。五代、北宋之词所以独绝者在此。

有造境，有写境，此理想与写实二派之所由分。然二者颇难分别，因大诗人所造之境必合乎自然，所写之境亦必邻于理想故也。

有有我之境，有无我之境。"泪眼问花花不语，乱红飞过秋千去。"③ "可堪孤馆闭春寒，杜鹃声里斜阳暮。"④有我之境也。"采菊东篱下，悠然见南山。"⑤ "寒波澹澹起，白鸟悠悠下。"⑥无我之境也。有我之境，以我观物，故物皆著我之色彩；无我之境，以物观物，故不知何者为我，何者为物。古人为词，写有我之境者为多，然未始不能写无我之境，此在豪杰之士能自树立耳。

境非独谓景物也。喜怒哀乐，亦人心中之一境界。故能写真景物、真感情者，谓之有境界。否则谓之无境界。

古今之成大事业、大学问者，必经过三种之境界："昨夜西风凋碧树。独上高楼，望尽天涯路。"⑦此第一境也。"衣带渐宽终不悔，为伊消得人憔悴。"⑧此第二境也。"众里寻他千百度，回头蓦见，那人正在，灯火阑珊处。"⑨此第三境也。此等语皆非大词人不能道。然遽以此意解释诸词，恐为晏、欧诸公所不许也。

诗人对宇宙人生，须入乎其内，又须出乎其外。入乎其内，故能写之；出乎其外，故能观之。入乎其内，故有生气；出乎其外，故有高致。美成能入而不出。白石以降，于此二事，皆未梦见。

（以上《人间词话》）

昔人论诗词，有景语、情语之别。不知一切景语，皆情语也。

词之为体，要眇宜修⑩，能言诗之所不能言，而不能尽言诗之所能言。诗之境阔，词之言长。

（以上《人间词话删稿》）

（选自《人间词话》，人民文学出版社 1982 年版）

【注 释】

①王国维（1877—1927）：字静安，号观堂，浙江海宁人。清末秀才，官学部图书馆编译、名词馆协韵等。入民国后，曾受聘北京大学、清华大学等。应召任溥仪"南书房行

走"。研究哲学、文学、史学，晚年以治殷墟契文名重中外。有《观堂集林》、《观堂别集》、《静安文集》、《苕华词》、《人间词话》等。现刊有《海宁王静安先生遗书》四十三种。《清史稿》有传。

②境界：原为佛教术语，借来论文学。在《人间词话》中，论及境界者有十几条，除了"境界"外，还以"境"、"意境"名之。从王国维的讨论来看，境界是一个包含客观景象与主观情感的概念。

③"泪眼"二句：出自欧阳修《蝶恋花》。

④"可堪"二句：出自秦观《踏莎行》。

⑤"采菊"二句：出自陶渊明《饮酒》第五首。

⑥"寒波"二句：出自元好问《颖亭留别》。

⑦"昨夜"三句：出自晏殊《蝶恋花》。

⑧"衣带"二句：出自柳永《蝶恋花》。

⑨"众里"四句：出自辛弃疾《青玉案·元夕》，原词为"众里寻他千百度，蓦然回首，那人却在，灯火阑珊处"。

⑩要眇宜修：谓词之深微幽美、细腻精巧的特质。语出《楚辞·九歌·湘君》："美要眇兮宜修。"要眇：精微美好。宜修：修饰合宜。

【点评】

《人间词话》是中国近代最著名的一部词话著作，被许多词论家奉为圭臬。王国维早年喜读西方哲学、美学、文学著作，尤其爱好叔本华和尼采的理论，故能以新的视野和方法研究中国文学。他的《红楼梦评论》开创了新的研究范式，影响也很深远。《人间词话》在体例、格式上与前代词话差别不大，篇幅也不长，却体现出中国传统文论与西方的哲学、美学思想融会贯通的妙境。"境界说"是《人间词话》的核心，在讨论创作原则、批评标准、诗词演变、词人得失等问题时，王国维均从"境界"出发，提出一些颇为精到深刻的观点。所选前五则，均为"境界"之论：第一则以境界作为评词的标准；第二、第三则从两个角度讨论了境界的类型；第四则对境界作了界定；第五则将境界从文学扩展至人生；第六则讨论了诗人阅世与创作之关系；第七则是对传统说法的修正；第八则论及词的特质及诗词之别。（朱巧云撰）

五级

29篇（段）

271. 长安古意①

卢照邻

长安大道连狭斜②，青牛白马七香车③。
玉辇纵横过主第④，金鞭络绎向侯家。
龙衔宝盖⑤承朝日，凤吐流苏⑥带晚霞。
百丈游丝争绕树，一群娇鸟共啼花。
啼花戏蝶千门⑦侧，碧树银台⑧万种色。
复道交窗作合欢⑨，双阙连甍垂凤翼⑩。
梁家⑪画阁天中起，汉帝金茎⑫云外直。
楼前相望不相知，陌上相逢讵⑬相识？
借问吹箫向紫烟⑭，曾经学舞⑮度芳年。
得成比目何辞死，愿作鸳鸯不羡仙。
比目鸳鸯真可羡，双去双来君不见。
生憎帐额绣孤鸾⑯，好取门帘帖双燕。
双燕双飞绕画梁，罗帏翠被郁金香。
片片行云著蝉鬓⑰，纤纤初月上鸦黄⑱。
鸦黄粉白车中出，含娇含态情非一。
妖童宝马铁连钱⑲，娟妇盘龙金屈膝⑳。
御史㉑府中乌夜啼，廷尉㉒门前雀欲栖。
隐隐朱城临玉道，遥遥翠幰没金堤㉓。
挟弹飞鹰杜陵㉔北，探丸借客渭桥㉕西。
俱邀侠客芙蓉剑㉖，共宿娼家桃李蹊㉗。
娼家日暮紫罗裙，清歌一啭口氛氲㉘。
北堂㉙夜夜人如月，南陌㉚朝朝骑似云。
南陌北堂连北里㉛，五剧三条控三市㉜。
弱柳青槐拂地垂，佳气红尘暗天起。
汉代金吾㉝千骑来，翡翠屠苏鹦鹉杯㉞。
罗襦宝带为君解，燕歌赵舞为君开。
别有豪华称将相，转日回天㉟不相让。
意气由来排灌夫㊱，专权判不容萧相㊲。
专权意气本豪雄，青虬紫燕㊳坐春风。

自言歌舞长千载，自谓骄奢凌五公^㊴。

节物风光不相待，桑田碧海须臾改。

昔时金阶白玉堂，即今唯见青松在。

寂寂寥寥扬子居^㊵，年年岁岁一床书^㊶。

独有南山桂花^㊷发，飞来飞去袭人裾。

（选自李云逸校注《卢照邻集校注》，中华书局 1998 年版）

【注 释】

①古意：犹拟古、仿古，多托古意抒今情。

②狭斜：小路曲巷，常指冶游之处。

③七香车：多种香木制成的华美小车。

④玉辇：本指皇帝所乘之车，泛指豪门贵族之车。主第：公主府第。皇帝所赐住宅有甲乙等第，故称其为"第"。

⑤龙衔宝盖：宝盖即华美伞状车盖，车盖支柱上端雕作龙形，如衔车盖于龙口。

⑥凤吐流苏：流苏即羽线所制之穗，车盖支柱前端有立凤嘴，如吐流苏于凤嘴。

⑦千门：形容宫门之多。

⑧银台：十母所居之处，借指皇宫。

⑨"复道"句：指复道、交窗上的合欢花形图案。复道：宫中架木横空的多层通道。交窗：花格子窗。合欢：马樱花，又称夜合花。

⑩阙：宫门前的望楼。甍（méng）：屋脊。垂凤翼：双阙上饰以凤凰图案或雕刻，作垂翅状。

⑪梁家：东汉外戚梁冀府第。梁冀为汉顺帝梁皇后之兄，以豪奢著称，曾建豪宅于洛阳。

⑫金茎：铜柱。汉武帝刘彻立铜柱于建章宫，高二十丈，上置铜盘，名仙人掌，以承露水。

⑬讵（jù）：同"岂"。

⑭吹箫：《列仙传》载，萧史善吹箫，秦穆公以女弄玉妻之，弄玉学吹凤声，夫妇后皆随凤凰飞去。紫烟：指云气。

⑮学舞：《汉书·外戚传》载，赵飞燕曾学舞于阳阿公主家，后被成帝召入宫中。

⑯生憎：偏憎、最憎。帐额：帐前装饰的横幅。孤鸾：象征独居。鸾，传说中凤凰一类的神鸟。

⑰行云：头发蓬松如流云。蝉鬓：古代妇女的一种发式，类似蝉翼的式样。

⑱初月上鸦黄：额上用黄色涂成弯弯的月牙形。鸦黄：嫩黄色。

⑲妖童：泛指浮华轻薄子弟。铁连钱：马毛色青，身有圆形斑纹。

⑳盘龙：盘龙钗。此指金屈膝上的雕纹。屈膝：铰链。用于屏风、窗、门、橱柜等物，此指车门上的铰链。一说指盘龙钗做工精细，各部分有铰链相连。

㉑御史：官名，司弹劾。《汉书·朱博传》："（御史）府中列柏树，常有野乌数千，栖宿其上，晨去暮来，号曰朝夕乌。"

㉒廷尉：官名，掌刑法。《史记·汲郑列传》："始翟公为廷尉，宾客阗门，及废，门外可设雀罗。"

㉓幰（xiǎn）：车上帷幕。金堤：坚固石堤。

㉔杜陵：位于长安东南，汉宣帝陵墓所在地。

㉕探丸：《汉书·尹赏传》："长安间里少年，群辈杀吏，受赇报仇，相与探丸为弹，得赤丸者斫武吏，黑丸者斫文吏，白者主治丧。"借客：即《汉书·朱云传》"借客报仇"之略文，指替人报仇。渭桥：位于长安西北，秦始皇时所建，横跨渭水。

㉖芙蓉剑：古剑名，春秋时越王纯钧剑，薛烛曾赞"如芙蓉始生于湘"。此处泛指宝剑。

㉗桃李蹊：《史记·李将军列传》："桃李不言，下自成蹊。"此处借指娼家。

㉘氛氲（fēn yūn）：香气浓郁。

㉙北堂：指娼家内部。

㉚南陌：指娼家门外。

㉛北里：即平康里，在长安城北，唐代妓女聚居之处。

㉜五剧：路交错。三条：路通达。控：连。三市：许多市场。五、三非实指。

㉝金吾：即执金吾，汉代禁卫军官衔。唐置左、右金吾卫，有金吾大将军。此处泛指禁军军官。

㉞翡翠：碧绿透明的美玉，此处指酒的颜色。屠苏：美酒名。鹦鹉杯：即海螺盏，鹦鹉螺所制的酒杯。

㉟转日回天：极言权势之大，可以左右皇帝的意志。"日"、"天"喻皇帝。

㊱灌夫：据《史记·魏其武安侯列传》，灌夫是汉武帝大将军，勇猛任侠，好使酒骂座，交结魏其侯窦婴，与丞相武安侯田蚡不和，终被田蚡陷害，族诛。

㊲萧相：指萧望之，汉元帝时丞相，后被排挤，饮鸩自尽。

㊳青虬紫燕：青虬、紫燕均指骏马。

㊴五公：指张汤、杜周、萧望之、冯奉世、史丹。皆汉代权贵。

㊵扬子：汉代扬雄，字子云，在长安时仕宦不得意，曾闭门著《太玄》、《法言》。北周左思《咏史》云："寂寂扬子宅，门无卿相与。寥寥空宇中，所讲在玄虚。"

㊶一床书：诗书自娱的隐居生活。北周庾信《寒园即目》言："隐士一床书。"

㊷南山：终南山。桂花：淮南小山《招隐士》："桂树丛生兮山之幽，偃蹇连蜷兮枝相缭。"言避世隐居之意。

【点评】

　　诗分四节。开篇至"金屈膝"，日巡长安。写交通则大道小巷，香车玉辇，主第侯家；写风物则游丝绕树，鸟啼蝶戏，千门万树；写建筑则复道绮窗，宫门凤阙，外戚楼阁；写舞姬之情则比目鸳鸯，不做孤鸾；写娟妇之姿则鸦黄粉白，含娇含态。"御史府"至"为君开"，夜观长安。乌啼雀栖，法制弛紊，豪客游侠，金吾千骑，共宿娼家。"别有豪华"至"凌五公"，文武争风。意气倾轧，专权骄奢。"节物风光"至篇末，豪华落尽，沧海桑田，归隐南山，扬子自况，收结全篇。

参左思《咏史》其四"济济京城内"，知此诗浑化所自。二诗皆写京城长安，"古意"拟古，亦近咏史，史事典故，参看注释。唯《咏史》短篇五言古诗，八句写京城权贵，八句写寂寞扬子，咏史、咏怀，分量相等。《长安古意》则长篇七言歌行，铺写京城春意、豪贵交游为胜，仅诗末四句以寂寥扬子自况，咏史分量，远胜咏怀。遥承东汉京都赋、讽，比例略同而讽在赋中。阁中舞姬寂寞情，娼家歌女戏红尘，对比鲜明，"愿作鸳鸯不羡仙"，刻画人性，"癫狂中有战栗，堕落中有灵性"。此诗声律颇承齐梁体，律句多合，偶失粘对；内容则扩宫闱艳情为京都世情，靡弱稍隐，骨力初振。闻一多称之为宫体诗中"破天荒的大转变"，良有以也。（何志军撰）

272. 过 河

周 涛①

这时我才发现，我骑了 匹极其愚蠢的马。 路走了二十多公里，它都极轻快而平稳，眼看着在河对岸的酒厂就要到了，它却在河边突然显示出劣根性：不敢过河。

它是那样怕水。尽管这河水并不深，顶多淹到它的腿根；在冬日的阳光下，河水清澈平缓地流着。波光柔和闪动，而宽度顶多不过十几米，但是它却怕得要死。这匹蠢马，这个貌似矫健的懦夫！它的眼睛惊恐地张大，前腿劈直胸颈往后仰，仿佛面前横陈的不是一条可爱的小河，而是一道死亡的界限或无底的深渊！

我怀疑这匹青灰色的马儿对水一定患有某种神经性恐惧症。也许在它来到世间的为期不算很长的岁月里，有过遭受洪水袭击的可怕记忆，因而这愚蠢的畜牲总结出了一条不成功的经验。像一个固执于己见的被捕的间谍似的，任凭你踢磕鞭打，它就是不使自己的供词跨过头脑中那个界限。

我想了很多办法——用皮帽子蒙住马的眼睛，先在草地上奔驰，然后暗转方向直奔河水，打算使其不备而奋然驰过。结果它却在河沿上猛地顿住，我反而险些从马头上翻下去。不远处恰有一个独木桥，我便把缰绳放长，自己先过对岸，用力从对岸那边拽，它依然劈腿扬颈，一用力，我又差点儿被它拽下水。

面对如此一匹怪马，我只好长叹：吾计穷矣！但今天又必须过河，我必须去酒厂；倘要绕道，大约需再走二十公里。无奈之下，只得朝离得最近的一座毡房走去，商量先把马留在这里，我步行去办完事再来取。

一掀开毡帐我就暗暗叫苦，里面只有一位哈萨克族老太太，卧在床上，似有重病。她抬起眼皮，目光像风沙天的昏黄落日，没有神采；而那身躯枯瘦衰老，连自己站起来都很困难似的。看样子，她至少有 80 岁；垂暮之年，枯坐僵卧，谁知哪一刻便灵魂离开躯壳呢？可是既然进了门，总不好扭头便走，我只好打着手势告明她我的困难和请求，虽然我自己也觉得等于白说。

她听懂了（其实是看懂了）。摆摆手，让我把她从床上挽起来，又让我扶她到外边去，到了河边上，她又示意让我把她扶上马鞍。我以为老太太的神经是不是也不对劲儿了？她连路都走不稳，瘦弱得连躺着都叫人看着累，竟然"狂妄"得要替我骑马过河，这不是拿我开玩笑吗？我这样年轻力壮的汉子尚且费尽心机气喘吁吁而不能，她？能让这匹患有"神经性恐水症"的马跨进河水？我无论怎样钦佩哈萨克人的马上功夫，也不能相信她眼前这种可笑的打算。

可是当我刚把她扶上马背，我就全信了。她那瘦小的身躯刚刚落鞍。那马的脊背竟猛然往下一沉，仿佛骑上来一个百十公斤重的壮汉。原来的那种随随便便满不在乎的顽劣劲儿全不见了，它立得威武挺直，目光集中，它完全懂得骑在背上的是什么样的人，就如士兵遇上强有力的统帅那样（这马不愚蠢，倒是灵性大得过分了）。它当然还是不想过河，使劲想扭回头，可是有一双强有力的手控制住了它，它欲转不能，它四蹄朝后挪蹭的劲儿突然被火烧似的转化为前进的力，踏踏地跃进河中，水花劈开，在它胸前分别朝两边溅射，铁蹄踏过河底的卵石发出沉重有力的声响，它勇猛地一用力，最后一步竟跃上河岸，湿漉漉地站定。

我把老太太扶下马，又把她从独木桥上扶回对岸。然后在她的视线里牵马挥手告别（我不敢当她的面上马）。她很弱，在河对岸吃力地站着，久久目送我。

此事发生在一九七二年冬天的巩乃斯草原，而天山，正在老人的身后矗立，闪闪发着光。

（选自《周涛散文·游牧卷》，新疆人民出版社 2009 年版）

【注释】

①周涛（1946— ）：当代诗人、散文家。出版有《神山》、《野马群》、《周涛散文》等。

新疆——天山南北，绝对是众多文人墨客钟情的对象，素以文笔刚健、气势宏大著称的诗人、散文家周涛自然更不例外。他的确为那块独具魅力的地理山川书写过众多精彩的篇章，也因此获得了"天山大侠"之雅号。然而这篇短短的《过河》，虽没有周涛其他诗歌或散文那般大气磅礴，没有那般词语的火花噼啪作响，但它告诉了我们，谁才是这块土地上真正的主人、骑手。正是有了这样貌似平凡的人、马，新疆的山水才有了真正的灵性、独异的秉性，并赋予她所接纳或暂留的文人骚客以笔力精魂。然而可惜的是，不仅太多太多的人不知道这点，而且还往往自不量力地，要以所谓"现代化"的工业文明，去改造他们臆想中的戈壁荒滩。（姚新勇撰）

273. 牡丹亭·惊梦［绕池游］套曲

汤显祖①

【绕池游】（旦上）梦回莺啭，乱煞年光遍②。人立小庭深院。（贴③）炷尽沉烟④，抛残绣线⑤，恁今春关情似去年⑥？

【乌夜啼】（旦）晓来望断梅关⑦，宿妆残。（贴）你侧着宜春髻子⑧，恰凭阑。（旦）翦不断，理还乱⑨，闷无端。（贴）已分付催花莺燕，借春看。

（旦）春香，可曾叫人扫除花径？（贴）分付了。（旦）取镜台衣服来。（贴取镜台衣服上）云髻罢梳还对镜，罗衣欲换更添香⑩。镜台衣服在此。

【步步娇】（旦）袅晴丝⑪吹来闲庭院，摇漾春如线。停半晌整花钿⑫。没揣菱花⑬，偷人半面⑭，迤逗的彩云偏⑮。（行介）步香闺怎便把全身现？（贴）今日穿插的好。

【醉扶归】（旦）你道翠生生⑯出落的裙衫儿茜，艳晶晶花簪八宝填⑰，可知我常一生儿爱好是天然⑱？恰三春好处⑲无人见。不提防沉鱼落雁⑳鸟惊谊，则怕的羞花闭月㉑花愁颤。

（贴）早茶时了，请行。（行介）你看：画廊金粉半零星，池馆苍苔一片青。踏草怕泥㉒新绣袜，惜花疼煞小金铃㉓。（旦）不到园林，怎知春色如许？

【皂罗袍】原来姹紫嫣红开遍，似这般都付与断井颓垣㉔。良辰美景奈何天，赏心乐事谁家院㉕！恁般景致，我老爷和奶奶，再不提起。（合）朝飞暮卷㉗，云霞翠轩。雨丝风片，烟波画船。锦屏人忒看的这韶光贱㉘！

（贴）是花㉙都放了，那牡丹还早。

【好姐姐】（旦）遍青山啼红了杜鹃㉚，荼䕷㉛外烟丝醉软。春香呵，牡丹虽好，他春归怎占的先？（贴）成对儿莺燕呵！（合）闲凝盼，生生燕语明如翦^②，呖呖莺歌溜的圆^③。

（旦）去罢。（贴）这园子委是观之不足^④也。（旦）提他怎的？（行介）

【隔尾】观之不足由他缱^⑤，便赏遍了十二亭台是惘然。到不如兴尽回家闲过遣。

（选自钱南杨校点《汤显祖戏曲集》，上海古籍出版社 1978 年版）

注释

①汤显祖（1550—1616）：字义仍，号海若、若士，别署清远道人，临川（今属江西）人，明代著名戏曲作家。汤显祖的剧作曲文典雅，特别是爱情题材作品，情感真挚热烈，对后世产生了很大影响。有《紫箫记》、《紫钗记》、《牡丹亭》、《南柯记》与《邯郸记》存世，后四种合称为"临川四梦"。其中《牡丹亭》艺术成就最高，被视为明代传奇之冠。诗文亦工，有《红泉逸草》、《问棘邮草》、《玉茗堂文集》等诗文著作传世。

②"梦回"二句：鸟啭莺啼惊醒迷梦，处处都是姹紫嫣红，明媚的春光撩人心乱。年光：春光。

③贴：贴旦的简称，戏曲表演中的次要女角。此指丫鬟春香扮演者。

④炷（zhù）：焚烧。沉烟：沉香，一种名贵香料。

⑤抛残绣线：把没完成的刺绣抛到一旁。

⑥"恁（nèn）今春"句：意思是怎么今年的春光比去年更要扰人一筹？恁："怎么"的省文，为什么。似：胜似。

⑦梅关：古关名，在今江西大庾岭。此处是虚指。

⑧宜春髻子：南朝梁宗懔《荆楚岁时记》载，妇女在立春之日，把彩色丝织物剪做燕子状，上贴"宜春"两字，戴于发髻以示新春利好。

⑨"翦不断"二句：从南唐后主李煜《乌夜啼》词中化出，此处形容杜丽娘春情难遣的纷乱愁绪。翦：通"剪"。

⑩"云髻"二句：出自唐薛逢七律《宫词》。罢梳：即梳罢。

⑪袅：摇曳飘忽。晴丝：明朗春日时常能看到的虫类所吐的一种游丝，此处谐"情丝"。

⑫花钿（diàn）：一种镶嵌有金花珠宝的首饰。

⑬没揣：没有想到。菱花：此处指镜子。古时铜镜背面多有菱花作为图饰，故常以菱花指代镜子。

⑭"偷人"句：镜子却偷偷照去了我的半边面容。

⑮"迤（yí）逗"句：惹得我羞答答，把发髻也弄歪了。迤逗：挑逗。彩云：发髻式样像云朵一般美好。

⑯翠生生：形容色彩明丽，翠得可爱。

⑰艳晶晶：形容鲜艳晶亮，光彩夺目。花簪八宝填：用各种各样的宝石镶嵌而成的簪

子。填：镶嵌。

⑱天然：纯真、天生自然。

⑲三春好处：青春美貌。三春原指农历正月、二月、三月，分称孟春、仲春、季春，此处用来比喻人的年少美好。

⑳沉鱼落雁：极言女子貌美。《庄子·齐物论》云："毛嫱、丽姬，人之所美也。鱼见之深入，鸟见之高飞。"

㉑闭月羞花：极言女子貌美。三国曹植《洛神赋》："仿佛兮若轻云之蔽月。"唐李白《西施》："秀色掩今古，荷花羞玉颜。"

㉒泥（nì）：玷污，这里作动词用。

㉓"惜花"句：谓为了惜花驱鸟多次拉铃，把小金铃都拉疼了。《开元天宝遗事》载，唐天宝初年，宁王吩咐园丁以红丝密缀金铃于园中花梢之上，每有鸟鹊飞来，即命园丁拉铃驱赶，以示对花草的极其珍爱。

㉔断井颓垣（yuán）：残破的井栏，倒塌的矮墙。

㉕"良辰"二句：语出东晋谢灵运《拟魏太子邺中集诗序》："天下良辰、美景、赏心、乐事，四者难并。"

㉖恁般：这般。

㉗朝飞暮卷：形容亭台楼阁烟云缭绕，高阔壮观。语出唐王勃《滕王阁诗》："画栋朝飞南浦云，珠帘暮卷西山雨。"

㉘"锦屏"句：深闺中人不能领略自然美景，太辜负了美好春光。锦屏人：指幽居深闺的少女。韶光：春光，亦喻青春时光。

㉙是花：所有的花。

㉚啼红了杜鹃：传说杜鹃啼血，此处指红色的杜鹃花开遍满山。

㉛荼蘼（mí）：一种有刺小灌木，晚春开白色花，有香气。

㉜"生生"句：燕声清脆如剪。明如翦：明快如剪。

㉝"呖呖"句：一声声鸟鸣圆润悦耳。呖呖：象声词，形容鸟鸣的清亮。溜的圆：圆润悦耳。

㉞观之不足：观赏不够。

㉟缱（qiǎn）：牵挂，留恋。

〔点 评〕

《牡丹亭》是汤显祖的代表剧作，明万历文林阁刻本题《新刻牡丹亭还魂记》，徐朔方《汤显祖评传》谓其依据《杜丽娘慕色还魂话本》写成。剧叙南安太守杜宝之女丽娘游园后和书生柳梦梅梦中相爱，遂相思成疾，郁郁而终，后柳梦梅与杜丽娘魂魄相遇，发其冢使丽娘起死回生事。明吕天成《曲品·上上品》评曰："杜丽娘事甚奇，而着意发挥怀春慕色之情，惊心动魄，且巧妙迭出，无境不新，真堪千古矣。"第十出《惊梦》是全剧最美的情节，写杜丽娘在丫鬟怂恿下，步出深闺，偷游花园。鸟啭莺啼，姹紫嫣红，杜

丽娘首次领略到大自然的韶光美好，并引起少女的青春觉醒。在梦中，她体会到爱情的甜蜜。此处所选［绕池游］一套唱词，属《惊梦》前半部分，杜丽娘身心俱融合在自然美景之中，而"姹紫嫣红"的无人赏识，也引发了她的忧虑和感伤。唱词风格清丽，情景交融，美不胜收。（蔡亚平撰）

274. 玛格丽和我的旅行

多　多①

A

像对太阳答应过的那样

疯狂起来吧，玛格丽：

我将为你洗劫

一千个巴黎最阔气的首饰店

电汇给你十万个

加勒比海岸湿漉漉的吻

只要你烤一客英国点心

炸两片西班牙牛排

再到你爸爸书房里

为我偷一点点土耳其烟草

然后，我们，就躲开

吵吵嚷嚷的婚礼

一起，到黑海去

到夏威夷去，到伟大的尼斯去

和我，你这幽默的

不忠实的情人

一起，到海边去

到裸体的海边去

到属于诗人的咖啡色的海边去

在那里徘徊、接吻、留下

草帽、烟斗和随意的思考……

肯吗？你，我的玛格丽

和我一起，到一个热情的国度去

到一个可可树下的热带城市

一个停泊着金色商船的港湾
你会看到成群的猴子
站在遮阳伞下酗酒
坠着银耳环的水手
在夕光中眨动他们的长睫毛
你会被贪心的商人围住
得到他们的赞美
还会得到长满粉刺的橘子
呵，玛格丽，你没看那水中
正有无数黑女人
在像鳗鱼一样地游动呢！
跟我走吧
玛格丽，让我们
走向阿拉伯美妙的第一千零一夜
走向波斯湾色调斑斓的傍晚
粉红皮肤的异国老人
在用浓郁的葡萄酒饲饮孔雀
皮肤油亮的戏蛇人
在加尔各答蛇林吹奏木管
我们会寻找到印度的月亮宝石
会走进一座宫殿
一座金碧辉煌的宫殿
驮在象背上，神话般移动向前……

B

呵，高贵的玛格丽
无知的玛格丽
和我一起，到中国的乡下去
到和平的贫寒的乡下去
去看看那些
诚实的古老的人民
那些麻木的不幸的农民
农民，亲爱的
你知道农民吗

那些在太阳和命运照耀下

苦难的儿子们

在他们黑色的迷信的小屋里

慷慨地活过许多年

去那里看看吧

忧郁的玛格丽

诗人玛格丽

我愿你永远记得

那幅痛苦的画面

那块无辜的土地：

麻脸的妻子在祭设感恩节

为孩子洗澡，烤热烘烘的圣糕

默默地举行过乡下的仪式

就开始了劳动人民

悲惨的圣洁的晚餐……

1974

（选自《多多诗选》，花城出版社 2004 年版）

【注释】

①多多（1951— ）：原名栗世征，当代诗人，现代诗歌的探索者之一，著有诗集《多多诗选》等。

【点评】

虽然就知名度来说，多多不如北岛，但实际上多多很可能是当代最早且最优秀的现代主义诗歌的探索者。王佐良说穆旦是最优秀"却全然是非中国"的，这一评价或可以借用来评价多多。青年诗人穆旦生活的时代，中国虽然遭受着日本帝国主义的侵略，但他同许多"西南联大"的学生一样，可以自由地捧读西方最优秀的文化典籍，包括那些最新、最前卫的作品。而 1974 年正是"文革"时期，那时候整个中国还处于愚昧、疯狂、自我封闭的状态下，多多却写出了《玛格丽和我的旅行》这首在今天看来都"洋味十足"的作品。它既同北岛的《我不相信》（《回答》）一样，是那个时代的离经叛道之作，带有那个时代的某些印迹，但它又不同于《我不相信》等同代"地下诗歌"作品，显示出卓尔不群的"超越时代"的天才品格。不过需要指出的是，同许多"文革"、"地下时期"的作品一样，《玛格丽和我的旅行》是写于"文革"时期，但我们今天所看到的版本，或许经过作者后来一定的修改。（姚新勇撰）

275. 母者[1] （节选）

简 媜[2]

黄昏，西天一抹残霞，黑暗如蝙蝠出穴啮咬剩余的光，被尖齿断颈的天空喷出黑血颜色，枯干的夏季总有一股腥。

辽阔的相思林像酷风季节涌动的黑云，中间一条石径，四周荒无人烟。此时，晚蝉乍鸣，千只万只，悲凄如寡妇，忽然收束，仿佛世间种种悲剧亦有终场，如我们企盼般。

……

我的眼睛应该追寻天空的星月，还是跪伏的她？那枯瘦的身影有一股慑人的坚毅力量，超出血肉凡躯所能负荷的，令我不敢正视、不能再靠近。她不需要来扶持，她已凝练自己如一把闪耀寒光的剑。那么，飘落的相思花就当作有人从黑空中掉落的，拭剑之泪吧！

我甚至不能想象一个女人从什么时候开始拥有这般力量？仿佛吸纳恒星之阳刚与星月的柔芒，萃取狂风暴雨并且偷窃了闪电惊雷，逐年逐月在体内累积能量，终于萌发一片沃野。那浑圆青翠的山峦蕴藏丰沛的蜜奶，宽厚的河岸平原筑着一座温暖宫殿，等待孕育奇迹。她既然储存了能量，更必须依循能量所来源的那套大秩序，成为其运转的一支。她内在的沃野不隶属于任何人也不被自己拥有，她已是日升月沉的一部分，秋霜冬雪的一部分，也是潮汐的一部分。她可以选择永远封锁沃野让能量逐渐衰竭，终于荒芜；或停栖于欲望的短暂欢愉，拒绝接受欲望背后那套大秩序的指挥——要求她进行诱捕以启动沃野。选择封锁与拒绝，等同于独力抵抗大秩序的支配，她将无法从同性与异性族群取得有效力量以直接支援沉重的抵抗，她是宿命单兵，直到寻获足以转化孕育任务之事，慢慢垂下抵挡的手，安顿了一生。

然而，一旦有了爱，蝴蝶般的爱不断在她心内扇翅，就算躲藏于荒草丛仰望星空，亦能感受熠熠繁星朝她拉引，邀她，一起完成瑰丽的星系。就算掩耳于海洋中，亦被大涛赶回沙岸，要她去种植陆地故事，好让海洋永远有喧哗的理由。

蝴蝶的本能是吮吸花蜜，女人的爱亦有一种本能：采集所有美好事物引诱自己进入想象，从自身记忆煮茧抽丝并且偷摘他人经验之片段，想象繁殖成更丰饶的想象，织成一张华丽的密网。与其说情人的语汇支撑她进行想象，不如说是一种呼应——亘古运转不息的大秩序暗示了她，现在，她忆起自己是日月星辰的一部分，山崩地裂的一部分，潮汐的一部分。想象带领她到达幸福巅峰接近了绝美，远超过现实世间所能实践的。她随着不可思议的温柔而回飞，企望成为永恒的一部分；她抚触自己的身体，仿佛看到整个宇宙已缩影在体内，他预先看见完美的秩序运作着内在沃野：河水高涨形成护河捍卫宫殿内的新生，无数异彩蝴蝶飞舞，装饰了绚烂的天空，而甘美的蜜奶已准备自山巅奔流而下……她决定开动沃野，全然不顾另一股令人战栗的声音询问……

（选自河南省文联主办《散文选刊》1993 年第 9 期）

〖注　释〗

①《母者》：收入简媜散文集《女儿红》，荣获 1992 年 10 月第十五届《中国时报》时报文学奖散文首奖。

②简媜（1961—　）：出生于台湾宜兰县，为台湾最具实力、风格最为突出的女性散文家。出版有《水问》、《私房书》、《女儿红》、《红婴仔》等作品。

〖点　评〗

粗心的读者或许会把《母者》视为女性主义作品，其实此作具有女性意识不假，但绝非简单的女性主义作品。作者所书写、所刻画的既是一个具体的饱经风霜的母亲，更是一个充满大爱、独立、刚毅、决绝的集女性、母亲、寡妇于一体的象征——母者。

与大多数女性散文家的清丽不同，成熟期的简媜将女性身体的直观与存在之思的洞察尖锐地组合在一起来想象、呈现、探思，使其作品极具艺术张力，文字极富穿透性与锋利感。细读这篇《母者》，不知读者是不是能够联想到鲁迅的幽暗、鬼魅（如《复仇》、《颓败线的颤动》），或李金发的旷野幽愤（《弃妇》），以及死亡宗教哲思的幽深、古典情愫的奥雅。但这一切又没有掩盖女性特有的精致、细腻。当然，多种文学、文化元素的杂糅，使得简媜的文字带有某种涩味。不过这种涩恐怕不是不成熟的艰涩，而是近如废名、沈从文所追求的文体之涩——贯通肉体、生命、自然、宗教、存在的大思之涩。（姚新勇撰）

276. 埃涅阿斯纪（节选）

维吉尔①

……

（埃涅阿斯梦见麦丘利警告他再不走就要遭到袭击。埃涅阿斯立刻唤醒众人，仓促动身）

就这样，狄多自怨自艾，芳心碎裂。埃涅阿斯这时已决定离去，一切都准备就绪，在那楼船上安享睡眠。这时一位天神出现在他梦中，和上次来时的容貌一模一样，不论声音、气色、金黄的头发和青春特有的身躯，各方面都极像麦丘利，他再一次对埃涅阿斯这样告诫道："女神之子，在这样紧迫的时刻你居然还能睡觉，居然没有察觉到危机四伏，你糊涂了。你没有听到西风正在催你扬帆么？狄多已决心自尽，她心中怒涛汹涌，正盘算着种种诡计和可怕的勾当。当你还来得及的时候，你还不赶快逃跑？如果到黎明时刻你还停留在这块土地上的话，那么你就将见到海上战舰云集，无情的火把照耀，岸上一片烈焰了。喂，起来，不要耽搁了。女人永远是反复无常、变化多端的。"麦丘利说完就消失在黑夜里了。

埃涅阿斯被这突然降临的神灵从睡梦中惊醒，他翻身起来，呼唤同伴："伙伴们，赶快醒来，坐到你们划桨的位子上去，赶快把帆蓬解开。从天上又一次派来了神明催我们快走，叫我们赶紧砍断纠缠在一起的缆绳。圣明的天神啊，不管你是谁，我们一定跟随你，我们再一次高高兴兴服从你的命令。请你站在我们一边，请你开恩协助我们，让吉星在天上高照吧。"他说完，从剑鞘里抽出明晃晃的宝剑，用宝剑的白刃砍断了缆绳。一时间所有的人都感到同样兴奋，都忙碌起来，紧张地工作着。他们离开了岸，船队遮蔽了海面，他们一起努力，搅起浪花，行驶在蓝色的上海上。

（狄多在宫中望见特洛伊人离去，心里又气又恨，祈求神明为她报仇。）

这时黎明女神离开了她丈夫的橘黄色卧榻，把光明重新洒遍大地。狄多女王从了望台里看到天光已经渐渐吐白，特洛伊人的船队张着整齐的船帆在海上前进，她看到海滩和港口空阒无人，她再三再四捶击着自己美丽的胸膛，乱扯着自己的黄金色的头发，说："尤比特啊，能让他走成吗？难道就让这个外来人无端嘲弄我的王朝吗？你们快拿起武器，从全城各个角落出来，去追他，还有你们，快去船坞把船推出来。去，赶快把火把拿来，把枪支发了，加紧摇橹！我这是说什么哪？我在哪儿？我头脑发疯了？不幸的狄多，你现在才想起你做的对不起人的事②么？你应该悔恨的是你把大权给他③的时刻。这个人的荣誉和信义能相信吗——人们说他是家神不离身的，肩上负着衰老的父亲的人④！我当时为什么没有能够把他肢解，把他的肢体撒在大海里呢？用刀把他的同伴们和他的儿子消灭，做成佳肴，放到他父亲的餐桌上去呢？不错，斗争的结果在当时是难以逆料的。就算如此吧，又怎么样呢？我反正要死了，怕谁呢？我当初应当放火烧他的营帐，烧他的船舶，把儿子、父亲连同他们的同族一齐消灭，然后我自己也和他们同归于尽。太阳啊，你的光焰照见人间的一切活动；尤诺啊，你是知道我的痛苦，也是理解我的痛苦的；赫卡特啊，夜间，人们在城市的三岔路口呼叫着你的名字；还有各位复仇女神和等待我埃丽莎的各位死神——请你们听我说，我受的冤屈是值得你们圣灵垂鉴的，请你们倾听我的祈求吧。如果那个我不愿叫出他的名字的人一定要到达意大利，如果这是尤比特的命令所规定的，如果这是必然的结局，那么就让他去面对一个剽悍的民族，遭受战争的折磨，流放出自己的国土，远离尤路斯的怀抱，到处乞援，看着自己的亲友可耻地死去吧。当他不得不屈服于严峻的媾和条件时，请你们不要让他享受王权和美好的时光，而让他不到寿限就死在荒沙地带，没有葬身之所。我祈求的就是这个，这就是我在生命终结之时发出的最后呼声。今后，我的推罗人民，你们一定要怀着仇恨去折磨他的一切未来的后代，这就是我死后你们送给我的祭礼。我们这两族之间不存在友爱，也决不联盟。让我的骨肉后代中出现一个复仇者⑤吧，让他用火和剑去追赶那些特洛伊移民，今天也行，明天也行，任何时候，只要鼓足勇气。我祈求国与国、海与海、武力与武力相互对峙，让他们和他们的子孙永远不得安宁。"

……

（选自郑硕人编选、杨周翰译《世界文学金库·神话史诗卷》，上海文艺出版社 1994 年版）

《注　释》

①维吉尔（Vergilius，前70—前19）：古罗马最伟大的诗人，出生于意大利北部曼图阿附近的一个农庄。维吉尔著有三部传世诗作：《牧歌》、《农事诗》和《埃涅阿斯纪》。公元前19年，他在旅行中因患热病去世，安葬于那不勒斯。在他的墓碑上刻有概述其一生主要事迹的两行铭文："曼图阿生我，卡拉布利亚夺去我的生命，如今帕尔特诺佩保佑我；我歌唱过放牧、农田和领袖。"长篇史诗《埃涅阿斯纪》（12 卷）在结构形式上模仿荷马史诗，但在性质和风格上与荷马史诗很不一样，它有两个鲜明的特点——历史感和思想的成熟。在艺术上它注重人物的心理刻画，运用梦幻、象征、暗示和讽刺等多种手法。《埃涅阿斯纪》既是罗马的一部民族史诗，也是欧洲文学史上第一部文人史诗，这是一种有别于荷马史诗的新型史诗，从这层意义上讲，维吉尔可以算是欧洲第一个"现代"诗人。

②对不起人的事：指狄多悔恨不该背弃先夫，同埃涅阿斯结合。

③他：指埃涅阿斯。

④"家神"二句：言此人只有家国观念，不懂得爱情。

⑤复仇者：指汉尼拔。

《点　评》

史诗主人公埃涅阿斯是特洛伊英雄（在希腊神话传说中，他是爱与美女神维纳斯与特洛亚王族安基塞斯之子），他在城邦被希腊联军攻陷后，背父携子，逃出城市，带领幸存者下海漂泊，另觅地方建立城邦。当他们来到迦太基之时，女王狄多得知埃涅阿斯的身份后，便热情欢迎他们。维纳斯使狄多对埃涅阿斯产生了爱慕之情。神使麦丘利提醒埃涅阿斯肩负的使命，他只好甩弃狄多，重新向意大利进发，结果狄多自杀而死，并发下两族人势不两立的毒誓。埃涅阿斯等一行人历尽各种险阻和波折，终于抵达意大利，并在那里建立了一个新的国家，这就是后来地跨欧亚非三大洲的罗马帝国。埃涅阿斯虔诚、孝敬、勇敢、克制、大度、仁爱，集中体现了一个理想的政治领袖所应具备的美德。史诗中关于埃涅阿斯与狄多感情纠葛的描写，乃是欧洲文学中第一次出现的爱情与责任冲突的主题。（黄汉平撰）

277．堂吉诃德（节选）

塞万提斯①

第八章②

骇人的风车奇险；堂吉诃德的英雄身手；
以及其他值得大书特书的事情。

这时候，他们远远望见郊野里有三四十架风车。堂吉诃德一见就对他的侍从说："运道的安排，比咱们要求的还好。你瞧，桑丘·潘沙朋友，那边出现了三十多个大得出奇的巨人。我打算去跟他们交手，把他们一个个杀死，咱们得了胜利品，可以发财。这是正义的战争，消灭地球上这种坏东西是为上帝立大功。"

桑丘·潘沙道："什么巨人呀？"

他主人说："那些长胳膊的，你没看见吗？有些巨人的胳膊差不多二哩瓦③长呢。"

桑丘说："您仔细瞧瞧，那不是巨人，是风车；上面胳膊似的东西是风车的翅膀，给风吹动了就能推转石磨。"

堂吉诃德道："你真是外行，不懂冒险。他们确是货真价实的巨人。你要是害怕，就走开些，做你的祷告去，等我一人来和他们大伙儿拼命。"

他一面说，一面踢着坐骑冲出去。他侍从桑丘大喊说，他前去冲杀的明明是风车，不是巨人；他满不理会，横着念头那是巨人，既没听见桑丘叫喊，跑近了也没看清是什么东西，只顾往前冲，嘴里嚷道：

"你们这伙没胆量的下流东西！不要跑！前来跟你们厮杀的只是个单枪匹马的骑士！"

这时微微刮起一阵风，转动了那些庞大的翅翼。堂吉诃德见了说：

"即使你们挥舞的胳膊比巨人布利亚瑞欧④的还多，我也要和你们见个高下！"

他说罢一片虔诚向他那位杜尔西内娅小姐祷告一番，求她在这个紧要关头保佑自己，然后把盾牌遮稳身体，托定长枪飞马向第一架风车冲杀上去。他一枪刺中了风车的翅膀；翅膀在风里转得正猛，把长枪迸作几段，一股劲把堂吉诃德连人带马直扫出去；堂吉诃德滚翻在地，狼狈不堪。桑丘·潘沙趱驴来救，跑近一看，他已经不能动弹，驽骍难得把他摔得太厉害了。

桑丘说："天啊！我不是跟您说了吗，仔细着点儿，那不过是风车。除非自己的脑袋里有风车打转儿，谁还不知道这是风车呢？"

堂吉诃德答道："甭说了，桑丘朋友，打仗的胜败最拿不稳。看来把我的书连带书房一起抢走的弗瑞斯冬法师对我冤仇很深，一定是他把巨人变成风车，来剥夺我胜利的光荣。可是到头来，他的邪法毕竟敌不过我这把剑的锋芒。"

桑丘说："这就要瞧老天爷怎么安排了。"

桑丘扶起堂吉诃德；他重又骑上几乎跌歪了肩膀的驽骍难得。他们谈论着方才的险遇，顺着往拉比塞峡口的大道前去，因为据堂吉诃德说，那地方来往人多⑤，必定会碰到许多形形色色的奇事。……

(选自杨绛译《堂吉诃德》，人民文学出版社 1988 年版)

【注释】

①塞万提斯（Miguel de Cervantes Saavedra，1547—1616）：西班牙最杰出的小说家。出身于一个破落贵族家庭，少时没有受过多少正规教育，主要靠自学成才。24 岁时参加抗击土耳其的雷邦多海战，英勇杀敌，多处负伤，左手残废。1575 年在回国途中遭遇土耳其海盗，被掳到阿尔及尔当了五年俘房。回国后开始文学创作，写过诗歌、传奇、戏剧以及一部短篇小说集《惩恶扬善故事集》（1613）。他干过多年的海军征粮员、收税员等差事，多次被诬控入狱。长篇小说《堂吉诃德》（第一部，1605）就是在狱中构思创作的，他称这部书是"在监牢诞生的孩子"，小说面世后获得极大成功。1615 年，《堂吉诃德》第二部出版。次年，他病逝于马德里。巧合的是，他与同时代的另一位文学大师莎士比亚同年同月同日去世（1616 年 4 月 23 日）。

②这是《堂吉诃德》第一部的第八章。

③哩瓦：一哩瓦合 6.4 千米。

④布利亚瑞欧：希腊神话里和神道作战的巨人，有 100 条手臂。

⑤"那地方"句：因为在马德里到赛维利亚的大道上。

《点评》

《堂吉诃德》用戏拟骑士小说的写法，尖锐地嘲讽当时已起着毒害作用的骑士小说和没落的骑士制度。主人公堂吉诃德是一个追求执着而又脱离实际的理想主义的象征性人物，一个披着游侠骑士外衣的先进人文主义者的悲剧典型。马克思曾多次提到这部长篇小说，认为人物的悲剧命运在于"误认为游侠生活可以同任何社会经济形式并存，结果遭到了惩罚"。鲁迅说过，"堂吉诃德的立志打不平，是不能说他错误的"，"错误是在他的打法"。而堂吉诃德的悲剧恰恰在于目的和方法、主观和客观、愿望和效果的矛盾对立。塞万提斯十分清楚这些矛盾的悲剧因素，他认为："两种愿望一样痴愚：或者要当前再回到过去，或者未来马上在目前实现。"塞万提斯的高明之处在于将堂吉诃德性格中内在的矛盾和悲剧因素用喜剧形式表现出来，使情理之中的悲剧结果在意料之外的喜剧状态中逐步完成。这种悲剧的喜剧效应是塞万提斯的一个重要特征。如果把《堂吉诃德》比作一件艺术品，那么可以借用当代诗人席慕容的话说，它"是一件流着泪记下的微笑，或者，是一件含笑记下的悲伤"。小说中的桑丘·潘沙是一个过于讲求实际的实用主义者的形象，是对理想主义者堂吉诃德的反衬。他既有务实、善良、机智的优点，又有一些胆小怕事、自私狭隘的缺点。（黄汉平撰）

278. 猎象记（节选）

奥威尔[1]

......

（在缅甸，大象被驯作驮兽）

几分钟后，勤务兵回来了，带着一支步枪和五颗子弹；与此同时，一些缅甸人也前来告诉我们，那只大象在稻田下边，就在几百码开外的地方。我启步往前走的时候，这个地区的几乎所有居民都蜂拥而出，尾随在后。他们看到步枪就激动地嚷嚷着要我射猎大象。要是大象在毁坏他们的家园，他们可不会有这样的好兴致。但那只大象将成为枪下猎物，这情形就不同了。对他们来说，这事有点儿乐趣，犹如一群英国人对此也会有同样的感觉。再者，他们需要象肉。这可叫我茫然不安。我根本没有射猎大象的意图——我叫人拿来步枪只是出于必要时的自我防卫——而且，有一群人跟着你，这总令人感到手足无措。我走下山坡，感到自己像个傻瓜，肩上扛着一支枪，脚后跟一群越来越庞大的人海大军在挤来挤去。在山脚下，离开那些简陋的小屋，你会看到一条碎石路。路那边有一片泥泞荒芜的稻田。那片地千码见方，尚未犁过，被初雨浸润，杂草丛生。那只大象正站在离路边八码外的地方，它的左侧对着我们。它压根儿就不理睬人群的到来。它卷起一把草，在膝部上拍打干净，然后塞入口中。

我在路上停止前进。一看到那只大象我心里就明了我不应该打死它。射猎一只会劳动的大象可不是一件闹着玩的事情——这好比毁坏一部巨大而贵重的机器——显然谁都不应该这么做，如果能够避免的话。大象在安静地进食，那情形看来它并不比一只奶牛更危险。当时和现在我都这么认为，它"交尾期的狂暴状态"已经消失了；这样的话，它只是于人无害地四处闲转，直到驯象者回来看管它。而且，我一点也不想打死它。我决定先观察一会儿，确定它不会又变得狂暴起来，然后就回家。

但那时候我环顾紧跟而来的人群。这是一股巨大的人流，至少有两千人，而且每分钟都在增长。人群堵塞了道路，两边形成一条长龙。我审视着那一大片花花绿绿衣服上露出的黄面孔——都为那点儿乐趣而兴高采烈，都断定那只大象大难临头。他们看着我如同注视一个即将要变戏法的魔术师。他们并不喜欢我，只是由于我手上有那杆富于魔力的步枪，我才值得暂且一顾。突然我意识到，我无论如何都要打死那只大象。人们希望我这样做，而我无法推却。我感觉到他们两千个意愿在不可抗拒地向我进逼。正是在这个时候，手握枪杆站在那里，我初次领略到空虚，体验了白人统治东方的徒劳。瞧我，一个带枪的白人，站在一群手无寸铁的人面前，俨然是一出戏中的主角，但实际上我只是个可笑的木偶，被那些面孔后面的意志左右摆布。我顿时觉悟：白人成为暴君之时，就是他毁灭自己的自由之日。

（选自黄汉平编著《外国文学名著导读》，暨南大学出版社 2005 年版）

【注 释】

①奥威尔（George Orwell，1903—1950）：英国小说家、散文作家、社会批评家。原名埃里克·布莱尔，生于印度东北部的孟加拉。1917—1921 年就读于英国伊顿公学，1922—1927 年在驻缅甸的印度民警处工作。由于反对殖民主义，辞职回到欧洲，先后在巴黎和伦敦居住，穷愁潦倒，在操笔墨生涯的同时，兼任私人教师和书商助手。早期出版的作品有《巴黎伦敦落魄记》（1933）、《缅甸岁月》（1934）等。1936 年志愿赴西班牙参加政府军的反法西斯的战斗。重返英国后，继续从事写作。最后的两部作品是政治讽刺小说《动物农场》（1945）和《一九八四年》（1949）。此外有散文集《在鲸鱼腹内》（1940）、《猎象记》（1950）、《随笔和报刊文章集》（1968）等。

【点 评】

《猎象记》所记述的是作者当年在缅甸当民警时的一段亲身经历。当作者想到要违背自己的意愿射杀大象时，他不只是像常人那样感到人在江湖身不由己，而是从这种无可奈何的处境中联想到自己作为白人统治者的身份，虽然手握枪杆高高在上，但内心空虚仿若傀儡，进而顿悟：白人成为暴君之时，就是他毁灭自己的自由之日。文章写到这个境界，不愧为大家手笔。奥威尔的作品风格明晰简练，以幽默和讽刺著称。他的不少随笔实属现代英国散文中的珍品，以上《猎象记》片段，可窥见一斑。（黄汉平撰）

279．思想录（节选）

帕斯卡尔[①]

人的伟大与可悲[②]

人显然是为了思想而生的；这就是他全部的尊严和他全部的优异；并且他全部的义务就是要像他所应该地那样去思想。而思想的顺序则是从他自己以及从他的创造者和他的归宿而开始。

可是世人都在思想着什么呢？从来就不是想到这一点，而是只想着跳舞、吹笛、唱歌、作诗、赌赛等等，想着打仗，当国王，而并不想什么是作国王，什么是作人。

思想形成人的伟大。

人只不过是一根苇草，是自然界最脆弱的东西；但他是一根能思想的苇草。用不着整个宇宙都拿起武器来才能毁灭他；一口气、一滴水就足以致他死命了。然而，纵使宇宙毁灭了他，人却仍然要比致他于死命的东西更高贵得多；因为他知道自己要死亡，以及宇宙对他所具有的优势，而宇宙对此却是一无所知。

因而，我们全部的尊严就在于思想。正是由于它而不是由于我们所无法填充的空间和时间，我们才必须提高自己。因此，我们要努力好好地思想[③]；这就是道德的原则。

能思想的苇草——我应该追求自己的尊严，绝不是求之于空间，而是求之于自己思想的规定。我占有多少土地都不会有用；由于空间，宇宙便囊括了我并吞没了我，有如一个质点；由于思想，我却囊括了宇宙。[④]

人既不是天使，又不是禽兽；但不幸就在于想表现为天使的人却表现为禽兽。

思想——人的全部的尊严就在于思想。

因此，思想由于它的本性，就是一种可惊叹的、无与伦比的东西。它一定得具有出奇的缺点才能为人所蔑视；然而它又确实具有，所以再没有比这更加荒唐可笑的事了。思想由于它的本性是何等地伟大啊！思想又由于它的缺点是何等地卑贱啊！

然而，这种思想又是什么呢？这是何等地愚蠢啊！

有两件东西把全部的人性教给了人：即本能和经验⑤。

人的伟大之所以为伟大，就在于他认识自己可悲。一颗树并不认识自己可悲。

因此，认识［自己］可悲乃是可悲的；然而认识我们之所以为可悲，却是伟大的。

这一切的可悲其本身就证明了人的伟大。它是一位伟大君主的可悲，是一个失了位的国王的可悲。

我们没有感觉就不会可悲；一栋破房子就不会可悲。只有人才会可悲。Ego vir videns。⑥

人的伟大——我们对于人的灵魂具有一种如此伟大的观念，以致我们不能忍受它受人蔑视，或不受别的灵魂尊敬；而人的全部的幸福就在于这种尊敬。

（选自何兆武译《思想录》，商务印书馆1997年版）

〔注 释〕

①帕斯卡尔（Blaise Pascal，又译为帕斯卡，1623—1662）：法国思想家、科学家、散文作家。生于多姆山省克莱蒙费朗城。没有受过正规的学校教育。他4岁时母亲病故，由他的数学家父亲和两个姐姐负责对其进行教育与培养。帕斯卡尔很小时就精通欧几里得几何，并独立地发现欧几里得的前32条定理。帕斯卡尔的成就是多方面的，主要贡献有：帕斯卡定理、帕斯卡三角形、帕斯卡定律。他同时是近代概率论的奠基人。他在数学和物理学方面所作出的贡献，在科学史上占有极其重要的地位。《思想录》一书是由作者的一些未完成的手稿整理编排而成，在其身后出版的，在西方文学和思想史上产生了很大影响。

②标题为编者所加，辑录自《思想录》中有关片段，前面两段辑自该书第二编，从"思想形成人的伟大"开始均辑自第六编。

③好好地思想：默雷《全集》第1卷第262页："我们首先必须要好好地思想。"

④"由于空间"数句：我既被囊括在宇宙的时空之中，宇宙也被囊括在我的思想之中。此处"囊括"原文为Comprendre；此字有两解，一为囊括，一为理解；末一个"囊括"为双关语，既指包括，又指理解。

⑤本能和经验：据布伦士维格解说，此处"本能"指对于幸福的渴望，"经验"指对于人类不幸与堕落的知识。

⑥Ego vir videns：我是遭遇过的人。《耶利米哀歌》第3章第1节："我是……遭遇困苦的人。"

〔点评〕

　　帕斯卡尔是人类思想史上并不多见的文理兼通的天才，从以上《思想录》的一些片段，可窥见其思想的深度。他关于"人的伟大与可悲"的论说继承了理性主义的传统，与笛卡尔的"我思故我在"有异曲同工之妙。在帕斯卡尔看来，人的理性使人认识到自身处境的悲苦。但这一点并不使人陷入悲观主义，相反，了解到人的悲苦会使人变得更加伟大和坚强。必须指出的是，帕斯卡尔是一个宗教色彩十分浓厚的思想家，他认为人是完全地处于罪孽之中，要靠上帝的恩赐才能得到拯救。但他并未否定或贬低人类的理性，《思想录》中充满了对人性、人生、社会、哲学和宗教等问题的理性探讨。或许可以这样说，帕斯卡尔在本书中是把宗教信仰和理性问题分开，从不同的方面论述与此相关的问题。最后，编者愿意再引述帕斯卡尔的两句名言与读者分享："我们不可能真正爱上一个人，爱上的永远只是人的属性！""人应该诗意地活在这片土地上，这是人类的一种追求、一种理想。"（黄汉平撰）

280. 红与黑（节选）

司汤达①

第四十一章
审　判

……

　　"我的最后一天开始了，"于连想。很快地他感到自己受到了责任感的激动。到这时候为止，他一直控制住他的情绪，坚持不发言的决心。但是当刑事法庭庭长问他有没有话要补充时，他立了起来。他朝前看，看见了德尔维尔夫人的眼睛，在灯光下他觉得这双眼睛非常亮。"难道她也哭了？"他想。

　　"各位陪审官先生：对会遭受到蔑视的恐惧使我发言，我原来以为我在临死前能够无视这种蔑视。先生们，我没有这个荣幸属于你们的阶级，在你们眼里，我是一个反抗自己的卑贱命运的农民。"

　　"我决不请求你们宽恕，"于连说，口气变得更坚定有力。"我不抱任何幻想，死亡在等着我：它是公正的。我竟然企图杀害最值得受到尊敬和钦佩的女人。德·雷纳尔夫人曾经像慈母一样对待我。我的罪行是残酷的，而且是预谋的。因此我该当判处死刑，各位陪审官先生，但是，即使我的罪比较轻，我看到有些人也不会因为我年纪轻，可能值得怜悯，就此停住，他们还是要借着惩罚我来杀一儆百，使这样一种年轻人永远丧失勇气，他们出生在一个卑贱的阶级里，可以说是受着贫困的煎熬，但是他们有幸受到良好的教育，并且大胆地混入有钱人高傲地称为上流社会的圈子里。"

"这就是我的罪行，先生们，它将受到格外严厉的惩罚，因为事实上我不是受到与我同等的人的审判。我在陪审官席上没有看到一个变富裕的农民，仅仅只有一些愤怒的资产阶级……"

在二十分钟里，于连就是一直用这种口气说话；他把心里的话全都说了出来，代理检察长巴望得到贵族阶级的宠信，他坐不住，一次次跳起来，但是尽管于连把辩论引向稍微有点抽象的方向，所有的妇女都哭了起来。德尔维尔夫人也用手绢在揩眼睛。在结束以前，于连又回过来谈预谋，谈他的悔恨，谈他在那些比较幸福的日子里对德·雷纳尔夫人怀有的尊敬和儿子般的无限热爱……德尔维尔夫人发出一声叫喊，昏了过去。

……

（选自郝运译《红与黑》，上海译文出版社 1991 年版）

【注 释】

①司汤达（Stendhal，又译斯丹达尔，1783—1842）：法国小说家，批判现实主义文学的奠基人。原名玛利·亨利·贝尔，出身于法国东南部格勒诺布市一个律师家庭。早年加入拿破仑大军征战欧洲大陆。后来从事文学创作，游记《罗马、那不勒斯和佛罗伦萨》（1817）出版时第一次用"司汤达"的笔名。其《论爱情》（1822）是一部研究爱情心理的专著，《拉辛与莎士比亚》（1823—1825）是在浪漫主义旗帜下提倡现实主义创作原则的一部重要美学论著。他的主要成就是小说创作，代表作有长篇小说《红与黑》（1830）、《巴马修道院》（1839）以及中短篇小说集《意大利遗事》（1839）等。作为批判现实主义文学的一代宗师，司汤达在推动心理小说和现代小说的发展方面有重大贡献。

【点 评】

《红与黑》是根据当时法国发生的一个真实的刑事案件而创作的，经过作家高度的典型化艺术手法，小说塑造了于连这个性格复杂的个人奋斗的典型形象。他短暂的一生经历了反抗—妥协—反抗的发展过程，反映了王政复辟时期一代平民青年的悲剧命运。《红与黑》体现了司汤达小说的思想艺术特点：①善于从政治角度反映当代社会生活，表现了鲜明的民主主义和英雄主义思想，具有强烈的反封建色彩；②他笔下的主人公都是强者，他们认为追求幸福是人的自然本能，他们个性坚强、激情满怀、意志强烈、企图使世界屈服于自己的准则，这使他们同凡夫俗子明显区别开来；③注重从人的内心世界入手表现时代精神，显示出反映生活的内倾性，也表现出心理分析的高超技艺；④叙事简洁明快，切入角度新颖，语言清丽流畅。本文选段是《红与黑》最精彩的篇章之一，鲜明地体现了小说的思想艺术特色。主人公于连在法庭上二十分钟的演讲是其短暂一生中的高潮，情真意切，感人至深。主人公以死向封建统治阶级作出了一个决不妥协的"判决"。（黄汉平撰）

281. 伊安篇（节选）

柏拉图[①]

凡是高明的诗人，无论在史诗或抒情诗方面，都不是凭技艺来做成他们的优美的诗歌的，而是因为他们得到灵感，有神力凭附着。科里班特巫师们在舞蹈时，心理都受一种迷狂支配；抒情诗人们在做诗时也是如此。他们一旦受到音乐和韵节力量的支配，就感到酒神的狂欢，由于这种灵感的影响，他们正如酒神的女信徒们受酒神凭附，可以从河水中汲取乳蜜，这是她们在神智清醒时所不能做的事。抒情诗人的心灵也正像这样，他们自己也说他们像酿蜜，飞到诗神的园里，从流蜜的泉源吸取精华，来酿成他们的诗歌。他们这番话是不错的，因为诗人是一种轻飘的长着羽翼的神明的东西，不得到灵感，不失去平常理智而陷入迷狂，就没有能力创造，就不能作诗或代神说话。

（选自伍蠡甫主编《西方文论选》，上海译文出版社 1979 年版）

【注 释】

①柏拉图（Plato，公元前 427—公元前 347）：古希腊著名哲学家，西方文艺理论的主要奠基人之一，也是全部西方哲学乃至整个西方文化最伟大的哲学家和思想家之一。在文艺理论方面，他提出来的"理念说"、"模仿说"和"灵感说"，至今仍有深远的影响。

【点 评】

柏拉图的"灵感说"（inspiration）是关于文学艺术特征的最早概述。《伊安篇》、《斐德若》都进行过讨论。柏拉图的"灵感说"可以解释为三种含义：一是神助、灵启、陶醉、迷狂；二是语义学上的解释，即"神灵附体"、"神灵感受"、"热情磅礴"；三是柏拉图以"灵感说"来解释文艺创作过程中具有特殊创造力的思维现象。（傅莹撰）

282. 典论·论文[①]（节选）

曹 丕

文以气为主，气之清浊有体，不可力强而致。譬诸音乐，曲度虽均，节奏同检[②]，至于引气[③]不齐，巧拙有素[④]，虽在父兄，不能以移子弟。

盖文章经国之大业，不朽之盛事。年寿有时而尽，荣乐止乎其身，二者必至之常期，未若文章之无穷。是以古之作者，寄身于翰墨，见意于篇籍，不假良史之辞，不托飞驰之势⑤，而声名自传于后。故西伯幽而演⑥《易》，周旦显而制《礼》，不以隐约⑦而弗务，不以康乐而加思⑧。夫然则古人贱尺璧而重寸阴，惧乎时之过已。而人多不强力，贫贱则慑于饥寒，富贵则流于逸乐，遂营目前之务，而遗千载之功。日月逝于上，体貌衰于下，忽然与万物迁化⑨，斯志士之大痛也！

（选自孙冯翼辑《典论》，中华书局 1985 年版）

【注释】

①《典论》是曹丕撰写的一部有关政治、社会、道德、文化等方面的论集，但大多散佚，只剩下断简残章。《论文》由于被南朝的萧统选入了《昭明文选》而得以完整保留下来。

②检：法度。

③引气：引，运行，指吹奏时的引气。

④素：本来的，原有的。

⑤飞驰之势：谓权贵之人的显赫声势。

⑥幽：拘囚。演：推演。

⑦隐约：穷困。

⑧加思：谓转移著述的念头。加：移。

⑨迁化：意指死去。

【点评】

《典论·论文》是中国文学批评史上较早的一篇文学专论，涉及文学的价值、作家性格与作品风格的关系、文体、文学的批评态度等诸多问题，虽然略引端绪，但对后世影响很大。节选的第一段提出了著名的"文气"说，认为"文以气为主"，而"气之清浊有体"。作家的气质、个性是形成独特文风的基础。第二段讨论了文学的价值问题，把文学提高到治理国家、建功立业的高度，并鼓励作家努力从事文学创作活动，以成千载之功，获不朽之名。这一思想对文学的发展有积极意义。（朱巧云撰）

283. 尚书·尧典（节选）

帝①曰：夔②！命女典③乐，教胄子④。直而温，宽而栗⑤，刚而无虐⑥，简而无傲。诗言志⑦，歌永言⑧，声依永⑨，律和声⑩。八音克谐⑪，无相夺伦，神人以和。夔曰：於⑫！予击石拊⑬石，百兽率舞。

（选自孙星衍撰《尚书今古文注疏》，中华书局 1985 年版）

《注 释》

①帝：指舜。

②夔：人名，相传是尧舜时掌管音乐的人。

③女：汝，你。典：主持、主管。

④胄：帝王或贵族的嫡长子。一说，胄，长，意思是指教育子弟，使其成长。

⑤栗：坚实。

⑥虐：凶恶、残暴。

⑦诗言志：诗表达人的意志。

⑧歌永言：歌是延长诗的语言，徐徐咏唱，以突出诗的意义。永：长。一说，"永"通"咏"，声调抑扬地念诵、歌唱。

⑨声依永：谓声音的高低与咏唱相配合。声：五声，指宫、商、角、徵、羽。

⑩律和声：用律吕来调和声音。律吕：即六律六吕，六律指黄钟、太簇、姑洗、蕤宾、夷则、无射；六吕指大吕、应钟、南吕、林钟、仲吕、夹钟。

⑪八音克谐：八音和谐。八音：指金、石、土、革、丝、木、匏、竹。

⑫於：音"乌"，叹词。

⑬拊：轻拍。

《点 评》

《尚书》，又称《书》、《书经》，是我国现存较早的记载上古历史的古籍，是一部多种体裁的文献汇编。《尧典》是其中的一篇。节选的这段文字是中国较早的文学理论，主要包括两个方面内容：一是"诗言志"，这一观点被朱自清称为中国历代诗论"开山的纲领"，影响深远；二是诗歌的作用，即神和人通过诗歌、音乐交流思想感情而能达至协调和谐。此外，这段文字也说明了早期的诗与乐、舞是紧密结合在一起的。（朱巧云撰）

284. 文赋（节选）

陆 机①

其始也，皆收视反听②，耽思傍讯③，精骛八极，心游万仞。其致④也，情瞳眬而弥鲜，物昭晰而互进⑤。倾群言之沥液，漱⑥六艺之芳润。浮天渊以安流，濯下泉而潜浸⑦。于是沈辞怫悦⑧，若游鱼衔钩而出重渊之深⑨；浮藻联翩，若翰鸟缨缴⑩而坠曾云之峻。收百世之阙文，采千载之遗韵。谢朝华于已披⑪，启夕秀于未振⑫。观古今于须臾，抚四海于一瞬。

（选自张少康集释《文赋集释》，上海古籍出版社 1984 年版）

《注 释》

①陆机（261—303）：字士衡，吴郡人（今江苏苏州）。吴大司马陆抗之子，与弟陆云均为西晋著名的文学家。吴亡后入晋，官至平原内史。《晋书》卷五四有传。其文收入《全晋文》卷九六至九九，其诗收入《全晋诗》卷三。

②收视反听：谓收回心思，闭目塞听，专心致志。反，通"返"。

③耽思：深思。傍讯：博采，探求。

④其：文思。致：到来的时候。

⑤瞳眬：由暗到明貌。弥鲜：愈明。昭晰：明显。互进：不断涌现。

⑥群言：群书、众说。沥液：细流，比喻精华。漱：吮吸，饮。

⑦"浮天渊"二句：谓想象可高入天渊，深到下泉。

⑧怫悦：难出貌，形容吐辞艰涩。

⑨重渊：深渊。

⑩翰鸟：山鸡。缨缴：生丝绳系矢而射。

⑪谢：弃。朝华：谓古人已用的意与辞。已披：已用。

⑫夕秀：谓古人未用的意与辞。振：用。

《点 评》

陆机的《文赋》是用赋的形式讨论文学创作过程的一篇比较完整、系统的文章，文中所论的一些问题如作文之由、艺术想象、意与辞之关系、文体特点、作文的五种弊病、表现方式、感兴等，对后世的文学理论家有很大的启发意义。节选部分专论艺术想象，一是指出想象的特点与作用：能够跨越时空、变化多端，使得感情更加鲜明，物象更加清晰；二是说明想象过程中辞与思的关系：文辞有时难以寻觅，有时又层出不穷；三是指出艺术想象要发挥独创精神，吸收古今之精华，寻求充分表达情志的新文辞。（朱巧云撰）

285．诗品序（节选二）

钟　嵘①

　　夫四言文约意广，取效风骚，便可多得。每苦文繁而意少，故世罕习焉。五言居文词之要，是众作之有滋味者也，故云会于流俗②。岂不以指事造形，穷情写物，最为详切者耶！故诗有三义焉：一曰兴，二曰比，三曰赋。文已尽而意有余，兴也；因物喻志，比也；直书其事，寓言写物，赋也。宏③斯三义，酌而用之，干之以风力，润之以丹彩④，使味之者无极，闻之者动心，是诗之至也。若专用比兴，患在意深，意深则词踬⑤。若但用赋体，患在意浮，意浮则文散，嬉成流移⑥，文无止泊⑦，有芜漫之累⑧矣。

（选自何文焕辑《历代诗话》，中华书局 1981 年版）

①钟嵘（约468—约518）：字仲伟，颍川长社（今河南长葛）人。曾任参军、记室一类的小官。《梁书》、《南史》都有传。有诗歌评论专著《诗品》三卷。

②"云会"句：谓适合于世人的口味。云：语助词。会：合。

③宏：博大、光大。

④"干之"二句：谓以风骨为主干，辞藻润之。干：主干。风力：风骨。丹彩：辞藻。

⑤颎：受阻碍，不顺畅。

⑥嬉：嬉戏，草率，不认真。流移：漂浮不定。

⑦止泊：归宿。

⑧芜漫：冗杂散漫。累：缺点、毛病。

《点 评》

《诗品》是齐梁时期重要的批评著作，也是我国"诗话"中最早的一部。专论五言诗。全书将两汉至梁作家122人，分为上、中、下三品进行评论，故名为《诗品》。《诗品序》中表达了钟嵘主要的论诗主张。他提倡风力，反对玄言；主张音韵自然和谐，反对人为的声病说；主张"直寻"，反则用典，提出了一套比较系统的诗歌品评的标准。节选的这一段提出了著名的"滋味说"：认为好的诗歌是有"滋味"的。"滋味"是什么？即达到"指事造形，穷情写物，最为详切"。如何才能达到这个高度？要赋、比、兴并重，以风骨为主干，润之以辞藻。（朱巧云撰）

286. 判断力批判（节选）

伊曼努尔·康德①

美的艺术是一种意境，它只对自己具有合目的性，并且，虽然没有目的，它仍然具有促进心灵诸力的陶冶以达到社会性的传达作用。

……

天才就是那天赋的才能，它给艺术制定法规。既然天赋的才能，作为艺术家天生的创造机能，它本身是属于自然的，那么，人们就可以这样说：天才是天生的心灵禀赋，通过它，自然给艺术制定法规。

（选自伍蠡甫主编《西方文论选》，上海译文出版社1979年版）

《注 释》

①康德（Immanuel Kant，1724—1804）：德国古典哲学美学的奠基人，近代西方美学

发展中承前启后的人物。其哲学名著有《纯粹理性批判》、《实践理性批判》及《判断力批判》等，其中《判断力批判》在欧洲美学与文艺理论史上影响深远。

《点评》

通过艺术与自然、艺术与科学、艺术与手工艺的比较，康德在《判断力批判》中，就艺术及其本质特征提出了自己的看法：一是艺术不同于自然，是人有意图的以理性为基础的创造物；二是艺术不同于科学，科学是知识，而艺术是"人类的技巧"，科学无所谓美丑，而艺术则是以追求美为重要目的的；三是艺术不同于手工艺，手工艺生产是雇佣性劳动，不是出于自由意愿，无快乐可言，而艺术创作像自由的游戏，自身是愉快的；四是艺术活动虽存在如诗艺中的语法规则、形式韵律等强制性因素，但艺术是合目的性的主体自由创造的产物。同时，康德认为，艺术美是审美观念的表现。一件艺术作品，只有具备了审美观念，才有令人为之感动的"精神"与"灵魂"，否则，就无完美可言。康德认为艺术不能为自己制定产生作品的规则，然而"自然美"与"艺术美"是统一的，自然能够为艺术提供作品创作所需要的规则。但自然却不能在艺术作品中现身，因此它就需要一个中介来转化为艺术，这个中介便是艺术天才。（傅莹撰）

287. 悲剧的诞生（节选）

尼 采①

只有作为一种审美现象，人生和世界才显得是有充足理由的。在这个意义上，悲剧神话恰好要使我们相信，甚至丑与不和谐也是意志在其永远洋溢的快乐中借以自娱的一种审美游戏。

（选自周国平译《悲剧的诞生——尼采美学文选》，生活·读书·新知三联书店 1986 年版）

《注 释》

①尼采（Friedrich Wilhelm Nietzsche，1844—1900）：深受叔本华影响的德国哲学家和美学家。他对西方的生命哲学、弗洛伊德心理学和存在主义哲学产生过直接而重大的影响。

《点 评》

《悲剧的诞生》是尼采第一部系统讨论美学文艺问题的著作，也是他全部美学和文艺思想的基点。在这部著作中，他创造性地发挥了叔本华的哲学思想，以古希腊文学为研究对象，探讨并阐述了艺术的起源、功能及其对个体生命的意义，提出了其美学和文艺思想中的两个重要范畴——"日神精神"和"酒神精神"。日神阿波罗（Apollo）是光明之神，他支配着内心幻想世界的美丽外观，同时也使大自然呈现出美丽的外观。尼采用日神象征人追求世界和人生美丽外观的精神本能。"日神精神"是一种"梦"的精神，它使人沉浸于梦幻般的审美状态中，从而忘却人生的苦难本质。梦幻世界便成了躲避现实痛苦的庇护所。酒神狄奥尼索斯（Dionysus）是葡萄酒与欢乐之神，也是古希腊的艺术之神。他在诸神中以酒和狂欢著称，是丰收享乐和尽情放纵的象征，是生命丰盈的象征。"酒神精神"是一种"醉"的精神，它在人们酣醉狂放的状态下体现出来。它是一种文化的力量，是面对人生苦难时采取的超越姿态。个体生命和个体意识与世界超验本体浑然相融的种种精神状态，它破除外观的幻觉，超脱个体生命，与本体融合而直观人生痛苦，在悲剧性的陶醉中化生命的痛苦为审美的快乐，进而使人的精神达于永恒。尼采彻底打破了人们对终极话语权力的迷信，为历史提供了一种有生命感的理论境界，使西方文化从长期僵化的知识体系和理性状态中解脱出来，并再次获得了生命活力。（傅莹撰）

288. 文学理论（节选）

韦勒克[1]、沃伦[2]

艺术品可以成为"一个经验的客体"；我们认为，只有通过个人经验才能接近它，但它又不等同于任何经验。

艺术品似乎是一种独特的可以认识的对象，它有特别的本体论的地位。它既不是实在的（物理的，像一尊雕像那样），也不是精神的（心理上的，像愉快或痛苦的经验那样），也不是理想的（像一个三角形那样）。它是一套存在于各种主观之间的理想观念的标准的体系。必须假设这套标准的体系存在于集体的意识形态之中，随着它而变化，只有通过个人的心理经验方能理解，它建立在其许多句子的声音结构的基础上。

（选自刘象愚等译《文学理论》，生活·读书·新知三联书店 1984 年版）

《注 释》

①韦勒克（René Wellek，1903—1995）：维也纳著名文学批评家、比较文学家，与沃伦合著《文学理论》，是系统化研究文学理论的一批著作之一。
②沃伦（Austin Warren，1899—1986）：美国文学评论家、作家。

《点 评》

《文学理论》一书中区分了文学研究的两种基本方法——外部研究和内部研究，前者是对作家的个人经历、创作心理、创作过程以及作品所处的社会环境的研究，后者是对文学作品自身的形式结构的研究。它指出，文学外部研究说明了艺术生产的动因机制，但忽略了文学艺术的本质属性及"文学性"，即文学艺术的本质在于它独特的形式结构和语言风格。其理论在超越传统观点的同时，带有形式主义和唯美主义倾向。艺术作品存在于每个读者具体的经验或体验之中，但它的本体又是先于人的主观经验的客观存在，不因个人体验的心理状态、情绪感受的变化而变化，有"生命"的文学作品也不同于只有普遍性和永恒性的"理想客体"，它既是"永恒的"又是"历史的"。（傅莹撰）

289. 阅读过程：一种现象学方法探讨（节选）

沃尔夫冈·伊瑟尔[①]

　　文学作品有两极，我们可称之为艺术极点和美学极点。所谓艺术极点是指作家创作的作品；所谓美学极点就是由读者完成的实现过程。这种极性使得文学著作既不与其本身等同，又不与其实现等同，而应该介于二者之间。著作不仅仅是作品，因为作品只有被实现才会显示其活力。实现过程依赖读者的个性——尽管他反过来受到其他格式作品的影响，作品与读者的溶和使作品得以生存。这种溶和虽不能被明确定位，但永远存在。因为，一方面，它不同于作品中的现实，另一方面，又与读者的个性相异。

　　（选自胡经之、张首映主编《西方二十世纪文论选》，中国社会科学出版社1989年版）

【注 释】

　　①沃尔夫冈·伊瑟尔（1926—2007）：是接受美学的一个代表人物，其主要著述有《文本的召唤结构》（1970）、《隐在读者》（1974）和《阅读行为》（1976）等。

【点 评】

　　与姚斯不同，伊瑟尔的接受美学注重"反应研究"，他认为文学作品由文本和读者两级构成："文学作品是一种交流形式"、"审美反应论根植于文本之中"。其理论借助现象学的理论将各种读者反应理论系统化，并上升到现象学描述的高度，从而对英美读者反应批评产生了较大影响。"作品与读者的溶和使作品得以生存。"就是说，文本只有在阅读过程中才能产生活力。由此可见，伊瑟尔的"文学作品"是文本与读者互动的产物，是文本意义产生的过程，也就是说作者以文字形式创造好的还未进入阅读过程的文本并不是最终的文学作品，任何文本只有在阅读中才能获得意义。（傅莹撰）

290. 诗的艺术（节选）

布瓦洛①

但是我们，对理性要服从它的规范，
我们要求艺术地布置着剧情发展；
要用一地、一天内完成的一个故事
从开头直到末尾维持着舞台充实。
切莫演出一件事使观众难以置信：
有时候真实的事演出来可能并不逼真。
我绝对不能欣赏一个背理的神奇，
感动人的绝不是人所不信的东西。
不便演给人看的宜用叙述来说清，
当然，眼睛看到了真象会格外分明；
然而，却有事物，那讲分寸的艺术
只应该供之于耳而不能陈之于目。

（选自伍蠡甫主编《西方文论选》，上海译文出版社 1979 年版）

【注 释】

①布瓦洛（Nicolas Boileau Despreaux，1636—1711）：法国新古典主义最重要的理论代表，文论家、美学家和诗人。他以笛卡尔的哲学为理论基础，继承亚里士多德、朗吉弩斯，尤其是贺拉斯的文艺理论，总结高乃依、拉辛、莫里哀等法国新古典主义作家的创作实践，创作的《诗的艺术》被奉为新古典主义的法典。

【点 评】

《诗的艺术》以理性为中心，以追求真善美的统一为归宿，阐明了新古典主义诗学原则的主要内容：①膜拜理性原则；②模仿自然原则；③崇尚古典原则；④劝善惩恶原则。在情感与理智的关系上，要求情感服从于理智；在内容与形式的关系上，要求形式服从于内容；在自由与规范的关系上，要求艺术形式规范化，最突出地表现在戏剧创作的"三一律"上，即"要用一地、一天内完成的一个故事"；在文艺与现实的关系上，要求作品应具有"似真性"和"像真性"。本文节选自《诗的艺术》第三章关于"戏剧理论"这一部分。主要强调了戏剧理论两个方面的内容："专以情理娱人"、"保持着严密的尺度"。

理性是个人与社会的和谐，理性既具有服从国家民族利益、服从君主专制的特定内容，同时具有广泛含义。在布瓦洛看来，艺术创作与表现的一切因素都应该遵循由理性规

定的内在秩序。它表现为：第一，技巧服从于天才；第二，音韵服从于义理；第三，情感服从于理智；第四，文辞服从于文思。总之，在理性的统摄之下，艺术内部诸要素都有固定的主从关系，彼此和谐，构成统一的有机整体。他的文艺理论产生于17世纪的法国，体现了贵族阶级的审美趣味和艺术观点，影响力长达一个世纪之久。（傅莹撰）

291. 美学（节选）

格奥尔格·威廉·弗里德里希·黑格尔①

美就是理念，所以从一方面看，美与真是一回事。这就是说，美本身必须是真的。但是从另一方面看，说得严格一点，真与美却是有分别的。说理念是真的，就是说它作为理念，是符合它的自在本质与普遍性的，而且是作为符合自在本质与普遍性的东西来思考的。所以作为思考对象的不是理念的感性的外在的存在，而是这种外在里面的普遍性的理念。但是这理念也要在外在世界实现自己，得到确定的现前的存在，即自然的或心灵的客观存在。真，就它是真来说，也存在着。当真在它的这种外在存在中是直接呈现于意识，而且它的概念是直接和它的外在现象处于统一体时，理念不仅是真的，而且是美的了。美因此可以下这样的定义：美是理念的感性显现。

（选自朱光潜译《美学》，商务印书馆1997年版）

【注释】

①黑格尔（Georg Wilhelm Friedrich Hegel，1770—1831）：德国古典哲学、文学的集大成者。是一位向往自由、崇尚理性、善于思辨、富有历史使命感与政治责任感的思想家。著有《精神现象学》、《逻辑学》、《哲学全书》等，学生整理了《历史哲学》、《宗教哲学讲演录》、《哲学史讲演录》、《美学》等著作。

【点评】

黑格尔《美学》第一卷《全书序论》主要论述了以下两个问题。第一，探讨了艺术美的理念。"理念"是黑格尔的哲学体系也是其文艺观的核心范畴，黑格尔对这一术语的解释是："理念不是别的，就是概念，概念所代表的实在，以及这二者的统一。单就它本身来说，概念还不是理念，尽管概念和理念这两个名词往往被人用混了。只有出现于实在里而且与这实在结成统一体的概念才是理念。理念就是真理；因为真理即是客观性与概念性相符合。"可见在其哲学体系中，黑格尔是将理念与真理等同视之的，指的是概念与客观性的绝对统一。艺术理念与哲学理念并不完全相同，哲学理念还只是普遍性，尚未化为具体对象的真实；而艺术理念则有明确的定性，在本质上成为个别的事实，同时也是现实的个别表现，即普遍性与本质性的个别事物形象的统一体。正是在这个意义上，黑格尔又将"艺术理念"称为"艺术理想"，认为正是这种符合理念本质又呈现为个别性的具体形象构成了艺术美。黑格尔论述艺术美的三种类型即象征型艺术、古典型艺术与浪漫型艺术。

本文选自黑格尔《美学》第一卷，主要强调"理念是美的内核、美的本质"。黑格尔的理念不是抽象的，而是抽象概念与具体实在的统一，只有出现在实在里面而且与这实在结成统一体的概念才是"理念"。艺术的理念与哲学中的概念不同（美与真不同），理念不等于概念，艺术美与哲学逻辑中的真都可视为理念，真作为理念，作为事物的本质、普遍性存在，不呈现于意识；美作为理念，要有指定的存在形式，要在外在世界中实现自己，直接呈现于意识。（傅莹撰）

292. 为何写作（节选）

让·保罗·萨特[1]

因此，作家进行写作，是为了要跟读者的自由打交道，他需要它是为了使自己的作品得以生存。但他并不就此止步；他还需要读者把他交给他们的这个信任还给他，需要他们承认他的创作自由，并且需要他们也用一种对应而相反的吁求来获取这种自由。这里出现了另一个关于阅读的辩证关系；我们越体验自己的自由，我们也就越承认别人的自由；别人对我们的要求越多，我们对别人的要求也越多。

（选自伍蠡甫、胡经之主编《西方文艺理论名著选编》，北京大学出版社 1987 年版）

【注 释】

[1]让·保罗·萨特（Jean Paul Sartre，1905—1980）：存在主义哲学家、文论家、作家。著有《存在与虚无》、《辩证理性批判》等。他的存在主义哲学和文学理论对欧美和亚洲许多国家都产生过较大影响。

【点 评】

就写作问题，萨特提出了自己独到的看法，认为写作与阅读、作者与读者的关系紧密相连。文学创作是一个完整的过程，它离不开阅读；阅读是一种主动的再创造，且对创作有指导意义。在某种意义上来说，萨特是接受美学的开山祖师。（傅莹撰）

293. 小说理论（节选）

巴赫金①

新的文化意识和文学创作意识，存在于积极的多语世界中。世界一劳永逸地变成了多语世界，再无反顾，不同民族的语言闭目塞听、不相往来的共存阶段，宣告结束了。各种语言于是相互映照，要知道一种语言只有在另一种语言的映照下才能看清自己。

（选自白春仁、晓河译《小说理论》，河北教育出版社 1998 年版）

【注 释】

①巴赫金（Bakhtin，1895—1975）：20 世纪俄国著名的思想家、美学家、文艺理论家，代表著作有《陀思妥耶夫斯基创作问题》（1929）、《小说理论》（1941）、《陀思妥耶夫斯基诗学问题》（1963）、《弗朗索瓦·拉伯雷的创作与中世纪和文艺复兴时期的民间文化》（1965）等。他在分析陀思妥耶夫斯基作品时提出的复调理论和狂欢化理论，以及在评论拉伯雷小说时对中世纪民间文化的分析，都获得了理论界的高度关注，引起人们的广泛兴趣。

【点 评】

巴赫金的"对话理论"解释了一个观点多元、价值多元、体验多元的真实而又丰富的世界，使得文学作品具有独立性、自由性、未完成性和复调性等特点。他的成就得到世界的普遍承认。（傅莹撰）

294. 写作的零度（节选）

罗兰·巴特①

任何一种形式同时也是一种价值；因此，在语言与文体之间存在着另一种形式的现实，这就是写作。不论在怎样的文学形式中，总有情调、气质的一般选择，而作家正是在从事选择时，他的个性才十分明白无误地显示出来。语言和文体是一些先于言语活动的种种难题的已知条件，语言和文体是时间和生物人的自然产物；但是，作家的正规身份只有在不依赖于语法规范和文体永恒不变的情况下才能真正地确立，在这里，书写的连续首先聚合并封闭在完全纯真的语言研究的本性中，随即变为一个总标志，变为某种人类行为的选择和某种善的肯定，同时，这就是使作家从事于某一幸福或某一不适的证明和交流，并且，把他那既规范又特殊的言语形式与他人广泛的历史连结起来。语言和文体是盲目的力量；写作却是来自历史统一性的一种行动。语言和文体是客观物；而写作却是一种功能：它是创作与社会之间的交往，它是被它的社会目的改造成的文学语言，它是仅仅依赖于人类意向并且与历史上重大转折密不可分的形式。

（选自伍蠡甫、胡经之主编《西方文艺理论名著选编》，北京大学出版社 1987 年版）

《注 释》

①罗兰·巴特（Roland Barthes，1915—1980）：20 世纪法国著名的文艺理论家、美学家、符号学家，结构主义向解构主义过渡的重要人物。他的主要著述有《写作的零度》（1953）、《神话学》（1957）、《论拉辛》（1963）、《符号学原理》（1964）、《批评与真实》（1966）、《S/Z》（1970）、《批评论文选》（1972）、《文本的快乐》（1973）、《恋人絮语》（1977）等。

《点 评》

罗兰·巴特的思想立场具有结构主义者的特征，但在 20 世纪 70 年代以后，他又明显转到了后结构主义的立场上去。《写作的零度》一书是巴特的成名作。所谓"零度"写作，也就是以存在主义大师加缪为代表的风格，体现为"中性的"、"非感情化"倾向，回避作者的感情色彩和主观意向性，作者主体性退隐至无。"风格的零度"即"无风格的"，但空白的、透明的写作方式或"纯洁的写作"根本不存在。完全没有倾向的纯粹写作是不存在的，一个作家的任何写作方式都是在历史和传统的压力下被确定的。（傅莹撰）

295. 书写与差异（节选）

雅克·德里达[①]

哲学不是各种思想模式中的一种，或者说不是同一层次上的思想模式。我相信它有一种特殊性和一种使命，它有一种与众不同的雄心，即成为放诸四海皆准的东西——必须考虑的是哲学想要成为普遍性这一事实。所以，它不简单地是一种话语或各种思想中的一种。但我也相信如是的哲学并非全部思想，非哲学的思想、超出了哲学的思想是可能存在的。比如，当人们要去思考哲学，思考哲学是什么时，这种思想本身就不是哲学的。我感兴趣的正是这些东西。解构，从某种角度说正是哲学的某种非哲学思想。……我认为可以有一种思考理性、思考人、思考哲学的思想，它不能还原成其所思者，即不能还原成理性、哲学、人本身，因此它也不是检举、批判或拒绝。

（选自张宁译《书写与差异》，生活·读书·新知三联书店 2001 年版）

【注释】

①雅克·德里达（Jacques Derrida，1930—2004）：法国著名的哲学家、文艺理论家，解构理论的创始人。他的思想在 20 世纪 60 年代后掀起了巨大波澜，成为欧美知识界最有争议性的人物。他的理论动摇了整个传统人文科学的基础，也是整个后现代思潮最重要的理论源泉之一。主要论著有《声音与现象》、《论文字学》、《书写与差异》（1967）、《论散播》（1972）、《白色的神话》（1974）、《真理供应商》（1975）、《有限的内涵：ABC》（1977）、《署名活动的语境》（1977）、《继续生存》（1979）、《联系的补充》（1979）、《类型的法则》（1980）等十余部。

【点评】

《书写与差异》汇集了作者 1962—1967 年间的 11 篇论文，是作者在阅读哲学和文学文本时，"展开某种一般的哲学阅读与解释策略"。本文是张宁与德里达的一段对话，德里达就张宁"哲学是否可以是各种思想模式中的一种"这一问题的回答。德里达认为要思考的哲学就必须以某种方式超出哲学，也必须从别处着手。"解构"这一词就是哲学的某种非哲学思想。（傅莹撰）

296．论小说与群治之关系（节选）

梁启超①

欲新一国之民，不可不先新一国之小说。故欲新道德，必新小说；欲新宗教，必新小说；欲新政治，必新小说；欲新风俗，必新小说；欲新学艺，必新小说；乃至欲新人心，欲新人格，必新小说。何以故？小说有不可思议之力支配人道故。

……

凡人之性，常非能以现境界而自满足者也。而此蠢蠢躯壳，其所能触能受之境界，又顽狭短局而至有限也。故常欲于其直接以触以受之外，而间接有所触有所受，所谓身外之身，世界外之世界也。此等识想，不独利根②众生有之，即钝根③众生亦有焉。而导其根器④，使日趋于钝，日趋于利者，其力量无大于小说。小说者，常导人游于他境界，而变换其常触常受之空气者也。此其一。人之恒情，于其所怀抱之想像，所经阅之境界，往往有行之不知，习矣不察者；无论为哀为乐，为怨为怒，为恋为骇，为忧为惭，常若知其然而不知其所以然。欲摹写其情状，而心不能自喻，口不能自宣，笔不能自传。有人焉，和盘托出，彻底而发露之，则拍案叫绝曰："善哉善哉，如是如是。"所谓"夫子言之，于我心有戚戚焉"⑤，感人之深，莫此为甚。此其二。此二者，实文章之真谛⑥，笔舌之能事。苟能批此窾，导此窍⑦，则无论为何等之文，皆足以移人；而诸文之中能极其妙而神其技者，莫小说若。故曰，小说为文学之最上乘也！由前之说，则理想派小说尚焉；由后之说，则写实派小说尚焉。小说种目虽多，未有能出此两派范围外者也。

（选自《饮冰室全集》，中华书局 1916 年版）

【注释】

①梁启超（1873—1929）：字卓如，号任公，又号饮冰室主人、饮冰子、哀时客、自由斋主人等。广东新会人。清光绪朝举人，戊戌变法领袖之一，倡导"诗界革命"和"小说界革命"。有多种作品集行世，其中《中国近三百年学术史》、《中国历史研究法》等影响深远。以 1936 年出版的《饮冰室合集》较完备。

②利根：佛教语，谓根性明利。

③钝根：佛教语，谓根性愚钝。

④根器：佛教语，指修道者的能力。

⑤"夫子言之"二句：语出《孟子·梁惠王》。戚戚：心情激动。

⑥真谛：佛教语，与俗谛合称为"二谛"，又名第一义谛，指最真实的意义和道理。

⑦"苟能"二句：谓能够触动人的器官，打动人的心灵。批：击。窾：身体骨节之空隙处。窍：人的器官之孔。

【点评】

梁启超《论小说与群治之关系》将小说与政治治理联系起来，提出革新小说的主张，是当时改良主义关于小说理论的纲领性文章。主要观点有：第一，小说是文学之最上乘的，以此提高了小说的地位，即所选之第一段；第二，探讨了人们喜欢读小说的两个主要原因，并把小说分为理想和写实两派，即所选之第二段；第三，讨论了小说对读者的感染作用，熏、浸、刺、提；第四，认为中国古代升官发财、迷信落后、群治腐败等思想是受到小说的影响。第四个观点本末倒置，应予以批驳。但他提出应革新小说的内容和精神等观点是符合文学和社会的发展的。（朱巧云撰）

297. 诗艺（节选）

贺拉斯①

诗人的愿望应该是给人益处和乐趣，他写的东西应该给人以快感，同时对生活有帮助。在你教育人的时候，话要说得简短，使听的人容易接受，容易牢固地记在心里。一个人的心里记得太多，多余的东西必然溢出。虚构的目的在引人欢喜，因此必须切近真实；戏剧不可随意虚构，观众才能相信，你不能从吃过早餐的拉米亚的肚皮里取出个活生生的婴儿来。如果是一出毫无益处的戏剧，长老的"百人连"就会把它驱下舞台；如果这出戏毫无趣味，高傲的青年骑士便会掉头不顾。寓教于乐，既劝谕读者，又使他喜爱，才能符合众望。这样的作品才能使索修斯兄弟赚钱，才能使作者扬名海外，留芳千古。

……

有人问：写一首好诗，是靠天才呢，还是靠艺术？我的看法是：苦学而没有丰富的天才，有天才而没有训练，都归无用；两者应该相互为用，相互结合。在竞技场上想要夺得渴望已久的锦标的人，在幼年时候一定吃过很多苦，经过长期练习，出过汗，受过冻，并且戒酒戒色。在阿波罗节日的音乐竞赛会上的吹箫人，在这以前也经过学习，受过师傅的斥责。

（选自伍蠡甫主编《西方文论选》，上海译文出版社 1979 年版）

【注释】

①贺拉斯（Quintus Horatius Flaccus，公元前 65—公元前 8）：是早期罗马帝国时代的著名诗人和文艺理论家。一生创作了多种诗歌，留下多封书信，其中一封名为《诗艺》，信中贺拉斯主要谈自己的创作体会，同时提出一些文艺理论主张。

【点评】

《诗艺》是作者写给罗马贵族皮索父子的诗体信简，共四百七十六行。信中结合当时罗马文艺现状，提出了有关诗歌和戏剧创作的原则问题。选文第一段明确提出"寓教于乐"的观点，阐述了寓教于乐的艺术功用。文艺应能够指示人生，寓教于乐，给人以益处和乐趣。选文第二段认为艺术是天才和技艺的共同创造。要尊重天才，并强调诗人的基本修养，如培养正确的判断力、加强人格修养、强调天才与苦练的结合以及端正创作态度等。这些文艺观念共同体现出古典主义思想倾向。（傅莹撰）

298. 作家与白日梦（节选）

西格蒙德·弗洛伊德①

创作家们自己喜欢否定他们这种人和普通人之间的差距；他们一再要我们相信：每一个人在内心都是一个诗人，直到最后一个人死去，最后一个诗人才死去。

……

创作家所做的，就像游戏中的孩子一样。他以非常认真的态度——也就是说，怀着很大的热情——来创造一个幻想的世界，同时又明显地把它与现实世界分割开来。在语言中保留了儿童游戏和诗歌创作之间的这种关系。……作家那个充满想象的世界的虚构性，对于他的艺术技巧产生了十分重要的效果，因为有许多事物，假如是真实的，就不会产生乐趣，但在虚构的戏剧中却能给人乐趣；而有许多令人激动的事，本身在事实上是苦痛的，但是在一个作家的作品上演时，却成为听众和观众乐趣的来源。

……

夜间的梦正和白日梦——我们都已十分了解的那种幻想——一样，是愿望的实现。

……

一篇作品就像一场白日梦一样，是幼年时曾做过的游戏的继续，也是它的替代物。

（选自伍蠡甫、胡经之主编《西方文艺理论名著选编》，北京大学出版社 1987 年版）

【注 释】

①西格蒙德·弗洛伊德（Sigmund Freud，1856—1939）：奥地利精神病医生、心理学家、哲学和文学批评家，精神分析心理学的创始人。著有《梦的解析》、《精神分析引论》、《作家与白日梦》等著作，他的精神分析学说对文艺理论及创作产生了深远影响。"无意识"（又译"潜意识"）是他学说的一个基本概念。人的心理包括意识、前意识和无意识，无意识理论是精神分析学说的核心，即本能是被压抑的丰富而复杂的心理层面。由此人格构成也分为三个层面，即超我（superego）、自我（ego）和本我（id）；与此相关的是"力比多"理论，即性本能，它是一切行为的动机，将人的无意识的生物性本能提到首位，性欲甚至是文艺创作的动因。作家、艺术家受"本能欲望"驱使进行创作，由此宣泄情感，获得快乐。文艺本质上是被压抑的性本能冲动的一种"升华"。他无限扩大了性本能在生活和文学艺术中的作用，将人的各种复杂的思想、情感和愿望都与性欲联系在一起，隔绝了人的社会性即作品的社会因素，试图用性欲的压制与满足来解释文学艺术，为一家之言。

【点 评】

节选文字部分体现了弗洛伊德《作家与白日梦》关于文学创作本质的看法：①文学创作来自诗人的幻想，成人的幻想是孩童游戏的置换，"未能满足的愿望是幻想产生的动力；每个幻想都包含一个愿望的实现"。成人的幻想主要有两类，即对权力和情欲的追求。

②由于幻想与梦有相似性，因而，弗洛伊德称之为"白昼梦"或"白日梦"。白日梦遵循的逻辑是：愿望利用现在的条件、按照过去的方式来安排未来的图景。③诗人比常人更能利用种种文学技巧，弱化白日梦的自我中心化倾向，甚至会把他的自我分裂成许多个自我，在作品中的多个主人公身上体现出来，以消除读者对诗人个人化幻想的厌恶。总之，诗人富于想象的创作，正如白日梦一样，是童年游戏的继续、替代和变形，是原始性欲的升华。（傅莹撰）

299. 文学作品的存在方式问题（节选）

罗曼·英加登[①]

文学作品是一种"想象的客体"：这些客体——即作品着意描写其命运的人和事物——构成了文学作品结构中最重要的部分。把这两部文学作品完全区分开来的东西正是这些客体，没有这些客体就不可能有这类作品。同时，这类客体又完全不同于印出的文字符号、字音，也不同于句子本身，不管人们怎样理解这些东西。另一方面，这些客体不是某种观念的东西，而是一些人们也许可以叫做作者自由想象的形态即他的纯粹"想象的客体"，后者完全依靠他的意志并且本身不能同创造这些客体的主观经验分开。

……

那么每部文学作品在保持其内在统一性与基本性质的条件下，哪些层次是必要的层次？这些层次——我们已经看到我们进行的探讨的最后结论——有如下述：①字音和建立在字音基础上的高一级的语音构造新奥；②不同等级的意义单元；③由多种图式化观相、观相连续体和观相系列构成的层次；④由再现的客体及其各种变化构成的层次。以后的分析将表明最后这个层次可以说是"两面的"：一方面是进行再现的意向性的句子对应物（特别是事态）的"方面"；另一方面是在这些句子对应物中完成再现的客体及其各种变化的"方面"。

（选自伍蠡甫、胡经之主编《西方文艺理论名著选编》，北京大学出版社 1987 年版）

【点评】

①罗曼·英加登（Roman Ingarden，1893—1970）：波兰著名哲学家、美学家、文学理论家，现象学运动的代表人物之一。英加登的主要美学著作有《文学的艺术作品》、《对文学艺术作品的认识》、《艺术本体论研究》、《体验、艺术作品与价值》。

〖点 评〗

　　罗曼·英加登在本篇中认为文学艺术作品存在于四个彼此之间既相互独立又相互依存的层次中：①语音现象层，指的是文字的字音以及建立在字音基础上的更高级的语言构造，包括韵律、语速、语调等，这是文学作品最基本的层次。②意义单元层，指词、句、段等各级语言单位的意义，意义层是文学作品诸层次的中心层，为整个作品提供结构框架。③再现客体层，即作者所要"虚拟性"地再现的人物、事物、背景等，它们共同构成一部作品中的世界。④形而上层，指作品的再现客体层所呈现出的"崇高、悲剧性、恐怖、镇静、神秘、神圣、悲悯"等特质，形而上层只出现于伟大的艺术作品中。（傅莹撰）

六级

15篇（段）

300. 悼亡诗（其一）

潘　岳[1]

荏苒冬春谢，寒暑忽流易。之子[2]归穷泉，重壤永幽隔。

私怀[3]谁克从，淹留亦何益？僶俛恭朝命[4]，回心反初役[5]。

望庐思其人，入室想所历[6]。帏屏无仿佛[7]，翰墨[8]有余迹。

流芳[9]未及歇，遗挂[10]犹在壁。怅怳[11]如或存，周遑[12]忡惊惕。

如彼翰林鸟，双栖一朝只[13]。如彼游川鱼，比目中路析[14]。

春风缘隙来，晨霤承檐滴。寝息何时忘，沉忧日盈积。

庶几有时衰，庄缶犹可击[15]。

（选自萧统编、李善注《文选》，上海古籍出版社 1986 年版）

【注 释】

①潘岳（247—300）：字安仁，荥阳中牟（今河南省中牟县）人。曾任河阳令、著作郎、给事黄门侍郎等职，后在"八王之乱"中为赵王司马伦及孙秀杀害。他与陆机并称为"潘陆"，擅写哀诔文字。《悼亡诗》共三首，为追悼其亡妻之作，因感情真挚而感人，描摹细致入微，在当时及后世皆得称赏。后世因而以"悼亡"专指悼念亡妻。本篇是三首中的第一篇。

②之子：那个人，指亡妻。

③私怀：内心的愿望，指本欲长相厮守的愿望。

④"僶俛"句：只好勉强地恭奉朝廷的命令。

⑤"回心"句：把思念哀痛亡妻之心回转过来，回到原来做官的任所。

⑥想所历：回想亡妻生前在室内的生活情形。

⑦"帏屏"句：帏帐上连那仿佛之影也已见不到了。仿佛：相似而若有若无之状。《汉书·外戚传》载："（汉武帝）李夫人早卒，方士齐少翁言能致其神，乃夜张灯烛，设帏帐，令帝居他帐中，遥望见少女如李夫人之状，不得就视。"此处或用其典。

⑧翰墨：笔墨，这里指亡妻留下的文字。

⑨流芳：指亡妻曾用过而今遗留下的芳香品。

⑩遗挂：指亡妻遗留下来挂在墙壁上的衣物。

⑪怅怳：恍惚。

⑫周遑：惶恐。

⑬"如彼翰林"二句：就像翱飞在林中的鸟儿，本是双栖双宿，现在只剩下一只了。

⑭"如彼游川"二句：就像游在水中的比目鱼，本是成双成对，现在只得半路分开了。

⑮ "庶几" 二句：希望这种思念之情能够减退一些，就像庄子妻死却鼓盆而歌一样。庶几：希望。《庄子·至乐》篇载，庄子妻死，他先是伤心，接着却击缶（敲着瓦盆）而歌，以旷达对之。这两句实是自我安慰之词。

《点评》

潘岳诗文俱佳，尤其擅写哀诔文字，虽然时为他人代笔，但他一生中确实经历过不少亲人的不幸，故叙悲皆有真情实感。其人虽或有躁竞之心，在当时及后世亦颇遭非议，然此《悼亡诗》叙写对亡妻的思念，回忆曾经共同生活的点点滴滴，情感细腻，伉俪情深，出自内心，不得因人而废其文也。后世因其影响而专以"悼亡"为哀悼亡妻之名，亦为公允之论。（徐国荣撰）

301. 和郭主簿①

陶渊明

蔼蔼堂前林，中夏贮清阴。凯风因时来，回飚开我襟。
息交游闲业，卧起弄书琴。园蔬有余滋，旧谷犹储今。
营己良有极，过足非所钦②。春秫③作美酒，酒熟吾自斟。
弱子戏我侧，学语未成音。此事真复乐，聊用忘华簪④。
遥遥望白云，怀古一何深。

（选自逯钦立校注《陶渊明集》，中华书局 1979 年版）

《注释》

①和郭主簿：共二首，这是其第一首。主簿：一种文官之名。郭主簿，陶渊明的朋友，事迹不详。
②"营己"二句：谋生诚然有一定的限度，贪于不足并非自己所追求和钦慕的。
③秫：黏高粱。可以酿酒。
④华簪：美丽的簪子，此处比喻权贵。

《点评》

陶渊明在本诗中展现出一幅悠然怡淡的画卷：仲夏时节，在自家堂前乘凉，南风徐徐，书琴伴我，岂不快哉！仓储中虽不富足，但已够温饱，更何况幼子绕膝，牙牙学语，若此天伦之景，其乐无穷，哪里还用得着什么富贵名利。天空中飘浮着几朵白云，我的思绪也随着它飘向远古，进入那洪荒淳朴的年代。全诗自然本色，格调高古，初似质朴，细味则醇厚悠长。此正是他人所不及之处。（徐国荣撰）

302. 登池上楼

谢灵运①

潜虬媚幽姿②，飞鸿响远音③。薄霄④愧云浮，栖川怍⑤渊沉。

进德智所拙⑥，退耕力不任。徇禄反穷海⑦，卧痾⑧对空林。

衾枕昧节候⑨，褰开暂窥临⑩。倾耳聆波澜，举目眺岖嵚⑪。

初景革绪风⑫，新阳改故阴。池塘生春草，园柳变鸣禽⑬。

祁祁伤豳歌⑭，萋萋感楚吟⑮。索居易永久⑯，离群难处心。

持操岂独古，无闷征在今⑰。

（选自萧统编、李善注《文选》，上海古籍出版社 1986 年版）

〈注 释〉

①谢灵运（385—433）：陈郡阳夏（今河南省太康县）人。东晋名将谢玄之孙，入刘宋后袭封康乐侯，故世称谢康乐。他欢喜游山玩水，在诗歌中大力描摹山水，对后世山水诗影响巨大。又恃才傲物，思想比较复杂，儒道玄佛俱有。后在广州以谋反罪被杀。

②潜虬媚幽姿：潜龙藏在深渊中，顾惜自己幽隐的身姿。虬：传说中一种有角的龙。

③飞鸿响远音：鸿飞翔在高空中，鸣叫声传得很远。

④薄霄：指鸿飞得很高，迫近云霄。

⑤怍：惭愧。以上四句说，潜虬藏在深渊中保身，飞鸿翱翔在天空中也可远离世俗，自己却为俗务所缠，因此而感到惭愧。

⑥进德智所拙：想要及时地干一番功业，又非自己智力所及。《周易·乾卦》："君子进德修业，欲及时也。"这是自谦而又有牢骚的话。

⑦徇禄反穷海：因为追求禄位到了这荒僻的滨海之地。穷海：指他当时为官的永嘉（今浙江温州）。

⑧卧痾：因病而卧床。痾：病。

⑨衾枕昧节候：因病而整天与衾枕为伍，不明白季节的变换。

⑩褰开暂窥临：大病初愈，拉开帷幕，临窗眺望。

⑪岖嵚（qīn）：山高之貌。此处指远处的山。

⑫初景革绪风：初春的阳光清除了冬天残留下来的寒风。

⑬园柳变鸣禽：园中柳树上，鸟儿的种类也悄悄地变换了。

⑭祁祁伤豳歌：指春天来临。语出《诗经·豳风·七月》："春日迟迟，采繁祁祁，女心伤悲，殆及公子同归。"

⑮萋萋感楚吟：语出《楚辞·招隐士》："王孙游兮不归，春草生兮萋萋。"以上两句

用伤春典故，以说明自己对古人此类伤感情绪的共鸣。

⑯索居易永久：离群独居容易感到日子的长久。

⑰"持操"二句：谓虽然离群独居，却并不感到苦闷，岂独古人有此节操，也可验之于我之今日。

【点评】

谢灵运山水诗清新自然，当时鲍照称其"如初发芙蓉，自然可爱"。此诗是其在永嘉太守任上登楼所作。他刚到永嘉就染病，直到第二年初春才大病初愈，故而对季节的变换比较敏感。特别是病愈时正好为初春，窗外景色美好，春意闹人，对于一向喜爱山水的作者来说，自然美景的乍现令他格外兴奋，不知不觉为眼前所见脱口而出："池塘生春草，园柳变鸣禽。"这两句在整首诗中最为浅近，却也最为警策，正是诗眼，为历代所赏。王国维在《人间词话》中认为写景如此，方为"不隔"。但谢诗虽模山范水，对景物刻画工整，却也喜欢在诗中表达玄理，故而全首诗往往有句无篇，即有警句而无全篇之浑然。此篇亦如是。（徐国荣撰）

303. 桃花扇·余韵［哀江南］套曲

孔尚任①

【哀江南】【北新水令】山松野草带花挑，猛抬头秣陵②重到。残军留废垒，瘦马卧空壕；村郭萧条，城对着夕阳道。

【驻马听】③野火频烧，护墓长楸多半焦。山羊群跑，守陵阿监④几时逃。鸽翎蝠粪满堂抛，枯枝败叶当阶罩；谁祭扫，牧儿打碎龙碑帽。

【沈醉东风】横白玉八根柱倒，堕红泥半堵墙高，碎琉璃瓦片多，烂翡翠窗棂少，舞丹墀⑤燕雀常朝，直入宫门一路蒿，住几个乞儿饿殍⑥。

【折桂令】问秦淮旧日窗寮，破纸迎风，坏槛当潮，目断魂消。当年粉黛，何处笙箫⑦。罢灯船端阳不闹，收酒旗重九无聊⑧。白鸟飘飘，绿水滔滔，嫩黄花有些蝶飞，新红叶无个人瞧。

【沽美酒】你记得跨青溪半里桥，旧红板没一条。秋水长天人过少，冷清清的落照，剩一树柳弯腰。

【太平令】行到那旧院门，何用轻敲，也不怕小犬哗哗⑨。无非是枯井颓巢，不过些砖苔砌草。手种的花条柳梢，尽意儿采樵；这黑灰是谁家厨灶？

【离亭宴带歇指煞】俺曾见金陵玉殿莺啼晓，秦淮水榭花开早，谁知道容易冰消。眼看他起朱楼，眼看他宴宾客，眼看他楼塌了。这青苔碧瓦堆，俺曾睡风流觉，将五十年兴亡看饱。那乌衣巷不姓王，莫愁湖鬼夜哭，凤凰台栖枭鸟。残山梦最真，旧境丢难掉，不信这舆图换稿⑩。诌一套哀江南，放悲声唱到老。

（选自王季思、苏寰中、杨德平合注《桃花扇》，人民文学出版社 1980 年版）

【注 释】

①孔尚任（1648—1718）：字聘之，又字季重，号东塘，别署岸堂、云亭山人，曲阜（今属山东省）人，孔子六十四代孙，清代戏曲作家。他精通音律，撰有《桃花扇》传奇，载誉文坛。清刘凡《〈桃花扇〉题词》赞之曰："奇而真，趣而正，谐而雅，丽而清，密而淡，词家之能事毕矣！"并与友人顾彩合作《小忽雷》传奇，今皆存世。亦工诗文，有《石门山集》、《湖海集》、《岸堂稿》等。

②秣（mò）陵：秦汉时期对南京的称谓。

③［驻马听］：此曲凭吊明孝陵。下文［沈醉东风］一曲是吊明故宫，［折桂令］、［沽美酒］、［太平令］三曲均是吊秦淮旧院，而［离亭宴带歇指煞］一曲则总吊南明灭亡。

④守陵阿监：指看守皇陵的太监。

⑤丹墀（chí）：用红漆涂的台阶，指群臣朝见天子的地方。

⑥殍（piǎo）：饿死的人。

⑦"当年"二句：谓当年的许多美丽歌姬，现在都不知何处去了。

⑧"收酒旗"句：重阳佳节时也找不到卖酒的地方。酒旗：酒家卖酒时悬挂的布招子。

⑨哗（láo）哗：言语繁絮，此处指犬吠声。

⑩舆（yú）图换稿：疆域图改变，喻指江山易主。舆：疆域。

【点 评】

《桃花扇》传奇是孔尚任历经十余载、三易其稿写成的历史悲剧，完稿于清康熙三十八年（1699），同年秋入内务府演出。剧叙明末复社文人侯方域与秦淮名妓李香君以一柄宫扇订婚约，在动荡社会中二人历经悲欢离合，终在南明灭亡后双双出家入道事。桃花扇因李香君反抗奸臣逼婚，血溅定情宫扇，友人将扇上血迹点染成桃花而得名。剧作在真人真事的基础上创作而成，把普通人的爱情悲剧与国家民族的命运紧密联系在一起，作者意在"借离合之情，写兴亡之感"。至第四十出《入道》，故事已经结束，然作者意犹未尽，又创作出《余韵》，具有高尚气节的民间艺人柳敬亭、苏昆生在此出登场，与老赞礼三人"把些兴亡旧事，付之风月闲谈"，从而加深了全剧的悲剧色彩。清梁廷枏（nán）《曲话》云："《桃花扇》以《余韵》折作结，曲终人杳，江山峰青，留有余不尽之意，脱尽团圆俗套。"此处所选苏昆生所唱［哀江南］套曲，通过哀孝陵、哀故宫、哀秦淮旧地，集中表达了剧中人怀念故国的沉痛之情，唱词悲怆苍凉，耐人寻味。（蔡亚平撰）

304. 今别离（选一）

黄遵宪①

　　别肠转如轮，一刻既万周②。眼见双轮驰，益增中心忧。古亦有山川，古亦有车舟，车舟载离别，行止犹自由。今日舟与车，并力生离愁。明知须臾景，不许稍绸缪③。钟声一及时，顷刻不少留。虽有万钧柁④，动如绕指柔⑤。岂无打头风⑥，亦不畏石尤⑦。送者未及返，君在天尽头，望影倏不见，烟波杳悠悠⑧。去矣一何速，归定留滞不⑨？所愿君归时，快乘轻气球。

（选自钱仲联笺注《人境庐诗草笺注》，上海古籍出版社 1981 年版）

【注释】

　　①黄遵宪（1848—1905）：字公度，别号人境庐主人，广东嘉应州（今广东梅县）人。长期担任外交官，期间广泛接触西方科学文化与哲学思想，归国后曾参与戊戌变法。黄遵宪是晚清"诗界革命"的重要人物，主张"我手写我口，古岂能拘牵"（《杂感》），批判传统的"道统"、"文统"及各种拟古思想。其诗内容丰富，体裁广泛，比较深刻地反映出晚清的社会现实。著有《人境庐诗草》、《日本国志》、《日本杂事诗》等。

　　②"别肠"二句：离别思念之情如同轮船的双轮一样快速转动，瞬息之间已经旋转千万圈。

　　③"明知"二句：明知离别时刻非常短暂宝贵，而交通工具的准时却不能让人们再有些许缠绵。绸缪：情意殷切，这里指依依不舍的离别之情。

　　④钧：古代重量单位，一钧等于15千克。柁：船舵。

　　⑤绕指柔：形容发动机转动灵活。

　　⑥打头风：指逆风。

　　⑦石尤：即石尤风。据元代伊世珍《琅嬛记》引《江湖纪闻》载，古代有商人尤某娶石氏女，夫妻感情甚笃。尤某远行不归，石氏女思念成疾，临死时叹息曰："吾恨不能阻其行，以至于此。今凡有商旅远行，吾当作大风为天下妇人阻之。"后来把逆风与顶头风称作"石尤风"。

　　⑧"烟波"句：化用唐崔颢《黄鹤楼》诗："白云千载空悠悠，烟波江上使人愁。"形容轮船行驶速度很快，转眼已不见踪影。

　　⑨留滞：停留、羁留。

【点评】

　　黄遵宪曾担任驻日本参赞、美国旧金山总领事、驻英参赞、新加坡总领事等职，对西方社会、文化、科技等有着广泛的了解。作为"诗界革命"的重要人物，他主张运用诗歌等文学形式抒写个人情怀，反映社会现实，反对复古与模拟，这些观念在他的《今别离》组诗中得以集中体现。组诗分别写轮船火车、电报、相片和东西两半球昼夜相反的情景，体现出与传统诗歌创作迥然不同的意象与审美趣味。

组诗共四首，此篇列第一。诗人没有用传统诗歌创作中常见的"断肠"等语句来抒写离愁别绪，也没有过多渲染凄凉的意境，而是把轮船、火车等交通工具与古之"车舟"相比，突出现代交通工具准时发动的特点，别离的人因此无法再多缠绵一刻；同时它们的快捷与便利，也让人们对再次相聚充满希望。通过此诗可以看出，黄遵宪的诗歌创作拓展了传统诗歌的题材内容，丰富了传统诗歌的创作意象，标志着传统诗歌创作方式的近代转型。（蔡亚平撰）

305. 对一只乌鸦的命名

于 坚[1]

从看不见的某处
乌鸦用脚趾踢开秋天的云块
潜入我眼睛上垂着风和光的天空
乌鸦的符号　黑夜修女熬制的硫酸
嘶嘶地洞穿鸟群的床垫
堕落在我内心的树枝
像少年时期　在故乡的树顶征服鸦巢
我的手，再也不能触摸秋天的风景
它爬上另一棵大树　要把另一只乌鸦
从它的黑暗中掏出
乌鸦　在往昔是一种鸟肉　一堆毛和肠子
现在　是叙述的愿望　说的冲动
也许　是厄运当头的自我安慰
是对一片不祥阴影的逃脱
这种活计是看不见的　比童年
用最大胆的手　伸进长满尖喙的黑穴　更难
当一只乌鸦　栖留在我内心的旷野
我要说的　不是它的象征　它的隐喻或神话
我要说的　只是一只乌鸦　正像当年

我从未在一个鸦巢中抓出过一只鸽子
从童年到今天　我的双手已长满语言的老茧
但作为诗人　我还没有说出过　一只乌鸦

深谋远虑的年纪　精通各种灵感　辞格和韵脚
像写作之初　把笔整只地浸入墨水瓶
我想　对付这只乌鸦　词素　一开始就得黑透
皮　骨头和肉　血的走向以及
披露在天空的飞行　都要黑透
乌鸦　就是从黑透的开始　飞向黑透的结局
黑透　就是从诞生就进入永远的孤独和偏见
进入无所不在的迫害与追捕
它不是鸟　它是乌鸦
充满恶意的世界　每一秒钟
都有一万个借口　以光明或美的名义
朝这个代表黑暗势力的话靶　开枪
它不会因此逃到乌鸦以外
飞得高些　越鹰的座位
或者降得矮些　混迹于蚂蚁的海拔
天空的打洞者　它是它的黑洞穴　它的黑钻头
它只在它的高度　乌鸦的高度
驾驶着它的方位　它的时间　它的乘客
它是一只快乐的　大嘴巴的乌鸦
在它的外面　世界只是臆造
只是一只乌鸦无边无际的灵感
你们　辽阔的天空和大地　辽阔之外的辽阔
你们　于坚以及一代又一代的读者
都是一只乌鸦巢中的食物

我想，这只乌鸦　只消几十个单词
形容的结果　它被说成是一只黑箱
可是我不知道谁拿着箱子的钥匙
我不知道是谁在构思一只乌鸦黑暗中的密码
在另一次形容中它作为一位裹着绑腿的牧师出现

这位圣子正在天堂的大墙下面　寻找入口
可我明白　乌鸦的居所　比牧师　更接近上帝
或许某一天它在教堂的尖顶上
已见过那位拿撒勒人的玉体
当我形容乌鸦是永恒黑夜饲养的天鹅
具体的鸟　闪着天鹅之光　飞过我身旁那片明亮的沼泽
这事实立即让我丧失了对这个比喻的全部信心
我把"落下"这个动词安在它的翅膀之上
它却以一架飞机的风度"扶摇九天"
我对它说出"沉默"它却伫立于"无言"
我看见这只无法无天的巫鸟
在我头上的天空牵引着一大堆动词　乌鸦的动词
我说不出它们　我的舌头被这些铆钉卡住
我看着它们在天空疾速上升　跳跃
下沉到阳光中　又聚拢②在云之上
自由自在　变化组合着乌鸦的各种图案

那日，我像个空心的稻草人　站在空地
所有心思　都浸淫在一只乌鸦之中
我清楚地感到乌鸦　感觉到它黑暗的肉
黑暗的心　可我逃不出这个没有阳光的城堡
当它在飞翔　就是我在飞翔
我又如何能抵达乌鸦之外　把它捉住
那日　当我仰望苍天　所有的乌鸦都已黑透
餐尸的族　我早就该视而不见　在故乡的天空
我曾经一度捉住过它们　那时我多么天真
一嗅着那股死亡的臭味　我就惊惶地把手松开
对于天空　我早就该只瞩目于云雀　白鸽
我多么了解并热爱这些美丽的天使
可是当那一日　我看见一只鸟
一只丑陋的　有乌鸦那种颜色的鸟
被天空灰色的绳子吊着
受难的双腿　像木偶那么绷直
斜搭在空气的坡上

围绕着某一中心　旋转着

巨大而虚无的圆圈

当那日　我听见一串串不祥的喊叫

挂在看不见的某处

我就想　说点什么

以向世界表白　我并不害怕

那些看不见的声音

[选自周伦佑主编《非非》（1992年复刊号）]

【注释】

①于坚（1954—　）：当代先锋诗人，"第三代"诗歌的代表人物之一，著有诗集《对一只乌鸦的命名》、《诗六十首》等。

②扰：原文为"扰"。

【点评】

与《想象大鸟》相较，《对一只乌鸦的命名》可能更能显示出于坚诗歌语言的"纯粹性"，他似乎是在做不可能完成的事情。"天下乌鸦一般黑"，这是再普通、再正确不过的常识了，而于坚要颠覆这个常识，要从语言黑色的牢狱中释放、创生出一只"具体的鸟"。它不但"闪着天鹅的光"，而且我们身旁的黑色沼泽也因其飞过而明亮异常。而这一切又都不是从黑色的反面开始的，而是从语言"黑色素"的最黑、最暗之处开始，"从看不见的某处"，放飞、悬吊一只唯一且永恒的自由自在受难的天使——这只丑陋的、有乌鸦那种颜色的鸟。（姚新勇撰）

306. 汉家寨（节选）

张承志[1]

那是大风景和大地貌荟集的一个点。我从天山大坂上下来，心被四野的宁寂——那充斥天宇六合的恐怖一样的死寂包裹着，听着马蹄声单调地试探着和这静默碰击，不由得屏住了呼吸。

若是没有这匹马弄出的蹄音，或许还好受些。三百里空山绝谷，一路单骑，我回想着不觉一阵阵阴凉袭向周身。那种山野之静是永恒的；一旦你被它收容过，有生残年便再也无法离开它了。无论后来我走到哪里，总是两眼幻视、满心幻觉，天涯何处都像是那个铁色戈壁都那么空旷宁寂，四顾无援。我只有凭着一种茫然的感觉，任那匹伊犁马负着我，一步步远离了背后的雄伟天山。

　　和北麓的蓝松嫩草判若两地——天山南麓是大地被烤伤的一块皮肤。除开一种维吾尔语叫 uga 的毒草是碧绿色以外，岩石是酥碎的红石，土壤是淡红色的焦土。山坳折皱之间，风蚀的痕迹像刀割一样清晰，狞恶的尖石棱一浪浪堆起，布满着正对太阳的一面山坡。马在这种血一样的碎石中谨慎地选择着落蹄之地，我在曝晒中晕眩了，怔怔地觉得马的脚踝早已被那些尖利的石刃割破了。

　　然而，亲眼看着大地倾斜，亲眼看着从高山牧场向不毛之地的一步步一分分的憔悴衰老，心中感受是奇异的。这就是地理，我默想。前方蜃气溟蒙处是海拔 −154 米的吐鲁番盆地最低处的艾丁湖。那湖早在万年之前就被烤干了，我想。背后却是天山；冰峰泉水，松林牧场都远远地离我去了。一切只有大地的倾斜；左右一望，只见大地斜斜地伸延。嶙峋石头，焦渴土壤，连同我的坐骑和我自己，都在向前方向深处斜斜地倾斜。

　　——那时，我独自一人，八面十方数百里内只有我一人单骑，向导已经返回了。在那种过于雄大磅礴的荒凉自然之中，我觉得自己渺小得连悲哀都是徒劳。

　　就这样，走近了汉家寨。

　　仅仅有一炷烟在怅怅升起，猛然间感到所谓"大漠孤烟直"并没有写出一种残酷。

　　汉家寨只是几间破泥屋；它坐落在新疆吐鲁番北、天山以南的一片铁灰色的砾石戈壁正中。无植被的枯山像铁渣堆一样，在三个方向汇指着它——三道裸山之间，是三条巨流般的黑戈壁，寸草不生，平平地铺向三个可怕的远方。因此，地图上又标着另一个地名叫三岔口；这个地点在以后我的生涯中总是被我反复回忆咀嚼吟味，我总是无法忘记它。

　　仿佛它是我人生的答案。

　　我走进汉家寨时，天色昏暮了。太阳仍在肆虐，阳光射入眼帘时，一瞬间觉得疼痛。可是，那种将结束的白炽已经变了，汉家寨日落前的炫目白昼中已经有一种寒气存在。

　　几间破泥屋里，看来住着几户人。

　　不知从什么时候起，有了这样一个地名。新疆的汉语地名大多起源久远，汉代以来这里便有中原人屯垦生息，唐宋时更因为设府置县，使无望的甘陕移民迁到了这种异域。

　　真是异域——三道巨大空茫的戈壁滩一望无尽，前是无人烟的盐碱低地，后是无植被的红石高山；汉家寨，如一枚被人丢弃的棋子，如一粒生锈的弹丸，孤零零地存在于这巨大得恐怖的大自然中……

（选自《清洁的精神》，安徽文艺出版社1994年版）

《注释》

①张承志（1948—　）：当代小说家、散文家，著有《黑骏马》、《心灵史》、《荒芜英雄路》等。

《点评》

张承志是中国作家中文字最为遒劲、最富张力者，比如这篇《汉家寨》就具有极为强烈的引而不发的动态感。这种文字的张力不是来自对语言本身的操弄，而是来自他独特的生活经历，来自几乎永不停步的中亚板块的漫步、游荡。所以他的文字，有草原的开阔、高原的雄浑、戈壁的粗犷，浸满着中国边疆异质文化的多样色彩。（姚新勇撰）

307．黄金时代① （节选）

王小波②

陈清扬说，她到山里找我时，爬过光秃秃的山岗。风从衣服下面吹进来，吹过她的性敏感带，那时她感到的性欲，就如风一样捉摸不定。它放散开，就如山野上的风。她想到了我们的伟大友谊，想起我从山上急匆匆地走下去。她还记得我长了一头乱蓬蓬的头发，论证她是破鞋时，目光笔直地看着她。她感到需要我，我们可以合并，成为雄雌一体。就如幼小时她爬出门槛，感到了外面的风。天是那么蓝，阳光是那么亮，天上还有鸽子在飞。鸽哨的声音叫人终身难忘。此时她想和我交谈，正如那时节她渴望和外面的世界合为一体，溶化到天地中去。假如世界上只有她一个人，那实在是太寂寞了。

（选自《黄金时代》，时代文艺出版社1997年版）

《注释》

①《黄金时代》：既指同名中篇小说，也指由《黄金时代》、《革命时期的爱情》、《我的阴阳两界》三个中篇合成的《黄金时代》三部曲。它既是王小波小说的代表作，也是中国当代乃至整个中国20世纪文学不可多得的杰作。

②王小波（1952—1997）：当代著名作家、学者。著有时代三部曲（《黄金时代》、《白银时代》、《青铜时代》），杂文集《沉默的大多数》等，另有电影剧本《东宫·西宫》。

《点 评》

按文雅或道德文章的传统，这个片段不要说建议背诵，就是拿出来示人，恐怕都有失斯文。这种看法虽不能说没有道理，但它成为传统，实在也是人们曲解风雅原意并一代代用假道学扼杀人的性灵之功。

此片段让我们看到了王小波对于性——通天地之灵气的天然之性——的坦然、自在、欣然，颇有《十日谈》的欧洲人文主义之风。在我们中国人的文字中，是很难见到如此自然、坦荡而又充满自信的文字的。我们的文字，往往不是道貌岸然，就是淫秽流涎。当然这可能是宋以后的情况，其实王小波的自然风雅，或许也通《诗三百》。《诗三百》的开篇不就是"关关雎鸠，在河之洲。窈窕淑女，君子好逑"吗？

这里不仅可以看到精神与肉体的健康自在，更可以体味诗性中文的精髓——自在、谐趣之表与大道无形之里。

本段的基本叙述语言是口语，轻松、自然、风趣的口语。虽是口语，却毫不散漫，洗练且雅致，融叙事、描写、状景于一体。称之为诗意盎然，恐怕亦不为过。（姚新勇撰）

308. 鲜花与酒徒·鲜花

旺秀才丹①

1

双手合十，我轻轻打开诗集
白玉的汁液淌过花茎
饱含在那未放的蕾里
我看见，镜子孤独地照耀，它
想说什么，要说什么

诗坛的顶端，大师口吐鲜花
我明白，这无疑于一面旗帜
猎猎的声响，割断语言
后来者有的跪拜，向失败
或者更大的胜利

最后的幸福，在
疼痛的两肋下开放
在甜蜜的栅栏内起舞

忘记土壤，植物依然在生长
枝条幽幽地浮在水面

2

我理解死亡，如同理解
大师额头的白光
千年的爱情只在深处疼痛
疼痛，鲜花的故乡
火一样舐向我的脸

舐向我的眼睛
我的眼睛火一样年轻而充满诱惑
它不停地唱，遍地风流
万紫千红，我的眼睛搅动死水
它背叛了灵魂和肉体

歌声在山坡上荡漾
那云雀像她自己一样飞过
那白云像白云一样飘游
这牧场里谁是唯一的主人
谁是我的客人，请告诉我

3

这临终的劲歌唱到了雪
它融化，滴落
慢慢地，慢慢地穿凿着石头
淘洗黄金，使瑕疵从白玉中流走
这歌声仿佛渐急的鼓声

它磨砺着锈蚀的刀锋
让铁具有战斗力，醒来
等待血，等待着至亲的兄弟
斜坡上，草被吃光又长出
这刀，在最锋利处感到孤独

我双手合十，向鲜花祝福
向邻居的红玛瑙祝福
彻夜的长眠使黎明更像黎明
谁能剥夺思想者的额
谁能使黄金君临一切？

4

大师们站起身，穿过种子的进化
穿过雪和盐的草场
抱着疼痛受拜，他们的左手是一棵树
右手忧伤地插入头发
那乱草搭起的巢穴

居住未能使鲜花夭折
反而使春天像梯子一样漫过山顶
看啊鲜花，看啊鲜花
你在什么时候停止
你在什么地方停止

花苞丰富的爱情，当天空盛开样云
它层出不穷
它倒映在河水静静的绿里
鱼儿们发现，当玉老时
珠子就黄了

5

我生活在幻想的爱情里
雪停时，我将白云、羊和女人赶上草坡
让她们鲜花一样生长
我看着那最嫩的，伺候的最细心
我用语言使她幸福

这时我倍感幸福
脱掉大师的外衣，丢掉带刺的鞭子

只有鲜花懂得爱情
那些诗集，她使我在每一片光芒里
始终离不开自由

她带着青草转移牧场
南山和北山，上游到下游
各人对幸福的理解并不同
但是你，为何总是在磨那闪光的钻石
那到底为什么

6

夜深了，邻居在床榻上睡去
他的疼痛镜子般照向我的脸
和我歌唱的眼睛
我也醉了，醉得使疼痛感到疼痛
使雪疯狂地飘落

铁重新回到了诞生的地方
刀锋在孤独中迟钝
它砍向鲜花
仿佛冰浇熟的果实
使枝头充满了眼泪

世界使我懂得了死亡
又让我活着
我的左手像一株树，右手插入头发
我和所有的大师站在坛上
接受后来者对我疼痛的膜拜

7

我梦见，我挥舞双臂分水前行
在寻找玉

早上醒来，我看到玉

她就在我的身边

［选自才旺瑙乳、旺秀才丹主编《藏族当代诗人诗选》（汉文卷），青海人民出版社 1997 年版］

【注 释】

①旺秀才丹（1967—　）：当代诗人，藏人文化网创办者之一兼主持，著有诗集《梦幻之旅》等。

【点 评】

旺秀才丹不仅是优秀的藏族汉语诗歌写作者，而且在整个中国第三代诗人中也是非常优秀的。表面上看，旺秀才丹的那些优秀诗作藏文化色彩很淡很淡，但其诗歌风骨则是藏诗的，藏族诗歌由神圣信仰和民族文化回归所致的朝圣之旅的诗歌结构，仍然隐在其诗歌深层内部，而且这种行进的诗感、神圣追求的意义则是含蓄、不定、多义、玄妙的。

旺秀才丹高度地发掘了藏传佛教神秘玄妙的诗性特征，又与汉语的暗示、隐喻、象征、照应、节奏等特点水乳般地融合在一起，从而使得他的多首近乎完美之作，已经由族裔性的"地理—文化—心灵空间"的跋涉，化为诗性空间中的词语、意象朝向自身完美境界的攀登。例如这里所选的《鲜花》，从头到尾几乎没有一句直接表达价值或意义的诗句，它那隐约、缥缈、多端的意义，是通过对某些词语和意象（双手合十、白玉、诗、镜子、大师、刀、"左手和右手"，当然更有从前到后的鲜花）不断重复、照应的妥帖安排慢慢渗溢、暗示出来的……（姚新勇撰）

309. 路加福音（节选）

路 加①

耶稣的诞生和成长②

上帝差遣天使加百列到加利利省一个叫拿撒勒的城去，要传话给一个名叫马利亚的少女；这少女已经跟大卫家族一个名叫约瑟的男子订了婚。天使到她面前，说："愿你平安！主跟你同在，大大降福给你。"

马利亚因为天使这话，十分惊惶不安，反复思想这话的含意。天使对她说："马利亚，不要害怕，因为上帝施恩给你。你要怀孕生一个儿子，要给他取名叫耶稣。他将成为伟大的人物，他要被称为至高上帝的儿子。主——上帝要立他继承他祖先大卫的王位。他要永远作雅各子孙的王，他的王权无穷无尽！"

马利亚对天使说："我是一个还没有出嫁的闺女，这样的事怎么能发生呢？"

天使回答："圣灵要降临到你身上；上帝的权能要庇荫你。因此，那将诞生的圣婴要被称为上帝的儿子。看你的亲戚伊利莎白，她虽然年老，人家说她不能生育，可是她现在已经有了六个月的身孕。因为在上帝没有一件事是做不到的。"

马利亚说："我是主的婢女；愿你的话成就在我身上。"于是天使离开了她。

……

那时候，罗马皇帝奥古斯都颁布命令，要罗马帝国的人民都办理户口登记。这头一次的户口登记是在居里扭任叙利亚总督的时候。大家都回本乡去办理登记。

约瑟也从加利利省的拿撒勒城往犹太去，到了大卫的城，叫伯利恒；因为约瑟属于大卫的宗族，他要跟他订了婚的马利亚一起登记。马利亚已经有了身孕，当他们在伯利恒的时候，她的产期到了。她生了头胎儿子，用布包起来，放在马槽里，因为客栈里没有地方让他们住。

在伯利恒的野外有些牧羊人夜间露宿，轮流看守羊群。主的天使向他们显现；主的荣光四面照射他们，他们就非常惊惶。可是天使对他们说："不要害怕！我有好消息告诉你们；这消息要带给万民极大的喜乐。今天，在大卫的城里，你们的拯救者——主基督已经诞生了！你们要看见一个婴儿，用布包着，躺在马槽里；那就是要给你们的记号。"

忽然，有一大队天军跟那天使一起出现，颂赞上帝说：

"愿荣耀归于至高之处的上帝；

愿和平归给地上他所喜爱的人！"

天使离开他们回天上去的时候，牧羊人相约道："我们进伯利恒城去，看主所告诉我们那已经发生了的事。"

于是他们急忙赶去，找到了马利亚、约瑟和躺在马槽里的婴儿。牧羊人看见以后，把天使所说关于婴儿的事告诉大家。听见的人对牧羊人的话都很惊讶。马利亚却把这一切事牢记在心里，反复思想。牧羊人回去，就为他们所听见所看到的事赞美歌颂上帝，因为所发生的事跟天使所告诉他们的相符。

过了一个星期，婴儿行割礼的日子到了，就为他取名叫耶稣；这名字是他未成胎以前天使替他取的。

……

约瑟和马利亚按照主的法律履行了一切所规定的事，就回加利利，到他们的本乡拿撒勒去。孩子渐渐长大，健壮而有智慧；上帝的恩宠跟他同在。

　　耶稣的父母每年都上耶路撒冷守逾越节。耶稣十二岁的时候，他们照常前往守节。节期完了，他们动身回家，孩童耶稣却逗留在耶路撒冷；他的父母不知道这事，以为他在同行的人群中，走了一天的路程才开始在亲友当中寻找他。他们找不到他，就回耶路撒冷去找。到第三天，他们才在圣殿里找到他。他正坐在犹太教师们中间，边听边问；所有听见他的人都惊奇他聪明的对答。他的父母看见他，觉得很惊异。他的母亲对他说："孩子，为什么你这样对待我们？你父亲和我非常焦急，到处找你呢！"

　　耶稣回答："为什么找我？难道你们不知道我必须在我父亲的家里吗？"可是他们都不明白他这话的意思。

　　于是，耶稣就跟他们回拿撒勒去，事事都顺从他们。他母亲把这一切事情都珍藏在心里。耶稣的身体和智慧一齐增长，深得上帝和人们的喜爱。

　　……

[选自《圣经》（现代中文译本），中国基督教协会 1997 年版]

《注 释》

　　①路加（St. Lukc，约公元 1 世纪）：早期基督教文学最伟大的代表作家之一。关于路加生平事迹的最初记载，除了他本人的著述以及《新约》中使徒书信的零星记述，还有稍后刊行的《路加福音》单行本里的一段话："路加是叙利亚省安提亚人，业医。他是使徒的学生，后来跟保罗一起传道，直到保罗殉难。路加无妻、无儿，专心侍主。他以 84 岁高龄，在伯阿提亚（古希腊一个地区）安睡，一生充满圣灵。"他生前是一名职业医生，精通希腊文，而且具有高度的文学艺术才能，归在他名下的《路加福音》和《使徒行传》——前者是关于耶稣基督生平事迹的传记，后者是关于早期基督教运动的历史著作——均被选入《新约》正典。

　　②题目为编者所加，译文根据《福音圣经》（*Good News Bible*, New York：American Bible Society，1993）略有改动。

《点 评》

　　《新约》正典是以四部"福音书"（the Gospels）——《马太福音》、《马可福音》、《路加福音》和《约翰福音》——开始的。尽管《新约》与《旧约》在内容上有千丝万缕的关联，但福音书作为一种文类未见于《旧约》，这种独特的文类在《圣经》乃至整个世界文学中都绝无仅有。"福音"一词来源于希腊语"Euangelion"，原指"对传报好消息者的报酬"，后特别指称关于耶稣基督救赎世人的"好消息"。《新约》中四部福音书的作者都明白书中的核心人物是耶稣，但唯有路加以一种历史学家和故事叙述者的直觉，意识到在耶稣的诞生与耶稣大约 30 岁开始传道之前的受洗之间存在着一个巨大的空白，于是他以丰富的想象力或根据其他的口头传说弥补了这一空白。他叙述了约瑟和马利亚带着从

马槽里诞生的耶稣回到故乡拿撒勒以后的事。紧接着，路加细致地描写了一段少年耶稣在圣殿里的经历，为我们提供了一幅耶稣成长过程的生动画卷，而其他福音书并没有写到耶稣的成长过程。尽管福音书在有关耶稣生平事迹的记叙方面大同小异，但通过对读比较，我们会发现，《路加福音》的作者在叙事艺术上显然高人一等，从而使这部福音书成为《新约》中最完整、最富于诗意的耶稣生平记录，因而也获得了"最优美作品"的称誉。（黄汉平撰）

310．十日谈（节选）

薄伽丘[①]

费代里哥和他的鹰[②]

……

夫人和她的女伴立即起身，和费代里哥一同吃饭。费代里哥殷勤地把鹰肉敬给她们吃，她们却不知吃的是什么肉。饭罢离席，宾主愉快地交谈了一阵，夫人觉得现在应该是说明来意的时候了，就转过身去对费代里哥客客气气地说道：

"费代里哥，你只要记起你自己以前富裕的时候，为我一挥千金，而我却坚守节操，那你一定会觉得我这个人是多么无情无义。今天我来到这里，原有件紧要的事情，你听了更加要奇怪我这个人怎么竟会冒昧到这般地步。可是不瞒你说，你只消有一子半女，也就会体会到做父母的对子女有多么疼爱，那你也多少可以原谅我一些吧。

"可惜你没有子女，而我却有一个儿子。天下做父母的心都是一样，因此我也不得不违背着自己的意志。顾不得礼貌体统，求你送给我一件东西。我明知这件东西乃是你的至宝，而且也难怪你这样看重它，因为你时运不好，除了这一件东西之外，再没有别的东西可以供你消遣，给你安慰的了。这东西不是别的，乃是你的一只鹰。想不到我那孩子看见了你这只鹰，竟爱它爱得入了迷，得了病，如果不让他弄到手，他的病势就要加重，说不定我竟会丧失这爱子。所以我请求你把它给了我吧，而且不要为了爱我而这样做，而是本着你一贯崇尚礼仪的高贵精神。你若给了我这件礼物，就好比救了我儿子一条命，我一生一世都会感激你的。"

费代里哥听了夫人这一番话，想到那只鹰已经宰了吃掉，无法应承夫人，一时哑口无言，竟失声痛哭起来。夫人起初还以为他是珍惜爱鹰，恨不得向他声明不要那只鹰了。可是她毕竟没有马上把这层意思说出来，倒要看看他究竟如何回答。费代里哥哭了一会，才说道：

"夫人，上天有意叫我爱上了你，怎奈命运总是一次又一次和我作对，我真是说不出的悲痛。可是命运从前对我的那许多刁难，若和这一次比较起来，实在算不得一回事。只要一想起这一次的刁难，我一辈子也不会跟它罢休。说来真太痛心，当初我锦衣玉食的时候，你从来不曾到我家里来过一次，今日我多么荣幸，蒙你光临寒舍，向我要这么一丁点儿东西，它却偏偏和我过意不去，叫我无法报效你。我现在就来把这回事简单地说给你听吧。

"承蒙你看得起，愿意留在我这里用饭，我就想：以你这样的身份地位，我不能把你当作一般人看待，应当做几样像样的菜肴来款待你，才算得体，因此我就想，这只鹰也还算得不错，可以给你当做一盆菜。你早上一来，我就把它宰好烤好，小心奉献上来，自以为尽到了我的一片心意，不料你却另有需要，使我无从遵命，实在要叫我难受一辈子！"

说着，他就把鹰毛、鹰脚和鹰嘴都拿到夫人面前来，表明他没有说假话。夫人听了他的话，看了这些物证，起初还怪他不该为了一个女人而宰掉这样一只好鹰。但是她转而一想，心里不禁暗暗赞叹他这种贫贱不能移的伟大胸襟。于是，她只得死了心，又担忧着儿子会因此一病不起，十分伤心地告辞回家。

真是不幸，那孩子没有过几天当真死了，不知究竟是因为没有获得那只鹰以致忧伤而死呢，还是因为得了个绝症。夫人当然悲痛欲绝。

虽说她痛哭流涕，然而她毕竟还是个年青富有的孤孀，因此过了不久，她的兄弟们都劝她改嫁。她却并没这意愿，可是他们再三相劝，她不由得想起了费代里哥的为人高尚，和他那一回杀鹰款待的豪举，就对她的兄弟们说道：

"我本当不打算再嫁，可是，你们如果一定要我再嫁，我不嫁旁人，一定要嫁给费代里哥·阿尔白里奇。"

她兄弟们听了，都讥笑她说："你真是个傻女人，怎么说出这种话来？你怎么看中了这么个一贫如洗的人呢？"

她回答道："兄弟，我知道你们说的话不假，不过我是要嫁人，不是要嫁钱。"

她兄弟们看她主意已经打定，也知道费代里哥虽然贫穷，品格却非常高尚，只好答应让她带着所有的家财嫁过去。费代里哥娶到这样一个心爱的女人，又获得这么一笔丰厚的嫁妆，从此节俭度日，受用不尽，夫妇俩快慰幸福地过了一辈子。

（选自方平、王科一译《十日谈》，上海译文出版社 1994 年版）

①薄伽丘（Giovanni Boccaccio，1313—1375）：意大利作家。佛罗伦萨一个富商的私生子，自幼喜欢读书，受到良好的文化教育，立志做一名大诗人。他是个多产作家，写过长篇传奇、史诗、叙事诗、十四行诗、短篇小说、学术论著等。他的代表作《十日谈》堪与但丁的《神曲》媲美，被誉为"人曲"，歌颂个性解放，具有强烈的反封建、反教会的精神。这部巨著以1348年黑死病蔓延时期的社会现实为背景，运用"框架结构"（即大故事套小故事）的形式把一百个故事串联起来，使全书浑然一体。薄伽丘是个自觉的文体家，作品语言精练，生动幽默，写人状物微妙尽致。《十日谈》为意大利散文艺术的发展奠定了基础，并开创了欧洲短篇小说这一独特的艺术形式，对后世文学产生了深远影响。

②选自《十日谈》第五天第九个故事，题目为编者所加。

【点 评】

如果说《十日谈》中许多故事因某些过于露骨的描写而被卫道士们斥为低俗"色情"，那么本篇所叙述的爱情故事则堪称脱离了低级趣味的"情色"精品。一个名叫费代里哥的佛罗伦萨青年爱上了当地最美丽动人的一位太太，名叫乔凡娜。为了博得这位贵妇人的欢心，费代里哥不惜倾家荡产，但一点也不能打动她的芳心。最后费代里哥只得安于贫穷，与他的一只天下最好的鹰相依为伴，不和外界来往。不久，乔凡娜的丈夫病逝，她视如掌上明珠的独生儿子却爱上费代里哥的鹰而"思念成疾"。爱子心切的乔凡娜只好造访费代里哥的寒舍，向他要那只鹰。于是，阴差阳错的，那只成为盘中餐的鹰却引发了一个有情人终成眷属的结局。其实，这样一个故事的结局一点也不俗套。女主人公的"我是要嫁人，不是要嫁钱"这句话至今仍掷地有声，在当下的滚滚红尘中，多少男男女女都已经忘记了，爱情原本是以感情而不是以金钱为基础的。（黄汉平撰）

311. 复活（节选）

列夫·托尔斯泰①

第一部

四十四

第一次重逢的时候，聂赫留朵夫以为卡秋莎见到他，知道他要为她出力并且感到悔恨，一定会高兴，一定会感动，一定又会恢复原来那个卡秋莎的面目。他万万没有料到，原来的那个卡秋莎已经不存在了，只剩下了一个现在的玛丝洛娃。这使他感到又惊奇又恐惧。

使他感到惊奇的，主要是玛丝洛娃不仅不以自己的身分为耻（不是指她囚犯的身分，当囚犯她是感到羞耻的，而是指她妓女的身分），似乎还觉得心满意足，甚至引以为荣。不过话也得说回来，一个人处在这样的地位，也就非如此不可。不论什么人，倘若要活动，必须自信他的活动是重要的，有益的。因此，一个人，不论地位怎样，他对人生必须具有这样的观点，使他觉得他的活动是重要的，有益的。

通常人们总以为小偷、凶手、间谍、妓女会承认自己的职业卑贱，会感到羞耻。其实正好相反。凡是由命运安排或者自己造了孽而堕落的人，不论他们的地位多么卑贱，他们对人生往往抱着这样的观点，仿佛他们的地位是正当的，高尚的。为了保持这样的观点，他们总是本能地依附那些肯定他们对人生和所处地位的看法的人。但要是小偷夸耀他们的伎俩，妓女夸耀她们的淫荡，凶手夸耀他们的残忍，我们就会感到惊奇。我们之所以会感到惊奇，无非因为这些人的生活圈子狭小，生活习气特殊，而我们却是局外人。不过，要是富翁夸耀他们的财富，也就是他们的巧取豪夺，军事长官夸耀他们的胜利，也就是他们的血腥屠杀，统治者夸耀他们的威力，也就是他们的强暴残忍，还不都是同一回事？我们看不出这些人歪曲了生活概念，看不出他们为了替自己的地位辩护而颠倒善恶，这无非因为他们的圈子比较大，人数比较多，而且我们自己也是这个圈子里的人。

玛丝洛娃就是这样看待她的生活和她在世界上的地位的。她是个妓女，被判处服苦役，然而她也有她的世界观，而且凭这种世界观她能自我欣赏，甚至自命不凡。

这个世界观就是：凡是男人，不论年老年轻，不论是中学生还是将军，受过教育的还是没有受过教育的，无一例外，个个认为同富有魅力的女人性交就是人生最大的乐事。因此，凡是男人，表面上都装作在为别的事忙碌，其实都一味渴望着这件事。她是一个富有魅力的女人，可以满足，也可以不满足他们的这种欲望，因此她是一个重要的不可缺少的人物。她过去的生活和现在的生活全都证实这种观点是正确的。

在这十年中间，不论在什么地方，她都看见，一切男人，从聂赫留朵夫和上了年纪的警察局长开始，到谨慎小心的监狱看守为止，个个都需要她。至于那些不需要她的男人，她没有看到，对他们也不加注意。因此，照她看来，茫茫尘世无非是好色之徒聚居的渊薮，他们从四面八方窥伺她，不择手段——欺骗、暴力、金钱、诡计——去占有她。

（选自草婴译《复活》，上海译文出版社 1990 年版）

〖注 释〗

①列夫·托尔斯泰（Leo Tolstoy，1828—1910）：俄国小说家、思想家。生于图拉省一

个贵族伯爵家庭。1844年进喀山大学就读。1951年从军去高加索，在克里米亚参加保卫塞瓦斯托波尔的战斗。1856年退伍回到自己的庄园进行农事"改革"，试图废除农奴制，但没有成功。1857年赴西欧考察。早期主要作品有"自传体三部曲"《童年》（1852）、《少年》（1854）和《青年》（1856），短篇小说集《塞瓦斯托波尔故事》（1855）。中后期的代表作是三部长篇巨著：《战争与和平》（1863—1869）、《安娜·卡列尼娜》（1873—1877）和《复活》（1889—1899）。作为俄国杰出的批判现实主义文学大师，托尔斯泰在他长达60年的创作中把俄国文学推向了一个新的高峰。列宁高度赞扬托尔斯泰的创作是"俄国革命的镜子"，又严肃指出其宣扬"托尔斯泰主义"的危害性。

《点评》

《复活》中的男主人公聂赫留朵夫是"忏悔贵族"的典型，是作家笔下一系列带有自传性人物的发展和总结。他经历了认识自己罪恶、为民申冤、与贵族阶级决裂、向人民靠拢等发展阶段。聂赫留朵夫的忏悔、"复活"和道德完善的过程，体现了托尔斯泰精神探索的轨迹。在托尔斯泰看来，道德的自我完善便是抛弃利己主义，投身到利他主义中来。一个人，如果仅仅为自己而活，为了自己而不惜牺牲其他人幸福的权利，那就是一个不道德的人，还没有找到生命意义的人，而生命的真正意义就是在于为他人牺牲自己。女主人公玛丝洛娃是一个被侮辱和被损害的形象。她豆蔻年华之时被聂赫留朵夫始乱终弃，被迫沦落风尘，浑浑噩噩地生活，而后又无辜地被法庭以谋财害命判处入狱，她的遭遇是对罪恶社会制度的有力控诉。最后她的"复活"在一定程度上曲折地反映了被压迫者的觉醒和反抗。虽然男女主人公复活的道路各不相同，但作者认为他们的精神归宿是一致的，即"博爱"与"宽恕"。通过对他们"复活"过程的描写，托尔斯泰强调了"道德自我完善"在改造人与社会中的重要作用。小说在思想内容上虽有其消极的一面，但它的社会批判的深度、力度和广度是超过作者以往任何一部作品的。（黄汉平撰）

312. 美国学者（节选）

爱默生[1]

1837年8月31日在剑桥镇对全美大学生荣誉协会发表的演说

……

我们时代的又一个象征（它以一场同类政治运动为标记），是它给予个人的崭新意义。有种种迹象表明，这个时代要把人单独隔离开来——比如用大自然带有敬意的栅栏将他包围起来，让他感到世界归其所有，而人与人之间像主权国家一样彼此交往。与此同时，也有种种迹象要将人与自然结合起来，让他变得伟大。忧郁的佩斯塔罗西说，"我发现天下之大，竟无人愿意或能够帮助别人"。这种帮助只能是从心底发出的。学者必须学会把现在的一切能力、过去的一切贡献、未来的一切希望都集于一身。他本人应当是一座知识的宝库。如果有什么重要教训值得他记取的话，这教训便是：世界微不足道，而人才是一切。自然界的所有定律都体现在你的身上，而你就连气体上升的道理都不明白。整个理性都在你的心中沉睡，你需要去了解它们，大胆地唤醒它们。会长先生及诸位，所有的动机，所有的预言，所有的准备都已证明，这种对于人类潜在能力的信心，属于美国的学者。我们倾听欧洲典雅的艺术女神的声音，已经为时过久。人们已经怀疑，美国自由人的精神是否胆怯、模仿或温驯的代名词。公众和私人的贪欲，把我们呼吸的空气变得浊重而油腻。而学者则讲究体面、悠闲与恭谦。这已经造成一种悲剧的后果。这个民族为自己的心智定出低下的标准，因此它不断地损害自己。任何人都难以找到工作，除非他学会循规蹈矩，柔顺驯服。那些最有希望的年轻人在这片国土上开始生活，山风吹拂着他们，上帝的星辰照耀着他们。然而他们却发现脚下的土地与此不相协调。他们的行动受到阻碍，而这阻碍来自经商原则造成的憎恨。于是这些年轻人沦为苦力，或因不堪困苦而死亡——有一些自杀。补救的药方在哪里？他们尚未觉悟——上千个充满同样希望的年轻人，挤到开始职业的栅栏前，也没有觉悟到这一点：要是他顽固地坚守本能，寸步不让，那么偌大的世界便会自动地过来迁就他。要忍耐，再忍耐——忍耐中你沐浴着一切善良人和伟大的余荫，而你的安慰是你本人无限宽广的生活远景，你的工作是研究和传播原理，使得人的本能普及开来，并且感化全世界。人生在世，如若不能兀自独立，被人当作有个性的汉子看待，或者不能结出应有的果实，反而与众人混为一体，被人成千上万地笼统评估，以我们所属的政党或地域人口来计算，以地理分布来预测我们的意见，称我们为北方或南方——这岂不是莫大的耻辱？不能这样，兄弟们和朋友们——上天作证，我们不希望这样。我们要用自己的脚走路；我们要用自己的手来工作；我们要发表自己的意见。文学研究将不再是个令人怜悯、令人怀疑或仅仅代表着放纵情感的一个名词。人的恐惧，人的仁爱，将构成一堵防护墙，构成一只围绕大家的花环。一个由真正的人组成的国家将要首次出现，因为其中的每个人都相信他受到神灵的启示，而神灵也将感召所有人。

（选自赵一凡译《美国学者——爱默生讲演集》，生活·读书·新知三联书店 1998 年版）

《注 释》

①爱默生（Ralph Waldo Emerson，1803—1882）：美国思想家、散文作家、诗人。出生于马萨诸塞州波士顿附近的康科德镇一个牧师家庭。自幼丧父，由母亲和姑母抚养他成

人。曾就读于哈佛大学，在校期间阅读了大量英国浪漫主义作家的作品。1832年以后，到欧洲各国游历，结识了浪漫主义先驱华兹华斯和柯尔律治。回到波士顿后从事布道，经常和朋友梭罗、霍桑等人举行小型聚会，探讨神学、哲学和社会问题。这种聚会当时被称为"超验主义俱乐部"。1840年任超验主义刊物《日晷》（Dial）的主编。后来他把自己的演讲汇编成书，这就是著名的《论文集》。《论文集》第一集于1841年发表，包括《论自助》、《论超灵》等12篇论文。三年后，《论文集》第二集也出版了。《论文集》为爱默生赢得了巨大的声誉，他被冠以"美国的文艺复兴领袖"之美誉。除此之外，爱默生的作品还有《代表人物》、《英国人的特性》、《诗集》等。

〖点 评〗

1837年，爱默生以"美国学者"为题发表了一篇著名的演讲词，宣告美国文学已脱离英国文学而独立，告诫美国学者不要让学究习气蔓延，不要盲目地追随传统，不要进行纯粹的模仿。另外，他还抨击了美国社会的拜金主义，强调人的价值和潜能。"我们要用自己的脚走路；我们要用自己的手来工作；我们要发表自己的意见。"有力地表达了一个知识分子的独立和自信。这篇演讲词后来被誉为美国思想文化领域的"独立宣言"。（黄汉平撰）

313. 玩偶之家（节选）

亨利克·易卜生①

第三幕

……

海尔茂　你疯了！我不让你走！你不许走！

娜　拉　你不许我走也没用。我只带自己的东西。你的东西我一件都不要，现在不要，以后也不要。

海尔茂　你怎么疯到这步田地！

娜　拉　明天我要回家去——回到从前的老家去。在那儿找点事情做也许不太难。

海尔茂　喔，像你这么没经验——

娜　拉　我会努力去吸取。

海尔茂　丢了你的家，丢了你丈夫，丢了你儿女！不怕人家说什么话！

娜　拉　人家说什么不在我心上。我只知道我应该这么做。

海尔茂　这话真荒唐！你就这么把你最神圣的责任扔下不管了？

娜　拉　你说什么是我最神圣的责任？

海尔茂　那还用我说？你最神圣的责任是你对丈夫和儿女的责任。

娜　拉　我说的是我对自己的责任。

海尔茂　没有的事！你说的是什么责任？

娜　拉　我说的是我对自己的责任。

海尔茂　别的不用说，首先你是一个老婆，一个母亲。

娜　拉　这些话现在我都不信了。现在我只信，首先我是一个人，跟你一样的一个人——至少我要学做一个人。托伐，我知道大多数人赞成你的话，并且书本儿里也是这么说。可是从今以后我不能一味相信大多数人说的话，也不能一味相信书本儿里说的话。什么事情我都要用自己脑子想一想，把事情的道理弄明白。

海尔茂　难道你不明白你在自己家庭的地位？难道在这些问题上没有颠扑不破的道理指导你？难道你不信仰宗教？

娜　拉　托伐，不瞒你说，我真不知道宗教是什么。

海尔茂　你这话怎么讲？

娜　拉　除了行坚信礼的时候牧师对我说的那套话，我什么都不知道。牧师告诉我，宗教是这个，宗教是那个。等我离开这儿一个人过日子的时候我也要把宗教问题仔细想一想。我要仔细想一想牧师告诉我的话究竟对不对，对我合用不合用。

海尔茂　喔，从来没听说过这种话！并且还是从这么个年轻女人嘴里说出来的！要是宗教不能带你走正路，让我唤醒你的良心来帮助你——你大概还有点道德观念吧？要是没有，你就干脆说没有。

娜　拉　托伐，这个问题不容易回答。我实在不明白。这些事情我摸不清，我只知道我的想法跟你的想法完全不一样。我也听说，国家的法律跟我心里想的不一样，可是我不信那些法律是正确的。父亲病得快死了，法律不许女儿给他省烦恼。丈夫病得将死了，法律不许老婆想法子救他的性命！我不信世界上有这种不讲理的法律。

海尔茂　你说这些话像个小孩子。你不了解咱们的社会。

娜　拉　我真不了解。现在我要去学习。我一定要弄清楚，究竟是社会正确，还是我正确。

海尔茂　娜拉，你病了，你在发烧说胡话。我看你像精神错乱了。

娜　拉　我的脑子从来没像今天晚上这么清醒、这么有把握。

海尔茂　你清醒得有把握得要丢掉丈夫和儿女？

娜　拉　一点不错。

海尔茂　这么说，只有一句话讲得通。

娜　拉　什么话？

海尔茂　那就是你不爱我了。

娜　拉　不错，我不爱你了。

……

（选自潘家洵译《易卜生戏剧四种》，人民文学出版社 1978 年版）

【注释】

①亨利克·易卜生（Henrik Ibsen，1828—1906）：挪威最杰出的戏剧家、诗人。生于东海岸的一个富商家庭。8 岁那年，父亲破产而家道中落，他 16 岁就到一家药房当小伙计。20 岁开始写作第一个歌颂反叛精神的诗剧《凯蒂琳》（1850），从此踏上文学之路。他的戏剧创作活动经历了三个阶段：①浪漫主义的民族历史诗剧时期（1850—1868），代表作有《布朗德》（1866）和《培尔·金特》（1867）；②现实主义的社会问题剧时期（1869—1899），有一系列反映当代社会问题的力作如《社会支柱》（1877）、《玩偶之家》（1879）、《群鬼》（1881）和《人民公敌》（1882）等；③象征主义戏剧时期（1884—1899），有象征主义风格的戏剧，如《野鸭》（1884）、《海上夫人》（1888）、《建筑师》（1892）等。易卜生被誉为"现代戏剧之父"，在他身后，世界戏剧诸流派或多或少都受其影响：在俄国有契诃夫，在英国有萧伯纳，在美国有奥尼尔，在中国则有包括曹禺在内的一批剧作家。

【点评】

《玩偶之家》是易卜生最有代表性的"社会问题剧"。剧中出场人物九个，主要是娜拉和海尔茂夫妇。剧情在圣诞节这两天左右的时间里展开，通过八年前娜拉冒充父亲"签立借据"这一过去的事件与现在柯洛克斯泰以此要挟的事情结合在一起，这些"过去的戏剧"与正在发生的"现在的戏剧"紧密结合，整个剧情进展双向逆行，最后发生"短路"，由此引发了人物心理和家庭的剧变。然而，易卜生式的戏剧性主要并不表现情节的因果关系，而是着重于人物性格的命运，它深刻揭示了娜拉从执迷到清醒进而反叛的心理发展过程，从而完成了一个具有现代自我意识的女性形象的塑造。娜拉最后不甘于做一个"玩偶"，宣称"首先我是一个人"，勇敢地走出家庭，充分表明了现代女性自我独立意识的觉醒。

《玩偶之家》的思想艺术特点：①撕下了男权社会关系中家庭的温情脉脉的面纱，暴露了建立在大男子主义统治而不是建立在真正平等的爱情基础上的夫妻间的虚伪和不合理性；②对维护虚伪的、不平等的婚姻关系的法律、宗教、习俗和伦理道德准则提出了勇猛的挑战；③取材于日常家庭生活，并把它和妇女解放这一重大社会问题结合起来；④运用"追溯法"的戏剧手法，使戏剧矛盾集中突出；把讨论引入剧中，大大增强了论辩色彩。（黄汉平撰）

314. 百年孤独（节选）

加西亚·马尔克斯[①]

多年之后，面对行刑队，奥雷里亚诺·布恩迪亚上校将会回想起父亲带他去见识冰块的那个遥远的下午。那时的马孔多是一个二十户人家的村落，泥巴和芦苇盖成的屋子沿河岸排开，湍急的河水清澈见底，河床里卵石洁白光滑宛如史前巨蛋。世界新生伊始，许多事物还没有名字，提到的时候尚需用手指指点点。每年三月前后，一家衣衫褴褛的吉卜赛人都会来到村边扎下帐篷，击鼓鸣笛，在喧闹欢腾中介绍新近的发明。最初他们带来了磁石。一个身形肥大的吉卜赛人，胡须蓬乱，手如雀爪，自称梅尔基亚德斯，当众进行了一场可惊可怖的展示，号称是出自马其顿诸位炼金大师之手的第八大奇迹。他拖着两块金属锭走家串户，引发的景象使所有人目瞪口呆：铁锅、铁盆、铁钳、小铁炉纷纷跌落，木板因钉子绝望挣扎、螺丝奋力挣脱而吱嘎作响，甚至连那些丢失多日的物件也在久寻不见的地方出现，一窝蜂似的追随在梅尔基亚德斯的魔铁后面。"万物皆有灵"，吉卜赛人用嘶哑的嗓音宣告，"只需唤起它们的灵性。"何塞·阿尔卡蒂奥·布恩迪亚天马行空的想象一向超出大自然的创造，甚至超越了奇迹和魔法，他想到可以利用这个无用的发明来挖掘地下黄金。梅尔基亚德斯是个诚实的人，当时就提醒他："干不了这个。"然而那时的何塞·阿尔卡蒂奥·布恩迪亚对吉卜赛人的诚实尚缺乏信任，仍然拿一头骡子和一对山羊换了那两块磁铁。他的妻子乌尔苏拉·伊瓜兰本指望着靠这些牲口扩展微薄的家业，却没能拦住他。"很快我们的金子就会多到能铺地了。"她丈夫回答。此后的几个月他费尽心力想要证实自己的猜想。他拖着两块铁锭，口中念着梅尔基亚德斯的咒语，勘测那片地区的每一寸土地，连河床底也不曾放过。唯一的挖掘成果是一副十五世纪锈迹斑斑的盔甲，敲击之下发出实洞的回声，好像塞满石块的大葫芦。何塞·阿尔卡蒂奥·布恩迪亚和一起探险的四个男人将盔甲成功拆卸之后，发现里面有一具已经钙化的骷髅，骷髅的颈子上挂着铜质的圣物盒，盒里有一缕女人的头发。

（选自范晔译《百年孤独》，南海出版公司 2011 年版）

《注 释》

①加西亚·马尔克斯（Gabriel García Márquez，1927—　）：哥伦比亚小说家，魔幻现实主义的代表作家。生于马格达莱纳省阿拉卡塔卡镇。自小在外祖父家中长大。外祖父当

过上校，参加过两次内战，思想比较激进；外祖母博古通今，善讲神话传说及鬼怪故事，他们对其日后的文学创作有着重要的影响。13 岁时，他迁居首都波哥大，就读于教会学校。18 岁进国立波哥大大学攻读法律。1948 年，因哥伦比亚发生内战而辍学。不久，进入报界，任《观察家报》记者，同时从事文学创作。1954 年起，任该报驻欧洲记者。1961 至 1967 年侨居墨西哥，从事文学、新闻和电影工作。1971 年获美国哥伦比亚大学名誉文学博士称号，1972 年获拉美文学最高奖——委内瑞拉加列戈斯文学奖，1982 年获诺贝尔文学奖和哥伦比亚语言科学院名誉院士称号。重要作品有长篇小说《百年孤独》（1967）、《家长的没落》（1975）、《霍乱时期的爱情》（1985），中篇小说《没有人给他写信的上校》（1961）、《一件事先张扬的凶杀案》（1981）等，短篇小说集《蓝宝石般的眼睛》（1962）、《格兰德大妈的葬礼》（1962），文学谈话录《番石榴飘香》（1982）等。

【点　评】

《百年孤独》是魔幻现实主义的经典之作，20 世纪最杰出的长篇小说之一。全书 30 余万字，内容庞杂，人物众多，情节曲折离奇，再加上神话故事、宗教典故、民间传说以及作家独创的从未来的角度来回忆过去的新颖叙事手法等，令人眼花缭乱。但阅毕全书，读者可以领悟，作家是要通过布恩迪亚家族七代人充满神秘色彩的坎坷经历来反映哥伦比亚乃至拉丁美洲的历史演变和社会现实，要求读者思考造成马孔多百年孤独的原因，从而去寻找摆脱命运拨弄的正确途径。他把读者引入一个不可思议的魔幻奇迹与最纯粹的现实交错的生活之中，不仅让读者感受许多血淋淋的现实和荒诞不经的传说，也让读者体会到最深刻的人性和最令人震惊的情感。这部小说实在有太多的可圈可点之处：

首先，小说书名所表达的创作意图。《百年孤独》中的"百年"是个时间概念，而"孤独"是对哥伦比亚（甚至整个拉美大陆）的概括，也就是"贫穷"、"落后"、"与世隔绝"、"毫无出路"的代名词。作家的创作意图非常明显，寓意哥伦比亚一百年的孤独，一百年的徘徊，一百年的荒废，一百年等于零。

其次，小说结构与叙事视角问题。描写家族百年的历史，人物多，头绪繁，怎样保持作品的连贯性，使读者阅读时始终有一个完整的印象？怎样避免平铺直叙，使读者始终保持趣味？这就是结构和叙事手法的问题，作家安排一个人物来贯串全书，她就是乌尔苏拉，这个中心人物活了 120 岁，目睹家族的荣枯，就是用她的眼睛和动作，保持小说的情节连贯性；她实际上是个评论员，评论家族的人和事——实际上也就是作家的评论，使小说的思想也有了连贯性。这样，情节和隐匿在情节后面的思想都有了一个中心并保持了一致。作者还加上两个人物辅助乌尔苏拉起着"串"的作用，梅尔基亚德斯和布恩迪亚及其他的幽灵。这样，三个人物，一个活人，两个曾经是活人而后来成为幽灵，三个共读一本"百年孤独"史。作家还采用了一种新的叙事手法，从未来的视角去写人物的过去。我们知道，人的一生由过去、现在、未来三部分组成，以往的小说家只写小说的过去和现在，未来的事还没发生，怎么写呢？除非用梦境或象征暗示法（或全部采用倒叙），马尔克斯是用俯视人物一生的眼光，先将人物后来的事写出来，这就加强了人物的连贯性，给读者强烈的历史感。

再次，小说开头和结尾的设计独具匠心。"多年之后，面对行刑队，奥雷里亚诺·布恩迪亚上校将会回想起父亲带他去见识冰块的那个遥远的下午。"这确定是一个非同凡响的开头，一句话写了人物的未来，也写了人物的过去，而且把人物的未来和过去挂起钩来，一下子就把读者的注意力吸引住了："将来"是怎么一回事？"过去"又是怎么一回事？这个人物"现在"的情况又如何？三个悬念都提出来了。三个悬念就是人物一生的三个阶段，人物一生的连贯性就写出来了。小说以梅尔基亚德斯的羊皮手稿预言作结尾，预言本来应该是对别人讲后面的事，但作家一直保密，直到最后才让这个家族的最后一人破译他的手稿，这个家族的故事又用变化的手法很概括地重讲了一次，所以手稿起一个收口的作用。特别是写到最后时，作者虚实手法并用，马孔多镇被飓风卷走与手稿的预言同时出现，故事也就结束了，写得十分高明。（黄汉平撰）

后记：文化经典与大学生的人文素质培养

面对社会上对于大学生人文素质下降的忧虑，大学，特别是大学的人文学科应该如何应对？编写这本《经典诗文三百篇》，便是我们的一个重要应对举措。提高大学生的人文素质不是一句空话。这就像要提高人的身体素质，首先需要提供足够的营养，并按照符合营养科学的方法去食用，吃不饱不行，整天吃麦当劳也不行，喝掺入了三聚氰胺的牛奶更不行。我们编写这个读本就是想给今天的大学生提供一种滋育人文精神所需求的"营养套餐"。

我们正处在一个信息化的时代，计算机技术和互联网的发展让人类一下子陷入了信息的"海洋"中。只要打开网络，无穷无尽的"信息流"就扑面而来。只要你愿意，就可以无休止地、内容不重复地浏览下去。今天的大学生已完全没有了其父辈"文革"时那种争传"手抄本"的文化饥渴感，也没有了古人那种"唯有读书高"的知识神圣感，获得任何知识文本是唾手可得的寻常之事。从某种意义上讲，网络文化已成为当代社会的一种基本文化形态（实际上，平面文化媒体已经很大程度上成为网络文化的补充和物态化，起码已呈现出这种趋势），它有着传播迅速、信息海量、大众参与等特点，特别是网络媒体（包括电视等形式）"绘声绘色"的音乐、视频功能，让人们获取信息与知识的过程变得轻松愉快且成本低廉，这对于促进人类社会进步的意义是难以估量的。但是，我们也必须清醒地意识到，网上庞杂无涯的信息并不是科学的知识体系，其中许多只是一些知识碎片，甚至是知识垃圾。毫无疑问，网络能够提供我们所需要的足够知识，但是对于大学生而言，如何将这些知识形成其精神价值体系和人文知识体系，又存在着一个鉴别和选择的问题。

从总体上说，网络文化是一种流行文化、快餐文化。快餐文化的特点是"味道"好，但未必有"营养"；流行文化好看、好听，但未必有价值，其中的许多东西可能只是一堆华丽的泡沫。天边的云朵千变万化，或为白衣苍狗，或为虹桥瑶宫，可谓神乎其神，然而终究是浮云一片。网络用语"神马都是浮云"正言此理。浮云终将散去，留下的是日月星辰，万古而常新。在历史的文化时空中，那些古今中外的经典名作就是这日月星辰。它们不会因时过而褪色，也不会因境迁而贬值。实际上，每个时代和每个民族都有流行的大众文化，其数量和形式虽无法和今天的互联网时代相比，但其庞大和丰富的程度都是难以统计的，不过，能够久传而不衰、移地而鲜活的就十分有限了。比如唐诗，清乾隆年间编辑的《全唐诗》收录近五万首，当时问世的唐诗肯定不止这个数目，然而真正广为传诵的名篇也不过二三百首，这些作品就是经典。所谓经典，是指那些可以作为典范的具有永恒价值的作品。不同的时代和思想派别对经典的理解也不同，在中国，古代经典主要是指儒家的主要典籍，刘知几在《史通·叙事》中说"自圣贤述作，是曰经典"。今天，我们对于经典的理解要宽泛得多，它外延至古今中外的优秀作品。不过有一点很明确，经典之所以为"经典"，最根本的要素在于它具有超越时空、超越意识形态的精神价值。

经典是人类文明的历史传承，它承载的是人类发展过程中最本质的价值追求，是生活中真善美的体现，是对社会和人生的独立思考与真实感受。比如，《论语·泰伯》一章中记载了孔子的一段话："富与贵，是人之所欲也，不以其道得之，不处也；贫与贱，是人之所恶也，不以其道得之，不去也。"两千多年过去了，细想想，孔子的话并未过时，它仍然是今天我们贫富取舍的价值标尺。在中国历史上，这种执义行道的精神，造就了无数的志士仁人，他们不贪图个人的富贵，为维护社会的公正而坚守而奋斗。正因为有这样的"脊梁"来承担道义，我们这个民族历尽劫难却仍然"其命维新"。反观今天道德滑坡、全社会向"钱"看的现实，我们不难感到这种道义担当对当代读书人的意义。可见，经典所承载的民族精神仍然是今天社会的灵魂。其实，各民族的经典作品都是全人类共有的宝贵文化遗产，其价值取向都具有某种程度的普世意义，比如，本书节选了古希腊狄摩西尼的演讲词《雅典人为公众服务的精神》，文章极具感染力，但能够打动读者的，并非煽情的语词，而是渗透于字里行间的那种"不得自由毋宁死去"的精神。正是这种对自由的理解和酷爱，支持着人类顽强地对抗暴政和专制，执着地追求民族的解放和个人的尊严，现代世界的人权观念即源于此。可见，经典所承载的人文精神及价值取向代表了民族和人类的根本利益与进步方向，可以说是先进文化的"代表"。社会形态无论怎样变化，科学技术无论怎样改进，公平、正义、自由、仁爱等等这样一些维系群体和谐与推动社会进步的价值观念，都是人类生存与发展所必需的道德资源和精神力量。当今文坛上流行一种叫做"穿越"的文体，其描写的人类肉身的穿越只是幻想，但其灵魂确实可以"穿越"，而经典便是这人类文化精魂的化身，因为它的价值是永恒的。

经典的价值不仅体现在其思想观念的真理性方面，还体现在它的精美形式上。作品的内容与形式理应是一个整体，但并不是任何作品都能达到二者的完美统一，孔子曾提出品人的一个标准："质胜文则野，文胜质则史。文质彬彬，然后君子也。"后世常借这段话来论文。可以说，堪称经典的作品一定是文苑中"文质彬彬"的"君子"。美文不一定是经典，但经典一定是美文。不过，欣赏经典作品的美不同于对于流行作品的快餐式阅读，二者的区别类似于品赏美酒名茶与喝果汁饮料。特别是那些产生于古代或异域的经典作品，初读时难免会有些生涩感，不会像可口可乐那样一下子上口，但只要静下心来读进去，便可咀嚼出其中甘美淳厚的无穷滋味。刘勰《文心雕龙》曾以"陶钧文思，贵在虚静；疏瀹五脏，澡雪精神"来描述作家写作的情景，实际上读者欣赏作品（特别是那些经典名作）也有这样一个过程，一旦进入了一个虚静无碍的审美境界，便会感觉受到了一次精神的洗礼，内心深处得到了滋润和荡涤，就如同五脏六腑被清洗一新，身体被雪擦洗得洁净无尘一般。这样的美感只能从经典的阅读中得到，因为这些作品所蕴涵的深刻思想与美好情感在精湛的语言艺术形式中得到了完美的呈现。作品中那谐美的音韵、精致的意象、巧妙的结构、新颖的手法、别致的风格等因素，一方面是内容的表达方式，同时其自身也有独立的审美价值。比如，我国的古典体诗词之所以千百年来为人们所喜爱，很重要的一个原因便是其格律形式体现了汉语言文字自身的特点与优势，凝聚了历代诗歌创作艺术的精髓。那些用外国语写成的经典作品，虽然经过翻译，已非"原汁"，但在优秀翻译家的笔下，它仍然保留着"原味"，语言的置换无法消减它的艺术魅力。当你读完了本书所选《哈姆莱特》中主人公那段充满忧郁和焦虑的独白，一个性格复杂多变、思路敏捷、品德高尚、有先进理想和高度社会责任感的悲剧人物形象便活生生地矗立在面前，你的心会感到一种悲剧美带来的强烈震撼。由于经典固有的美质，阅读实在也是一种艺术享受。

大学生的任务是读书。应读什么书？除了专业书籍之外，人文学科方面的经典作品理应在阅读之列，其中包括古今中外优秀的文学作品。对于文史类学生，这些经典是要求必读的专业书籍；而对于其他专业的学生来说，这些经典也不是可读可不读的"课外书"。现代大学不同于一般的技能培训班，后者培养的是匠人，而大学培养的是全面发展的"新人"。爱因斯坦在一篇名为《培养独立工作和独立思考的人》的演讲中说："学校的目标始终应当是：青年人在离开学校时，是作为一个和谐的人，而不是作为一个专家。"所谓"和谐的人"，即全面发展的人，他不仅应有社会所需要的专业知识和技能，更应有独立思考的能力和人文精神。如何才能达到这种"和谐"？德国思想家席勒在《美育书简》中提出的途径是"假道美育"，他对那个时代将"有用"作为"大偶像"非常不满，认为"科学的界限越扩张，艺术的界限就越狭窄"，所以要培养真正的"人"就需要美育，"因为正是通过美，人们才可以走向自由"。这就是说，审美能力是"和谐"发展的人必不可少的条件，而文学经典的阅读正是获得审美能力的一个重要途径。今天在校的大学生将来要走向社会，其人文素质的状况直接关系着他个人的发展。试想一个缺少基本文化修养的人，一个缺少美丑评判力的人，一个缺少公共情怀的人，一人缺少道德价值坚守的人，他又如何能在充满了利诱的社会里坚持理想和担当道义？他又如何能奉献人民而赢得尊敬？实际上，在文明社会里，人文素养的缺乏也意味着一个人社会交际与参与能力的缺乏。大学生走向社会后，不管从事什么职业都应是社会的中坚力量；社会的进步，特别是文化的发展，主要靠他们来主导。从这个意义上讲，在校大学生加强人文素养，读一点经典，实在是关系着民族素质的提高和未来中国的走向。

暨南大学作为世界华人华侨最高学府，其中文系在弘扬中华文化和传播文化经典方面担负着特殊的任务——目前为教育部所设立的文科人才培养基地和特色专业建设点。基于文化经典与当代大学生之间的特殊关系，我们决定在中文系学生中开展文学/文化经典的分级记诵测试活动，这个读本即是针对这项工作编写的教材。我们的做法是将这项活动制度化，纳入日常的教学体系，将考试成绩计入学分。仿效英语分级考试的方法，将三百多篇（段）经典作品分为六级，常年组织考试，中文系学生须通过五级、非中文系学生须通过四级方可毕业。"三百"似乎是中国传统文化经典的一个基本数目，《诗经》号称"诗三百"（实有三百零五篇），唐诗、宋词，皆有"三百首"之编，从记诵角度来看，应该说"三百篇"这个数目还是比较适中的，于是我们这个读本也取"三百篇"为名。本书实际共三百一十四篇，涉及古今中外的著名文学/文化经典。考虑到背诵的需要，篇目以短小精悍的诗歌为主。就时代而言，本书多选古典作品，这倒不是厚古薄今，而是古典作品相对于现代作品经历了更长久的历史检验，"含金量"也相应更高些，其形式在体现民族语文的特点与优势方面更到位、更精致，特别是古典诗词音韵谐美，语言优雅，极富魅力，上口易记，是民族文化中永不过时的瑰宝。经典的形成是一个历史的过程，从"五四"新文化运动算起，现代/文化的发展才一百来年，已经取得了十分辉煌的成就，出现许多脍炙人口的堪称"新经典"的优秀作品，本书所选作品即是其中最享盛誉者，其中也选了少量一般读者尚不太熟悉但经典性十分突出的作品。不过，在文化发展的历史长河中，现代语体文（特别是"新诗"）的创作毕竟时间短暂，在形式上许多方面还处于深入探索中，所以本书的选目相对要少些。从文体上讲，经典自然也包括文学性散文、戏剧、小说及各种论体文等，考虑"经典"体系的结构均衡，本书也节选了一些精彩的片段。本书选目包括了古今中外的诗文剧说等各类文体，看上去像个拼盘，不过这不是拼凑，而是在选目时充分考虑了当代大学生提高人文素养的需要。比如，本书选取了若干文论篇目，目的在于提高同学们的作品鉴赏能力，此外，这些作品本身也是朗朗上口的美文，背诵下来可谓一举两得。

分级记诵并测试是我们的一个尝试。今天，互联网改变了人类的记忆方式，网络正取代大脑成为人类的记忆中枢，网络就像一个可以随时存取的硬盘，当我们需要的时候轻轻地"百度"一下，就可以马上得到我们需要的知识，传统的记诵方式似乎过时了。于是有人惊呼：网络成了记忆的"陷阱"，吞噬了人的"记忆"，使人变得"浅薄"了。如果过分地依赖网络，满足于轻松的"浅阅读"与讨巧的寻章摘句式写作，迷醉于流行文化的华丽廉价，那么网络确实是人类文明的"陷阱"。按照美国学者尼古拉斯《浅薄》（中信出版社 2010 年中译本）一书中的说法，互联网制造的各种刺激性杂音，既造成了有意识思维的短路，也造成了潜意识思维的短路，因而既阻碍我们进行深入思考，也阻碍我们进行创造性思考。所以，我们必须意识到，网络只是人类大脑的扩容，网络的知识存取只是记忆方式的改变与负担的减轻，它永远也无法完全代替大脑的记忆功能。认知记忆活动事实上是人的生物活动过程中的有机组成部分，它的存在与运行状况直接影响到人作为一种生物的智力状况，决定了人脑的质量、创造力、情感和判断等方方面面的机能。人只有在大脑中贮存并消化了一定量的知识，才能成为一个具有一定文化素养和价值判断力的心智健全者。至于高尚的道德修养和敏锐的审美感受力更是离不开文化经典潜移默化的滋养和熏陶。因此，熟读乃至记诵一定数量的经典作品，对于大学生提高其人文素质是必不可少的，因为这些经典正是培育人文素质的"底肥"。对于一个人文素养厚实的人来说，互联网就不再会是"陷阱"了，而成了取之不尽、用之不竭的知识源泉，你的记忆会为"搜索"提供线索，你的素养会为"选择"提供支持，这时候网络会让你变得更充实、更智慧，也更高尚。

可见，经典记诵对于大学生有着特别的意义。根据大学生在校学习的特点，并为了提高记诵效果，本书设计成分级记诵的结构。分级依据循序渐进的原则，各级篇目的安排一般是由易而难，数量由多而少。三百篇背诵要求在三至四年内完成，大一时应完成难度较小的一级120首，有此基础，以后就轻松多了。此后，随着知识的增长和理解力的提高，再逐步背诵那些难度较大和篇幅较长的作品。本书每一篇（段）作品后都有简要的注释和点评，可帮助理解和欣赏。背诵一定要在充分理解的基础上进行，理清了作品的主旨、脉络，了解了它的特点和优长，背起来才能有兴趣、有头绪，才能记得快、记得牢。我们还须明白，记诵只是学习经典的一种方式，经典作品绝不限于本书所选的三百篇，也不是所有的篇章都适宜背诵，换言之，这三百篇即使能倒背如流，也并不意味你就有了很高的人文素养。如果时间允许，作为大学生对于经典作品，还应有更为系统全面的阅读，根据需要可熟读，也可泛读。在大学生的记忆仓储里，本书三百篇（段）应是一个基本库存，对这些作品本身的了解也可作进一步的扩展，所以本书所有的篇目都注明了底本出处，以便于同学们日后能延伸阅读。

经典记诵活动是暨南大学中文系特色专业建设的一个重大举措，也是暨南大学大学生素质教育的一项重要活动，学校领导、有关部门和院、系领导班子对此都十分重视。暨南大学党委书记、文化素质教育指导委员会主任蒋述卓教授对本项工作给予了多方面的指导，学校党委宣传部卢远部长、教务处长张宏教授和文学院长王列耀教授对于本书的编撰都十分关心，给予了大力支持。本书的三位主编为前任或现任系主任，参加选目和撰稿的人员均为我系各相关教研室的主任和教师，他们为本书的编撰付出了大量的心血。本书的出版得到了暨南大学出版社的竭诚合作，特别是作为本书编委之一，同时又担任暨南大学文化素质教育指导委员会委员的出版社总编史小军教授自始至终负责和参与本项工作，责任编辑李艺、冯琳也付出了辛勤的劳动。对于所有关心、支持和参与本书编撰的各级领导、朋友和中文系同人，在此我代表主编及编委会致以诚挚的谢意。

本书选材广泛、精粹，评注扼要、清楚，实际上也适合于非中文专业的大学生和一般青年作为增强人文学养的读本。我们真诚地希望，这个读本能真正地成为大学生和青年朋友们的精神盛宴，期待着大家从这个读本中汲取丰富的营养，在人生的路上走得更快、更稳。最后我想以一阕小词来结束这篇后记，寄语年轻的朋友们：

浪淘沙令

大浪淘沙，留下真金。烟尘难掩故犹新。莫道瑶天神马壮，终是浮云。

世事如烟，经典长存。书中本有自由魂。铭记于心诵在口，放眼乾坤。

赵维江

壬辰春于暨南园一叶庐

Food and Beverage
Promotion

菜肴与酒水推销

主编 黄志伟

暨南大学出版社
JINAN UNIVERSITY PRESS

中国·广州

图书在版编目（CIP）数据

菜肴与酒水推销/黄志伟主编 . —广州：暨南大学出版社，2014.5
（酒店服务与管理专业基于工作过程系统化系列教材）
ISBN 978 - 7 - 5668 - 0974 - 2

Ⅰ.①菜… Ⅱ.①黄… Ⅲ.①菜肴—推销—技术培训—教材②酒—推销—技术培训—教材 Ⅳ.①F724.782 ②F719.3

中国版本图书馆 CIP 数据核字（2014）第 055002 号

出版发行：暨南大学出版社

地　　址：中国广州暨南大学
电　　话：总编室（8620）85221601
　　　　　营销部（8620）85225284　85228291　85228292（邮购）
传　　真：（8620）85221583（办公室）　85223774（营销部）
邮　　编：510630
网　　址：http：//www.jnupress.com　http：//press.jnu.edu.cn

排　　版：广州市天河星辰文化发展部照排中心
印　　刷：广东广州日报传媒股份有限公司印务分公司

开　　本：787mm×1092mm　1/16
印　　张：12.5
字　　数：298 千
版　　次：2014 年 5 月第 1 版
印　　次：2014 年 5 月第 1 次

定　　价：42.00 元

总序

为了培养具备综合职业能力的高技能酒店服务与管理人才，编者以"工学结合"为指导思想，引入国外先进职教理念，深入广州地区酒店行业及企业实地考察、访谈和调研，以酒店岗位从业人员的实际工作任务为主线，依托校企合作，共同对酒店服务与管理人才培养模式、培养目标、职业能力和课程设置进行分析及定位，以典型工作任务为载体，根据典型工作任务和工作过程设计学习情境，按照工作过程的顺序和学生自主学习的要求进行教材内容的编写，创新并开发了酒店服务与管理专业基于工作过程系统化系列教材。本系列教材共12本，分别是：《餐厅服务》、《客房清洁》、《楼层接待服务》、《前厅服务》、《菜肴与酒水推销》、《酒吧服务》、《酒店英语》、《酒店服务心理》、《酒店服务礼仪》、《酒店信息管理》、《餐厅技能训练》、《客房技能训练》。

本系列教材由一批学术水平高、教学经验丰富、课程开发能力强的酒店专业教师与企业骨干共同开发而成。在教材组织编写工作中，我们坚持以下原则：

一是从职业岗位群分析入手，根据酒店对服务人员的要求和相关的国家职业标准，科学确定教材内容，使教材具有贴近酒店一线从业人员岗位实际工作要求的鲜明特色。

二是根据中等职业技术院校酒店服务与管理专业的教学特点，合理编排教材内容，并以工作情境为切入点，采用任务驱动的编写思路，使教材具有适应教学和易于学习的鲜明特色。

三是注重将酒店企业的新理念、新方法及综合职业能力要求编入教材，使教材具有与行业发展同步的鲜明特色，不仅适用于酒店服务与管理专业的教学，也适用于酒店行业、企业员工的职业培训。

上述教材的编写得到了广州首旅建国酒店有限公司、广州市嘉逸国际酒店有限公司、广东大厦等校企合作企业的大力支持，教材的编审人员做了大量的工作，在此表示衷心的感谢。同时，恳切希望广大读者对教材提出宝贵的意见和建议，以便修订时加以完善。

编委会
2014 年 3 月

前言

　　《菜肴与酒水推销》是酒店服务与管理专业基于一体化的核心教材之一。教材以国家职业标准为依据，以综合职业能力培养为目标，培养学生推销菜肴和酒水的能力，为学生将来运用从事酒店餐饮服务行业的职业能力、分析问题的能力、解决问题的能力奠定基础。本书根据典型工作任务和工作过程编写，其特点是以酒店服务与管理典型工作任务为载体，以学习者为中心，按照工作过程的顺序来设计学习情景和教学活动。

　　本教材内容由"中国传统节日菜肴与酒水推销服务"和"西式宴请活动中的菜肴与酒水推销服务"两大学习情境构成，以供学生参考，其中每个情境包含了学习目标、学习任务、任务引入、任务布置、知识链接、任务准备、任务实施、评价反馈、思考与练习等九项环节。学习目标明确，针对性强，强调学以致用，使学生在学习中体验工作责任和积累工作经验，在工作中学习知识与

技能。本书教学模式新颖，内容丰富，适用于酒店服务与管理专业的教学，也适用于酒店行业的培训。

　　本教材编写过程得到了校企合作单位广州首旅建国酒店有限公司、广东大厦等多家企业的大力支持，暨南大学出版社策划编辑曾鑫华对本书的出版也给予了具体的指导和帮助，对此我们深表谢意。

　　此外，衷心感谢同行专家们给予的指导和帮助。

　　由于时间仓促和水平有限，本书难免存在疏漏之处，恳请同行和读者予以批评指正。

黄志伟
2014 年 3 月